中國古典文學基本叢書

阮籍集校注

〔三國魏〕阮　籍著
陳伯君　校注

中華書局

圖書在版編目(CIP)數據

阮籍集校注：典藏本/(三國魏)阮籍著；陳伯君校注.—北京：中華書局,2015.8(2022.4 重印)
(中國古典文學基本叢書)
ISBN 978-7-101-10995-5

Ⅰ.阮… Ⅱ.①阮…②陳… Ⅲ.①古典詩歌-詩集-中國-魏國②古典散文-散文集-中國-魏國 Ⅳ.I213.612

中國版本圖書館 CIP 數據核字(2015)第 116314 號

責任編輯：俞國林

中國古典文學基本叢書
阮籍集校注(典藏本)
〔三國魏〕阮 籍 著
陳伯君 校注
*
中 華 書 局 出 版 發 行
(北京市豐臺區太平橋西里 38 號 100073)
http://www.zhbc.com.cn
E-mail:zhbc@zhbc.com.cn
河北新華第一印刷有限責任公司印刷
*
850×1168 毫米 1/32 · 14½印張 · 2 插頁 · 320 千字
2015 年 8 月第 1 版 2022 年 4 月第 4 次印刷
印數:6201-9200 册 定價:58.00 元

ISBN 978-7-101-10995-5

再版説明

《阮籍集校注》是陳伯君先生（一八九五—一九六九）的遺著。陳伯君名紹功，以字行，湖南湘潭人。一九二〇年畢業於北京大學，在校時曾師事黄季剛（侃）、黄晦聞（節）、馬夷初（叙倫）、吴瞿安（梅）諸先生，畢業後從事教育、新聞等工作，建國後任國〔政〕務院教育部、高教部秘書和研究員。性耽文史，長於詩詞，著有《雙蕉草廬詩詞稿》五卷。

在本書之前，阮籍作品向無詩文合集的校注本，唯《詠懷詩》部分有黄節等人的注本行世，本書是第一次對阮籍詩文進行逐篇校勘和注釋的整理本，其中引用大量第一手史料，既能充分吸收前人的研究成果，同時也有很多獨到的見解。尤其是對《樂論》、《通易論》、《達莊論》、《通老論》等文的注釋，作者從當時社會政局、哲學思潮出發，結合阮氏一生的出仕、交游等情況，加以多方面的研究，尋奥探幽，堪稱阮文的解人。

一九六九年陳伯君先生逝世，本書並未最終定稿，一九八五年我們議定出版，出於對已故作者的尊重，整理時只做了原稿鈔清，標點統一，改正個别明顯筆誤的工作，其他一仍原貌；另因阮籍四言詩只收録見於類書的三首半，爲方便讀者的閲讀研究，據逯欽立《先秦漢魏晉南北朝詩》增補其餘十首作爲附録，於一九八七年十月正式出版，成爲阮籍研究的重要參考書籍。

由於本書爲據遺稿整理，體例留有欠缺，校注文字也大都未經與原始文獻對核，加以出現部分排版編校錯誤，面世後先後有李景華《〈阮籍集校注〉失誤評議》（載《北京師範學院學報》社會科學版一九九二年第六期）、韓格平《〈阮籍集校注〉補正》（載《古籍整理研究學刊》一九九五年第一期）等文章指出本書中存在的文字錯訛，並就相關學術問題進行商榷，讀者可以參看。

此次再版重印，我们對已發現的錯誤做了訂正，原則是僅就文字層面進行校訂，校訂工作得到李景華先生的大力支持，並將自己多年的校讀成果慷慨提供參考，謹在此深表謝意。限於我們的學識與能力，書中錯訛仍或難免，敬請讀者批評指正。

中華書局編輯部

二〇一二年十月

目録

阮籍集校注卷下

序

阮籍（公元二一〇——二六三）生活在一個政治上極端動蕩的時代，在全國範圍內，統治者分裂爲三個互相敵對的政權（三國）。他是陳留郡（當時屬兖州）尉氏縣人，屬於魏。他的父親阮瑀和曹家父子有過親密的關係。而他的一生，卻碰上了中國歷史上自王莽以後的兩次所謂「禪代之局」：少年時（十一歲）看到了漢禪於魏，而在晚年則又逼近了又一次的「禪代」（他死後兩年，魏禪於晉），正是所謂「螳螂捕蟬，黄雀在後」。尤其是後一個禪代，内部的鬭争是劇烈的、殘酷的。他經歷的是這樣一個時代，這對於他的思想和生活態度不能不發生重大的影響。

阮籍本有「濟世志」（《晉書》本傳），是想爬到統治階級的上層好好地「作爲」一番的。他打算怎樣「作爲」呢？根據他現存的著作來看，不外是儒家的那一套。《通易論》闡明「易」理，提出他自己對於「易」的看法，實際上也就是他的世界觀（宇宙觀、社會觀、人生觀）。他説：「易的起源是在『天地一終，值人物憔悴，利用不存，法制夷昧，神明之德不通，萬古之情不類』的時候。庖犧氏作了八卦，於是『南面聽斷，向明而治』。黄帝、堯、舜這些先王『以建萬國，親諸侯』，『是以上下和洽，裁成天地之道，輔相天地之宜以左右民』。『先王既殁』，那就不行了，惟有依靠『君子』來『一類求同，遏惡揚善』，『於是萬物服從』，『子遵其父，臣承其君，臨馭統一，大觀天下』。到了『季葉既衰』，那就衹好『應運順天，不妄其

作』。然而『道至而反，事極而改』。怎樣改呢？那就是『改以成器，尊卑有分，長幼有序』。賢人君子到了『窮侈喪大夫之位』的時候，就『群而靡容，容而無所，卑身下意，利見大人……入而説之，説而教之，順天應人，焕然成章』。」他説：「明乎天之道者不欲，審乎人之德者不憂。在上而不凌乎下，處卑而不犯乎貴。故道不可逆，德不可拂。」這一套維持統治秩序的理論，正是儒家一脈相承的一貫主張。而他把這些主張，都説成是本着「易」理的，所以説《易》這部書是「覆燾天地之道，囊括萬物之情」。

具體的辦法則見於他的《樂論》。他説，政治的四大項是刑、教、禮、樂。刑、教是外（從外制之），禮、樂是内（自内發之）。樂（歌與舞）更重於禮，能使「日遷善成化而不自知」，「刑賞不用而民自安」。因爲「聖人立調適之音，建平和之聲，制便事之節，定順從之容，使天下之爲樂者莫不儀（取法）焉」，「自上以下，降殺有等，至於庶人，咸皆聞之，歌謡者詠先王之德，俯仰者習先王之容，器具者象先王之式，度數者應先王之制。入於心，淪於氣，心氣和洽，則風俗齊一」。其關鍵就在於一切歌辭、舞容，乃至樂器的制度、器材和音調，全國都是統一的，樂聲是平和的，人民習慣了，不知不覺間成爲自然的性情，就能够「定萬物之情，一天下之意」，「使去風俗之偏習，歸聖王之大化」，「下不思上之聲，君不欲臣之色，上下不争而忠義成」。樂也要「應時變」，所以「五帝不同制，三王各異造」，但祇是「改其名目，變造歌詠」，「各宜其功德於天下，通其變使民不倦」，至於樂聲則不變。到了「衰末」，因爲「其物（指樂器的器材）不真，其器不固，其制（制度）不信，取於近物（就地取材），同於人間，各求其好，恣意所存，閭里之聲

競高，永巷之音争先，童兒相聚以詠富貴，芻牧負戴以歌賤貧」，所以「君臣之職未廢，而人懷萬心」了。

這樣一套政治主張，在當時這樣一個動蕩的局面之下，當然是無從施展的。何況「魏晉之際，天下多故，名士少有全者（《晉書》本傳）」。阮籍雖然「弱冠尚未知名」，但後來就「物望甚高」，與嵇康並爲「竹林七賢」的領袖而「聲譽廣被」了。在他四十歲的那年，司馬懿一下子殺了何晏、鄧颺這班人，致一朝天下「名士減半」，而後來又殺了夏侯玄，更是那班名士的魁首。阮籍在这樣的威懾之下，終於放棄了他的「濟世志」，轉爲自全之計，他「博覽群籍，尤好莊老」，從老、莊那裏求得出路。他一方面論「易」，論「樂」，一方面「尤好莊老」，兩者顯然不是同時並存，而是有時代的先後的。他的思想，可以説是由「儒」入「道」，他傳下來的論著，除《通易論》和《樂論》外，就是《達莊論》和《通老論》。不過，道家的思想到了東漢之末，已經和方士的道術合流，成爲所謂的「道教」，阮籍的思想，也不免受了這個影響，他的思想已經不限於莊子的哲理範圍。試看他的《達莊論》的末段：「且莊周之書何足道哉！猶未聞夫太始之論，玄古之微言乎！」可見他是並不以莊周的思想爲滿足的。他的《通易論》也羼雜了一些五行家言在内。再看他的《清思賦》和《大人先生傳》，那種飄飄雲際、神游八表不是一個神仙世界麽？比起莊子的所謂「乘彼白雲，至於帝鄉」（《莊子·天地篇》），又不知邁出了多少步。他的生活態度，也並不衹是「以莊周爲模則」（《三國志·王粲傳》）的，他蔑視禮教，固然是思想上的解放，實際上還是佯狂避世。試看他初聞母喪的時候，雖然飲酒食肉，與客圍碁，若無其事，然「舉聲一號，嘔血數升」，可見他内

心實在悲痛已極，不過是强作鎮静，並非真正是那麽泰然的。但是，他由「儒」入「道」，由「有濟世志」而轉爲「逃空虚」，衹是出於自全之計，並不是思想認識上的變化，所以，這一轉變是不會徹底的。何况早年所受的影響，也很不容易一下子從根挖掉，因此，在他的思想上是有着矛盾的。又何况他的「逃空虚」衹能是思想上的解脱，並不能見於實際行動，因爲在那樣一個統治階級内部鬭争劇烈的時代，一個極有名望而又曾參與過政治活動的人，如果真的逃避起來，那就會被當權者的一派懷疑爲黨於敵對派别而不能放過他，反而不能自全。試看他的「神契」的朋友嵇康終於招致了殺身之禍，便是這個緣故。他不能像孫登那樣，所以他對於孫登（《大人先生傳》中的大人先生）真是不勝艷羡。但他在統治階級裏面又不是一味依附權勢，做忠實的奴才，只顧提高自己的地位。他有他自己的政治抱負、政治主張，對當權者的所作所爲，尤其是那些彼此殘酷争奪的血淋淋的事實，不能不有是非、善惡的辨别。他雖然「至慎」，「口不臧否人物」，但他自會有「皮裏陽秋」的，這種「陽秋」，從他的「青白眼」裏表示出來。這就更增加他的内心的矛盾。這種矛盾衝突劇烈，簡直找不到出路。只看他「每次出游，任意所之，不由徑路，車轍所窮，輒慟哭而返」，正是他的内心矛盾重重，走投無路，痛苦萬分的一個恰好寫照。他的這種有時痛苦到慟哭程度的内心矛盾，無處傾訴，衹能傾吐於他的文學作品中。除了傳下來不多的辭賦和散文（尤其是《大人先生傳》）中透露一點消息外，恐怕最多的是寄託在他的大量的詠懷詩裏。這種詩隨感而發，隨意抒寫，正好發洩他的滿腔鬱悶，充分表露了他的思想感情，也達到了他的文學天才和

造詣的最高峰。因此，探討他的詠懷詩，就成了研究他的思想和文學的中心問題。

阮籍的文學，在中國中古時代文學史上的地位是很高的。尤其是他的詠懷詩，後來的人對它都一致推崇，有的説是凌駕他的前人而直承曹子建，更有人説是凌駕曹子建而直承楚騷、漢賦，也有人説唐朝的李太白就是直接承着他（以上均見本集附録，在此不具引）；反之，加以貶抑的概所未見。

魯迅先生也説過，阮籍的散文做得很好。的確，他的幾篇賦，筆調、詞彙乃至其誇張處，都還是漢人面貌，不像晉以後那種雕琢、藻飾的樣子。他的散文，如《達莊論》这種理論性的文章，其首尾兩段，竟是辭賦的寫法。又如傳記性質的《大人先生傳》，劉師培先生説它：「其體亦出於漢人設論（原注：如《解嘲》之屬），然雜以騷賦各體，爲漢人所未有。」也許他寫的散文本來不多，流傳下來的更衹寥寥此數，所以對當時和後世的影響不大。劉先生衹舉出伏義《與嗣宗書》、張邈叔《自然好學論》（原注：邈叔此文，與阮爲近）、劉伶《酒德頌》、嵇叔良《阮嗣宗碑》（原注：此文蓋仿阮文爲之）幾篇。劉先生説：「西晉之士，其以嗣宗爲法者，非法其文，惟法其行，用是清談而外，别爲放達。」（以上所引劉師培先生語，均見《中古文學史講義》）

阮籍的《詠懷》詩則不然，千餘年來，雖一直爲人所諷誦，但正如鍾嶸所説「厥旨淵放，歸趣難求」（《詩品》），是那麽難於捉摸。這些詩不是成於一時，也並非特意而作，只是隨時抒感，後人在編輯這些篇章時，憑所得的一個概括的印象而加上了「詠懷」這個題目，因此很不容易把它的真意一句一字地讀

懂。就是和他的時代比較接近，而本人又是很有成就的詩人，如顏延之、沈約諸人，也只能總説一句是「憂生之嗟」。儘管如此，這些詩讀起來還是很美的。

阮籍《詠懷》詩的意旨成了一個「謎」，而「謎底」則隨他的死去而湮没，永遠無法核對。然而有了這樣好的「謎面」，自然就不斷有人去猜。從顏延之、沈約直到李善諸人，都還採取謹慎的態度，只説一個總的印象是「憂生之嗟」，並没有按某首某句去扣合。到了後來，就有人配合着阮籍當時的政局去推測他的某首詩的含意。這本來是對的。以阮籍的思想和他所遭遇的世變，他的這些抒懷詩決不會無端興起，而必定是有個端的。從當時的政事去探索他的這個端，當然是一條最可取的研究方法。可是，這要十分慎重，如果勉强去迎合，就不免失之穿鑿附會，更何況還有人有意附會去達到自己的政治目的呢？我們必須把他們的這些説法加以辨别。

首先作這種探索的，是唐朝繼李善之後注《文選》的「五臣」。他們在好些首《詠懷》詩的注裏都提到阮籍是在「刺司馬文王（司馬昭）」。他們認爲阮籍是必然忠心於魏的，對「司馬昭之心」是必然恨得「牙癢癢的」。他們這種説法有没有根據呢？没有。阮籍曾經不肯應魏太尉蔣濟的辟命，又託病辭去魏顧命之臣大將軍曹爽的參軍而「屏於田里」，可另一方面卻一連做了司馬懿、司馬師、司馬昭父子三人的從事中郎，和司馬昭更是相處得最久，並且很相得。在司馬昭的座位上，别人都是畢恭畢敬，他卻可以不拘禮教。在垂死之年，離開司馬昭的大將軍府去做步兵校尉後，還是「恒游府内，朝宴必與」

(《晉書》本傳)。甚至在何曾公開地向司馬昭攻訐他時,司馬昭卻説:你們不能爲了我而容忍他麽?可見阮籍這個人的存在,對司馬昭還是有用的。再看他把盧播推薦給司馬昭時所説的話:「若得佐時理物,則政事之器;銜命聘享,則專對之才;潛心圖籍,文學之宗;敷藻載述,良史之表。」他把這樣一個多方面出色的人才(雖然盧播這人後來默默無聞)推薦給司馬昭,不能説不是出於爲司馬昭打算的。怎麽可以設想阮籍在形迹上和司馬昭如此親密,心意又如此投合,而骨子裏卻是「心存魏闕」,左一首《詠懷》刺司馬文王,右一首《詠懷》刺司馬文王呢?從阮籍的論著所包含的思想以及各種史籍裏關於他的記載來看,看不出他會是這樣一個兩面人物。何況他還明明爲魏國的大臣們寫了那篇給司馬昭的《勸進牋》呢?「五臣」和以後同他們一鼻孔出氣的那班人,爲了要證實阮籍是像他們所要標榜的那樣的忠臣,於是作了種種解釋。有人説,阮籍既做過曹爽的參軍,似乎一朝受命,君臣之分已定,就一定會矢忠不移。但是,阮籍不也做了司馬父子的從事中郎,而且時間更長久得多麽?有人説是「元瑜之子,固應爾」,這是説,忠臣之後必然也是忠臣。但我們看看阮瑀又怎樣呢?他曾逃避過曹操的羅致,最後也祇是做了記室,況且那時名義上還是漢朝的天下,而阮瑀早在魏國受禪的前八年就已死去了。有人替阮籍惋惜,説他不應該寫那篇《勸進牋》。也有人替他開脱,説他祇勸司馬昭接受「晉王」和「九錫」之命,最後做一個像支伯、許由一類的「讓王」,不要真的做皇帝,所以還是忠心於魏。這真是天真得可笑。「王」和「九錫」會是怎樣的結果,大家當然都是莫逆於心。但那時雖然禪讓之局已定,究竟

最後一層的幕布還没有揭開，司馬昭還在虚僞地表示「讓德」，怎麽能公然要他「受兹大寶，傳諸無窮」（梁啟超《異哉！所謂國體問題者》）呢？萬一司馬昭故作姿態，不是要怪罪下來麽？阮籍寫的這篇文章的最後幾句，不過是措辭巧妙而已，其佈局和所用典實詞彙，都顯然是以潘勗起草的對曹操勸進的那篇文章爲藍本的，也就可見阮籍的心中是把晉之代魏和魏之代漢看作歷史故事的重演，没有什麽可以驚異的了。「五臣」以後那班人的種種説法，都是未能自圓其説的。那麽，他們爲什麽要這樣歪曲呢？原來他們都是有自己的政治目的的。罪魁禍首是「五臣」。「五臣」中雖然衹有兩人官居微職，其餘三人都是所謂的「處士」，但唐朝的所謂處士，本來就是走「終南捷徑」的人。「五臣」本是些「陋儒」（蘇軾語），於《文選》這部書甚少貢獻，但他們都藉着注書的機會，正好表示自己一朝得意，必然是忠心耿耿的。他們連郭璞的《遊仙詩》都要牽扯到忠君愛上這一點，何況阮籍本是官居「二千石」的人，他的《詠懷》詩又是個謎，他們怎肯不乘機搗弄一番呢？從「五臣」以後直到清朝的何焯、蔣師爚諸人，凡是帶上這副着色眼鏡的，都可作如是觀。黄節先生自然是例外，他「嘗以辨别種族，發揚民義垂三十年」（黄節《阮步兵詠懷詩注自敘》），不過，他覺得「世變既亟，人心益壞，道德禮法盡爲奸人所假竊」（同上。當時竊國者大倡其所謂「禮治」），阮籍實在恨當時的司馬昭，他要「指桑駡槐」。所以黄節先生説：「余於此時不重注嗣宗詩，則無以對今之人。」又説：「欲使學者由詩以明志而理其性情，於人之爲人，庶有裨也。」他同樣也是抱着一個政治目的去注阮籍的《詠懷》詩，但和「五臣」諸人不可「同日而語」，這是應該加以區别的。

當然，阮籍並不是死心塌地地依附司馬氏，他既没有像賈充、王經那班人攀龍附鳳以獵取富貴，也没有像鄭冲、王祥那班人依違取容以保持禄位。他是一個有抱負、有理想的人，因此，對於司馬父子的所作所爲，斷然不能件件滿意。特别是高貴鄉公這樣一個「才同陳思，武類太祖」（《三國志》注引《魏氏春秋》載鍾會語），以夏少康自命（《三國志》注引《魏氏春秋》：「帝慕夏少康。」又與群臣論夏少康與漢高祖之功德誰宜爲先，認爲「漢祖功高，未若少康盛德之茂」，「仁者必有勇，誅暴必用武，少康之盛，豈必降於高祖」）的非常之主，阮籍做過這位少主的散騎常侍，封了關内侯，對於少主之横死必然不能無動於衷，這些應該在他的《詠懷》詩裏得到反映。可是，他的《詠懷》詩決不都是最後幾年纔寫的。在以前更長一段時期内，對於魏明帝以至曹爽兄弟這班人的所作所爲，也不能無所臧否，這些，也必然在他的《詠懷》詩裏得到反映。總之，他的《詠懷》詩裏如果有所謂「刺」，那是以他自己的是非、善惡的標準來作衡量，決不是站在忠於曹家的立場而痛心於司馬氏的篡逆。

我以這樣的看法來讀阮籍的《詠懷》詩和前人的注釋，我提出了若干新的解釋，同時批判了一些前人的説法。我不敢説我的解釋已接近於揭穿一些謎底。不過，我相信如果不斷地有人本着客觀的態度和歷史的眼光去讀它，總可以把這個謎揭得更圓滿一些。我希望我是在這個工程上加上了一撮土。

陳伯君

例言

一、舊時校書者往往以一本爲據，而取他本校之，注出其文字異同。至於何字爲可從，則恒不加斷定，任讀者自擇。本書則不專據一本，係將各本互校之後，遇有文字異同之處，擇其可從者作爲本文，可彼可此者，則以多數者爲歸。蓋校書之目的，應在訂正譌舛，使讀者於讀本文時易得其解，非爲校書而校書也。但恐個人識解有限，所取之字或有未當，所不取之字其義反而較勝，故祇作爲向讀者建議，仍分注他本異同於下，以供讀者參酌。惟明顯爲誤字者則不注，例如：《亢父賦》「鉅野瀦其後」之「瀦」字薛本作「猪」，「窮濟盡其前」之「濟」字范陳本作「齊」之類。又汪士賢刻本不精，字多訛舛，無甚足取；嚴可均本幾全據范陳本而間校以《藝文類聚》，此二本除偶有例外者，皆不一一出校。程榮校刻范陳本，除校改者外，其相同者亦不注出。這樣，不僅本文擇善而從，易於通讀，其他各本之面目亦可於此窺見，不必再檢原書。

二、舊時校書者，往往祇取數本以校所據之本，本書則盡力搜求所能够求得的各種版本而互校之，惟個人所見有限，容尚有他本爲搜求所未及者。

三、舊時校書者往往祇注意本集或類書所引而鮮及於選本。本書則凡清末以前諸大家之選本均校及之，並旁及方志，因此亦頗有賴以校正訛奪者。例如：《東平賦》「□士惟中」一句，諸本皆然，及朴

本「土」作「七」。及檢陳元龍等輯之《歷代賦彙》（張惠言輯《七十家賦鈔》同），則此句作「厥土惟中」，於是，騞然而解。

四、校時遇可疑之處，非有一種版本作爲根據則不敢遽定。例如：「亢父」之「亢」字，諸本皆作「元」，遍查有關史地書籍，又曾請鄭天挺兄協助查考，實無「元父」一地名，兩人不約而同地認爲必係「亢父」之誤，然仍待檢得梅鼎祚本正作「亢」，又《歷代賦彙》「元」字下注「一作亢」，始敢據以校改。又前舉「□士惟中」一句，讀時雖可推断爲「厥土惟中」，然非有《歷代賦彙》本可據，亦未敢臆定。

五、馮惟訥《詩紀》載阮籍五言《詠懷》詩其二十一，附注中有「京師曹氏有一善本」云云（黄節《阮步兵詠懷詩注》同首詩之校語謂曹卷作某，即據此），此本今未見。

六、吴汝綸《八十二家詩選》載阮籍《詠懷》詩，其校語中有所謂「潘璁本」（黄節《阮步兵詠懷詩注》校語中亦有所謂潘璁本或潘本），遍求此本，並承趙萬里、向達諸先生協助查考，均未得，迄今亦尚不知潘璁其人。頗疑黄或未見到此本，其校語即據吴之校語（完全相同），而吴則當確見此本。又按吴所引之潘璁本校語全同於陳德文本，按語亦同，祇是削去了「陳德文曰」四字，疑潘璁實翻刻陳本而竊據其名也。

七、阮籍文除《昭明文選》所録兩篇有舊注可參考外，其餘皆未見前人注過。《詠懷》詩則除四言者外，五言者《昭明文選》所録十七首舊注頗多，其餘亦尚有舊注可供參考。凡此等舊注中引用某書而其

書尚存者，本書大抵均經覆勘原文，不問接援引，因而改正舊注之處頗不少。舊注所不及者，則加以補注。故本書雖參考舊注而實亦等於新注。

八、舊注引書頗多改易字句，或並參以己意，引書之起訖不明，不知孰爲原文，孰爲注者所加，因而造成不少混亂。今所引舊注皆查對原書，校正字句並於前後起訖處各加引號，因而引書與原注者所加之語分界清楚，不致混淆。

九、凡舊注曾引某書，本書雖經覆檢原書並校正其字句，但仍存原注者之名，不欲掠美。

十、原書有今已亡佚或一時未能檢得者，只好逕用舊注。

十一、原書雖已亡佚而另有他書可據者，則改引他書。例如五言《詠懷》詩其七十六「秋駕」一詞，李善注引《莊子》逸篇，其後注者皆遞相援引，今改用《淮南子》，並參以《列子》。

十二、凡解釋詩文中字句意義者爲「箋注」，探測原文意旨者列爲「集評」，個人之所見與前人不同者，則另冠以「按」字。按中頗有與前人立異者，例如五言《詠懷》詩其二、其四之「天馬」、其五之「趙李」，其六等皆是。但仍不敢過於自信，請讀者參酌。

十三、凡叶韻之字容易忽略者，皆爲注出。

十四、詩、文皆於意義完整之句下加注，不取逐字逐句加注，以免割裂文義。但如一句中連用數個故事而故事又較長者，則仍逐事分注。

十五、凡已注在前者，以後衹注明見某文某詩注，不再重複。本文有需補充者，除注明見某文某詩注外，再另行加注。單字之用法較特殊者，亦不嫌重注，以省讀者翻檢前文之勞。

十六、五言《詠懷》詩有顔延之、沈約兩人舊注者，悉爲保存，以兩人既皆爲有名之詩人，而其時代又與阮籍時代之距離較近，政治、社會之變遷亦不大，宜更多親切之體會，可供後人參考。

十七、除顔、沈外，李善注爲最早、最有名之注，故亦多予保存，惟於其誤闕處亦加以辨正。保存之李善注間有先後移置，不悉依原來次序，例如五言《詠懷》詩其六，原詩中「青門」在前，「畛」在後，而李善注則「畛」在前，「青門」在後，今予移置。

十八、李善注中有與本篇詩文無關者，例如五言《詠懷》詩其五之「太行」、「失路」，李善注引《戰國策》及高誘注，但高注所釋「面」、「駕」等字，見於《戰國策》而不見於阮詩，可謂與阮詩無關，故不予保存。惟「資用」字見於阮詩，則仍留高注。

十九、李善注中有衹引某書某句，以説明原文中其詞之有所本，而不加解釋者，例如五言《詠懷》詩其七之「逶迤」，李善注引《楚辭》曰：「載雲旗之逶迤。」此等注於瞭解本文之意義無關，在所不採。

二十、「五臣」探測詩中意旨之意見，亦悉予保存，以「五臣」之説雖往往多謬，而後來注者頗多承用其説也。

二十一、張溥之阮籍《詠懷》詩注，全録自馮惟訥之《詩紀》（僅一處例外），丁福保注則全録自聞人倓

《古詩箋》，並按語亦同，而皆不注明其所本，據他人之勞績以爲己有，最不足取。今皆使之各還原主。

二十二、校用小字列在本書相當之字句下，注列於每一分段之後。供參考之意見又另列，以便閱讀。

阮籍集校注卷上

賦

東平賦

漢置東平國，治無鹽縣，故城在今山東省東平縣治東二十里。《漢書·地理志》「東平國」注：「故梁國。景帝十六年別爲濟東國。武帝元鼎元年爲大河郡。宣帝甘露二年爲東平國。莽曰有鹽。屬兗州。」又東平國有無鹽縣。明張溥《漢魏六朝百三名家集》評此賦云：「清遥古雅，有楚騷之遺則。凡賦中仍沓、鋪張、薰蒸、蹇澀諸病，皆洗濯盡去。」據《晉書·阮籍傳》：「及文帝輔政，籍嘗從容言於帝曰：『籍平生曾游東平，樂其風土。』帝大悦，即拜東平相。」今觀此賦，無一語道其風土有可樂者，反之，則極道其風土之惡，甚至謂「孰斯邦之可即」，可見籍當時對司馬昭之語，不過託辭求去，及抵東平，纔十餘日，則又失望而歸矣。

夫九州有方圓㈠，九野有形勢㈡，區域高下，物有其制㈢：開之則通，塞之則否；流之則行，壅之則止；崇之則成丘陵，汙之則爲藪澤；逶迤漫衍，繞以大壑㈣。

箋注

㈠中國古代區全土爲九州。《尚書·禹貢》注引《春秋説題辭》云：「州之言殊也。」《禹貢》云：「禹別九州。」又云：「冀

州既載」,「濟河惟兖州」,「海岱惟青州」,「海岱及淮惟徐州」,「淮海惟揚州」,「荆及衡陽惟荆州」,「荆河惟豫州」,「華陽黑水惟梁州」,「黑水西河惟雍州」。其後《爾雅·釋地》及《周禮·地官·職方氏》中之州名又互相略有不同,不具引。《爾雅》疏云:「《禹貢》有青、徐、梁,無幽、并,是夏制。《周禮》有青、并、幽,無徐、梁、營,是周制。此有幽、徐、營而無青、梁、并,疑是殷制也。」《漢書·地理志》云:「周既克殷,監於二代而損益之,定官分職,改禹徐、梁二州合之於雍、青,分冀州之地以爲幽、并。」至於《淮南子·墬形訓》中之九州州名,除冀州外,其餘悉皆不同。《淮南》書性質特殊,不可據爲史料。「九州有方圓」,謂九州之地形有參差之不齊也。

㊁《後漢書·馮衍傳》李賢注:「九野,九州之野也。」此外,《吕氏春秋·有始覽》所謂「天有九野」,《淮南子·原道訓》注「九野,八方中央也」,皆就天文而言,非此文中九野之意。「九野有形勢」,謂九州之野各有其不同之地勢。

㊂《玉篇》:「物,事也。」《漢書·藝文志》:「事爲之制。」師古曰:「每事爲制也。」《説文》:「制,裁也。」此處有自然限制之意。

㊃否,音鄙,閉不行。壅,塞也。崇,謂積而高也。《周禮·春官·大司樂》疏:「土之高者曰丘。」《爾雅·釋地》:「大阜(《釋名》:「土山曰阜。」)四陵。」藪,大澤也。《風俗通·山澤篇》:「水草交厝,名之爲澤。」凡「開之」、「塞之」、「流之」、「壅之」、「崇之」、「汙之」,皆自然爲之,所謂「物有其制」也。《説文》:「迻迤,斜去貌。」《漢書·藝文志》:「雜家者流,漫羨(同衍)而無所歸心。」師古曰:「漫,放也。」衍,水溢也。《莊子·天下篇》:「夫大壑之爲物也,注焉而不滿,酌焉而不竭。」陸德明《音義》:「李云:『大壑,東海也。』」

及至分之國邑，樹之表物㊀，四時儀其象，陰陽暢其氣，傍通迴蕩，范陳本作盪。張溥本同。有形有德，雲升雷動，一叫一默㊁；或由之安，范陳本、及本注：「一作觀。」乃用薛本、及本作由。斯范陳本作期，注：「一作斯。」惑㊂。范陳本注：「一作或。」

箋注

㊀樹，立也。表，標也。《國語・晉語》：「置第蕝，設望表。」韋昭注：「立木以爲表，表其位也。」可見古代國、邑之間立有望表，猶今所言之界標。

㊁《釋名》：「儀，宜也，得事宜也。」《易・繫辭上》：「在天成象。」疏：「謂懸象日、月、星辰也。」《周禮・地官・稻人》：「以溝蕩水。」鄭注：「謂以溝行水也。」德，《韻會》：「四時旺氣也。」叫指雷，默指雲。此數句言地區不同，天時地利亦隨之而有不同。

㊂用，以也。惑，《說文》：「亂也。」言國邑之內，如天時地利得宜，則人事亦由之而安，否則亂矣。

若觀夫隅薛本作偶。隈之缺，幽荒之塗，沕范陳本、及本作忽。漠薛本注：「一作漢。」之域，窮野之都；奇偉譎詭，不可從范陳本、薛本、及本及《賦彙》。他本皆作「可以」。勝圖㊀。

箋注

㊀隅，角也。《爾雅・釋地》疏：「隈即厓內深隩之處也。」沕，音密，深微貌。漠，《說文》：「北方流沙也。」《左傳・隱元年》注：「凡邑，有先君之廟曰都，無曰邑。」《漢書・司馬相如傳・子虛賦》：「不可勝圖。」師古曰：「勝，舉也。不可

盡舉而圖寫之，言其多也。」

乃有偏游之士，浩養之雅，陵諸本皆作凌。薛本注：「一作陵。」鷩飈，躡浮霄，清濁俱逝，吉凶相招㈠。是以伶薛本作泠。注：「一作伶。」倫薛本作淪。注：「一作倫。」游鳳于崑崙薛本此下有一山字。之陽㈡，鄒子噏薛本作喻。注：「一作噏。」温于黍谷之陰㈢，伯高登降于尚季之上㈣，羨門逍遥于三山之岑㈤；上遨玄圃，下游鄧林㈥。鳳鳥自歌，翔鸞自舞，嘉穀蕃殖，匪我稷黍㈦。

箋注

㈠《孟子·公孫丑上》：「我善養吾浩然之氣。」趙岐注：「我能自養育我之所有浩然之大氣也。」浩，即大之意。雅，雅士之意。陵，猶歷也。飈，音標，暴風也，又扶摇風也。躡，登也。霄，雲氣也。《淮南子·天文訓》：「氣有涯垠，清陽者薄靡而爲天，重濁者滯凝而爲地。」《詩·邶風·匏有苦葉》傳：「招，號召之貌。」清濁，承浮霄言。吉凶，承鷩飈言。

㈡《漢書·律曆志》：「黄帝使泠綸自大夏之西，崑崙之陰，取竹之解谷生，其竅厚均者，斷兩節間而吹之，以爲黄鐘之宫，制十二筩以聽鳳之鳴。」

㈢王充《論衡·定賢篇》：「燕有谷，氣寒，不生五穀。鄒衍吹律致氣，既寒更爲温。燕以種黍，黍生豐熟。到今名之曰黍谷。」（又《寒温篇》略同。）據《清一統志》，今河北省密雲縣西南有地名黍谷。噏同吸。

㈣伯高，疑即伯成子高。《莊子·天地篇》陸德明《音義》：「伯成子高，通變經云：『老子從此天地開闢以來，吾身一千二百變，後世得道，伯成子高是也。』」尚季未詳。

㊄《史記・秦始皇本紀》：「三十二年，始皇之碣石，使燕人盧生求羨門高誓。」韋昭曰：「羨門，古仙人。」又：「二十八年，齊人徐市上書言：『海中有三神山，名曰蓬萊、方丈、瀛洲，仙人居之。』」《漢書・司馬相如傳・大人賦》應劭注：「羨門，碣石山上仙人羨門高也。」又《郊祀志》應劭注：「羨門名子高，古仙人也。」岑，峻極貌。

㊅遨，遊也。玄圃，亦作懸圃。《楚辭・天問》：「崑崙懸圃，其凥安在？」王逸注：「崑崙，山名也。在西北，元氣所出。其巔曰懸圃，乃上通於天也。」《水經注》：「崑崙說曰：崑崙之山三級：下曰樊桐，一名板桐；二曰玄圃，一名閬風；上曰層城，一名天庭，是爲太常之居。」《山海經・海外北經》：「夸父與日逐，走入日，渴欲得飲，飲於河、渭，河、渭不足，北飲大澤，未至，道渴死，棄其杖，化爲鄧林。」《淮南子・墬形訓》許慎注：「其杖生木而成林，鄧猶木也。一曰仙人也。」又《淮南子・兵略訓》：「昔者楚人地……亘之以鄧林。」畢沅《山海經校注》謂：「鄧林即桃林，鄧桃音近，蓋即楚之北境也。」按：此文仍指奇偉譎詭之鄧林，非實指楚地之鄧林也。

㊆鳳，《說文》：「神鳥也。」《孔演圖》：「鳳爲火精，生丹穴。非梧桐不棲，非竹實不食，非醴泉不飲。身備五色，鳴中五音。有道則見。飛則群鳥從之。」《山海經》：「女牀山有鳥，狀如翟而五彩文，名曰鸞。見則天下安寧。」穀，《說文》：「百穀之總名。」稷，據《本草》，其米爲黃米。黍，《說文》：「禾屬而黏者也。以火暑而種，故謂之暑。」文意謂崑崙玄圃嘉穀蕃生，但非世間所有之稷黍也。

其阨陋則有橫術之場，鹿豕之墟，匪修潔之攸麗，于穢累之所如㊀。西則仰首阿甄，傍通戚蒲㊁，桑間濮上，淫荒所廬㊂。三晉縱橫，鄭衛紛敷，豪俊凌厲，從薛本、及本及《賦彙》。他本

皆作屬。徒屬留居。是以强禦薛本作御。横于户牖，怨毒奮于牀隅，仍鄉飲從范陳本、及本。薛本作「鄉渺」，「鄉」字下注：「一作飲。」「渺」字下注：「一作欲。」他本皆作渺欲。而作慝，薛本作匿。豈待久而薛本、及本無而字。發諸㈣。

箋注

㈠阸，狹也，塞也。横，《説文》：「闌木也。」術，《説文》：「邑中道也。」《管子·度地篇》：「百家爲里，里十爲術，術十爲州。」墟，《説文》：「大丘也。」修，《周禮·天官》注：「掃除糞灑。」攸，語助辭。如，往也，至也。言其地既不修潔，爲衆惡之所歸也。

㈡阿、甄，皆地名。《戰國策·秦三》：「謂魏冉曰：『宋、衛乃當阿甄耳。』」鮑注：「莊十三注：『阿，今濟北東阿，齊之阿邑。』甄屬濟陰。莊十四年：『會於鄄』，史作甄。」《史記·田敬仲完世家》正義曰：「甄音絹，即濮州甄城縣北。」兩地皆在今山東省境。戚、蒲，亦皆地名。《國語·楚語第十七》：「范无宇曰：『昔鄭有京櫟，衛有戚蒲。』」《春秋左氏傳·文元年》注：「戚，衛邑，在頓丘衛縣西。」《漢書·地理志》：東海郡有戚縣，在今山東省境。《左傳·桓三年》注：「蒲，衛地，在陳留長垣縣西南。」《史記·孔子世家》徐廣注：「長垣縣匡城蒲鄉。」正義曰：「《括地志》：『故蒲城在滑州匡城縣北十五里。』匡城本漢長垣縣。」按：在今河北省境。

㈢《詩·鄘風·桑中》小序：「刺奔也。衛之公室淫亂，男女相奔，至於世族在位相竊妻妾，期於幽遠，政散民流，而不可止。」又《魏風·十畝之間》：「十畝之間兮，桑者閑閑兮。」毛傳：「閑閑然，男女無别往來之貌。」《禮記·樂記》：

「桑間濮上之音，亡國之音也。」注：「濮水之上，地有桑間，亡國之音於此水出也。昔殷紂使師延作靡靡之樂，已而自沉於濮水。……桑間在濮陽南。」《漢書·地理志》：「衛地有桑間、濮上之阻，男女亦亟聚會，聲色生焉。」地在今河南省境。　廬，《説文》：「寄也。」

㊃三晉，春秋之晉，至戰國時分爲韓、魏、趙三國。縱横，謂東平與三晉之地縱横相交也。敷，散也。謂鄭衛之人紛紛散布於東平之境内也。凌，犯也，侵也。厲，猛也，烈也。徒，黨也。屬，類也。《詩·大雅·烝民》：「不侮鰥寡，不畏强禦。」牖，穿壁以爲交窗也。慝，惡也。鄉飲作慝，猶酒後生事之意。

厥此字諸本皆缺，據《賦鈔》及《賦彙》補。土范陳本作士，注：「疑缺。」薛本作七，注：「一作色。」及本作七，注：「字訛落無考。」惟中，劉王是聚。高危臨城，窮川帶宇㊀。叔氏婚薛本、及本注：「一作媚。」族，實在其湄，背險從范陳本、薛本、張燮本、及本及《賦彙》、《賦鈔》。他本皆作土。向水，垢污多私㊁。是以其州閭鄙邑，莫言或薛本作惑，注：「一作或。」《賦鈔》「言或」二字倒置。非，殪情戾慮，以殖厥資㊂。其土田則原壤蕪荒，樹藝失時，疇畝不辟，荆棘不治，流潢餘溏，洋溢靡之㊃。

箋注

㊀《禹貢》：「荆河惟豫州……厥土惟壤……厥田惟中上，厥賦錯上中。」此文言東平之土質爲中等也。據《元和姓纂》卷五，漢景帝子魯共王餘生允，封東平侯，因居之。又據《廣韻》，王姓共有二十一望，其中有東平一望。《元和姓纂》有東萊，無東平。《戰國策》注：「臨猶制也。」宇，《説文》：「屋邊也。」「高危臨城，窮川帶宇」，言二姓聚居之狀。

〔二〕叔氏婚族聚居河湄，待考。《詩·秦風·蒹葭》正義：「湄是水岸。」私，《説文》：「奸邪也。」

〔三〕《周禮·地官·大司徒》：「五黨爲州。」注：「州，二千五百家。」又《地官·族師》：「五家爲比，五比爲閭。」注：「閭，侣也，二十五家相群侣也。」《説文》：「閭，里門也。」《周禮·地官·遂人》：「五鄰爲鄙，五鄙爲縣。」《周禮·地官·小司徒》：「九夫爲井，四井爲邑。」《釋名》：「邑，人聚會之稱也。」州閭，指劉王聚居處。鄙邑，指叔氏聚居處。「莫言或非」，猶誰也不説誰不好之意，蓋皆聚族而居，習俗相同，習見而不以爲異也。殪，《説文》：「死也。」殪情，猶絶情之意。戾，《説文》：「曲也。」《書·仲虺之誥》傳：「殖，生也。」資，《説文》：「貸也。」

〔四〕《爾雅·釋地》：「大野曰平，廣平曰原。」壤，《説文》：「柔土也。無塊曰壤。」又：「物自生則言土，人耕種則言壤。」蕪，《説文》：「穢也。」《書·蔡仲之命》：「無荒棄朕命。」傳：「無廢棄我命。」是「荒」即「廢」也。《孟子·滕文公上》：「樹藝五穀。」趙注：「樹，種；藝，殖也。」《禮記·月令》：「季夏之月，可以糞田疇。」《左傳·襄三十年》注：「並畔爲疇。」司馬注：「六尺爲步，步百爲畝。」「辟」與「闢」通。荆，《本草》注：「其生成叢而疏爽，故又謂之楚。」棘，《説文》：「小棗叢生者。」潢，積水池。溏，淖也。洋，多也。之，往也。「洋溢靡之」，言積水泥淖無所歸趨。

東當三齊〔一〕，西薛本作耶，注：「一作邪。」及本作邪。接鄒魯〔二〕，長塗千里，受兹商旅；力間《賦鈔》作田。爲率，范陳本注：「音帥。」師使以薛本、及本作使。輔，驕僕纖邑，于焉斯處〔三〕。川澤捷徑，洞庭荆楚，遺風過焉，范陳本「過」下空一字，注：「缺。」薛本、及本「過焉」二字作「是過」。是徑是宇〔四〕。

箋注

〔一〕上文言「西則仰首阿甄」，蓋就東平與阿甄言。此又言「東當三齊，西接鄒魯」，蓋就三齊與鄒魯言，三齊又在東，鄒

魯又在西也。據《漢書・田儋傳》，項羽徙齊王市更王膠東，治即墨；立齊將田都爲齊王，治臨淄；立故齊王建孫田安爲濟北王，治博陽。師古曰：「三齊：齊及濟北、膠東。」

㈡鄒，《說文》：「魯縣，古邾婁國。」《孟子題辭》：「邾國至孟子時，魯穆公改曰鄒。」在今山東省鄒平縣。《漢書・地理志》：「周興，以少昊之虚曲阜封周公子伯禽爲魯侯，以爲周公主。」

㈢商，《說文》：「行賈也。」《易・旅卦》疏：「旅者，客寄之名，羈旅之稱，失其本居而寄他方，謂之爲旅。」《史記・郭解傳》：「洛陽人有相仇者，邑中賢豪居間以十數，終不聽。」注：「居中爲他道和輯之。」率，《廣韻》：「領也，將也。」《說文》：「師，衆也。」輔，《廣韻》：「相助也。」「師使以輔」謂役使多人以輔其業。纖，小也。

㈣川澤指水道。徑，行過也。《詩・大雅・綿》傳：「宇，居也。」「是」字指東平，謂荆楚之客或由此經過，或居留。

由而紹俗，靡則靡觀，范陳本作覩。非夷罔式，導斯作殘㈠。是以其唱和薛本、及本「和」下有「務」字。矜勢，背理向姦，尚范陳本作向。氣逐利，罔從及本。范陳本作囚，他本皆作因。畏惟慾㈡。其居處壅翳蔽塞，窕邃弗章，倚以陵墓，帶以曲房，是以居之則心昏，言之則志哀，悸薛本、及本注：「一作悖。」罔薛本作冈，注：「一作囚。」徙薛本注：「一作徒。」易，靡所寤懷㈢。

箋注

㈠由，總上土著（劉、王及叔氏婚族）及商旅等情況而言。《詩・周頌・訪落》箋：「紹，繼也。」是有結成之意。則，法也。《周禮・考工記》「以觀四國」注：「以觀示四方使倣象之。」《漢書・嚴安傳》：「以觀欲天下。」顏師古注：「顯示

之使其慕欲也。」夷，平也，易也。《爾雅・釋宮》：「罔，無也。」式，取法也。罔式，謂無足取法也。殘，賊也。

㈡唱，一作倡。有人倡首，即有人應和。《春秋公羊傳・僖公九年》：「矜之者何？猶曰：『莫我若也。』」注：「色自美大之貌。」惟，《玉篇》：「爲也。」愆，過也，罪也。

㈢壅，塞也。翳，隱也，蔽也。窕，深極也。邃，深遠也。章，明也。陵，冢也。曲，《易・繫辭》疏：「屈曲委細。」悸，心動也。罔，通作惘，失志也。徙，遷也。易，易其居處。寤，覺也，承上心昏而言。《詩・檜風・匪風》傳：「懷，歸也。」又《王風・揚之水》箋：「懷，安也。」《爾雅・釋詁》：「懷，止也。」疏：「至止也。」

其外有薛本、及本作幸，注：「一作逕。」濁河薛本無河字。縈其溏，清濟盪其樊㈠。薛本作焚，注：「一作樊。」其北有連岡，崺靡崎巇，從薛本、及本。他本或作巇。山陵崔巍，雲電相干，《賦彙》作竿。長風振厲，蕭條大從范陳本。他本皆作太。原㈡。其南則浮汶湛湛，行潦成池，深林茂樹，蓊鬱參差，群鳥翔程本作鴹。天，百獸交馳㈢。

箋注

㈠《韓非子・初見秦第一》：「齊之清濟濁河足以爲限。」縈，繞也。濁河，黃河水濁也。《水經注》卷八：「濟水自魚山北逕清亭東，……是下濟水通得清水之目焉，亦水色清，用兼厥稱矣。是故燕王曰：『吾聞齊有清濟濁河以爲固。』即此水也。」又：「黃水又東南逕任城郡之亢父縣故城西……《地理志》：『東平屬縣也。』」盪，摇動貌。樊，樊籬，又藩屏也。

㈡岡，山脊也。崺，山卑長貌。嶏、崎，皆山險峻貌。又《史記・司馬相如傳・子虛賦》郭璞注：「施嶏猶連延。」巇，危險貌。崔，高大也。巍，高也。干，犯也。山陵高大，故雲雹能觸及之。《説文》：「高平曰原，人所登。」

㈢《書・禹貢》：「浮於汶，達於濟。」孔傳：「順流曰浮。」《水經注》卷二十四：「經：（汶水）又西南過東平章縣南。」「又西南過無鹽縣南。」注：「水出無鹽城東北五里阜山下，西逕無鹽縣故城北，水側有東平憲五倉冢，碑闕存焉。」湛湛，深貌。潦，雨大貌。《詩・大雅・洞酌》毛傳：「行潦，流潦也。」蓊鬱，草木盛貌。翔，迴飛也。

雖黔首之不淑兮，儻山澤之足彌。古哲人之攸范陳本作微，注：「一作攸。」薛本、及本均作微。貴兮，好政教之有儀。彼玄真之所寶兮，樂寂寞之無知㈠。咨閭閻之散感及本作惑。兮，因回風以揚聲。瞻荒榛薛本、及本作裔。之蕪穢兮，顧東山之葱青。甘丘里之舊言兮，發薛本注：「一作廢。」新詩以慰情。信嚴霜之未滋兮，豈丹木之再榮㈡。《北門》悲于殷憂兮，《小弁》哀于獨誠㈢。鶡《吴汝綸集選注》：「『鶡端一而慕仁』，『端』讀爲『專』。『鶡』疑當作『鳩』。」端一而薛本、及本「而」下有「以」字。慕仁兮，何淳薛本、及本作純。朴之靡逞；彼羽儀之感志兮，矧伊人之匪靈㈣。

時憁悃以遥思兮，飈飄颻以欲歸。欽丕薛本、及本作邳。游于陵顛兮，舉斯群而競飛。物循從及本。范陳本、薛本作修，注：「一作循。」他本亦皆作修。化而神樂兮，寧遐觀之可追㈤。

乘松舟以載險兮，雖無維而自縶，騁驊及本作騄。騮「驊騮」二字薛本作「驌驦」。于狹路兮，顧

蹇驢而弗及㊅。資章甫以遊《賦鈔》作適。越兮，見犀光而「光而」二字薛本、及本作「兕之」。先入；被文繡而賈戎兮，識旃裘之必襲。奉薛本、及本作黍。淳德之平和兮，孰斯邦之可集㊆。將言歸于美俗兮，請王子與俱遊。漱玉液之滋怡兮，飲白水之清流。遂虚心而後已兮，又薛本、及本作人。何懷乎患憂㊇。

箋注

㊀《史記·秦始皇本紀》：「更名民曰黔首。」應劭曰：「黔亦黎黑也。」黔，《説文》：「黎也。秦謂民爲黔首，謂黑色也。周謂之黎民。」一説：黑巾蒙首，故謂黔首。淑，善也。儻，一作倘，或然之辭。《國語·周語》：「澤，水之鍾也。」鍾，聚也。《易·繫辭》疏：「彌謂彌縫補合。」此二句意謂：此地民情雖不善，或者山水之佳足以彌補其缺陷歟。攸，所也。儀，法也。此二句意謂：古哲人之所以可貴，要在於所施政教能發生良好影響。《易·參同契》：「惟昔聖賢，懷玄抱真。」此二句意謂：然而兩者（山澤彌補與政教影響）皆不可得，唯有學聖賢之玄真，樂於不見不聞而已。

㊁咨，嗟也。閭，里中門。閻，巷也。散，放也，佈也。回，旋也，繞也。此二語意謂：由閭閻所引起之感傷，願向天而一吐。瞻，臨視也。《漢書·揚雄傳》注：「榛榛，梗穢貌。」《爾雅·釋器》：「青謂之葱。」此二句意謂：近觀雖一片蕪穢，但回顧東山，則仍葱青可愛。《漢書·刑法志》：「四井爲邑，四邑爲丘。丘，十六井也。」《莊子·則陽篇》：「少知問於大公調曰：『何謂丘里之言？』大公調曰：『丘里者，合十姓百名而以爲風俗也。合異以爲同，散同以爲異。……此之謂丘里之言。』」陸德明《音義》：「李云：『四井爲邑，四邑爲丘；五家爲鄰，五鄰爲里。古者鄰里井邑

土風不同，猶今鄉曲各自有方俗而物不齊，故合散以定之。』」發，舒也，揚也。滋，多也，蕃也。丹，赤色。丹木，當即朱木。《説文》：「朱，赤心木，松柏之屬。」《山海經・西荒經》：「蓋山之國有樹赤皮，名朱木。」又丹木别解見《清思賦》注。此二句緊接「發新詩以慰情」而言。「新詩」或即指下文之《北門》、《小弁》，或别有所指。《詩・衛風・氓》：「桑之未落，其葉沃若。」「桑之落矣，其黄而隕。」小序：「刺時也。宣公之時，禮義消亡，淫風大行，男女無别，遂相奔誘，華落色衰，復相棄背，或乃困而自悔，喪其妃耦；故序其事以風焉，美反正，刺淫佚也。」證以上文「桑間濮上，淫荒所廬」之語，或即指此篇亦未可知。此意聊供參考。

㊂《詩・邶風・北門》：「出自北門，憂心殷殷。」小序：「北門，刺仕不得志也。言衛之忠臣不得其志爾。」《詩・小雅・小弁》：「踧踧周道，鞫爲茂草。我心憂傷，惄焉如擣。假寐永歎，維憂用老。心之憂矣，疢如疾首。」「譬彼舟流，不知所届。心之憂矣，不遑假寐。」「心之憂矣，寧莫之知。」心憂至於不遑假寐而莫有知者，此所謂獨誠也。

㊃《列子・黄帝篇》：「海上之人有好鷗鳥者，每旦之海上從鷗鳥游，鷗鳥之至者百住而不止。其父曰：『吾聞鷗鳥皆從汝好，取來吾玩之！』明日之海上，鷗鳥舞而不下。」《吴汝綸集選注》：「鷗端一而慕仁，端讀爲專。」逞，《説文》：「通也。」《易・漸卦》：「鴻漸於陸，其羽可用爲儀。」矧，況也。

㊄慠，急性也。悃，鬱結也。《山海經・西北經》：「又西北四百二十里曰鍾山，其子曰鼓，其狀如人面而龍身，是與欽鴀殺葆江於崑崙之陽，帝乃戮之鍾山之東曰嶢崖，欽鴀化爲大鶚，其狀如鵰而黑文白首，赤喙而虎爪，其音如晨鵠，見則有大兵。」又《莊子・大宗師》：「堪壞得之以襲崑崙。」陸德明《音義》：「司馬云：『堪壞，神名，人面獸形。《淮南子》作欽負。』」此二句意謂：東平之人「匪靈」，「政教」亦無可施，唯有冀望欽丕之舉其群而飛往陵顛。接下

二句意謂：於是乎「物循化而神樂」，然此「遐觀」又豈能企及哉！

㈥《詩·衛風·竹竿》：「檜楫松舟。」謂以松木爲舟，取其堅也。載，乘也。《漢書·賈誼傳》注：「維，所以繫舲。」縶，絆也。又：「顧，亦反也，言如人反顧然。」蹇，跛也。

㈦《莊子·逍遥遊》：「宋人資章甫而適諸越，越人斷髮文身，無所用之。」陸德明《音義》：「資章甫，李云：『資，貨也。章甫，殷冠也。以冠爲貨。』」犀光，劍也。《鹽鐵論·崇禮第三十七》：「夫犀象兕虎，南夷之所多也。」據《東觀漢記》，安帝曾賜馮石駮犀具劍。又《越絶書》卷八：「勾踐乃身被賜夷之甲，帶步光之劍。」此二句意謂：販賣冠帽以往越，越人無所用之，將祇見犀光之劍爲人争購，蓋其人輕死好鬥也。《周禮·天官·太宰》注：「行曰商，處曰賈。」《漢書·匈奴傳》：「自君王以下咸食畜肉，衣其皮革，被旃裘。」又：「中行説曰：『……其得漢絮繒，以馳草棘中，衣袴皆裂弊，以視不如旃裘堅善也。』」《釋名》：「毡，旃也，毛相著旃旃然也。」襲，服也。松舟載險，驊騮狹路，章甫適越，文繡賈戎，皆以喻「平和之淳德」與此邦之格格不入也。

㈧王子，仙人王子喬也。《列仙傳》：「王子喬者，周靈王太子晉也。好吹笙，作鳳凰鳴。游伊、洛之間，道士浮丘公接以上嵩高山。三十餘年後，求之於山上，見桓良曰：『告我家，七月七日待我於緱氏山巔。』至時，果乘白鶴駐山頭，望之不得到。舉手謝時人，數日而去。」《楚辭·九思·疾世》注：「玉液，瓊蘂之精氣。」怡，悦也。脱離現世，心境虚空，即無憂患矣。

重曰㈠：嘉年時之淑清兮，美春陽以肇夏。託范陳本作記。思薛本、及本、《賦彙》作颸。飉而

載行兮，薛本、及本、《賦彙》無兮字。因形骸以成駕㊁。遵閒維而長驅兮，問迷罔《賦鈔》作岡。于苑風㊂。玄雲興而四周兮，寒雨淪而下降。忽一寤而喪軌兮，蹈空虛而遂征。扶摇蔽于合墟兮，咸池照乎增城。欣煌熠薛本、及本注：「一作燿。」之朝顯兮，喜太陽之炎精㊃。馮從薛本、及本、《賦彙》。他本皆作測。虛舟以逞從薛本、及本、《賦彙》。他本皆作遑。思兮，聊逍遥于清溟。薛本、及本作冥。謹薛本、及本作謨。玄真之諶訓兮，想至人之有形㊄。繡靡覩其紛錯兮，慮彌遠而度逼，並旋軫于畎澮兮，若空桑之可即㊅。言淫衍而莫止薛本、及本此字缺。兮，心綿綿而未息。集訓詁從及本注。范陳本「訓」作「舒」，注：「一作書。」薛本「詁」作「詰」，注：「一作詁。」及本「訓」作「誨」，「詁」字缺，注：「當作訓詁。」以鑒戒兮，悵從范陳本注。諸本皆作賜，惟范陳本注：「一作悵。」衆誨范陳本、薛本、及本作悔。之難測。

神遥遥以獨從薛本、及本。他本皆作抒。歸兮，畏雙環之在側。咨禽鳥之不群兮，悼悠悠之無極㊆。

感藜藿之易修兮，攝左右之相譽。音餘。懼從風而永去兮，託顳項于傾從薛本、及本。兩本均注：「一作鮒。」他本皆作鮒。隅。雖琴瑟之畢存兮，豈聲曲之復舒？慮薛本注：「一作廬。」及本作廬。遨游以覲奇兮，彼上騰其焉如㊇？紛晻曖以糺從薛本、及本。他本皆作亂。錯兮，漫浩瀁而未静。理都繆而改據兮，竦端委而自整。制規矩以儀衡兮，占我龜以觀省㊈。眺兹輿薛本、及本作與。之所徹嚴可均本作撤。兮，實斯近而匪遠。豈三年之無問兮，將一往而九反。顧杲薛

本、及本作晨，注：「一作裏。」日之初開兮，馳曲陵而飾容。時零落之飄颻兮，誠薛本注：「一作試。」及本作誠。他本皆作試。枯薛本作祐。苑之必從㊉。

釋遼遥薛本注：「一作夜。」之闊度兮，習約結之常契。巡襄城之閒牧范陳本、張燮本、《賦鈔》作收。兮，誦純一之遺誓。被薛本、及本注：「一作彼。」風雨之沾濡兮，安敢軒翥而游署。竊悄悄薛本、及本作「悄竊」，無第二悄字。之眷范陳本、及本注：「一作羞。」貞兮，泰恬淡而永世。豈淹留以爲感兮，將易貌乎殊方。乃擇高以登栖兮，永欣欣而樂康⑪。

箋注

㊀重，再也，更爲也。《楚辭·遠游篇》末有「重曰」一段，注：「憤懣未盡，復陳辭也。」此文「重曰」一段，皆承上文「請王子與俱游」而言，益入幻想之境。

㊁嘉，美也。淑，善也。《爾雅·釋天》：「春爲青陽。」注：「氣清而温陽。」肇，始也。託，憑依也。思颮，謂思緒之涌起也。

㊂遵，循也。《楚辭·遠游》：「乘閒維以反顧。」洪興祖補注：「《孝經緯》云：『天有七衡而六閒，相去合十一萬九千里。』」《淮南子·天文訓》：「東北爲報德之維也，西南爲背陽之維，東南爲常羊之維，西北爲蹏通之維。」又：「兩維之間九十一度。」注：「四角爲維也。」又：「自東北至東南爲兩維。」《初學記》引《纂要》：「東西南北曰四方，四方之隅曰四維。」苑，通苑。《莊子·天地篇》：「諄芒將東之大壑，適遇苑風於東海之濱。」陸德明《音義》：「苑風，本亦作

宛。李云：『小貌，謂游世俗也。』一云：『苑風，人姓名。』」

㊃《易·坤卦》疏：「玄，天色。」周，徧也。《莊子·知北游》：「周、徧、咸三者，異名同實，其指一也。」軌，軌道。喪軌，承上「因形骸以成駕」而言。征，行也。《莊子·在宥篇》：「雲將東游，過扶摇之枝。」陸德明《音義》：「李云：『扶摇，神木也。生東海。』一云：『風也。』」《山海經·大荒東經》：「大荒之中有山名曰合虚，日月所出。」咸池有數解，此指日出時所浴處。《淮南子·天文訓》：「日出於暘谷，浴於咸池，拂於扶桑，是謂晨明。」注：「……太微、軒轅、咸池皆星名。」《淮南子·墬形訓》：「掘崑崙墟以下，地中有增城九重。」注：「中，崑崙墟中也。增，重也。有五城十二樓，見括地像。此蓋誕，實未聞也。」煌，光明也。熠，盛光也。《淮南子·天文訓》：「火氣之精者爲日。」《論衡·説日篇》：「夫日者，火之精也。」

㊄馮，同凴。《淮南子·詮言訓》：「方船濟乎江，有虚船從一方來，觸而覆之，雖有忮心，必無怨色。有一人在其中，一謂張之，一謂歙之，再三呼而不應，必以醜聲隨其從。向不怒而今怒，向虚而今實也。」《十洲志》：「東王所居處山外有員海，海水色正黑，謂之溟海。」又《莊子·逍遥遊》：「窮髮之北有冥海者，天池也。」諶，誠也。《莊子·逍遥遊》：「故至人無己，神人無功，聖人無名。」

㊅《周禮·考工記》：「畫繢之事，五彩備爲之繡。」《方言》：「私，小也。秦晉曰靡。」注：「細好也。」《易·巽卦》釋文：「紛，衆也。」錯，《易·繫辭》疏：「錯謂交錯。」《詩·小雅·楚茨篇》疏：「東西爲交，邪行爲錯。」度，限度之意。《周禮·考工記》注：「軫，輿也。」畎，水小流也。《書·益稷》傳：「一畝之間，廣尺深尺曰畎。」《爾雅·釋水》：「水注溝曰澮。」《楚辭·大招》注：「空桑，瑟名也。……或曰：空桑，楚地。」《山海經·東山經第四》：「東次二經之首曰空桑

之山。」注：「此山名琴瑟材，見《周禮》也。」又伊尹及孔子所生之地皆名空桑。即，就也。

㈦《禮記・曲禮》：「毋淫視。」疏：「謂流移也。」衍，水溢也。環，通作鬟。《康熙字典》解鬟字：「按古婦人首飾，琢玉爲兩環。此字後人所加。」《詩・小雅・十月之交》篇注：「悠悠，憂也。」又《鄘風・載馳》注：「悠悠，遠貌。」

㈧《漢書・司馬遷傳》：「太史公司馬談乃論六家之要指曰：『墨者亦上堯舜，言其德行曰：……糲粱之食，藜藿之羹。』」注：「藜草似蓬。」藿，豆葉。攝，引持也。顓頊，本爲古代帝王之名。《玉篇》：「顓者，專也。頊者，正也。言能專正天之道也。」又《風俗通》：「顓者，專也。頊者，信也。」此處用二字本義。慮，謀思也。思有所圖曰慮。遨，游也。覿，見也。騰，上躍也。

㈨晻，不明也。《漢書・元帝紀》注：「晻與暗同。」《離騷》注：「曖曖，昏昧貌。」《楚辭・九章》注：「紉，戾也。」漫、浩，本義皆大水貌。瀁，古文漾字。瀁瀁，無涯際也。《禮記・樂記》注：「理，容貌之進止也。」都，總也。《禮記・仲尼燕居》注：「繆，誤也。」又《漢書・于定國傳》注：「繆，違也。」《漢書・揚雄傳》注：「據猶住也，處也。」《楚辭・九歌・少司命》注：「竦，執也。」端，始也。《禮記・學記》：「或原也，或委也。」末曰委。如作首末解，蓋指「因形骸以成駕」之「駕」而言。又《左傳・昭元年》注：「端委，禮衣。」《書・舜典》傳：「璣衡，王者正天文之器可運轉者。」《禮記・曲禮》：「龜爲卜，筴爲筮。」《周禮・天官・占人》：「掌占龜。以八筮占八頌，以八封占筮之八故，以視吉凶。」省，察也。

㈩眺，遠視也。兹輿，謂形骸之駕託思飈而行者。徹，達也。斯，即也。《楚辭・卜居》：「屈原既放，三年不得復見。」又《九章・抽思》：「惟郢路之遼遠兮，魂一夕而九逝。」《漢書・陳勝傳》注：「反謂迴還也。」《詩・衛風・伯兮》：「杲杲出日。」杲，明也。菀，茂盛貌。

㈡遼，遠也。契，合也。此二句意謂：放開遠處仍回到常所契合之處。襄城，戰國時魏邑，在今河南睢縣。《淮南子・俶真訓》注：「閒，遠也。」《爾雅・釋地》：「郊外謂之牧。」《書・酒誥》：「嗣爾股肱純。」傳：「繼汝股肱之教，爲純一之行。」《書・大禹謨》傳：「誓，戒也。軍旅曰誓。」《楚辭・遠游》：「鸞鳥軒翥而翔飛。」車前高曰軒，軒有高意。翥，飛舉也。署，置也。悄，憂也。《詩・小雅・小明》：「睠睠懷顧。」《韓詩》作眷，勤厚之意。泰，安也。淹，留久也。《楚辭・九歌・東皇太一》：「君欣欣兮樂康。」

亢從梅本。他本皆作元。父賦

《賦彙》題下有「有序」二字。諸書無「元父」一地名，斷爲「亢父」無疑。《戰國策・齊策》：「蘇秦爲趙合縱説齊宣王曰：『……今秦攻齊則不然，倍韓魏之事，至衛陽晉之道，徑亢父之險，車不得方軌，馬不得並行，百人守險，千人不能過也。』」《史記・蘇秦列傳》載此段，索隱：「《地理志》：『縣名，屬梁國。』」正義：「故縣在兖州任城縣南五十一里。」《水經注》卷八：「黄水又東南，逕任城郡之亢父縣故城西，……縣有詩亭，春秋之詩國也。王莽更之曰順父矣。」《漢書・地理志》：「東平屬縣也。」清《嘉慶一統志》一八三：「亢父故城在山東濟寧州（今濟寧縣）南五十里。」

吾嘗游亢從梅本、及本。范陳本作元，注：「一作亢。」他本皆作元。父，登其城，使人愁思，作賦以詆從及本。范陳本、梅本作詃。他本皆作記。之，言不足樂也㈠。

亢從薛本、及本。他本皆作元。父者，九州之窮地，范陳本作也。先代之幽墟者也。故其城范陳本、薛本、及本皆作地。郭卑小局促，危隘不遐㊁；叶音何。其土田則汙從嚴可均。他本皆作汗。涂從及本。他本皆作除。漸淤，泥濕范陳本作涅。槃洿。叶音科。方池邊屬兮客從及本。薛本作容，注：「一作客。」他本皆作容。水滂沱，穢菜及本作萊。惟產兮不食實多，地下沉陰兮受氣匪和，太陽不周兮殖物靡嘉。薛本、及本作加。故其人民頑嚚薛本、及本作囂。檮杌，下愚難化㊂。叶音訶。

箋注

㊀以上序。梅本祇録序，不録本文。詆，訶也。

㊁九州，見《東平賦》注。窮，極也。地近東海，故曰窮地。幽，隱也。墟，故城。《廣韻》：「内城，外郭。」局，促也。促，迫也。危，不正也。隘，陋也，狹也。遐，遠也。

㊂汙，《説文》：「濁水不流也。」《左傳・隱三年》：「潢汙行潦之水。」疏：「畜水謂之潢。水不流謂之汙。」涂，溝涂也。《周禮・地官・遂人》：「百夫有洫，洫上有涂。」漸，浸也。淤，《説文》：「澱滓濁泥也。」泥，滯也。槃，停不進也。洿，《説文》：「水濁不流也。」《集韻》：「水深謂之洿。」屬，連也。滂沱，水流聲。穢，《説文》徐注：「田中雜草也。」菜，草之可食者。殖，生也。嚚，愚也。《左傳・文十八年》注：「檮杌，頑凶無儔匹之貌。」

其區域壅絶斷塞，分迫旋淵，終始同貫，本末薛本注：「一作宗。」相牽，疇昔迄今，曠世歷年㊀。鉅野瀦其後，窮濟盡其前，甽澮不暢，垢濁實臻，音箋。不肖群聚，屋空無賢㊁。故其

民放散淆薛本作情，注：「一作淆。」亂，藪竄澤居，比迹麇鹿，齊志豪貙。范陳本作區，注：「一作貙。」是以其原壤不辟，薛本注：「一作辭。」樹藝希疏，莧葦彌皋，蚊寅憯《賦彙》作噆。膚也㊂。

箋注

㊀壅，見《東平賦》注。絶，斷也。旋，繞也。《管子·度地篇》：「水出地而不流者命曰淵。」分、迫、旋、淵，四字各表一義。《漢書·董仲舒傳》注：「貫者，聯絡貫穿。」二句意謂：因爲客水滂沱，區域雍絶斷塞，分迫旋淵，所以不能分辨其終始本末。《左傳·宣二年》注：「疇昔，猶前日也。」曠，遠也。

㊁鉅野，謂鉅野澤，在今山東省鉅野縣北，即《禹貢》之大野。《書·禹貢》：「大野既豬（通作瀦）。」傳：「大野，澤名。水所停曰瀦。」濟水至此將入海，故曰窮濟。甽，溝也。《漢書·食貨志》：「廣尺深尺曰甽。」《爾雅·釋水》：「水注溝曰澮。」《周禮·地官·遂人》注：「澮，廣二尋，深二仞。」臻，至也，聚也。

㊂放，縱也，妄也。不自檢束爲散。淆，雜也。藪、澤，見《東平賦》注。豪，《說文》：「豕鬣如筆管者。」《爾雅·釋獸》：「貙、獌似貍。」原、壤、辟、樹、藝，均見《東平賦》注。莧，《說文》：「菜也。」皋，同皐，澤也。寅，齧人蟲。

于其遠險，則右金鄉而左高平㊀，崇陵崔巍，深溪崢嶸㊁；美類不處，熊虎是生，故人民被害嚼齧，禽性獸情。爾之近阻，則鳴鳩蔭其前，曲城發其後㊂；鴟鴞范陳本、及本、《賦彙》作梟。群翔，狐狸萬口，上四字范陳本作「之可悼豈有志於須臾」，嚴可均本從范陳本，注：「上九字一作『狐狸萬口』。」故其人民狼風豺氣，盭薛本、及本作盜，注：「一作盭。」雹及本作雹。無厚㊃。

箋注

㈠《水經・濟水注》引《郡國志》曰：「山陽有金鄉縣，菏水逕其故城南，世謂之故縣；城北有金山鄉也。」注又云：「黄水又東逕咸亭北……水南有金鄉山……漢司隸校尉魯峻，穿山得白蛇白兔不葬，更葬山南，鑿而得金，故曰金鄉山。」據《清嘉慶一統志》，故城在濟寧州西南九十里，今山東省有金鄉縣。《竹書紀年》：「（周慎靚王）六年，鄭侯使韓辰歸晉陽及向。二月，城陽、向，更名陽爲河雍，向爲高平。」《漢書・地理志》：「臨淮郡有高平縣。」注：「侯國。莽曰成丘。」後漢置高平侯國。據《清嘉慶一統志》一六六，故城在今山東省鄒縣西南。

㈡陵，見《東平賦》注。崔巍，見《東平賦》注。《漢書・西域傳》：「杜欽説大將軍王鳳曰：『……（罽賓國）又有三池盤石阪，道陿者尺六七寸，長者徑三十里，臨峥嶸不測之深。』」師古曰：「峥嶸，深險之貌。」

㈢《釋名》：「山巘曰險，水隔曰阻。」《水經・濟水注》：「索水又東逕虢亭南。應劭曰：『滎陽故虢公之國也，今虢亭是矣。』司馬彪《郡國志》曰：『縣有虢亭，俗謂之平桃城。或亦謂之爲號咷城』，非也。蓋號、虢字相類，字轉失實也。《風俗通》曰：『俗説高祖與項羽戰於京索，遁於薄中，羽追求之，時鳩止鳴其上，追之者以爲必無人，遂得脱。』案廣志，楚鳩一名嘷啁，號咷之名，蓋因鳩以起目焉。所未詳也。」《漢書・地理志》有曲城侯國，故城在今山東省掖縣東北。

㈣盭，《正字通》謂係盩字之訛。盩音輈，引擊也。《釋名》：「雹，殄也。乍見則殄滅也。」

南望春申，東瞻孟嘗，薛本作常，注：「一作嘗。」衮嚴可均本作袞。界薛邑，境邊山陽；逆旅行

舍，姦盜所藏㊀。北臨平陸，齊之西封；捷徑燕趙，逃遁范陳本作齒。嚴可均本從之，注：「齒一作遁。」逍遥㊁；故其人民側薛本注：「一作則。」匿頗僻，隱蔽不公，懷私抱詐，爽慝范陳本作匿，注：「一作慝。」薛本作匿。是從㊂，禮義不設，淳化匪同。

箋注

㊀《史記・春申君列傳》：「考烈王元年，以黄歇爲相，封爲春申君，賜淮北地十二縣。後十五歲，黄歇言之楚王曰：『淮北地邊齊，其事急，請以爲郡便。』因並獻淮北十二縣，請封於江東。」此蓋指春申君故封也。《史記・孟嘗君列傳》：「孟嘗君名文，姓田氏。文之父曰靖郭君田嬰。……嬰卒，謚爲靖郭君，而文果代立於薛，是爲孟嘗君。」太史公曰：「吾嘗過薛，其俗閭里率多暴桀子弟，與鄒魯殊。問其故，曰：『孟嘗君招致天下任俠姦人入薛中，蓋六萬餘家矣。』」正義：「薛故城在今徐州（《清嘉慶一統志》云：今山東）滕縣南四十四里也。」東西曰廣，南北曰袤。《漢書・地理志》有山陽郡，注：「故梁，景帝中元六年别爲山陽國，武帝建元五年别爲郡，莽曰鉅野，屬兖州。」故治在今山東省金鄉縣西北四十里。《莊子・山木篇》：「陽子之宋，宿於逆旅。」逆，迎也。《周禮・地官・旅師》注：「旅猶處也。」行舍，行人所止之舍。

㊁《孟子・公孫丑下》注：「平陸，齊下邑也。」據《清嘉慶一統志》，故城在今山東省汶上縣北。封，爵諸侯之土也。《左傳・隱五年》注：「南燕國，今東郡燕縣。」疏：「燕有二國，一稱北燕，故此注言南燕以别之。」故城在今河南省汲縣西。趙，初分晉得國，都晉陽，故城在今山西省太原縣北；後徙中牟，故城在今河南省湯陰縣西；又徙邯鄲，故城

在今河北省邯鄲縣西南。此言於亢父爲捷徑，當指湯陰或邯鄲而言。逍遥，《説文》：「猶翺翔也。」

㊂側，偏邪之意。慝，《玉篇》：「陰奸也。」頗，不平也，偏也。僻亦作辟，《孟子·梁惠王上》：「苟無恒心，放辟邪侈無不爲已。」爽，過也。慝，惡也。

先哲遺言，有昭有聾。范陳本作襲，注：「一作聾。」如何君子，栖遲斯邦㊀！

箋注

㊀昭，曉也。聾，無聞也。《詩·陳風·衡門》箋：「棲遲，游息也。」謂此邦曾未聞先哲之遺言，君子如何可以栖止乎！

首陽山賦

《史記·伯夷列傳》：「武王已平殷亂，天下宗周，而伯夷、叔齊恥之，義不食周粟，隱於首陽山，採薇而食之，……遂餓死於首陽山。」按：首陽山數處有之，此文所指乃洛陽城北之首陽山，伯夷、叔齊餓死之地當不在此處。此無關重要，蓋阮籍不過因此山名而念及夷、齊之事，因而寄意，因無需考證夷、齊餓死之果爲何地也。阮籍之父阮瑀亦有一篇《弔伯夷文》，云：「余以王事，適彼洛師，瞻望首陽，敬弔伯夷。東海讓國，西山食薇，重德輕身，隱景潛暉。求仁得仁，報之仲尼，殁而不朽，身沉名飛。稽首凭弔，向往深之。」亦指洛陽之首陽山。阮籍他文及《詠懷》詩中亦屢屢提及夷、齊餓死首陽事，後來注家因而紛紛引證夷、齊餓死之地究爲何處之首陽山，黄節之《阮步兵詠懷詩注》其九注中曾列舉數説。今將《河南通志》一篇綜合而簡要之記載轉録於下，以供參考。《河

南通志》卷之第五十雜辯，首陽山：「首陽山，按《一統志》：『在偃師縣西北二十五里，商伯夷、叔齊隱此。』又按戴延之《西征記》，洛陽東北有首陽山。《莊子》又稱：『夷、齊西至岐陽，見周武王伐殷，曰：「吾聞古之士，遭治世不避其任，遭亂世不爲苟存。與其仕周以塗吾身也，不若避之以潔吾行。」二子北至於首陽之山，遂飢餓而死。』其詩『登彼西山』，西山即岐陽之西首陽山也。曹大家注《幽通賦》又云在隴西。及考《山西通志》，首陽山在蒲州南四十五里，一名雷首，又名方山，夷、齊隱名之地，墓祠俱存。又和順縣南四十里亦有山名首陽。《史記·伯夷傳》馬融注：『首陽山在河東蒲坂，華山之北，河曲之中。』《詩·唐風·采苓》：『采苓采苓，首陽之顛。』孔安國曰：『首陽在蒲坂南也。』《禹貢》『雷首』注曰：『在河東郡。』予按：首陽，傳記所見凡六所，各有案據，先後不詳。今觀《唐風》、《禹貢》、《山西志》，俱與史合，仍以蒲南爲是。」又《水經注》：「（河水）又南，過蒲坂縣西。」注：「又南，涑水注之。水出河北縣雷首山，縣北與蒲坂分。山有夷齊廟。闞駰《十三州志》曰：『山一名獨頭山，夷齊所隱也。山南有古冢，陵柏蔚然，攢茂丘阜，俗謂之夷齊墓也。』」又：「又東過平縣北，湛水從北來注之。」注：「河水南對首陽山，春秋所謂首戴也，夷齊之歌所以曰『登彼西山』矣。上有夷齊之廟。」又《北堂書鈔》卷九十四及卷一百六十均有關於首陽之記載，不具引。

正元元年秋㊀，從薛本、及本，他本無秋字。余尚爲中郎，在大將軍府，獨往南牆下北望從薛本、及本，他本無望字。首陽山，作從薛本、及本，他本無作字。賦曰：

箋注

㊀正元，係魏高貴鄉公年號。齊王芳嘉平六年九月被廢，高貴鄉公立，十月壬辰改元爲正元元年。據《晉書》本傳，

阮籍初爲司馬懿從事中郎，懿死，復爲司馬師之從事中郎。高貴鄉公即位，封關内侯，徙散騎常侍。正元元年秋當尚未除舊職授新職，故曰「尚」爲中郎也。據其語氣，此文似爲以後補作。

在兹年之末歲兮，端旬首而重陰。風飄范陳本作颩。薛本、及本作颸。回以曲至兮，雨旋轉而瀸從及本。薛本作纖，注：「一作瀸。」他本皆作纖。襟。蟋蟀鳴于東房兮，鶗鴂號乎西林㈠。時將暮而無儔兮，慮悽愴而感心。振沙及本作莎。衣而出門兮，纓綏絶而靡尋㈡。步徙倚以《河南通志》作而。遥思兮，喟歎息而微吟。將修飭及本作飾。而欲往兮，衆䰄䰄而笑人。静寂寞而獨立兮，亮孤植薛本作值，注：「一作植。」而靡因。懷分索之情薛本作精，注：「一作情。」及本作精。一兮，穢群僞之射真。信可寳從薛本、及本。他本皆作實。而弗離兮，寧高舉而自儐。聊仰首以廣頫兮，瞻首陽之岡《賦鈔》作高。岑。樹叢茂以傾倚兮，紛蕭爽而揚音㈢。

箋注

㈠《書·洪範》：「四、五紀：一曰歲……。」傳：「所以紀四時。」末歲，猶今言末一季度。端，正也。《詩·大雅·雲漢》注：「回，旋也。」瀸，音尖，漬也。襟，《廣韻》：「袍襦，前袂也。」《釋名》：「襟，禁也。交於前，所以禁禦風寒也。」《詩·豳風·七月》：「十月蟋蟀，入我床下。」《廣韻》：「鶗鴂，鳥名。……春分鳴則衆芳生，秋分鳴則衆芳歇。」

㈡儔，等類也。《楚辭·九懷·危俊》注：「二人爲匹，四人爲儔。」慮，思慮也。《禮·曲禮》疏：「振，掃去塵也。」

《周禮・天官》：「內司服：掌王后之六服……素沙。」注：「素沙者，今之白縛也。六服皆袍制，以白縛爲裏，使之張顯。今世有沙穀者，名出於此。」纓，冠係也。委，見《東平賦》注。絶，見《亢父賦》注。

㊂徙倚，東靠靠，西靠靠之意。《楚辭・遠游》：「步徙倚而遥思兮。」注：「徬徨東西，意愁憤也。」又《哀時命》注：「徙倚，猶徘徊也。」飭，整備也。鹺，齒參差。亮，信也。植，立也。又《楚辭・招魂》注：「植，志也。」因，依也。《禮記・檀弓》注：「索，散也。」穢，惡也。儐，同擯，斥也，棄也。《爾雅・釋詁》：「頫，視也。」注：「謂察視也。」仰視曰瞻。岡，見《東平賦》注。岑，見《東平賦》注。傾，側也。揚音，謂風聲也。

下崎嶇而無薄兮，上洞徹薛本、及本作激，注：「一作徹。」而無依。鳳薛本作風。翔過而不集兮，鳴薛本、及本作鳴。梟群而並栖㊀。颺遥逝而遠去兮，一老窮而來薛本、及本作永。歸。實囚軌而處斯兮，焉暇豫而敢誹。嘉粟屏而不存兮，故甘死而採薇㊁。彼背殷而從昌兮，投危敗而弗遲；此薛本、及本作比。進而不合兮，又何稱乎仁義㊂。《漢書・鄒陽傳》師古注：「義讀儀。」肆壽夭而弗豫兮，競毀譽以爲度。察前載之是云兮，何美論之足慕。苟道薛本、及本作逌。求之在細兮，焉子誕而多辭，且清虚以守神兮，豈慷慨而言之㊃。

箋注

㊀崎嶇，山路不平也。《漢書・揚雄傳・甘泉賦》注：「草叢生曰薄。」洞，通也。徹，見《東平賦》注。《韓詩外傳》卷八：「（黄帝）乃見天老而問之曰：『鳳象何如？』天老對曰：『夫鳳象……戴德負仁，抱中挾義，……食有質，飲有

儀，往即文始，來即嘉成。惟鳳爲能通天祉，應地靈，律五音，覽九德。』」集，群鳥在木上也。梟，不孝鳥也。

㊁颺，風所飛揚也。「遥逝而遠去」謂鳳。《孟子·離婁上》：「孟子曰：『伯夷避紂，居北海之濱，聞文王作，興曰：「盍歸乎來！吾聞西伯善養老者。」太公避紂，居東海之濱，聞文王作，興曰：「盍歸乎來！吾聞西伯善養老者。」二老者，天下之大老也，而歸之，是天下之父歸之也。天下之父歸之，其子焉往？』」此文稱伯夷、叔齊爲二老。囚，拘也。《漢書·匈奴傳》：「罪小者軋，大者死。」焉，何也。《易·豫卦》疏：「謂之豫者，取逸豫之義。」誹，非議也。《論語·述而》：「（子貢）入曰：『伯夷、叔齊何人也？』曰：『古之賢人也。』曰：『怨乎？』曰：『求仁而得仁，又何怨？』」《禮記·王制》注：「屏，放去也。」《史記·伯夷列傳》正義引陸璣《毛詩草木疏》云：「薇，山菜也。莖、葉皆似小豆，蔓生，其味亦如小豆。」

㊂昌，周文王名。投，適也。文王爲西伯，而伯夷、叔齊往歸之，西伯爲紂囚於羑里，以獻美女及其他奇怪之物得釋，故曰「投危敗而弗遲」。「此」謂周武王。《史記·伯夷列傳》：「及至西伯卒，武王載木主號爲文王，東伐紂，伯夷、叔齊叩馬而諫曰：『父死不葬，爰及干戈，可謂孝乎？以臣弒君，可謂仁乎？』」

㊃《書·洛誥》：「丕視工載。」注：「視群臣有功者記載之。」此數句意謂：盡有人不求安逸以盡其天年，而惟競取世人之美譽。然觀前人記載伯夷、叔齊之事所説如此，又有何美論可以羨慕乎？誕，《説文》徐注：「妄爲大言也。」《説文》：「慷慨，壯士不得志也。」徐曰：「内自高亢憤激也。」此數句意謂：若一深究其中之理，又何必誇大其辭；寧清虚以守神，此並非憤激之言也。

集評

范陳本於文末注云：「嗣宗當魏晉交代，志鬱黄屋，情結首陽，託言於夷、齊，其思長，其旨遠，其詞隱。」（嚴可均本誤將「託言於夷齊，其思長，其旨遠」數語逆作正文，而無首尾諸句，遂不可讀。）

清思賦

與阮瑀並稱「建安七子」之劉楨有《清慮賦》，今存其殘句云：「結東阿之扶桑，接西雹乎燭龍，入鐐碧之間，出水精之部，上青朧之山，蹈琳珉之塗，玉樹翠葉，上栖金烏」云云，可供參考。

余以爲形之可見，非色之美；音之可聞，非聲之善。昔黄帝登仙于荆山之上，振咸池于南岳「岳」字據《賦彙》補，他本皆無。之岡㊀，鬼神其幽，而夔牙薛本注：「一作才。」不聞其章㊁。女娃耀薛本作嬥，注：「一作耀。」榮于東海之濱，而翩翻于洪西之旁，江淹擬阮步兵詠懷詩李善注引此二句，上句無「耀」字，下句作「翩飄于西山之傍」。林石之隕從，而瑶臺不照其光㊂。是以微妙無形，寂寞無聽，然後乃可以覩薛本、及本注：「一作觀。」窈窕而按：疑「而」下脱一「聞」字。淑清。故白日麗光，則季按：疑當作李。后不步其容㊃；鐘鼓閶鈴，則延子不揚其聲㊄。

箋注

㊀《史記·孝武本紀》：「齊人公孫卿曰：『黄帝采首山銅，鑄鼎於荆山下，鼎既成，有龍垂胡髯下迎黄帝，黄帝上騎，群臣後宫從上者七十餘人，龍乃上去；餘小臣不得上，乃悉持龍髯，龍髯拔墮，墮黄帝之弓；百姓仰望，黄帝既上天，乃抱其弓與胡髯號。故後世因名其處曰鼎湖，其弓曰烏號。』」振，發也。咸池，黄帝所作樂名。《漢書·禮樂志》：「昔黄帝作咸池，……咸池備矣。」師古曰：「咸，皆也。池，言其包容浸潤也，故云『備矣』。」《爾雅·釋山》「江南衡」注：「衡山南岳。」《史記·封禪書》：「《尚書》曰：『舜……五月巡狩至南岳。』南岳，衡山也。……上（漢武帝）巡南郡至江陵而東，登禮灊之天柱山，號曰南岳。」《初學記》引盛弘之《荆州記》：「衡山者，五岳之南岳也，其來尚矣。至於軒轅，乃以灊霍之山爲副焉，故《爾雅》云霍山爲南岳，蓋因其副焉。」《初學記》注：「或云衡山一名霍山。」

㊁幽，見《亢父賦》注。《書·舜典》：「帝曰：『夔！命汝典樂，教胄子。』」《史記·樂書》：「夔始作樂以賞諸侯。」牙，伯牙。《吕氏春秋·孝行覽·本味篇》：「伯牙鼓琴，鍾子期聽之，方鼓而志在太山，鍾子期曰：『美哉乎鼓琴！巍巍乎若太山。』少選之間而志在流水，鍾子期又曰：『善哉乎鼓琴！湯湯乎若流水。』」注：「伯，姓。牙，名；或作雅。悉楚人也。」樂竟爲一章。此數句意謂：黄帝咸池之樂，至夔、牙已不聞，而乃稱「備」，所謂「音之可聞，非聲之善」也。

㊂《山海經·北山經·北次三經》：「發鳩之山，其上多柘木。有鳥焉，其狀如烏，文首，白喙，赤足，名曰精衛。其名自詨。是炎帝之少女，名曰女娃。女娃游於東海，溺而不反，故爲精衛。常銜西山之木石以湮於東海。」《詩·小雅·巷伯》：「緝緝翩翩。」傳：「往來貌。」翻，飛也。洪，謂東海。《楚辭·離騷》：「望瑶臺之偃蹇兮，見有娀

之佚女。」注引《吕氏春秋》曰：「有娀氏有美女，爲之高臺而飲食之。」此數句意謂：女娃溺死而後世稱「榮」，所謂「形之可見，非色之美」也。

㊃寂寞，無聲也。美心曰窈，美色曰窕。淑，見《東平賦》注。麗，著也。《易・離卦》：「彖曰：離，麗也。日月麗乎天，百穀艸木麗乎土。」季后，疑當作「李后」。《漢書・外戚傳》：「(孝武)李夫人少而早卒，……上思念李夫人不已。方士齊人少翁言能致其神，乃夜張燈燭，設帷帳，陳酒肉，而令上居他帳遥望，見好女如李夫人之貌，還幄坐而步，又不得就視。」

㊄《周禮・夏官・大司馬》：「中軍以鼙令鼓……」注：「……司馬法曰：『鼓聲不過閶……』」鉿，聲也。延子，師延，紂之樂師。《史記・樂書》：「桑間濮上音。」正義：「昔殷紂使師延作長夜靡靡之樂，以致亡國。武王伐紂，此樂師師延將樂器投濮水而死。……」師延所作爲「靡靡」之樂，而鐘鼓聲巨，則延子之聲不揚。

夫清虛薛本注：「一作靈。」寥廓，則神物來集；飄飄恍忽，則洞幽貫冥；冰心玉質，則皦薛本、及本作激。潔思存；恬淡無欲，則泰志適情。伊衷從范陳本、張燮本、及本及《賦彙》。他本皆作哀。慮之遒薛本注：「一作道。」好兮，又焉處而靡逞㊀。叶痴真切。見《東平賦》注。寒風邁于黍穀兮，父從薛本、及本及《賦彙》。他本皆無「父」字。誨子而游鵠㊁。申孺悲而母歸兮，吴鴻哀而象生㊂。兹及本作慈。感激以達神，豈浩瀁而弗營。志不覬范陳本、薛本注：「一作凱。」而神正，心不蕩而自誠。固秉一而内修，堪粤范陳本作奥。止之匪傾㊃。惟清朝而夕晏兮，指濛汜以永寧。是時羲和

既頹，玄夜始扃，望舒整轡，素風來征，輕帷連颺，華裀范陳本、張燮本、及本、《賦彙》作茵。薛本作茵，注：「一作茵。」肅清，彭蚌及本作「蟋蟀」。微吟，螻蛄徐鳴㈤。望南山之崔巍兮，顧北林之葱青。太陰潛乎後房兮，明月耀乎薛本注：「一作兮。」前庭。迺申展三字薛本作「王申道」。而缺寐兮，忽一悟而自驚㈥。

箋注

㈠寥，空虛也。廓，大也，空也。老子《道德經·贊玄篇》河上公注：「忽忽恍恍者，若存若亡，不可見之也。」洞，見《首陽山賦》注。幽，見《亢父賦》注。貫，見《亢父賦》注。冥，幽也。皦，明也。泰，見《東平賦》注。遒，《正字通》：「終也。」焉，何也。逞，見《東平賦》注。

㈡《詩·小雅·菀柳》注：「邁，過也。」黍穀，見《東平賦》注。又劉向《別録》謂：「燕有黍穀……亦名燕穀山，亦謂之寒穀。山有風洞，洞口風氣凛冽，盛夏人不敢入。」游鶄，疑即謂海上鷗鳥事，見《東平賦》注。《呂氏春秋·審應覽·精諭篇》載此事作「蜻」，不作鷗鳥。注：「蜻，蜻蜓，小蟲，細腰四翅。一名四宿。」李善注江淹擬阮步兵詠懷詩引《呂氏春秋》作「青」，《太平御覽》卷九百五十引《呂氏春秋》則作「蜻蛉」。

㈢《呂氏春秋·季秋紀·精通篇》：「周有申喜者，亡其母，聞乞人歌於門下而悲之，動於顔色，謂門者内（納）乞人之歌者，自覺而問焉，曰：『何故行乞？』與之語，蓋其母也。」《淮南子·說山訓》謂申喜爲楚人。孺，小貌。《吳越春秋·闔閭内傳》：「闔閭既寶莫邪，復命於國中作金鈎，令曰：『能爲善鈎者，賞之百金。』吳作鈎者甚衆，而有之貪王

之重賞也，殺其二子，以血釁金，遂成二鈎，獻於闔閭，詣宫門而求賞。王曰：『爲鈎者衆而子獨求賞，何以異於衆夫子之鈎乎？』作鈎者曰：『吾之作鈎也，貪而殺二子，釁成二鈎。』王乃舉衆鈎以示之：『何者是也？』王鈎甚多，形體相類，不知其所在。於是鈎師向鈎而呼二子之名：『吴鴻、扈稽！我在於此。王不知汝之神也。』聲絶於口，兩鈎俱飛著父之胸。」象，謂兩鈎飛起之形象也。

㊃兹，概指以上四事，皆精誠交感而通於神者。浩瀁，見《東平賦》注。營，度也。覬覦，希望也。《禮記·月令篇》注：「蕩，謂物動萌芽也。」秉，執持也。粤，審慎之詞。傾，見《首陽山賦》注。

㊄晏，天清也。《淮南子·覽冥訓》注：「蒙汜，日所出之地也。」《楚辭·離騷》注：「羲和，日御也。」《山海經·大荒南經》：「東南海之外，甘水之間，有羲和之國，有女子名曰羲和，方浴日于甘淵。羲和者，帝俊之妻，生十日。」頽，墜也。玄，清静也。扃，外閉之關也。望舒，月御也。颺，見《首陽山賦》注。裀，與茵通，車重席也。彭，疑通作蟚。《古今注》：「蟚蜞，小蟹，生海邊泥中，食土。一名長卿。」據《本草》卷二十二：「螻蛄一名螻蛄，一名天螻，一名螜。」所引圖經、衍義諸書，均謂其能鳴。

㊅崔巍，見《東平賦》注。葱青，見《東平賦》注。太陰，星名。《宋史·天文志》：「天淵十星：一曰天池，一曰天泉，一曰天海，在鼈星東南九坎間，又名太陰，主灌溉溝渠。」申，舒也。

焉《賦彙》作駕。長靈以遂寂兮，將有歙乎所之。意流盪而改慮兮，心震動而有思。若有來而可薛本、及本無可字。接兮，若有去而不辭。心恍忽而失度，此句范陳本作「嗟慱（原注：一作博。）

賤而失庚」，注：「一作『心恍忽而失度』。」情散越而靡治。讀平聲。豈覺察而明真兮，誠雲夢其如兹㈠。驚薛本、及本作警，注：「一作驚。」奇聲之異造范陳本此字缺。兮，鑑殊色之在范陳本作所。斯。開《賦彙》作聞。丹山范陳本作桂，注：「一作山。」之琴瑟兮，聆崇陵之參差。及本作「嵾嵯」。始徐唱而微響兮，情悄慧以委虵㈡。從《賦彙》。他本皆作「螻蛇」。

箋注

㈠長靈，謂亡之神思也。（《易・繫辭》：「無思也，無慮也，寂然不動，感而遂通天下之故。」）歛，《説文》：「一曰斂氣也。」之，往也。《説文》：「思有所圖曰慮。」《儀禮・士相見禮》注：「若者，不定之辭也。」《書・泰誓》注：「越，遠也。」《左傳・昭四年》注：「越，散也。」治，亦理也。雲、夢，謂如雲如夢，皆不可捉摸之喻。

㈡造，詣也，進也。色，謂物色。丹山，丹穴之山。琴瑟，謂鳳鳴也。《山海經・南山經・南次三經》：「又東五百里曰丹穴之山。……有鳥焉，其狀如鷄，五采而文，名曰鳳皇。……是鳥也，飲食自然，自歌自舞，見則天下安寧。」參見《東平賦》注。聆，聽也。謂風動崇陵之草木，其聲參差可聞也。委虵，與委蛇同。《詩・召南・羔羊》箋：「委蛇，委曲自得之貌。」

遂招薛本注：「一作始。」雲薛本注：「一作雪。」以致氣兮，乃振動而大駭。聲飂飂以薛本無以字。洋洋，若登崑崙而臨西海，超遥茫渺，不能究其所在㈠。心瀁瀁而無所終薄兮，思悠悠而未半，鄧林殪于大澤兮，欽邳悲于瑶岸㈡。徘徊夷由《賦彙》作猶。兮，猗從范陳本、薛本。他本皆作倚。靡廣

衍。音延。游平圃以長望兮，乘修薛本無修字。水之華旍。長思薛本、及本作颸。肅以永至兮，滌平衢之大夷。循路薛本、及本注：「一作修。」曠以徑通兮，辟閨薛本作閏，注：「一作闈。」闔而洞闡。羡要眇之飄游兮，倚薛本作猗。東風以揚暉㊂。沐洧范陳本、薛本作消。淵以淑密兮，體清潔而靡譏。厭白玉以爲面兮，《北堂書鈔》卷一百五十一、《太平御覽》卷八及卷三百八十一引此句無兮字。披丹霞《北堂書鈔》卷一百五十一引此句作霏。嚴可均本注：「《御覽》八作『霏』。」以爲衣。《北堂書鈔》卷一百二十九、《太平御覽》卷八作裳。襲九英之曜精兮，《太平御覽》卷三百八十一無兮字。珮《賦彙》作佩。瑶光以發微。嚴可均本注：「《御覽》三百八十作『發輝』。」服儵煜以繽薛本作儐。紛兮，綷衆采以相綏。色熠熠薛本無第二熠字。以流爛兮，紛錯雜以葳蕤㊃。象薛本作蒙。朝雲之一合兮，似變化之相依；麾常儀使先好兮，命河女以胥薛本「以胥」二字作言。歸㊄。步容與而特進兮，眄從范陳本、張燮本。他本皆作盼。兩楹而升墀；振瑶谿而薛本作之，注：「一作而。」及本作之。鳴玉兮，播陵陽之斐斐㊅。蹈消澳之危薛本注：「一作卮。」迹兮，躡離散薛本注：「一作放。」之輕微。釋安朝疑當作期。之朱履兮，踐席假而集帷㊆。敷斯來之在室兮，乃飄忽之所晞。馨香發而外揚兮，媚顔灼以顯姿。清言竊其如蘭兮，辭婉娩范陳本作婉。薛本作嫿。《賦彙》作嫿。而靡違㊇。託精靈之運會兮，浮薛本無此字。日月之餘暉。假薛本注：「一作訖。」淳薛本下有浮字，注：「一作精。」氣之精薛本、及本作清。微兮，幸備讌以自私。願申愛于今夕兮，

尚有訪乎是非。被薛本無此字。芬芳之夕暢兮，將暫往而永歸。觀悦薛本作恍。懌薛本注：「一作惲。」而未静兮，言未究而心悲。嗟雲霓之可憑兮，翻揮翼而俱飛㊈。

箋注

㊀振，同震。飉飉，高風貌。《詩·衛風·碩人》傳：「洋洋，盛大也。」《山海經·西山經·西次三經》：「西南四百里曰崑崙之丘，是實惟帝之下都。」注：「天帝都邑之在下者也。」又《大荒西經》第十六：「西海之南，流沙之濱，赤水之後，黑水之前，有大山，名曰崑崙之丘。」《楚辭·七諫》注：「超遥，不安也。」究，窮也。

㊁瀁瀁，無涯際也。《史記·蘇秦列傳》：「楚王曰：『……心摇摇如懸旌而無所終薄。』」《楚辭·七諫·怨世》注：「薄，附也。」又《九辯》五臣注：「薄，止也。」《詩·周南·關雎》：「悠哉！悠哉！」箋：「思之哉！思之哉！」鄧林，見《東平賦》注。殪，死也。欽邳，見《東平賦》注。此二句意謂：思緒中斷，如夸父之殪於大澤，欽邳之悲於瑶崖也。

㊂夷由，同夷猶。《楚辭·九歌·湘君》注：「夷猶，猶豫也。」《漢書·司馬相如傳·子虚賦》師古注：「今人猶呼相撫掩容等爲猗靡。」衍，見《東平賦》注。修，長也。旂，旗之有鈴者。《爾雅·釋天》：「有鈴曰旂。」注：「懸鈴於竿頭，畫蛟龍於旒。」滌，灑也。《爾雅·釋宫》：「四達謂之衢。」《楚辭·天問》注：「九交之道謂之衢。」夷，平也。曠，空也，遠也。徑，直也。辟，見《東平賦》注。閨閣，内中小門也。闥，門也。洞，見《首陽山賦》注。闈，宫中之門也。《楚辭·九歌·湘君》注：「要眇，好貌。」又《遠游》補注：「要眇，精微貌。」

㊃湑，《説文》：「水出潁川陽城山東南入潁。」淑，清湛也。密，默也，深也。《楚辭·七諫·自悲》「厭白玉以爲面兮」

注：「厭，著也。」襲，服也。九英，未詳，《辭海》謂係「九星也，即北斗」，引此賦二語爲據。曜，光明照燿也。《漢書・京房傳》注：「精，謂日月清明也。」《淮南子・本經訓》注：「瑶光，謂北斗杓第七星。……一説：瑶光，知氣之見者也。」微，不明也。儵，《説文》：「青黑繒髮白色。」煜，燿也。繽紛，盛也。《漢書・司馬相如傳・大人賦》師古注：「綷，合也。」《荀子・儒效篇》注：「綏綏，安泰之貌，或爲葳蕤之貌。」熠，見《東平賦》注。爛，明也。錯，見《東平賦》注。《楚辭・七諫》注：「葳蕤，盛貌。」

⑤宋玉《高唐賦》：「昔者先王嘗游高唐，夢見一婦人曰：『妾在巫山之陽，高丘之阻，旦爲朝雲，暮爲行雨，朝朝暮暮，陽臺之下。』」《荀子・成相篇》注：「招麾，指麾也。」常儀，疑即常羲。《山海經・大荒經》：「有女子方浴月。帝俊妻常羲生月十有二，此始浴之。」河女，織女也。《荆楚歲時記》：「天河之東有織女，天帝之子也。」胥，相也，皆也。

⑥《莊子・人間世》：「以求容與其心。」注：「以求從容自放而遂其侈心也。」挺立曰特。眄，邪視也。楹，柱也。墀，階上地也。振，動也。《爾雅・釋水》：「水注川曰谿。」宋均曰：「有水曰谿，無水曰谷。」鳴玉，謂水聲也。《禮記・禮運》釋文：「播，舒也。」陵陽，仙人陵陽子明。《列仙傳》：「陵陽子明者，銍鄉人也。好釣魚，於谿釣得白龍，子明懼，解鈎，拜而放之。後得白魚，腹中有書，教子明服食之法，子明遂上黄山採五石脂沸水而服之。三年，龍來迎去，止陵陽山上百餘年。」《漢書・揚雄傳・反離騷》注：「斐斐，往來貌。」

⑦《太玄經》注：「消，意放散也。」湙，净也。危，在高而懼也。躡，蹈也，登也。安朝，疑爲安期，兩字形似，並由「朱履」推測而得。《列仙傳》：「安期先生者，琅玡阜鄉人也。賣藥於東海邊，時人皆言千歲翁。秦始皇東游，請見，與語三日三夜。賜金璧度數千萬，出於阜鄉亭，皆置去。留書，以赤玉寫一書爲報曰：『後數年求我於蓬萊山。』始皇

即遣使者徐市、盧生等數百人入海，未至蓬萊山，輒逢風波而還。」《史記·封禪書》：「(李)少君言上曰：『臣常游海上，見安期生，安期生食巨棗，大如瓜。安期生仙者，通蓬萊中，合則見人，不合則隱。』」《藝文類聚》卷八十七引《馬明生别傳》，言安期生食棗事，不具引。《禮記·曲禮》疏：「假，因也。」

㈧敷，散也。斯，此也。斯來，指胥歸之河女。《詩·齊風·東方未晞》疏：「晞謂將旦之時日之光氣。」馨，香遠聞也。灼，明也。《易·繫辭上》：「二人同心，其利斷金。同心之言，其臭如蘭。」婉，順也。《禮記·内則》注：「婉謂言語也。娩之言媚也，媚謂容貌也。」

㈨運會，運行而會合。淳，清也。嫵婉，安順貌。訪，謀也，議也。懌，悦也。《漢書·鼂錯傳》注：「究，竟也。」霓，《説文》：「屈虹。青、赤或白色。陰氣也。」翻，通作反。

彙中堂之局促兮，遺薛本注：「一作遺。」户牖之不處。惟幕張而靡御兮，几薛本作凡，注：「一作几。」筵設而莫拊㈠。范陳本、薛本作輔，注：「一作拊。」載雲輿之晻從范陳本。他本皆作奄。靄兮，乘夏后之兩薛本作雨。龍，薛本下有記字。折丹木以蔽陽兮，竦芝蓋之三從范陳本、薛本、張燮本、及本、張溥本及《賦彙》。《北堂書鈔》卷百三十三引亦作三。他本皆作所。重，翩翼翼以左右兮，紛悠悠以容容㈡。瞻朝霞范陳本、薛本、及本注：「一作雲。」之相承兮，薛本無兮字。似美人之懷憂。采色雜以成文兮，忽離散而不留。若將言之未發兮，又氣變而飄浮。若垂髦而失鬋范陳本作箭。程刻范陳本作鬋。兮，飾未集而薛本作又。形消；目流眄從《賦彙》。他本皆作眄。而自别兮，心欲薛本欲下有未字。來而貌遼㈢。

紛綺靡而未静從薛本、及本。他本皆作盡。兮，先薛本、《賦彙》作光。列宿薛本、及本注：「一作霜。」之規矩。時儻莽而陰曀兮，忽不識乎舊宇㊃。邁黄妖薛本作祓。之崇臺兮，雷師奮而下雨。内薛本注：「一作罔。」及本作罔。英哲薛本、及本注：「一作招。」與長年兮，笞薛本注：「一作苔。」離倫與膺賈㊄。摧薛本注：「一作推。」魍魎而折鬼神兮，直徑登乎所期。薛本注：「一作斯。」歷四方薛本、及本、《賦彙》作荒。而縱懷兮，誰云顧乎或疑。超薛本作趈。高躍而疾薛本注：「一作鶩。」鶩范陳本二字缺。程刻范本「而」下接鶩，下缺一字。薛本無鶩字。兮，至北極而放之。援薛本注：「一作楥。」間維薛本注：「一作紅。」以相示兮，臨寒范陳本缺寒字。門而長辭。既不以萬物累心兮，豈一女子之足思㊅！

箋注

㊀局，促也。牖，見《東平賦》注。張，施也，陳設也。御，進也。《周禮·春官·司几筵》注：「筵亦席也。鋪陳曰筵，藉之曰席。筵鋪於下，席鋪於上，所以爲位也。」拊，以手著物也。

㊁晻，見《東平賦》注。靄，雲貌。《山海經·海外西經》：「大樂之野，夏后啟於此舞九代，乘兩龍。」又《大荒西經》：「有人珥兩青蛇，乘兩龍，名曰夏后開。」又《西山經》：「西南三百六十里曰崦嵫之山，其上多丹木，其葉如穀，其實大如瓜，赤符而黑理。」竦，見《東平賦》注。蓋，車蓋也。《漢書·揚雄傳·甘泉賦》：「於是乘輿乃登夫鳳凰兮而翳華芝。」注：「華芝，華蓋也。」《詩·小雅·巷伯》傳：「翩翩，往來貌。」《詩·小雅·采薇》傳：「翼翼，閑也。」悠悠，行

貌。《楚辭・九章・悲回風》補注：「容容，變動之貌。」

㊂承，受也，繼也。雜，五彩相合也，又集也。《詩・鄘風・柏舟》傳：「髦者，髮至眉。」《爾雅・釋言》疏：「毛中之長毫曰髦。」《楚辭・招魂》注：「髯，鬢也。」飾，修飾也。盼，目黑白分明也。别，分别也。遼，遠也。

㊃綺，文繒。侈靡，奢侈也。列宿，列星也。《楚辭・九章・惜往日》：「如列宿之錯置。」注：「皇天羅宿有度數也。」文中「列宿之規矩」亦有度數之意。儻，或然之辭。《小爾雅》：「莽，大也。」曀，陰而風也。

㊄《漢書・五行志》：「思心之不容，是謂不聖……時則有黄眚黄祥……土色黄，故有黄眚黄祥。凡思心傷者病土氣……黄者，日上黄光不散，如火然，有黄濁氣……」《楚辭・離騷》補注：「軒轅主雷雨之神。一曰：雷師，豐隆也。」内，同納。長年，謂老年人。《説苑・貴德》：「景公游於壽宫，覩長年負薪而有飢色，公悲之，歎曰：『令吏養之。』」笞，捶擊也。離倫，未詳。膺，或當爲贋。贋，僞物。賈音古，坐賣售者。

㊅魍魎，《玉篇》：「水神。如三歲小兒。」又《孔子家語・辯物》：「丘聞之：木石之怪曰夔、魍魎，水之怪曰龍、罔象，土之怪羵羊也。」徑，見本篇前注。《莊子・寓言篇》注：「期，待也。」鶩，奔也。《漢書音義》：「直騁曰馳，亂馳曰鶩。」《爾雅・釋地》：「東至於泰遠，西至於邠國，南至於濮鈆，北至於祝栗，謂之四極。」間維，見《東平賦》注。《淮南子・地形訓》：「北方曰北極之山，曰寒門。」注：「釋寒所在，故曰寒門。」《史記・司馬相如傳・大人賦》注：「寒門，天北門。」以上兩段皆描摹其神思飄飖恍惚，諸如朝雲、常儀、河女、陵陽、安期等等，皆比擬之辭，此兩段一意相承。據《三國志・魏書・明帝毛皇后郭皇后傳》，明帝賜毛皇后死，愛幸郭皇后。又據《楊阜傳》：「時（明帝）初治宫室，發美女以充後庭……阜上疏曰：『……頃所調遣小女，遠聞不令，宜爲後圖。』」此文或爲諷諫明帝而作，亦未可知。

獮猴賦

《史記・項羽本紀》:「説者曰:『人言楚人沐猴而冠耳,果然!』」張晏曰:「沐猴,獮猴也。」索隱:「言獮猴不任久著冠帶,以喻楚人性躁暴。」《漢書・西域傳》「沐猴」注:「沐猴即獮猴。『母』音轉爲『馬』,又轉爲『彌』。《方言》母曰婁,此其證也。獸以雌強,今獮猴亦謂其大者,猶凡物之大者曰馬藍、馬薊之類。」《本草》:「猴好拭如沐,謂之沐猴,後人訛爲母,又訛爲獮。」

昔禹平水土而使益驅禽,滌蕩川谷兮櫛梳山林,從范陳本、薛本、張燮本、及本及《賦彙》。他本皆作川。是以神姦形于九鼎而異物來臻㈠。故豐狐文豹釋其表,間尾騶虞獻其珍㈡,夸父獨鹿袚薛本作柭,注:「一作杖。」其豪㈢,青馬三離棄其群:此以其薛本、及本作奇。壯而殘其生者也㈣。

箋注

㈠《孟子・滕文公下》:「當堯之時,水逆行,氾濫於中國,蛇龍居之,民無所定,下者爲巢,上者爲營窟……使禹治之。禹掘地而注之海,驅蛇龍而放之菹,水由地中行,江、淮、河、漢是也。險阻既遠,鳥獸之害人者消,然後人得平土而居之。」《書・舜典》:「帝曰:『疇若予上下草木鳥獸?』僉曰:『益哉!』」傳:「益,皋陶子也。」《白虎通》:「禽,鳥獸總名。言爲人禽制也。」《詩・豳風・七月》注:「洗器謂之滌。」《釋名》:「蕩,排蕩,去穢垢也。」櫛,梳枇之總名也。此作動詞。《説文》徐注:「梳之言導也。」《左傳・宣三年》:「定王使王孫滿勞楚子,楚子問鼎之大小輕重焉。對曰:『在德不在鼎。昔夏之方有德也,遠方圖物,貢金九牧,鑄鼎象物,百物而爲之備,使民知神姦,故民入川澤

山林不逢不若，魑魅罔兩莫能逢之，用能協於上下以承天休。」臻，見《亢父賦》注。

㈡《莊子·山木篇》：「夫豐狐文豹棲於山林，伏於岩穴，静也。」豐，大也。《列女傳·賢明傳·陶答子妻》：「（婦曰：）妾聞南山有玄豹，霧雨七日而不下食者，何也？欲以澤其毛而成文章也。」釋，解也。表，外也。釋其表，謂爲人獵獲脱去其皮毛也。間尾，未詳。《爾雅·釋獸》：「蜼，卬鼻而長尾。」注：「蜼似獼猴而大，黄黑色。尾長數尺，似獺尾，末有岐。鼻露向上，雨即自懸於樹，以尾塞鼻，或以兩指。江東人亦取養之，爲物捷健。」可供參考。《詩·召南·騶虞》傳：「尾長於身，不履生草。」又：「騶虞，義獸也。白虎黑文，不食生物。有至信之德則應之。」《山海經·海外北經》：「林氏國有珍獸，大若虎，五彩畢具，尾長於身，名曰騶吾。乘之日行千里。」注：「『吾』宜作『虞』也。」獻其珍，謂其爲珍獸，爲人所愛而獵獲之也。

㈢《淮南子·墬形訓》：「夸父耽耳在其北方，夸父棄其策，是爲鄧林。」注：「夸父，神獸也。」又《山海經》：「崇吾之山……有獸焉，其狀如禺而文臂，豹虎而善投，名曰舉父。」注：「或作夸父。」又參見《東平賦》注。《埤雅》：「獨，猨類也，似猨而大，食猨，今俗謂之獨猨。蓋猨性群，獨性特；猨鳴三，獨叫一：是以謂之獨也。」《山海經·北山經·北次二經》：「又北三百里曰北嚻之山，……有獸焉，其狀如虎而白身，犬首，馬尾，彘鬛，名曰獨狢。」又《南山經》：「又東三百七十里曰杻陽之山，……有獸焉，其狀如馬而白首，其文如虎而赤尾，其音如謡，其名曰鹿蜀。佩之宜子孫。」注：「佩謂帶其皮尾。」據上云云，獨鹿或即鹿蜀。祓，除也。豪，强也，健也。

㈣《山海經·海外東經》：「嗟丘爰有遺玉、青馬、視肉……」又《大荒東經》：「東荒之中有山名曰壑明俊疾，日月所出。有中容之國。東北海外又有三青馬、三騅（注：馬蒼白雜毛爲騅）、甘華。爰有三青鳥、三騅、視肉。（注：聚肉有眼）」

又《大荒南經》：「有蓋猶之山者，……有青馬，有赤馬，名曰三騅，有視肉……」又《大荒西經》：「西有王母之山、壑山、海山，……爰有甘華、甘柤、白柳、視肉、三騅……」壯，大也，強也。《方言》：「楙，殺也，晉魏河內之北謂楙爲殘。」

若夫熊狚之游臨江兮，見厥巧從薛本、及本。薛本注：「一作切。」他本皆作功。以乘危；夔負淵以肆志兮，揚震聲而薛本注：「一作以。」衣從《賦彙》。他本皆缺。皮㈠。處閒曠而或昭兮，何幽隱之罔隨；鼷畏逼以潛身兮，穴神丘之重深，終惑從及本。他本皆作或，薛本注：「一作成。」餌以來從及本。他本皆作求，薛本注：「一作來。」食兮，烏薛本注：「一作鳥。」嚴可均本作焉。鑿之而薛本無而字。能禁；此句及本作「烏□鑿之能禁」。誠有利而可欲兮，雖希覿而爲禽㈡。從范陳本、薛本、及本、張溥本及《賦彙》。他本皆作琴。故近者不彌從薛本、及本。他本皆作稱。歲，遠者不歷年，大則有稱于萬年，細者則爲笑于目前㈢。

箋注

㈠《楚辭・天問》：「焉有虬龍，負熊以遊。」補注：「熊形類大豕而性輕捷，好攀援上高木，見人則顛倒自投地而下。」《莊子・齊物論》：「猨猵狚以爲雌。」注：「猵狚一名獦牂，似猿，狗頭。其雄喜與雌猿爲牝牡。」夔，《説文》：「神魖也，如龍，一足。」負，恃也，依也。淵，見《亢父賦》注。

㈡閒，空也，遠也。曠，亦空也。昭，《爾雅・釋詁》：「見也。」《爾雅・釋獸》「鼷鼠」注：「有螫毒者。」烏，何也。鑿，開也。禁，止也。覿，見也。禽，通作擒。此數句意謂：縱然熊狚能攀上高木，夔潛居水中或見或隱，鼷鼠居在重深之土中，但終因貪餌求食，雖人希見之而仍不免爲人所擒制。

㊂彌，終也。歷年，謂多歷年所。

夫獮猴直其微者也，《藝文類聚》卷九十五從此句引起。猶繫《藝文類聚》卷九十五無繫字。累于下陳。體多似而匪類，形《藝文類聚》卷九十五作貌。乖殊而不純。從《藝文類聚》、薛本、及本、張溥本、《賦彙》，他本作殊。外察慧薛本作惠。而內《藝文類聚》卷九十五無內字。無度兮，《藝文類聚》卷九十五無兮字。故人面而獸心㊀。薛本、及本作身。性褊淺《藝文類聚》卷九十五作「偏淩」。而干進兮，《藝文類聚》卷九十五無兮字。似韓非之囚薛本作因。秦。揚眉額而驟呻《藝文類聚》卷九十五作眒。兮，《藝文類聚》卷九十五無兮字。似巧言之從薛本、及本，他本作而。僞真㊁。藩從後之繁衆兮，猶伐樹而喪鄰㊂。《藝文類聚》卷九十五無此二句。整衣冠而偉服薛本作眼。兮，《藝文類聚》卷九十五無兮字。懷項薛本誤作傾。王之思歸。躭嗜慾而盼從《賦彙》，《藝文類聚》卷九十五作眄，他本作盼。視兮，《藝文類聚》卷九十五無兮字。有長卿之妍姿㊃。舉頭薛本作歸。注：「一作頸。」吻而作態兮，動可增疑當作憎。而自新。《藝文類聚》卷九十五無此二句。沐蘭湯而滋穢兮，《藝文類聚》卷九十五無兮字。匪宋朝之媚人。終嗤從《藝文類聚》卷九十五，他本作蚩或作蚩。弄而處紲從《藝文類聚》卷九十五，他本作泄。兮，《藝文類聚》卷九十五無兮字。雖近習而不親。《藝文類聚》卷九十五引至此止，無以下一段。多才伎其何爲兮，從《賦彙》，他本皆無兮字。固受垢而貌侵㊄。姿便捷而好技兮，超趈從薛本、及本，范陳本兩字皆作趈，他本兩字皆作超。騰

躍乎巖岑。從及本，他本作「岑巖」，巖字失韻。既投林以以上三字從《賦彙》，他本皆缺。東避兮，遂中岡而被尋。嬰徽纆程刻范陳本、張燮本、張溥本作纆。以拘制兮，顧西山而長吟；緣榱桷以容與兮，志豈忘乎鄧林㊅。庶君子之嘉惠，設奇視以盡心，且須臾以永日，焉逸豫而自矜，斯伏死于堂下，長滅没薛本作後。乎形神㊆。

箋注

㊀《孟子·梁惠王下》注：「係累，猶縛結也。」係同繫。《史記·李斯傳》注：「下陳，猶後列也。」類，《爾雅·釋詁》：「善也。」乖，異也。察，知也。度，度量。

㊁褊，急也，狹也。干，求也。《史記·韓非列傳》：「秦王見《孤憤》、《五蠹》之書，曰：『嗟乎！寡人得見此人，與之遊，死不恨矣。』李斯曰：『此韓非之所著書也。』秦因急攻韓，韓王始不用非，及急，乃遣非使秦。秦王悦之，未信用，李斯、姚賈害之，毁之曰：『韓非，韓之諸公子也，今王欲并諸侯，非終爲韓不爲秦，此人之情也。今王不用，久留而歸之，此自遺患也；不如以過法誅之。』秦王以爲然，下吏治非。李斯使人遺非藥，使自殺。韓非欲自陳，不得見；秦王後悔之，使人赦之，非已死矣。」《漢書·司馬遷傳·報任安書》曰：「韓非囚秦，《説難》、《孤憤》。」呻，吟也。僞，詐也，此處作動詞用。

㊂藩，屏也。《史記·孔子世家》：「孔子去曹適宋，與弟子習禮大樹下，宋司馬桓魋欲殺孔子，拔其樹；孔子去，弟子曰：『可以速矣。』……孔子適鄭，與弟子相失，孔子獨立郭東門。鄭人或謂子貢曰：『東門有人，……纍纍若喪家之

狗。』」左右輔弼亦曰鄰。

㊃偉，奇也。《史記·項羽本紀》：「項王見秦宮室皆以燒殘破，又心懷思欲東歸，曰：『富貴不歸故鄉，如衣繡夜行，誰知之者！』説者曰：『人言楚人沐猴而冠耳，果然！』」躭，樂也。《書·無逸篇》傳：「過樂謂之躭。」妍，麗也，美好也。《史記·司馬相如列傳》：「相如之臨邛，從車騎，雍容閒雅甚都。」注：「都，猶姣也。」

㊄滋，益也。《論語·雍也》：「子曰：『不有祝鮀之佞，而有宋朝之美，難乎免于今之世矣。』」注：「宋朝，宋國之美人也，而善淫。」嗤，笑貌。《論語·公冶長》注：「紲，攣也，所以拘于罪人也。」紲亦同絏，絏，繫也。伎，伎巧。侵，貌不揚也。《漢書·田蚡傳》師古注：「短小曰侵。」

㊅姿，《説文》：「態也。」又與資同。趈同跕。《後漢書·馬援傳》注：「跕跕，墮貌。」岑，岡，見《東平賦》注。嬰，加也，繞也。徽，三糾繩也。《説文》：「三股曰徽，兩股曰纆，皆索也。緣，循也。」《爾雅·釋宮》注：「桷，屋緣也，一名榱梠。」《説文》：「秦名爲屋緣，周謂之榱，齊魯謂之桷。」《楚辭·離騷》注：「容與，遊戲也。」鄧林，見《東平賦》注。

㊆庶，《爾雅·釋言》：「幸也。」注：「庶幾僥倖。」《儀禮·燕禮》注：「須臾，言不敢久。」《詩·唐風·山有樞》傳：「永，引也。」豫，見《首陽山賦》注。矜，見《東平賦》注。

按：此文似有諷而作，否則，不至無端爲獮猴寫照。據《晉書·宣帝紀》：「嘉平元年春正月甲午，天子（魏齊王芳）謁高平陵，（曹）爽兄弟皆從，……帝（司馬懿）親帥太尉蔣濟等勒兵出迎天子，屯于洛水浮橋，……爽不通奏，留車駕宿伊水南，伐樹爲鹿角，發屯兵數千人以守。桓範果勸爽奉天子幸許昌，移檄徵天下兵，爽不能用。……桓範等援引古今，諫説萬端，終不能從，乃曰：『司馬公正欲奪吾權耳。吾得以侯還第，不失爲富家翁。』……乃收爽兄弟

及其黨與何晏、丁謐、鄧颺、畢軌、李勝、桓範等誅之。」《三國志·曹爽傳》注引《魏氏春秋》曰：「爽既罷兵，曰：『我不失作富家翁。』」曹爽「不失作富家翁」之言，與項羽之「富貴不歸故鄉」何其相似！此亦「沐猴而冠」耳！疑此文爲諷刺或悼嘆曹爽而作。

鳩賦《賦彙》題下有「有序」二字。

此所謂鳩，即《詩·曹風·鳲鳩》之鳲鳩，據文中「嘉七子之修容」句可見。《爾雅·釋鳥》：「鳲鳩鴶鵴。」注：「今之布穀也，江東呼爲獲穀。」農事方起，此鳥飛鳴于桑間，若云五穀可布種，故云布穀。

嘉平中得兩鳩子，常食以黍稷之旨，從薛本、及本。他本無「之旨」二字。後卒薛本作「率」，注：「一作卒。」爲狗所殺，薛本、及本作「煞」。故爲《藝文類聚》卷九十二無「爲」字。作賦㊀。《藝文類聚》及梅本祇録序，不録本文。

箋注

㊀嘉平，魏齊王芳年號（二四九——二五四）。黍、稷，見《東平賦》注。旨，美也。

伊嘉年之茂惠，薛本注：「一作蕙。」洪肇恍惚以發蒙。有期薛本、及本作鵑。緣之奇鳥，以鳴薛本、及本作鴡。按：疑當作雎。鳩之攸同㊀。翔彫木以胎偶，從薛本、及本及《賦彙》。薛本注：「一作隅。」他

本皆作隅。寄增巢于裔及本、《賦彙》作喬。松；噏雲霧以消息，遊朝陽以薛本、及本作兩。薛本注：「一作向。」相從。曠逾旬范陳本、及本「旬」下有「時」字。而育類，嘉七子之修容㈡。

箋注

㈠伊，彼也。嘉，或作佳。《易・無妄卦》：「象曰：先王以茂對時育萬物。」注：「茂，盛也。」又《詩・大雅・生民》傳：「茂，美也。」洪，大也。肇，見《東平賦》注。蒙，《書・伊訓》疏：「謂蒙穉，卑小之稱。」此二句意謂母鳩將育子也。《書・大禹謨》傳：「期，當也。」《禮記・月令》：「季春三月，鳴鳩拂其羽。」注：「鳴鳩飛，且翼相擊，趨農急也。」又鳴鳩疑當作雎鳩，《詩・周南・關雎》傳：「雎鳩，王鳩也。」以同類，故曰「攸同」。攸，見《東平賦》注。

㈡裔，苗裔。《方言》：「鳩，蜀謂之拙鳥，不善營巢，取鳥巢居之，雖拙而安處也。」《詩・召南・鵲巢》：「維鵲有巢，維鳩居之。」噏，見《東平賦》注。消，盡也，滅也。一呼一吸爲一息。《漢書・賈山傳》注：「曠，廢也。」《禮記・中庸》注：「育，生也。」《詩・曹風・鳲鳩》：「鳲鳩在桑，其子七兮。」傳：「鳲鳩之養其子，朝從上下，暮從上下，平均如一。」曹植《責躬表》：「七子均養者，鳲鳩之仁也。」修，飾也。

始戢翼而樹羽，遭金薛本、及本作鷩。風之蕭瑟。既顛覆而靡救，又振落而莫弼。陵桓山以徘徊，臨舊鄉而思入；揚哀鳴以相送，薛本注：「一作逆。」悲一往而不集。終飄薛本、及本作漂。搖以流離，傷弱子之悼慄㈠。何依恃以育養？賴兄弟之親昵。從薛本、及本。他本作戚。背草萊薛本作蔡，注：「一作茶。」及本作茶。以求仁；託君子之靜薛本、及本作靖，注：「一作靜。」室，甘黍稷之

芳饎，安户牖之無疾㈡。潔文襟以交頸，玩從薛本、及本。范陳本作坑，他本作抗。華麗之豔逸。范陳本作「溢」。薛本、及本、《賦彙》作滋，注：「一作逸。」端妍姿以鑒飾，好威儀之如一。聊俛仰以逍遥，求愛媚于今日。何飛翔之羨慕，願薛本注：「一作顧。」投報而志從薛本、及本及《賦彙》。他本作忘。畢㈢。值狂犬之暴怒，加楚害于微軀，欲殘没以糜薛本作麋。滅，遂捐棄而淪胥。從《賦彙》。薛本、及本此三字作「乎倫夫」。嗟薄賤之可悼，豈有忘于須臾㈣。此二句從程刻范陳本、薛本、及本及《賦彙》。他本無。

箋注

㈠戢，斂也。樹，見《東平賦》注。戢翼，言其初生羽毛之時；樹羽，言其學飛也。《淮南子·墬形訓》注：「西方，金位也。」金風，西風也。蕭瑟，《楚辭·九辯》注：「風疾暴也。」振，見《清思賦》注。弼，輔弼之意。陵，見《東平賦》注。《詩·魯頌·泮水》傳：「桓桓，威武貌。」桓山，威武之山也。《漢書·郊祀志·郊祀歌》注：「流離，不得其所者。」《方言》：「陳楚謂懼曰悼。」慄，通作栗。

㈡昵，近也。萊，草穢。君子，蓋假鳩之語氣以稱阮者。饎，音熾，黍稷也。户牖，見《東平賦》注。疾，患也，毒害也。

㈢襟，袍襦前袂也。文襟，殆阮獲兩鳩子用有花紋之織物以裹之。端，正也。妍姿，見《獼猴賦》注。俛即俯。

㈣楚，痛也。殘，踐使殘壞也。糜，《釋名》：「煮米使糜爛也。」糜滅，謂糜爛而消滅。捐，棄也。《詩·小雅·雨無正》注：「淪，率也。」又：「胥，相。」

牋

爲鄭冲勸晉王牋

《晉書・文帝紀》:「景元四年冬十月,天子(魏齊王芳)以諸侯獻捷交至,乃申前命……封公(司馬昭)爲晉公,進位爲相國……又加九錫……帝以禮辭讓,司空鄭冲率群官勸進。」又《晉書・阮籍傳》:「會帝(司馬昭)讓九錫,公卿(按:司空爲公卿之首)將勸進,使籍爲其辭;籍臨醉忘作,臨詣府,使取之,見籍方據案醉眠,使者以告,籍便書案,使寫之,無所改竄,辭甚清壯,爲時所重。」

牋,《廣韻》:「本作箋。」《文心雕龍・書記篇》:「牋者,表也,識表其情也。」始于東漢。其時上太子諸王大臣皆得稱牋,後專以上皇后太子,其他不得用。

按:題係沿《昭明文選》及各集本之舊,應改作「爲司空鄭冲等勸大將軍受晉公爵命牋」,方爲切合。此文成爲後來對阮籍其人紛紛議論之癥結所在,有爲之惋惜者,有加以譴責者,亦有曲爲回護者,總之,皆從阮應忠于魏室之一觀點出發。如:陳德文曰:「籍所草牋如此,固存魏惓惓之忠也;其亦異夫荀文若矣。」梅鼎祚《三國文紀》題下注引顧愷之《晉文章紀》云:「阮籍勸進,落落有宏致。至時説,徐而攝之也。」又引劉辰翁云:「謂爲慚筆固非,謂爲神筆(按:《北堂書鈔》卷一百陳禹謨補注引《東觀漢紀》、《太平御覽》卷七百十引戴勝《竹林七賢論》、《文選旁證》轉引《世説》均有「時人以爲神筆」之語。)亦謬,直不當作耳。」張鳳翼曰(見其《文選纂注》):「叔夜(按:誤。

應爲嗣宗。）雖爲勸進，牋末乃勗以支伯、許由，諷以小讓，可謂頌功而不失其正，與他勸進文不同。」何焯曰（見何義門評點《文選》）：「阮公亦爲此耶！抑以避禍也。許以桓文，諷以支許，巧于立言矣。」葉紹泰《漢魏別解》引茅坤云：「阮步兵不諱爲此文，誠有遐慮。乃其布辭藴義，深合大雅之體，去諛聞飾説遠矣。」

冲等死罪。《晉書・文帝紀》無此一句。伏見嘉命顯至，竊聞明公固讓，冲等眷眷，實有愚心，以爲聖王作制，百代同風，褒德賞功，有自來矣㈠。

箋注

㈠張銑曰：「嘉命，即魏册命。」顯，光也。《易・坤卦》注：「至，謂至極也。」《詩・小雅・小明》：「惓惓懷顧。」《韓詩外傳》作「眷眷」。眷，回視也。愚，闇也。褒，揚美也，奬飾也。

昔伊尹，有莘氏之媵臣耳，一佐余鄭本作伐。成湯，遂荷「阿衡」之號㈠；周公藉已成之勢，據既安之業，光宅曲阜，奄有龜蒙㈡；吕尚，磻溪之漁者，梅本、張燮本、張溥本下有耳字。一朝指麾，乃封營丘㈢。自是以來，功薄而賞余鄭本作享。厚者不可勝數，然賢哲之士猶以爲美談。

箋注

㈠《詩・大雅・大明》傳：「莘，太姒國也。」《郃陽縣志》：「縣東南有『有莘』田，即古莘國。」《孟子・萬章上》：「伊尹耕于有莘之野。」《史記・殷本紀》：「阿衡欲干湯而無由，乃爲有莘氏媵臣。」《爾雅・釋言》：「媵，將送也。」陸德明《經典釋文》：「古者同姓娶夫人，則同姓二國媵之。」《史記・殷本紀》：「主癸卒，子天乙立，是爲成湯。」《詩・商頌・長

髮》曰：「實維阿衡，實左右商王。」傳：「阿衡，伊尹也。」箋：「阿，倚；衡，平也。伊尹，湯所依倚而取平，故以爲官名。」《史記・殷本紀》：「伊尹名阿衡。」索隱：「然解者以阿衡爲官名。按：阿，倚也；衡，平也，言依倚而取平。《書》曰：『惟嗣王弗惠于阿衡。』亦曰保衡。皆伊尹之官號，非名也。」

㈡「藉已成之勢，據既安之業」，謂武王已定天下，周公不過相成王守其成也。李善引《尚書》（《堯典》）曰：「光宅天下。」《爾雅・釋言》：「宅，居也。」《說文》：「宅，所託也。」《釋名》：「宅，擇也，擇吉處而營之也。」李善又引《尚書》（《費誓》）曰：「魯侯伯禽宅曲阜。」《史記・周本紀》：「封弟周公旦于曲阜，曰魯。」李善引《詩・魯頌・閟宫》曰：「奄有龜蒙。」傳：「奄猶覆也。龜，山也。蒙，山也。」《春秋・定公十年》注：「泰山博縣有龜山。」《書・禹貢》疏：「蒙山在泰山蒙陰縣西南。」

㈢《史記・齊世家》：「吕尚蓋嘗窮困，年老矣，以魚釣奸周西伯。」正義：「《吕氏春秋》（《先識覽・觀世篇》）云：『太公釣于滋泉，遇文王。』酈道元（《水經注・渭水》）云：『磻溪中有泉，謂之兹泉。泉水潭積，自成淵渚，即太公釣處。今人謂之丸谷。水次有磻石可釣處，即太公垂釣之所，其投竿跽餌，兩膝遺迹猶存，是有磻溪之稱也。』」《史記・齊世家》：「武王即位九年，欲修文王業，東伐以觀諸侯集否，師行，師尚父左仗黄鉞，右把白旄以誓。」《史記・周本紀》：「于是封功臣謀士而師尚父爲首封，封尚父于營丘曰齊。」《史記・齊世家》正義：「營丘在青州臨淄北百步外城中。」按《三國志・魏志・武帝紀》：「建安十八年五月，天子（漢獻帝）策命公（曹操）爲魏公。」注引《魏書》謂：「（操）前後三讓，于是中軍師王凌，謝亭侯荀攸……等勸進曰：『昔周公承文武之迹，受已成之業，高枕墨筆，拱揖群后，商奄之勤，不過二年；吕望因三分有二之形，據八百諸侯之勢，暫把旄鉞，一時指麾；然皆大啟土宇，跨州兼

國……』」是阮文立意亦有所本。

況梅本、張燮本、張溥本下有「今」字。自先相國以來，世有明德，翼輔魏室以綏天下，朝無闕政，人從六臣注《文選》、《晉書·文帝紀》、范陳本、余鄭本、梅本、張鳳翼本、張燮本、及本、張溥本、李賓《八代文鈔》本、葉紹泰本。他本作民。無謗言㊀。前者明公西征靈州，北臨沙漠，榆中以西，望風震服，羌戎何焯本作從。東《晉書·文帝紀》作來。馳，迴首内向㊁；東誅叛逆，全軍獨克，禽闔閭之將，斬《晉書·文帝紀》作虜。輕梅本作經。鋭之卒以萬萬計，威加南海，名懾張溥本作攝。三越㊂；宇内閔齊華《文選瀹注》作宙。康寧，苛慝不作，是以殊俗畏《晉書·文帝紀》作懷。威，東夷獻舞㊃。故聖上覽乃昔以來禮典舊章，五臣注《文選》、范陳本、葉紹泰本作制。開國光宅，顯兹太原㊄。

箋注

㊀先相國，指司馬懿。《三國志·魏志》：「齊王芳嘉平元年春正月丁未，以太傅司馬宣王爲丞相，固讓乃止。」《晉書·宣帝紀》：「嘉平三年夏四月，策命帝爲相國，封安平郡公……固讓相國、郡公不受。……八月戊寅崩于京師……追贈相國、郡公。」按：李善注並引王隱《晉書·景帝（司馬師）紀》云：「天子策上爲相國。」但據《晉書·景帝紀》「正元元年，登位相國，……帝固辭相國。……帝崩，追加大司馬之號以冠大將軍」，並未追贈爲相國。且玩此

文語氣，亦不當兼指二人。翼，《玉篇》：「勁也。」《書·禹貢》注：「綏，安也。」

㊁李善曰：「王隱《晉書·文帝紀》曰：『姜維出隴右，上率輕兵到靈州，大破之，諸虜震服。』《漢書》：『北地郡有靈州縣，金城郡有榆中縣。』」靈州後爲靈武縣，今屬寧夏。《史記·趙世家》注：「榆中在勝州北河北岸。」《文選旁證》：「《水經·河水注》云：『昔蒙恬爲秦北逐戎人，開榆中之地，《地理志》金城郡之屬縣是也。』故《史記音義》曰：『榆中在金城。』即阮嗣宗勸進文所謂『榆中以西』也。」榆中今屬内蒙古。羌，《説文》：「西戎牧羊人也。」《禮記·王制》：「西方曰戎。」《晉書·文帝紀》：「蜀將姜維又寇隴右……維果燒營西去。會新平羌胡叛，帝擊破之，遂耀兵靈州，北虜震讋，叛者悉降。」

㊂李善曰：「王隱《晉書·文帝紀》曰：『諸葛誕反，上親臨西圍，四面并攻，須臾陷潰，斬送誕首。』《魏志》曰：『誕閉城自守，遣小子靚至吴請救，吴遣唐咨、王祚來應誕。及斬誕，唐咨、王祚皆降，吴兵萬衆，器仗軍實山積。』《孫子兵法》曰：『全軍爲上，破軍次之。』闔閭，吴王也。……《漢書》有三越，謂吴越及南越、閩越也。」《漢書·地理志》有南海郡，舊廣州、韶州、潮州、惠州、肇慶、南雄諸府州及高州府北境，廣西舊平樂府東境，梧州府東南境，皆其地。三國時屬吴。按：李善以闔閭爲指孫權，「擒闔閭之將」爲擒唐咨、王祚，疑非是。司馬昭此次用兵乃討伐諸葛誕，而誕當時亦確是勁敵，《三國志·魏志·諸葛誕傳》謂其「斂淮南及淮北郡縣屯田口十餘萬官兵，揚州新附勝兵者四五萬人，聚穀足一年食，閉城自守。」誕被殺後尚有「誕麾下數百人坐不降見斬，皆曰：『爲諸葛公死，不恨。』其得人心如此。」吴則不過遣唐咨、王祚以萬衆應誕，誕死後吴衆降。《勸進牋》稱述昭此次成功，不應捨首要之敵不言，而僅及于異國來援之偏將，遣大取小，且與文中「斬輕鋭之卒以萬萬計」之語亦不合。闔閭本爲古代善用兵者，故

凡言驍將皆可稱闔閭之將，《戰國策・齊策》：「蘇秦説齊閔王曰：『臣之所聞攻戰之道，非師者，雖有闔閭、吴起之將，擒之户內；千丈之城，拔之尊俎之間；百尺之衝，折之衽席之上。』」阮文亦不過泛用成語耳。「闔閭之將」乃指諸葛誕，善解似誤。懾，《説文》：「失氣也。一曰服也，怖也。」

㊃李周翰曰：「苛慝，繁惡之政。」《三國志・魏志・武帝紀》：「天子……策命公爲魏公：『……君有定天下之功，重之以明德……吏無苛政，民無懷慝。』」殊俗，謂不同中國風俗之國度。《禮記・王制》：「東方曰夷。」《晉書・文帝紀》：「景元三年夏四月，肅慎來獻楛矢、石砮、弓甲、貂皮等，天子命歸于大將軍府。」《山海經・大荒北經》：「大荒之中有山名曰不咸，有肅慎氏之國。」注：「今肅慎國去遼東三千餘里。」李善曰：「范曄《後漢書》曰：『東夷自少康以後，世服王化，獻其樂舞。』」

㊄典，法也。禮典，于禮應行之典。《晉書・文帝紀》：「（景元四年冬十月，天子）乃申前命曰：『……今以并州之太原、上黨、西河、樂平、新興、雁門，司州之河東、平陽、弘農，雍州之馮翊凡十郡，南至于華，北至于陘，東至于壺口，西踰于河，提封之數，方七百里，皆晉之故壤，唐叔受之，世作盟主，實紀綱諸夏，用率舊職，爰胙兹土，封公爲晉公。』」

明公宜承《晉書・文帝紀》下有「奉」字。聖旨，受兹介福，允當天人。元功盛勳，光光如彼；國土嘉祚，巍巍如此；內外協同，梅本作固。靡愆從《晉書・文帝紀》。他本作諐，本籀書愆字。靡違㊀。由斯征伐，則可朝服濟江，埽除吴會㊁；西塞江源，望祀岷山㊂；廻戈弭節，以麾天下，遠無不服，邇無不肅。《晉書・文帝紀》下有「令」字，李本、張溥本作今。許巽行《文選筆記》：「今，何（焯）改令，依《晉

書》。嘉德按：『陳云：「《晉書》作令爲是。」』他本無今或令字。大魏之德，光于唐虞；明公盛勳，超于桓文㈣。然後臨滄州《晉書·文帝紀》作海。而謝支范陳本作文，程校刻本作支。伯，登箕山以《晉書》作而。揖許由，豈不盛乎！至公至平，誰與爲鄰！何必勤勤小讓也哉㈤！

沖等不通大體，敢以陳聞。

箋注

㈠旨，意也，志也。介，《爾雅·釋詁》：「善也。」張銑曰：「天人，謂天意、人事也。」祚，福也，禄也，位也。内外，謂朝廷與受封之晉國也。愆，過也，失也。

㈡閔齊華曰：「掃除吴會，滅吴也。」《管子·中匡第十九》：「定三革，偃五兵，朝服以濟河而無怵惕焉。」注：「謂乘車之會，朝服濟河以與西諸侯盟也。」李善曰：「《國語》（卷六）曰：『（齊）教大成，定三革，隱五刃，朝服以濟河而無怵惕焉，文事勝矣。』」注：「西行渡河以平晉也。」「吴會」有兩解：一謂吴郡與會稽郡，一謂吴之都會。胡紹煐《文選箋證》曰：「施宿《會稽志》曰：『《三國志》吴郡、會稽爲吴、會二郡。』顧氏炎武據《後漢書》謂：『東漢順帝永建四年始分會稽郡之地爲吴郡，而《史記·吴王濞傳》有「吴會輕悍」之語，是西漢已稱吴會，可見吴會云者，猶言吴都云爾。』因歷舉魏、晉諸文所稱吴會者，皆當讀都會之會，不得作會稽之會。趙氏翼則謂：『西漢時，會稽郡治本在吴縣，時俗以郡縣連稱，故云吴會，觀《漢書·地理志》便自了然。其尤顯然可證者，魏文帝詩：「惜哉時不遇，適與飄風會。吹我東南行，行行至吴會。」吴會字若讀作都會之會，豈有兩韻接連而重複若此者？孟浩然《留别》詩：「朝從汴河

流，夕次譙縣界。幸值西風吹，得與故人會。君學梅福隱，余從伯鸞邁。别後能相思，浮雲在吴會。」上會晤之會，下會稽之會，故可分協。然則唐人猶以吴會作會稽讀矣。」紹煐按：顧説詳見《日知録》，其言甚辯；今觀趙氏所駁，知顧説無一而可，又得魏、唐二詩確據，益信吴會爲吴郡、會稽。又按《後漢書·蔡邕傳》：『乃亡命江海，遠迹吴會。』章懷注引張騭《文士傳》：『邕告吴人曰：「吾嘗行會稽」』云云，亦以吴會爲會稽之會。」

㊂閔齊華曰：「望祀岷山，滅蜀也。」李善曰：「《漢書》曰：『江水祀蜀，塞特牲赤牛犢。』塞，謂報神恩也。」胡紹煐曰：「按塞與賽通。《後漢書·曹節傳》注：『塞報祠也。字當爲賽，通用塞。』《漢書·郊祀志》：『冬塞禱祠。』注：『塞，謂報其所祈也。』《史記·封禪書》作賽。《説文》不收賽字，新附始有之，云：『賽，報也。』蓋古多以塞爲賽，故《急就篇》『謁禓賽禱鬼神寵』，碑本作塞。《管子·小問》：『桓公踐位，令釁社塞禱。』賽作塞。」江源，謂長江發源之處。《漢書·郊祀志》：「《虞書》曰：『……望秩于山川。』」師古曰：「謂在遠者望而祭之。」祀，祭也。《書·禹貢》：「岷山導江。」孔穎達曰：「山在梁州，江水所出。」李善曰：「《漢書》曰：『秦并天下，令祠官祠瀆山。』瀆山，蜀之岷山也。」陸游《入蜀記》：「自蜀郡之西，大山廣谷，谽谺起伏，西南走蠻箐中，皆岷山也。」

㊃弭，止也。《周禮·地官·掌節》注：「以王命往來，必有節以爲信。」弭節，謂不勞遠出也。胡紹煐曰：「善曰：『《長楊賦》曰：「廻戈聊（《文選旁證》：「聊當作邪，各本皆誤。」）指，南越相夷；靡節西征，羌僰東馳。」今以靡爲弭，誤也。』按《長楊賦》『靡節』與『廻戈』爲偶句。《廣韻》：『靡，偃也。』《左傳·莊十年》：『望其旗靡。』靡亦偃也。彼言靡節，謂偃節而西征也。弭，止也。弭與靡音義通，《漢書·杜欽傳》集注：『靡，猶弭也。』是其證。故彼作靡節，此作弭節，義並同也。」麾，指揮。邇，近也。劉良曰：「唐虞，堯舜也。桓文，齊桓公、晉文公。」唐虞句謂魏將禪讓，桓文

句謂晉則合諸侯以尊王室。

㊄李善曰：「《莊子》（見《讓王篇》）曰：『舜讓天下于子州支伯，子州支伯曰：「予適有幽憂之病，方且治之，未暇治天下也。」』支或爲交。《吕氏春秋》（見《慎行覽・求人篇》）曰：『昔者堯朝許由于沛澤之中……請屬天下于夫子，許由……遂之箕山之下。』」《淮南子・俶真訓》注：「許由，陽城人。」《史記・伯夷列傳》正義引皇甫謐《高士傳》云：「許由字武仲。堯聞，致天下而讓焉，乃退而遁于中岳潁水之陽箕山之下隱。……許由歿，葬此山，亦名許由山，在洛州陽城縣南十三里。」《孟子・萬章上》疏：「箕山，嵩高之北是也。」鄰，比也。勤，苦也。小讓，謂此時讓晉公，不如他日讓帝位之爲大讓也。

奏記

辭蔣太尉辟命奏記

此題諸本頗不一致。《昭明文選》、李賓本、閔齊華本作「奏記詣蔣公」，朱榑本多一「文」字；程刻范陳本、及本、葉本作「奏記太尉蔣濟」；梅本作「辭太尉蔣濟辟命奏記」；何焯本作「詣蔣公一首」；嚴可均本作「詣蔣公奏記辭辟命」。今從多數本。《三國志・魏志・蔣濟傳》：「齊王即位，徙爲領軍將軍，進爵昌陵亭侯，遷太尉。」李善引臧榮緒《晉書》曰：「太尉蔣濟聞籍有才儁而俶儻，爲志高，問掾王默然後辟之，籍詣都亭奏記。」《晉書》本傳：「初濟恐籍不至，得記欣然，遣卒迎之而籍已去，濟大怒。于是鄉親共喻之，乃就吏。後謝病歸。」李善曰：「辟，猶召也。」

《周禮・春官・大宗伯・典命》注：「命謂遷秩群臣之書。」《文心雕龍・奏啟篇》：「奏者進也，敷于下情進于上也。」又《文心雕龍・書記篇》：「記之言志，進己志也。」

籍死罪死罪。《晉書》、范陳本、及本、葉本無此句。伏惟明公以含一之德，據上台之位，群英二字《晉書》、范陳本、及本、葉本作「英豪」。翹首，俊賢抗足㊀。開府之日，人人自以爲掾屬，辟書始下，《晉書》、范陳本、及本、葉本下有而字。下走爲首㊁。

箋注

㊀劉良曰：「《書》云：『伊尹作咸有一德。』含，咸也。」老子《道德經・法本》：「昔之得一者，天得一以清，地得一以寧，神得一以靈，谷得一以盈，萬物得一以生，侯王得一以爲天下正。」劉良曰：「三台星，三公位也。」《周禮・春官・大宗伯・司中》注：「司中三能（與台通），三階也。」疏引《武陵太守星傳》云：「三台一名天柱。上台司命，爲太尉；中台司中，爲司徒；下台司禄，爲司空。」翹，舉也。抗，舉也。舉足，謂趨于其門。

㊁《三國志・蜀志・諸葛亮傳》：「開府治事。」掾，《玉篇》：「公府掾屬也。」《漢書・蕭何傳》音義：「正曰掾，副曰屬。」《三國志・魏志・蔣濟傳》：「齊王即位，徙爲領軍將軍，進爵昌陵亭侯，遷太尉。……是時曹爽專政。」李善曰：「辟，猶召也。」《漢書・司馬遷傳》注：「走，猶僕也。」下走，籍自謙稱。

昔從《晉書》及《太平御覽》卷四七四、范陳本、及本、葉本。他本除汪士賢本外無昔字。子夏處《晉書》作在。《晉書》、范陳本、及本、葉本下有于字。西河之上而文侯擁篲，鄒子居《文選》六臣注本、范陳本、及本下有于

字。黍谷之陰而昭王陪乘㈠。夫布衣除《晉書》、范陳本、及本、葉本、汪本外，他本下有「窮居」二字。韋帶之士，孤居特立，從《晉書》、《文選》六臣注本、葉本。范陳本特作獨。他本無此句。王公大人所以禮從《晉書》、范陳本、及本、葉本。他本無禮字，有「屈體而」三字。下之者，爲范陳本、汪本作謂。道存也。今從《晉書》、范陳本、及本、葉本。他本除汪本外無今字。籍無鄒卜之德范陳本、及本、葉本作道。而有其陋，猥煩大禮，《晉書》、范陳本、及本、葉本作「猥見採擇」。尤刻《文選》擇作擢。何以當之㈡。《晉書》、范陳本、及本、葉本作「無以稱當」。

箋注

㈠《史記·仲尼弟子列傳》：「卜商，字子夏。……孔子既歿，子夏居西河教授，爲魏文侯師。」索隱：「（西河）在河東郡之西界，蓋近龍門。劉氏云：『今同州河西縣有子夏石室，學堂在也。』」正義：「西河郡，今汾州也。」《史記·孟子荀卿列傳》索隱：「篲，帚也。謂爲之掃地，以衣袂擁帚而卻行，恐塵垢之及長者，所以爲敬也。」鄒子、黍谷，見《東平賦》注。《史記·孟子荀卿列傳》：「是以騶子（即鄒衍）……如燕，昭王擁篲先驅，請列弟子之座而受業，築碣石宮，身親往師之。」乘，《集韻》：「車也。」

㈡韋，《廣韻》：「柔皮。」《荀子·修身篇》：「少見曰陋。」《玉篇》：「陋，隱小也。」《漢書·文帝三王傳》注：「猥，曲也。」劉良曰：「大禮，謂辟命。」

方將耕于東皋之陽，輸黍稷之《晉書》下有餘字。稅，以避當塗者之路。《晉書》、范陳本、及本、

葉本無此句。負薪疲病，足力不强，補吏之召，從《晉書》、張燮本、及本、葉本。他本除汪本外皆作日。非所克堪。乞迴謬恩，以光清舉㈠。

箋注

㈠《漢書·賈山傳》注：「皋，水邊淤地也。」《穀梁傳·僖二十八年》：「水北爲陽。」黍稷，見《東平賦》注。《爾雅·釋宮》注：「塗，即道也。」道，路也。當塗，即當路。《孟子·公孫丑上》：「夫子當路于齊。」注：「當仕路于齊。」《禮記·曲禮下》：「君使士射，不能，則辭以疾，言曰：『某有負薪之憂。』」堪，任也。李周翰曰：「稱己無德，則辟命爲謬恩；迴以避賢，則庶光于所舉矣。」

又梅本注：「此篇無題。近刻阮集不載，據余家藏鈔本補。」

違由梅本注：「『違由』疑誤。」鄙鈍，學行固野，進無和俗崇譽之高，退無静默恬沖之操；猥見顯飾，非所被荷㈠。舊素尫瘵，守病委劣，謁拜之命，未敢堪任㈡。

昔榮期帶索，仲尼不易其三樂㈢；仲子守志，楚王不奪其灌園㈣。貪榮塞賢，昧進負譏，憂望交集，五情相愧㈤。明公侔蹤魯衛，勳隆桓文，廣延俊傑，恢崇大業。乞降期會，以避清路。畢願家巷，惟蒙放從梅本、張燮本。他本作於。吴汝綸本注：「於當爲矜。」按：矜字義長，惜無一刻

本可據。許㈥。

箋注

㈠《詩・小雅・小弁》箋：「由，固也。」《博雅》：「行也。」固，固執之意。《論語・子罕篇》注：「無可無不可，故無固行也。」野，朴野。恬，安也。沖，虚也，和也。操，《漢書・張湯傳》注：「所執持之志行也。」猥，見上篇注。被，負也。《左傳・昭七年》注：「荷，擔也。」

㈡《禮記・檀弓》注：「厄者，疾病之人。」瘵，勞病也。委，委頓之意。劣，弱也。謁，請見也。敢，忍爲也。堪，勝也。

㈢《尚書・牧誓》注：「索，盡也。」《禮記・檀弓》注：「索，散也。」《孔子家語・六本》：「孔子游于泰山，見榮聲期（原注：聲宜爲啟。或曰榮益期也。）行乎郕之野，鹿裘帶索，瑟瑟而歌。孔子問曰：『先生所以爲樂者何也？』期對曰：『吾樂甚多，而至者三：天生萬物，唯人爲貴，吾既得爲人，是一樂也；男女之别，男尊女卑，故人以男爲貴，吾既得爲男，是二樂也；人生有不見日月不免襁褓者，吾既以行年九十五矣，是三樂也。貧者士之常，死者人之終，處常得終，吾何憂哉！』孔子曰：『善哉！能自寬者也。』」又《淮南子・主術訓》：「夫榮啟期一彈而孔子三日樂感于和。」又《史記・仲尼弟子列傳》有榮旂，字子期。「不易」，謂無以改易之也。

㈣《孟子・滕文公下》：「匡章曰：『陳仲子豈不誠廉士哉！居於陵……』孟子曰：『于齊國之士，吾必以仲子爲巨擘焉……避兄離母，處于於陵……』」劉向《於陵子序》云：「於陵子，齊之廉士，名子終，世稱陳仲子是也。」《列女傳・賢明傳・楚於陵妻》：「楚於陵子終之妻也。楚王聞於陵子終賢，欲以爲相，使使者持金百鎰往聘迎之；於陵

子終曰：『僕有箕帚之妻，請入與計之。』即入，謂其妻曰：『楚王欲以我爲相，遣使者持金來。今日爲相，明日結駟連騎，食方丈于前，可乎？』妻曰：『夫子織屨以爲食，非與物無治也；左琴右書，樂亦在其中矣。夫結駟連騎，所安不過容膝，食方丈于前，甘不過一肉；今以容膝之安，一肉之味，而懷楚國之憂，其可樂乎！亂世多害，妾恐先生之不保命也。』于是子終出謝使者而不許也。遂相與逃而爲人灌園。」不奪，謂不能奪其志也。

㊄望，責望，怨望。《白虎通》：「喜、怒、哀、樂、愛、惡，謂六情。」《漢書・翼奉傳》：「奉對曰：『……故詩之爲學，情性而已。五性不相害，六情更興廢。』」晉灼曰：「翼氏五性：肝性靜，靜行仁……；心性躁，躁行禮……；脾性力，力行信……；肺性堅，堅行義……；腎性智，智行敬……。」

㊅侔，齊等也。《論語・子路篇》：「魯衛之政，兄弟也。」魯爲周公之封，衛爲召公之封。據此句，似此所奏記之人或爲魏之宗室而封于外者。桓文，見上篇注。延，進也，納也。恢，大之也。大業，謂魏室之業。降，降下解陰之意。期會，指謁拜之命。《尚書・旅獒》注：「矜，憐惜之意。」

書

與晉王薦盧播書

《藝文類聚》卷五十三作「與晉文王薦盧景書」。梅本題作「與晉王司馬昭薦盧播書」，注：「書一作文，播官尚書。」盧播或盧景其人無考。從此文中可知其爲陳留郡人，當時爲某州別駕。

蓋聞興化濟治，在于得人；收奇拔異，聖賢高致㊀。是以八士歸周，周道以隆；虞舜登庸，元凱咸事㊁。

箋注

㊀化，《説文》：「教行也。」《增韻》：「凡以道業誨人謂之教，風動于下謂之化。」濟，成也。致，誠也。又制也。《管子·勿心篇》：「以致爲儀。」注：「致者，所以節制其事，故爲儀。」

㊁《論語·微子篇》：「周有八士：伯達、伯适、仲突、仲忽、叔夜、叔夏、季隨、季騧。」苞氏曰：「周時四乳得八子，皆爲顯士，故記之。」庸，用也。事，使也。《左傳·文十八年》：「季文子使太史克對曰：『……昔高陽氏有才子八人：蒼舒、隤敳、檮戭、大臨、尨降、庭堅、仲容、叔達，齊聖廣淵，明允篤誠，天下之民謂之八愷；高辛氏有才子八人：伯奮、仲堪、叔獻、季仲、伯虎、仲熊、叔豹、季貍，忠肅共懿，宣慈惠和，天下之民謂之八元。此十六族也，世濟其美，不隕其名。以至于堯，堯不能舉。舜臣堯，舉八愷，使主后土，以揆百事，莫不時序，地平天成；舉八元，使布五教于四方，父義、母慈、兄友、弟恭、子孝，内平外成。』」

伏維明公公侯，皇靈誕秀，九德光被，應期作輔，論道敷化，開闢四門，延納羽翼賢士，以贊雍熙㊀。是以英俊之士願排皇闥，策名委質，真薦之徒輻輳大府㊁；自「伏維明公侯」起至此，《藝文類聚》卷五十三無。誠以鄧林、昆吾，翔鳳所棲；懸黎、和肆，垂棘所集㊂。

箋注

㊀據《晉書·文帝紀》，司馬昭於魏景初二年封新城鄉侯，後以伐吳敗績，坐失侯；又以破羌胡，「以功復封新城鄉侯」。高貴鄉公立，進封高都侯。甘露元年夏六月進封高都公，固辭不受。三年五月封爲晉公，九讓，乃止。皇，天也。誕，《廣韻》：「育也。」《尚書·皋陶謨》：「皋陶曰：『都！亦行有九德。』（傳：言人性行有九德。）禹曰：『何？』皋陶曰：『寬而栗，柔而立，愿而恭，亂而敬，擾而毅，直而温，簡而廉，剛而塞，强而義……九德咸事，俊乂在官。』」期謂期運。輔謂宰輔。敷，布也。《尚書·舜典》：「闢四門。」傳：「開闢四方之門未開者，廣置衆賢。」《大禹謨》傳：「贊，佐也。」雍，和也。起，興也。又緝熙，光也。雍熙，謂朝廷之政治。

㊁《禮記·少儀》疏：「排，推門扇也。」闥，門也。《漢書·樊噲傳》注：「宫中小門也。一曰：門屏也。」策，《釋名》：「書教令于上，所以驅策諸下也。」委，屬也。質，信也。《莊子·漁父篇》：「真者，精誠之至也。」薦，進也。《漢書·叔孫通傳》注：「輳，聚也。言如車輻之聚于轂也。」

㊂鄧林，謂大木之林。參見《東平賦》注。昆吾，未詳，或係竹林所在，故爲鳳所棲。《淮南子·天文訓》：「日至于昆吾，是謂正中。」注：「昆吾丘在南方。」又《山海經·中山經·中次二經》有「昆吾之山，其上多赤銅」云云，與此文意皆不合。《戰國策·秦策三》：「范子因王稽入秦，獻書昭王曰：『梁有懸黎，楚有和璞。』」注：「皆美玉名。」《古今注》：「肆，所以陳貨鬻之物也。」《左傳·僖二年》：「晉荀息請以屈産之乘與垂棘之璧假道于虞以伐虢。」注：「垂棘出美玉，故以爲名。」

伏見鄙州别駕，同郡盧播，年三十二，《藝文類聚》卷五十三無此句。字景宣。少有才秀之異，長懷淑茂之量；《藝文》無以上二句。躭道悦禮，仗義依仁；研精墳典，升堂覩奥㊀；聰鑒物理，心梅本、張燮本、張溥本此字缺。通玄妙。貞固足以幹事，忠敬足以肅朝，明斷足以質疑，機密足以應權㊁，臨煩不惑，在急彌明。自「聰鑒物理」起至此《藝文》無。若得佐時理物，則政事之器；銜命聘享，則專對之才；潛心圖籍，文學之宗；敷藻載述，良史之表㊂。《藝文》引至此止。

箋注

㊀鄙，邊鄙也。《釋名》：「鄙，否也，小邑不能遠通也。」别駕，官名。《晉書·職官志》：「州置刺史、别駕、治中從事、諸曹從事等員。」《通典》卷三十二：「别駕從事一人，從刺史行部，别乘傳車，故謂之别駕；漢制也。」同郡，謂陳留郡，阮蓋陳留郡人也。淑，見《東平賦》注。茂，見《鳩賦》注。躭，見《獮猴賦》注。仗，憑依之意。墳，三墳。典，五典。《左傳·昭二年》注：「皆古書名。」《説文》：「典，五帝之書也。」《論語·先進篇》：「由也升堂矣，未入室也。」奥，室西南隅。

㊁《易·乾卦·文言》：「貞固足以幹事。」《釋名》：「貞，定也，精定不動惑也。」《禮記·大學》注：「機，發動所由。」《易·繫辭》注：「權，反經而合道者也。」以上「躭道悦禮」二句言其德，「研精墳典」四句言其學，「貞固足以幹事」六句言其才。

㊂物，事也。《禮記·曲禮》：「諸侯使大夫問于諸侯曰聘。」又：「五官致貢曰享。」《論語·子路篇》「子曰：『……使于四方，不能專對，雖多亦奚以爲。』」注：「專，猶獨也。」使者在外，臨時不及請命，故須專對。敷，陳也。藻，水草之

有文者。《禮記・玉藻》注：「雜采曰藻。」表，表率。

然而學不爲人，行不求達，故久沉淪，未階太清㊀。誠後門之秀偉，當時之利器，宜蒙旌命，和味鼎鉉㊁。孔子曰：「如有所譽，必有所試。」播之所能，著在已效㊂。不敢虚飾，取謗大府。

箋注

㊀《論語・憲問篇》：「古之學者爲己，今之學者爲人。」孔安國曰：「爲己，履而行之；爲人，徒能言之也。」《孟子・盡心上》：「窮則獨善其身，達則兼濟天下。」淪，没也。《禮記・少儀》注：「階，上進者。」疏：「階是等級。人升階必上進，故以階爲上進。」《漢書・東方朔傳》注：「泰階，三台也。」參見《辭蔣太尉辟命奏記》注。

㊁《吕氏春秋・恃君覽・長利篇》注：「後門，日夕門已閉也。」此處所用是尚未入門之意。《尚書・畢命》疏：「旌旗所以表識貴賤。」《易・鼎卦》：「六五，鼎黄耳金鉉，利貞。」疏：「鉉，所以貫鼎而舉之也。」《史記・殷本紀》：「阿衡（伊尹）欲干湯而無由，乃爲有莘氏媵臣，負鼎俎以滋味説湯，致于王道。」《淮南子・氾論訓》及《修務訓》略同。「和味鼎鉉」，謂盧播之才可比伊尹，宜居宰相之任也。

㊂《論語・衛靈公篇》：「子曰：『吾之于人也，誰毁誰譽。如有可譽者，其有所試矣。』」疏：「所譽輒試以事，不空譽而已矣。」「著在已效」，謂播之能在其爲别駕時已著見成效。

答伏義書附伏義與阮籍書

伏義其人無考。梅本注：「二書字義多疑。」

籍白：

承音覽旨，有心翰迹。夫九蒼之高，迅羽不能尋其巔；四溟從范陳本、及本、葉本。他本除汪本外皆作冥。之深，幽鱗不能測其底。矧無毛分疑當作介。所能論哉㊀！且玄雲無定體，應龍不常儀：或朝濟夕卷，翕匆代興；或泥潛天飛，晨降宵升。舒體則八維不足程刻范陳本、及本、李本、葉本、汪本「足」下有「以」字。暢迹，促節則無間足以從容；是又瞽夫所不能瞻，瑣從李賓本，他本均作璅。蟲所不能解也㊁。然則弘修淵邈者，非近力所能究矣；靈變神化者，非局器所能察矣。何吾子之區區而吾真之务求乎㊂！

箋注

㊀《詩》序：「聲成文謂之音。」「音」，指來書。旨，意也。《易·中孚卦》注：「翰，高飛也。」「有心翰迹」言其志在高遠。《詩·王風·黍離》及《唐風·鴇羽》：「悠悠蒼天。」九蒼，九天也。《太玄經》有九天之名。《呂氏春秋·有始覽·有始篇》及《淮南子·天文訓》均有「天有九野」之名。《朱子語類》：「《離騷》有九天之説，諸家妄解云有九天，據某觀之，只是九重。蓋天運行有許多重數，裏面重數較軟，至外面則漸硬，想到第九重，只成硬殼相似，那裏轉得又愈緊矣。」《爾

雅・釋獸》注：「狼子絶有力者曰迅。」《禮記・樂記》正義：「羽，鳥也。」溟，海也，見《東平賦》注。《禮記・祭義》：「曾子曰：『夫孝，置之而塞乎天地，溥之而横乎四海，施之後世而無朝夕；推而放諸東海而准，推而放諸西海而准，推而放諸南海而准，推而放諸北海而准。』」此所謂四海也。《周禮・地官・大司徒》注：「鱗龍之屬。」矧，況也。分，疑當作介。《禮記・月令》：「孟冬之月……其蟲介。」注：「介，甲也。象物閉藏地中，龜鼈之屬。」毛指羽，介指鱗。

㈡《易・坤卦》疏：「玄，天色。」《廣雅》：「有鱗曰蛟龍，有翼曰應龍，有角曰虬龍，無角曰螭龍，未升天曰蟠龍。」儀，儀容。「不常儀」，謂隨時變化，不一其儀也。《爾雅・釋天》：「濟謂之霽。」卷，舒卷之卷，或作捲。翕同歙，見《東平賦》注。翕忽，猶言一息之間。代興，相代而起。此二句指玄雲。舒，展也。維，見《東平賦》注。八維，八方之維。促，密也。節，體之骨節。間，隙也。「無間足以從容」，謂雖無間隙猶足以處其中而從容自如。此四句指應龍。瑣，小也。

㈢弘，大也。淵，深也。邈，遠也。近力，謂僅能及于近處之力。究，窮也。局，促也。《漢書・楚元王傳》注：「區區，謂小也。」

人力勢不能齊，好尚舛異。鸞鳳凌雲漢以舞翼，鳩從范陳本、李本、葉本。他本除汪本外皆作鳩。鵷悦蓬林以翺翔；螭浮八濱以濯鱗，鼈娱行潦而群逝㈠：斯用情各從其好，以取樂焉。據此非彼，胡可齊乎？

箋注

㈠舛，音喘，違背之意。鸞，鳳皇之佐。《詩・大雅・棫樸》傳：「雲漢，天河也。」宋玉《對楚王問》：「鳳皇上擊于九千

里，絕雲霓，負蒼天，翱翔乎杳冥之上；夫藩籬之鷃，豈能與之料天地之高哉！」《莊子·逍遥遊》：「是鳥也，海運則將徙于南冥……蜩與學鳩笑之曰：『我決起而飛，搶榆枋，時則不至而控于地而已矣。奚以之九萬里而南爲！』」又《秋水篇》：「南方有鳥，其名鵷鶵。」《禮記·内則》注：「蓬，禦亂之草。」《淮南子·覽冥訓》注：「翼一上一下曰翱，不摇曰翔。」八濱，不詳所本。于地曰八維，于海曰八濱。《莊子·秋水篇》：「公子牟隱機太息，仰天而笑曰：『子獨不聞夫埳井之蛙乎？謂東海之鱉曰：「吾樂與！出跳梁乎井幹之上，入休乎缺甃之崖，……且夫擅一壑之水而跨跱埳井之樂，此亦至矣。」』」《左傳·隱三年》注：「行潦，流潦。」《詩·大雅·洞酌》箋：「流潦，水之薄者也。」

夫人之立節也，將舒網以籠世，豈樽樽李本作「躭撙」，疑當作「撙撙」。以入罔；此句及本作「豈宜破樽以入罔」。方開模以範俗，何暇毀質以適范陳本、李本、葉本作通。及本亦作通，注：「或作適。」檢㈠。若良運未恊，當作協。神機無準，則騰精抗志，邈世高超，蕩精舉于玄區之表，攄妙節于九垓之外而翱翔之㈡。之字及本缺。乘景躍踸，踔陵忽慌，從容與道化同逌，逍遥與日月並流，交名虚以齊變，及英祇以等化㈢，上乎無上，下乎無下，居乎無室，出乎無門，齊萬物之去留，隨六氣之虚盈，總玄綱范陳本、及本、李本作網。于太極，撫天一于寥廓，飄埃不能揚其波，飛塵不能垢其潔，徒寄李本無寄字。形軀于斯域，何精神之可察㈣。雖業無不聞，略無不稱，而明有所逮，未可怪也㈤。

箋注

㈠節，操也。樽樽，疑當作撙撙，《禮記·曲禮》注：「撙猶趨也。」罔，與綱同。模，《説文》徐注：「以木爲規模也。」《易·繫辭》疏：「範爲模範。」此句意謂當開立規模以爲世俗之模範。《禮記·禮器》注：「質猶性也。」又《樂記》注：「質猶本也。」《孟子·梁惠王上》：「狗彘食人食而不知檢。」王弼注：「不知以法度檢斂也。」

㈡協，衆之同和也。《易·繫辭》注：「神也者，變化之極，妙萬物而爲言，不可以形詰。」機，會也。準，準則。二句均謂不得時之意。騰，見《東平賦》注。《易·繫辭》：「精氣爲物。」疏：「陰陽精靈之氣。」抗，見《辭辟命奏記》注。超，跳也。蕩，見《清思賦》注。《國語·楚語》注：「舉，動也。」老子《道德經·體道篇》注：「玄，天也。」表，外也。攄，舒也。《國語·鄭語》注：「九畡，九州之極數也。」《説文》引作九垓。《淮南子·道應訓》注：「九垓，九天之外。」

㈢景，境也。《説文》：「踸踔，行無常貌。」《後漢書·蔡邕傳》注：「踔猶越也。」《史記·秦始皇本紀》注：「陵作凌，歷也。」賈誼《鵩鳥賦》：「寥廓忽荒兮與道翱翔。」忽慌，同忽荒，亦寥廓之意。逌，氣行貌。又古由字。交，合也。《釋名》：「名，明也。明實事使分明也。」《莊子·逍遥遊》：「許由曰：『……名者，實之賓也。』」《禮記·禮運》注：「倍選曰俊，千人曰英。」衹，音岐，神衹之衹。「齊變」與「等化」同意。

㈣《左傳·昭元年》：「醫和曰：『……天有六氣……六氣曰：陰、陽、風、雨、晦、明也。』」《詩·大雅·棫樸》：「綱紀四方。」箋：「以罔罟喻爲政。張之爲綱，理之爲紀。」玄綱，天綱也。《易·繫辭》：「易有太極，是生兩儀。」注：「無稱之稱，不可得而名也。」天一，見《辭辟命奏記》注。寥，空虚也。廓，大也，空也。埃，塵也。末句謂精神自翺翔于天地之外，故不能爲人所察。

㊄業，功業、事業、學業。《左傳·定四年》注：「略，道也。」逮，及也。此數句意謂：業無不聞，業無不稱，今我雖無聞無稱，然神明自有所及，不可以無聞無稱爲怪。

觀吾程刻范陳本、李本、葉本作君。子之趨：欲衒傾城之金，求百錢之售；制造天之禮，儗膚寸從范陳本、張溥本。他本均訛作寺。之檢；勞玉躬以役物，守臊穢以自畢；沈牛跡之浥薄，愠河漢之無根；疑當作垠。其陋可愧，其事可悲㊀。亮規略之懸踰，信大道之弘幽，且局步于常衢，無爲思遠以自愁㊁。

比連疹憒，力喻不多㊂。阮籍白。

箋注

㊀趨，與趣同，趣向也。衒，自媒也。傾，空也。「傾城之金」，謂其價可易一城之意。造，見《清思賦》注。儗，通擬，比也。《公羊傳·僖公三十一年》：「膚寸而合。」注：「側手爲膚，按指爲寸。」臊，《説文》：「豕膏臭也。」沈，没也。牛跡，謂水深纔可没牛跡，言其淺也。浥，漬潤也。愠，恨也。根，當作垠，岸也。

㊁亮，與諒同。略，謀略。懸，遠也。踰，遠也。局，見《清思賦》注。衢，四達道也。

㊂比，近也。疹，《集韻》：「熱病。」憒，心亂也。喻，曉也。按：此書辭氣頗爲傲慢，對伏義似極輕視，與其作「白眼」之態度正復相同，可見其所謂「至慎」及「不臧否人物」乃在朝府時深懼惹禍，其胸中自有許多「塊壘」也。

附：伏義與阮籍書

義白：

蓋聞建功立勳者，必以聖賢爲本；樂真養性者，必以榮名爲主。若棄聖背賢，則不離乎狂狷；凌榮超名，則不免乎窮辱。故自生民以來，同此圖例，雖歷百代，業不易綱；譬如大道，徒以奔趨遲疾定其駑良，舉足向路，總趨一也。然流名震響，非實不著，而抱實之奇，非人不寶；貴德保身，非禮不成，伏禮之矩，非勤不辨。是使薄于實而争名者，或因飭虚以自矜；慎于禮而莫持者，或因倨怠以自外。其自矜也，必闕闔晻曖以示之不測之量；其自外也，必排摧禮俗以見其不羈之達。又有滑稽之士糅于其間，浮沉不一，際畔相亂，或使時人莫能早分；推其大歸，綜之行事，徒可力極一噱，觀盡崇朝。遭清世耶，則將吹其噓以露其實；值其闇耶，則將矜其貌以疑其樸。從此觀之，治大而見遺，不如資小而必集；出俗而見削，不如入檢而必令。

驟聽論者洋溢之聲，雖未傾蓋，其情如舊。然重牆難極，管短幽密，觀容相額，所執各異。或謂吾子英才秀發，邈與世玄，而經緯之氣有蹇缺矣；或謂吾子智不出凡，器無隈奥，

而陶變以眩流俗。善子者，欲斤斲以拒□原缺樸；惡子者，欲抽鍵以鶩空虛。每承此聲，未嘗不開精斥運，放思天淵，欲爲吾子廣推奥異，端求所安也。

蓋自生民之性，受氣之源，好惡大歸，不得相遠。君子徇名而不顧，亦有慕名以爲顯。夫名利者，總人之綱，集衢之門也。出此有爲，于義未聞。吾子若欲逆取順守，及時行志，則當矜而莫疑，以速民望；若欲娱情養神，不厚于俗，則當浩然恣意，惟樂是治。今觀其規時，則行己無立德之身，報門無慕業之客；察其樂則食無方丈之肴，室無傾城之色；徒泄泄以疑世爲奇，縱體爲逸，執此不回，既以怪矣。且人非金石，不可剖練。設使至寶咸在子身，疑于國寶，爲不得行。天官雖博，無偏駁之任；王道雖寬，無縱逸之流。苟無其分，則爲身害教賊，怨布天下，以此備之，殆恐攻害，其至無日，安坐難保。而聞吾子乃長嘯慷慨，悲涕潺湲，又或拊腹大笑，騰目高視，形性恂張，動與世乖，抗風立侯，蔑若無人。儻獨奇變逸運，漸在于此，將以神接虛交，異物所亂，使之然也。夫智之清者，貴其知運而不憂；德之懿者，善其持冲以守滿。就其懷憂，必發于見孤，孤不自孤而怨時也；就其持滿，必起于見崇，崇不自崇而驕世也。

行來之議，又傳吾子雅性博古，篤意文學，積書盈房，無不燭覽，目厭義藻，口飽道潤，

俯詠仰歎，術可純儒；然開闔之節不制于禮，動静之度不羈于俗。凡諂詠，善之則教慈于父兄，惡之則言醜于讐敵；未有慈其教而不脩其事，醜其言而樂其業者也。古人稱竊簡寫律，踞廁讀書，誦之可悼。深怪達者之行，其象若莊周、淮南、東方之徒，皆投迹教外，放思太玄；其大言異旨，殆自謂能廻天維，舉地絡，覩持世之極，總得物之宗；仰天獨唱，與世争黨，乃謂生爲勞役，而不能煞身以當論，謂財爲穢累，而不能割賄以見譏。由是觀之，其鬱怨于不得，故假無欲以自通；怠惰于人檢，故殊聖人以自大。凡此數者，尚皆奇才異略，命世蹶起，徒以時昏俗亂，寶沉幽夜，而性放蕩不一；萎致國寶之責，庶其不然。而況吾子志非遁世，世無所適，麟驥苟脩，天雲可據，動則不能龍攄虎超，同機伊霍，静則不能珠潛璧匿，連迹巢光，言無定端，行不純軌，虚盡年時，以自疑外，豈異夫韓子所謂無施之馬，骨體雖美懿，牽縮不隨者哉？且桀士之志也，遇世險巘，則憂在將命，值世太清，則憤于匿穎；欲其世平而有騁足之場，時安而有役智之局。方今大魏興隆，皇衢清敞，台府之門，割石索寶，以吴蜀二虜，巢窟未破，長籌之士，所當奮力，可謂器與運會，不卜而行，今其時矣。向使吾子才足蓋世，思能横出，何能不因大師韜敵之變，陳孫子廟勝之策，使烽燧不起于四垂，羽檄不施于中夏，定勳立事，撫國寧民；而飽食安卧，囊懸室罄，力牽于役，財凋

于賦，養生之具亂于細民，爲壯士者豈能然乎？　若居其勞而不知病其事，則經緯之氣乏矣；若病其事而不能爲其醫，則鍼石之巧淺矣。　今吾子擢才達德，則無毛遂穎脱之勢；翦迹滅光，則無四皓岳立之高；豐家富屋，則無陶朱貨殖之利；延年益壽，則無松喬蟬蜕之變：總論吾子所歸，義無所出。　然衆論雲擾，僉稱大異，疑夫鬱氣之下必有祕伏，重奥之内必有積寶，雖無顔氏之妙，思覩恍惚之迹，雖無鍾子之達，樂聞山水之音；想亦不隱才穎于肝膈而不揚之于清觀，任賢智于骨氣而不播之于高聽。　且明智之爲物，猶泉流之吐潤，固不于浥酌而爲損，舍佇而增益也。

張儀之志，激于見刼；季路晚悟，滯在持滿。　是以不嫌盡言，究其良苦，想必勃然，承聲響發。　若乃群能獨踊，無以應唱，懸機待時，不能觸物，則不達于談者，所謂挾祖奕以守要際，閉虚門以示不測者也。　昔輪扁不能言微于其弟，伯樂不能語妙于其子，此蓋智術之曲撓，非道理之正例。　自古有不可及之人，未有不可聞之業；有不可料之微，未有不可稱之略；幸以竭示所志。　若變通卓逸，行得天符，言發恍然，邈在世表，則將爲吾子謝物輸力。

因風自釋，染筆附紳。　豁所未悟，庶足存弟子之一隅。　伏義白。

論

樂論

郭沫若：「中國舊時的所謂樂（岳），它的内容包含得很廣。音樂、詩歌、舞蹈，本是三位一體，可不用説；繪畫、雕鏤、建築等造型美術，也被包含着；甚至于連儀仗、田獵、餚饌等，都可以涵蓋。所謂樂（岳）者樂（洛）也。凡是使人快樂，使人的感官可以得到享受的東西，都可以廣泛地稱之爲樂（岳）。但它以音樂爲其代表，是毫無問題的。大約就因爲音樂的享受最足以代表藝術，而它的術數又最爲嚴整的原故吧。」（《青銅時代》六七——六八頁）

按：《三國志·魏志·高貴鄉公髦紀》：「甘露元年夏四月丙辰，帝幸太學，問諸儒……于是覆命講《禮記》。」疑此文乃阮籍爲高貴鄉公散騎常侍時奉命講《禮記》（《樂記》爲《禮記》之一篇）或與諸儒辯論之作。

劉子問曰：「孔子云：『安上治民，莫善于禮；移風易俗，莫善于樂㈠。』夫禮者，男女之所以別，父子之所以成，君臣之所以立，百姓之所以平也；爲政之具靡先于此，故『安上治民，莫善于禮』也。夫金、石、絲、竹——鐘鼓管絃之音㈡，干、戚、羽、旄——進退俯仰之容㈢，有之何益于政，無之范成本、李本、葉本「之」下有「政」字。何損于化，而曰『移風易俗，莫善于樂』乎？」

箋注

㈠劉子，未詳何人。《孝經・廣要道章》：「子曰：『教民親愛莫善于孝，教民禮順莫善于悌，移風易俗莫善于樂，安上治民莫善于禮。』」

㈡《周禮・春官・大師》：「皆播之以八音：金、石、土、革、絲、木、匏、竹。」鄭注：「金，鐘、鎛也。石，磬也。土，塤也。革，鼓、鼗也。絲，琴、瑟也。木，柷、敔也。匏，笙也。竹，簫、管也。」

㈢《禮記・樂記》：「然後發以聲音而文以琴瑟，動以干戚，飾以羽旄，從以簫管。」《方言》：「盾，自關而西或謂之瞂，或謂之干。」《詩・大雅・公劉》注：「戚，斧也。」羽，鳥長毛也。《書・大禹謨》傳：「羽，翳也。舞者所執。」《周禮・地官・舞師》：「樂師掌教兵舞，教帗舞，教羽舞，教皇舞。」注：「羽，析白羽爲之，形如帗也。」《周禮・春官・旄人》注：「旄，旄牛尾。舞者所持以指麾。」疏：「樂之動身體者，唯有舞耳。舞者有文武二體。」鄭注：「干，盾也，戚，斧也，武舞所執也；羽，翟羽也，旄，旄牛尾也，文舞所執。」《禮記・樂記》：「屈伸、俯仰、綴兆、疾徐，樂之文也。」

阮先生曰：「善哉！子之問也。昔者孔子著其都乎，且未舉其略也。今將爲子論其凡，而子自備詳焉㈠。

「夫樂者，天地之體，萬物之性也。合其體，得其性，則和；離其體，失其性，則乖㈡。昔者《太平御覽》卷五六五無「昔者」二字。聖人之作樂也，《太平御覽》無「也」字。《藝文類聚》四十一從此句引起。將以順天地之體，《藝文類聚》作性。成《藝文類聚》作體。萬物之性也，故定天地八《太平御覽》作

四。方之音，以迎陰陽八風之聲，均《藝文類聚》作生。黄鐘中和之律，《藝文類聚》無此句。開群生萬物之情，從李本。《太平御覽》作氣，他本「情」下有「氣」字。故律吕協則陰陽和，范陳本訛作秒。音聲適而萬物類㊂，男女不易其所，君臣不犯其位，《藝文類聚》無以上二句。四海同其觀，九州一其節，《藝文類聚》無以上四句。自「故律吕協」起至此《太平御覽》無。奏之圜丘從《藝文類聚》、《太平御覽》、梅本、及本。他本作山。而天神下，奏《藝文類聚》作肆。之方丘從《太平御覽》。他本皆作岳。而地祇上；《藝文類聚》「上」字下有「應」字。天地合其德則萬物合其生，自此句起至「而民自安矣」，《太平御覽》無。刑賞范陳本注：「一作罰。」不用而民自安矣㊃。《藝文類聚》無「矣」字。

箋注

㊀都，總也。《淮南子·本經訓》注：「略，約要也。」凡，《説文》：「最括也。」《漢書·揚雄傳·長楊賦》：「請略舉凡而客自覽其切焉。」師古説：「凡，大指也。」此文以孔子之説爲「都」，自身之説爲「略」（凡），而待問者自備其「詳」。

㊁《禮記·樂記》：「大樂與天地同和。」「樂者，天地之和也。」「地氣上齊，天氣下降，陰陽相摩，天地相蕩，鼓之以雷霆，奮之以風雨，動之以四時，煖之以日月，而百化興焉。如此，則樂者天地之和也。」又：「樂著大始而禮居成物。著不息者天也，著不動者地也，一動一静，天地之間也。」「是故清明象天，廣大象地，終始象四時，周還象風雨。五色成文而不亂，八風從律而不姦，百度得數而有常，小大相成，終始相生，倡和清濁，迭相爲經。」以上言樂之起源

由於象法天地（模擬自然）者。又：「和，故百物不失。」「和，故百物皆化。」「天地訢合，陰陽相得，煦嫗覆育萬物，然後草木茂，區萌達，羽翼奮，角觡生，蟄蟲昭蘇，羽者嫗伏，毛者孕鬻，胎生者不殰，而卵生者不殈，則樂之道歸焉耳。」又：「凡音之起，由人心生也。人心之動，物使之然也。」「夫民有血氣心知之性，而無哀樂喜怒之常，應感起物而動，然後心術形焉。是故志微噍殺之音作而民思憂，嘽諧慢易繁文簡節之音作而民康樂，粗厲猛起奮末廣賁之音作而民剛毅，廉直勁正莊誠之音作而民肅敬，寬裕肉好順成和動之音作而民慈愛，流辟邪散狄成滌濫之音作而民淫亂。」「是故先王本之情性，稽之度數，制之禮義，合生氣之和，道五常之行，使之陽而不散，陰而不密，剛氣不怒，柔氣不懾，四暢交於中而發作於外，皆安其位而不相奪也。」「樂也者，聖人之所樂也，而可以養民心。其感人深，其移風易俗易（《樂記》無「易」字，據《史記・樂書》及《漢書・律曆志》補）。」「樂也者，情之不可變者也。」「故樂者，天地之命，中和之紀，人情之所以不能免也。」「禮樂之説，管乎人情矣。」以上言樂之本樂萬物之性而其效用可以協調人心者。

㊂《周禮・春官・典同》：「掌六律六同之和以辨天地四方陰陽之聲以爲樂器。」鄭注：「陽聲屬天，陰聲屬地，天地之聲，佈於四方。」《吕氏春秋・通音篇》高注：「八風，八卦之風。」按：他解均作八方之風。《國語・周語下》韋昭注、《左傳・隱公五年》服虔注、《吕氏春秋・有始覽》、《淮南子・天文訓》《地形訓》、《易緯通卦驗》、《説文》均有八風之名，而相互間又略有不同。茲録《説文》之名稱於下：「風，鳳也。東方曰明庶風，東南曰清明風，南方曰景風，西南曰涼風，西方曰閶闔風，西北曰不周風，北方曰廣莫風，東北曰融風。」《漢書・律曆志》：「五聲之本，生於黄鐘之律。律十有二：陽六爲律，陰六爲吕。律以統氣類物，一曰黄鐘……，吕以旅陽宣氣，一曰林鐘……。其傳曰，黄

帝之所作也。黄帝使泠綸自大夏之西，崑崙之陰，取竹之解谷，生其竅厚均者，斷兩節間而吹之，以爲黄鐘之宮，製十二筩以聽鳳之鳴，其雄鳴爲六，雌鳴亦六，比黄鐘之宮而皆可以生之，是爲律聲。」「黄鐘，黄者中之色，君之服也；鐘者種也。」類，如《易・乾卦》「則各從其類也」之意。

㈣觀，觀賞。節，節奏。《周禮・春官・大司樂》：「乃奏黄鐘，歌大吕，舞《雲門》，以祀天神；乃奏大簇，歌應鐘，舞《咸池》，以祭地示(祇)。」又：「冬日至於地上之圜丘奏之，若樂六變，則大神可降，而得而禮矣。……夏日至於澤中之方丘奏之，若樂八變，則地示皆出，可得而禮矣。」注：「天神，謂五帝及日月星辰也。……地示，謂神州之神及社稷。」《漢書・禮樂志》師古注：「爲圜丘者，取象天形也。」

「乾坤易簡，故雅樂不煩；道德平淡，故五范陳本、梅本、李本、葉本作無。聲無味。不煩則陰陽自及本無「自」字。通，無味則百物自樂，日遷善成化而不自知，風俗移易而同于是樂，此自然之道，樂之所始也㈠。

箋注

㈠《易・繫辭上》：「乾以易知，坤以簡能。易則易知，簡則易從。」《禮記・樂記》：「大樂必易，大禮必簡。」五聲不當作無聲。五聲與上文「雅樂」并舉，係句中主詞；若作無聲，則是以上句中之「道德」爲主詞，非言樂矣。證以下文單舉「無味」，不言無聲，可知此處作「五聲」不誤。《周禮・春官・大師》：「皆文之以五聲：宫、商、角、徵、羽。」五聲無味，亦即平淡之意。《老子・仁德章》：「道之出口，淡乎其無味。」又《左傳・昭公二十年》：「晏子對曰：『……先王

之濟五味，和聲也，以平其心，成其政也。聲亦如味。』」是聲亦可言味。

「其後聖人不作，道德荒壞，政法不立，智慧擾物，化廢欲行，各有風俗。故造始范陳本、梅本、李本、葉本作子。之教謂之風，習而行之謂之俗㈠。自「天地合其德」起至此《太平御覽》無。楚越《太平御覽》無「越」字。之風好勇，故其俗輕死；鄭衛之風好淫，故其俗輕蕩。輕死，故有蹈火從及本、李本。《太平御覽》作「蹈水」，他本皆作「火焰」。赴水《太平御覽》作「赴火」。之歌；輕蕩，故有桑間、濮上之典。《太平御覽》作曲。及本、葉本作興。各歌其所好，各詠其所爲，歌范陳本、梅本、張燮本、及本、張采本、李本、葉本作欲。之者流涕，聞之者歎息，背而去之，無不慷慨㈡。自「各歌其所好」起至此《太平御覽》無。懷永日之娱，抱長夜之歎，《太平御覽》作忻。相聚而合之，群而習之，靡靡無已，棄父子之親，弛君臣之制，匱范陳本、及本注：「一作遺。」室家之禮，廢耕農之業，自「棄父子之親」起至此《太平御覽》無。忘《太平御覽》作去。終身之樂，梅本作俗。崇《太平御覽》作樂。淫縱之俗；故江淮之《太平御覽》作以。南其民好殘，《太平御覽》作殺。漳、汝之間其民好奔㈢，吴有雙劍之節㈣，汪本作郎。趙有扶《太平御覽》、及本作挾。琴《太平御覽》作瑟。之客㈤。氣發於中，聲入於耳，手足飛揚，不覺其《太平御覽》作有。骸。《太平御覽》下有「也」字。《太平御覽》引至此止。

箋注

㈠荒，廢也。欲，與慾通，情所好也。《詩・關雎》序：「風，風也，教也。風以動之，教以儀之。」箋：「風是諸侯政教也。」「各有風俗」與上文「四海同其觀，九州一其節」相反。「造始之教」即上文言「樂之所始也」。《漢書・地理志》：「民含五常之性，而其剛柔、緩急音聲不同，繫水土之風氣，故謂之風；好惡取舍，動靜無常，隨君上之情欲，故謂之俗。」

㈡輕死之輕，不重視之意。輕蕩之輕，不莊重之意。《管子・水地篇》：「楚之水淖弱而清，故其民輕果而賊；越之水濁重而洎，故其民愚疾而垢。」《韓非子・二柄篇》：「故越王好勇而民多輕死。」《漢書・地理志》：「吳地：至于夫差，誅子胥，用宰嚭，爲粵（越）王勾踐所滅。吳粵之君皆好勇，故其民至今好用劍，輕死易發。」《詩・鄭風・溱洧》小序：「溱洧，刺亂也。兵革不息，男女相棄，淫風大行，莫之能救焉。」又《邶風・凱風》小序：「凱風，美孝子也。衛之淫風流行，雖有七子之母猶不能安其室，故美七子能盡其孝道，以慰其母心而成其志耳。」又《鄘風・桑中》小序：「桑中，刺奔也。衛之公室淫亂，男女相奔，至于世族在位相竊妻妾，期于幽遠，政散民流而不可止。」又《衛風・氓》小序：「氓，刺時也。宣公之時，禮義消亡，淫風大行，男女無別，遂相奔誘，華落色衰，復相棄背，或乃困而自悔，喪其妃耦，故序其事以風焉。美反正，刺淫佚也。」《詩・大雅・蕩》傳：「蕩蕩，法度廢壞貌。」桑間、濮上，見《東平賦》注。《國語・周語》注：「典，樂典也。」慷，同忼。忼慨，感傷也。

㈢《書・畢命》疏：「靡靡，相隨順之意。」弛，壞也。匱，乏也。縱，《爾雅・釋詁》：「亂也。」江，長江。淮，淮河。《釋名》：「淮，圍也。圍繞揚州分界東至於海也。」江淮之南謂楚越。殘，殺也。漳、汝，二水名。漳有濁漳、清漳。《水

經注》：「濁漳水出上黨長子縣西發鳩山，（中經各縣略）又東北過章武縣西，又東北過平舒縣南，東入海。」「清漳水出上黨沾縣西北少山大要谷，（中經各縣略）東至武安縣南黍窖邑入於濁漳。」「汝水出河南梁縣勉鄉西天息山，（中經各縣略）又東至原鹿縣，南入於淮。」漳、汝之間謂鄭衛。奔謂男女不以禮而相奔也。《周禮・地官・媒氏》：「仲春之月，令會男女，於是時也，奔者不禁。」

㈣《吳越春秋・闔閭内傳》：「請干將鑄作名劍二枚……一曰干將，二曰莫耶。莫耶，干將之妻也。干將作劍，采五山之鐵精，六合之金英，候天伺地，陰陽同光，百神臨觀，天氣下降，而含鐵之精不銷淪流。於是干將不知其由……莫耶曰：『夫神物之化，須人而成。今夫子作劍，得無待其人而後成乎？』干將曰：『昔吾師作冶，金鐵之類不銷，夫妻俱入冶爐中，然後成物……今吾作劍不變化者，其若斯耶？』莫耶曰：『師知爍身以成物，吾何難哉！』於是干將妻乃斷髮剪爪投於爐中，使童女童男三百人鼓橐裝炭，會鐵刀濡，遂以成劍，陽曰干將，陰曰莫耶。」

㈤《史記・趙世家》：「王（趙武靈王）游大陵，他日，王夢見處女鼓琴而歌詩曰：『美人熒熒兮顏若苕之榮。命乎！命乎！曾無我嬴。』異日，王飲酒樂，數言所夢，想見其狀。吳廣聞之，因夫人而納其女娃嬴，孟姚也。孟姚甚有寵於王，是爲惠后。……主父（趙武靈王）初以長子章爲太子，後得吳娃，愛之，爲不出者數歲，生子何，乃廢太子章而立何爲王。吳娃死，愛弛，憐故太子，欲兩王之，猶豫未決，故亂起，以至父子俱死，爲天下笑。豈不痛乎！」

「好勇則犯上，淫放則棄親。犯上則君臣逆，棄親則父子乖；乖逆交争，則患生禍起。禍起而意梅本、葉本作異。愈異，患生而慮不同。故八方殊風，九州異俗，乖離分背，莫能相

通，音異氣别，曲節不齊。故聖人立調適之音，建平和之聲，制便事之節，定順從之容，使天下之爲樂者莫不儀焉㈠。自上以下，降殺有等，至于庶人，咸皆聞之。歌謡者詠先王之德，頫仰者習先王之容，器具者象先王之式，度數者應先王之制；入于心，淪于氣，心氣和洽，則風俗齊一㈡。

箋注

㈠《左傳·昭公十六年》注：「放，縱也。」《國語·周語》：「伶州鳩對曰：『……夫政象樂，樂從和，和從平。聲以和樂，律以平聲。……聲應相保曰和，細大不踰曰平。』」注：「和，八音克諧也。」又：「細大之聲不相踰越曰平。」《禮記·樂記》：「是故先王本之情性，稽之度數，制之禮義，合生氣之和，道五常之行，使之陽而不散，陰而不密。剛氣不怒，柔氣不懾，四暢交于中而發作于外，皆安其位而不相奪也。」容，謂樂舞之容。《漢書·外戚傳》注：「儀，向也。」

㈡殺，減消也。《禮記·樂記》：「然後聖人作爲鞉、鼓、椌、楬、壎、篪，此六者德音之音也。然後鐘磬竽瑟以和之，干戚旄狄以舞之，此所以祭先王之廟也，所以獻酬酳酢也，所以官序貴賤，各得其宜也，所以示後世有尊卑長幼之序也。」《爾雅·釋樂》：「徒歌謂之謡。」《詩·魏風·園有桃》傳：「曲合樂曰歌，徒歌曰謡。」《韓詩外傳》：「有章曲曰歌，無章曲曰謡。」頫，《説文》徐注：「今改作俯，非是。或作俛。」

「聖人之爲進退頫仰之容也，將以屈形體，服心意，便所修，安所事也。歌詠詩曲，將以宣平和，著不逮也。鐘鼓所以節耳，羽旄所以制目，聽之者不傾，視之者不衰；耳目不傾

不衰則風俗移易，故『移風易俗，莫善于樂』也㈠。故八范陳本作本，程刻本作八。音有本體，五聲有自然，其同物者以大小相君。有自然，故不可亂；大小相君，故可得而平也㈡。若夫空桑之琴，雲和之瑟，孤竹之管，泗濱之磬，及本作石。其物皆調和淳均者，聲相宜也，從范陳本、梅本、張燮本、及本、張溥本、張采本、李本、葉本。他本除汪本外無此句。故必有常處；以大小相君，應黄鐘之氣，故必有常數。有常處，故其器范陳本注：「一作氣。」貴重；有常數，故其制不妄。貴重，故可得以事神；不妄，故可得以化人。其物係天地之象，故不可妄造；其凡似遠物之音，故不可妄易㈢。雅頌有分，張采本作故。故人神不雜㈣；節會有數，故曲折不亂；周旋有度，故頫仰不惑；歌詠有主，故言語不悖。導之以善，綏之以和，守之以衷，持之以久；散其群，比其文，扶及本作伏。其夭，助其壽㈤，使去風俗李本作土。之偏習，歸聖王之大化。

箋注

㈠逮，及也。著不逮，謂使不及于平和者顯露出來而導正之。傾，側也。《禮記・曲禮》：「傾則姦。」注：「視流則容側，必有不正之心存乎胸中，此君子之所以慎也。」《禮記・樂記》：「樂也者，聖人之所樂也，而可以善民心，其感人深，其移風易俗，故先王著其教焉。」

㈡本體，謂金、石、土、革、絲、木、匏、竹諸樂器。有自然，謂五聲之象法自然。君，尊也。

㈢《周禮·春官·大司樂》："孤竹之管，雲和之琴瑟，雲門之舞，冬日至，于地上之圜丘奏之……孤竹之管，空桑之琴瑟，咸池之舞，夏日至，于澤中之方丘奏之。"鄭司農注："……雲和，地名也。……孤竹，竹特生者。……雲和、桑中、龍門，皆山名。"《山海經·東山經第四》："東次二經之首曰空桑之山。"注："此山多琴瑟材，見《周禮》也。"《書·禹貢》："泗濱浮磬。"傳："泗水涯，水中見石可以爲磬。"淳，清也。有常處，謂爲此等樂器之材必産于其地者。《漢書·律曆志》："五聲之本，生于黄鐘之律。九寸爲宫，或損或益，以定商、角、徵、羽。"《周禮·春官·大司樂》注："六律，合陽聲者也。六同，合陰聲者也。此十二者，以銅爲管，轉而相生。黄鐘爲首，其長九寸，各因而三分之，上生者益一分，下生者去一焉。"此所謂有常數也。《漢書·揚雄傳》注："凡，大指也。"

㈣《詩·小雅·鼓鐘》箋："雅，萬舞也。周樂尚武，故以萬舞爲雅。雅，正也。"雅是在人事場合奏用者。以《小雅·鹿鳴之什》諸篇爲例：《鹿鳴》，宴群臣嘉賓也；《四牡》，勞使臣之來也；《皇皇者華》，君遣使臣也；《常棣》，宴兄弟也；《伐木》，宴朋友故舊也；《天保》，下報上也；《采薇》，遣戍役也；《出車》，勞還率也；《杕杜》，勞還役也；《魚麗》，美萬物盛多能備禮也；《南陔》，孝子相戒以養也。（以上均據《詩》小序。下同）再以《大雅·生民之什》諸篇爲例：《公劉》，召康公戒成王也；《泂酌》，召康公戒成王也；《民勞》，召穆公刺厲王也；《板》，凡伯刺厲王也；《詩大序》謂："政有小大，故有小雅焉，有大雅焉。"頌，《詩大序》："頌者，美盛德之形容，以其成功告于神明者也。"蓋祭神時所奏。如《周頌·清廟之什》：《清廟》，祀文王也；《烈文》，成王即政，諸侯助祭也；《天作》，祀先王先公也；《昊天有成命》，郊祀天地也；《執競》，祀武王也。《商頌》：《那》，祀成湯也；《烈祖》，祀中宗也；《玄鳥》，祀高宗也；《殷武》，祀高宗也。所以謂"雅頌有分，人神不雜"。

㊄《爾雅·釋樂》:「和樂謂之節。」疏:「八音克諧,無相奪倫,謂之和樂。樂和則應節。」會,合也。度,法制也。「節會」四句,皆言樂舞。歌詠有主,如今合唱之領唱者。言語,歌辭也。悖,亂也。綏,安也。衷,中也。散,疏散。比,排比。夭,謂不及;壽,謂太過。以上皆就樂而言。

「先王之爲樂也,將以定萬物之情,一天下之意也,故使其聲平,其容和。下不思上之聲,君不欲臣之色,上下不争而忠義成㊀。夫正樂者,所以屏淫聲也;故樂廢則淫聲作。漢哀帝不好音,罷省樂府,而不知制從及本。他本「制」下有「正」字。禮樂;正從及本。他本無「正」字。法不修,淫聲遂起。張放、淳于長驕縱過度,丙彊、景程刻范陳本、汪本作雲。武富溢范陳本、梅本、李本作「當溢」。于世。罷樂之後,下移踰肆。身不是好而淫亂愈甚者,禮不設也㊁。

箋注

㊀色,即前所謂「其容和」之容。聲、色兩句互舉,下不思上之聲,上亦不思下之聲;君不欲臣之色,臣亦不欲君之色。由樂之教化養成其上下不争之情意而忠義以成。

㊁《禮記·王制》注:「屏,放去也。」《漢書·哀帝紀》:「(綏和二年)六月詔曰:『鄭聲淫而亂樂,聖王所放。其罷樂府。』」《漢書·禮樂志》:「是時(成帝時)鄭聲尤甚,黄門名倡丙彊、景武之屬富顯于世,貴戚五侯、定陵、富平外戚之家(師古曰:「五侯,王鳳以下也。定陵,淳于長也。富平,張放。」)淫侈過度,至與人主争女樂。哀帝自爲定陶王時疾之,又性不好音,及即位,下詔曰:『惟世俗奢泰文巧,而鄭衛之聲興。……孔子不云乎:「放鄭聲,鄭聲淫。」

其罷樂府官。郊祭樂及古兵法武樂，在經，非鄭衛之樂者，條奏別屬他官。』然百姓漸漬日久，又不制雅樂有以相變，豪富吏民湛沔自若，陵夷壞于王莽。」《漢書・佞幸列傳》：「（淳于長）後遂封爲定陵侯，大見信用，貴傾公卿，外交諸侯，牧守賂遺，賞賜亦累鉅萬。多畜妻妾，淫于聲色，不奉法度。……始長以外親之近，其愛幸不及富平侯張放。」《釋名》：「禮，體也，得其事體也。」

「刑、教一體，禮、樂，外、内也。刑弛則教不獨行，禮廢則樂無所立。尊卑有分，上下有等，謂之禮；人安其生，情意無哀，謂之樂㊀。自「乾坤易簡」至此止《藝文類聚》無。車服、旌旗、宮室、飲食，禮之具也；鐘磬、《藝文類聚》卷四十二作聲。鞞鼓、琴瑟、歌舞，嚴本注：「《藝文類聚》四十無『歌舞』二字，疑此衍。」樂之器也。禮踰其制則尊卑乖，樂失其序則親疏亂。禮定其象，樂平其心；禮治其外，樂化其内；禮樂正而天下平㊁。

箋注

㊀《禮記・樂記》：「故禮以道其志，樂以和其聲，政以一其行，刑以防其姦；禮、樂、刑、政，其極一也，所以同民心而出治道也。」又：「禮節民心，樂和民聲，政以行之，刑以防之；禮、樂、刑、政，四達而不悖，則王道備矣。」又：「樂由中出，禮自外作。樂由中出，故靜；禮自外作，故文。」《樂記》言刑「政」，此文言刑「教」。《釋名》：「政，正也，下所取正也。」「教，效也，下所法效也。」其義同。弛，放也，緩也，釋也。

㊁《禮記・樂記》：「故鐘鼓、管磬、羽籥、干戚，樂之器也；屈伸、俯仰、綴兆、舒疾，樂之文也。簠簋、俎豆、制度、文章，

禮之器也；升降、上下、周還、裼襲，禮之文也。」「歌舞」二字非衍文。《禮記·樂記》：「故樂也者，動于内者也；禮也者，動于外者也。樂極和，禮極順。内和而外順，則民瞻其顏色而弗與争也，望其容貌而民不生易慢焉。故德煇動于内而民莫不承聽，理發諸外而民莫不承順，故曰：致禮樂之道，舉而錯之天下，無難矣。樂也者，動于内者也，禮也者，動于外者也，故禮主其减，樂主其盈。」又：「是故樂在宗廟之中，君臣上下同聽之則莫不和敬；在族長鄉里之中，父子兄弟同聽之則莫不和親，故樂也者，審一以定和，比物以飾節，節奏合以成文，所以合和父子君臣，附親萬民也，是先王立樂之方也。」

「昔衛人求繁纓、曲縣而孔子歎息，蓋惜禮壞而樂崩也㊀。夫鐘者，聲之主也；縣者，鐘之制也。鐘失其制則聲失其主；主制無常則怪聲並出。盛衰之代相及，古今之變若一，故聖教廢毁從范陳本、梅本、張燮本、及本、張溥本、張采本、李本、葉本。他本無「毁」字。則聰慧之人並造奇音。景王喜大鐘之律㊁，平王好師延之曲㊂，公卿大夫拊手嗟歎，庶人群生踊躍思聞，正樂遂廢，鄭聲大興，雅頌之詩不講，而妖淫之曲是尋。及本下有「物」字。延年造傾城之歌，而孝武思嬺嫚之色㊃；雍門作松柏之音，愍王念未寒之服。故猗靡哀思之音發，愁怨偷薄之辭興，則人後有縱欲奢侈之意，人後有内顧自奉之心；是以君子惡大陵從張采本。他本作淩或凌。之歌，憎北范陳本作百。程刻范陳本作比。里之舞也㊄。

箋注

㈠《左傳・成公二年》：「新築人仲叔于奚救孫桓子，桓子是以免。既衛人賞之以邑，辭；請曲縣、繁纓以朝，許之。仲尼聞之，曰：『惜也！不如多與之邑。惟器與名不可以假人，君之所司也。名以出信，信以守器，器以藏禮，禮以行義，義以生利，利以平民：政之大節也。若以假人，與人政也。政亡則國家從之，弗可止也已。』」注：「曲縣，軒縣也。」《周禮・春官・小胥》：「正樂縣之位：王宮縣，諸侯軒縣，卿大夫判縣，士特縣；辨其聲。」縣，《説文》徐注：「此本是縣掛之縣，借爲州縣之縣，今俗加心別作懸，義無所取。」繁纓，馬飾，皆諸侯之服。崩，毀也。

㈡《國語・周語下》：「單穆公曰：『……且夫鐘不過以動聲。』」注：「動聲，謂合樂以金奏而八音從之。」《淮南子・要略》：「齊景公内好聲色，外好狗馬，猎射忘歸，好色無辨。作爲路寢之臺，族鑄大鐘，撞之庭下，郊雉皆呴，一朝用三千鐘贛。」按：景王或當作桓公。《管子・霸形篇》：「桓公起，行筍虡之間，管子從，至大鐘之前，桓公南面而立，管仲北向對之。大鐘鳴，桓公視管子曰：『樂夫！仲父！』管子對曰：『此臣之所謂哀，非樂也。』」

㈢《史記・樂書》：「衛靈公之時，將之晉，至于濮水之上舍。夜半時，聞鼓琴聲，問左右，皆對曰：『不聞。』乃召師涓曰：『吾聞鼓琴音，問左右皆不聞。其狀似鬼神，爲我聽而寫之！』師涓曰：『諾！』因端坐援琴，聽而寫之。……即去之晉，見晉平公。平公置酒于施惠之臺。酒酣，靈公曰：『今者來，聞新聲，請奏之。』平公曰：『可。』即令師涓坐師曠旁，援琴鼓之。未終，師曠撫而止之曰：『此亡國之聲也，不可遂。』平公曰：『何道出？』師曠曰：『師延所作也。與紂爲靡靡之樂，武王伐紂，師延東走，自投濮水之中。故聞此聲必于濮水之上。先聞此聲者國削。』平公曰：『寡人所好者音也。願遂聞之。』師涓鼓而終之。」

㊃《漢書·外戚傳》：「孝武李夫人本以倡進。初，夫人兄延年性知音，善歌舞，武帝愛之。每爲新聲變曲，聞者莫不感動。延年侍上起舞，歌曰：『北方有佳人，絶世而獨立。一顧傾人城，再顧傾人國。寧不知傾城與傾國，佳人難再得。』上歎息曰：『善！世豈有此人乎？』平陽主因言：延年有女弟。上乃召見之，實妙麗美舞，由是得幸。」嬿、嫚二字義皆不協，當作靡曼。《尚書·畢命》疏：「靡靡者，相隨順之意。」《漢書·司馬相如傳·上林賦》：「靡曼美色于後。」注：「靡，細也。」又：「鄭女曼姬。」注：「曼者，言其色理曼澤也。」《楚辭·天問》注：「曼，輕細也。」

㊄此事不詳所據。《説苑·善説篇》有雍門子周以琴見乎孟嘗君一條；又《博物志·史補》載韓娥東之齊過雍門鬻歌事，皆非此文所指。北齊劉晝《新論·辨樂》，多據阮籍此文，此二句作：「雍門作松柏之聲，齊泯願未寒之服。」《詩·衛風·淇奥》傳：「猗猗，美盛貌。」偷，苟且也。「人後有」之「後」，猶今言「然後」。奉，養也。《左傳·莊公十四年》注：「大陵，鄭地。」徐澄宇曰：「大陵，鄭地名，鄭衛之音之所自出。張華詩：『北里獻奇舞，大陵奏名歌。』」《史記·殷本紀》：「帝紂于是使師涓作新淫聲，北里之舞，靡靡之樂。」《管子·封禪篇》注：「鄗上、北里，皆地名。」

「昔先王制樂，非以縱耳目之觀，崇曲房之嬿也。必通天地之氣，静萬物之神也；固上下之位，定性命之真也㊀。自「禮樂正而天下平」至此止《藝文類聚》無。故清廟之歌詠成功之績，賓饗之詩稱禮讓之則，百姓化其善，異俗服其德；《藝文類聚》引至此止，且「德」下有「也」字。此淫聲之所以薄，正樂之所以貴也㊁。

箋注

㈠曲房，見《東平賦》注。嬿婉，安順貌。《禮記·樂記》：「人生而静，天之性也。」「律小大之稱，比終始之序，以象事行，使親疏、貴賤、長幼、男女之理皆形見于樂。」又：「天尊地卑，乾坤定矣。卑高已陳，貴賤位矣。動静有常，小大殊矣。方以類聚，物以群分，則性命不同矣。」

㈡《詩·周頌》毛傳：「《周頌》三十一篇，皆是周室太平德洽，著成功之樂歌也。」《周頌》首「清廟之什」。《詩·小雅·鹿鳴》小序：「鹿鳴，燕群臣嘉賓也。既飲食之，又實幣帛筐篚以將其厚意，然後忠臣嘉賓得盡其心矣。」《詩》云：「呦呦鹿鳴，食野之蘋。」毛傳：「鹿得蓱，呦呦然鳴而相呼，懇誠發乎中，以興嘉樂賓客當有懇誠，相招呼以成禮也。」《詩》又云：「我有嘉賓，德音孔昭。視民不恌，君子是則是傚。」毛傳：「是則是傚，言可法傚也。」

「然禮與變俱，樂與時化，故五帝不同制，三王各異造，非其相反，應時變也。夫百姓安服淫亂之聲，殘壞范陳本作害。先王之正，故後王必更作樂，各宣其功德于天下，通其變使民不倦㈠。然但改其名目，李本作自，屬下句。變造歌詠，汪本作諫。至于樂聲，平和自若；故黄帝詠雲門之神，少昊歌鳳鳥之迹，《咸池》、《六英》之名既變，而黄鐘之宫不改易㈡。故達道之化者可與審樂，好音之聲者不足與論律也㈢。

箋注

㈠《禮記·樂記》：「五帝殊時不相沿樂，三王異世不相襲禮。」《周禮·春官·大司樂》：「以樂舞教國子，舞《雲門》、

《大卷》、《大咸》、《大磬》、《大夏》、《大濩》、《大成》。」鄭氏注：「此周所存六代之樂。黄帝曰《雲門》、《大卷》。……《大咸》、《咸池》，堯樂也。……《大磬》，舜樂也。……《大夏》，禹樂也。……《大濩》，湯王樂也。……《大成》，武王樂也。」《史記·樂書》正義：「庾蔚之云：『樂興于五帝，禮成于三王。樂興王者之功，禮隨世之質文。』崔靈恩云：『五帝淳澆不同，故不得相沿爲樂；三王文質之不等，故不得相襲爲禮。』」《禮記·樂記》：「王者功成作樂，治定制禮。其功大者其樂備，其治辯者其禮具。」

㊁《史記·五帝本紀》：「嫘祖爲黄帝正妃，生二子，其後皆有天下。其一曰玄囂，是爲青陽。」集解：「皇甫謐以青陽爲少昊，乃方雷氏所生。」《左傳·昭公十七年》：「秋，郯子來朝，公與之宴，昭子問焉，曰：『少皞(同昊)氏鳥名官，何故也？』郯子曰：『……我高祖少皞摯之主也，鳳鳥適至，故紀于鳥爲鳥師而鳥名。』」《漢書·禮樂志》：「昔黄帝作《咸池》，顓頊作《六莖》，帝嚳作《五英》。」《淮南子·齊俗訓》：「夏后氏樂夏籥《九成》、《六佾》、《六列》、《六英》。」注：「《六英》，禹蓋兼用顓頊之樂也。」依此，則《六英》即《六莖》。《國語》卷三：「伶州鳩對曰：『……夫宮，音之主也。』」《漢書·律曆志》：「五聲之本，生于黄鐘之律。九寸爲宫，或損或益，以定商、角、徵、羽。」又：「宫，中也。居中央，暢四方，唱始施生，爲四聲綱也。」

㊂《禮記·樂記》：「凡音者，生于人心者也。樂者，通倫理者也。是故知聲而不知音者，禽獸是也；知音而不知樂者，衆庶是也；唯君子爲能知樂。是故審聲以知音，審音以知樂，審樂以知政，而治道備矣。是故不知聲者不可與言音，不知音者不可與言樂，知樂則幾于禮矣。」又：「子夏對魏文侯曰：『……今君之所問者樂也，所好者音也。夫樂者，與音相近而不同。……天下大定，然後正六律，和五聲，絃歌詩頌，此之謂德音；德音之謂樂。』」

「舜命夔范陳本、梅本、及本、李本、葉本下有「與」字。龍典樂，教胄子以中和之德也：范陳本無「也」字。『詩言志，歌詠范陳本作永。言，聲依詠，范陳本作永。律和聲。八音克諧，無相奪倫，神人以和㊀。』又曰：『予欲聞六律、五聲、八音，在治忽從范陳本。他本除汪本外均作曶。以出納五言。女聽！』夫煩奏此字從汪本。他本作手。淫聲，汩湮心耳，乃忘平和，君子弗聽。從范陳本、梅本、張燮本、張溥本、張采本、李本、葉本。他本無自「夫煩奏」至「弗聽」數句。言正樂通，平汪本作寧，下有「辭簡」二字。范陳本「平」下有「正」字，葉本「平」下有「和」字。易簡，心澄氣清，以聞音律，出納五言也㊁。夔曰：『戛擊鳴球，搏拊琴瑟以詠，祖考來格；虞賓在位，群后德讓，下管鼗鼓，合止柷敔，笙鏞以閒，鳥獸蹌蹌；簫韶九成，鳳凰來儀㊂。』夔曰：『於，予擊石拊石，百獸率舞，庶尹允諧㊃。』詩言志，歌詠言，操磬鳴琴，以聲依律，述先王之德，故祖考之神來格也；笙鏞以閒，正樂聲希，治修無害，故繁毓蹌蹌然也；樂有節適，九成而已，陰陽調達，和氣均通，故遠鳥來儀也；質而不文，四海合同，故擊石拊石，百獸率舞也。以上九十字范陳本、梅本、李本、葉本無。言天下治平，萬物得所，音聲不譁，漠然未兆，故衆官皆和也㊄。故孔子在齊聞韶，三月不知肉味，言至樂使人無欲，心平氣定，不以肉爲滋味也㊅。以此觀之，知聖人之樂和而已矣㊆。

箋注

㈠《尚書・舜典》：「帝曰：『夔！命汝典樂，教胄子：直而温，寬而栗，剛而無虐，簡而無傲。』」其前有「讓于夔龍」句。孔氏傳：「夔、龍，二臣名。」孔氏傳又云：「胄，長也。謂元子以下至卿大夫子弟。以歌詩蹈之舞之，教長國子中和，祇庸孝友。」「歌詠言，聲依詠」兩「詠」字，今本《尚書》作永，永與詠同。孔氏傳：「謂詩言志以導之，歌詠其義以長其言。聲謂五聲：宫、商、角、徵、羽。律謂六律，六吕，十二月之音氣，言當依聲律以和樂。倫，理也。八音能諧理不錯奪，則神人咸和。命夔使勉之。」

㈡《尚書・益稷》：「（帝曰）予欲聞六律、五聲、八音，在治忽，以出納五言。汝聽！」孔氏傳：「言欲以六律和聲音，在察天下治理及忽怠者，又以出納仁、義、禮、智、信五德之言，施于民以成化。汝當聽審之。」澄，水静而清也。

㈢「夔曰」一段，與《尚書・益稷》悉同。「戛擊」三句，孔氏傳：「戛擊柷敔，所以作止樂。搏拊，以韋爲之，實之以糠，所以節樂。球，玉磬。此舜廟堂之樂，民悦其化，神歆其祀，禮備樂和，故以祖考來至明之。」「虞賓」二句，孔氏傳：「丹朱爲王者後，故稱賓。言與諸侯助祭，班爵同，推先有德。」「下管」二句，孔氏傳：「堂下樂也。上下合止樂各有柷敔、明球、弦、鐘、籥，各自互見。」「笙鏞」二句，孔氏傳：「鏞，大鐘。閒，迭也。吹笙擊鐘，鳥獸化德，相率而舞蹌蹌然。」「簫韶」二句，孔氏傳：「韶，舜樂名。言簫，見細器之備。雄曰鳳，雌曰凰，靈鳥也。儀，有容儀。備樂九奏而致鳳凰，則餘鳥獸不待九而率舞。」戛，《説文》：「戟也。」又：「長矛也。」搏，《説文》：「索持也。」《禹書》蔡沈傳：「重擊曰擊，輕擊曰拊。」格，至也。鼗鼓、柷敔，皆八音之一。陸德明《釋文》：「柷所以作樂，敔所以止樂。」《爾雅・釋訓》：「蹌蹌，動也。」《儀禮・燕禮》：「笙入三成。」注：「三成，謂三終也。」

㊃此數句亦與《尚書・益稷》悉同。孔氏傳：「尹，正也。衆正官之長信皆和諧，言神人治始于任賢，立政以禮，治神以樂，所以太平。」又《尚書・舜典》：「夔曰：『於，予擊石拊石，百獸率舞。』」孔氏傳：「石，磬也。磬，音之清者。拊亦擊也。擊清者和，則其餘音皆從矣。樂感百獸，使相率而舞，則神人和可知。」

㊄「正樂聲希」句用《老子・同異章》「大音希聲」語意。《周禮・地官・大司徒》：「以蕃鳥獸，以毓草木。」注：「蕃，蕃息也。育，生也。」毓，古育字。繁毓，猶言群生，此文指鳥獸。均，平也。《淮南子・精神訓》：「五聲譁耳，使耳不聰。」「漠然未兆」亦用《老子》語意，《老子・異俗章》：「我獨怕兮其未兆。」注：「意未作之時也。」漠，清也。

㊅《論語・述而章》：「子在齊聞韶樂，三月不知肉味，曰：『不知爲樂之至于斯也！』」《漢書・王莽傳》師古注：「孔子至齊郭門之外，遇一嬰兒，挈一壺，相與俱行，其視精，其心正，其行端。孔子謂御者：『趣驅之！趣驅之！韶樂將作。』孔子至彼而及韶聞之，三月不知肉味。」《禮記・樂記》：「韶，繼也。」注：「舜樂名也。韶之言紹也。言舜能繼紹堯之德。」

㊆《周禮・地官・大司徒》：「以樂理教和則民不乖。」《國語》卷三：「伶州鳩對曰：『夫政象樂，樂從和，和從平。』」《莊子・天下篇》：「詩以道志，書以道事，禮以道行，樂以道和。」《史記・自序》傳：「是故禮以節人，樂以發和。」又《周禮・春官・典同》：「凡爲樂器，以十有二律爲之數度，以十有二聲爲之齊量。凡和樂亦如之。」鄭注：「和，謂調其故器也。」

「自西陵、青陽之樂皆取之竹，聽鳳凰之鳴，尊長風之象，采大林之□，此字范陳本注：

「缺。」諸本皆缺，唯汪本作欎，字書無此字，疑當作欝，即鬱之俗寫。當時之所不見，百姓之所希聞，故天下懷其德而化其神也㊀。夫雅樂周通則萬物和，質静則聽不淫，易簡則節制全，范陳本作令，注：「一作全。」梅本、及本、李本均作令。静重則服人心：此先王造樂之意也。自後衰末之爲樂也，其物不真，其器及本、張采本作氣。不固，其制不信，取于近物，同于人間，各求其好㊁，恣意所存，閭從范陳本、張燮本、及本、張溥本、張采本、葉本。他本均誤作間。里之聲競高，永巷之音争先，童兒相聚以詠富從及本、李本、葉本。他本除汪本外皆作當。貴，蒭牧負戴以歌賤貧㊂，君臣之職未廢，而一此字疑衍文。人懷萬心也。

箋注

㊀《史記·五帝本紀》：「黄帝居軒轅之丘而娶于西陵之女，號爲嫘祖。」正義：「西陵，國名也。」鬱，《説文》：「木叢生者。」

㊁周，備也。「其物不真」謂琴不必出于空桑之木，磬不必出于泗濱之石之類。信，不差爽也。「取于近物」即就地取材之意。「同于人間」謂同于民間所有者。

㊂《周禮·地官·大司徒》：「令五家爲比，使之相保。五比爲閭，使之相受。」又《遂人》：「五家爲鄰，五鄰爲里。」在城爲比、閭，在鄉爲鄰、里。永，遠也。永巷，猶言長巷。閭里之聲，永巷之音，皆指民間之歌唱。蒭，刈草也。負，擔

也。戴，《説文》：「一曰首戴之。」

「當夏后之末，興范陳本作與，注：「一作興。」梅本、李本作與。葉本作興。女萬人，衣以文繡，食以粱程刻范陳本、梅本、及本、李本、葉本作糧。肉，端噪晨歌，聞之者憂慼㊀，天下苦其殃，百姓傷其毒。殷之季君，亦奏斯樂，酒池從范陳本、梅本、張燮本、及本、張溥本、張采本、李本、葉本。他本除汪本外均作林。肉林，夜以繼日；然咨嗟之音未絶，而敵國已收其琴瑟矣㊁。滿堂而飲酒，樂奏而流涕，此非皆有憂者也，則此樂非樂也㊂。當王莽「莽」字據《北堂書鈔》卷一百五補。他本無。范陳本「王居」二字作君。居臣之時，奏新范陳本作斯。樂于廟中，聞之者皆爲之悲咽㊃。桓帝《藝文類聚》卷四十四、《太平御覽》五百七十七「桓」字上有「漢」字。《太平御覽》五百七十九無「桓」字，梅本、李本同。聞楚《後漢書·五行志》注所引無「楚」字。琴，悽愴傷心，《藝文類聚》無此句。倚《藝文類聚》作扆。房《太平御覽》五百七十七作户，五七九作扆。而悲，慷慨長息曰：『善哉乎！《後漢書·五行志》注所引「哉乎」二字倒置。爲琴若此，一《後漢書·五行志》注無「一」字。而已足矣㊄。』《藝文類聚》作「美哉！爲聲如此而足矣。」《太平御覽》五七九同，唯「如」作「若」。順帝《太平御覽》三九二「順帝」上有「漢」字。上恭陵，過樊衢，《太平御覽》作濯。聞鳥鳴而悲，泣下横流，曰：『善哉鳥聲！』《太平御覽》作鳴。使左右吟之，曰：『使絲《太平御覽》無「絲」字。聲若是，豈不樂哉！』《太平御覽》作「佳乎」。夫是《太平御覽》無「夫」字，「是」作「此」。謂以悲爲樂

者《太平御覽》無「者」字。也。誠以悲爲樂，則天下何樂之有？天下無樂，而有李本作欲。陰陽調和，范陳本作利。災害不生，亦已難矣。樂者，使人精神平和，衰氣不入，天地交泰，遠梅本作百。物來集，故謂之樂也㊅。今則流涕感動，噓唏傷氣，寒暑不適，庶物不遂，雖出絲竹，宜謂之哀，奈何俛仰歎息以此稱樂乎！自「順帝上恭陵」起至此止《藝文類聚》無。昔季流子《北堂書鈔》卷一百九無「子」字。向風而鼓從《藝文類聚》及《太平御覽》卷五七九。他本無「鼓」字。琴，聽之者泣《北堂書鈔》、《藝文類聚》及《太平御覽》五七九作淚。下沾襟，《藝文類聚》及《太平御覽》五七九無「沾襟」二字。弟子曰：『善哉及本下有「乎」字。鼓琴！亦已妙矣。』季流子曰：『樂謂之善，哀謂之傷；吾爲從范陳本、梅本、及本、李本、葉本。他本除汪本外均作謂。哀傷，非爲善樂也。』以此言之，絲竹不必爲樂，歌詠不必爲善也；故墨子之非樂也㊆。悲夫！以哀爲樂者，胡亥梅本、及本作「胡疵亥」，范陳本、李本、葉本作「胡疵玄」。耽哀不變，故願爲黔首㊇；李斯隨哀不返，故思逐狡兔；嗚乎！君子可不鑒之哉㊈！」

箋注

㊀「夏后之末」猶言夏朝君主之末一代，即桀也。輿，多也，衆也。又據《左傳·僖公十一年》注，「輿」亦「載」之意。《管子·輕重甲》：「昔者桀之時，女樂三萬人，端譟晨樂，聞于三衢；是無不服文繡衣裳者。」《孟子·公孫丑上》

注：「端者首也。」戚，《論語·八佾》注：「哀戚也。」

㈡《廣韻》：「末世曰季世。」「殷之季君」謂紂也。《史記·殷本紀》：「（紂）于是使師涓作新淫聲，北里之舞，靡靡之樂，……大冣樂戲于沙丘，以酒爲池，縣肉爲林，使男女倮相逐其間，爲長夜之飲。百姓怨望，而諸侯有畔者。……殷之太師、少師乃持其祭樂器奔周。」咨，歎聲。

㈢「此樂非樂」上樂字是音樂之樂，下樂字是快樂之樂。下有兩義分別之處，易辨，不再注。《吕氏春秋·仲夏紀·侈樂》：「凡古聖王之聽爲貴樂者，爲其樂也。」又《適音》：「樂之弗樂者心也。心必和平然後樂。……故樂之務在于和心，和心在于行適。」

㈣《北堂書鈔》卷一百五：「王莽獻新樂而哀。」注：「《漢書》：『王莽初獻新樂于明堂太廟，群臣始冠麟韋之弁。或聞其樂聲，曰：『厲而哀，非興國之聲也。』』」咽，聲塞也。

㈤《後漢書·桓帝本紀》：「論曰：前史（注：「前史謂《東觀記》。」）稱桓帝好音樂，善琴笙。」《後漢書·五行志》：「（桓帝）元嘉二年七月二日庚辰，日有蝕之，在翼四度。史官不見，廣陵以聞。翼主倡樂，時帝好樂過。」注引阮文此節，别無考。

㈥《後漢書·安帝紀》：「（夏四月）己酉，葬孝安皇帝於恭陵。」注：「在今洛陽東北二十七里。」又《祭祀志》：「順帝即位，追尊其母曰恭愍后，陵曰恭北陵。」《晉書·樂志》：「漢順聽鳴鳥于樊衢。」《太平御覽》三九二引阮文此節，别無考。《管子·内業篇》：「凡人之生也必以平正，所以失之必以喜怒憂患，是故止怒莫若詩，去憂莫若樂……」《荀子·樂論》：「故曰樂者樂也。君子樂得其道，小人樂得其欲。」《易·泰卦》：「象曰：天地交泰。」又：「象曰：則是天

地交而萬物通也。」泰即通之意。

⑦嘘，歎也。《史記・十二諸侯年表》注：「唏，歎聲。」季流子，其人其事無考。墨子有《非樂》上、中、下三篇，今只存上篇。

⑧《史記・秦本紀》：「始皇帝五十一年而崩，子胡亥立，是爲二世皇帝。」又《秦始皇本紀》：「閻樂前即二世數曰：『足下驕恣，誅殺無道，天下共畔足下。足下其自爲計！』二世曰：『丞相可得見否？』樂曰：『不可。』二世曰：『吾願得一郡爲王。』弗許。又曰：『願爲萬户侯。』弗許。曰：『願與妻子爲黔首，比諸公子。』閻樂曰：『臣受命于丞相，爲天下誅足下。足下雖多言，臣不敢報。』麾其兵進，二世自殺。」《尚書・無逸》：「唯耽樂之從。」傳：「過樂謂之耽。」《史記・秦始皇本紀》：「更名民曰黔首。」應劭曰：「黔亦黎黑也。」

⑨《史記・李斯列傳》：「李由（斯之長男）告歸咸陽，李斯置酒于家，百官長皆前爲壽，門庭車騎以千數。李斯喟然而歎曰：『嗟乎！……吾聞之荀卿曰：「物禁太盛。」夫斯乃上蔡布衣，閭巷之黔首，上不知其駑下，遂擢至此。當今人臣之位，無居臣上者，可謂富貴極矣。物極則衰，吾未知所税駕也。』……二世二年七月，具斯五刑，論腰斬咸陽市。斯出獄，與其中子俱執，顧謂其中子曰：『吾欲與汝復牽黄犬俱出上蔡東門逐狡兔，豈可得乎！』遂父子相哭，而夷三族。」

附

琵琶箏笛，閒促而聲高；琴瑟之體，閒遼而聲埤。嚴可均《全三國文》原注：「《文選・嵇康〈琴

賦〉》注。」

故樂以叙志，舞以宣情，然後文之以綵章，昭之以風雅，播之以八音，感之以太和。《北堂書鈔》卷一百五陳禹謨補注引。又《北堂書鈔》卷一百七：「舞以宣情。」注：「阮籍《樂論》云：『歌以叙志，舞以宣情，然後文彩照之以風雅，播之以八音，感之以太和。』」

集評

范陳本注：「讀嗣宗《樂論》，豈放廢禮法，甘于懶散者流，沉湎麯蘖以速終天年，特虞革命之見及耳。（李本録至此止。）智士罹末造，明者見未然，德文每于嗣宗而有感。」

張溥《阮步兵集題辭》：「嗣宗論《樂》，史遷不如；《通易》《達莊》，則王弼、郭象二注，皆其環内也。以此三論，垂諸藝文，六家指要，網羅精闊。」

按：阮籍《樂論》，本書序言中曾指出，謂可作其「濟世之志」所懷理想、方案之一部分，且爲最重要之一部分看。從此文中，可以見其政治綱領。此綱領之内容，總言之爲禮、樂、刑、教；而此文則由于篇題所限，當然更偏重于樂。其對于樂之主張，有如下幾個要義：第一：須求其「一」。如何能「一」？首在器材之統一。必須用特産之質材制作，有若「空桑之琴，雲和之瑟，孤竹之管，泗濱之磬」。此種質材，既非尋常所可易得，民間即不能隨意製造。而有如斯質材之後，其製作之法亦必須統一，所謂「器具者象先王之式，度數者象先王之制」。質材與制法既皆「斠若畫一」矣，仍必須求其歌辭與舞蹈之統一，所謂「歌謡者詠先王之德，俯仰者習先王之容」，使「四海同其觀，九州一其

節」。此「一」之義也。其次：須求其「和」，而欲「和」則須求其「平」。使「自然」「不亂」，「大小相君」，「男女不易其所，君臣不犯其位」，「下不思上之聲，君不欲臣之色」。以此養成人民和平之精神，使不至于「好勇則犯上，淫放則棄親」。此「和」之義也。第三：須求其「樂」（快樂）。必須「樂平其心」，然後「陰陽調和，災害不生」。以如斯云「樂以化內」，「移風易俗」，並以禮治其外，使凡民皆温然馴服，受治歸化，于是乎「天地交泰」，萬事咸亨矣。由是，故阮氏極不喜民間之自由歌唱，謂爲「閭里之聲」，「永巷之音」，「童兒相聚以詠富貴，芻牧負戴以歌賤貧」。實則，蓋恐民間之自由歌唱，極易道出其本懷，揭出其所遭之疾苦，因而互相鼓煽，以成風氣也。當阮籍之世，民間之音樂早已發展，例如曹氏父子即各著有樂府多篇，他如秦漢時童謠之類更多，民間之聲音，又豈終能壓抑而不使揚乎？阮氏不過立足于統治者之一面而爲不切實際之幻想而已。阮氏所懷之理想及其持論，恰即自周至漢儒家禮、樂、刑、教之理想、理論。阮氏之《樂論》，初未越出《禮記・樂記》之範圍，雖間有所發揮，而其體統則歸于一致，故本文注釋多引《樂記》相類之語以相對照，其所未引而意旨相類者尚多，亦可參看。就此文所懷理想而論，陳德文謂阮初非「放廢禮法，沉湎麴蘗」之流，其言頗當。此之理想，恐爲阮氏早期之思想，其後因格于現實，理想愈歸渺茫，故終于「放廢禮法，沉湎麴蘗」也。張溥謂「嗣宗論《樂》，史遷不如」，亦仍就儒家立論；司馬遷之思想較爲奔放，未爲儒家所囿，張氏蓋未足以知之也。

通易論

《易・繫辭上》：「子曰：『知變化之道者，其知神之所爲乎！易有聖人之道四焉：以言者尚其辭，以動者尚其變，

以製器者尚其象，以卜筮者尚其占。』」又：「參伍以變，錯綜其數，通其變，遂成天下之文，極其數，遂定天下之象，非天下之至變，其孰能與于此！」又《繫辭下》：「《易》之爲書也不可遠，爲道也屢遷，變動不居，周流六虚，上下無常，剛柔相易，不可爲典要，唯變所適。」《漢書·藝文志》：「昔仲尼殁而微言絶，七十子喪而大義乖……《易》有數家之傳。」「及秦燔書，而《易》爲筮卜之事，傳者不絶。漢興，田何傳之。訖于宣元，有施、孟、梁丘、京氏列于學官，而民間有費、高二家之説。」《漢書·藝文志》據劉歆《七略》：「凡《易》十三家，二百九十四篇。」

集評

范陳本附注：「籍之《通易》，京房、管輅有餘媿矣。漢儒訓詁，寧無陋乎！今之談《易》，迺遺籍何耶？貴耳賤目，世固比之爾也。」

郭沫若《十批判書》：「例如《周易》，固然是無問題的先秦史料，但一向被認爲殷末周初的作品，我從前也是這樣。據我近年來的研究，才知道它確是戰國初年的東西，時代拉遲了五六百年。」

又《青銅時代》：「從《易》的純粹的思想上來説，它是强調着變化而透闢地採取着辯證的思維方式，在中國的思想史上的確是一大進步。而且那種的思想來源，明白地是受着老子和孔子的影響的。」

又：「荀子的天道思想的確是把儒、道兩家融和了的。這種思想和《易傳》，特别是《繫辭傳》的思想完全如出一範。在這兒且引幾條來和它對照。……由這些證據看來，《易傳》作于荀子的門人是不成問題的。《易傳》中所有的『子曰』可以解爲『荀子曰』或『子弓曰』。」

按：《三國志·魏志·高貴鄉公髦紀》：「甘露元年夏四月丙辰，帝幸太學，問諸儒曰：『聖人幽贊神明，仰觀俯察，始

作八卦；後聖重之爲六十四，立爻以極數，凡斯大義，罔有不備。而夏有連山，殷有歸藏，周曰周易。易之書其故何也？』《易》博士淳于俊對曰……」疑阮籍此文亦爲其在爲高貴鄉公散騎常侍時所作。

阮子曰：「易」者何也？乃昔之玄真，往古之變經也㈠。庖犧氏當天地一終，及本作經。值人物憔悴，利用不存，法制夷昧，神明之德不通，萬古之情不類；于是始作八卦㈡。「引而伸之，觸類而長之」，分陰陽，序剛柔，積山澤，連水火，雜而一之，變而通之，終于「未濟」，六十四卦盡而不窮㈢。是以天地象而萬物形，吉凶著而悔吝生，事用有取，變化有成㈣。南面聽斷，「向明而治」；「結繩而爲綱罟」，致日中之貨，修耒耜之利，「以教天下」，皆「得其所」㈤。

箋注

㈠玄真，見《東平賦》注。變經，謂言變易之經也。《易緯乾鑿度》謂易有三義：易（簡易）也，變易也，不易也。又《周易折中綱領》二：「鄭康成作《易贊》及《易論》云：『易一名而含三義：易簡，一也；變易，二也；不易，三也。』」

㈡唐司馬貞補《史記·三皇本紀》：「太皞庖犧氏，風姓，代燧人氏繼天而立。」「結網罟以教佃漁，故曰宓犧氏。」「養犧牲以庖厨，故曰庖犧。」「都于陳。東封泰山。立一十一年崩。」庖犧，或作宓犧，或作伏犧；宓即今伏字，庖、伏同聲。《淮南子·俶真訓》：「天一以始建七十六歲，日月復以正月入營室五度無餘分，名曰一紀。凡二十紀，一千五百二十歲，大終，日月星辰復始甲寅。」《漢書·律曆志》：「凡四千六百一十七歲與一元終」。憔悴，榮華之反。《淮

南子・說林訓》：「有榮華者必有憔悴。」《國語》卷十九注：「憔悴，瘦病也。」《尚書・大禹謨》：「正德、利用、厚生。」疏：「謂在上節儉，不爲糜費，以利而用，使財物殷阜。」夷，陵夷之意。類，見《樂論》注。《易・繫辭下》：「古者庖犧氏之王天下也，仰則觀象于天，俯則觀法于地，觀鳥獸之文與地之宜，近取諸身，遠取諸物，于是始作八卦，以通神明之德，以類萬物之情。」

㈢《易・繫辭上》：「是故四營而成易，十有八變而成卦，八卦而小成。引而伸之，觸類而長之，天下之能事畢矣。（王弼注：「伸之六十四卦。」）」《易・繫辭下》：「子曰：『乾坤其易之門耶！乾，陽物也。坤，陰物也。陰陽合德而剛柔有體，以體天地之撰，以通神明之德。』」序，次也。《易・說卦》：「乾爲天……爲父……；坤爲地，爲母……；震爲雷……其究爲健……；巽爲木，爲風……；坎爲水……；離爲火……；艮爲山……；兑爲澤……」又：「昔者聖人之作易也，將以順性命之理，是以立天之道曰陰與陽，立地之道曰柔與剛，立人之道曰仁與義。兼三才而兩之，故易六畫而成卦。分陰分陽，迭用柔剛，故易六位而成章。天地定位，山澤通氣，雷風相薄，水火不相射。」「未濟」爲六十四卦最後一卦之卦名。《易・序卦》：「物不可窮也，故受之以『未濟』終焉。」按：清皮錫瑞《經學通論》：「阮嗣宗《通易論》云：……嗣宗亦莊生之流，而論易則稱伏羲之功，不拾漆園唾餘（指《莊子・繕性篇》）。然謂利用不存，法制夷昧，似謂上古本有法制利用，至伏羲時晦亂而伏羲氏復之，則無稽耳。」郭沫若《青銅時代・〈周易〉之製作時代》：「本來，伏羲這個人的存在已經是出于周末學者的虛構，舉凡有巢、燧人、伏羲、神農等等，都是當時學者對于人類社會的起源及其進展的程序上所推擬出的假想人物，漢人把那些推擬來正史化了，又從而把八卦的著作權送給伏羲，那不用說完全是虛構上的一重虛構。」（頁六七）

㊃《易·繫辭上》：「在天成象，在地成形，變化見矣。」又：「方以類聚，物以群分，吉凶生矣。」又：「聖人設卦觀象，繫辭焉而明吉凶。剛柔相推而生變化。是故吉凶者，失得之象也。悔吝者，憂虞之象也。」又：「吉凶者，言乎其失得也。悔吝者，言乎其小疵也。」「事用有取」，謂觀于八卦之象以製器也。見下。

㊄《易·説卦》：「離也者，明也。萬物皆相見，南方之卦也。聖人南面而聽天下，嚮明而治，蓋取諸此也。」《易·繫辭下》：「古者庖犧氏之王天下也，……作結繩而爲網罟，以佃以漁，蓋取諸『離』。庖犧氏没，神農氏作，斲木爲耜，揉木爲耒，耒耨之利以教天下，蓋取諸『益』。日中爲市，致天下之民，聚天下之貨，交易而退，各得其所，蓋取諸『噬嗑』。」罟，魚網也。耒，《説文》：「手耕曲木也。从木推手。」《禮記·月令》注：「耜者，耒之金也。」

黄帝、堯、舜應時當務，各有攸取，窮神知化，述則天序㊀。庖犧氏布演六十四卦之變；後世聖人觀而因之，象而用之㊁。禹、湯之經皆在，而上古之文不存；至范陳本作之。乎文王，故係其辭，于是歸藏氏逝而周典經興㊂。「上下無常，剛柔相易，不可爲典要，惟變所適」，故謂之「易」㊃。

箋注

㊀務，事務也。攸，見《東平賦》注。《易·繫辭下》：「神農氏没，黄帝、堯、舜氏作，通其變使民不倦，神而化之，使民宜之。……黄帝、堯、舜垂衣裳而天下治，蓋取諸『乾』、『坤』；刳木爲舟，剡木爲楫，舟楫之利以濟不通，致遠以利天下，蓋取諸『隨』；重門擊柝以待暴客，蓋取諸『豫』；斷木爲杵，掘地爲臼，臼杵之利，萬民以濟，蓋取諸『小過』；弦

木爲弧，剡木爲矢，弧矢之利以威天下，蓋取諸『睽』；上古穴居而野處，後世聖人易之以宮室，上棟下宇以待風雨，蓋取諸『大壯』；古之葬者厚衣之以薪，葬之中野，不封不樹，喪期無數，後世聖人易之以棺槨，蓋取諸『大過』；上古結繩而治，後世聖人易之以書契，百官以治，萬民以察，蓋取諸『夬』。」乾、坤、隨、豫、小過、睽、大壯、大過、夬，皆卦名，此所謂各有攸取也。《繫辭下》云：「窮神知化，德之盛也。」則，法也。天序，天地自然之序。

㈡布，陳列也。演，長流也。伏羲始作八卦，古代學者皆無異辭；然演成六十四卦者誰乎？據《周易折中綱領》一云：「然重卦之人，諸儒不同，凡有四説：王輔嗣等以爲伏犧重卦；鄭康成之徒以爲神農重卦；孫盛以爲夏禹重卦；史遷等以爲文王重卦。其言夏禹及文王重卦者，按《繫辭》，神農之時已有蓋取諸『益』與『噬嗑』，以此論之，不攻自破。其言神農重卦，亦未爲得。人依輔嗣，以伏犧既畫八卦，即自重爲六十四卦，爲得其實。」阮籍同王弼説，二人時代相去不遠，當是同有所本。因，如《論語・爲政》「殷因于夏禮」，「周因于殷禮」之「因」。按：郭沫若《青銅時代》：「據這些故事（所引故事略）看來，我們又可以斷定，《周易》之作，決不能在春秋中葉以前，由這個斷定，不用説是把文王重卦、文王演易之説更完全推翻了。在文王重卦説之外，本來還有伏羲説、神農説、夏禹説，這些都是不值一辯的。」又：「八卦既利用了春秋時代的字體，周易的爻辭又利用了春秋中年晉國的故事，周易一書無論怎樣不能出于春秋中葉以前是明白如火。因而在那兒浮游着的一些伏羲、神農、夏禹、文王、周公等的鬼影便自然消滅了。」

㈢《周禮・春官・太卜》：「掌三易之法，一曰連山，二曰歸藏，三曰周易。」《周易折中綱領》一云：「杜子春云：『連山，宓戲；歸藏，黃帝。』鄭康成《易贊》及《易論》云：『夏曰連山，殷曰歸藏，周曰周易。』鄭康成又釋云：『連山者，象山之

出雲，連連不絶；歸藏者，萬物莫不歸藏于其中；周易者，言易道周普，無所不備。』康成雖有此釋，更無所據之文。先儒因此遂爲文質之義，皆繁而無用，今所不取。按《世譜》寫群書，神農一曰連山氏，亦曰列山氏，黄帝一曰歸藏氏，既連山、歸藏應是代號，則《周易》稱『周』，取岐陽地名，《毛詩》云『周原膴膴』是也。又文王作《易》之時，正在羑里，周德未興，猶是殷世也，故題周，别於殷，以此文王所演，故謂之周易，猶周書、周禮題周以别於餘代也。」《漢書・藝文志》凡載《易》十三家，無連山與歸藏。「禹湯之經」謂連山與歸藏也。《易・繫辭下》：「易之興也，其於中古乎？」又：「易之興也，其當殷之末世，周之盛德耶？當文王與紂之事耶？是故其辭危。」《漢書・藝文志》：「至於殷周之際，紂在上位，逆天暴物，文王以諸侯順命而行道，天人之占可得而效，於是重易六爻作上下篇。」《周易》之《卦辭》、《爻辭》究出誰之手仍有異説：有以爲應是文王所作者（除上所引外，尚有《易乾鑿度》、《通卦驗》諸緯書及鄭玄等主之）；有以爲文王作卦辭，周公作爻辭者（鄭衆、賈逵、馬融等主之）。後來有以爲孔子所作者，則遠在阮籍之後矣。

㊃《易・繫辭下》：「易之爲書也不可遠，爲道也屢遷，變動不居，周流六虚，上下無常，剛柔相易，不可爲典要（注：「不可立定準也。」），唯變所適。」「故謂之易」之「易」，即變易之義。

「易」之爲書也，本天地，因陰陽，推盛衰，出自幽微以致明著㊀。故「乾元」初「潛龍，勿用」，言大人之德隱而未彰，潛而未達，待時從范陳本、梅本、張燮本、及本、張溥本、張采本、李本。他本除汪本外皆作明。而興，循變而發㊁。天地既設，「屯」「蒙」始生，「需」以待時，「訟」以立義，「師」

以聚衆，「比」以安民，是以「先王以建萬國，親諸侯」，收其心也㈢。原《尉氏縣志》作履。而積之，畜而制之，是以上下和洽，「裁成天地之道，輔相天地之宜，以左右民」，順其理也㈣。先王既歿，從及本。他本作没。德法乖易，上陵范陳本、及本、張溥本、張采本、李本、汪本作凌。下替，君臣不制，剛柔不和，「天地不交」，是以君子一類求同，「遏惡揚善」，以致其大㈤。「謙」而光之，「裒多益寡」，崇聖善以命，「雷出於地」，於是大人得位，明聖又興，故先王「作樂」「薦上帝」，昭明其道，以答天貺㈥。於是萬物服從，隨而事之，子遵其父，臣承其君，臨馭統一，「大觀」天下，是以「先王以省方、觀民，設教」，儀之以度也㈦。包而有之，合從范陳本、梅本、張采本、李本。他本除汪本外皆作含。而含之，故先王用之以「明罰勅張采本作敕。法」㈧。自上乃下，貴「復」其賤，及本作盛。美成亨從范陳本、梅本、張燮本、張溥本、張采本、李本。他本皆作享。盡，時極日至，「先王閉關，商旅不行，后不省方」，以静民也㈨。季葉既衰，非謀之獲，應運順天，不妄其范陳本、梅本、張燮本、及本、張采本、李本作而。作，故先王「茂對時育萬物」，施仁布澤以樹其德也㈩。萬物歸隨，如法流承，養善反惡，利積生害，「剛過」失柄，「習坎」以位，上失其道，下喪其群，於是大人「繼明照於四方」，顯其德也(一一)。自「乾元」以來，施平而明，盛衰有時，剛柔無常，或得或失，一陰一陽，出入吉凶，由闇察彰；「文明以止」，有翼不飛，隨之乃存，取

之者歸，施之以若，用之在微，貴變慎小，與物相追，非知來藏往者，莫之能審也㊂。

箋注

㊀此段與下段本不可分，蓋按六十四卦之次第立論，一周而始畢。但以全段太長，閱讀及注釋均頗不便，故於其文章组織顯然可分處截開。阮氏之意，蓋以爲六十四卦之先後排列有其内在的聯繫，有组織，有意義。於是以其所設想之時代盛衰，依卦之次第，摘取卦辭、爻辭中之詞句從而説明其所謂「先王」「后」「大人」「君子」所以設政、施教、處身之理，此兩段爲本文之主要部分，以下諸段，則可視爲若干之補充説明。《易・序卦》：「有天地然後萬物生焉。盈天地之間者唯萬物……」六十四卦首《乾》、《坤》二卦。乾爲天、爲陽，坤爲地、爲陰。《易・説卦》：「昔者聖人之作易也，幽贊於神明而生蓍，參天兩地而倚數，觀變於陰陽而立卦。」《易・繫辭上》：「仰以觀於天文，俯以察於地理，是故知幽明之故。」《繫辭下》：「君子知微知彰，知柔知剛，萬夫之望。」又：「夫易，彰往而察來，而微顯闡幽。」

㊁《易・乾卦》：「乾：元、亨、利、貞。初九，潛龍勿用。……文言曰：子曰：『龍，德而隱者也。……潛之爲言也，隱而未見，行而未成，是以君子弗用也。』」又：「文言曰：子曰：『……君子進德修業，欲及時也。』」

㊂《繫辭上》：「天地設位而易行乎其中矣。」《乾》、《坤》二卦之後，依次爲《屯》、《蒙》、《需》、《訟》、《師》、《比》等卦。《易・序卦》：「屯者盈也。屯者，物之始生也。」《屯卦》：「彖曰：屯，剛柔始交而難生，動乎險中，大亨，貞。」《易・序卦》：「蒙者蒙也，物之穉也。」《蒙卦》：「彖曰：蒙，山下有險，險而止，蒙。」注：「退則困險，進則閡山，不知所適，蒙

之義也。」《易・序卦》：「物穉不可不養也，故受之以需；需者，飲食之道也。」《需卦》：「彖曰：需，須也。險在前也。剛健而不陷，其義不困窮矣。」須，待也。《易・雜卦》：「需，不進也。」《序卦》：「飲食必有訟，故受之以訟。」《訟卦》：「彖曰：天與水違行，訟，君子以作事謀始。」訟，争辯也。《易・序卦》：「訟必有衆起，故受之以師。師者，衆也。」《師卦》：「彖曰：師，衆也。貞，正也。能以衆正，可以王矣。剛中而應，行險而順，以此毒天下而民從之，吉，又何咎矣。象曰：地中有水，師，君子以容民畜衆。」《易・序卦》：「衆必有所比，故受之以比，比者，比也。」《比卦》：「彖曰：比，吉也。比，輔也，下順從也。……象曰：地上有水，比，先王以建萬國，親諸侯。」

④《比》之下爲《小畜》、《履》、《泰》三卦。《易・序卦》：「比必有所畜，故受之以小畜。」《小畜卦》：「彖曰：小畜，柔得位而上下應之，曰小畜。」《易・序卦》：「物畜然後有禮，故受之以履。」《履卦》：「象曰：上天下澤，履。君子以辯上下，定民志。」《易・序卦》：「履而泰，然後安，故受之以泰。泰者，通也。」《泰卦》：「象曰：天地交泰，後以財成天地之道，輔相天地之宜，以左右民。」財，與裁同。相，助也。

⑤《泰》之下爲《否》、《同人》、《大有》三卦。《易・序卦》：「物不可以終通，故受之以否。」《否卦》：「彖曰：否之匪人，不利君子，貞，大往小來；則是天地不交而萬物不通也，上下不交而天下無邦也，内陰而外陽，内柔而外剛，内小人而外君子，小人道長，君子道消也。」替，廢也。制，正也。《序卦》：「物不可以終否，故受之以同人。」《同人卦》：「彖曰：……文明以健，中正而應，君子正也。唯君子爲能通天下之志。」通天下之志，所謂「一類求同」也。《序卦》：「與人同者物必歸焉，故受之以大有。」《大有卦》：「象曰：火在天上，大有。君子以遏惡揚善，順天休命。」遏，止也。

⑥《大有》之下爲《謙》、《豫》二卦。《序卦》：「有大者不可以盈，故受之以謙。」《繫辭下》：「謙尊而光。」《謙卦》：「彖

曰……謙尊而光，卑而不可踰，君子之終也。」「象曰：地中有山，謙。君子以裒多益寡，稱物平施。」裒，《爾雅・釋詁》：「聚也。」《玉篇》：「減也。」《序卦》：「有大而能謙必豫，故受之以豫。」《豫卦》：「彖曰：豫，剛應而志行，順以動，豫。豫順以動，故天地如之，而況建侯、行師乎！天地以順動，故日月不過而四時不忒；聖人以順動，則刑罰清而民服；豫之時義大矣哉！象曰：雷出地，奮豫。先王以作樂崇德，殷薦之上帝以配祖考。」薦，進也。貺，音況，賜也。

⑦《豫》之下爲《隨》、《蠱》、《臨》、《觀》四卦。《序卦》：「豫必有隨，故受之以隨。」《隨卦》：「彖曰：隨，剛來而下柔，動而説，隨，大亨，貞，天咎，而天下隨時；隨之時義大矣哉！」《序卦》：「以喜隨人者必有事，故受之以蠱；蠱者，事也。」《蠱卦》：「初六，幹父之蠱，有子，考無咎，厲終吉。」《序卦》：「有事而後可大，故受之以臨；臨者，大也。」《臨卦》：「象曰：澤上有地，臨。君子以教思無窮，容保民無疆。」馭，駕馭。「保民無疆」，即所謂「臨馭統一」也。《序卦》：「物大然後可觀，故受之以觀。」《觀卦》：「彖曰：大觀在上，順而巽，中正以觀天下。……象曰：風行地上，觀。先王以省方、觀民、設教。」省，省察。《復卦》注：「方，事也。」

⑧《觀》之下爲《噬嗑》。《序卦》：「可觀而後有所合，故受之以噬嗑；嗑者，合也。」《噬嗑卦》（注：「噬，齧也。嗑，合也。」）：「彖曰：頤中有物曰噬嗑。……象曰：雷電，噬嗑。先王以明罰敕法。」「頤中有物」所謂「包而有之，合而含之」也。敕，整飭。

⑨《噬嗑》之下爲《賁》、《剥》、《復》三卦。《序卦》：「物不可以苟合而已，故受之以賁；賁者，飾也。」《賁卦》：「上九，白賁無咎。象曰：白賁，無咎，上得志也。」《序卦》：「致飾然後亨，則盡矣，故受之以剥；剥者，剥也。」《剥卦》：「剥，不

利有攸往。……象曰：山附於地，剥。上以厚下，安宅。」剥乃不利之卦，所謂「美成亨盡」也。亨，通也。（《乾卦》：「文言曰：亨者，嘉之會也。」）《序卦》：「物不可以終盡剥，窮上反下，故受之以復。」《復卦》（注：「復者，反本之謂也。」）：「象曰：雷在地中，復。先王以至日閉關，商旅不行，后不省方。」至日，注：「冬至陰之後，夏至陽之後。」所謂「時極日至」也。后，君后。

⑩《復》之下爲《無妄》。此處承《復卦》而言。《復卦》：「上六，迷復，凶，有災眚；用行師，終有大敗，以其國君，凶，至於十年，不克征。」所謂「季葉既衰」也。葉，世也。《序卦》：「復則不妄矣，故受之以無妄。」《無妄卦》：「象曰……天命不祐，行矣哉！象曰：天下雷行，物與無妄，先王以茂對時，育萬物。」注：「茂，盛也。物皆不敢妄，然後萬物乃得各令其性，對時育物，莫盛于斯也。」作，造作。

⑪此處仍承《無妄卦》而言。《無妄卦》：「六三，無妄之災。」注：「以陰居陽，行違謙順，是無妄之所以爲災也。」無妄之下爲《大畜》、《頤》、《大過》、《習坎》、《離》五卦。所謂「養善反惡，利積生害」，皆「災」之義，但《大畜》《頤卦・爻辭》中無相應之句。《序卦》：「有無妄物然後可畜，故受之以大畜。物畜然後可養，故受之以頤；頤者，養也。」《頤卦》：「六三，拂頤，貞，凶。十年勿用，無攸利。象曰：十年勿用，道大悖也。」《序卦》：「不養則不可動，故受之以大過。」《大過卦》：「大過，棟橈，利有攸往，亨。象曰：大過，大者過也。棟橈，本末弱也。剛過而中……」大者過而本末弱，所謂「上失其道，下喪其群」也。《序卦》：「物不可以終過，故受之以坎；坎者，陷也。」《習坎卦》（注：「習坎者，習爲險難之事也。」）：「象曰：習坎，重險也。」《易・說卦》：「離也者，明也。」《離卦》：「象曰：明兩作，離，大人以繼明照於四方。」

〔二〕此就自《乾卦》起至《離卦》止共三十卦作一小結，與《序卦》第一段相應。《乾卦》：「文言曰：……雲行雨施，天下平也。……夫大人者，與天地合其德，與日月合其明。」《繫辭上》：「易之爲書也不可遠，爲道也屢遷，變動不居，周流六虚，上下無常，剛柔相易，不可爲典要，唯變所適。」又：「是故吉凶者，失道之象也。」又：「吉凶者，言乎其失得也。」又：「子曰：知變化之道者，其知神之所爲乎！」又：「神以知來，知以藏往。」文内「施之以若」之「若」字疑爲「著」字之誤。

「易」之爲書也，覆燾當作幬。天地之道，囊括萬物之情，道至而反，事極而改。「反」用應時，「改」用當務。應時，故天下仰其澤；當務，故萬物恃其利。澤施而天下服，此天下之所以順自然，惠生類也〔一〕。富貴侔天地，功名充六合，莫之能傾，莫之能害者，道不逆也〔二〕。天地，「易」之主也，萬物，「易」之心也；故虚以受之，感以和之。男下女上，通其氣易也；柔以承剛，久其類也；順而持之，遁而退之〔三〕。上隆下從范陳本、梅本、及本、張采本、李本。他本作不。積，剛動「大壯」。正大必用，力盛則望；明升惟「進」，光大則傷；聚以處身，異汪本作散。程本缺。以成類〔四〕。乖離既「解」，緩以爲失。「損」「益」有時，察以主使〔五〕。「揚于王庭」，乘五馬敗。剛既決柔，上索下合，令臣遭明君，以「柔遇剛」，品物咸亨。剛據中正，「天下大行」，是以后用「施命誥四國」，貴及本作賚。離教

也〔六〕。於是天地「萃」聚，百姓合同，范陳本、梅本、張采本、李本作用。張采本注：「一作同。」「升」而不已，屆極及下，「井養不窮」，卑不能通，不可弗「革」〔七〕。改以成器，尊卑有分，長幼有序。主之以「震」，守之以威。動不可終，敵應而行。「漸」以進之，爲人求位，君子之欲進者也。臣之求君，陰之從陽，委之歸誠，乃得其所〔八〕。歸而應之，專而一之，陽德受歸，道「豐」位大也。賢人君子，有衆以成其大也。窮侈喪大夫之位，群而靡容，容而無所。卑身下意，「利見大人」。「巽以申命」，「柔順乎剛」。入而說之，說而教之，「順天應人」，「焕」然成章。「風行水上」，有文有光，男行不窮，女位乎外，衆陰承五，上同在中，從初范陳本作功。更始，乘木有功，故「先王以享于帝，立廟」，奉天建國也〔九〕。「剛柔分」，適得中，節之以制，其道不窮。信愛結内，剛得中位，誠發於心，庶物唯類。大德范陳本、及本作得。則虧，甚往則過，既應於遠，默則不利，故君子是以「行重范陳本、及本作則。乎恭，喪重乎哀」，篤僞薄也。「小過」下泰，「不宜於上」，下止上張采本作下。動，「有飛鳥之象焉」。初六「坎」下，上六「離」體，飛鳥以凶，是以災眚也〔一〇〕。「柔處中」，「剛失位」，利與時行，過而欲遂，小亨正象，陰皆及本作背。乘陽，陽剛陵替，君臣易位，亂而不已，非中之謂，故「君子思患而豫防之」，慮其敗也〔一一〕。通變無

窮，周則范陳本、梅本、張燮本、及本、張溥本、張采本、李本作敗。又始，剛未出，陰在中，柔濟不遺，遂度不窮，則象河洛，神物設教而天下服。「慎辨」「居方」，陰陽相求，初與之道，遠作之由也㊂。

箋注

㊀燾，愁毒貌。覆幬之義當作幬。《禮記·中庸》：「譬如天地之無不持載，無不覆幬。」幬，覆也。囊括，《漢書·陳勝項籍列傳贊》注：「括，結囊也。言其能包含天下。」《易·坤卦》注：「至，謂至極也。」用，以也。澤，德澤。務，事務。

㊁《易·繫辭上》：「崇高莫大乎富貴。」注：「位，所以一天下之動而濟萬物。」侔，齊等也。天地四方曰六合。逆，迕也，亂也。

㊂以下續依卦之順序立論。《離》之下爲《咸》、《恒》、《遯》三卦。《序卦》：「有天地然後萬物生焉，盈天地之間者唯萬物。」又：「有天地然後有萬物，有萬物然後有男女，有男女然後有夫婦，有夫婦然後有父子，有父子然後有君臣，有君臣然後有上下，有上下然後禮義有所錯。」注：「言咸卦之義也。」《咸卦》：「彖曰：咸，感也。柔上而剛下，二氣感應以相與，止而説。男下女，……天地感而萬物化生，聖人感人心而天下和平，觀其所感而天地萬物之情可見矣。象曰：山上有澤，咸。君子以虛受人。」《序卦》：「夫婦之道不可以不久也，故受之以恒。恒者久也。」《恒卦》：「彖曰：恒，久也。剛上而柔下。……天地之道，恒久而不已也。利有攸往，終則有始也。日月得天而能久照，四時變化而能久成，聖人久於其道而天下化成。觀其所恒而天地萬物之情可見矣。」《序卦》：「物不可以久居其所，故受

之以遯。遯者退也。」

㊃《遯》之下爲《大壯》、《晉》、《明夷》、《家人》、《睽》五卦。《序卦》：「物不可以終遯，故受之以大壯。」《大壯卦》：「彖曰：大壯，大者壯也。剛以動，故壯。大壯利貞。大者正也。正大而天地之情可見矣。」《序卦》：「物不可以終壯，故受之以晉。晉者進也。」《晉卦》：「彖曰：晉，進也。明出地上，順而麗乎大明，柔進而上行。」《序卦》：「進必有所傷，故受之以明夷。夷者傷也。」《序卦》：「傷於外者必反於家，故受之以家人。」反於家，與家人相聚，故曰「聚以處身」。《序卦》：「家道窮必乖，故受之睽。睽者乖也。」《睽卦》：「彖曰：……天地睽而其事同也，男女睽而其志通也，萬物睽而其事類也。睽之時用大矣哉！」所謂「異以成類」也。

㊄《睽》之下爲《蹇》、《解》、《損》、《益》四卦。《序卦》：「乖必有難，故受之以蹇。蹇者難也。」《蹇卦》：「彖曰：蹇，難也，險在前也。見險而能止，知矣哉！」《序卦》：「物不可終難，故受之以解。解者緩也。」《解卦》：「彖曰：解，險以動，動而免乎險，解。」《序卦》：「緩必有所失，故受之以損。損而不已必益，故受之以益。」《損卦》：「彖曰：……二簋應有時，損剛益柔有時；損益盈虛，與時偕行。」《益卦》：「彖曰：……凡益之道，與時偕行。」

㊅《益》之下爲《夬》、《姤》二卦。《序卦》：「益而不已必決，故受之以夬。夬者決也。」《夬卦》：「夬揚於王庭……。彖曰：……揚於王庭，柔乘五剛也。」《序卦》：「決必有遇，故受之以姤。姤者遇也。」《姤卦》：「彖曰：姤，遇也。柔遇剛也。……天地相遇，品物咸章也。剛遇中正，天下大行也。姤之時義大矣哉！象曰：天下有風，姤。後以施命誥四方。」「貴離散」，是指《離卦》：「象曰：大人以繼明照於四方。」

㊆《姤》之下爲《萃》、《升》、《困》、《井》、《革》五卦。《序卦》：「物相遇而後聚，故受之以萃。萃者聚也。」《萃卦》：「彖

曰：萃，聚也。……觀其所聚，而天地萬物之情可見矣。」《序卦》：「聚而上者謂之升，故受之以升。升而不已必困，故受之以困。」《困卦》：「初六，……象曰：入於幽谷，幽，不明也。」注：「言幽者不明之辭也。入於不明以自藏也。」此所謂「屈極及下」也。《序卦》：「困乎上者必反下，故受之以井。」《井卦》：「彖曰：巽乎水而上水，井。井養而不窮也。」《序卦》：「井道不可不革，故受之以革。」注：「井久則濁穢，宜革命其故。」革，改也。

⑧《革》之下爲《鼎》、《震》、《艮》、《漸》、《歸妹》五卦。革之下爲鼎，所謂「改以成器」也。《序卦》：「革物者莫若鼎，故受之以鼎。」《鼎卦》：「象曰：木上有火，鼎。君子以正位凝命。」注：「正位者，明尊卑之序也。」《序卦》：「主器者莫若長子，故受之以震；震者動也。」震爲長男，見後。《震卦》：「彖曰：……震驚百里，驚遠而懼邇也。出可以守宗廟社稷，以爲祭主也。」《序卦》：「物不可以終動，止之，故受之以艮；艮者止也。」《艮卦》：「彖曰：艮，止也。時止則止，時行則行，動静不失其時，其道光明。艮其上，止其所也。上下敵應，不相與也。……象曰：兼山，艮。君子以思不出其位。」《序卦》：「物不可以終止，故受之以漸；漸者進也。」《漸卦》：「彖曰：進得位，往有功也。……」《序卦》：「進必有所歸，故受之以歸妹。」《歸妹卦》：「彖曰：歸妹，天地之大義也，天地不交而萬物不興。歸妹，人之終始也。」注：「陰陽既合，長少又交，天地之大義，人倫之終始。」

⑨《歸妹》之下爲《豐》、《旅》、《巽》、《兑》、《渙》五卦。《序卦》：「得其所歸者必大，故受之以豐；豐者大也。」《豐卦》王弼注：「豐之爲義，闡弘微細，通夫隱滯者也。爲天下之主，而令微隱者不亨，憂未已也。故至豐亨，乃得勿憂也。」下爲《旅卦》，《書·牧誓》注：「旅，衆也。」所謂「有衆以成其大」也。《序卦》：「窮大者必失其居，故受之以旅。旅而無所容，故受之以巽；巽者入也。」《巽卦》：「巽，小亨。利有攸往，利見大人。彖曰：重巽以申命。剛巽乎中正而志

行，柔皆順乎剛，是以小亨。利有攸往，利見大人。」《序卦》：「入而復説之，故受之以兑；兑者説也。」《兑卦》：「彖曰：兑，説也。剛中而柔外，説以利貞。是以順乎天而應乎人。説以先民，民忘其勞；説以犯難，民忘其死；説之大，民勸矣哉！」説以先民，説以犯難，即所謂「説而教之」也。《序卦》：「説而後散之，故受之以涣；涣者離也。」《涣卦》：「彖曰：涣，亨。剛來而不窮，柔得位乎外而上同。王假有廟，王乃在中也。利涉大川，乘木有功也。象曰：風行水上，涣。先王以享於帝，立廟。」

⑩《涣》之下爲《節》、《中孚》、《小過》三卦。《序卦》：「物不可以終離，故受之以節。」《節卦》：「彖曰：節，亨。剛柔分而剛得中……。」《序卦》：「節而信之，故受之以中孚。」注：「孚，信也。」《中孚卦》：「彖曰：中孚，柔在内而剛得中，説而巽，孚，乃化邦也。」注：「剛得中則直而正，柔在内則静而順，説而以巽則乖争不作，如此則物無巧競，敦實之行著，而篤信發乎其中矣。」《序卦》：「有其信必行之，故受之以小過。」《小過卦》：「小過，亨，利貞。可小事不可大事。飛鳥遺之音，不宜上，宜下，大吉。」注：「飛鳥遺其音，聲哀以求處，上愈無所適，下則得安，愈上則愈窮，莫若飛鳥也。」《小過》：「彖曰：……有飛鳥之象焉（注：「不宜上，宜下，即飛鳥之象。」）……象曰：山上有雷，小過。君子以行過乎恭，喪過乎哀，用過乎儉。初六，飛鳥以凶。……上六，弗遇過之，飛鳥離之，凶，是謂災眚。」眚，所景切，災也。

⑪《小過》之下爲《既濟》。《序卦》：「有過物者必濟，故受之以既濟。」《既濟卦》：「既濟，亨，小利貞。初吉，終亂。象曰：既濟亨，小者亨也。利貞，剛柔正而位當也。初吉，柔得中也。終止則亂，其道窮也。象曰：水在火上，既濟。君子以思患而豫防之。」

㊂《既濟》之下爲《未濟》。《序卦》：「物不可窮也，故受之以未濟終焉。」《未濟卦》：「彖曰：未濟，亨，柔得中也。……象曰：火在水上，未濟。君子以慎辨物，居方。」

卦體開闔，「乾」以一爲開，「坤」以二爲闔㊀。「乾」「坤」成體而剛柔有位，故木老於未，水生於申，而「坤」在西南；火老於戌，木生於亥，而「乾」在西北；剛柔之際也，故謂之父母㊁。陽梅本、張采本作暘，似誤。承「震」動，發而相承，專制遂行，萬物以興，故謂之長男㊂；水老於辰，金生於巳，一氣存之，終而復起，故「巽」爲長女；「震」發於風，陰德有紀，火中鶤鳴，母道將始，故「離」爲中女；又在西北，健戰將升，季陰幼昧，衰而不勝，故「兑」爲少女㊃。倉中拔留，肇幽爲陽，及本作陰。在中未達，含而未章，故「坎」爲中男；周流接合，萬物既終，造微更始，明而未融，故「艮」爲少男㊄。「乾」圓「坤」方，女柔男剛，健柔時推，而禍福范陳本、梅本、及本、李本二字倒置。是將，循化知生，從變見亡；故吉凶成敗，不可亂也㊅。

箋注

㊀前兩段乃按六十四卦之順序，解釋各卦遞相連接之意義，與《周易》之《序卦》一篇相應；此段則按六十四卦中八個基本卦（即原始之乾、坎、艮、震、巽、離、坤、兑八卦。所有六十四卦，皆由此八卦分別配合而成。）之方位，結合五行及十二辰，説明此八卦始盛終衰，推移變化之義，與《周易》之《説卦》一篇相應。八卦之「卦」字，或原來即是方位之

意。八卦本由結繩發展而來。由于人事日繁，結繩已不足以備紀，於是始發明稍稍繁複之劃綫（八卦）以代之。但將八卦分別所紀之事疊置一處，殊不便查考，於是又將八卦分置於八個方位，此即八卦之所由起也。《周易・繫辭上》：「是故易有太極，是生兩儀，兩儀生四象，四象生八卦。」由直立之人身看，最容易分別者爲上、下（天地），是即兩儀；然後分出左、右、前、後四方，是即四象；每一方與其左右鄰方之間各成一隅，共爲四隅，四方加四隅，是即八卦。《周禮・天官・太卜》疏：「卦之爲言掛也，掛萬象於上也。」《廣韻》：「八卦者，八方之卦也。」博局上所畫之方塊謂之罫，（《集韻》：「罫，博局方目。」）此亦由卦字引伸而來。有固定之方法，所謂五行及十二辰即《易》與之相結合，是即漢以後《易》學中之陰陽術數一流也。大體上通乎此，即可以讀阮籍此段文章矣。闔，閉也。《易・繫辭上》：「夫乾，其靜也專，其動也直，是以大生焉；夫坤，其靜也翕，其動也闢，是以廣生焉。」又：「夫是，故闔户之謂坤，闢户謂之乾，一開一闔謂之變。」注：「乾道包物，乾道施生。」疏：「謂吐生萬物，若室之開闢其户。閉藏萬物，若室之閉闔其户。」

㊁《書・洪範》：「五行：一曰水，二曰火，三曰木，四曰金，五曰土。」《說文》：「木，冒地而生，東方之行。」《淮南子・天文訓》：「木生於亥，壯於卯，死於未，三辰皆木也。」《說文》：「五行，木老於未。」《說文》：「水，準也。北方之行。」又：「申，七月陰氣成體，自申束。」《淮南子・天文訓》：「水生於申，壯於子，死於辰，三辰皆水也。」《說文》：「火，燬也。南方之行。」又：「戌，滅也。九月陽氣微，萬物量成，陰氣入地也。」《淮南子・天文訓》：「火生於寅，壯於午，死於戌，三辰皆火也。」《易・說卦》：「乾，天也，故稱乎父。坤，地也，故稱乎母。」

㊂《說文》：「震，辟歷振物者。」《易・說卦》：「萬物出乎震。震，東方也。」又：「震一索而得男，故謂之長男。」

㈣《説文》：「辰，震也。三月陽氣動，雷電振民農時也，物皆生。」《説文》：「金，西方之行。生於土。」又：「巳，已也。四月陽氣已出，陰氣已藏，萬物見成其章。」《淮南子・天文訓》：「金生於巳，壯於酉，死於丑，三辰皆金也。」《淮南子・地形訓》：「木壯，水老，火生，金囚，土死。火壯，木老，土生，水囚，金死。土壯，火老，金生，木囚，水死。金壯，土老，水生，火囚，木死。水壯，金老，木生，土囚，火死。」《爾雅・釋鳥》：「鵙，伯勞也。」《易通卦驗》：「博勞夏至應陰而鳴，冬至而止，故帝少皞以爲司至之官。」《周易・説卦》：「巽一索而得女，故謂之長女；……離再索而得女，故謂之中女；……兑三索而得女，故謂之少女。」《説文》：「兑，説(悦)也。」

㈤《詩・大雅・既醉》：「昭明有融。」注：「融，明之盛者。」《左傳・昭公五年》：「卜楚丘曰：『……明夷之謙，明而未融，其當旦乎？』」《周易・説卦》：「坎再索而得男，故謂之中男；……艮三索而得男，故謂之少男。」《説文》：「坎，陷也。」

㈥《易・説卦》：「乾爲天，爲圜……。」《淮南子・天文訓》：「天道曰圓，地道曰方。方者主幽，圓者主明。」《周易・雜卦》：「乾剛坤柔。」《周易・繫辭下》：「夫乾，天下之至健也。……夫坤，天下之至順也。」又：「剛柔雜居而吉凶見矣。」

「大過」何也？「棟橈」莫輔，「大者過也」㈠。先王之馭世也，刑設而不犯，罰著而不施，「習坎」「剛中」，「惟以心亨」，王正其德，公守厥職，上下不疑，臣主無惑。「納約自牖」，非户何咎？車輢中門，劍戟在闉，雖「寘叢棘」，凶已三歲，上六「失道」，刑決也㈡。故「高

宗伐鬼方」，柔道中也；「三年有賞」，德乃豐也㊂。「同人」先范陳本、梅本、及本、張采本、李本作五。號，思其終也；「旅」上之美，樂其窮也㊃。是以失刑者嚴而不檢，喪德者高而不尊，故君子正義以守位，固法以威民從范陳本、梅本、張燮本、張溥本。他本作名。何衢則亨，「滅耳」而凶也㊄。「小過」何也？踰位凌上，害正危身，「小者過」也㊅。「既濟」「初六諸本皆作六，當作吉。終亂」何也？水加日上，三陰乘陽，以力求濟，不止必亡，故「初吉終亂」也㊆。「未濟」上六，諸本皆作六，當作九。「飲酒，無咎」，何也？過而莫改，危而弗間，誰咎之也㊇！「無妄」何也？無望而至，非會合陰陽之違行也。六三，「無妄之災，或繫之牛，行人得之，邑人災」，何也？有國而不收其民，有衆而不修其器，行人得之，不亦災乎？九五之「疾，勿藥」，何也？非常之厚，離以爲同，「無妄之疾」，災以除凶，天時成敗，何疾之功？「勿藥有喜」，不成疑當作妄。何試范陳本、梅本、及本、張采本、李本作識。也㊈。

箋注

㊀《易・大過卦》：「大過，棟橈，利有攸往，亨。象曰：大過，大者過也。棟橈，本末弱也。……九三，棟橈，凶。象曰：棟橈之凶，不可以有輔也。九四，棟隆，吉。象曰：棟隆之吉，不橈乎下也。」《爾雅・釋宮》郭注：「屋檼曰棟，即屋脊也。」橈，弱也。《管子・形勢解第六十四》：「棟生，橈不勝任，則屋覆。而人不怨者，其理然也。」

㈡《易・賁卦》：「象曰：山下有火，賁。君子以明庶政，無敢折獄。」《豐卦》：「象曰：雷電皆至，豐。君子以折獄致刑。」《旅卦》：「象曰：山上有火，旅。君子以明慎用刑而不留獄。」《中孚卦》：「象曰：澤上有風，中孚。君子明議獄緩死。」《習坎卦》：「習坎，有孚，維心亨。行有尚。象曰：習坎，重險也。水流而不盈。行險而不失其信，維心亨，乃以剛中也。……王公設險以守其國。險之時用大矣哉！……六四，樽酒，簋貳，用缶，納約自牖，終無咎。」注：「雖復一樽之酒，二簋之食，瓦缶之器，納此至約，自進於牖，乃可羞之於王公，薦之於宗廟，故終無咎也。」約，儉約之義。《習坎卦》：「上六，係用徽纆，寘於叢棘，三歲不得，凶。象曰：上六失道，凶三歲也。」注：「險陗之極，不可升也；嚴法峻整，難可犯也；宜其囚執，寘於思過之地。三歲險，道之夷也；險終乃返，故三歲不得；自修三歲，乃可以求復，故曰三歲不得凶也。」

㈢《易・既濟卦》：「九三，高宗伐鬼方，三年克之，小人勿用。」又：「既濟，亨小，利貞。初吉，終亂。象曰：既濟亨，小者亨也。利貞剛柔正而位當也。初吉，柔得中也。終止則亂，其道窮也。」《未濟卦》：「九四，貞吉。悔亡。震用伐鬼方，三年有賞於大國。」

㈣《周易・同人卦》：「九五，同人先號咷而後笑。大師克，相遇。」《易・旅卦》：「上九，鳥焚其巢。旅人先笑後號咷。喪牛於易，凶。象曰：以旅在上，其義焚也。喪牛於易，終莫之聞也。」注：「客而得上位，故先笑也。以旅而處於上極，衆之所嫉也。以不親之身而當嫉害之地，必凶之道也，故曰後號咷。」

㈤《易・大畜卦》：「上九，何天之衢，亨。象曰：何天之衢，道大行也。」注：「何，辭也，猶云何畜？乃天之衢，亨也。」《噬嗑卦》：「象曰：雷電噬嗑，先王以明罰勑法。上九，何校滅耳，凶。」注：「處罰之極，惡積不改者也。罪非所懲，

故刑及其首，至於滅耳。及首非誡，滅耳非懲，凶莫甚焉。」校，《説文》：「木囚也。」《易・繫辭下》：「易曰：『何校滅耳，凶。』子曰：危者，安其位者也。亡者，保其存者也。亂者，有其治者也。是故君子安而不忘危，存而不忘亡，治而不忘亂，是以身安而國家可保也。」

⑥《易・小過卦》：「六二，過其祖，遇其妣；不及其君，遇其臣；無咎。象曰：不及其君，臣不可過也。九三，弗過防之，從或戕之，凶。象曰：從或戕之，凶如何也。九四，無咎。弗過遇之。往厲，必戒。勿用，永貞。象曰：弗過遇之，位不當也。往厲必戒，終不可長也。」

⑦初六應作初吉，《既濟卦》無初六爻。《易・既濟卦》：「既濟，亨小，利貞。初吉終亂。」《既濟》上三爻是坎卦，下三爻是離卦。《易・説卦》：「坎爲水……。離爲火，爲日……。」故曰「水加日上」。每二爻都是一陰一陽，故曰「三陰乘陽」。《易・既濟卦》：「上六，濡其首，厲。象曰：濡其首，厲，何可久也！」注：「過進不已，則遇於難，故濡其首也。將没不久，危莫先焉。」

⑧上六應作上九，《未濟卦》無上六爻。《易・未濟卦》：「上九，有孚於飲酒，無咎。濡其首，有孚失是。象曰：飲酒濡首，亦不知節也。」注：「苟不擾於事之廢而耽樂之甚，則至於失節矣。」

⑨《易・無妄卦》：「象曰：無妄，剛自外來而爲主於内，……無妄之往，何之矣。天命不祐，行矣哉！」又：「六三，無妄之災，或繫之牛，行人之得，邑人之災。象曰：行人得牛，邑人災也。」注：「以陰居陽，行違謙順，是無妄之所以爲災也。牛者，稼穡之資也。二以不耕而穫，利有攸往；而三爲不順之行，故或繫之牛，是有司之所以爲穫，彼人之所以爲哭也，故曰行人之得，邑人之災也。」又《無妄卦》：「九五，無妄之疾，勿藥有喜。象曰：無妄之藥，不可試也。」

注：「非妄之災，不治自復；非妄而藥之，則凶，故曰勿藥有喜。」又：「藥攻有妄者也，而反攻無妄，故不可試也。」

「龍」者何也？陽健之類，盛德尊貴之喻也。配天之厚，盛得莫高之謂尊貴。大人受命，處中當陽，德之至也。「亢龍有悔」何也？繼守承貴，有因而德不充范陳本作哀。程本、梅本、張采本、李本作克。者也。欲大而不顧其小，甘侈而不思其匱，居正上位而無卑有貴，勞而無據，喪志危身，是以悔也㈠。「先王」何也？大人之功也。故「建萬國，親諸侯」，樹其義也；「作樂」「薦上帝」，正其命也；「省方」「觀民」，施其令也；「明罰勑張采本作敕。法」，督其政范陳本作正。程刻本作改。也；「閉關」「不行」，靜亂民也；「茂時育德」，應顯其福也；「享帝立廟」，昭其禄也。稱聖王所造，非承平之謂也㈡。「后」者何也？成君定位，據業修制，保教守法，畜履治安者也。故自安者也。故自然成功濟用，已至大通，后「成李本作承。天地之道」「以左右民」也。成化理決，施令誥方，因統紹衰，中處將正之務，非應初受命之事也㈢。「上」者何也？日月相易，盛衰相及，「致飾」則利之未捷及本作犍。受，此句疑有誤字。故王后不稱，君子不錯，上以厚下，道自然也㈣。「君子」者何也？佐聖扶命，翼教明法，觀時而行，有道而臣人者也，因正德以理其義，察危廢以守其身，故經綸以正盈，果行以遂義，飲食以須時，辯義以作事，皆所以章先王之建國，輔聖人之神志也。見險慮難，「思患」「預

防」，别物「居方」，慎初敬始，皆人臣之行，非大君之道也㊄。「大人」者何也？龍德潛達，貴賤通明，有位無稱，大以行之，故「大過」滅示，天下幽明，大人發輝重光，「繼明照于四方」，萬物仰生，合德天地，不爲而成，故「大人虎變」，天德興也㊅。

箋注

㊀《易·乾卦》六爻中有五爻説龍：「初九，潛龍勿用。」「九二，見龍在田，利見大人。」「九四，或躍在淵，無咎。」「九五，飛龍在天，利見大人。」「上九，亢龍有悔。」「用九，見群龍無首，吉。」唯九三不説龍。又：「象曰：……時乘六龍以御天……。」「文言曰：子曰：『龍，德而隱者也。』」又曰：「子曰：『龍，德而正中者也。……易曰：「見龍在田，利見大人。」君德也。』」又曰：「上九曰：『亢龍有悔。』何謂也？子曰：『貴而無位，高而無民，賢人在下位而無輔，是以動而有悔也。』」又曰：「亢之爲言也，知進而不知退，知存而不知亡，知得而不知喪。其唯聖人乎！知進退存亡而不失其正者，其唯聖人乎！」「繼守承貴」謂繼世而守其位，承先世之貴也。侈，奢也，泰也。甘侈，甘於奢泰。匱，乏也，竭也。

㊁功，功績也。《易·比卦》：「象曰：地上有水，比。先王以建萬國，親諸侯。」《豫卦》：「象曰：雷出地，奮豫。先王以作樂崇德，殷薦之上帝，以配祖考。」《觀卦》：「象曰：風行地上，觀。先王以省方、觀民、設教。」《噬嗑卦》：「象曰：雷電，噬嗑。先王以明罰敕法。」《復卦》：「象曰：雷在地中，復。先王以至日閉關，商旅不行，後不省方。」《無妄卦》：「象曰：天下雷，行，物與無妄。先王以茂對時育萬物。」《渙卦》：「象曰：風行水上，渙。先王以享於帝，立

廟。」「稱聖王所造，非承平之謂也」，謂皆先王因時創造，非繼守承貴之事也。

㊂后，《説文》：「繼體君也。」《易・泰卦》：「象曰：天地交，泰。后以財成天地之道，輔相天地之宜，以左右民。」《姤卦》：「象曰：天下有風，姤。后以施命誥四方。」

㊃「致飾則利之未捷受」句不可解，疑其中有誤字。《易・繫辭注》：「錯，置也。」今作措。《易・剥卦》：「象曰：山附于地，剥。上以厚下安宅。」

㊄《易・巽卦》：「象曰：隨風，巽。君子以申命行事。」《習坎卦》：「象曰：水洊至，習坎。君子以常德行，習教事。」《節卦》：「象曰：澤上有水，節。君子以制數度，議德行。」《乾卦・文言》：「君子進德修業，欲及時也。」《大畜卦》：「象曰：天在山中，大畜。君子以多識前言往行以畜其德。」《晉卦》：「象曰：明出地上，晉。君子以反身修德。」《升卦》：「象曰：地中生木，升。君子以順德，積小以高大。」以上所引四卦象辭，皆所謂有道也。《坤卦・文言》：「君子敬以直内，義以方外。」《否卦》：「象曰：天地不交，否。君子以儉德避難，不可榮以禄。」《大過卦》：「象曰：澤滅木，大過。君子以獨立不懼，遯世無悶。」《屯卦》：「象曰：雲雷，屯。君子以經綸。」《序卦》：「屯者盈也。」《蒙卦》：「象曰：山下出泉，蒙。君子以果行育德。」《需卦》：「象曰：雲上於天，需。君子以飲食宴樂。」《乾卦・文言》：「君子……利物出以和義。」《萃卦》「象曰：澤上於地，萃。君子以除戎器，戒不虞。」《震卦》：「象曰：洊雷，震。君子以恐懼修省。」《既濟卦》：「象曰：水在火上，既濟。君子以思患而豫防之。」《未濟卦》：「象曰：火在水上，未濟。君子以慎辨物居方。」《訟卦》：「象曰：天與水遇，訟。君子以作事謀始。」

㊅《易・乾卦・文言》：「夫大人者，與天地合其德，與日月合其明，與四時合其序，與鬼神合其吉凶。先天而天弗違，

後天而奉天時。」《離卦》：「象曰：明兩作，離。大人以繼明照於四方。」《革卦》：「九五，大人虎變，未占有孚。象曰：大人虎變，其文炳也。」

君子曰：「易」，順天地，序萬物，方圓有正體，四時有常位，事業有所麗，鳥獸有所萃，故萬物莫不一也㊀。陰陽性生，從范陳本、梅本、張燮本、及本、張采本、李本。他本除汪本外缺「性生」二字。性故有剛柔；剛柔情生，情故有愛惡。愛惡生得失，得失生悔吝，從范陳本。他本均從俗寫作厺。悔吝從范陳本。著而吉凶見㊁。八卦居方以正性，著龜圓通以索《尉氏縣志》作制。情。情性交而利害出，故立仁義以定性，取蓍龜以制情㊂。《尉氏縣志》無以上三句。仁義有偶而禍福分，是故聖人以建天下之位，定尊卑之制，序陰陽之適，別剛柔之節。順之者存，程校刻本誤作其。逆之者亡，得之者身安，失之者身危。故犯之以別范陳本、及本注：「一作利。」求者，雖吉必凶；知之以守篤者，雖窮必通㊃。故寂寞者德之主，恣睢者賊之原，進往張采本二字倒置。者反及本作板。之初，終盡者始之根也。是以未至不可坼梅本、張采本作圻。也，已用不可越也㊄。紂有天下之號，而比匹夫之類鄰。《尉氏縣志》無鄰字。周處小侯之細，而享范陳本、梅本、及本、張采本、李本作亨。于西山之賓。范陳本作濱。外內之德范陳本、及本、張采本、李本作應。已施，而貴賤之名未分，何也？天道未究，善惡未淳也㊅。是以明乎范陳本、及本作夫。天之道者不欲，審乎

人之德者不憂。在上而不凌乎下，處卑而不犯乎貴，故道不可逆，德不可拂也。是以聖人獨立無悶，大群不益，釋之而道存，用之而不可既㊆。

由此觀之，易以通矣。

箋注

㊀《易·繫辭下》：「天地設位。」《説卦》：「天地定位。」又：「萬物出乎震……齊乎巽。巽，東南也。齊也者，言萬物之絜齊也。離也者明也，萬物皆相見。……坤也者地也，萬物皆致養焉。……兑，正秋也，萬物之所説也。……坎者水也，……萬物之所歸也。……艮，東北之卦也，萬物之所成終而成始也。」《公羊傳·隱公元年》注：「昏斗指東方曰春。」《史記·天官書》：「東方木主春。」《漢書·魏相傳》：「南方之神炎帝秉禮執衡，司夏。」《儀禮·鄉飲酒禮》：「西方者秋。」《鶡冠子·環流篇》：「斗柄北指，天下皆冬。」《繫辭上》：「蓍之德圓而神，卦之德方以知。」又：「廣大配天地，變通配四時。」又：「舉而措之天下之民，謂之事業。」《坤卦·文言》：「君子黄中通理，正位居體，美在其中，而暢於四支，發於事業。」麗，附也。《説卦》：「乾……爲良馬……，坤……爲母牛……，震……其於馬也爲善鳴……，坎……其於馬也爲美脊，離……爲鼈、爲蟹、爲蠃、爲蚌、爲龜，艮……爲狗、爲鼠、爲黔喙之屬，兑……爲羊。」萃，聚也。《繫辭下》：「天下之動，貞夫一者也。」

㊁《易·繫辭上》：「一陰一陽之謂道。繼之者善也。成之者性也。」《繫辭下》：「陰陽合德而剛柔有體。」又：「八卦以象告，爻彖以情言，剛柔雜居而吉凶可見矣。變動以利言，吉凶以情遷，是故愛惡相攻而吉凶生，遠近相取而悔吝

生，情僞相感而利害生。凡易之情，近而不相得則凶，或害之，悔且吝。」《繫辭上》：「吉凶者，言乎其失得也。」《繫辭下》：「是故吉凶生而悔吝著也。」

㊂《易·繫辭》注：「圓者運而不窮，方者止而有分。言蓍以圓象神，卦以方象知也。唯變所適，無數不周，故曰圓。卦列爻分，各有其體，故曰方也。」《説卦》：「是故立天之道曰陰與陽，立地之道曰柔與剛，立人之道曰仁與義。」

㊃偶，合也。《史記·太史公自序》：「司馬談論六家要指：『夫陰陽、四時、八位、十二度、二十四節，各有教令，順之者昌，逆之者不死則亡，未必然也。故曰「使人拘而多畏」。』」

㊄《易·繫辭上》：「易無思也，無爲也，寂然不動，感而遂通天下之故，非天下之至神其孰能與於此！」《後漢書·崔駰傳》注：「恣睢，自用之貌。」《繫辭下》：「易之爲書不可遠，爲道也屢遷，變動不居，周流六虚。」《序卦》：「進必有所歸。」又：「物不可以終盡剥，窮上反下，故受之以『復』。」又：「物不可窮也，故受之以『未濟』終焉。」坼，裂也。

㊅《易·繫辭下》：「易之興也，其於中古乎？作易者其有憂患乎？」又：「易之興也，其當殷之末世，周之盛德耶？當文王與紂之事耶？」《孟子·梁惠王下》：「聞誅一夫紂矣。」《史記·周本紀》：「公季卒，子昌立，是爲西伯，西伯曰文王。遵后稷、公劉之業，則古公、公季之法，篤仁、敬老、慈少，禮下賢者，日中不暇食以待士，士以此多歸之。」享，宴享。西山，指文王當時所居之岐山。究，極也。淳，清也。

㊆《易·繫辭上》：「樂天知命故不憂。」拂，違也。《乾卦·文言》：「初九曰：潛龍勿用。何謂也？子曰：龍，德而隱者也。不易世，不成名，遯世無悶，不見是而無悶，樂則行之，憂則違之，確乎其不可拔，潛龍也。」《大過卦》：「象曰：澤滅木，大過。君子以獨立不懼，遯世無悶。」悶，煩也。《既濟卦》疏：「既者，皆盡之稱。」

達莊論

達范陳本、李本無「達」字。　莊論《晉書・阮籍傳》：「博覽群籍，尤好莊老。」張溥題辭見《樂論》題下注。阮氏以《易》説《莊》，但《莊子》書中亦有《易》，如《天道篇》言尊卑、先後即是。

伊單閼之辰，執徐之歲，萬物權輿之時，季秋遥夜之月㊀，先生徘徊翱翔，迎風而游，往遵乎赤水之上，來登乎隱坌當作弅。之丘，臨乎曲轅之道，顧乎泱漭及本作莽。之洲，恍然而止，忽然而休，不識曩之所以行，今之所以留；悵然而無樂，愀然而歸白素焉。平晝閒居，隱几而彈琴㊁。

箋注

㊀伊，彼也。《爾雅・釋天》：「太歲在卯曰單閼。」又：「太歲在辰曰執徐。」《淮南子・天文訓》：「太陰在卯，歲名曰單閼。」注：「單，盡；閼，止也。言陽氣推萬物而趁，陰氣盡止也。」辰，時也。《淮南子・天文訓》：「太陰在辰，歲名曰執徐。」注：「執，蟄；徐，舒也。言伏蟄之物皆散舒而出也。」《爾雅・釋詁》：「權輿，始也。」《廣韻》：「權輿，始也。造衡自權始，造輿自車始也。」月指月色。按：阮籍在生之年，凡五遇卯、辰之歲：一、漢獻帝建安十六年（辛卯）、十七年（壬辰），時年二、三歲。二、魏文帝黄初四年（癸卯）、五年（甲辰），時年十四、五歲。三、魏明帝青龍三年（乙

卯)、四年(丙辰),時年二十六、七歲。四、魏齊王芳正始八年(丁卯)、九年(戊辰),時年三十八、九歲。五、魏高貴鄉公髦甘露四年(己卯)、五年(庚辰),時年五十、五十一歲。高貴鄉公於甘露五年五月被害,而觀此文首段憂來無端,無可奈何之情緒,今假定係作於最後之一個辰年,或不遠於事實。

㈡徘徊,憂彷徨也。翱翔,見《答伏義書》注。《莊子·天地篇》:「黄帝游乎赤水之北,登乎崑崙之丘而南望。」注:「李云:水在崑崙山下。」《博雅》:「崑崙虚,赤水出其東南陬。」《莊子·知北游》:「知北游於玄水之上,登隱弅之丘。」陸德明《音義》:「隱,出弅起,丘貌。」《集韻》:「弅,丘高起貌。」坌,塵也,聚也。此處仍當作弅。《莊子·人間世》:「匠石之齊,至乎曲轅。」陸德明《音義》:「曲轅音袁。司馬云:『曲轅,曲道也。』崔云:『道名。』」泱漭,廣大貌。曩,不及以前之意。愀,容色變色。《莊子·天地篇》:「(孔子曰:)夫明白入素,無爲復朴,體性抱神,以游世俗之間者,汝將固驚耶?」平晝,猶言平日。《孟子·公孫丑》注:「隱,倚也。」

于是縉紳好事之徒相與聞之,共議撰辭合句,啟所常疑㈠。乃闚鑒整飭,嚼齒先引,推年躡踵,相隨俱進㈡。奕奕然步,膪膪然視,投迹蹈階,趨而翔至。差范陳本作羞。肩而坐,恭袖而檢,猶豫相臨,范陳本、梅本、李本作林。莫肯先占㈢。

箋注

㈠《荀子·禮論》注:「縉與搢同。」《説文》:「搢,插也。紳,大帶也。」《後漢書·朱景王杜馬劉傅堅馬傳論》注:「縉,赤色也。紳,帶也。或作搢,搢,插也,謂插笏於帶也。」縉紳,謂仕宦之人。撰,集也。《集韻》:「一曰擇也。」《書·堯

典》傳：「啟，開也。」

㈡闚同窺，視也。鑒，鏡也。整飭，謂整飭其儀容、衣冠。嚼，本作噍，齧也。《爾雅·釋詁》：「齒，壽也。」《詩·魯頌·閟宮》：「黃髮兒齒。」箋：「兒齒亦壽徵。」陸德明《釋文》：「齒落更生細者。」嚼齒，似謂年最長者。引，牽引之意。躡，蹈也。推年，謂年長者在前。躡踵，謂緊相銜接，後人之趾踏着前人之踵也。

㈢奕奕有三義：一、大也。（見《詩·小雅·巧言》傳、《大雅·蕩之什·韓奕》傳。）二、憂心貌。（《詩·小雅·頍弁》：「未見君子，憂心奕奕。」傳：「奕奕然無所薄也。」）三、佼美也。（見《詩·魯頌·閟宮》箋。）此文自前後文觀之，似取第二義。腩，挑取骨間肉也。「腩腩然視」，猶俗言看人時眼睛往骨縫裏鑽。疾行曰趨。《禮記·曲禮》：「室中不翔。」注：「行而張拱曰翔。」差，《廣韻》：「次也。不齊等也。」《釋名》：「恭，拱也，自拱持也。」《爾雅·釋詁》：「檢，同也。」又：「臨，視也。」《韻會》：「隱度其辭以授人曰口占。」

有一人，是其中雄桀也，乃怒目擊勢而大言曰：「吾生乎唐虞之後，長乎文武之裔，游乎成康之隆，盛乎今者之世，誦乎六經之教，習乎吾儒之迹，被裒范陳本、梅本、及本、李本作沙。衣，冠飛翮，垂曲裾，揚雙鶡有日矣；而未聞至道之要，有以異之于斯乎！且大人稱之，細人承之；願聞至教，以發其疑㈠。」先生曰：「何哉，子之所疑者？」客曰：「天道貴生，地道貴貞，聖人修之，以建其名，吉凶有分，是非有經，務利高勢，惡死重生，故天下安而大功成也㈡。今莊《藝文類聚》卷三十七「莊」下有「子」字。周乃齊禍福而一死生，以天地爲一物，以萬類爲

一指，無乃激《藝文類聚》卷三十七作徼。惑范陳本作感。以失真，而自以爲誠是《藝文類聚》卷三十七作者。也㈢？」

箋注

㈠桀，借作傑。擊勢，謂以權擊作勢。唐、虞，堯、舜，意謂文明大啟之後。文、武，周文王、武王。《韻會》：「苗裔，種類也。」成、康，周成王、康王。《史記·周本紀》：「故成、康之際，天下安寧，刑錯四十餘年不用。」《莊子·天運篇》：「孔子謂老聃曰：『丘治詩、書、禮、樂、易、春秋六經。』老子曰：『……夫六經，先王之陳迹也，豈其所以迹哉？今子之所言，猶迹也。夫迹，履之所出，而迹豈履哉？』」《漢書·雋不疑傳》：「褒衣博帶。」師古注曰：「褒，大裾也。言著褒大之衣，廣博之帶也。而說者乃以爲朝服垂褒之衣，非也。」翮，羽莖也。裾，《說文》：「衣袍也。」鵙，疑當作舄，《博雅》：「舄，履也。」承，受也。

㈡《易·繫辭下》：「天地之大德曰生。」又：「天地之道貞觀者也。」《釋名》：「貞，定也，精定不動惑也。」名，《國語·周語》注：「功也。」分，分定之意。《易·頤卦》注：「經猶義也。」《左傳·昭公二十五年》注：「經者道之常。」《易·乾卦·文言》：「利者義之和也。」又：「乾始能以美利利天下，不言所利，大矣哉！」《繫辭上》：「崇高莫大乎富貴。」注：「位所以一天下之動而濟萬物。」

㈢《莊子》書中，言禍福者不多，如《田子方》篇：「夫天下也者，萬物之所一也。得其所一而同焉，則四肢百體將爲塵垢，而死生終始將爲晝夜而莫之能滑，而況得喪禍福之所介乎？」《刻意》篇：「不爲福先，不爲禍始。」《秋水》篇：

「(北海若曰:)寧於禍福。」則非「齊」之意。而言「死生」者則甚多，今舉例如下:《齊物論》:「(長梧子曰:)予惡乎知説生之非惑耶? 予惡乎知惡死之非弱喪而不知歸者耶? ……予惡乎知夫死者不悔其始之蘄生耶?」《天運》篇:「動於無方，居於窈冥，或謂之死，或謂之生。」《至樂》篇:「莊子曰:氣變而有形，形變而有生，今又變而之死，是相與爲春秋冬夏四時行也。」他如《大宗师》、《天運》、《刻意》、《秋水》、《庚桑楚》諸篇中皆有之，不具引。《齊物論》:「天地一指也，萬物一馬也。」陸德明《音義》:「崔云:指，百體之一體。馬，萬物之一物。」郭沫若《十批判書》:「指是宗旨，是觀念。馬是法碼，是符號。」

于是先生乃撫琴容與，慨然而歎，俛而微笑，仰而流眄，嘘噏精神，言其所見曰:「昔人有欲觀于閬峰之上者，資端冕，服梅本作飾。驊騮，至乎崑崙之下，没而不反。端冕者，常服之飾;驊騮者，凡乘之馬;從及本。他本皆作耳。非所以矯騰增城之上，游汪本作騁。玄圃之中也㊀。且燭龍之光，不照一堂之上，鐘李本作鏜。山之口，不談曲室之内。今吾將墮崔巍之高，杜衍謾之流，言子之所由，幾其寤而獲及梅本作反。乎㊁!

箋注

㊀容與，從容自放之意。《莊子·人間世》:「因案人之所感以求容與其心。」注:「……以求從容自放而遂其侈心也。」《離騷》注:「閬風，山名，在崑崙之上。」《穀梁傳·僖公三年》注:「端，玄端之服。」《説文》:「冕，大夫以上冠也。」《易·繫辭下》:「服牛乘馬。」疏:「服用其牛。」驊騮，駿馬。凡，常也。矯，高舉也。騰，上躍也。《淮南子·覽冥

訓》：「崑崙去地一萬八千里，上有曾城九重；或上倍之，是謂閬風；或上倍之，是謂玄圃。」
㊁《楚辭・天問》：「日安不到，燭龍何照？」注：「言天之西北有幽冥無日之國，有龍銜燭而照之也。」《山海經・大荒北經》：「西北海之外，赤水之北，有章尾山。有神，人面蛇身而赤，直目正乘，其瞑乃晦，其視乃明，不食不寢不息，風雨是謁，是燭九陰，是謂燭龍。」「鐘山之口」，未詳。李賓本作鏜山，鏜爲鼓聲。此句似爲巨聲之意。曲室，亦與曲房同。隳，毁也。崔、巍，皆高也。杜，塞也。《莊子・齊物論》陸德明《音義》：「司馬云：『曼衍，無極也。』」謾，亦曼衍之意。《莊子・天道篇》：「（孔子）往見老聃而老聃不許，於是繙十二經以説，老聃中其説曰：『大謾，願聞其要。』」《禮記・樂記》：「樂勝則流。」注：「流謂合行，不敬也。」《史記・晉世家》注：「幾，謂望也。」《周禮・秋官・司寤氏》注：「寤，覺也。」及，至也。

天地生于自然，萬物生于天地。自然者無外，故自「曰昔人有」起至此止《藝文類聚》卷三十七無。天地名焉；天地者有内，故萬物生焉。當其無外，誰謂異乎？當其有内，誰謂殊乎㊀？地流其燥，天抗其濕。月東出，日西入，隨以相從，解而後合，升謂之陽，降謂之陰。在地謂之理，在天謂之文。蒸謂之雨，散謂之風；炎謂之火，凝謂之冰；從張燮本、張采本、李本。他本皆訛作米。形謂之石，象謂之星㊁；朔謂之朝，晦謂之冥；通謂之川，回謂之淵；平謂之土，積謂之山㊂。男女同位，山澤通氣，雷風不相射，水火不相薄。天地合其德，日月順其光，自張采本脱「自」字。然一體，則萬物經其常，入謂之幽，出謂之章，一氣盛衰，變化而不傷㊃。是

以重陰雷電，非異出也；天地日月，非殊物也。自「隨以相從」句起至此句止《藝文類聚》卷三十七無。故曰：自其異者視之，則肝膽楚越也；自其同者視之，則萬物一體也㈤。

箋注

㈠《淮南子·天文訓》：「道始於虚廓。虚廓生宇宙。宇宙生氣。氣有漢垠，清陰者薄靡而爲天，重濁者滯凝而爲地。」《易·序卦》：「有天地，然後萬物生焉。」《莊子·達生篇》：「天地者，萬物之父母也。合則成體，散則成始。」《易·乾卦》注：「天也者，形之名也。」《坤卦》注：「地也者，形之名也。」自然之外無有，天地同生於自然，處於自然，故不異。萬物同在自然之内，故不殊。

㈡《易·乾卦·文言》：「（子曰）……水流濕，火就燥。」此言地流其燥，天抗其濕，似謂燥氣下降則流於地而歸於濕，濕氣上蒸則抗於天而歸於燥，彼此互爲感應，而非互不相干也。隨、解，皆《易》卦名。《易·繫辭上》：「仰以觀於天文，俯以察於地理。」《類篇》：「蒸地之氣和則雨。」《易·繫辭》：「風以散之。」疏：「地有山川原隰，各有條理，故稱理也。」《莊子·齊物論》：「子綦曰：『夫大塊噫氣，其名爲風。』」《書·洪範》：「火曰炎上。」《易·坤卦》：「彖曰：履霜堅冰，陰始凝也。」《左傳·僖公十六年》：「十六年春，隕石於宋，五，隕星也。」《易·繫辭上》：「在天成象，在地成形，變化見矣。」注：「象況日、月、星、辰。」

㈢《白虎通》：「朔之言蘇也。明消更生，故言朔。」《左傳·昭公七年》注：「晦，夜也。」《公羊傳·僖公十五年》：「晦者何？冥也。」川，《爾雅·釋水》注：「通流。」回，《説文》：「象回轉之形。」淵，《説文》：「回水也。」《大戴禮記·勸

學》：「積土成山。」以上雨與風，火與冰，石與星，朝與冥，川與淵，土與山皆對舉，言因其所賦之形象不同而稱名亦異，其實皆一物也。

㊃《易・説卦》：「天地定位，山澤通氣，雷風相薄，水火不相射。」薄，迫也。此言雷風不相射，水火不相薄，與《説卦》之文異。《説卦》又曰：「雷以動之，風以散之。」是雷風本不相射，前云「炎謂之火，凝謂之冰」，是水火亦本不相薄也。《易・乾卦・文言》：「夫大人者，與天地合其德，與日月合其明。」《豫卦》：「彖曰：……天地以順動，故日月不過而四時不忒。」此就天地、日月本體而言。《釋名》：「經，徑也。」幽，《玉篇》：「不明。」章，明也。傷，損也。

㊄《莊子・德充符》：「仲尼曰：『自其異者視之，肝膽，楚越也；自其同者視之，萬物皆一也。』」《淮南子・俶真訓》作胡越，注：「肝膽諭近，胡越諭遠。」按：此段蓋答復客所問「莊周以天地爲一物，萬物爲一指」之問題。

人生天地之中，體自然之形。身者，陰陽之積范陳本、梅本、李本作精。氣也。性者，五行之正性也；情者，游魂之變欲也；神者，天地之所以馭者也㊀。自「人生天地之中」句起至此句止《藝文類聚》卷三十七無。以生言之，則物無不壽；推之以死，及本作「以死推之」。則物無不夭。自小視之，則萬物莫不小；由大觀之，則萬物莫不大。殤子爲壽，彭祖爲夭；秋毫爲大，泰山爲小；故以死生爲一貫，是非爲一條也㊁。

箋注

㊀體，猶言體現。又《禮記・中庸》注：「猶接納也。」《莊子・知北遊》：「（黄帝曰：）人之生，氣之聚也。聚則爲生，散

則爲死。」《孝經説》：「性者，生之質也，若水性則仁，金性則義，火性則禮，水性則知，土性則信。」《禮記·禮運》：「何謂人情？　喜、怒、哀、懼、愛、惡、欲；七者，弗學而能。」《易·繫辭上》：「精氣爲物，游魂爲變。」注：「游魂，言其游散也。」馭，與御同，言人之神，蓋天之氣所以駕御人者也。

㈡《莊子·知北遊》：「（老聃曰：）雖有壽夭，相去幾何；須臾之説也，奚足以爲堯桀之是非。」《莊子·至樂篇》：「（列子曰：）人又反入於機。　萬物皆出於機，皆入於機。」注：「此言一氣而萬形，有變化而無死生也。」《莊子·齊物論》：「天下莫大於秋毫之末而泰山爲小，莫壽乎殤子而彭祖爲夭。」注：「夫以形相對，則泰山大於秋毫也，若各據其性分，物冥其極，則形大未爲有餘，形小不爲不足。　苟各足於其性，則秋毫不獨小其小，而泰山不獨大其大矣。　若以性足爲大，則天下之足未有過於秋毫也。　若性足者非大，則雖泰山亦可稱小矣。　故曰：天下莫大於秋毫之末而泰山爲小。　泰山爲小，則天下無大矣；秋毫爲大，則天下無小也。」《莊子·秋水篇》：「（北海若曰：）計人之所知，不若其所不知；其生之時，不若未生之時。　以其至小，求窮其至大之域，是故迷亂而不能自得也。　由此觀之，又何以知毫末之足以定至細之倪，又何以知天地之足以窮至大之域。」又：「以差觀之：因其所大而大之，則萬物莫不大；因其所小而小之，則萬物莫不小。　知天地之爲稊米也，知毫末之爲丘山也，則差數等矣。」殤，未成人喪也。《史記·楚世家》：「陸終生六子，三曰彭祖。」《莊子·逍遥遊》：「而彭祖乃今以久特聞。」陸德明《音義》：「彭祖，李云：『名鏗。　堯臣，封於彭城。　歷虞、夏至商，年七百歲，故以久壽見聞。』《世本》云：『姓籛，名鏗。　右商爲守藏史，右周爲柱下史，年八百歲。　籛音翦。　一云即老子也。』」《莊子·德充符》：「老聃曰：胡不直使彼以死生爲一條，以可不可爲一貫者，解其桎梏，其可乎？」《漢書·董仲舒傳》注：「貫者，聯絡貫穿。」

按：此段蓋答客所問莊周「齊禍福而一死生」之問題。下面將再申說。

別而言之，則鬚眉異名；合而說之，則體之一毛也。彼六經之言，分處之教也；莊周之云，致意之辭也。大而臨之，則至極無外；小而理之，則物有其制㊀。夫守什伍之數，審左右之名，一曲之說也；循自然，小從李本。梅本作佳。及本作準。他本皆作性。天地者，寥廓之談也㊁。凡汪本無「凡」字。耳張燮本無「耳」字。目之任，從李本。范陳本、梅本作耆。程刻范陳本、張采本缺。他本皆作官。名分之施，處官不易司，舉奉其身，非以絶手足，裂肢體也㊂。然後世之好異者不顧其本，各言我而已矣，何待於彼。殘生害性，還爲讎敵，張采本作「還而爲讎」。斷割肢體，不以爲痛；目視色而不顧耳之所聞，耳所聽梅本作「耳聽聲」。而不待心之所思，心奔欲而不適性之所安，故疾疢萌則生意梅本、及本、李本作不。盡，禍亂作則萬物殘矣㊃。自「別而言之」句起至此句止《藝文類聚》卷三十七無。

箋注

㊀分處，猶言分別處理，謂六經之言，各言其一方面也。《莊子・天下篇》：「詩以道志，書以道事，禮以道行，樂以道和，易以道陰陽，春秋以道名分。」《漢書・藝文志》：「六藝之文：樂以和神，仁之表也；詩以正言，義之用也；禮以明體，明者著見，故無訓也；書以廣聽，知之術也；春秋以斷事，信之符也。五者蓋五常之道，相須而備，而易爲之

原，故曰『易不可見，則乾坤或幾乎息矣』，言與天地爲終始也。至於五學，世有變改，猶五行之更用事焉。」《禮記・禮器疏》：「致，極也。」《易・繫辭下》：「子曰：天下何思何慮？天下同歸而殊塗，一致而百慮，天下何思何慮。」《莊子・秋水篇》：「（北海若曰：）可以言論者，物之粗也；可以意致者，物之精也；言之所不能論，意之所不能察致者，不期精粗焉。」《爾雅・釋詁》：「臨，視也。」《禮・樂記》注：「理，分也。」制，猶言制約。

㊁《莊子・天運篇》：「孔子行年五十有一而不聞道，乃南之沛見老聃。老聃曰：『子來乎！吾聞子，北方之賢者也，子亦得道乎？』孔子曰：『未得也。』老子曰：『子惡乎求之哉？』曰：『吾求之於度數，五年而未得也。』老子曰：『子又惡乎求之哉？』曰：『吾求之於陰陽，十有二年而未得也。』」審，熟究也。《莊子・天下篇》：「雖然，不該不遍，一曲之士也。」《秋水篇》：「曲士不可以語於道者，束於教也。」陸德明《音義》：「司馬云：『鄉曲之士也。』」《荀子・解蔽篇》：「凡人之患，蔽於一曲而闇於大禮。」寥，《説文》：「空虚也。」廓，《爾雅・釋詁》：「大也。」

㊂名分之「分」，意爲分際。有名則有分，名定則分定。處官之「處」，居也。官，五官之官。《孟子・告子上》：「曰：耳目之官，不思而蔽於物；物交物，則引之而已矣。心之官則思，思則得之，不思則不得也。」司，主也。處官不易司，意謂官各有所司，如耳司聽而目司視，互不相易。舉，皆也，合也。絶，隔絶之意。

㊃疢，《字彙補》：「疑即癲字。」癲，《玉篇》：「俗疹字。」疹，《集韻》：「同疢，熱病。」按：《莊子・天下篇》：「天下大乱，賢聖不明，道德不一，天下多得一察焉以自好。譬如耳、目、鼻、口皆有所明，不能相通；猶百家衆技也，皆有所長，時有所用。雖然，不該不遍，一曲之士也。判天地之美，析萬物之理，察古人之全，寡能備於天地之美，稱神明之容；是故内聖外王之道，闇而不明，鬱而不發，天下之人，各爲其所欲焉以自爲方。悲夫！百家往而不

反，必不合矣。後世之學者，不幸不見天地之純，古人之大體，道術將爲天下裂。」阮文此段，正即《莊子·天下篇》此段之意。

至人者，《藝文類聚》卷三十七「至」上有「夫」字。恬於生而靜於死。生恬《藝文類聚》二字倒置。則情《藝文類聚》無情字。不惑，死靜則神不離，故能與陰陽化而不易，從天地變而不移。生究其壽，死循《藝文類聚》作終。其宜，心氣平治，消息不虧㊀。范陳本、梅本、及本、李本作「不消不弓」。是以廣成子處崆峒之山以入無窮之門㊁，軒轅登崑崙之阜而遺玄珠之根，此則潛身者易以爲活，而離本者難以范陳本、梅本、李本作與。永存也㊂。

箋注

㊀至人，《莊子·逍遥遊》注：「至極之人。」恬，安也。《莊子·繕性篇》：「古之治道者以恬養知。知生而無以知爲也，謂之以知養恬。知與恬交相養，而和理出其性。」《刻意篇》：「故曰：聖人之生也天行，其死也物化。靜而與陰同德，動而與陽同波。」究，《爾雅·釋言》：「窮也。」《集韻》：「極也。」活，不亂之意。《易·豐卦》：「彖曰：日中則昃，月盈則食，天地盈虛，與時消息；而況於人乎！況於鬼神乎！」枚乘《七發》李善注：「消，滅也。息，生也。」

㊁《莊子·在宥篇》：「黄帝立爲天子十九年，令行天下，聞廣成子在於空同之上，故往見之，……廣成子曰：『來！吾語女。彼其物無窮而人皆以爲有終，彼其物無測而人皆以爲有極。……今夫百昌皆生於土而反於土，故余將去汝，入無窮之門以游無極之野。』」陸德明《音義》：「廣成子，或云：即老子也。空同，司馬彪云：『當北斗下山也。』

《爾雅》云：『北戴斗極爲空桐。』一曰：在梁國虞城東三十里。百昌，司馬云：『猶百物也。』」

㊂《史記・五帝本紀》：「黃帝者，名曰軒轅。」《莊子・天地篇》：「黃帝遊乎赤水之北，登乎崑崙之丘而南望，還歸，遺其玄珠。」陸德明《音義》：「玄珠，司馬云：『道真也。』」潛，藏也。

馮夷不遇海若，則不以己爲小㊀，雲將不失問。此字從梅本。范陳本、及本、李本作其。他本除汪本外均無。于鴻濛，則無以知其少㊁。由斯言之，自是者不章，自建者不立，守其有者有據，持其無者無執。月弦則滿，日朝則襲，咸池不留陽谷之上，而懸車范陳本脱「車」字。之後將入也㊂。自「是以廣成子處崆峒之山」起至此句止《藝文類聚》無。故求范陳本作其。得者喪，爭明者失，無欲者梅本無「者」字。自足，空虛者受實。夫山靜而谷深者，自然之道也；得之道而正者，君子之實也。自「夫山靜而谷深者」句起至此句止《藝文類聚》無。是以作智造巧者害於物，明著是非《藝文類聚》作「明是考非」。者危其身，修飾及本作飭。以顯潔者惑於生，畏死而榮《藝文類聚》作崇。生者失范陳本注：「一作亂。」其真。范陳本作貞。《藝文類聚》卷三十七録全文至此止。故自然之理不得作，天地不泰而日月爭隨，朝夕失期而晝夜無分；競逐趨利，舛倚橫馳，父子不合，君臣乖離㊃。故復言以求信者，梁范陳本無此字，注「缺」。下之誠也；克己以爲仁程刻范陳本、梅本、張燮本、及本作人。者，郭范陳本作廓。外之仁也㊄；竊其雉經者，范陳本注：「此句誤。」亡家之子也㊅；刳腹割肌者，亂

國之臣也〔七〕；曜菁華，被沆瀣者，昏世之士也；履霜露，蒙塵埃者，貪冒之民也〔八〕；潔己以尤世，修身以明洿（及本作姱。）者，誹謗之屬也；繁稱是非，背質追文者，迷罔之倫也〔九〕；成（范陳本作誠，注：「一作成。」梅本、及本、李本作誠。）非媚悦，以容求乎，故被珠玉以赴水火者，桀紂之終也〔一〇〕；含菽采薇，交餓而死，顏夷之窮也〔一一〕。是以名利之途開，則忠信之誠薄；是非之辭著，則醇厚之情爍也〔一二〕。

箋注

〔一〕馮夷，河伯也。《莊子·大宗師篇》陸德明《音義》：「馮夷，司馬云：『《清泠傳》曰：「華陰潼鄉陸佰人也。服八石，得水仙，是爲河伯。」』一云以八月庚子浴於河而溺死。一云渡河溺死。」又《秋水篇》音義：「河伯姓馮名夷，一名水夷。……一云姓呂，名公子，馮夷是公子之妻。」《莊子·秋水篇》：「秋水時至，百川灌河，涇流之大，兩涘渚崖之間不辨牛馬。於是焉河伯欣然自喜，以天下之美爲盡在己。順流而東行，至於北海，東面而視，不見水端，於是焉河伯始旋其面目，望洋向若而歎曰：『野語有之曰：聞道百以爲莫己若者，我之謂也。』」陸德明《音義》：「司馬云：『若，海神。』」陸德明《音義》關於河伯馮夷又有數説，不具引。

〔二〕《莊子·在宥篇》：「雲將東遊，過扶搖之枝而適遭鴻濛。……雲將曰：『朕願有問也。』鴻濛拊髀雀躍掉頭曰：『吾弗知。吾弗知。』……雲將不得問。又三年，東遊過有宋之野而適遭鴻濛，雲將大喜，行趨而進曰：『天忘朕耶？天忘朕耶？』再拜稽首，願聞於鴻濛。鴻濛曰：『……朕又何知。』……雲將曰：『吾遇天難，願聞一言。』鴻濛曰：

『意，心養。汝徒處無爲而物自化。墮爾形體，吐爾聰明，倫與物忘，大同乎涬溟，解心釋神，莫然無魂。萬物云云，各復其根，各復其根而不知，渾渾沌沌，終身不離。若彼知之，乃是離之。無問其名，無闚其情，物故自生。』雲將曰：『天降朕以德，示朕以默。躬身求之，乃今也得。』」陸德明《音義》：「雲將，李云：雲主帥也。鴻濛，司馬云：自德元氣也。一云海上氣也。」

㊂章，明也。老子《道德經・苦恩第二十四》：「自見者不明，自是者不彰，自伐者無功，自矜者不長。」又《玄符第五十五》「猛獸不據」句注：「以爪按拏曰據。」《釋名》：「弦，半月之名也。」《國語・晉語第八》注：「襲，入也。」咸池，星名。《史記・天官書》：「西宫咸池。」《正義》：「咸池三星在五車中天潢南，魚鳥之所託也。」《淮南子・天文訓》：「日出於暘谷，浴於咸池，拂於扶桑，是謂晨明。」咸池不留暘谷之上，謂日出則星隱也。《淮南子・天文訓》：「（日）至於悲泉，爰止其女，爰息其馬，是謂懸車。至於虞淵，是黄昏。至於蒙谷，是謂定昏。」

㊃喪，《玉篇》：「亡也。」《禮記・禮運》：「故君者，所明也。」疏：「明猶尊也。」《莊子・天地篇》：「市南子曰：『少君之費，寡君之欲，雖無糧而自足。』」《天道篇》：「休則虚，虚則實，實者倫矣。」《人間世篇》：「唯道集虚。」注：「虚其心則道集於懷也。」《知北遊篇》：「天不得不高，地不得不廣，日月不得不行，萬物不得不昌，此其道與？」注：「言此皆不得不然而自然耳，非道能使然也。」惑，《説文》：「亂也。」作，作爲之意。泰，《易》卦名。《序卦》：「泰者通也。」《泰卦》：「彖曰：則是天地交而萬物通也。」隨，《易》卦名。《隨卦》：「彖曰：隨時之義大矣哉！」舛，錯亂也。《方言》：「秦晉之間，凡物體不具謂之倚。」

㊄梁，水橋也。《莊子・盗跖篇》：「（盗跖大怒曰：）……尾生與女子期於梁下，女子不來，水至不去，抱梁柱而

死。……滿苟得曰：……尾生溺死，信之患也。」《論語・顔淵篇》：「顔淵問仁，子曰：『克己復禮爲仁。一日克己復禮，天下歸仁焉。爲人由己，而由人乎哉！』」馬融曰：「克己，約身也。」又《雍也篇》：「子曰：『賢哉回也！一簞食，一瓢飲，在陋巷，人不堪其憂，回也不改其樂，賢哉回也！』」《莊子・讓王篇》：「孔子謂顔回曰：『回！來！家貧居卑，胡不仕乎？』顔回對曰：『不願仕。回有郭外之田五十畝，足以給飦粥；郭内之田十畝，足以爲絲麻；鼓琴足以自娱；所學夫子之道者足以自樂也。回不願仕。』」《史記・仲尼弟子列傳》：「回年二十九，髮盡白，早死。」

⑥《左傳・莊公二十八年》：「晉獻公娶於賈，無子；烝於齊姜，生秦穆夫人及太子申生；又娶二女於戎，大戎狐姬生重耳，小戎子生夷吾。晉伐驪戎，驪戎男女以驪姬歸，生奚齊，其娣生卓子。驪姬嬖，欲立其子，賂外嬖梁五與東關嬖五……二五卒與驪姬譖群公子而立奚齊，晉人謂之二五耦。」又《僖公四年》：「姬謂太子（申生）曰：『君夢齊姜，必速祭之。』太子祭於曲沃，歸胙於公，公田，姬寘諸宫六日，公至，毒而獻之。公祭之地，地墳；與犬，犬斃；與小臣，小臣亦斃。姬泣曰：『賊由太子。』太子奔新城。公殺其傅杜原款。或謂太子：『子辭，君必辯焉。』太子曰：『君非姬氏，居不安，食不飽，我辭，姬必有罪。君老矣，吾又不樂。』曰：『子其行乎！』太子曰：『君實不察其罪，被此名也，以出，人誰納我？』十二月戊申，縊於新城。」《國語・晉語第八》：「申生乃雉經於新城之廟。」韋注：「雉經，頭搶而懸死也。」

⑦《漢書・王莽傳》注：「刳，剖也。」《莊子・盗跖篇》：「（滿苟得曰：）比干剖心，子胥抉眼，忠之禍也。」《史記・殷本紀》：「比干曰：『爲人臣者，不得不以死争。』乃强諫紂。紂怒曰：『吾聞聖人心有七竅。』剖比干，觀其心。」又《伍子胥列傳》：「吳太宰嚭既與子胥有隙，因讒曰：『……夫爲人臣，内不得意，外倚諸侯，自以爲先王之謀臣，今不見用，

常鞅鞅怨望，願王早圖之！』吳王曰：『微子之言，吾亦疑之。』乃使使賜伍子胥……屬鏤之劍，曰：『子以此死！』伍子胥……乃告其舍人曰：『必樹吾墓上以梓，令可以爲器；而抉吾眼懸吳東門之上，以觀越寇之入滅吳也。』乃自剄死。」亂國之臣，謂無救於國家之亡也。

⑧曜，《釋名》：「光華照耀也。」《集韻》：「菁菁，花盛貌。」沆瀣，《集韻》：「海氣。一曰露氣。一曰北方夜半之氣。」《左傳·昭公三十一年》：「（君子曰）若竊邑叛君以徼大利而無名，貪冒之民將寘力焉。」《漢書·翟方進傳》師古注：「冒，貪蔽也。」

⑨尤，怨也。洿，《説文》：「水濁不流也。」誹，非議也。謗，毁也。屬，類也。《莊子·刻意篇》：「刻意尚行，離世異俗，高論怨誹，爲亢而已矣。此山谷之士，非世之人，枯槁赴淵者之所好也。」《禮記·樂記》注：「質，猶本也。禮爲之文飾也。」《漢書·揚雄傳》注：「罔，誣也。」倫，類也。

⑩孚，《説文》：「一曰信也。」成非媚悦，以容求孚，若桀之妹喜，紂之妲己也。《史記·殷本紀》：「周武王於是遂率諸侯伐紂，紂亦發兵拒之牧野，甲子日，紂兵敗，紂走入，登鹿臺，衣其寶玉衣，赴火而死。」《史記》言桀放死，不言死於水火，此以桀紂，水火并舉，古人文中常有此例。

⑪薇，《左傳·定公元年》注：「大豆之苗。」《莊子·人間世篇》：「顏回曰：回之家貧，唯不飲酒不茹葷者數月矣。」又《讓王篇》：「顏回擇菜。」伯夷采薇而食以至餓死事，見《首陽山賦》注。古籍不言顏淵餓死，此與上文并言桀紂赴水火死例同。

⑫《莊子·盜跖篇》：「子張問於滿苟得曰：『盍不爲行？無行則不信。不信則不任。不任則不利。故觀之名計之利

而義，真是也。若棄名利，反之於心，則夫士之爲行不可一日不爲乎？』滿苟得曰：『無耻者富，多信者顯。夫名利之大者，幾在無耻而信。故觀之名計之利而信，真是也。若棄名利，反之於心，則夫士之爲行抱其天乎！……且子正爲名，我正爲利，名利之實，不順於理，不監於道。』」又《齊物論》：「是非之彰也，道之所以亏也。」《漢書・曹參傳》注：「醇酒不澆，謂厚酒也。」爍，《周禮・冬官・考工記》「爍金以爲刃」句釋文：「義當爲鑠。」鑠，銷也。

故至道之極，混一不分，同爲一體，得范陳本、梅本作乃。失無聞。伏羲氏結繩，神農教耕，逆之者死，順之者生。又安知貪洿之爲罰，而貞白之爲名乎㈠！使至德之要，無外而已。大均淳固，不貳其紀，清净寂寞，空豁以俟，善惡莫之分，是非無所争，故萬物反其所而得其情也㈡。

箋注

㈠《莊子・繕性篇》：「古之人在混芒之中與一世而得淡漠焉。當是時也，陰陽和静，鬼神不擾，四時得節，萬物不傷，群生不夭，人雖有知無所用之，此之謂『至一』。」又《秋水篇》：「北海若曰：否！夫物量無窮，時無止，分無常，終始無故。……知時無止，察乎盈虚，故得而不喜，失而不憂，知分之無常也。」《胠篋篇》：「昔者……伏戲氏、神農氏，當是時也，民結繩而用之。」《易・繫辭下》：「古者庖犧氏之王天下也，……作結繩而爲網罟，以佃以漁，蓋取諸離。庖犧氏没，神農氏作，斵木爲耜，揉木爲耒，耒耨之利以教天下，蓋取諸益。」《莊子・天運篇》：「巫咸招曰：來！吾語汝。天有六極、五常，帝王順之則治，逆之則凶。」洿，穢也。

〔二〕《莊子・胠篋篇》：「彼曾、史、楊、墨、師曠、工倕、離朱者，皆外立其德而以爚亂天下者也。」《秋水篇》：「天在內，人在外。德在乎天。」《徐無鬼篇》：「知大一，知大陰，知大目，知大均，知大方，知大信，知大定：至矣。大一通之，大陰解之，大目視之，大均緣之，大方體之，大信稽之，大定持之。」注：「因其本性，令各自得，則大均也。」淳，清也。《莊子・天地篇》：「（夫子曰：）故執德之謂紀。」《天道篇》：「夫虛靜，恬淡，寂寞，無爲者，天地之平而道德之至。」又《刻意篇》：「故曰：夫恬淡、寂寞、虛無、無爲，此天地之平而道德之質也。」《史記・司馬相如傳》注：「豁閩，空虛也。」《莊子・至樂篇》：「故夫子胥争之以殘其形，不争，名亦不成；誠有善無有哉？」《秋水篇》：「（北海若曰：）知是非之不可爲分……以趣觀之，因其所然而然之，則萬物莫不然；因其所非而非之，則萬物莫不非。」又《至樂篇》：「天下是非果未可定也，雖然，無爲可以定是非。」《齊物論》：「是非之彰也，道之所以虧也。」《繕性篇》：「古之行身者，不以辯飾知，不以知窮天下，不以知窮德，危然處其所而反其性，已又何爲哉！」

儒墨之後，堅白並起，吉凶連物，得失在心，結徒聚黨，辯説相侵〔一〕。昔大齊之雄，三晉之士，嘗相與瞑目張膽，分別此矣，咸以爲百年之生難致，而日月之蹉無常，皆盛僕馬，修衣裳，美珠玉，飾及本作飭。帷牆，范陳本作幡。出媚君上，入欺父兄，矯厲才智，競逐縱横，家以慧子殘，國以才臣亡，故不終其天年而夭，張采本、李本作大，當聯屬下句。自割繫程刻范陳本、梅本作繫。按：此二字據《莊子》當作「掊擊」。其於世俗也〔二〕。是以山中之木，本大而莫相梅本無「相」字。傷〔三〕。從梅本、李本。張采本缺，他本均作物。吹范陳本作復，注：「或作吹。」梅本、李本作復。

萬數竅范陳本注：「一作物。」相和，忽焉自已㈣。夫雁之不存，無其質而濁其文；死生無變，及本作「無其質無變」。而龜之見范陳本作是。竇，知吉凶也。故至人清其質而濁其文，死生無變而未始有云㈤。范陳本作之。

箋注

㈠《莊子·齊物論》：「道惡乎隱而有真僞？言惡乎隱而有是非？道惡乎往而不存？言惡乎存而不可？道隱於小成，言隱於榮華，故有儒墨之是非，以是其所非而非其所是。」又：「彼非所明而明之，故以堅白之昧終。」陸德明《音義》：「堅白，司馬云：『謂堅石、白馬之辨也。』又云：『公孫龍有淬劍之法，謂之堅白。』崔同。又云：『或曰：設矛伐之説爲堅，辨白馬之名爲白。』」《駢拇篇》：「駢於辨者，累瓦結繩，竄句遊心於堅白同異之間，而敝跬譽無用之言。非乎？而楊墨是已。」《天地篇》：「（夫子問於老聃曰：）辯者有言曰：離堅白若懸寓。」《天下篇》：「相里勤之弟子，五侯之徒，南方之墨者——苦獲、己齒、鄧陵子之屬，俱誦墨經而倍譎不同，相謂別墨，以堅白同異之辯相訾，以觭偶不仵之辭相應，以巨子爲聖人，皆願爲之尸，冀得爲其後世，至今不決。」

㈡大齊之雄，三晉之士，謂戰國時縱横家蘇秦、張儀之徒也。三晉，見《東平賦》注。《史記·蘇秦列傳》：「蘇秦者，東周雒陽人也。東事師於齊而習之於鬼谷先生。……游燕，歲餘而得見，説燕文侯……文侯於是資蘇秦車馬金帛以至趙，而奉陽君已死，即因説趙肅侯……趙王乃飾車百乘、黄金千鎰、白璧百雙、錦繡千純以約諸侯……蘇秦爲從約長，并相六國。北報趙王，乃行過雒陽，車騎輜重，諸侯各發使送之甚衆，疑於王者……蘇秦喟然歎曰：『此一

人之身，富貴則親戚畏懼之，貧賤則輕易之；況衆人乎！』……其後齊大夫多與蘇秦爭寵者而使人刺蘇秦，不死，殊而走。齊王使人求賊，不得。蘇秦且死，乃謂齊王曰：『臣即死，車裂臣以徇於市曰：「蘇秦爲燕作亂於齊。」如此，則臣之賊必得矣。』於是如其言，而殺蘇秦者果自出，齊王因而誅之。」《史記・張儀列傳》：「張儀者，魏人也。始嘗與蘇秦俱事鬼谷先生學術，蘇秦自以不及張儀。張儀已學而游説諸侯。……念諸侯莫可事，獨秦能苦趙，乃遂入秦。……儀相秦四歲，立惠王爲王。……惠王封儀五邑，號曰武信君。……太史公曰：三晉多權變之士，夫言從衡强秦者，大抵皆三晉之人也。」劉向《戰國策序》：「是以蘇秦、張儀、公孫衍、陳軫、代、厲之屬，生縱橫短長之説，左右傾側。蘇秦爲從，張儀爲衡。横則秦帝，從則楚王。」《類篇》：「東西曰衡，南北曰縱。」《漢書・刑法志》師古注曰：「戰國時，齊、楚、韓、魏爲縱，秦國爲衡。秦地形東西横長，故爲衡也。」瞋，張目也。蹉跎，失時也。《莊子・人間世》：「（匠石歸，櫟社見夢曰：）夫柤、梨、橘、柚、果蓏之屬，實熟則剥，剥則辱，大枝折，小枝泄，此以其能苦其生者也，故不終其天年而中道夭，自掊擊於世俗者也。物莫不若是。」

〔三〕《莊子・逍遥遊》：「惠子謂莊子曰：『吾有大樹，人謂之樗，其大本擁腫而不中繩墨，其小枝卷曲而不中規矩，立之塗，匠者不顧。』」《人間世》：「匠石之齊，至于曲轅，見櫟社樹，其大蔽數千牛，絜之百圍；其高臨山十仞，而後有枝，其可以爲舟者旁十數。觀者如市。匠伯不顧，遂行不輟。弟子厭觀之，走及匠石，曰：『自吾執斧斤以隨夫子，未嘗見材如此其美也。先生不肯視，行不輟，何耶？』曰：『已矣！勿言之矣，散木也。以爲舟，則沉；以爲棺槨，則速腐；以爲器，則速毁；以爲門户，則液樠；以爲柱，則蠹：是不材之木也。無所可用，故能若是之壽。』匠石歸，櫟社見夢曰：『……使予也而有用，且得有此大也耶？』……南伯子綦遊乎商之丘，見大木焉有異，結駟千乘，隱將芘

其所藾。子綦曰：『此何木也哉？此必有異材夫！』仰而視其細枝，則拳曲而不可以爲棟梁；俯而見其大根，則軸解而不可以爲棺槨；咶其葉，則口爛而爲傷；嗅之，則使人狂酲三日而不已。子綦曰：『此果不材之木也，以至於此其大也。嗟乎！神人以此不材。』」《山水篇》：「莊子行於山中，見大木，枝葉盛茂；伐木者止其旁而不取也。問其故？曰：『無所可用。』」

㈣《莊子・齊物論》：「子游曰：『地籟則衆竅是已，人籟則比竹是已，敢問天籟？』子綦曰：『夫吹，萬不同，而使其自已也，咸其自取，怒者其誰邪？』」注：「自已而然，則謂之天然。天然耳，非爲也。」

㈤《莊子・山木篇》：「夫子（莊子）出於山，舍於故人之家，故人喜，命豎子殺雁而烹之。豎子請曰：『其一能鳴，其一不能鳴，請奚殺？』主人曰：『殺不能鳴者。』明日，弟子問於莊子曰：『昨日山中之木以不材得終其天年，（見上注引）今主人之雁以不材死，先生將何處？』莊子笑曰：『周將處乎材與不材之間。材與不材之間，似之而非也，故未免乎累。』」《爾雅・釋蟲》：「十龜：一神龜，二靈龜，三攝龜，四寶龜，五文龜，六筮龜，七山龜，八澤龜，九水龜，十火龜。」《莊子・德充符》「仲尼曰：『死生亦大矣，而不得與之變。』」注：「彼與變俱，故生死不變於彼。」

夫別言者，壞范陳本、梅本作懷。道之談也；折辯者，毀德之端也；氣分者，一身之疾也；二心者，一身之患及本誤作悉。也。故夫裝束馮范陳本、梅本誤作馬。軾者，行以離支㈠；梅本作交。慮在成敗者，坐而求敵；踰阻攻險者，趙氏之人也㈡；舉山填海者，燕楚之人也。莊周見其若此，故述道德之妙，叙無爲之本，寓言以廣之，假物以延之，聊以娛無爲之心而逍遥於一

世㊂；豈將以希咸陽之門李本作問。而與稷下争辯也哉㊃？

箋注

㊀別，《説文》：「分解也。」折，曲也。端，事也。《禮記·曲禮》注：「更端，別事也。」《新方言·釋言》：「今人謂怒爲氣，實當爲愾。」分，分位也。《漢書·酈食其列傳》：「韓信聞食其馮軾下齊七十餘城。」師古曰：「馮讀曰憑。憑，據也。軾，車前横板隆起者也。云憑軾者，言但安坐乘車而游説，不用兵衆。」《昭明文選·魯靈光殿賦》注：「支離，分散也。」

㊁阻，《説文》：「險也。」《史記·趙世家》：「毋卹曰：『從常山上臨代，代可取也。』……簡子既葬，未除服，北登夏屋，……遂興兵平代地。……於是趙北有代，南并知氏，强於韓魏。……（趙武靈王）北略中山之地，至於房子，遂之代，北至無窮，西至河，登黄華之上。……王曰：『……今吾欲繼襄主之迹，開於胡翟之鄉。』……二十年，王略中山地，至寧葭，西略胡地，至榆中。……二十六年，復攻中山攘地，北至燕代，西至雲中九原。……惠文王二年，主父（即武靈王）行新地，遂出代，西遇樓煩王於西河而致其兵。三年，滅中山。」

㊂《史記·燕世家》：「二十九年，秦攻拔我薊，燕王亡，徙居遼東。」《史記·楚世家》：「析父對曰：『昔我先王熊繹辟在荆山，蓽露藍蔞以處草莽，跋涉山林。』」《莊子·寓言篇》：「寓言十九（注：寄之他人，則十言而九見信）藉外論之。」《天下篇》：「以寓言爲廣，……上與造物者遊，而下與外死生，無終始者爲友。」《史記·老莊申韓列傳》：「（莊周）其學無所不闚，然其要本歸於老子之言，故其著書十餘萬言，大抵率寓言也。」索隱：「其書十餘萬言，率皆立主客，使之相對語，故云偶言。又音寓，寓，寄也。故《別録》云：『作人姓名，使相與語，是寄辭於其人，故《莊子》有寓言

篇。』」延，引伸之意。

㈣《史記·秦本紀》：「孝公十二年，作爲咸陽。」劉向《戰國策序》：「然秦國勢便形利，權謀之士咸先馳之。」《史記·田敬仲完世家》：「（齊）宣王喜文學游説之士，自如騶衍、淳于髡、田駢、接予、慎到、環淵之徒七十六人，皆賜列第，爲上大夫，不治而議論。是以齊稷下學士復盛，且數百千人。」注引劉向《别録》曰：「齊有稷門，城門也。談説之士期會於稷下也。」又引《齊地記》曰：「齊城西門側，系水左右有講室，趾往往存焉。蓋因側系水出，故曰稷門，古側、稷音相近爾。」又引虞喜曰：「齊有稷山，立館其下以待游士。」

夫善接人者，導焉而已，無所逆之。故公孟季子衣繡而見，墨子弗攻㈠；中山子牟心在魏闕，而詹子不距㈡。因其所以來，用其所以至，循而泰之，使自居之，發而開之，使自舒之。且莊周之書何足道哉！猶未聞夫太始之論，玄古之微言乎！直能不害於物而形以生，物無所毁而神以清，形神在我而道德成，忠信不離而上下平㈢。兹客李本誤作容。今談而同古，齊説而意殊，是心能守其本，而口發不相須也㈣。

箋注

㈠接，接談之意。導，《增韻》：「啟迪也。」摘人過失亦曰攻。《墨子·公孟篇》：「公孟子義章甫，搢忽，儒服而以見子墨子，曰：『君子服然後行乎？其行然後服乎？』子墨子曰：『行不在服。』公孟子曰：『何以知其然也？』子墨子曰：『昔者齊桓公高冠博帶，金劍木盾，以治其國，其國治；昔者晉文公大布之衣，牂羊之裘，韋以帶劍，以治其國，

其國治；昔者楚莊王鮮冠組纓，絳衣博袍，以治其國，其國治；昔者越王勾踐剪髮文身，以治其國，其國治。此四君者，其服不同，其行猶一也，翟以是知行之不在服也。』公孟子曰：『善！吾聞之曰：「宿善者不祥。」請舍忽，易章甫，復見夫子可乎？』子墨子曰：『請因以相見也。若不將舍忽，易章甫，而後相見，然則行果在服也。』」

㊁距，違距之意。《書·禹貢》：「不距朕行。」傳：「天下無距違我行者。」《莊子·讓王篇》：「中山公子牟謂瞻子曰：『身在江海之上，心居乎魏闕之下，奈何？』瞻子曰：『重生。重生則利輕。』中山公子牟曰：『雖知之，未能自勝也。』瞻子曰：『不能自勝則從，神無惡乎？不能自勝而强不從者，此之謂重傷，重傷之人，無壽類矣。』魏牟，萬乘之公子也，其隱岩穴也，難爲於布衣之士，雖未至乎道，可謂有其意矣。」陸德明《音義》：「公子牟，司馬云：『魏之公子，封中山，名牟。』瞻子，賢人也。《淮南》作詹。魏闕，司馬云：『象魏觀闕，人君門也。』言心存榮貴。」

㊂泰，通也。舒，仲也。按：墨子、瞻子兩例，阮籍蓋以自比，謂己之善於開導也。《列子·天瑞篇》：「夫有形生於無形，則天地安從生？故曰：有太易、有太初、有太始、有太素。太易者，未見氣也；太初者，氣之始也；太始者，形之始也；太素者，質之始也。」玄，幽遠也。直，猶但也。《莊子·達生篇》：「養形必先之以物，物有餘而形不養者有之矣。有生必先無離形，形不離而生亡者有之矣。……關尹曰：『……凡有貌像、聲、色者，皆物也。物與物何以相遠？夫奚足以至乎？先是色而已，則物之造乎不形而止乎無所化。夫得是而窮之者，物焉得而止焉。彼將處乎不淫之度而藏乎無端之紀，遊乎萬物之所終始，壹其性，養其氣，合其德，以通乎物之所造。夫若是者，其天守全，其神無郤，物奚自入焉。』……聖人藏於天，故莫之能傷也。」《山木篇》：「莊周笑曰：『……物物而不物於物，則胡可得而累耶？此黃帝、神農之法則也。』」

㊃「今談而同古」，謂不知古今之時異。齊，正也，中也。須，與需通，資也，用也。「心守其本而口發不相須」，猶言口不對心。

於是二三子者，風揺波蕩，相視腐脈，亂次而退，蹢跌失迹。隨而望之耳，耳，一作其。後頗亦以是，知其無實喪氣而慚愧於衰僻也㊀。

箋注

㊀「風揺波蕩」，謂其聞言後身軀擺動，精神已不能自持，與來時之「奕奕然步」相映成趣。《釋名》：「脈，幕也，幕絡一體也。」「亂次而退」，謂亂其次序，爭先恐後，又與來時之「嚼齒先引，推年躡踵，相隨俱進」相對照。蹢，《篇海》：「行失正也。」《正字通》：「俗踢字。」《集韻》：「跌踼，行不正。」《漢書・鼂錯傳》師古注：「跌，足失據也。」《淮南子・修務訓》注：「跌，疾行也。」《淮南子・説山訓》：「足蹍地而爲迹。」「以是」，以爲是之意。實，《説文》：「止也。」衰，《集韻》：「小也。」僻，陋也。

通老論

此文顯非全文。諸本皆衹有此三小段，突然而起，不相連接，大概皆根據《太平御覽》所録者。但《太平御覽》本是分類摘鈔，並非照録全文，凡文中不合於其分類所需要者，即皆捨棄。此文全文蓋已失傳。

聖人明於天人之理，達於自然之分，通於治化之體，審於大慎之訓，故君臣垂拱，完梅

本此字缺。太素之樸，百性當作姓。熙洽，《太平御覽》卷一作怡。保性命之和㈠。

箋注

㈠老子《道德經·象元第二十五》：「人法地，地法天，天法道，道法自然。」分，《集韻》：「名分也。」又《爲政第三十七》：「道常無爲而無不爲。侯王若能守，萬物將自化。化而欲作，吾將鎮之以無名之樸。無名之樸亦將不欲。不欲以靜，天下將自定。」垂拱，《尚書·武成》注：「垂衣拱手也。」太素，見《達莊論》注。老子《道德經·異俗第二十》：「衆人熙熙，如享太牢，如登春台。」

道者，法自然而爲化，侯王能守之，萬物將自化。《易》謂之「太極」㈠，《春秋》謂之「元」，老子謂之「道」㈡。

箋注

㈠老子《道德經·聖道第三十二》：「道常無名。樸雖小，天下不敢臣。侯王若能守之，萬物將自賓。」《易·繫辭上》：「是故易有太極，是生兩儀。」注：「夫有必始於無，故太極生兩儀也。太極者，無稱之稱，不可得而名，取有之所極，況之太極者也。」

㈡《春秋·公羊傳》：「（魯隱公）元年春王正月。」何休注：「變一爲元。元者氣也。無形以起有形，以分造起天地。天地之始也，故上元所繫而使繫之也。」老子《道德經·象元第二十五》：「有物混成，先天地生，寂兮寥兮，獨立而不改，周行而不始，可以爲天下母，吾不知其名，字之曰道。」

三皇依道，五帝仗德，三王施仁，五霸行義，强國任智：蓋優劣之異，薄厚之降也㊀。

箋注

㊀三皇、五帝之名，頗有異説。唐司馬貞補《史記·三皇本紀》，以太皞庖犧氏、女媧氏、炎帝神農氏爲三皇，但又謂：「一説三皇謂天皇、地皇、人皇爲三皇。既是開闢之初，君臣之始，圖緯所載，不可全棄，故並序之。」《史記·五帝本紀》正義：「按太史公依《世本》、《大戴禮》，以黄帝、顓頊、帝嚳、唐堯、虞舜爲五帝，譙周、應劭、宋均皆同；而孔安國《尚書序》，皇甫謐《帝王世紀》，孫氏注《世本》并以伏犧、神農、黄帝爲三皇，少昊、顓頊、高辛、唐、虞爲五帝。」《孟子·告子下》注：「三王謂夏禹、殷湯、周文王是也。」又：「五霸者，大國秉直道以率諸侯，齊桓、晉文、秦穆、宋襄、楚莊王是也。」《孟子·公孫丑上》：「孟子曰：『以力假仁者霸，霸必有大國；以德行仁者王，王不待大。』」《左傳·成公二年》疏：「伯（霸）者長也，言爲諸侯之長也。鄭康成云：『霸，把也。言把持王者之政教，故其字或作「伯」，或作「霸」也。』」老子《道德經·論德第三十八》：「故失道而後德，失德而後仁，失仁而後義，失義而後禮。」又《淳德第六十五》：「民之難治，以其智多。以智治國國之賊，不以智治國國之福。」降，落也，下也。

傳

大人先生傳

《晉書·阮籍傳》：「籍嘗於蘇門山遇孫登，與商略終古及棲神導氣之術，登皆不應，籍因長嘯而退。至半嶺，聞有

聲若鸞鳳之音，響乎巖谷，乃登之嘯也。遂歸著《大人先生傳》，其略曰……。此亦籍之胸懷本趣也。」《竹林七賢論》曰：「籍歸，遂著《大人先生論》，所言皆胸懷間本趣，大意謂先生與己不異也。觀其長嘯相和，亦近乎目擊道存矣。」（《世説・棲逸》注引）

大人先生蓋老人也。不知姓字㈠。陳天地之始，言神農、黄帝之事，昭然也。莫知其生平年之數。嘗居蘇門之山，張采本作中。故世或謂之。問范陳本、張燮本、及本、張采本作開。養性延壽，與自然齊光，其視堯舜之所除范陳本、梅本、張燮本、張溥本、及本、張采本、李本、汪本外無所字。事若手中耳。以萬里爲一步，以千歲爲一朝，行不赴而居不處，求乎大道而無所寓㈡。先生以應變順和，天地爲家，運去勢隤，魁然獨存㈢，自以爲能足與造化推移，故默探道德，不與世同。范陳本、梅本、及本、張采本、李本「同」下有「之」字。自好者非之，無識者怪之，不知其變化神微也；而先生不以世之非怪而易其務也。先生以爲中區之在天下，曾不若蠅蚊之着帷，故終不以爲事，而極意乎異方奇域，游覽張溥本作鑒。觀樂，非世所見，徘徊無所終極。遺其書於蘇門之山而去，天下莫知其所如往也㈣。

箋注

㈠《莊子・徐無鬼篇》：「（仲尼曰：）聖人并包天地，澤及天下，而不知其誰氏，是故生無爵，死無謚，實不聚，名不立；

此之謂大人。」《孟子·告子上篇》：「公都子問曰：『鈞是人也，或爲大人，或爲小人，何也？』孟子曰：『從其大體爲大人，從其小體爲小人。』曰：『鈞是人也，或從其大體，或從其小體，何也？』曰：『耳目之官不思而蔽於物，物交物，則引之而已矣。心之官則思，思則得之，不思則不得也。此天之所與我者。先立乎其大者，則其小者不能奪也，此爲大人而已矣。』」《史記·賈誼列傳·鵩鳥賦》注：「德無不包，靈府弘曠，故曰大人。」又《司馬相如列傳》：「乃遂就《大人賦》，其辭曰：『世有大人兮在於中州，宅彌萬里兮曾不足以少留，悲世俗之迫隘兮朅輕舉而遠游……。』」《韓詩外傳》卷六：「問者曰：『古之謂知道者曰先生，何也？』『猶言先醒也。不聞道術之人則冥於得失，不知亂之所由，眊眊乎其猶醉也。』」《孟子·告子下》注：「學士年長者，故謂之先生。」

㈡陳，述說之意。昭，明也，著也。蘇門山，在河南輝縣，名蘇嶺，爲太行山之支山。「故世或謂之」，謂世或稱之爲蘇門先生。「其視堯舜之所事若手中耳」猶《禮記·中庸》「（子曰）治國其如示諸掌乎」之意。赴，趨也。處，《廣韻》：「留也，息也，定也。」寓，居也。

㈢和，《廣韻》：「不堅，不柔也。」隤，《玉篇》：「壞墜下也。」《莊子·庚桑楚》注：「魁，安也。一曰：主也。」《漢書·東方朔傳》注：「魁讀曰塊。」

㈣務，《說文》：「趣也。」《廣韻》：「專力也。」區，域也。中區，猶言中國。着，附也。遺，留也。如，往也。

或遺大人先生書曰：「天下之貴，莫貴於君子：服有常色，貌有常則，言有常度，行有常式㈠；立則磬折，拱若范陳本注：「一作則。」抱鼓，動靜有節，趨步商羽，進退周旋，咸有規

矩㈡。心若懷冰，戰戰慄慄，束身修行，日慎一日，擇地而行，唯恐遺失，誦周孔范陳本訛作子。之遺訓，歎唐虞之道德，唯法是修，唯理范陳本、梅本、張燮本、及本、張采本、李本作禮。是克，手執珪璧，《尉氏縣志》作圭攝。足履繩墨，行欲爲目前檢，《尉氏縣志》作欽。言欲爲無窮則㈢；少稱鄉閭，《太平御覽》九百五十一、《尉氏縣志》作黨。長聞邦《太平御覽》、《尉氏縣志》作鄰。國，上欲圖范陳本無圖字。三公，下不失九《太平御覽》無九字。州牧，《太平御覽》九百五十一引至此句止。故挾金玉，垂文組，享尊位，取茅土㈣，揚聲名於後世，齊功德於往古；奉事君上，范陳本、張采本、李本作王。牧養百姓，退營私家，育長妻子，卜吉而從李本。范陳本注：「缺。」他本皆無而字。宅，慮乃億祉，遠禍近福，永堅固已：此誠士君子之高致，古今不易之美行也。今先生乃被髮而居巨海之中，與若君子者從范陳本、梅本、張燮本、張溥本、及本、張采本、李本。他本皆作長。遠㈤，吾恐世之歎范陳本注：「或作笑。」及本作嘆。先生而非之也。行爲世所笑，身無由自達，則可謂恥辱矣。身處困苦之地，而行爲世俗之所笑，吾爲先生不取也。」

箋注

㈠遺，投贈也。貴，可貴之意。《禮記・曲禮》：「爲人子者，父母存，冠衣不純素。孤子當室，冠衣不純采。……童子不衣裘裳。」又《深衣》：「古者深衣蓋有制度，以應規矩，繩權衡。」則，法也。度，法制也。式，法也。

㊁《禮記・曲禮》：「立則磬折垂佩。」注：「臣則身宜僂折如磬之背，故云磬折。」《周禮・春官・太師》：「皆文之以五聲：宮、商、角、徵、羽。」《禮記・玉藻》：「周還（釋文：本亦作旋）中規，折還中矩。」

㊂柬，《周禮・秋官・司約》注：「約也。」遺，亡也。歎，《說文》：「吟也。」《禮記・郊特牲》注：「美也。」揚子《法言》：「勝己之私謂之克。」珪，瑞玉也。《周禮・春官・典瑞》：「王執鎮圭，公執桓圭，侯執信圭，伯執躬圭。」璧，瑞玉圜器也。《尚書・說命》：「惟木從繩則正。」《禮記・經解》：「繩墨之於曲直也。」檢，《爾雅・釋詁》：「同也。」注：「模範同等。」

㊃閭，里門也。「少稱鄉閭」，謂少時爲鄉閭所稱譽。九州，見《東平賦》注。揚子《方言》：「牧，司也，察也。」《書・舜典》：「既月乃日，覲四岳群牧。」傳：「九州牧監。」《禮記・曲禮》：「九州之長入天子之國曰牧。」《太平御覽》三百六十六引《高士傳》曰：「堯聘許由爲九州牧。」文，錯畫也。組，《說文》：「綬屬。」蔡邕《獨斷》：「天子大社，以所封之方色，苴以白茅授之，謂之授茅土。」

㊄《易・謙卦》注：「牧，養也。」《釋名》：「宅，擇也。擇吉處而營之也。」億，安也。祉，福也。《論語・憲問篇》注：「若人者，此人也。」「若君子」，即上文所說之君子。

於是大人先生乃逌然而歎，及本作唉。假雲霓而應之曰：「若之云尚張采本此二字作「以天」。何通哉！夫大人者，乃與造物同體，天地並生，逍遥浮世，與道俱成，變化散聚，不常其形。天地制域於內㊀，而浮明開達於外，天地之永固，非世俗之所范陳本作取。及也。吾將

爲汝張采本作志。言之：

「往者，天嘗在下，地嘗在上，反覆顛倒，未之安固，焉得不失度式而常之㈡？天因地動，山陷川起，雲散震及本作霓。壞，六合失理，汝又焉得擇地而行，趨步商羽㈢？往者群氣争存，萬物死慮，支體不從，身爲泥土，根拔枝殊，咸失其所，汝又焉得束身修范陳本二字倒置。行，磬折抱鼓㈣？李牧功而身死，伯宗忠而世絶，進求利以喪身，營爵賞而家滅，汝又焉得挾金玉萬億，祇奉君上而全妻子乎㈤？且汝獨不見《太平御覽》卷六九六無以上五字。乎范陳本作夫。《尉氏縣志》、《御覽》均作群。蝨之處乎《御覽》兩引均無乎字。褌范陳本、梅本、及本、張采本作裩，下有「之」字。中，《御覽》六九六無此字。范陳本、梅本、及本、張采本下有「乎」字。逃李本無逃字。乎《御覽》六九六作於。范陳本、梅本無「逃乎」二字。深縫、匿夫壞絮，《御覽》六九六無此句。自以爲吉宅也。《御覽》六九六無也字。行不敢離縫際，《御覽》九五一無際字。動不敢出褌襠，《御覽》九五一此句作「匿乎褌幅」。自以爲得及本無得字。繩墨也。饑李本作餓。則囓人，自以爲無窮食也。《御覽》九五一無以上二句。然炎丘火流，焦邑滅都，群蝨死於褌中而不能出㈥。自「行不敢離縫際」句起至此句止《御覽》六九六無。汝《御覽》無汝字。君子之處區《御覽》、《尉氏縣志》作域。内，范陳本、及本、張采本、李本「區内」作「寰區之内」。亦《御覽》無亦字。何異夫《御覽》無夫字。蝨之《御覽》六九六無之字。處褌中《御覽》九五一無中字。乎？《御

覽》引至此句止。悲夫！而乃自以爲遠禍近福，堅無窮已；范陳本、梅本、張采本作也。亦觀夫陽烏范陳本作烏。疑當作烏。游於塵外而鷦鷯戲於蓬艾，從及本。他本除汪本外作芰。小大固不相及，汝又何以爲若范陳本無若字。君子聞於予范陳本作余。乎㈦？且近者夏喪於商，周播之劉，耿薄爲墟，豐鎬成丘，至人未從范陳本、梅本、及本。他本作來。一顧而世代相酬，厥居未定，他人已范陳本作也，注：「一作已。」有，汝之茅土，誰將與久㈧？是以至從及本。他本作主。人不處而居，不修而治，日月爲正，陰陽爲期。豈惢情乎世，繫累於一時。乘從張采本。他本作來。東雲，駕西風，與陰守雌，據陽爲雄，志得欲從，物莫之窮，又何不能自達而畏夫世笑哉㈨！

箋注

㈠逌，音由。班固《答賓戲》「主人逌爾而笑曰」，李善注引項岱曰：「逌，寬舒顔色之貌。」假，借也，因也。若，汝也。《唐韻古音》：「古人讀若字爲汝，故傳記之文多有以若爲汝者。」造物，謂造物者。制，《廣韻》：「禁止也。」即今言制約之意。域，局限之意。

㈡此答或遺書中所謂「言有常度，行有常式」之語也。「天嘗在下，地嘗在上」，謂天地未分之時。

㈢此答「趨步商羽，進退周旋，咸有規矩」之語也。天地四方曰六合。理，正也。

㈣此答「立則磬折，拱若抱鼓」之語也。群氣者，《尚書・洪範》：「曰雨、曰暘、曰燠、曰寒、曰風。」注：「雨，水氣；暘，金

氣；燠，火氣；寒，水氣；風，土氣。」《左傳・昭公元年》：「六氣：陽、陰、風、雨、晦、冥也。」《莊子・逍遥遊》注：「李云：『平旦爲朝霞，日中爲正陽，日入爲飛泉，夜半爲沆瀣，與天玄、地黄爲六氣。』」《史記・五帝紀》注：「王肅曰：『五氣，五方之氣。』」慮，《增韻》：「慢也。」殊，《廣雅》：「斷也。」

㊄此答「故挾金玉，垂文組，享尊位，取茅土」以下諸句也。《史記・廉頗藺相如列傳》：「李牧者，趙之北邊良將也。……匈奴小入，佯北不勝，以數千人委之，單于聞之，大率衆來入，李牧多爲奇陳，張左右翼擊之，大破殺匈奴十餘萬騎，滅襜襤，破東胡，降林胡，單于奔走。其後十餘歲，匈奴不敢近趙邊城。……擊秦軍於宜安，大破秦軍，走秦將桓齮。封李牧爲武安君。居三年，秦攻番吾，李牧擊破秦軍。南距韓魏。趙王遷七年，秦使王翦攻趙，趙使李牧、司馬尚禦之。秦多與趙王寵臣郭開金，爲反間，言李牧、司馬尚欲反，趙王乃使趙葱及齊將顔聚代李牧，李牧不受命，趙使人微捕得李牧，斬之，廢司馬尚。」《後漢書・耿弇列傳》：「恭字伯宗，國弟廣之子也。……始置西域都護、戊己校尉，乃以恭爲戊己校尉，屯後王部金蒲城。……車師復叛，與匈奴共攻恭，……數月，食盡窮困，乃煑鎧弩，食其筋革。恭與士推誠同死生，故皆無二心，而稍稍死亡，餘數十人。單于知恭已困，欲必降之。復遣使招恭曰：『若降者，當封爲白屋王，妻以女子。』恭乃誘其使上城，手擊殺之，炙諸城上，虜官屬望見，號哭而去。單于大怒，更益兵圍恭，不能下。……先是恭遣軍吏范羌至敦煌，迎兵士寒服，羌因隨王蒙軍俱出塞，羌固請迎恭，諸將不敢前，乃分兵二千人與羌，從山北迎恭，……遂相隨俱歸。……吏士素饑困，發疏勒時，尚有二十六人，隨路死殁，三月至玉門，唯餘十三人，衣屨穿決，形容枯槁。中郎將鄭衆爲恭已下洗沐易衣冠，上疏曰：『耿恭以單兵固守孤城，當匈奴之衝，對數萬之衆，連月踰年，心力困盡，鑿山爲井，煮弩爲糧，出於萬死無一生之望，前後殺傷醜虜數千百計，卒全

忠勇，不爲大漢耻。恭之節義，古今未有，宜蒙顯爵，以厲將帥。』及恭至洛陽，鮑昱奏：『恭節過蘇武，宜蒙爵賞。』於是拜爲騎都尉。……明年遷長水校尉。其秋，金城隴西羌反，……乃遣恭將五校士三千人副車騎將軍馬防討西羌。恭屯枹罕，數與羌接戰。明年秋，燒當羌降。防還京師，恭留擊諸未服者，首虜千餘人，獲牛羊四萬餘頭，勒姐、燒何羌等十三種數萬人皆詣恭降。初，恭出隴西，上言：『故安豐侯竇融昔在西州，甚得羌胡腹心，今大鴻臚固即其子孫，前擊白山，功冠三軍，宜奉大使鎮撫涼部，令車騎將軍防屯軍漢陽以爲威重。』由是大忤於防。及防還，監營謁者李譚承旨奏：『恭不憂軍事，被詔怨望。』坐徵下獄，免官歸本郡，卒於家。」《爾雅·釋詁》：「衹，敬也。」

㊅褌（裩），《玉篇》：「褻衣。」宅，《説文》：「所托也。」《釋名》：「宅，擇也，擇吉處而營之也。」繩墨，木工裁木時用以規劃曲直、厚薄、長短之具。「得繩墨」猶今言得法。「炎丘」之「丘」同區。顔師古曰：「古語丘區二字音不別，今讀則異。」焦，《説文》：「火所傷也。」

㊆《小爾雅》：「去陰就陽者謂之陽鳥，鴻雁是也。」《莊子·逍遥遊》：「有鳥焉，其名爲鵬，背若泰山，翼若垂天之雲。摶扶摇羊角而上者九萬里，絶雲氣，負青天，然後圖南且適南冥也。斥鴳笑之曰：『彼且奚適也？我騰躍而上，不過數仞而下，翱翔蓬蒿之間，此亦飛之至也。而彼且奚適也？』此小大之辨也。」《説文》：「鷦鵬，桃蟲也。一名鷦鷯，俗呼黄脰雀，喙利如錐。」《莊子·逍遥遊》：「鷦鷯巢於深林，不過一枝。」

㊇《史記·夏本紀》：「帝桀之時，自孔甲以來而諸侯多畔，夏桀不務德而武，傷百姓，百姓弗堪。乃召湯而囚之夏台，已而釋之。湯修德，諸侯皆歸湯，湯遂率兵以伐夏桀，桀走鳴條，遂放而死。……湯乃踐天子位，代夏朝天下。」播，《廣韻》：「通也，遷也。」之，往也。《史記·周本紀》：「不窋末年，夏后氏政衰，去稷不務，不窋以失其官而奔戎狄之

間。不窋卒，子鞠立。鞠卒，子公劉立。公劉雖在戎狄之間，復修后稷之業。」《詩・大雅・公劉》傳：「公劉者，后稷之曾孫也。夏之始衰，見迫逐，遷於豳，而有居民之道。」《左傳・閔公元年》：「晉侯作二軍，以滅耿、滅霍、滅魏。」注：「平陽皮氏縣東南有耿鄉。永安縣東北有霍大山。三國皆姬姓。」薄，通亳。《史記・殷本紀》：「湯始居亳。」墟，故城。《尚書・成武》：「王來自商，至於豐。」傳：「文王舊都。在京兆鄠縣，今長安縣西北是也。」鎬，《説文》：「地名。武王所都。在長安西上林苑中。」丘，空也。《儀禮・鄉飲酒禮》注：「酬，勸酒也。」「世代相酬」，猶言遞作主人之意。厥，其也。

㈨處，《廣韻》：「留也，息也，定也。」居，安也。《周禮・天官》注：「修，掃除糞洒。」《離騷》：「指九天以爲正。」厽，吝之俗寫，惜也。欲，《增韻》：「愛也。」《詩・商頌・長發》：「受小國是達，受大國是達。」注：「言無所不宜也。」

「昔者天地開闢，萬物並生；大者恬其性，細者静其形；陰藏其氣，陽發其精；害無所避，利無所争；放之不失，收之不盈；亡不爲夭，存不爲壽；福無所得，禍汪本誤作利。無所咎：各從其命，以度相守。明者不以智勝，闇者不以愚敗；弱者不以迫畏，强者不以力盡。蓋無君而庶物定，無臣而萬事理，保張采本作條。身修性，不違其紀；惟茲若然，故能長久㈠。今汝造音以亂聲，作色以詭形；外易其貌，内隱其情；懷欲以求多，詐僞以要名；君立而虐興，臣設而賊生，坐制禮法，束縛下民，欺愚誑拙，藏智自神，强者睽眂從梅本、張燮本、及本、李本。范陳本此字缺。他本皆作眠。而凌暴，弱者憔悴而事人，假廉以成貪，内險而外仁，梅本作人。

罪至不悔過，幸遇則自矜，馳此以奏除，故循范陳本注：「一作滔。」及本、張采本作滔。滯而不振㈡。「夫無貴則賤者不怨，無富則貧者不争，各足於身而無所求也。恩澤從范陳本、梅本、及本、張采本。他本除汪本外皆作深。無所歸，則死敗無所仇；奇聲不作則耳不易聽，淫色不顯則目不改視，耳目不相及本無相字。易改，及本無改字。則無以亂其神矣；此先世從程刻本、張燮本、及本、張采本、李本。他本除汪本外均作聖。之所至止也㈢。今汝尊賢以相高，競能以相尚，争范陳本無争字。勢以相君，寵貴以相加，驅天下以趣之，此所以上下相殘也。竭天地萬物之至以奉聲色無窮之欲，此非所以養百姓也。於是懼民之知其然，故重賞以喜之，嚴刑以威之；財匱而賞不供，刑盡而罰不行，乃始有亡國戮君潰敗程刻本、張采本、李本及汪本作散。之禍。此非汝君子之爲乎？汝君子之禮法，誠天下殘賊、范陳本作賤。亂危、死亡之術耳，而乃目梅本作自。以爲美行不易之道，不亦過乎㈣！今吾乃飄飖於天地之外，與造化爲友，朝飡湯范陳本、張采本作陽。谷，夕飲西海，將變化遷易，與道周始，此之於萬物豈不厚哉？故不通張溥本誤作之。於自然者不足以言道，闇於梅本作與。昭昭者不足與達明；及本作冥。子之謂也㈤。」

箋注

㈠《易・繫辭上》：「天地絪縕，萬物化醇；男女構精，萬物化生。」又《序卦》：「有天地然後萬物生焉，盈天地之間唯萬

物。」恬，安也。静，《詩・邶風・柏舟》傳：「安也。」《廣韻》：「息也。」放，《玉篇》：「散也。」《詩・周頌・維天之命》傳：「收，聚也。」「放之不失，收之不盈」，謂萬物所含之精氣也。「以度相守」，謂各守其限度。闇，隱暗也。謂智不明者。「弱者不以迫畏」，謂不至遭他人之威迫而畏。「强者不以力盡」，謂不竭其力以凌人。《詩・大雅・棫樸》傳：「理之爲紀。」在此爲自然秩序之意。

㊁詭，欺也，詐也。老子《道德經・檢欲章》：「五色令人目盲，五音令人耳聾……。」《莊子・天地篇》：「赤張滿稽曰：『……且夫失性有五：一曰五色亂目，使目不明；二曰五聲亂耳，使耳不聽……此五者，皆生之害也。』」要，求也。誑，欺也，惑也。「誑拙」，謂欺惑拙者。「藏智自神」，猶言自作聰明。《集韻》：「睽睢，張目貌。」眂，《玉篇》：「古文視字。」《類篇》：「視貌。」或作眠，《説文》：「翕目也。」亦可通。憔悴，瘦也。《公羊傳・僖公九年》傳：「矜之者何？猶曰：莫我若也。」馳，《廣韻》：「疾驅也。」奏，《廣韻》：「進也。」除，《玉篇》：「去也。」「奏除」，似爲進退之意。《集韻》：「蹲循，逡巡也。」逡巡，行不進也。滯，《説文》：「凝也。」振，此處當讀作平聲，《説文》：「一曰奮也。」

㊂澤爲潤澤，引伸爲德澤。言先世之人既各足於身而無所求，所有福禍皆由自致，福既非由他人之恩澤，禍亦無能仇怨於他人。《禮記・大學》注：「止，猶自處也。」

㊃趣，《廣韻》：「趣向。」《釋名》：「殘，踐也，踐使殘壞也。」《易・坤卦》注：「至謂至極也。」匱，《廣韻》：「竭也。」供，《説文》：「一曰供給。」《孟子・梁惠王下》：「孟子對曰：『賊仁者謂之賊，賊義者謂之殘。』」《左傳・僖公九年》注：「賊，傷害也。」目，猶今言看作。

㊄飄颻，《玉篇》：「上行風也。」此作動詞用。《淮南子・覽冥訓》：「與造化者相雌雄。」注：「天地也。」又《原道訓》：

「乘雲凌霄，與造化者俱。」注：「天地。一曰道也。」《漢書・司馬相如傳・子虛賦》師古注曰：「湯谷，日所出也。」《説苑》卷十八：「八荒之内有四海，四海之内有九州，天子居中州而制八方耳。」西海，謂西極之海也。「於萬物豈不厚哉」，謂不同於「竭天地萬物之至以奉聲色無窮之欲」也。昭，明也。《孟子・盡心下》：「賢者以其昭昭使人昭昭，今以其昏昏使人昭昭。」注：「章指言：以明昭闇，闇者以開；以闇責明，闇者愈迷。」

先生既申若言，天下之喜奇者異之，忼愾者高之。其不知其體，不見其情，猜耳范陳本無耳字。其道，虛僞之名，莫識其真，及本作直。弗達其情，雖異而高之，與向從范陳本。他本皆作響。之非怪者，蔑如也。至人者，不知乃貴，不見乃神，神貴之道存乎内，而萬物運於外矣；故天下終而不知其用也㈠。逌范陳本注：「音由。」乎有宗范陳本注：「或作宋。」扶摇之野有隱士焉，見之而喜，自以爲均志同行也，曰：「善哉！吾得之見而舒憤也。上古質樸淳厚之道已廢，而末枝及本作技。遺葉從范陳本。他本皆作華。並興。豺虎貪虐，群物無辜，以害爲利，殞性亡軀，吾不忍見也，故去而處兹。人不可與爲儔，張采本作儔。不若與木石爲隣。安期逃乎蓬山㈡，用里潛乎丹水㈢，鮑焦立以枯槁㈣，萊維去而逌及本注：「疑『道』誤。」死：亦由兹及本下有矣字。夫㈤！吾將抗志顯高，遂終於斯。禽生而獸死，埋形而遺骨，不復反余之生乎！夫志均者相求，好合者齊顔，及本缺。范陳本、梅本、張采本、李本亦無顔字。與夫子同之㈥。」於是先

生乃舒虹霓以蕃塵，傾雪蓋以蔽明，倚瑶厢而徘徊，總衆轡而安行㈦，顧而謂之曰：「太從《御覽》卷一。他本皆作泰。初張采本作根。真范陳本作貞。人，唯天從嚴本、《御覽》卷一作太，他本皆作大。之根，專氣一志，萬物以存，退不見後，進不覩先，發西北而造制，啟東南以爲門，微道德以久娱，跨天地而處尊。夫然成吾體也，是以不避物而處，所覩則寧；不以物爲累，所逌則成；彷徉李本作佛。足以舒其意，浮騰足以逞其情㈧。故至人無宅，天地爲客；至人無主，天地爲所；至人無事，天地爲故；無是非之别，無善惡之異，故天下被其澤而萬物所以熾也。范陳本無也字。若夫惡彼而好我，自是而非人，忿激以争求，貴志而賤身，伊禽生而獸死，尚何顯而獲榮？悲夫，子之用心也！薄安張采本缺。利以忘生，要求名以喪體，誠與彼其無詭，何枯槁而逌死。子之所好，何足言哉？吾將去子矣㈨。」乃揚眉而蕩目，振袖而撫裳，令從范陳本、梅本、張燮本、李本。他本皆作今。緩轡而縱策，遂風起而雲翔。彼人者瞻之而垂泣，自痛其志，衣草木之皮，伏於巖石之下，懼不終夕而死㈩。

箋注

㈠申，伸也。若，如也。「若言」，謂如此如彼之言也。慷慨之慨通作愾。慷慨，意氣感激不平也。體，體要。猜，疑也。耳，耳聞之也。向，昔也。蔑，無也。謂「異而高之者」與「非怪者」同爲不知其體，莫識其真，弗達其情，無所區

別也。天下，謂天下之人。

㊁道，《玉篇》：「氣行貌。」宋，周時國名，其地在今安徽省廬江縣境。《爾雅·釋天》：「扶摇謂之猋。」注：「風自下而上。」「均志同行」，謂志相均，行相同也，猶言志同道合之意。「末枝遺葉」，謂根本（上古質樸淳厚之道）已亡，所餘者枝葉而已，亦《莊子·天下篇》所謂「道術將爲天下裂」之意。辜，罪也。殞，歿也。軀，體也。儔，等類也。安期，見《清思賦》注。

㊂《史記·留侯世家》：「及燕，置酒，太子侍，四人從太子，年皆八十有餘，鬚眉皓白，衣冠甚偉。上怪之，問曰：『彼何爲者？』四人前對，各言名姓，曰東園公、角里先生、綺里季、夏黃公。」《漢書·張良傳》：「良曰：『此難以口舌争也。顧上有不能致者四人。』」師古曰：「四人謂園公、綺里季、夏黃公、角里先生，所謂商山四皓也。」《水經》卷二十：「丹水出京兆上洛縣西北冢嶺山，東南過其縣南。」注：「楚水注之，水源出上洛縣西南楚山。昔四皓隱於楚山，即此山也。其水兩源，合舍於四皓廟東，又東逕高車嶺南，翼帶衆流，北轉入丹水。嶺上有四皓廟。」

㊃《莊子·盗跖篇》：「鮑焦飾行非世，抱木而死。」又：「鮑子立乾。」司馬云：「鮑子名焦。周末人。汙時君，不仕。採蔬而食。子貢見之，謂曰：『何謂不仕食禄？』答曰：『無可仕者。』子貢曰：『汙時君，不食其禄；惡其政，不踐其土。今子惡其君，處其土，食其蔬，何志行之相違乎？』鮑焦遂棄其蔬而餓死。」《韓詩外傳》同。《韓詩外傳》卷一：「於是棄其蔬而立槁於洛水之上。」《禮記·曲禮》注：「槁，乾也。」

㊄萊維不詳。按劉向《古列女傳·賢明傳·楚老萊妻》：「萊子逃世，耕於蒙山之陽，葭牆蓬室，木牀蓍席，衣緼食菽，墾山播種。人或言之楚王曰：『老萊，賢士也。』王欲聘以璧帛，恐不來。楚王駕至老萊之門。老萊方織畚。王曰：

『寡人愚陋，獨守宗廟，願先生幸臨之！』老萊子曰：『僕，山野之人，不足守政。』王復曰：『守國之孤，願受先生之志！』老萊曰：『諾！』王去，其妻戴畚萊挾薪樵而來，曰：『何車迹之衆也？』老萊子曰：『楚王欲使吾國之政。』妻曰：『許之乎？』曰：『何？』妻曰：『妾聞之：可食以酒肉者可隨以鞭捶，可授以官禄，爲人所制也，能免於患乎？妾不能爲人所執。』投其畚萊而去。老萊子曰：『子還！吾爲子更慮。』遂行不顧，至江南而止。」姑備參考。

㈥好合，謂所好尚者相合。《漢書・食貨志》注：「齊，等也。」顔，《説文》：「眉目之間也。」《詩・鄘風・君子偕老》傳：「顔，額角豐滿也。」齊顔，猶言同一幅面目。夫子，隱士稱大人先生。

㈦舒，《博雅》：「展也。」《爾雅・釋天》疏：「虹雙出，色鮮盛者爲雄，雄曰虹；闇者爲雌，雌曰蜺。」蕃與藩通，屏也。蓋，車上所張之蓋也。《周禮・冬官・考工記》：「輪人爲蓋以象天，高十尺。」厢，《説文》：「廊也。」

㈧老子《道德經・成象章》：「谷神不死，是謂玄牝。玄牝之門，是謂天地根。綿綿若存，用之不勤。」逌，《字彙補》：「古由字。」《集韻》：「彷徉，徘徊也。」

㈨宅，《説文》：「所托也。」所，處所。故，事也。熾，《爾雅・釋言》：「盛也。」伊，發語辭。詭，異也。逌與攸同。《孟子・萬章》：「攸然而逝。」注：「攸然，迅走趨水深處也。」

㈩蕩，動也。振，舉也。筴與策同。《左傳・文公十三年》注：「策，馬撾。」「彼人」，謂隱士。懼，《集韻》：「無守貌。」

先生過神宫而息，漱吴（范陳本作吾。）泉而行，迴乎逌而游覽焉。見薪於阜者，歎曰：「汝將焉以是終乎哉？」薪者曰：「是終我乎，不以是終我乎，且聖人無懷，何其哀？夫盛衰變

化，常不於兹，藏器於身，伏以俟時㊀。孫刖足以擒龐㊁，睢折脅而得位㊂，二字從汪本。他本作「乃休」。百里困而相嬴㊃，牙既老而弼周，既顛倒而更來兮，固先窮而後收㊄。秦破六國，并兼其地，夷滅諸侯，南面稱帝，姱盛色，崇靡麗，鑿南山以爲闕，表東海以爲門，闢從汪本。他本作門。萬室而不絶，圖無窮而永存，美宫室而盛帷幬，擊鐘鼓而揚其章㊅，廣苑囿而深池沼，興渭北而逮從及本。他本作建。咸陽，巃疑當作欐。木曾未及成林，而荆棘已藂乎阿房。時代存而迭處，故先得而後亡，山東之徒嚴本作從。虜，遂起而王天下。由此視之，窮達詎可知耶㊆？且聖人以道德爲心，不以富貴爲志，以無爲爲「爲」字據及本補，他本皆無。用，不以人物爲事，尊顯不加重，貧賤不自輕，失不自以爲辱，得不自以爲榮。木根挺而枝遠，葉繁茂而華零，無窮之死，猶一朝之生，身之多少，又何足營㊇！」因歎而歌曰：「日没不周方，月出丹淵中，陽精蔽不見，陰光代從及本。他本皆作大。爲雄。亭亭在須臾，厭厭將復東。離合雲霧兮，往來如飄風。富貴俛仰間，貧賤何必終㊈。留侯起亡虜，威武赫荒夷㊉；從及本，「夷」字協韻。他本皆作「夷荒」。召平封東陵，及本下有「兮」字。一旦爲布衣，枝葉托根柢，死生同盛衰；得志從命升，失勢與時隤。寒暑代征邁，變化更相推；禍福無常主，何憂身無歸？推兹由斯理，此字據梅本、及本、李本補，他本皆缺。負薪又何哀⑪！」先生聞之，笑曰：「雖不及大，庶免小

矣。」乃歌曰：「天地解兮六合開，星辰賈兮日月隤，我騰而上將何懷！衣弗襲而服美，佩弗飾及本作飭。而自章，上下徘徊兮誰識吾常㊂。

箋注

㊀《山海經·海内西經》：「崑崙之墟方八百里，高萬仞……面有九門，門有開明獸守之。百神之所在。」吴（或吾）泉不詳。《釋名》：「土山曰阜。」《淮南子·時則訓》注：「焉猶於也。」終，《玉篇》：「極也。」「以是終乎哉」，猶言即此了其一生乎？「聖人無懷何其哀」，謂無所容心故不慢之意。「常不於兹」，猶言不停留於現狀。《禮記·王制》注：「器，能也。」

㊁《史記·孫武傳》：「孫臏嘗與龐涓俱學兵法。龐涓既事魏，得爲惠王將軍，而自以爲能不及孫臏，乃陰使召孫臏。臏至，龐涓恐其賢於己，疾之，則以法刑斷其兩足而黥之，欲隱勿見。齊使者如梁，孫臏以刑徒陰見説齊使，齊使以爲奇，竊載與之齊，齊將田忌善而客待之。……於是忌進孫子於威王，威王問兵法，遂以爲師。……後十三歲，魏與趙攻韓，韓告急於齊，齊使田忌將而往，直走大梁，魏將龐涓聞之，去韓而歸……孫子度其行，暮當至馬陵，馬陵道狹而旁多阻隘，可伏兵……齊軍萬弩俱發，魏軍大亂相失，龐涓自知智窮兵敗，乃自剄，曰：『遂成豎子之名。』齊因乘勝盡破其軍，虜魏太子申以歸。」

㊂《史記·范雎傳》：「范雎者，魏人也。字叔。游説諸侯。欲事魏王，家貧無以自資，乃先事魏中大夫須賈。須賈爲魏昭王使於齊，范雎從，留數月，未得報。齊襄王聞雎辯口，乃使人賜雎金十斤及牛酒，雎辭謝不敢受。須賈知之，

大怒，以爲睢持魏國陰事告齊，故得此饋。令睢受其牛酒，還其金。既歸，心怒睢，以告魏相。魏相，魏之諸公子，曰魏齊。魏齊大怒，使舍人笞擊睢，折脅摺齒……秦昭王使謁者王稽於魏……王稽辭魏王，過載范睢入秦。……（秦昭王）乃拜范睢爲客卿，謀兵事，卒聽范睢謀……范睢日益親……秦王乃拜范睢爲相……秦封范睢以應，號爲應侯。」休，美善也，慶也。

㊃《史記·秦本紀》：「舜賜姓嬴氏。……晉獻公滅虞虢，虜虞君與其大夫百里傒……既虜百里傒，以爲秦繆公夫人媵於秦，百里傒亡秦走宛，楚鄙人執之。繆公聞百里傒賢，欲重贖之，恐楚人不與，乃使人謂楚曰：『吾媵臣百里傒在焉，請以五羖羊皮贖之。』楚人遂許與之。當是時，百里傒年已七十餘，繆公釋其囚，與語國事……語三日，繆公大説，授之國政，號曰五羖大夫。」

㊄《史記·齊太公世家》：「本姓姜氏，從其封姓，故曰吕尚。吕尚蓋嘗窮困。年老矣，以魚釣奸周西伯……（西伯）載與俱歸，立爲師。」索隱：「譙周曰：『姓姜，名牙』，……蓋牙是字，尚是其名。」《國語·越語》注：「相道爲輔，矯過爲弼。」宋玉《九辯》：「太公九十乃顯榮。」「顛倒更來」，謂先窮後收也。《博雅》：「收，振也。」

㊅夷，平也。姱，好也。《史記·秦始皇本紀》：「秦初併天下，令丞相御史曰：『……六王咸服其辜，天下大定，今名號不更，無以稱成功，傳後世，其議帝號。』……（三十五年）於是，始皇以爲咸陽人多，先王之宫廷小。『吾聞周文王都豐，武王都鎬，豐鎬之間，帝王之都也。』乃營作朝宫渭南上林苑中，先作前殿阿房，東西五百步，南北五十丈，上可以坐萬人，下可以建五丈旗，周馳爲閣道，自殿下直抵南山，表南山之顛以爲闕，爲複道，自阿房渡渭，屬之咸陽。……於是立石東海上朐界中，以爲秦東門。……於是始皇曰：『吾慕真人。』自謂『真人』，不稱『朕』。乃令咸陽

之旁二百里内，宫觀二百七十，複道甬道相連，帷帳，鍾鼓，美人充之。」《字彙》：「[illegible]，帶也。」《説文》：「樂竟爲一章。」

⑦麤，疑當作欐，《正韻》：「欐，梁棟別名。」蘩，《唐韻》：「俗叢字。」叢，《説文》：「聚也。」《楚辭·七諫》：「荆棘聚而成林。」「代存」，謂相代而存。「迭處」，謂更迭而處。賈誼《過秦論上》：「然而陳涉，甕牖繩樞之子，甿隸之人，而遷徙之徒，……率罷散之卒，將數百之衆，轉而攻秦，斬木爲兵，揭竿爲旗，天下雲集而響應，贏糧而景從，山東豪俊，遂并起而亡秦族矣。……試使山東之國與陳涉度長絜大，比權量力，則不可同年而語矣。」又《過秦論下》：「秦併兼諸侯山東三十餘郡，……楚師深入，戰於鴻門，曾無藩籬之艱，於是山東大擾，諸侯並起，豪俊相立。」《史記·陳涉世家》：「陳涉乃立爲王，號爲張楚，……武臣到邯鄲，自立爲趙王，……（韓廣）乃自立爲燕王，……陳王乃立甯陵君咎爲魏王，……項梁立懷王孫心爲楚王。」

⑧華，與花同。營，《玉篇》：「度也。」

⑨《淮南子·墬形訓》：「西北方曰不周之山，曰幽都之門。」《山海經·大荒西經》：「西北海之外，大荒之隅，有山而不合，名曰不周負子……有人名曰石夷，來風曰韋，處西北隅，以司日月之長短。」又：「有女子方浴月。帝俊妻常羲生月十有二，此始浴之。有玄丹之山。」《説文》：「日，實也，太陽之精不虧。」又：「月，闕也，太陰之精。」亭亭，聳立貌，此謂日。《詩·秦風·小戎》注：「厭厭，安静也。」此謂月。「離合雲霧」，謂日月在雲霧之中此離彼合。《漢書·鼂錯傳》注：「俛即俯。」終，《集韻》：「盡也。」

⑩《史記·留侯世家》：「留侯張良者，其先韓人也。……秦皇帝東游，良與客狙擊秦皇帝博浪沙中，誤中副車。秦皇帝大怒，大索天下，求賊甚急，爲張良故也。良乃更名姓，亡匿下邳。……道遇沛公，沛公拜良爲廄將……故遂從

之。漢六年正月封功臣……乃遂封良爲留侯。」赫，顯也。《尚書・禹貢》：「五百里荒服。」又：「三百里夷服。」

㊁《史記・蕭相國世家》：「召平者，故秦東陵侯。秦破，爲布衣，貧，種瓜於長安城東，瓜美，故世俗謂之東陵瓜，從召平以爲名也。」柢，《説文》：「根也。」徐鍇曰：「華葉之根曰蒂，木之根曰柢。」隤，《説文》：「下墜也。」征，《爾雅・釋言》：「行也。」邁，《正韻》：「往也。」

㊂天地四方曰六合。霣，《説文》：「雨也。」《公羊傳・莊公七年》：「夜中，星霣如雨。」騰，上躍也。襲，服也。《詩・小雅・六月》：「四牡騤騤，載是常服。」箋：「戎車之常服，韋弁服也。」章，采也。　諸本皆别録此兩歌於詠懷詩之後，此歌謂之大人先生歌。歌辭皆至「誰識吾常」止。然觀後三句辭意，顯與下文相屬，當非在歌辭之内。今姑仍之。

「遂去而遐浮，肆雲轝，興氣蓋，徜徉回翔兮漭瀁之外。建長星以爲旗兮，擊雷霆之硠礚，開不周而出車兮，步（范陳本作出。注：「一作步。」）九野之夷泰。坐中州而一顧兮，望崇山而迴邁，端余節而飛旃兮，縱心慮乎荒裔。釋（范陳本、梅本、及本作擇。及本注：「或作釋。」）前者而弗修兮，馳蒙間而遠邁，（諸本皆作逌，及本注：「疑邁誤。」按逌字與前後韻不協，故從及本注。）棄世務之衆爲兮，何細事之足賴㊀。虚形（及本作盈。）體而輕舉兮，精微妙而神豐。命夷羿使寬日兮，召忻來使緩風。攀扶桑之長枝兮，登扶摇之隆崇。躍潛飄（范陳本無飄字。）之冥（范陳本無冥字。）昧兮，洗光曜之昭明。遺衣裳而弗服兮，服雲氣而遂行。朝造駕乎湯谷兮，夕息馬乎長泉，時崦嵫而易氣兮，輝若華以照冥。左朱陽以舉麾兮，右玄陰以建旗，變容（從張采本。他本皆誤作客。）飾

而改度，遂騰竊以修征㊁。

「陰陽更而代邁，四時奔而相遒。從及本。他本皆作逌。惟仙化之倏忽兮，心不樂乎久留。驚風奮而遺樂兮，雖雲起而忘范陳本作亡。憂。忽电消而神逌兮，歷寥廓而遐游。范陳本、梅本、李本作逌。佩日月以舒光兮，登徜徉而上游。一作浮。壓前進范陳本注：「一作途。」及本作途。於彼逌兮，將步足乎虛州。掃紫宫而陳席兮，坐帝室而忽會酬，萃衆音而奏范陳本無奏字。樂兮，聲驚渺而悠悠，五帝舞而再屬兮，六神歌而伐范陳本、梅本、張燮本、及本、張采本、李本作代。周㊂。樂啾啾肅肅，洞心范陳本下有而字。達神，超遥遥嚴本無第二遥字。茫茫，及本注：「『樂』下至『茫茫』多誤。」心往而忘反，慮大而志矜。粤范陳本作局，注：「或作粤。」梅本、李本亦作局。大人微而弗復兮，揚雲氣而上陳，召大幽之玉女兮，接上王之美人，體雲氣之逌暢兮，服太清之淑真，范陳本作真。合歡情而微授兮，光從嚴本。他本皆作先。艷溢其若神，華姿燁以俱發兮，采色煥其並振，傾玄髦而垂鬢兮，曜紅顏而自新㊃。

「時李本無時字。曖曃而將逝兮，風飄颻而振衣，張采本作兮。雲氣解而霧離兮，靄李本無靄字。奔散而永歸。心惝惘而遥思兮，眇迴目而弗晞㊄。揚清風以爲旟兮，翼旋軫而反衍。騰炎陽而出疆張采本作彊。兮，命祝融而使遣。驅玄冥以攝堅兮，蓐收秉而先戈。勾芒奉

轂，浮驚朝霞。寥廓茫茫而靡都兮，邈無儔而獨立㊅。倚瑤廂而一顧兮，哀下土之憔悴。分是非以爲行兮，又何足與比類。霓旌飄兮雲旆靄，樂游兮出天外。」

箋注

㈠駕雲氣而行，故謂之浮。《楚辭・遠游》：「覽方外之荒忽兮，沛罔象而自浮。」轝同輿。蓋，車蓋。徜徉，《玉篇》：「猶徘徊也。」翔，《説文》：「回飛也。」漭，《玉篇》：「平也，廣也，野也。」瀁，《集韻》：「一曰無涯際也。」磏，礚，皆石聲。《淮南子・天文訓》：「何謂九野？中央曰鈞天……東方曰蒼天……東北曰變天……北方曰玄天……西北方曰幽天……西方曰昊天……西南方曰朱天……南方曰炎天……東南方曰陽天。」夷，平也。泰，通也。司馬相如《大人賦》：「世有大人兮在乎中州。」師古曰：「中州，中國也。」《史記・秦始皇本紀》正義曰：「旄節者，編旄爲之，以象竹節。」旃同旃，旗曲柄也。《爾雅・釋地》：「觚竹，北户，西王母，日下，謂之四荒。」《史記・五帝紀》賈逵注：「四裔之地，去王城四千里。」《爾雅・釋草》：「蒙，委也。」注：「女蘿別名。」

㈡《左傳》襄四年：「夷羿收之。」注：「夷氏。」《淮南子・本經訓》：「逮至堯之時，十日並出，焦禾稼，殺草木，而民無所食……堯乃使羿……上射十日。」《楚辭・天問》注：「堯命羿仰射十日，中其九日，日中九烏皆死，墮其羽翼，故留其一日也。」寬，《説文》：「一日緩也。」忻來，未詳，疑爲飛廉之聲轉。《史記・司馬相如傳》正義：「風伯名飛廉。」《淮南子・天文訓》：「日出於暘谷，浴於咸池，拂於扶桑，是謂晨明。」《後漢書・張衡傳》注：「其桑相扶相生。」《莊子・在宥篇》陸德明《音義》：「李云：『扶搖，神木也。生東海。一云風也。』」《楚辭・天問》：「出自湯谷，次於蒙

汜。」洪興祖補注：「《説文》：『暘，日出也。』或作湯，通作陽。」《淮南子・天文訓》：「（日）至於悲泉，爰止其女，爰息馬，是謂懸車。」《山海經・西山經》：「（鳥鼠同穴之山）西南三百六十里曰崦嵫之山。」注：「日没所入山也。」《淮南子・墬形訓》：「若木在建木西，末有十日，其華照下地。」注：「若木端有十日，狀如蓮華，華猶光也，光照其下也。」《詩・豳風・七月》：「我朱孔陽。」注：「謂朱色光明也。 寄位於南方。」麾，《玉篇》：「旌旗之屬，所以指麾也。」《楚辭・遠游》：「召玄武而奔屬。」注：「太陽神使承衛也。」修，長也。

㊂邁，往也。 遒，迫也。《釋名》：「仙，遷也。」奮，揚也。 壓，《集韻》：「合也。」《史記・天官書》：「中宮天極星，其一明者，太一常居也；旁三星，三公，或曰子屬；後句四星，末大星，正妃，餘三星，後宮之屬也；環之匡衛十二星，藩臣；皆曰紫宮。」索隱：「《元命苞》曰：『紫之言此也，宮之言中也，言天神運動，陰陽開閉，皆在此中也。』」陳，列也。《易・繫辭上》注：「酬酢，猶應對也。」《易・萃卦》：「《象》曰：萃，聚也。」《漢書・禮樂志》：「昔黄帝作咸池，顓頊作六莖，帝嚳作五英，堯作大章，舜作招。」屬，連也。《周禮・春官・大司樂》：「乃奏黄鐘，歌大吕，舞雲門，以祀天神；乃奏太簇，歌應鐘，舞咸池，以祭地示；乃奏姑洗，歌南吕，舞大磬，以祀四望；乃奏蕤賓，歌函鐘，舞大夏，以祭山川；乃奏夷則，歌小吕，舞大濩，以享先妣；乃奏無射，歌夾鐘，舞大武，以享先祖。」《小爾雅》：「伐，美也。」《史記・高祖功臣侯年表》：「古者人臣功有五品……明其等曰伐。」伐周，謂凡此歌辭，皆稱美國之盛德也。

㊃《楚辭・離騷》注：「啾啾，鳴聲。」《廣韻》：「啾唧，小聲。」《詩・周頌・雝》：「有來雝雝，肅肅至止。」《後漢書・梁冀傳》注：「洞，通也。」《尚書・旅獒傳》：「矜，持也。」粵，《爾雅・釋詁》：「曰也。」注：「語辭發端。」微，《説文》：「隱行也。」幽，《爾雅・釋詁》：「微也。」疏：「幽者，深微也。」《後漢書・章帝本紀》注：「六幽，謂六合幽隱之處也。」《吕氏

春秋・貴直論・貴直篇》注：「玉女，美女也。」上王，上界之王。《史記・趙世家》注：「逌然，寬緩也。」《淮南子・道應訓》注：「太清，元氣之清者也。」《抱朴子・雜應》：「上昇四十里，名曰太清。」燁，當作爗，《說文》：「盛也。」焕，《玉篇》：「明也。」振，《說文》：「一曰奮也。」髦，髮也。

㊄曖曃，《楚辭・遠游》注：「日月晻黤而無光也。」靄，《韻會》：「雲集貌。」《玉篇》：「惝怳，失意不悦貌。」眇，《正韻》：「細也。」睎，《說文》：「望也。」

㊅旟，旗屬。《爾雅・釋天》：「錯革鳥曰旟。」翼，《廣雅》：「飛也。」軫，《說文》：「車後横木也。」衍，《博雅》：「行也。」《集韻》：「進也。」祝融，夏神，《禮記・月令》：「孟（仲、季）夏之月……其神祝融。」又南方之神，《楚辭・遠游》注：「南方丙丁，其帝炎帝，其神祝融。」玄冥，冬神，《禮記・月令》：「孟（仲、季）冬之月……其神玄冥。」《楚辭・遠游》「歷玄冥以邪徑兮」注：「道絶幽都，路窮絶也。」按：以其他三神例之，玄冥當又爲北方之神。攝，《說文》：「引持也。」堅，指冰。蓐收，秋神，《禮記・月令》：「孟（仲、季）秋之月……其神蓐收。」又西方之神，《楚辭・遠游》注：「西方庚辛，其帝少昊，其神蓐收。」秉，執持也。《釋名》：「戈，過也。」勾芒，春神，《禮記・月令》：「孟（仲、季）春之月……其神勾芒。」又東方之神，《楚辭・遠游》：「吾將過乎勾芒。」注：「就少陽神於東方也。」《孔子家語・五帝第二十四》：「康子曰：『吾聞勾芒爲木正，祝融爲火正，蓐收爲金正，玄冥爲水正，后土爲土正，此五行之主而不亂。稱曰帝，何也？』孔子曰：『凡五正者，五行之官名。五行佐成上帝而稱五帝。太皞之屬配焉，亦云帝，從其號。昔少皞氏之子有四叔：曰重、曰該、曰脩、曰熙，實能金木及水，使重爲勾芒，該爲蓐收，脩及熙爲玄冥，顓頊氏之子曰祝融，共工氏之子曰句龍爲后土，此五者各以其所能業爲官職，生爲上公，死爲貴神，别稱五祀，不得同帝。』」《六

書故》：「輪之正中爲轂。」都，《正韻》：「居也。」邈，《正韻》：「渺也。」

大人先生被髮飛鬢，衣方離之衣，繞紱陽之帶，含從范陳本、張燮本、及本、李本。他本除汪本外均誤作舍。奇芝，爵甘華，噏浮霧，湌霄梅本作宵。霞，興朝雲，颺春風，奮乎太極之東，游乎崑崙之西，遺轡隤策，流眄從范陳本、及本。他本除汪本外皆作盻。乎唐虞之都㈠，惘然而思，悵爾若忘，慨然而歎，曰：「嗚乎！時不若歲，歲不若天，天不若道，道不若神。神者，自然之根也。彼勾勾者自以爲貴夫世矣，而惡知夫世之賤乎茲哉！故與世爭貴，貴不足爭；與世爭富，富不足先。必超世而絕群，遺俗而獨往，登乎張采本作「爲」，似誤。太始之前，覽乎沕漠梅本、及本、李本作「忽莫」。之初，慮周流於無外，志浩蕩而自《御覽》卷一作遂。舒，□及本空一字，他本皆不空。飄颻於四運，翻翱翔乎八隅㈡。欲縱從及本，他本皆作從。而彷彿，洸從及本，他本皆作滉。瀁而靡拘，細行不足以爲毀，聖賢不足以爲譽，變化移易，與神明扶。廓無外以爲宅，周宇宙以爲廬，强八維而處安，據制物以永居：夫如是則可謂富貴矣㈢。是故不與堯舜齊德，不與湯武並功；王許不足以爲匹，陽丘豈能與比蹤，從及本，他本皆作縱。天地且不能越其壽，廣成子曾何足與並容㈣。激八風以揚聲，躡元吉之高蹤；披從及本，他本皆作被。九天以開除兮，來疑當作乘。雲氣以馭飛龍，專上下以制統兮，殊古今而靡同；夫世之名利胡足以累之

哉㊄！故提齊而踧楚，挈趙而蹈秦，不滿一朝而天下無人，東西南北莫之與鄰。悲夫！子范陳本無子字。之修飾，以余觀之，將焉存乎㊅？」

箋注

㊀被，覆也。《爾雅·釋詁》：「覭髳，茀離也。」注：「謂草木之蒙茸翳薈也。茀離即彌離，彌離猶蒙蘢耳。」按：方離、茀離、彌離、蒙蘢，皆一聲之轉。《詩·邶風·旄丘》：「狐裘蒙戎。」傳：「蒙茸，以言亂也。」《左傳·僖公五年》：「狐裘龍茸。」注：「龍茸，亂貌。」《易·困卦》：「朱紱方來。」注：「朱紱，南方之物也。」《詩·豳風·七月》：「我朱孔陽。」傳：「陽，明也。」噏，與吸同。司馬相如《大人賦》：「呼吸沆瀣兮餐朝霞。」應劭曰：「《列仙傳》：『陵陽子言春食朝霞。朝霞者日始欲出，赤黃氣也。』」飀，《説文》：「風所飛揚也。」太極，《易·繫辭上》注：「無稱之稱，不可得而名也。」司馬相如《大人賦》：「歷唐堯於崇山兮，過虞舜於九疑。」《史記·堯本紀》正義引《帝王紀》云：「堯都平陽。」今屬山西臨汾縣。《史記·舜本紀》索隱：「虞，國名。在河東太陽縣。舜，謚也。」

㊁「時不若歲，歲不若天」云云，皆就其存在之久暫而言。然以爲超於天者尚有道，而超於道者更有神，神爲自然之根，在哲學上蓋主觀唯心主義也。勾，《説文》：「曲也。」《列子·天瑞篇》：「太初者，氣之始也。太始者，形之始也。太素者，質之始也。」《廣韻》：「沕穆，深微貌。」四運，謂四時運行。八隅，謂八方。

㊂洸，《集韻》：「水深廣貌。」瀁，古文漾字，《廣韻》：「一曰：瀁瀁，無涯際也。」礜，讀作平聲，與前後爲韻。扶，相扶之意。《方言》：「張小使大謂之廓。」八維，即八紘。《淮南子·原道訓》注：「八紘，天之八維也。」《地形訓》：「八殥之外而有

八紘，亦方千里。」注：「紘，維也。維絡天地而爲之表，故曰紘也。」制物，爲崔駰《達旨》「陰陽始分，天地初制」之意。

㊃王，王倪。《莊子·齊物論》陸德明《音義》：「《高士傳》云：『王倪，堯時賢人也。』」據《莊子·天地篇》，王倪爲齧缺之師。又《莊子·德充符》有王駘，與孔子同時，似非此處所指之王。許，許由。《莊子·外物篇》：「堯與許由天下，許由逃之。」又見《徐無鬼篇》、《讓王篇》。陽，老子或陽子居。《史記·老子列傳》：「姓李氏，名耳，字伯陽。」《莊子·寓言篇》：「陽子居南之沛，老子西游於秦，邀於郊，至於梁而遇老子。」丘，孔丘。《史記·孔子世家》：「生而首上圩頂，故因名曰丘云。」廣成子，黄帝曾向之問道者。《莊子·在宥篇》：「黄帝立爲天子，十九年令行天下，聞廣成子在於空同之上，故往見之，曰：『我聞吾子達於至道，敢問至道之精。』」

㊄八風，見《樂論》注。《易·坤卦》：「九五，黄裳元吉。」注：「黄，中之色也。裳之飾也。坤爲臣道，美盡於下。夫體無剛健而能極物之情，通理者也。以柔順之德，處於盛位，任夫文理者也。垂黄裳以獲元吉，非用武者也。極陰之盛，不至疑陽，以文在中，美之至也。」疏：「元，大也。吉，福也。」披，開也。《楚辭·天問》注：「九天：東方皡天，東南方陽天，南方赤天，西南方朱天，西方成天，西北方幽天，北方玄天，東北方變天，中央鈞天。皡，一作昊。變，一作欒，一作鸞。」又《淮南子·天文訓》「天有九野：中央鈞天……」云云，其名稱次第稍有不同。唯《朱子語類》云：「《離騷》有九天之説，諸家妄解云有九天。據某觀之，只是九重。蓋天運行有許多重數，裏面重數較軟，在外則漸硬，想到第九重，成硬殼相似，那裏轉得愈緊矣。」除，《玉篇》：「開也。」《易·乾卦》釋文：「統，本也。」《史記·樂書》注：「統，領也。」

㊅提，《説文》：「挈也。」絜，《説文》：「縣持也。」《史記·張耳陳餘列傳》：「以兩賢王左提右挈。」注：「相扶持也。」踧，

與蹵同，迫也。蹈，踐也。鄰，比也。

於兹先生乃去之，紛泱從程刻范陳本、梅本、張燮本、及本。他本除汪本外皆作決。莽，軌疑當作軋。沕洋，流從張采本，他本皆作泝。衍溢歷，度重淵，跨青天，顧而逌覽焉㈠。則有逍遥以永年，無存忽合，散而上嚴本作下。臻。霍嚴本無霍字。分離蕩，瀁瀁洋洋，飈涌范陳本、及本注：「一作踊。」雲浮，達於摇光，直馳鶩乎太范陳本作大。初之中，而《御覽》卷一無而字。休息乎無爲之宫㈡。太范陳本作大。初何如？《御覽》卷一作始。無後無先，莫究其極，誰識其根。邈渺綿綿，乃反復乎從范陳本、張燮本、張溥本、及本、張采本、李本。他本除汪本外無乎字。大道之所存，莫暢其究，誰曉其根。辟九靈而求索，曾何足以自隆。登其萬天而通觀，浴大始之和風。瀏逍遥以遠游，遵大路之無窮。遺太乙而弗使，陵天地而徑行㈢。超鴻濛從及本。他本二字倒置。而遠迹，左蕩莽而無涯，右幽悠而無方，上遥聽而無聲，下修視而無章，施無有而宅神，永太清乎敖翔㈣。

箋注

㈠《詩・小雅・瞻彼洛矣》傳：「泱泱，深廣貌。」莽，《小爾雅》：「大也。」軌，疑當作軋。揚雄《甘泉賦》「軼軋無垠」，即無邊際之意。洋，《爾雅・釋詁》：「盈也。」歷，《説文》：「一曰水下滴。」《管子・度地篇》：「水出地而不流者命曰淵。」逌，《玉篇》：「氣行貌。」

㈡《説文》：「逍遥，猶翱翔也。」臻，《玉篇》：「聚也。」《集韻》：「揮霍，猝遽也。」蕩，與盪同，動也。《廣韻》：「一曰：瀁瀁，無涯際也。」《詩・衛風・碩人》傳：「洋洋，盛大也。」又《大雅・文王之什・大明》傳：「洋洋，廣也。」飈，暴風也。《漢書・司馬相如傳》注：「張揖曰：『摇光，北斗杓頭第一星。』」鶩，《玉篇》：「奔也。」

㈢究，《爾雅・釋言》：「窮也。」根，《博雅》：「始也。」邈，遠也。渺，《廣韻》：「一曰水長也。」《詩・王風・葛藟》傳：「綿綿，長不絶之貌。」暢，《廣韻》：「達也。」究，極也。辟，與闢通。《詩・大雅・靈台》傳：「神之精明者稱靈。」九靈，未詳，或謂九天之靈。索，求也。隆，有豐、大、盛、多、尊、厚諸義。萬天，未詳。《易・繫辭上》：「乾大始。」大始，即太始。《集韻》：「漂或作⿰氵剽。」漂，《説文》：「浮也。」《漢書・郊祀志》：「天神貴者太一。」又《天文志》：「中宫天極星其一明者，泰一之常居也。」《楚辭・九歌》首章爲《東皇太一》。洪興祖補注引成玄英疏：「太者廣大之名，一以不二爲稱。言大道曠蕩，無不制圍，括囊萬有，通而爲一，故謂之太一也。」《禮記・禮運》疏：「太一者，謂天地混沌未分之元氣也。」《孔子家語・禮運第三十二》王注：「太一者，元氣也。」陵，歷也。徑，直也。

㈣《淮南子・俶真訓》注：「鴻濛，東方日所出地。」迹，《類篇》：「步處也。」蕩，《集韻》：「大也。」莽，《小爾雅》：「大也。」涯，水際也。幽，《玉篇》：「深遠也。」《詩・周頌・訪落》傳：「悠，遠也。」《詩・大雅・皇矣》箋：「方猶向也。」《周禮・考工記・弓人》注：「修猶久也。」章，明也。《禮記・祭統》箋：「施猶着也。」宅，《説文》：「所托也。」敖，《説文》：「游也。」

崔巍高山勃玄雲，朔風横厲白雪紛，積水嚴本作冰。若凌從李本，他本皆作陵。寒傷人。陰

陽失位日月隤，地坼石裂林木摧，火范陳本、梅本、及本、張采本、李本作大。冷陽凝寒傷懷。陽和微弱隆陰竭，海凍不流綿絮折，呼吸從張采本，他本皆作噏。不通寒傷裂。氣并代動變如神，寒倡熱隨害傷人，熙與真人懷太清㈠。精神專一用意平，寒暑勿傷莫不驚，憂患靡由素氣甯。浮霧凌天恣所經，往來微妙路無傾，好樂非世又何爭，人且皆死我獨生。

箋注

㈠勃，《説文》：「排也。」徐曰：「勃然興起，有所排擠也。」厲，《廣韻》：「烈也，猛也。」《風俗通》：「積冰曰凌。」隤，下墜也。坼，裂也。摧，《説文》：「一曰折也。」《急就篇》注：「漬繭擘之，精者曰綿，粗者曰絮。今則謂新者爲綿，故者爲絮。」并，合也。熙，和也。「憂患靡由」，謂無由發生憂患。「好樂非世」，謂所好所樂者非世人之所好所樂者！故無所争也。

真人游，駕八龍，曜日月，載雲旗，徘徊逌，樂所之㈠。真人游，太階夷，原□辟，此句應爲三字句，及本「原」字下空一字，嚴本則於「原」字上空一字。他本皆只二字，不空。今從及本。天門開，雨濛濛，風飀飀，登黄山，出栖遲，江河清，洛李本作路。及本誤作浴。無埃。雲氣消，真人來。真人來，范陳本無此句。惟從范陳本、梅本、及本、張采本、李本。他本作唯。樂哉！時世易，好樂隤，真人去，與天回。反未央，延年壽，獨敖世，及本注：「疑落二字一句，叶壽韻者。」望我，及本「我」字下空一字。何時

反。䞩及本作超。漫漫，路日遠㈢。

箋注

㈠真，《説文》：「仙人變形而登天也。」《漢書·司馬相如傳·大人賦》師古注曰：「真人者，至真之人也。」郭沫若曾將《莊子》書中所言真人綜括爲：「把這種『道』學會了的人，也就是『有道之士』，也就是『真人』（真正的人）。這種『真人』，在《大宗師》裏面描寫得很盡致。據説這種人不欺負人少，不以成功自雄，不作謀慮，過了時機不失悔，得到時機不忘形，爬上高處他會不怕，掉進水裏不會打濕，落下火坑不覺得熱。據説這種人睡了是不做夢的，醒來是不懮愁的，吃東西隨便，呼吸來得很深，他不像凡人一樣用咽喉呼吸，而是用腳後跟呼吸。據説這種人也不貪生，也不怕死，活也無所謂，死也無所謂，隨隨便便的來，隨隨便便的去，自己的老家没有忘記，自己的歸宿也不追求，接到呢也好，丢掉呢也就算了。據説這就是心没有離開本體，凡事都聽其自然。這樣的人，心是有主宰的，容貌是清癯的，額頭是恢宏的，冷清清的像秋天一樣，煖洋洋的像春天一樣；一喜一怒合乎春夏秋冬，對於任何事物都適宜，誰也不知道他的底蘊。據説這種人樣子很巍峨而不至於崩潰，性情很客氣而又不那麼自卑；挺立特行有棱角而不槁暴，天空海闊像瓠落而不浮誇；茫茫然像很高興，頹唐着又像不得已；像活水停蓄一樣和藹可親，像島嶼蓊鬱一樣氣宇安定，氣很寬大，又像很高傲；像很好説話，又像什麼話都不想説——就這樣，把他所理想的人格還刻畫了一些。一句話歸總，這就是後來的陰陽家或更後的道教所誇講的神仙了。這種人可以乘雲氣，御飛龍而游乎四海之外，純全是厭世的莊子所幻想出來的東西，他的文學式的幻想力實在是太豐富了。」（見《十批判書》）

《離騷》五臣注云：「八龍，八節之氣也。」逌，《玉篇》：「氣行貌。」

㈡《漢書・東方朔傳》注：「泰階，三台也。」《説文》：「泰亦省作太。」《廣韻》：「三台，星。」夷，平也。字書無颾字。黄山之名，山東、山西、河南、江蘇、安徽、湖南、浙江、陝西、雲南諸省皆有之。此處亦不必實有所指。《韻會》：「栖遲，息也。」回，迴轉之意。《詩・小雅・庭燎》「夜未央」傳：「央，旦也。」敖，《説文》：「游也。」又《集韻》：「同傲，慢也。」趈，《集韻》：「與跕同。」《玉篇》：「跕，履也。」另見《清思賦》注。

先生從此去及本作失。矣，天下莫知范陳本脱「知」字。其所終極，蓋陵天地而與浮明遨游及本注：「疑是與浮雲朋。」無始終，自然之至真也。鸜鵒不踰濟，貉范陳本、梅本、張燮本、汪本皆作洛。不渡汶，世之常人，亦由此矣。曾不通區域，又況四海之表，天地之外哉。若先生者，以天地爲卵耳。如小物細人欲論其長短，議其是非，其不哀也哉㈠！

箋注

㈠《史記・秦始皇本紀》注：「陵作凌，猶歷也。」浮明，似指雲氣。遨，游也。《周禮・冬官・考工記》：「橘踰淮而北爲枳，鸜鵒不踰濟，貉踰汶則死，此地氣然也。」注：「鸜鵒，鳥也。……貉，或爲猨，謂善緣木之猨也。」濟、汶二水均在今山東境。由，與猶通。「曾不通區域」，謂曾未通往其他區域。表，外也。「以天地爲卵」，謂視之甚小也。

贊

老子贊《御覽》卷一作讚。

《文心雕龍·頌讚篇》：「讚者明也，助也。昔虞舜之祀，樂正重讚，蓋唱發之辭也。及益讚於禹，伊陟贊於巫咸，并颺言以明事，嗟歎以助辭也。故漢置鴻臚，以唱拜爲讚，即古之遺語也。至相如屬筆，始讚荆軻；及遷史固書，託贊褒貶，約文以總録，頌體以論辭。」又：讚之「義兼美惡，亦猶頌之變耳。」按：此文疑非全文。《太平御覽》卷一只載四句，諸家本或即據《御覽》輯入。

陰陽不測，變化無倫㈠，飄颻太素，歸虚反真㈡。梅本作神。

箋注

㈠《莊子·知北游》：「孔子問於老聃曰：『今日晏閒，敢問至道？』老聃曰：『……中國有人焉，非陰非陽，處於天地之間，直且爲人，將反於宗。』」又《田子方》篇：「孔子見老聃，老聃新沐，方將被髮而乾，慹然似非人。孔子便而待之。少焉，見，曰：『丘也眩與？其信然與？向者先生形體，掘若槁木，似遺物離人而立於獨也。』老聃曰：『吾游心於物之初。』孔子曰：『何謂耶？』曰：『心困焉而不能知，口闢焉而不能言，嘗爲汝議乎其將。至陰肅肅，至陽赫赫。肅肅出乎天，赫赫發乎地，兩者交通成和，而物生焉。或爲之紀，而莫見其形，消息滿虚，一晦一明，日改月化，日有所爲，而莫見其功。』」又《天運》篇：「孔子見老聃，歸，三日不談。弟子問曰：『夫子見老聃，亦將何歸哉？』孔子曰：

『吾乃今於是乎見龍。龍合而成體，散而成章，乘乎雲氣而養乎陰陽。予口張而不能嚕，予又何規老聃哉！』」《史記·老莊申韓列傳》：「孔子去謂弟子曰：『鳥，吾知其能飛；魚，吾知其能游；獸，吾知其能走。走者可以爲罔，游者可以爲綸，飛者可以爲矰。至於龍，吾不能知其乘風雲而上天。吾今日見老子，其猶龍耶？』」倫，常也。

㈡《玉篇》：「飄飖，上行風也。」《列子·天瑞》：「太素者，質之始也。」《淮南子·俶真訓》：「心有所至，而神喟然在之；反之於虛，則消鑠滅息，此聖人之游也。」《莊子·大宗師》：「莫然有閒而子桑户死，未葬，孔子聞之，使子貢往待事焉。或編曲，或鼓琴，相和而歌曰：『嗟來！桑户乎！嗟來！桑户乎！而已反其真而我猶爲人猗！』」《列子·天瑞》篇：「精神離形，各歸其真，故謂之鬼，鬼，歸也，歸其真宅。」張湛注：「真宅，太虛之境。」《説苑》第二十：「王孫曰：『……且夫死者，終生之化而物之歸者。歸者得至而化者得變，是物各反其真。……且吾問之：精神者，天之有也；形骸者，地之有也。精神離形而各歸其真，故謂之鬼；鬼之爲言歸也。』」

誄

孔子誄

《周禮·春官·大祝》：「作六辭以通上下、親疏、遠近，……六曰誄。」注：「鄭司農云：『誄謂積累生時德行以錫之命，主爲其辭也。』」《左傳·哀公十六年》：「夏四月己丑，孔丘卒。」注：「魯襄二十三年生，至今七十三也。四月十八日乙丑，無己丑；己丑，五月十二日；日月必有誤。」傳：「公誄之曰：『旻天不弔，不憖遺一老，俾屏余

一人以在位，煢煢余在疚。於乎！哀哉！尼父！無自律！』」《孔子家語・終記解第四十》：「遂寢病七日而終，時年七十有二矣。」按：此文於孔子之德無所稱，疑非全文。《太平御覽》卷一載此六句，諸家本或即據《御覽》輯入。

養徒三千，升堂七十㊀。潛神演思，因史從《御覽》及梅本。他本皆作使。作書㊁。考混從《御覽》及梅本。他本皆作焜。元於無形，本造化於太初㊂。

箋注

㊀徒，門徒。《後漢書・鄭康成傳》：「扶風馬融，門徒四百餘人。」《論語・先進第十一》：「門人不敬子路，子曰：『由也升堂矣，未入室也。』」《史記・孔子世家》：「孔子以詩、書、禮、樂教，弟子蓋三千焉，身通六藝者七十有二人，如顏濁鄒之徒，頗受業者甚衆。」又《仲尼弟子列傳》：「孔子曰：『受業身通者七十有七人。』」《孔子家語・觀周第十一》：「自周反魯，道彌尊矣，遠方弟子之進蓋三千焉。」又《弟子行第十二》：「衛將軍文子問於子貢曰：『吾聞孔子之施教也，……蓋入室升堂者七十有餘人，其孰爲賢？』子貢曰：『夫子之門人蓋有三千就焉，賜有逮及焉，未逮及焉，故不得偏知以告也。』」又《七十二弟子解第三十八》：「右件（？）夫子七十二人弟子，皆升堂入室者。」七十，蓋舉成數而言，《孟子・公孫丑上》：「如七十子之服孔子也。」

㊁演，引也，延也。《史記・孔子世家》：「孔子之時，周室微而禮樂廢，詩書缺。追迹三代之禮，序書傳，上紀唐虞之際，下至秦繆，編次其事。……故書傳禮記自孔氏。……古者詩三千餘篇，及至孔子，去其重，取可施於禮義，上采

契、后稷，中述殷周之盛，至幽厲之缺。……三百五篇，孔子皆絃歌之，以求合韶、武、雅、頌之音，禮樂自此可得而述。……孔子晚而喜《易》序、彖、繫、象、説卦、文言。……乃因史記作《春秋》，上至隱公，下迄哀公十四年，十二公，據魯，親周，故殷，運之三代，約其文辭而指博。」

㊂老子《道德經·象元第二十五》：「有物混成，先天地生。」河上公章句：「謂道無形而成萬物，乃在天地之前。」《公羊傳·隱公元年》注：「變一爲元，元者氣也。」班固《幽通賦》曹大家注：「渾，大也。元，氣運轉也。」渾、混，古通。《淮南子·覽冥訓》：「懷萬物而友造化。」注：「陰陽也。」又《本經訓》注：「天地也。」又《原道訓》注：「天地。一曰道也。」太初，見《大人先生傳》注。

帖

摶赤猿帖

梅本注：「七賢帖。米芾《書史》云：『七賢帖並唐胄曹參軍李懷琳僞作。』此帖比今刻石字多，乃懷琳所撰語。」帖，《説文》：「帛書署也。」

僕不想歘爾夢摶赤猿，其力甚於貔虎，良久反覆。余乃觀天，背地，覩穹，亦當不爽。但僕之不達，安得不憂。吉乎？報我。凶乎？詳告。三日，從梅本、張燮本。他本作月。阮籍白嵇君㊀。

箋注

㊀僕，自稱之卑辭。欻，同欻，《玉篇》：「欻，忽也。」搏，相撲也。《詩·大雅·韓奕》陸璣疏：「貔似虎。或曰似熊，遼東謂之白熊。」《正韻》：「或以爲『良久』，少久也。一曰：良，略也，聲輕，故轉略爲良。」《爾雅·釋天》：「穹蒼，蒼天也。」注：「天形穹隆，其色蒼蒼，故名。」《爾雅·釋言》：「爽，差也。」繇君，人名，當係當時之善占夢者。

文

弔某公文

《玉篇》：「弔生曰唁，弔死曰弔。」按：此文疑非全文。

沈漸荼酷，仁義同違。如何不弔，玉碎冰摧㊀。

箋注

㊀沈，同沉，没也。漸，浸也。漸又同潛，《尚書·洪範》：「沉潛剛克。」《左傳》、《史記》皆作「沉漸」。《爾雅·釋草》：「荼，苦菜。」違，《説文》：「離也。」《廣韻》：「背也。」《詩·檜風·匪風》：「中心弔兮。」傳：「弔，傷也。」又《小雅·節南山之什·節南山》傳：「弔，愍也。」

阮籍集校注卷下

詩

詠懷四言三首

按：劉成德《漢魏詩集》無四言詠懷詩。范陳本（有嘉靖二十二年癸卯陳德文序）四言在五言之後，題下注云：「《初學記》有此篇，舊集不載。」《藝文類聚》及范陳本止二首，字句亦多與今本顛倒，别録於後，以供參閲。馮舒《詩紀匡謬》（有崇禎癸酉十二月初七日自述）：「阮籍詠懷四言共十四首，江陰朱子儋本尚有之，今併删去，何也？」丁福保輯《全三國詩》卷五魏有阮籍詠懷詩三首，題下注云：「按《讀書敏求記》謂阮嗣宗詠懷詩行世本惟五言八十首，朱子儋取家藏舊本刊於存餘堂，多四言詠懷十三首云云。余歷訪海上藏書家，都無朱子儋本，今所存四言詩僅三首耳。海内藏書家其有以指示之。」儲皖峰《漢魏六朝詩選注》云：「按承爵，字子儋。江陰人，明國子監生。其刻本惜未見。四言詠懷十二首丁本作十三，誤。」（按：據《詩紀匡謬》作十四首，丁作十三，亦未可云誤。）《太平御覽》卷一引阮籍四言詩四句，似别爲一首而不全，今亦附録於後，以供參閲。

其一

天地絪縕，元精代序㈠。清陽曜靈，和風容與㈡。明月映天，甘露被宇㈢。蓊鬱高松，猗那長楚㈣。草蟲哀鳴，鶬鶊振羽㈤。感時興思，企首延佇㈥。於赫帝朝，伊衡作輔㈦。才非允文，器非經武㈧。適彼沅湘，託分漁父㈨。優哉！游哉！爰居爰處㈩。

箋注

㈠絪縕，《集韻》：「天地合氣也。」《文選・王褒〈聖主得賢臣頌〉》注：「元者氣之始。」《易・繫辭上》「精氣爲物」注：「陰陽精靈之氣積聚而爲萬物也。」序，次也。這裏是説陰陽寒暑迭相更代。

㈡《爾雅・釋天》：「春爲青陽。」注：「氣清而温陽。」曜，《爾雅・釋名》：「光明照曜也。」容與，從容自放之意，見《莊子・人間世》注。

㈢被，覆也。宇，天地四方曰宇。

㈣蓊鬱，《集韻》：「草木盛貌。」《詩・商頌・那》：「猗與！那與！」傳：「猗，嘆辭。那，多也。」又《詩・檜風・隰有萇楚》：「猗儺其枝。」疏：「猗儺，柔順也。」《毛詩古音考》：「猗儺音阿那。」又疏云：「萇楚，今羊桃也。」

㈤《詩・召南・草蟲》傳：「草蟲，常羊也。」《禮記・月令》：「仲春倉庚鳴。」《爾雅・釋鳥》：「倉庚，鵹黄也。」《詩・豳風・東山》箋：「倉庚仲春而鳴，嫁取之候也。倉庚鳴則振其羽。」

⑥企，舉踵望也。延，遠也，長也。佇，《説文》：「久立也。」

⑦於，《爾雅・釋詁》疏：「嘆辭也。」《詩・大雅・常武》傳：「赫赫然，盛也。」《史記・殷本紀》：「伊尹名阿衡。……湯舉任以國政。……帝太甲既立三年，不明，暴虐，不遵湯法，亂德。于是伊尹放之于桐宫三年。伊尹攝行政當國，以朝諸侯。」

⑧允，《玉篇》：「當也。」《禮記・王制》注：「器，能也。」《詩・大雅・靈臺》：「經之營之。」傳：「經，度之也。」

⑨沅、湘，二水名。在今湘南境。《楚辭・離騷》：「濟沅湘以南征兮。」託，《説文》：「奇也。」分，自守之分際。《楚辭・漁父》王逸序：「《漁父》者，屈原之所作也。屈原放逐在江湘之間，憂愁嘆吟，儀容變易，而漁父避世隱身，釣魚江濱，欣然自樂。」

⑩《詩・小雅・斯干》：「爰居爰處，爰笑爰語。」箋：「爰，於也。於是居，於是處，於是笑，於是語言，諸寢之中皆可安樂。」

集評

陳祚明曰：「此亦爲典午（司馬）而感嘆矣。而謬誦伊衡，白甘無用，辭旨渾融，風人之旨理應如斯。叔夜（嵇康）所不解作。」

又曰：「首言時序景物和愉，哀怨雜集於中，便令人不能測其起興所在。」

張琦（清道光舉人）《宛鄰書屋古詩録》云：「黄農虞夏之思，詞旨渾融，并後二首，感嘆語都無痕迹，此爲工于立言。」

按：春日草蟲鳴而曰「哀」，蓋作者之心哀也。曹操當國時阮籍尚不過數歲，則此伊衡當指司馬氏。

其　二

月明星稀，天高氣寒。桂旗翠旍，珮玉鳴鸞㊀。濯纓醴泉，被服蕙蘭㊁。思從二女，適彼湘沅。靈幽聽《詩紀》、《漢魏詩紀》、范陳本、及朴本、張燮本注：「一作遠。」微，誰覩從王夫之《古詩評選》，他本皆作觀。玉顔㊂？灼灼春華，緑葉含丹㊃。日月逝矣，惜爾華繁！

箋注

㊀《楚辭·九歌·山鬼》：「辛夷車兮結桂旗。」洪興祖補注：「以辛夷香干爲車，結桂枝以爲旗也。」《爾雅·釋鳥》：「翠，鷸。」疏：「李巡曰：『鷸一名曰翠，其羽可以爲飾。』」《楚辭·九歌·少司命》：「孔蓋兮翠旍。」注：「言司命以孔雀之翅爲車蓋，翡翠之羽爲旗旍，言殊飾也。旍，一作旌。」珮，《玉篇》：「本作佩，或從玉。」繫於襟帶之間皆謂之佩。《禮記·玉藻》：「古之君子必佩玉。」鸞，據《廣韻》及《正韻》：神鳥也。雞身赤毛，色備五采，鳴中五音。《離騷》：「鳴玉鸞之啾啾。」五臣注：「玉，馬佩也。鸞，車鈴也。」

㊁纓，《説文》：「冠系也。」《孟子·離婁上》：「有孺子歌曰：『滄浪之水清兮，可以濯我纓；滄浪之水濁兮，可以濯我足。』孔子曰：『小子聽之！清斯濯纓，濁斯濯足矣。自取之也。』」《爾雅·釋四時》：「甘雨時降，萬物以嘉，謂之醴泉。」《廣韻》：「醴泉，美泉也。狀如醴酒，可養老。」蘭、蕙，皆香草。《離騷》：「余既滋蘭之九畹兮，又樹蕙之百畝。」

宋玉《九辯》：「以爲君獨服此蕙兮。」

㈢《書·堯典》：「釐降二女於嬀汭，嬪於虞。」劉向《列女傳》：「舜陟方，死於蒼梧，號曰重華。二妃死於江湘之間，俗謂之湘君。」《楚辭·遠游》：「張《咸池》奏《承雲》兮，二女御《九韶》歌。」注：「美堯二女，助成化也。……屈原自傷不值於堯，而遭濁世，見斥逐也。」「靈幽」二句謂二女之靈幽而聽微，終不出見也。

㈣《詩·周南·桃夭》：「桃之夭夭，灼灼其華。」傳：「灼灼，草之盛也。」

集評

王夫之曰：「章法奇絶。興、比、開、合，總以一色成之，遂覺天衣無縫。曹公『月明星稀』四字欲空千古，嗣宗以『天高氣寒』敵之，綽有餘矣。如使相逐中原，英雄孺子，未知定屬阿誰。」

陳祚明曰：「『靈幽』二句與子建『衆人徒嗷嗷』同指，亦是遺世之思，而用意深隱矣。」

其三

清風肅肅，修夜漫漫㈠。嘯歌傷懷，獨寐寤言㈡。臨觴拊膺，對食忘餐㈢。世無萱草，令我哀嘆㈣。鳴鳥求友，《谷風》刺愆㈤。重華登庸，帝命凱元㈥。鮑子傾蓋，仲父佐桓㈦。回（劉本作河。）濱嗟虞，（及朴本注：「回濱嗟虞四字有訛。」）敢不希顔㈧！志存（《漢魏詩乘》作有。）明規，匪慕彈冠㈨。我心伊何？其芳若蘭㈩。

箋注

㊀肅肅，風聲。修，長也。漫漫，長遠貌。

㊁《詩·召南·江有汜》：「其嘯也歌。」箋：「嘯，蹙口而出聲。」《詩·小雅·白華》：「嘯歌傷懷。」

㊂觴，酒巵總名。撫，以手着物也。膺，《説文》：「胸也。」撫膺，嘆息之意。酒以合歡而撫膺，對食而忘飡，謂憂思難忘也。

㊃萱，忘憂草。嘆字作平聲。

㊄《詩·小雅·伐木》：「伐木丁丁，鳥鳴嚶嚶……嚶其鳴矣，求其友聲。」《詩·邶風·谷風》小序：「谷風，刺夫婦失道也。衛人化其上，淫於新婚而棄其舊室，夫婦離絶，國俗傷敗焉。」傳：「東風謂之谷風。陰陽和而谷風至，夫婦和而室家成，室家成而繼嗣生。」又《詩·小雅·谷風》小序：「谷風，刺幽王也。天下俗薄，朋友道絶焉。」《詩·小雅·谷風》：「將恐將懼，維予與女。將安將樂，女轉棄予。」又：「將恐將懼，置予于懷。將安將樂，棄予如遺。」又：「忘我大德，思我小怨。」

㊅《史記·五帝本紀》：「虞舜者，名曰重華。」《書·堯典》：「疇咨若時登庸。」傳：「庸，用也。」《左傳·文公十八年》：「季文子使太史克對曰：『……昔高陽氏有才子八人，……天下之民謂之八愷；高辛氏有才子八人，……天下之民謂之八元；此十六族也，世濟其美，不隕其名。以至于堯，堯不能舉。舜臣堯，舉八愷使主后土，以揆百事，莫不時序，地平天成；舉八元使布五教于四方，父義、母慈、兄友、弟恭、子孝、内平外成。』」

㊆《史記·管晏列傳》：「管仲夷吾者，潁上人也。少時嘗與鮑叔牙游，鮑叔知其賢。……已而鮑叔事齊公子小白，管

仲事公子糾。及小白立爲桓公，公子糾死，管仲囚焉；鮑叔遂進管仲。……管仲曰：『……生我者父母，知我者鮑子也。……』管仲既任政，相齊。」《孔子家語・致思第八》：「孔子之郯，遭程子于塗，傾蓋而語終日，甚相親。」王肅注：「傾蓋，駐車。」《管子・中匡第十九》：「桓公謂管仲曰：『請致仲父！』」房玄齡注：「仲父者，尊老有德之稱。桓公欲尊事管仲，故以仲父之號致之。」

㈧「回濱」二句不得解。及朴疑「回濱嗟虞」四字有誤。陳祚明以「回」與「顔」解爲顔回，顔回又無「嗟嘆憂虞」之事，顯屬牽强。

㈨「志存明規」似承上「刺愆」而言。《詩・衛風・淇澳》小序：「武公能聽其規諫。」疏：「正圓以規，使依度，猶正君以禮，使入德，故謂之規諫。」《漢書・王吉傳》：「吉與貢禹爲友，世稱『王陽在位，貢公彈冠』，言其取舍同也。」師古注：「彈冠者，言入仕也。」

㈩《易・繫辭上》：「二人同心，其利斷金；同心之言，其臭如蘭。」

集評

陳祚明曰：「明白寄慨，故隱其辭使不易識。」又曰：「觀典午求婚，有相援引之意，鳴鳥求聲，『棄予』無嘆矣。然人各有志，十六族之升，管氏之遇，非其所希；如顔子之濱于嗟嘆懮虞，乃我心也。顔子以貧爲樂而此言『嗟虞』，蓋自述耳。進退之殊，不加臧否；隱鼎之故，不寫緣由，故其言無迹。」

又曰：「二章云『天高氣寒』，此章云『長夜漫漫』，即世運可知矣。恐其易曉也；首章故詠和風甘露，鋪張盛世之休祥。然觀『興思』『企首』云云，則慕古也，非頌今也。即所謂『伊衡』，亦云往代有之，謙己不及，故決然遠引耳。使典午

閲之，則以爲是讚我矣。」

按：阮籍四言詠懷詩據馮舒所見朱子儋本有十四首，《太平御覽》亦引有別一首之殘句，故現存之三章並非其全貌。因此，可以斷言此三章並非自爲首尾，成一有機組織，要不過隨感而發，非爲一時一事，故讀此三章時宜各別體會，不可互相牽引，以彼解此。若照范陳本，則此三章或尚有錯亂亦未可知。此爲學者讀此三章詩所應首先辨明者。其三首有羨于凱元之遇重華，仲父之交鮑子，似尚在其未仕之時。又言「匪慕彈冠」，或其友有王陽之在位者，或爲山濤作吏部（吏部職在舉人。山濤亦善舉人，名爲「山公啟事」。濤欲舉嵇康以自代，康有書與之絶交。）乎？姑舉之以供參考。

附

《藝文類聚》卷二十六引阮籍四言詠懷詩。范陳本同，唯第一、二首次序互易。

天地烟熅，元精代序。清陽曜靈，和氣容與。於赫帝朝，伊衡作輔。才非允文，器非經武。適彼沅湘，託介漁父。優哉！游哉！爰居爰處。月明星稀，天高氣一作地。寒。嘯歌傷懷，獨寤寐言。臨觴撫膺，對食忘餐。世無萱草，令我哀歎！

附

《太平御覽》卷一引阮籍詩：

焉得喬松，頤神太素，逍遥區外，登我年祚。

詠懷五言八十二首

《昭明文選》祇録前十七首，而先後次序與此不同。范陳本八十一首，程校本八十二首。《詩紀》：「阮集傳之既久，頗存譌闕，校録者往往肆爲補綴，作者之旨淆亂甚焉。今以諸本參校，其義稍優者爲正文，互異者分注于下焉。」

集評

李善曰：「顏延年曰：『説者：阮籍在晉文代常慮禍患，故發此詠耳。』」

李善曰：「臧榮緒《晉書》云：『……籍屬文初不苦思，率爾使作，成陳留八十餘篇。』此獨取十七首詠懷者，謂人情懷。籍于魏末晉文之代，常慮禍患及己，故有此詩。多刺時人無故舊之情，逐勢利而已。觀其體趣，實爲幽深，非夫作者，不能探測之。」

陳德文曰：「詠懷八十二首者，豈數極陽九而作耶？意微旨遠，見于命題，志士發憤之所爲也。讀籍詩者，其知憂患乎！」

馮惟訥曰：「籍詠懷詩八十餘首，非必一時之作，蓋平生感時觸事，悲喜怫鬱之情感寄焉。『厥旨淵放，歸趣難求』，『百代之下，難以情測。』知哉！昔人可謂知言矣。後之解者，必欲引喻于『昏亂』，附會于『篡奪』，穿鑿拘攣，泥文已甚。今並削之，存其灼然明著者爾。」

何焯曰：「詠懷之作，其歸在于魏晉易代之事，而其詞旨亦復難以直尋，若篇篇附會，又失之矣。」又曰：「豈徒慮患也者?!延年遜詞以謝逆劭，宜其不足知此。」

陳沆曰：「阮公憑臨廣武，嘯傲蘇門，遠迹曹爽，潔身懿、師，其詩憤懷禪代，憑弔古今，蓋仁人志士之發憤焉；豈直憂生之嗟而已哉!?」（據黄節引）

陳祚明曰：「阮公詠懷，千秋嘉歎，然未知所詠是何懷也？詳味其辭，雜焉無緒。夫殉物者繫情，遺世者冥感。繫情者詎忘富貴，冥感者匪怨仳離。人之立身，各有懷抱，一端各見，歧路分趨，情見乎辭，存誠難飾。今既脱落榮華，好談輕舉，乃復惓懷親愛，甚戀綢繆，非徒旨謬老莊，亦恐卜迷詹尹。是知君平兩棄，必匪無因，夷叔長辭，正緣篤感云爾。世累人煩，此情未覩。光禄之注無述；鍾嶸之評漫然；昭明所去所存，亦豈能窺本意？爰乃尋其涉緒，探厥微辭，蕪累則删，成章必録，輒復略標大意。恐後人疑爲曲解，往往摘其難通之旨，特爲設難；尋省之下，蓋可悟焉。」

方東樹曰：「阮公于曹、王另爲一派，其意旨所及，昔賢皆怯言之。休文所解粗略膚淺，毫無發明。顔延年曰：『阮在晉文代，常慮禍患，故發此詠。』又曰：『身仕亂朝，常恐罹謗遇禍，因兹發詠，故每有憂生之嗟。既志在刺譏，而文多隱避，百代之下，難以情測，故粗明大意，略其幽旨。』延年之説當矣。而何義門謂顔説爲非，豈以其忠悃激發、

痛心府朝，而不徒爲一己禍福生死也乎？姚薑塢先生譏何不宜一一舉其事以實之。夫誦其詩，則必知其人，論其世，求通其詞，求通其志；于讀阮詩尤切。」（下見其十六引方東樹語。）

高静曰：「詠懷諸篇，反覆零亂，興寄無端，和愉哀怨，雜集于中，令人莫求歸趣；此其爲阮公之詩也。必求時事以實之，則鑿矣。其原自《離騷》來。」（《看詩隨録》選三十八首，題下注。）

黄侃曰：「阮公深通玄理，妙達物情，詠懷之作，固將包羅萬遇，豈僅措心曹、馬興衰之際乎！迹其痛哭窮路，沉醉連旬，蓋已等南郭之仰天，類子輿之鑑井，大哀在懷，非恒言所能盡，故一發之于詩歌。顔、沈以後，解者衆矣，類皆摭字以求事，改文以就己，固哉高叟，余其病之，今輯録顔、沈之説，補其未備云爾。」

黄節曰：「《晉書》本傳云：『籍本有濟世志，屬魏晉之際，天下多故，名士少有全者，籍由是不與世事，遂酣飲爲常。』又云：『籍發言玄遠，口不臧否人物。』斯則詠懷之作所由來也。而臧否之情託之于詩，一寓刺譏，故東陵、吹臺之詠，李公、蘇子之悲，園綺、伯陽之思，高子、三閭之怨，詩中遞見；此李崇賢所謂『文多隱避』者也。」

又曰：「吴汝綸曰：『八十二章決非一時之作，疑其總集生平所爲詩，題之爲詠懷耳。』成倬雲曰：『正于不倫不類中見其塊磊發洩處，一首只作一首讀，不必于其中求章法貫穿也。』斯爲得之。若蔣師瀹詮次其先後辭旨，以類相從；陳沆乃刺取三十八首分上、中、下三篇，曰『悼宗國將亡』，曰『刺權奸』，曰『述己志』；此皆强與區分，無當于阮公作詩之旨，竊不敢從。」

按：據臧榮緒《晉書》，阮籍所爲八十餘篇名「陳留」。「詠懷」之名，疑爲梁昭明太子蕭統選録十七首時所加。

其一

夜中不能寐，起坐彈鳴琴。薄帷鑒明月，清風吹我襟㈠。孤鴻號外野，翔李善本、何焯本、《藝文類聚》卷二十六作朔。鳥鳴北林㈡。徘徊將何見，憂思獨傷心㈢。《昭明文選》第一首。

箋注

㈠李善引《廣雅》曰：「鑒，照也。」帷薄，故可以鑒明月之光。《廣韻》：「襟，袍襦前袂也。」《釋名》：「襟，禁也。交于前，所以禁禦風寒也。」《爾雅》：「衿，謂之袸。」注：「衣小帶。」丁福保引《方言》：「衿謂之交。」注：「衣交領也。」

㈡陳祚明曰：「孤鴻，失侶也。」《楚辭·九章》王逸注：「號，呼也。」李善注引《廣雅》曰：「號，鳴也。」吴淇曰：「鳥不夜翔，曰翔鳥，正以月明故。」

㈢黄節曰：「末二句蓋用曹植雜詩『形景忽不見，翩翩傷我心』意，指上『孤鴻』、『翔鳥』言之。」

集評

李善曰：「嗣宗身仕亂朝，常恐罹謗遇禍，因茲發詠，故每有憂生之嗟。雖志在刺譏，而文多隱避，百代之下，難以情測，故粗明大意，略其幽旨也。」（張溥輯《漢魏六朝百三名家集·阮步兵集》引此注誤爲顔延之語。）

五臣注呂延濟曰：「夜中，喻昏亂。不能寐，言憂也。彈琴，欲以自慰其心。」呂向曰：「孤鴻，喻賢臣孤獨在外。號，痛聲也。翔鳥，鷙鳥，好迴飛，以比權臣在近，則晉文王也。」

劉履曰：「此嗣宗憂世道之昏亂，無以自適，故託言夜半之時起坐而彈琴也。所謂薄帷照月，已見陰光之盛；而清風吹衿，則又寒氣之漸也。況賢者在外，如孤鴻之哀號于野；而群邪之阿坿權臣，亦猶衆鳥回翔而鳴于陰背之林焉。是時魏室既衰，司馬氏專政，故有是喻。其氣象如此，我之徘徊不寐，復將何見耶？意謂昏亂愈久，則所見殆有不可言者，是以憂思獨深而至于傷心也。」

馮惟訥注：「夜中喻昏亂，彈琴以自慰也。」「外野」句注：「賢者在外。」「北林」句注：「群邪附權。」

閔齊華曰：「舊注以夜中喻昏亂，孤鴻喻賢臣，翔鳥喻權臣，亦涉附會。總是恐罹謗禍，故序其憂思也。」

何焯曰：「按籍之憂思，所謂有甚于生者，注家何足以窺之。」

陳祚明曰：「『翔鳥』句，反『南枝』之意而用之，有所思也。」

方東樹曰：「此是八十一首發端，不過總言所以詠懷不能已于言之故。」

王闓運曰：「八句而有長篇之氣。起二句飄飄仙舉，遂爲千古名作。八十二首，佳處絶于名言，誦之終身而妙無盡。」

按：黄侃先生謂顔、沈以後之解阮詩者，「類皆摭字以求事，改文以就己」，實則尚有甚于此者。如吕延濟解翔鳥，何從知其爲「鷙」鳥？爲欲曲解爲刺司馬昭，遂偷偷加入「鷙」字。劉履解夜半，何從知其爲「託言」？爲欲曲解爲憂世道之「昏亂」，遂謂夜半非當時實境。讀者不可不察。

其二

二妃游江濱，逍遥順《玉臺新詠》及《藝文類聚》卷十八作從。風翔㈠。交甫懷《玉臺新詠》作解。環《初學記》卷十九、《太平御覽》卷三百八十一作玉。佩，婉孌《藝文類聚》卷十八作娩。有芬芳㈡。猗《藝文類聚》作綺，《初學記》作倚。靡情歡愛，千載《藝文類聚》卷十八作歲。不相忘㈢。傾城迷下蔡，容《藝文類聚》作華。好結中腸㈣。感激生憂思，萱草樹蘭房。《藝文類聚》、《初學記》至此句止。膏丁福保輯本作蘭。注：「《文選》作膏。」他本皆作膏。沐爲誰施，其雨怨朝陽㈤。如何金石梁章鉅《文選旁證》注：「《玉臺新詠》石作磬，恐誤。」交，一旦更《玉臺新詠》作便。離傷。《昭明文選》第二首。

箋注

㈠《列仙傳》：「江妃二女者，不知何所人也。出游于江、漢之湄。逢鄭交甫，見而悦之，不知其神人也；謂其僕曰：『我欲下請其佩。』……交甫曰：『……願請子之佩！』二女遂手解佩與交甫。交甫悦，受而懷之，中當心。趨去數十步，視佩，空懷無佩；顧二女，忽焉不見。」李善引《韓詩外傳》曰：「鄭交甫將南適楚，遵彼漢皋臺下，乃遇二女，佩兩珠，大如荆雞之卵。」五臣呂延濟曰：「翔，行也。」

㈡李善注引《楚辭》王逸注曰：「在衣曰懷。」又引《毛詩》傳：「婉孌，少好貌。」

㊂李善注引《子虚賦》曰：「扶輿猗靡。」師古注曰：「今人猶呼相撫掩、容養爲猗靡。」馮惟訥注：「猗靡，謂情意相傾盡也。」五臣劉良曰：「猗靡相思不相忘者，情意深也。交甫則未如此，籍飾成此文。」

㊃《詩・大雅・瞻卬》：「哲婦傾城。」李善注引《漢書》：「李延年歌曰：『一顧傾人城。』」李善注引宋玉《登徒子好色賦》：「臣東家之子，……嫣然一笑，惑陽城，迷下蔡。」李善曰：「陽城、下蔡，二縣名。蓋楚之貴介公子所封，故取以喻焉。」俞允文注：「下蔡，古蔡州。是地多荒淫，即鄭國溱洧之間也。」

㊄李善注引《毛詩・衛風・伯兮》：「豈無膏沐，誰適爲容？」李善注引《毛詩・衛風・伯兮》：「其雨其雨，杲杲出日。」小序：「伯兮，刺時也。言君子行役爲王前驅，過時而不返焉。」傳：「諼草令人忘憂。」李善注又引鄭玄曰：「人言其雨其雨，而杲杲然日復出；猶我言伯且來，伯且來，復不來。」黄節曰：「萱草三句，皆用《衛風・伯兮》詩義。」

集評

沈約曰：「婉孌則千載不忘，金石之交一旦輕絶，未見好德如好色。」

五臣張銑曰：「言美貌傾人之城，迷惑下蔡之邑，由此容貌美好結人心腸；皆謂晉文王初有輔政之心，爲美行佐主，有如此者。後遂專權而欲篡位，使我感激生憂思。萱草，忘憂也。蘭，香草也。言我將忘此憂，自修芳香之行。膏沐，仁義之道；念天下若此，將誰爲施之。詩云：『其雨其雨，杲杲出日。』言本望得雨，不謂日出；亦猶本期輔弼，不謂篡奪也。」李周翰曰：「言臣主初爲金石固交，一朝離傷，使如此也。」

劉履曰：「初，司馬昭以魏氏託任之重，亦自謂能盡忠于國，至是專權僭竊，欲行篡逆，故嗣宗婉其辭以諷刺之。言交

甫能念二妃解佩于一遇之頃，猶且情愛猗靡，久而不忘；佳人以容好結歡，猶能感激思望，專心靡他，甚而至于優且怨；如何股肱大臣視同腹心者，一旦更變而有乖背之傷也！君臣朋友，皆以義合，故借金石之交爲喻。所謂『文多隱避』者如此，亦不失古人『譎諫』之意矣。須溪劉會孟謂：『從二妃來，不謂有此結語，蓋所謂如截奔馬者。』此文詞變化之妙，學者亦不可不知也。」

王夫之曰：「未嘗非兩折作，而冥合于出入之間，妙乃至此。」

何焯曰：「此蓋託朋友以喻君臣，非徒休文『好德不如好色』之謂也。」

蔣師爚曰：「起六句喻宣（司馬懿）景（司馬師）專政已久，以二神妃況之，明爲幻等也。『傾城』二句，喻少帝又被迷之爽，但用晏等。以下喻司馬氏終而成怨，有由然矣。神妃豈有怨者？司馬氏亦豈待怨而後叛者？彼且爲口實，亦與之爲口實，則遂詰以君臣之分是何等交而遽爾離心也。」

陳沆曰：「夫九鼎神奸，必寫其情狀；小雅巷伯，必盡其形容，使民知之，不逢不若云爾。典午父子陰譎險詐，奸而不雄，是以廣武嘆豎子之名，詠懷多妾婦之況，嘲笑代其怒詈，比興韜其刺譏。金石離傷，明翻雲覆雨之易；丹青明誓，慨託孤寄命之難。而說者不察，猥云『自況』。夫阮公身非朝列，有何金石之深交？縱譏黨附諸臣，胡溯繁華于昔日？甚至安陵、龍陽，陳氏亦謂有擬。所況愈下，未之前聞。」（今按：并參見其五十一陳沆箋）

陳祚明曰：「從來男女之合，託興君臣。公既榮遇靡懷，非傷淪棄；『一旦離傷』之嘆，恐不能宣力用答舊恩耳。」又曰：「公既元瑜之子，自應千載不相忘。」

吳淇曰：「祇是借交甫遇洛妃一事，寫人生會少離多之意。」

方東樹曰：「如顏、沈解殊顢頇，不能顯出其真情，發露其真味。竊意此即『初既與予成言，後悔遁而有他』，『交不忠者怨長』之指。然不知其爲何人而發，公必不苟爲空言泛語勦襲屈子也。『膏沐』句，猶云『我安適歸』矣。」

王闓運曰：「『交甫懷環佩，婉孌有芬芳』等語，言賢人不苟合而守忠貞也。迷人者求寵自固，失職則怨望生變，如司馬太尉是也。『如何金石交，一旦更離傷』，言『如何』者，非獨怨者之罪，君馭之亦失道。」

黃侃曰：「物之興衰，情之起伏，惟妃匹之間爲甚，故多託以爲喻。言交甫見欺，虛懷環佩，而千載不忘；傾城見悦，至于蓬首，而終焉離隔；人情無定若此，雖復金石之交，庸足賴乎？」

按：此詩前後兩段成一對比。前者一經解佩，千載不忘；後者雖樹之蘭房，一旦離傷。謂爲「刺交道不終」，于義爲近。又按《三國志・魏志・文德甄皇后傳》：「文帝納后于鄴，有寵。……後山陽公奉二女以嬪于魏，郭后、李、陰貴人并愛幸，后愈失意，有怨言；帝大怒，（黃初）二年六月遣使賜死。」又《明悼毛皇后傳》：「黃初中，以選入東宮，明帝時爲平原王，進御，有寵，出入與同輿輦。及即帝位，以爲貴嬪，太和元年，立爲皇后。……帝之幸郭元后也，后愛寵日弛。景初元年……賜后死。」兩事皆「容好結中腸」，「一旦更離傷」。甄后本有豔名，曹植曾爲作，劉楨曾爲平視；又本爲袁熙之妻，故可以漢皋神女及傾城、下蔡爲喻。然甄后之死，阮籍尚祇十二歲；此詩或有感于郭后之事而發乎？

其三

嘉樹下成蹊，東園桃與李㈠。《詩紀》謂京師曹氏家藏唐人書《阮步兵集》作「嘉木下成蹊，東園損桃李」。秋風吹飛藿，零落從此始㈡。繁華有憔悴，堂上生荆杞㈢。驅范陳本、劉成德本、浦南金本作馳。馬舍之去，《藝文類聚》無。去上西山趾。一身不自保，何況《詩紀》謂京師曹氏家藏唐人《阮步兵集》作「況復」。戀妻子㈣！凝霜被野草，吴訥本作「草野」。歲暮亦云已㈤。《昭明文選》第三首。

箋注

㈠顔延年曰：「《左傳》：『季孫氏有嘉樹。』」按見《左傳·昭公二年》，李善引班固《漢書·李廣傳贊》：「諺曰：『桃李不言，下自成蹊。』」師古曰：「蹊謂徑道也。言桃李以其華實之故，非有所召呼，而人争歸趣，來往不絶，其下自然成徑。以喻人懷誠信之心，故能潛有所感也。」

㈡李善引《説文》：「藿，豆葉也。」沈約曰：「風吹飛藿之時，蓋桃李零落之日，華實既盡，柯葉又凋，無復一毫可悦。」

㈢「繁華」二句李善注：「言無常也。」又引班固《答賓戲》：「朝爲榮華，夕爲憔悴。」荆，《説文》：「楚木也。」《爾雅·釋木》：「杞，枸檵。」注：「今枸杞也。」胡紹煐《文選箋證》：「蔣氏師爚曰：『《困學紀聞》辨杞有三，此則杞棘之杞，郭注不足據也。』紹煐案：此嗣宗誤讀《湛露》詩『在彼杞棘』，以杞棘爲一木，故借杞爲棘以湊韻。實則杞棘二木異類，諸書亦無以杞爲杞棘者。」按老子《道德經·儉武第三十》：「師之所處，荆棘生焉。」又按此二句即曹植《箜篌引》：

「生前華屋處，零落成山丘」之意。

㊃李善曰：「西山，夷、齊所居。言欲從之以避世禍。」五臣張銑曰：「趾，山足也。」沈約曰：「榮悴，去就。此人本無保身之術，況復妻子者乎！」

㊄李善曰：「《字書》曰：『凝，冰堅也。』《蒼頡篇》：『已，畢也。』」沈約曰：「歲暮風霜之時，徒然而已耳。」李善曰：「繁霜已凝，歲亦暮止，野草殘悴，身亦當然。」五臣呂向曰：「已，盡也。言霜凝歲暮，野草當盡，我值今日，身亦同然。」

集評

五臣呂延濟曰：「言晉當魏盛時則盡忠，及微弱則凌之，使魏室零落自此始也。」五臣張銑曰：「荆杞喻奸臣。言因魏室陵遲，奸臣是生；奸臣則晉文王也。」又曰：「西山，伯夷、叔齊隱處也。言晉無始終，不及夷齊，故上西山也。」呂向曰：「此乃籍憂生之詞也。」

劉履曰：「此言魏室全盛之時，則賢才皆願禄仕其朝，譬猶東園桃李，春玩其華，夏取其實，而往來者衆，其下自成蹊也。及乎權奸僭竊，則賢者退散，亦猶秋風一起而草木零落，繁華者于是而憔悴矣，甚至荆杞生于堂上，則朝廷所用之人從可知焉。當是時，惟脱身遠遁，去從夷齊于西山，尚恐不能自保，何況戀妻子乎？篇末復謂『繁霜被草，歲暮云已』者，蓋見陰凝愈甚，世運垂窮，朝廷終將變革，無復可延之理，是以情促辭絶，不自知其嘆息之深也。」

閔齊華曰：「荆杞，喻時亂也。已，盡也，歲暮已盡，喻時亂之極，有急去之意。」

何焯曰：「何、鄧之流，始榮終悴，不如逃之，何室家之足累哉！『西山』字隱然寓意。此詩旨趣灼然，略無隱避。而當時得全者，以其志于自全避禍，非若叔夜之非薄湯武，指斥賊逆也。」又曰：「『秋風吹飛藿』，傷六族之被夷也。」又「凝霜被野草，歲暮亦云已」，何焯曰：「所謂非一木所能支也。」蔣師爚曰：「『凝霜』二句，非『非一木能支』之謂，謂元復羨來春之桃李云爾。」

陳沆曰：「司馬懿盡録魏王公置于鄴；嘉樹零落，繁華憔悴，皆宗枝翦除之喻也。不然，去何必于西山？身何至于不保？豈非周粟之恥義形于色者乎？而不蹈叔夜非薄湯武之禍，則比興殊于指斥也。」

陳祚明曰：「忠愛纏綿，哀音蕭瑟。」又曰：「此悲魏社將墟，矢心長往，亦不欲宗周也。自非然者，去何取于西山？身何至于不保？嘉樹零落，荆杞羅堂，是何所指？」

沈德潛曰：「一結見『否終則傾』，有去之恐不速意。」

吴淇曰：「此詩懼晉之將代魏也。第二句即王經所云：『權在其門久矣，朝廷四方皆爲之致死。』去之西山，欲效伯夷之節也。文特危切，其當叔夜見（殺）之後乎？」

方東樹曰：「此以桃李比曹爽，言榮華不久將爲司馬氏所滅。……『驅馬』以下始入自己，言急欲上西山以避之，即『亂邦不居』之義；否則尹爽歲暮，一身且不保矣。……此疑初辭曹爽辟時，故用『西山』，言不食其粟也。」

謝榛《四溟詩話》卷二：「詩有簡而妙者，……阮籍『一身不自保，何況戀妻子。』不如裴説『避亂一身多』。」

王闓運曰：「『嘉樹下成蹊，東園桃與李』，言己爲曹爽所辟；『秋風吹飛藿，零落從此始』，言爽敗亡也；『繁華有憔悴，堂上生荆杞』，譏爽戀棧豆也；『凝霜避野草，歲暮亦云已』，凄然顧，悲涼無際！」

按：何焯雖言詠懷詩「其詞旨難以直尋，若篇篇附會，又失之矣」，而其本人則附會之處隨在可見。如解此詩「凝霜」二句爲「非一木所能支」，以「木」易「草」，此又「改文以就己」之一例。去上西山只是「隱居」之意，不必附會夷、齊之事，若如方東樹言不應曹爽之辟爲義不食周粟，似是謂阮籍忠于漢矣。此時祇言繁華易盡，欲求自保，或有感于曹爽、何、鄧等之敗而發，但意亦至此而止，不必更多曲解。

其四

天馬出西北，顧大猷本作征，吴訥本作郭。由來從東道㊀。春秋非有馮惟訥約注本作所。託，《文選》五臣注本作訖。富貴焉常王夫之選本作能。保㊁。清露被皋蘭，凝霜霑野草㊂。朝爲媚《文選》五臣注本、范陳本、劉成德本、《六朝詩集》、浦南金本及鄒思明、張鳳翼、蔣師爚、張琦諸本均作美。少年，《藝文類聚》卷二十六無自此句起以下諸句。夕暮成醜老。自非王子晉，誰能常美好㊃。《昭明文選》第五首。

箋注

㊀從，廣韻：「就也。」沈約曰：「由西北來東道也。」《漢書·武帝紀》：「（太初）四年春，貳師將軍（李）廣利斬大宛王首，獲汗血馬來，作西極天馬之歌。」應劭曰：「大宛舊有天馬種，蹋石汗血，汗從前肩髆出，如血，號一日千里。」李善曰：「《漢書》：『天馬來，從西極，涉流沙，九夷服。……天馬來，歷無草，徑千里，循東道。』」張晏曰：「馬從西而東也。」

〔二〕李善引《禮記》鄭玄注曰：「託，止也。」蔣師爚曰：「今本《禮記》注無之，不知何篇之注。」胡紹煐曰：「考異曰：此所引即《禮記·祭統》『訖其嗜欲』注之『訖猶止也』。……作『託』，但傳寫誤。」按《玉篇》：「託，憑依也。」

〔三〕「清露」二句，李善曰：「迅疾也。」《左傳·襄公二十五年》注：「皋爲澤之坎，是水岸也。」《漢書·賈山傳》注：「皋，水邊淤地。」

〔四〕《通俗文》：「妍美曰娬媚。」李善引《列仙傳》曰：「王子喬（晉）者，周靈王太子晉也。好吹笙，作鳳凰鳴。游伊洛之間，道士浮邱公接以上嵩山。（三十餘年）後，于緱山乘白鶴駐山頭，舉手謝時人。數日而去。」

集評

沈約曰：「春秋相待，若環之無端，天道常也。譬如天馬，當出西北，忽由東南，況富之與貧、貴之與賤，易至乎！」

五臣劉良曰：「言天馬來自西北，從于東道，此亦萬事不定。」張銑曰：「春秋相代，訖竟之時而富貴者安能長保持也。」呂向曰：「春露秋霜，互以相代。言霜凝歲暮，野草當盡，我值今日，身亦固然；此乃籍憂生之詞也。」李周翰曰：「王子晉，古仙人，以喻貞正之士。言世人逐時興衰，非有長生者也。」

劉履曰：「此嗣宗見世變不常而警。夫居勢位，享寵禄者之不可久恃也。言天馬本出西北而忽來由此東道矣；人之壽命本非有託，而貴富之在身者，豈能常保耶？此詩之本旨也。其言清露而凝霜，亦以與少年之變成醜老；又謂自非神仙，誰能長存？此特明夫理之可曉者以證之云爾。若夫言外之意，自當潛心領會可也。」

馮惟訥約注：「此篇警居勢位者之不可久恃也。」

于光華《文選集評》引孫鑛曰：「天馬不知何所指。」

范大士《歷代詩發》曰：「以西東興少老。」

張琦曰：「此與上章同旨。『天馬』二句喻司馬有必興之勢。春秋更代，魏祚將移，不能常保矣。霜露摧殘，自甘醜老，不惜與時乖左也。」

陳祚明曰：「此首最不易解。如後半所詠明序易遷，年壽難保，後人感傷者往往及之。使果是此旨，則起句『天馬』之喻將何所寄？細繹『春秋』句符會全章，蓋言每生所託各有時地；若違時失地，豈望榮華？如天馬雖來，北風之思自切。今我生不辰，與世乖左，摧藏霜露，醜老自甘，何期富貴哉！」

吴淇曰：「三百既亡，漢以後之詩率多比、賦，求之選詩，合興義者只此。『天馬』二句，説者往往曲爲之説，以求切于下文，則是比也，非興也，不過以天馬之出引起春秋云云爾。春秋二字似泛論天時，乃人生所受之年光，《史記》所云『富于春秋』也。春秋既爲人所受之年光，最切于身者，猶非可止；況富貴乃人所遇之幻境，非切于身者，又安能常保乎？『清露』二句以下方是『比』義，言人當春秋鼎盛之時，何異清露之被臯蘭；及當衰落之時，何異凝霜之沾野草？然盛極必衰，曾不終朝，苟非仙人，猶且『春非我春、秋非我秋』，而乃謂富爲我富、貴爲我貴，豈不愚哉！」

蔣師爚曰：「此言萬事不定，勢利無常，置君如奕，朝美而夕醜之矣。必三少帝如王子晉之無戀于人間，司馬乃安之也。」

陳沆作爲詠懷詩上十二首，曰：「皆悼宗國將亡，推本由來，非一日也。」又曰：「馬出西極，途非不遥，孰召使來？則由東道生人引之。猶司馬氏本人臣，而致使有禪代之勢，非在上者致之有漸乎？四時更代，富貴無常，忽則易

人；履霜不戒，遂致肅殺，全盛之世，倏成衰亡，如少年之忽老也。天馬寓典午之姓，凝霜亦履霜之漸，若云：『其所由者非旦夕之故矣，由辨之不早辨也。』」

方東樹曰：「言世間萬事無常，以興盛衰之不常。『春秋』取代謝義。『清露』二句即『履霜堅冰』意。此與上『桃李』皆言其危亡在即，決幾之言也。而此首尤隱，止『富貴』一句露。」

王闓運曰：「『天馬出西北，由來從東道』，求馬喻求士也。『春秋非有託，富貴焉常保』，言當時不求賢。」

按：魏明帝青龍三年，「使人以馬易珠璣、翡翠、玳瑁于吴。吴主曰：『此皆孤所不用，而可以得馬，孤何愛焉。』盡以與之。」先是太和六年，「吴主遣將軍周賀、校尉裴潛乘海之遼東，從公孫淵求馬。」（以上均據《資治通鑑》。）蓋吴地馬少，不利于登陸作戰，故求之甚急也。此詩似爲此而發。言天馬本出西北而向東道，今馬亦由西北而東。繼即諷諭明帝，謂春秋非可憑依，夕暮即成醜老，何必媚于此玩好之物哉！阮籍詠懷詩中凡用「王子」或「王子晉」者，似皆指魏帝之年少者，蓋傳言王子晉十五而仙去也。

其五

平生少年時，輕薄好絃歌[一]。西游咸陽中，孫志祖《文選理學權輿補》引作市。趙李相經過[二]。娱樂未終極，吕陽本作「板終」。白日忽蹉跎。驅馬復來歸，反顧望三河[三]。黄金百鎰盡，資用常苦多。北臨太行道，失路將如何！《昭明文選》第八首。

箋注

㈠《論語・憲問第十四》孔安國注：「平生，猶少時也。」輕薄，厚重之反。李善引《後漢書》曰：「光武曰：『孝孫素謹，輕薄兒誤之。』」

㈡李善曰：「《史記》曰：『秦作咸陽』，徙都也。」五臣劉良曰「漢都咸陽也」，誤。漢都名長安。「趙李」有數説，兹分述下：

一、趙飛燕、李夫人説。顔延年曰：「趙，漢成帝趙后飛燕也。李，武帝李夫人也。并以善歌妙舞幸于帝也。」

二、漢成帝小臣趙李説。楊慎《丹鉛總録》卷二（《升庵詩話》卷十二同）：「阮籍詠懷詩『西游咸陽市，趙李相經過』，顔延年以爲趙飛燕、李夫人，劉會孟謂『安知非實有其（此）人，不必求其誰何也』，不詳詩意『咸陽』、『趙李』謂游俠、近幸之儔。《漢書・谷永傳》：『小臣趙李從微賤專（尊）寵。成帝常與微行者。』籍用『趙李』字正出此。若如顔延年之説，趙飛燕、李夫人豈可言經過？如劉會孟言當時實有其（此）人，唐王維詩亦有『日夜經過趙李家』，豈唐時亦實有此人乎？乃知讀書不詳考深思，雖如延年之博學，會孟之精鑒，亦不免失之；況下此者耶？」

顧炎武《日知録》卷二十七「文選注」條，「阮嗣宗詠懷詩『西游咸陽中，趙李相經過』顔延年注：『趙，漢成帝趙后飛燕也。李，武帝李夫人也。並以善歌妙舞幸于帝也。』按成帝時自有趙李。《漢書・谷永傳》言：『趙李從微賤專寵。』《外戚傳》：『班婕妤進侍者李平，平得幸，亦爲婕妤。』《叙傳》：『班婕妤供養東宫，進侍者李平爲婕妤，而趙飛燕爲皇后。自大將軍（王鳳）薨後，富平、定陵侯張放、淳于長等始愛幸，出爲微行，行則同輿執轡，入侍禁中，設

宴引之會，及趙李諸侍中皆飲滿舉白，談笑大噱。』史傳明白如此，而以爲武帝之李夫人，何哉？」

朱珔《文選集釋》：「余謂如亭林説，趙李在漢時自實有其人，故此上句云『西游咸陽中』，確指其地。若右丞詩，當即同嗣宗語，不得以相例也。否則游俠近幸亦多矣，何以單言趙李？升庵説非是。」

三、輕俠趙季、李欵説。《詩紀》引《詩話補遺》云：「阮籍詩『西游咸陽市，趙李相經過』顔延年注『趙飛燕、李夫人』，非也。按《漢書》乃成帝時趙季、李欵。延年之博，尚有此誤。」丁輯本注：「梁王筠詩：『舉鞭向趙李』，亦指趙季、李欵而言。楊升庵謂《谷永傳》『小臣趙李從微賤專寵，成帝常與微行』，非是。」

四、趙飛燕、李平親屬説。何焯曰：「《漢書・外戚傳》：『鴻嘉後隆于内寵，班婕妤侍者李平得幸，立爲婕妤，上曰：「始衛皇后亦從微起。」乃賜平姓曰衛。』其後趙飛燕姊弟亦從微賤興，踰檢越禮，寖盛于前。趙、李并稱，當指此。《叙傳》有『及趙李諸侍中皆引滿浮白，談笑大噱』之語，顔注誤也。」

五、趙欽、趙訢等及李延年説。梁章鉅《文選旁證》：「趙李之説不一。顔延年注以趙李爲趙飛燕、李夫人，果爾，則『相經過』三字如何接得上？顧氏炎武據《漢書・谷永傳》『成帝數爲微行，多近幸，小臣趙李從微賤專寵』云云，則趙當指新成侯趙欽、成陽侯趙訢等，李當指衛婕好李平親屬也。顧趙元《説略》又據《何並傳》『輕俠趙季、李欵多蓄賓客，以氣力漁食閭里』，並曰：『趙李傑惡，雖亡去，當得其頭以謝百姓』云云。此與『輕薄』意尤近。然《佞幸傳》又云：『佞幸寵臣，孝文時士人則鄧通，宦者則趙談、北宫北子；孝武時，士人則韓嫣，宦者則李延年。』延年即李夫人兄，善歌，爲新變聲，以李夫人貴，爲協律都尉，佩二千石印綬，與上卧起；此亦可當趙李之目也。」

按：諸説並非。如顔延年説，趙李爲趙飛燕、李夫人，則以皇后之尊，深處後宫，自不得言與之相經過；其誤易

辨。如楊慎、顧炎武説，趙李爲漢成帝小臣，然同在《谷永傳》中，永之上對即有「許班之貴，傾動前朝」之語。即在兩氏所引之一段中，張放、淳于長兩人均各封侯，尤爲愛幸，「出則同輿執轡，入侍禁中」，豈可謂嗣宗獨拈出小臣趙李？如《詩話補遺》及顧起元引楊用修説，趙李爲輕俠趙季、李欵，然同在《何並傳》中即有「初，邛成太后外家王氏貴，而侍中王林卿通輕俠，傾京師」，而趙季、李欵則不過「以氣力漁食閭里」，與王林卿有大小巫之別，何以嗣宗獨捨彼而言此？如何焯説，趙李爲趙飛燕、李平親屬，不知漢朝數百年中，恰爲外戚極盛之時代，如高祖時之吕氏，文帝時之竇氏，景帝時之田氏，武帝時之衛氏、李氏、趙氏（趙婕妤家），宣帝時之許氏、霍氏，皆較趙飛燕當時爲煊赫，李平更無論矣；尤以元帝時之王氏「家凡十侯，五大司馬，外戚莫盛焉」（《漢書·外戚傳》）。而趙飛燕則不久即失寵，直到哀帝尊之爲皇太后，才封其弟趙欽爲新成侯，兄子趙訢爲成陽侯，「趙氏侯者凡二人」（《漢書·外戚傳》），又不久被廢之李平親屬則無聞。《漢書·叙傳》又言「（班伯）金華之業絶，出與王許子弟爲群，在于綺襦紈袴之間，非其好也。」又言：「故自帝師安昌侯、諸舅大將軍兄弟及公卿大夫、後宫外屬史許之家有貴寵者，莫不被文傳詆。」何故嗣宗捨「王許」、「史許」不言，獨指趙飛燕及微不足道且已賜姓爲衛之李平耶？如梁章鉅説，趙爲趙談、趙訢等，李爲李延年。趙已辨如上。李延年「善歌，爲新變聲」，似與阮籍中之「絃歌」字相映帶。《佞幸傳》八人中有趙談、李延年，故梁氏取之。然《佞幸傳》云：「漢興，佞幸寵臣高祖時則有籍孺，孝惠有閎孺，……其後寵臣，孝文時士人則鄧通，宦者則趙談、北宫伯子；孝武時士人則韓嫣，宦者則李延年；孝元時宦者則弘恭、石顯；孝成時士人則張放、淳于長；孝哀時則有董賢……」，其中鄧通、弘恭、石顯、張放、淳于長當時亦均較趙談、李延年爲顯赫，鄧、韓、

石、淳于、張、董六人亦均在《佞幸傳》八人之列，（《史記・佞幸傳》祗鄧通、韓嫣、李延年三人。）阮亦不應獨取趙、李。綜上諸説，蓋皆如黄侃先生所謂「摭字以求事」者。顔延年説雖其誤易辨，然後之解者終爲所囿，祗于漢朝尋求其人。不知咸陽乃秦都，非漢都。據《漢書・高帝紀》：「（項）羽引兵西屠咸陽，殺秦降王子嬰，燒秦宫室，所過無不殘滅。」又言：「是日車駕西都長安。」師古曰：「長安本秦之鄉名，高祖作都焉。」終秦之世，始皇時最貴顯者唯一李斯，二世時最貴顯者唯一趙高。《史記・李斯傳》：「李斯喟然嘆曰：『嗟乎！吾聞之荀卿曰：「物禁太盛。」夫斯乃上蔡布衣，閭巷之黔首，上不知其駑下，遂擢至此。當今人臣之位，無居臣上者，可謂富貴極矣。物極則衰，吾未知所税駕也。』」又曰：「斯，上蔡閭巷布衣也。上幸擢爲丞相，封爲通侯，子孫皆至尊位重禄者，故將以存亡安危屬臣也。豈可負哉！」又《二世本紀》：「趙高爲郎中令，任用事。」「于是二世常居禁中，與高決諸事。其後公卿希得相見。」「趙高爲丞相，竟案李斯殺之。」阮詩中之趙李，亦泛指貴家子弟而言，特舉其最貴者。《漢書・谷永傳》：「永曰：『……秦所以二世十六年而亡者，養生太奢，奉終太厚也。……主爲趙李報德復怨。』」又《叙傳》：「唯谷永常言：『建始河平之際，許班之貴，傾動前朝，重灼四方，賞賜無量，空虚内藏，女寵至極不可尚矣。』今之後起，天所不饗，什倍于前。永指以駁譏趙李，亦無間云。」此二處之趙李，從上下文看，似指女寵而言，亦非指小臣趙李也。

㊂黄節注：「《説文》：『蹉跎，失時也。』」三河，黄節注：「《漢書》：『高祖悉發關中兵，收三河士。』韋昭曰：『河東、河南、河内也。』節按：其十三『蘇子狹三河』《文選》注：『沈約曰：「河南、河東、河北，秦之三川郡。古人呼水皆爲河耳。」』河内即河北。嗣宗本陳留尉氏人，《通典》云：『陳留故屬秦三川郡』；則此云『反顧望三

河』者，蓋指故鄉之陳留也。」黄節注又云：「劉履曰：『嗣宗所居陳留在河南之東，故自西而望，概稱三河也。』張鵬翹曰：『離潼關二十里許有三河口，蓋渭水、洛水入黄河之口。或即指此，故來歸復反顧也。』按潼關之三河口，《漢志》未詳。」

㊃李善引《國語》賈逵注曰：「一鎰，二十四兩。」李善注引《戰國策·魏策》曰：「魏王欲攻邯鄲，季梁聞之，中道而返，衣焦不伸，頭塵不浴（去），往見王曰：『今者臣來，見人于太行，乃北面而持其駕，告臣曰：「我欲之楚。」臣曰：「之楚將奚爲北面？」曰：「吾馬良。」臣曰：「馬雖良，（此）非楚之道（路）也。」曰：「吾用多。」臣曰：「（用）雖多，此非之楚路也。」曰：「吾（善）御。」此數者愈善而離楚愈遠耳。今王動欲成霸王，舉欲信于天下。恃王國之大、兵之精鋭而欲攻邯鄲以廣地尊名，王之動愈數而離王愈遠耳。猶至楚而北行也。』」高誘注：「用，所資也。」

集評

李善曰（黄侃注作顔曰）：「少年之日，志好絃歌。及乎歲晚旋歸，路少財盡，同乎太行之子，當如之何乎？」

五臣吕向曰：「晉文王河内人，故託言三河。言人輕薄之情，平生經過于魏都之中，及魏室衰薄，皆去而望晉。」李周翰曰：「言雖黄金百鎰，資用苦多，豈可供其失路之費也。喻人素有美行于魏，今失路歸晉，其于美行盡已喪矣，將如之何哉？」

劉履曰：「此嗣宗自悔其失身也。言少時輕薄而好游樂，朋儕相與，未及終極而白日已暮，乃欲驅馬來歸，則資費既盡，無如之何。以喻初不自重，不審時而從仕。服事未幾，魏室將亡，雖欲退休而無計，故篇末託言太行失路，以寓懊嘆無窮之情焉。」

何焯曰：「司馬氏河内温人，故託三河言之。太行在河内之上。言此資用雖多而易盡，失路故也。倒裝句法。」

陳沆曰：「前四句述魏盛時。『白日忽蹉跎』，明帝崩也。『望三河』，寄懷周室也。太行道險，不可失足；天下勢重，不可失權。財用雖多而易盡者，失路故也；國勢雖强而易去者，失權故也。借己以喻國，故知窮途之哭，非關感遇矣。」

陳祚明曰：「『望三河』乃寄懷周室，因借用蘇季子事，『吾謀適不用也。』失路之悲，徘徊念之，又非自況矣。」

方東樹曰：「此言爲人之失與失路同，疑是以己託諷曹爽不可荒淫失道，雖若裕如，而禍患忽來，雖悔失路，無如何也。……阮，陳留人，魏都鄴，此言『望三河』、『反顧』，借指家國，雙關語言之耳。義門辨非。此殆指鄴都而隱避託言之也。」

王闓運曰：「『平生少年時，輕薄好絃歌』，譏爽賓客也。與言亦與游，故云『平生』。」

黄侃曰：「少壯未有不老者也，娱樂未有常保者也，貲財未有不耗者也。黄金縱多，不若資用之多。若斯人者，其失路可立而待也。」

按：詩中「趙李」似謂趙高、李斯無疑，而李爲主，趙爲賓。阮籍喜用李斯事以爲誡，如《樂論》云：「悲夫！以哀爲樂者：胡亥耽哀不變，故願爲黔首；李斯隨哀不返，故思逐狡兔。嗚呼！君子可不鑒之哉！」即用李斯論腰斬咸陽市，出獄，顧謂其中子曰：「吾欲與若復牽黄犬俱出上蔡東門逐狡兔，豈可得乎」之事。所謂「以哀爲樂」，「隨哀不返」，見之《樂論》，亦與此詩「輕薄好絃歌」之意爲近。「咸陽」字亦隱在其中。上蔡在漢屬豫州汝南郡，自咸陽東望，亦可泛言「望三河」。趙高後亦爲孺子嬰所殺，此皆所謂「資用苦多」，「太行失路」者。方東樹以爲此詩託諷曹

爽，似近之。據《三國志·魏志·曹爽傳》：「（明）帝寢疾，乃引爽入卧内，拜大將軍，假節鉞，都督中外諸軍事，録尚書事；與太尉司馬宣王（懿）并受遺詔輔少主。明帝崩，齊王即位，加爽侍中，改封武安侯，邑萬二千户。……丁謐畫策，使爽白天子發詔，轉宣王爲太傅，外以名號尊之，内欲令尚書奏事先來由己，得制其輕重也。爽弟羲爲中領軍；訓，武衛將軍；彦，散騎常侍、侍講；其餘諸弟，皆以列侯侍從，出入禁闥，貴寵莫盛焉。」此可與李斯當時之貴寵對照。《曹爽傳》又言「爽飲食車服，擬于乘輿，尚方珍玩，充牣其家，妻妾盈後庭，又私取先帝才人七八人，及將吏、師工、鼓吹、良家子女三十三人，皆以爲伎樂。詐作詔書，發才人五十七人送鄴臺，使先帝婕好教習爲伎。擅取太樂樂器、武庫禁兵，作窟室，綺疏四周，數與（何）晏等會其中飲酒作樂。」此亦所謂「以哀爲樂」、「隨哀不返」者。至王闓運謂譏爽之賓客，似尚不足以當此，且阮曾卻曹爽之辟，史亦不言其與爽之賓客「與言與游」也。

其六

昔聞東陵瓜，近在青門外㈠。連畛李善本、真西山本、《六朝詩集》作軫。距阡陌，子母相鉤李善本、《藝文類聚》卷八十七、《太平御覽》卷九百七十八作拘。帶㈡。五色曜朝日，嘉賓四面會㈢。《藝文類聚》卷八十七及《詩雋類函》卷一百四十至此句止。膏火自煎熬，多財范陳本作才。爲患《六朝詩集》作「被災」。害。布衣可終身，寵禄豈足賴㈣。《昭明文選》第九首。

箋注

㈠李善引《史記・蕭相國世家》：「上已聞淮陰侯誅，使使拜丞相何爲相國，益封五千户，令卒五百人、一都尉爲相國衛。諸君皆賀，召平獨弔。召平者，故秦東陵侯，秦破爲布衣，貧，種瓜于長安城東，瓜美，故世俗謂之東陵瓜，從召平始以爲名也。」青門，李善注引《漢書》：「霸城門，民間所謂青門也。」黄節注引《三輔黄圖》：「長安城東出南頭第一門曰霸城門，民見門色青，因曰青門。」《水經》渭水注：「長安城十二門，東出北頭第三門本名霸城門，民見門色青，又名青城門，或曰青綺門，亦曰青門。」

㈡李善注引宋衷《太玄經》注曰：「畛，界也。」又引《説文》曰：「畛，井田間陌也。」又引孔安國《尚書傳》曰：「距，至也。」（按見《書・益稷篇》注。）《説文》曰：「路東西爲陌，南北爲阡。」黄節引劉履曰：「子母，言瓜之大小相連帶也。」

㈢李善注：「子母，五色，俱謂瓜也。」梁章鉅引《述異記》曰：「吴桓王時，會稽生五色瓜。吴中有五色瓜充歲貢。」

㈣李善引《莊子・人間世》：「山木自寇也，膏火自煎也。」黄節引阮籍《大人先生傳》曰：「邵平封東陵，一旦爲布衣。」

集評

沈約曰：「當東陵侯侯服之時，多財爵貴，及種瓜青門，匹夫耳，實由善于其事，故以味美見稱，連畛距陌，五色相照，非唯周身贍己，乃亦坐致嘉賓。夫得固易失，榮難久恃，膏以明自煎，人以財興累，布衣可以終身，豈寵禄之足賴哉！」

五臣劉良曰：「瓜有五色，其光曜日。嘉賓，邵平之客。」吕延濟曰：「邵平瓜美，足供賓客。」張銑曰：「膏以明而受

煎熬，人以財而見患害，豈如邵平復爲布衣，終身不仕。至于寵禄，何足恃賴。顧朝廷若是，願以退居，故有此詞。」

劉履曰：「嗣宗知魏亡有日，不樂久仕，思得如秦故侯種瓜于青門，則志願畢矣；故詠其事以自見。既言其瓜既如此美，不特可資于己，又足以宴會嘉賓焉；復言膏火以明自煎，人以多財而致患，則以明夫寵禄之易失，不若布衣之可以安且久也。按《史記》：世稱東陵瓜，從邵平始。蓋平所以垂名者，不以侯而以瓜。《詩》云：『誠不以富，亦祇以異』，其是之謂乎！」

邱光庭《兼明書》曰：「阮嗣宗此詩是遭亂代思深居遠害，故以瓜喻之。言邵平種瓜不能深遠，近在青門之外，又色妍味美，遂爲人所食啗，故下云：『五色曜朝夕，嘉賓四面會。膏火自煎熬，多才爲禍害。』意言人遭代亂，苟逞才露穎，必爲時所害，如美瓜、膏火之自喪矣。」

何焯曰：「東陵瓜，西山蕨，徒然有易世之感。寵禄難居，爲當日清流之禍言也。」又曰：「言古人即易代失侯，可以種瓜食力，何事不能固窮，欲事二姓乎？此又爲雖非黨惡而依違者諷也。」

蔣師爚曰：「此爲資用苦多者破其迷耳。北臨太行，何如近在青門也。合前首看，頗得一解。」

陳祚明曰：「近在青門，無煩遠引，公所自處審矣。」

吴淇曰：「『近在東門』句妙。牛山之木，郊大國而來斧斤；東陵之瓜，近東門而會賓客；言人不能高蹈遠引而嬰患害也。」

方東樹曰：「此言爽溺富貴將亡，不能如召平之猶能退保布衣也。」

曾國藩曰：「此首，阮公以邵平自比。『膏火』二句，亦譏趨附權勢者。」

王闓運曰：「『膏火自煎熬，多財爲禍害，布衣可終身，寵禄豈足賴』，喻己不能終隱。」

按：此詩自沈約以降解者多誤。不思召平以貧而種瓜于臨近之青門外，能種得若干地？收得若干瓜？若謂其竟以瓜美而能招來四面之嘉賓，且以多財而恐致禍害，此非如後世之所謂大莊園主不足以當之矣。蓋阮籍正因召平事而寄慨，意謂東陵五色之瓜，登于相國之盤，在朝日中暉曜，而相國之座上，嘉賓四面來會。然蕭何雖寵禄有加，其于陳豨之反，不得不從召平之計，「悉以家私財佐軍」；其後于韓信之反，又不得不從或客之計，「多買田地，賤貰貸以自污」；其汲汲防禍，心中之煎熬可知。顧猶不免「下廷尉，械繫之數日」，豈若召平之布衣可以終身，而相國之寵禄豈足賴哉！方東樹謂爲曹爽溺于富貴，似得之矣；爽亦相國也。

其七

炎暑惟梁章鉅本注：「一作唯。」兹夏，三旬將欲移㈠。芳樹垂何焯本作重。緑葉，青《六朝詩集》、張鳳翼本、陳光明本、何焯本、蔣師爚本均作清。雲自逶迆㈡。四時更代謝，日月遞差馳㈢。《詩紀》、《六朝詩集》、《詩雋類函》、梅鼎祚本及補本、張燮本、顧本、臧懋循本、張溥本、陳沆本均作「參差」。徘徊空堂上，忉怛莫我知。願覩卒歡《六朝詩集》作「平生」。好，不見悲别離㈣。《昭明文選》第十三首。

箋注

㊀李善曰：「南方爲火而主夏。火性炎上，故謂夏月爲暑。鄭玄《毛詩箋》曰：『炎，熱氣也。』薛君《韓詩章句》曰：『惟，辭也。』」

㊁劉履曰：「清雲，緑葉垂蔭之象。」《説文》：「逶迆，邪去貌。」

㊂五臣李周翰曰：「差馳，言相次而奔馳也。」黄節曰：「『差馳』，一作『參差』，疑『馳』當作『池』。參差，差馳，同爲不齊之貌，言日月出没不齊也。五臣謂『差馳，言相次而奔馳也』，恐非是。」《説文》：「差，貳也，不相值也。」

㊃《廣韻》：「忉，懮心貌。怛，悲慘也。」李善引《毛詩・齊風・甫田》：「勞心忉忉。」傳：「忉忉，懮勞也。」又：「勞心怛怛。」傳：「怛怛，猶忉忉也。」五臣吕延濟曰：「『忉怛』，懮傷也。『莫我知』，莫知我也。」卒，《爾雅・釋詁》疏：「終盡也。」

集評

李善曰（黄侃注作顔曰）：「言四時代移，日月遞運，年壽將盡，而人莫己知，恐被讒邪，横遭擯斥，故云：『願卒歡好而不見别離。』」

五臣張銑曰：「三旬，謂六月之旬，將入于秋也。喻魏之末，權移于晉。」吕向曰：「逶迆喻魏尚有餘德。逶迆，長遠也。」劉良曰：「卒，終也。不見，言不欲見。别離，喻晉篡魏而别離也。」

黄節引劉履曰：「此篇憂魏祚將移于晉，故託喻炎暑。陽明之時，惟在兹夏，今三旬又欲垂盡，意謂若至秋冬，則涼冷

而陰慘矣。且言芳樹之清蔭猶自遠布，以見在朝諸臣受魏恩寵，固有不可忘者。然觀其勢猶四時之更代，日月之遞馳，殆恐終不能遏耳。是時衆人惟事奔競，誰復顧慮？而我獨于空堂徘徊而懮懼，曾莫之知者焉。篇末復謂願見君臣終于歡好，不致篡奪而有乖離之傷。其忠愛懇切至于如此，不亦悲哉！」

閔齊華曰：「喻魏移于晉意。」

黄節引何焯曰：「甘露五年六月甲寅，常道鄉公立，改元景元，月之三日也，故曰三旬。四時代謝，以比易代。」

蔣師瀹曰：「如善所言『恐横遭擯斥』，似屬在己，恐爲論太卑。此乃以魏之待山陽公者望晉以之待常道鄉公，無令如成濟之輩，又爲高貴覆轍也。」

陳沆曰：「《魏志》：甘露五年六月甲寅，司馬昭立常道鄉公，改元景元，在月之三日，故首云：『炎暑惟兹夏，三旬將欲移』也。又以成功之去比運祚之移而曰：『願覩卒歡好，不見悲别離』，危其復爲齊王、高貴鄉公之續也。」

張琦曰：「末二句，冀幸萬一之詞。」

陳祚明曰：「以成功之志，比運祚之移。是時禪代猶未成，然度將不免。故君去我，日日危之，歡好願卒，理不冀卒矣。」

曾國藩曰：「魏甘露五年六月甲寅，司馬昭立常道鄉公，在月之三日。陳沆謂此詩即指此事。『三旬將欲移』云者，謂過三旬即移于秋節也。『願覩卒歡好』云者，恐其復爲齊王芳、高貴鄉公之續也。」

按：諸説中凡謂詩中某詞「比喻」某某者，最易陷于曲解。其中何焯以常道鄉公立于六月之三日，不三旬即爲秋七月，因謂詩意以四時代謝比易代，似屬有一史證，最易使人相信。不知常道鄉公之立，下距魏晉易代尚有五年。

此詩末二句自覺突兀。阮籍時當夏欲去、秋欲來之際，獨坐空堂之上，不知心中忽然發生如何感觸，有此二語，今亦無從推測矣。

其八

灼灼西頹日，餘光照我衣。迴馮惟訥注本、《六朝詩集》、浦南金本、陳沆本作回。風吹四壁，寒鳥相因依㈠。周周尚《六朝詩集》作常。銜羽，蛩蛩亦念飢㈡。如何當路子，磬折忘所歸！豈爲夸浦南金本、呂陽本作誇。與五臣本、他本皆作譽。名，憔悴使心悲㈢。《藝文類聚》卷二十六無以上諸句。寧與燕雀翔，不隨黄鵠飛。黄鵠游四范陳本、劉成德本、浦南金本作西。海，中路將安歸㈣。《昭明文選》第十四首。

箋注

㈠灼，《玉篇》：「熱也。」又：「明也。」因，《說文》：「從口大，會意。」徐鍇曰：「能大者，衆圍就之也。」是「因」爲「就」字義。又依也，托也。

㈡李善曰：「韓子曰：『鳥有周周者，首重而屈尾，將欲飲于河則必顛，乃銜羽而飲之。』（按見《韓非子·說林》。）今人之所有飲（此字從葉刻《文選》來）不足者，不可不自索其羽矣。」朱珔《文選集釋》：「『周周尚銜羽』，注引韓子曰云云。案方氏《通雅》云：（轉注略）『周音誅。《莊子》曰：「周周銜羽以濟。」《太平御覽》引《禽經》曰：「鸐鸐之信不如

雀，「周周之智不如鴻。」今《禽經》無此語，祇有「鷃雀啁啁，或亦銜波」。傳子路所云「熒熒周周之鳥」不必有其物乎？然鳥銜羽有之。曾見平西獵中白鵰時自銜尾，蓋自愛其羽也。」余謂周周固不知何鳥，惟《爾雅》『嶲周』，或以爲燕，或以爲子規。《説文》釋嶲周云：『灰佳山，象其冠也。』鳥頭有冠，與所稱『首重』者似合，是周周即嶲周而重言之歟？特燕與子規亦不聞銜羽而飲耳。方氏以目見銜尾證銜羽。然屈尾即短尾，見後《招魂》。短尾非可銜，羽當謂其翅，《詩》『差池其羽』是已。若愛其羽如孔雀之愛尾，鮒魚之愛鱗，物理常有，不必畏顛仆也。附案：銜羽不能飲。《御覽》引《莊子》司馬注：『銜他鳥羽過河』爲得之。今《莊子》逸。」蛩蛩，李善曰：「《爾雅》（按見《釋獸》）曰：『西方有比肩獸焉，與邛邛岠虚比，爲邛邛岠虚齧甘草。即有難，邛邛岠虚負而走，其名謂之蟨。』」胡紹煐曰：「善曰……者，按今《爾雅》作邛邛。《釋文》：『邛本作𧕴。』𧕴當是蛩字之誤，蓋善所本。」《説文》：「蛩蛩，獸也。」《山海經》注：「郭璞曰：『巨虚即蛩蛩，互言耳。』」按《韓詩外傳》、《吕氏春秋》、《山海經》、《穆天子傳》、《説苑》均有關于蛩蛩之説，不具引。

㊂李善曰：「《孟子》：『公孫丑問曰：「夫子當路于齊，管晏之功可復許乎？」』」綦毋邃曰：『當仕路也。』（按：孟子注爲『如使夫子得當仕路于齊』。）《尚書大傳》曰：『諸侯來受命周公，莫不磬折。』磬，樂器，其形曲折。《吕氏春秋》曰：『古之人有不肯富貴者，由重生故也，非夸以名也，爲其實也。』司馬彪《莊子注》曰：『夸，虚名也。』鄭玄《禮記注》曰：『名，令聞也。』」黄節引胡紹煐曰：「六臣本校云：『五臣「譽」作「與」』。按善引《吕覽》見《本生篇》。高注：『夸，虚也。』阮詩即本此。古『以』、『與』字通。五臣本不誤。善本當亦同，觀注不釋『譽』字可證，旁證云：此詩第三十首有『背棄夸與名』，則作『與』是也。」

㊃《玉篇》：「黄鵠，仙人所乘。」《漢書·張良傳》：「戚夫人泣涕，上曰：『爲我楚舞，吾爲若楚歌。』歌曰：『鴻鵠高飛，一舉千里。羽翼以就，横及四海。』」

集評

沈約曰：「天寒，即飛鳥走獸尚知相依，周周銜羽以免顛仆，蛩蛩負蹷以齧美草，而當路者知進趨不念暮歸，所安爲（黄侃注引無此字）者惟夸譽名，故致憔悴而心悲也。」又曰：「若斯人者，不念己之短翮，不隨燕雀爲侣而欲與黄鵠比游；黄鵠一舉沖天，翺翔四海，短翮追而不逮，將安歸乎？爲其計者，宜與燕雀相隨，不宜與黄鵠齊舉。」

五臣張銑曰：「頹日，喻魏也；尚有餘德及人。迴風，喻曾武。四壁，喻大臣。寒鳥，喻小臣也。」吕向曰：「周周、蛩蛩以喻君臣相須而濟，有晉不如此。」李周翰曰：「當路子，喻大臣也。皆磬折曲從以媚晉氏，而忘致君之道。」劉良曰：「此人皆夸大與名譽而致身趨附之地，使我憔悴而心悲。」吕延濟曰：「燕雀喻奸佞，黄鵠喻賢才。言世人事與奸佞相濟，其要安于爵禄，不能與賢才盡力于君而受其黜退也。」

劉履曰：「此篇責群臣之附司馬氏者，而因以自勵也。言魏室雖微，尚皆被其恩寵，比之日雖西頹，而其餘光猶灼灼然照我也。迴風、寒鳥，以比司馬僭逼之勢既盛，猶有卑下小臣知附王室而不敢違者。且周周、蛩蛩特禽獸耳，亦能飢渴相須，患難相濟；如何當朝執政之臣率皆趨附權奸而不顧返，爾豈欲夸大其聲譽而然乎？殊不知屈己以媚人，其實憔悴而可悲也。末章所謂『燕雀』，即上文寒鳥之屬。『黄鵠』以指司馬晉公，言其志大，必將一舉沖天而游于四海。爲今之計，寧辭尊而居卑，庶幾韜晦以自全。若攀附高遠，一遭簒奪之變，則我既爲魏臣，豈忍復事

于晉？此所以慮中路之無歸也。史稱：『籍本有濟世之志』，『朝議以其名高，欲尊寵之』，籍以『天下多故，名士少有全者』，『乃求爲步兵校尉；縱酒昏酣，遺落世事』，大概與此詩相合。然詩中微意，又豈史氏所能悉哉？」

馮惟訥約注：「此篇責群臣之附司馬氏而因以自勵也。」

張鳳翼《纂注》：「燕雀，喻無位者。黄鵠喻權勢。籍自言願自隱退，不欲趨附，恐無所税駕也。」

鄒思明曰：「故心自悲傷，欲侣隱者而不附權勢。」

王夫之曰：「荀彧空器之死，早已料盡。目光射遠，手腕自爲之飛舞。」

何焯曰：「『灼灼西頽日』喻魏室。『如何當路子，磬折忘所歸』即『君非賈豫州子耶?!』之意。」又蔣師爚引何焯曰：「君臣之義，無所逃于天地之間，豈獨名污青史爲可慮乎？末言己寧没身下位，不敢附司馬氏取尊顯也。」

陳祚明曰：「如徒笑磬折之爲愚，思遠引之自得，則『周周』二語託旨安歸？又且『憔悴』云云，應譏當路磬折者定同燕雀之刺促，遠引者可儕黄鵠之高超矣。故知篇中所云，别自有爲。西日之頽，言魏將亡而餘恩不泯也。迴風之吹，言運雖衰而恩戀情長也。君臣之分，纏綿不解，情同比翼，懮樂共之。而當路者磬折權臣，都忘舊主，此是何心！我所立異于衆，非以要名，特覩故君之憔悴，未免心悲，故寧甘燕雀之卑棲，不隨黄鵠而肆志也。」

吴淇曰：「此詩亦爲晉將代魏而作也。『灼灼』句以日之暮比魏祚之將革；『餘光』句，魏與己尚有一綫之義未絶；『迴風』句以歲之暮比世亂；『寒鳥』句比君子相率而避世。……以燕雀比避世之士，黄鵠比晉。黄鵠之游四海，比晉遂有代魏之勢。苟不隨之則已耳，隨之中路而不止，是賈充之流也；隨之中路而止，亦荀彧之流也。故隨者必失歸；失歸者必在中路，是不可不早辨者。何也？大凡奸雄取天下，始必假仁假義，深藏厚貌，不惟天下之庸人隨

之，即豪傑之士亦所不免；而明哲之英，獨能識之于謙恭下士之日，由其人之學問知所歸也。所歸者何？乃生人安身立命之處，真仁亦如是也。」

曾國藩曰：「陳沆以『磬折忘歸』爲譏黨附司馬氏者，未知然否？至謂末四句爲阮公自命之詞，鑒黄鵠之失路，寧燕雀以卑接，則深得本指矣。」

王闓運曰：「『灼灼西頹日』一首，知爽不久，而辟己之知遇，不得不與周旋，如周、蛩也。乃何晏、夏侯等專務夸名，則已不能從黄鵠飛矣。」

黄節曰：「劉履、吴淇皆以末四句爲嗣宗自謂，何焯從之，曰：『末言已寧没身下位，不敢附司馬取尊顯也。』陳沆、曾國藩亦皆取之；則與沈約説異。沈歸愚曰：『爲知進而不知退者言』，則仍以沈約之説爲允。」又曰：『曹植《箜篌引》曰：『謙謙君子德，磬折欲何求？』《左傳》：『雖有絲蔴，無棄菅蒯；雖有姬姜，無棄蕉萃。』詩蓋言易姓之際，當仕路者雖磬折忘歸，而終不免于被棄之悲耳。」又曰：「班婕妤《怨歌行》曰：『棄捐篋笥中，恩情中道絶』，謂以此與蕉萃被棄意相近。」

按：解此詩者謂詩中某詞爲比喻××者更多，其説不一。至五臣張銑謂「頹日喻魏」（按阮籍五言詠懷詩八十餘篇中，其以一日中之晷刻起興者不知凡幾，如其一「夜中不能寐」），「迴風喻晉武（司馬炎）」，尤爲不顧史實。按阮籍死年，尚是司馬昭當國，至阮籍死之次年，司馬炎始「貳副相國事」，再次一年，司馬昭死，司馬炎始以相國受魏禪。由此可見儘有人随意曲解，以達其獻媚統治者之目的矣。

其九

步《水經注》卷十六穀水注引作朝。出上東門㊀，北《藝文類聚》、《水經注》引作遥，首陽山條同。望首陽岑㊁。下有采薇士，上有嘉《六朝詩集》作佳。樹林㊂。《藝文類聚》二十六祇引此四句。良辰在何許？凝霜霑衣衿。寒風振山高静《看詩隨録》作高。岡，玄雲起重陰㊃。鳴雁飛南征，鶗鴂劉履注：「或作鶗鴂，并通。」發哀音。素質游李善本、及朴本、《文選旁證》本作由。商聲，悽愴傷我心㊄。《昭明文选》第十首。

箋注

㊀李善引《河南郡圖經》曰：「東有三門，最北頭曰上東門。」《初學記》卷二十四：「洛陽有：……中東門、上東門……」注：「見《洛陽故宫記》。」朱珔《文選集釋》：「案《水經·穀水篇注》云：『穀水又東，屈南逕建泰門石橋下，即上東門也。……一曰上升門。晉曰建陽門。』蓋即《東觀漢紀》所稱『光武出獵，夜還，郅惲拒關不納』是也。酈氏既于此引阮詩爲證，下文言：『運渠從洛口入注九曲，至東陽門』，復引（阮詩），然上東門在東之北，而東陽門爲正東，實非一處也。」

㊁首陽岑，詳見《首陽山賦》注㊀。李善注引《河南郡境界簿》曰：「城東北十里首陽山上有首陽祠一所。」朱珔

《文選集釋》云：「『北望首陽岑』注引《河南郡境界簿》（略）。案《水經·河水五篇注》云：『河水東逕平縣故城北，南對首陽山，春秋所謂首戴也。夷齊之歌所矣。』附案：錢氏坫曰：『漢平縣故城在今鞏縣西北。』閻氏若璩曰：『山今在偃師縣』。戴延之《西征記》：『洛陽東北去首陽山二十里，上有伯夷叔齊祠』，本書（按指《昭明文選》）曹子建《贈白馬王彪》詩注引陸機《洛陽記》同。《方輿紀要》則謂首陽山在偃師縣西北二十里。杜佑曰：『夷齊葬于此。』數者道里雖稍差，實一山耳。又案：首陽，諸説不同，《史記正義》以爲凡五所：一即偃師；一馬融《論語注》：在河東蒲城；一曹大家《幽通賦》注：在隴西（原注：選注未采此語）；一引《孟子》居北海之濱首陽山；一引《説文》在遼西。今核之《孟子》，未嘗言首陽，其云『居』，當在歸周之先，即孤竹國，則與遼西非二地。《説文》本作『崵山』，《廣韻》引同，《玉篇》及《漢書·王貢兩龔傳》注引皆有『首』字，則許書『崵山』即『首陽山』尚未敢決。且二子逃去，已非故國；《盧龍縣志》以子臧反曹、季札反吴爲比，不知果返國，何至于飢？此説非。至《寰宇記》和順縣别有首陽，殆指遼州爲遼西，尤誤。在蒲坂者，《水經注》云云『河北縣雷首山有夷齊廟』，與在平縣者并舉，蓋莫能定。近宋氏翔鳳駁云：『《漢志》：河東蒲坂縣有堯山首山祠。雷首在南，則蒲坂之山乃雷首，非首陽也。又在蒲坂南，安得有西山之目？』王伯厚據曾子言『二子居河濟之間，以蒲坂爲得實。考《漢志》，河東郡垣縣，禹貢王屋山在東北，沇水所出，東南至武德入河，岐濟源也。垣縣故城在今絳州垣曲縣西北二十里，王屋山在今懷慶府濟源縣西八十里，蒲坂故城則今蒲州府城東五里，計王屋西至蒲坂四百餘里。使以蒲坂首陽爲夷齊所隱，則與河濟之間渺不涉。或并引石曼卿詩：『耻生湯武干戈日，寧死唐虞揖遜區』，此宋人詩空議論，豈作證地理耶？在偃師者，宋氏主之，謂《元和

志》：『首陽山與盟津俱在偃師縣西北，夷齊叩馬，正當在盟津，後隱首陽，亦當不甚遠。又尸鄉爲湯都，在今偃師縣西北二十五里，首陽亦在尸鄉之西北，蓋本尸鄉名西山也。』説亦通。但于《詩·唐風》之首陽，亦指偃師爲鄭地，云『晉欲圖霸必先結鄭，故誤言登首陽以望鄭』，太覺迂曲矣。若在隴西者，爲《史記正義》所主，引《莊子》云：『伯夷叔齊至岐陽，見武王伐殷，曰：「吾聞古之士，遭治世不避其任，遇亂世不爲苟存。今天下闇，周德衰，其併乎周以塗吾身，不若避之以絜吾行。」遂北至首陽山，飢餓而死。』又下詩『登彼西山』，在岐陽西北，明即夷齊餓處也。宋云：《漢志》，隴西首陽縣，《禹貢》鳥鼠同穴山在西南，今甘肅蘭州府渭源縣東北有首陽故城，東距河濟之間幾二千里，不可牽合。而王氏鑿曰：『言居河濟，謂其諫伐耳，非必指其飢地也。』余謂居河濟當亦是前事。莊周書在秦火前，較可依據，如所言，疑無諫伐事。即《史記》：夷齊往歸西伯，及至西伯卒，武王伐紂，夷齊叩馬而諫，是伐紂時二子在周，安見其必至盟津始諫乎？諫既不行，超然遠遯，何必在周之近地？則託迹渭源之首陽，似無不可。考古宜從其朔。首陽最先見《漢志》，蓋以山氏縣。班昭實補《漢書》，故據以爲説。錢氏亦云：『以在周之西論之，作隴西者是。』惟自唐以後，皆本馬融建祠定祀，殊難辨其真正焉。」胡紹煐箋云：「旁證云：其詠首陽賦云：『二老窮而來歸』，又云：『故甘死而採薇』，皆誤以此爲夷齊所居。其實夷齊所飢之首陽在遼西，詳見《水經注》濡水條，與此無涉。紹煐按：《困學紀聞》七引曾子書（按見《大戴禮·曾子制言篇》），以爲夷齊死于濟澮之間而成名于天下，又云二子居河濟之間，蓋在河東蒲坂，乃舜都也。《水經注》：『河北縣雷首山有夷齊廟』，闞駰《十三州志》：『一名獨頭山，夷齊所隱，山南有大冢，俗謂之夷齊墓，一名首山。』《左傳》『宣子田于首山。』杜注：『在河東蒲坂東南。』《晉

書・地理志》：『蒲坂有雷首山，夷齊居其陽。』俱以夷齊之首陽在蒲坂。嗣宗以今河南首陽山當之，其誤始于高誘謂首陽山，洛東去二十里，而杜預因之，並非。今《一統志》已正其謬。」又曹子建《贈白馬王彪》「日夕過首陽」句，胡紹煐箋云：「善曰：『陸機《洛陽記》曰：「首陽山在洛陽東北，去洛二十里。」』按又見《西征記》，此又一首陽，名有偶同耳。伯夷叔齊所隱處在河東蒲坂，今山西蒲州府。」黄節曰：「首陽山見之古籍凡三所：一據《水經注》：『河水東逕平縣故城北，南對首陽山』，則在今偃師縣西北，即洛陽東北之首陽山，是爲此詩所指之山，杜佑云：『夷齊葬于此。』然考河南舊志云：『首陽山即邙山最高處，日出先照，故名。』以舊志考之，然則以其名同首陽，故立夷齊廟，杜氏誤以爲夷齊葬于此耳。阮瑀文曰：『適彼洛師，瞻彼首陽，敬弔伯夷』及嗣宗《首陽山賦》，皆指此山無誤也。其一，據馬融《論語注》在河東蒲坂；其一，據《漢志》，隴西有首陽縣，縣以山名。《史記正義》引《莊子》云：『伯夷叔齊至岐陽，見武王伐殷，遂北至首陽山，飢餓而死。』今甘肅蘭州府渭源縣東北有首陽故城是也。在蒲坂者無明據，惟《漢志》：河東蒲坂縣有堯山、首山、雷首在南，則蒲坂之山乃雷首，非首陽也。考古宜從其朔，首陽最先見《漢志》，又與《莊子》合，則夷齊餓死之首陽當在隴西，與此詩之首陽無涉。魏明帝樂府云：『步出夏門，東登首陽山』，《史記・伯夷列傳》曰：『登彼西山兮，采其薇矣』，志在采薇而良辰不假，此趙岐所謂『有志無時』也。」岑，《説文》：「山小而高。」

㊂李善引《史記》曰（按見《伯夷列傳》）：「武王（已）平殷亂，天下宗周，而伯夷叔齊耻之，義不食周粟，隱于首陽山，采薇而食之。」《正義》引陸璣《毛詩草木疏》云：「薇，山菜也。莖葉皆似小豆，蔓生，其味亦如小豆藿，可作羹，亦可生食也。」顔延之曰：「《史記・龜策傳》曰：『無蟲曰嘉林。』蔣師爚按：今本《龜策傳》：『嘉林者，獸無虎狼，鳥無鴟梟，

草無毒螫，野火不及，斧斤不至，是爲嘉林。』」

㈣蔣師爚注：「謝晦在郡卧病呈沈尚書詩：『良辰竟何許？』善注：『許猶所也。』」《説文》：「岡，山脊也。」

㈤《廣韻》：「鶗鴂，子規也。」「春分鳴則衆芳生，秋分鳴則衆芳歇。」李善引《楚辭》曰（《離騷》）：「恐鶗鴂之先鳴兮，使夫百草爲之不芳。」劉履曰：「鶗鴂，急擊之鳥。《楚辭注》云：即《詩》所謂『七月鳴鵙』者。陰氣至則先鳴而草死。」黄節曰：「夏小正：『五月，鴂則鳴』，故入秋而哀音發矣。」沈約曰：「致此凋素之質，由于商聲用事秋時也。『游』字應作『由』，古人字類無定也。」黄節曰：「『游』古文作『遊』，《韻略》云：『游』通作『繇』。《漢書・叙傳》：『優繇亮直』是也。『繇』以代『由』。《史記》：『福自德興』，《漢書》武帝詔：『五帝三王所繇昌』，《董仲舒傳》『道者，所繇適于治之路』是也。據此則『游』爲『繇』之通，『繇』爲『由』之代。而陳琳《檄吴將校部曲文》云：『將軍蘇繇反爲内應』，《魏志》作蘇由；《左傳》之養由基，班彪傳作『游』，則尤爲『游』、『由』通之證。蔣師爚以游爲動義，謂：『隱侯改作由，讀之失趣』，蓋未察乎字之通假也。」

按：「素質游商聲」句，係承上文「鳴雁飛南征，鶗鴂發哀音」而言，故仍以蔣師爚解爲游動之義爲長。李善曰：「《禮記》（按見《月令》）曰：『孟秋之月……其音商。』鄭玄曰：『秋氣和則商聲調。』」「悽愴」亦指「鳴」與「哀音」而言。悽，痛也，悲也。愴，傷也，怨也。

集評

沈約曰：「夷齊尚不食周粟，況取之以不義者乎？」又曰：「『良辰何許』，言世路險薄，非良辰也。風霜交至，凋隕非一，玄雲重陰，多所擁蔽，是以寄言夷齊，望首陽而歎息。」又曰：「此鳥（謂鶗鴂）鳴則芳歇也。芬芳歇矣，所存者腐

臭耳。」又曰：「致此凋素之質，由于商聲用事秋時也。」

五臣劉良曰：「良辰，謂和平也。『凝霜沾衣襟』以喻衰代，言和平之時今在何處，而使衰代及人。」張銑曰：「『風振』、『雲陰』喻晉王專權而冒上。」吕向曰：「『鳴雁飛征』喻賢臣遠去，『鶗鴂哀音』喻邪臣讒佞。」李周翰曰：「商聲，秋之聲也。草木凋素，由商聲用事；國家衰弱，由姦佞執政；是用傷我心矣。」

劉履曰：「此篇託言出望首陽，想夫伯夷叔齊採薇而隱者，得其所矣。今我遭此風霜侵迫，陰雲擁蔽之時，而賢者避去，如飛雁之南征；讒邪得志，如鶗鴂之先鳴者焉，遠近所聞莫非若此，則我心之悽傷豈得已哉！夫夷齊之隱當商周革命之際，而嗣宗以此興嘆，意亦遠矣。」

馮惟訥注：「和平不見，衰代及人。」又曰：「草木凋素，由商聲用事；國家衰弱，由姦臣執路，是用傷我心矣。」

俞允文曰：「素質，秋天也。遊者，遊遍之意。顔延年改作由，非。」（按當作沈約）

閔齊華曰：「『良辰在何許』，言世路之險，無良辰也。」又曰：「商聲，秋聲也。素質，草木彫落也，是感賢人凋謝也。」

鄒思明曰：「晉王專横，賢臣遠去，邪臣謬佞，即『寒風』四句意。商聲發而草木凋素，權臣横而國家衰弱，安得不悲。」

黄節引朱嘉徵曰：「『步出上東門』，懷歲寒之友也。蘇門之嘯，采薪之歌，庶几遇之。」

王夫之曰：「『良辰在何許』以下四十字，字字有夷齊在，呼之欲出。雖然，如此評唱，猶恐阮公笑人。」

蔣師瀹引何焯曰：「此言惟以夷齊爲歸，差可自全；天下忠臣義士皆已斬刈無餘也。」又曰：「懿既誅曹爽七族，師又殺秦初夏侯諸君子，于是魏之肺腑無人矣。」

孫志祖《文選李注補正》：正曰：「趙云：以素質而遊于商聲之中，謂無處于魏將授晉之際，沈説非也。」

陳沆將此首並其十四、其三十五、其三十八、其五十四、其十八、其四十、其六十一、其四十七、其四十九共十首列爲阮籍詠懷詩下，箋云：「此皆詠悲憤之懷也。十章非一時所作，非一感所成。粤自正始履霜之年，下窮景元倒柄之歲，觸緒抒騷，煩懮命管，畏顯題之賈禍，遂詠懷以統篇，雜沓無倫，蕭條百感。其譏刺之什，差有時事可尋；至其低徊胸臆，怊悵性靈，君子道消，達人情重：或采薇長往，矯首陽之思；或拔劍捐軀，奮國殤之志；或攬羲轡于雲漢，手無斧柯；或盼同志于天涯，目窮蒙汜：但能比類屬詞，何殊百慮一致。光禄《五君詠》云：『阮公雖淪迹，識密鑒亦洞。』又曰：『韜精日沈飲，誰知非荒宴。』苟得斯意，書不足言，觸目會心，無煩疏釋。」

吴淇曰：「此亦嗣宗見晉將代魏，欲託夷齊之行而未遂也。……『寒風』二句，時之昏暗；『鳴鳩』二句，讒言孔多。素質即秋氣，承上『寒風』二句，『商聲』即承上『鳴鳩』二句。」又黄節引吴淇曰：「『良辰在何許』，言欲往從之，時有未可也。」

陳祚明曰：「采薇之士，猶有嘉樹可依；猜嫌之時，懼以異心致患。以違時之素質，當商風之摧殘，立節固嚴，而善全尤宜有術，此所以不罹叔夜之悔也。」

方東樹曰：「因亂極而思首陽。」

黄節曰：「嗣宗《首陽山賦》作于高貴鄉公正元元年秋，其時魏尚未禪于晉。賦曰：『惟兹年之末歲兮，端旬首而重陰。風飄回以曲至兮，雨旋轉而纖襟。蟋蟀鳴乎東房兮，鶗鴂號乎西林。時將暮而無儔兮，慮悽愴而感心。振沙衣而出門兮，纓綏絶而靡尋。步徙倚以遥思兮，喟嘆息而微吟。將修飾而欲往兮，衆齷齷而笑人。』『聊仰首以廣頫兮，瞻首陽之岡岑。樹叢茂以傾倚兮，紛蕭爽而揚音。』疑此詩及其三詩皆當時作也。」

按：解「鴻雁飛南征」爲賢人遠去者，于史尚不足徵。《晉書·隱逸傳》所載與阮籍同時代而屬魏國者，孫登本非在位而引去，范粲雖「稱疾闔門不去」，亦未遠颺；如此而已。且當時三國分立，如以「南征」爲遠去，豈非適敵國乎？

其十

北里多奇舞，濮上有微音㊀。輕薄閑游《昭明文選》五臣注本作「游閑」。子，俯仰乍《昭明文選》五臣注本、《六朝詩集》作「作」。范陳本誤作「怎」。浮沉。捷徑從狹路，僶俛趨荒淫㊁。《藝文類聚》卷二十六無此二句。焉浦南金本作「不」。見王子喬，乘雲翔鄧林。獨有延年術，可以《昭明文選》五臣注本、劉履本、范陳本、俞允文本、劉成德本、《六朝詩集》、陳沆本皆作「用」。慰我劉履本、范陳本、陳德文本、劉成德本、俞允文本、浦南金本作「吾」。心㊂。《昭明文選》第十六首。

箋注

㊀李善曰：「《史記》曰：『紂使師涓作新聲北里之舞。』《禮記》曰：『桑間、濮上之音，亡國之音也。』」按《史記·殷本紀》：「帝紂于是使師涓作新淫聲，北里之舞，靡靡之樂。」《史記·樂書》：「而衛靈公之時，將之晉，至于濮水之上舍（《正義》引《括地志》云：在曹州離狐縣界，即師延投處也）。夜半時，聞鼓琴聲，問左右，皆對曰：『不聞』。乃召師

涓曰：『吾聞鼓琴音，問左右，皆不聞。其狀似鬼神。爲我聽而寫之。』師涓曰：『諾！』因端坐援琴，聽而寫之。……即去之晉，見晉平公。平公置酒于施惠之臺，酒酣，靈公曰：『今者來，聞新聲，請奏之！』平公曰：『可！』即令師涓坐師曠旁援琴鼓之。未終，師曠撫而止之曰：『此亡國之聲也，不可聽！』平公曰：『何道出？』師曠曰：『師延所作也。與紂爲靡靡之樂。武王伐紂，師延東走，自投濮水之中。故聞此聲必于濮水之上。先聞此聲者國削。』」俞允文曰：「北里、濮上，皆紂都近地。」

㊁李善曰：「漢司馬遷書曰：從俗浮沉，與時俯仰。」僶，音泯，勉也。嚴粲曰：「力所不勘，心所不欲而勉爲之，謂之曰僶。」俛與勉同。《禮記・表記》注：「俛焉，勤勞貌。」

㊂蔣師爚曰：「王子喬有三：在《列仙傳》者爲周靈王太子，第五首所謂『自非王子晉，誰能常美好』也，已詳善注。在《後漢書》者，河東人，顯宗世爲業令，有神術，每朔望自詣朝，帝怪其來數，密令伺之，其至輒有雙鳧飛來，于是候鳧至，舉羅張之，但得雙舄。後天下玉棺于堂前，喬寢其中，蓋便立覆，葬于城東，土自成墳。或云此即古仙人王子喬。在《水經・汳水注》者，薄伐城有成湯冢，世謂之王子喬冢。永和元年冬臘後，有人著大冠、絳單衣，杖竹，立冢前，呼采薪孺子伊永昌曰：『我王子喬也。勿得取吾墳上樹！』忽然不見。伊永昌，《蔡邕集・王子喬碑》作『伊秃』。此詩所云王子喬即王子晉，《遠游》之王喬，《九歎》之王喬，《史記・封禪書》所謂正伯僑也。《索隱》：『裴秀《冀州記》：「緱氏仙人廟者，昔有王喬，犍爲武陽人，爲柏人令，于此得仙。」』非王子喬也。洪補注誤。」黄節引《楚辭》曰：「譬若王喬之乘雲兮，載赤雲而陵太清。」李善引《山海經》曰：「夸父與日競逐而渴死，其杖化爲鄧林。」俞允文曰：「《淮南子》注云：『今鄧林之西，其地多山者是也。』」李善引《方言》曰：「延，長也。」又引《詩》（《大雅・蕩之

什・烝民》）毛傳曰：「慰，安也。」

集評

李善曰：「輕薄之輩，隨俗浮沉，棄彼大道，好以狹路，不尊恬淡，競赴荒淫，言可悲甚也。」又曰：「子喬離俗以輕舉，全性以保真，其人已遠，故云焉見，其法不滅，故云可慰心。」

五臣張銑曰：「代（世）人輕薄，逐勢興衰而從之。」吕向曰：「捷徑狹路非正道。」吕延濟曰：「籍見時代若此，但以全身爲止，故美矣。（按：馮惟訥注此句作「故託慕之」。）」

劉履曰：「俯仰、浮沉，趨時附勢之態乍忽也。捷徑，取使之私道。」又曰：「言北里之舞，濮上之音，皆作于亡國，以寓魏國將亡之意。輕薄游子，競趨荒淫，以比小人之阿附權姦，不知所止。當此之時，所見率皆如此，豈有若王子喬能超世絶俗，全身遠害者哉！然其人已遠，其法尚存，我雖未免罹乎世網，庶幾託此得以外絶榮利，内保天真，有足慰我心耳。厥後嗣宗卒獲令終者以此，亦可謂善處亂世者矣。」

鄒思明曰：「時值喪亂，但以全身爲上，故于輕薄子則怒之，仙人則嘉之。」

陳沆以此首並其三、其八、其六、其六十六列爲詠懷詩中，箋云：「五章皆刺當時黨附權勢者，一則曰：『捷徑從狹路，僶俛趨荒淫』，再則曰：『李公悲東門，蘇子狹三河』，三則曰：『如何當路子，磬折忘所歸』，四則曰：『膏火自煎熬，多財爲患害』，五則曰：『悼彼桑林子，涕下自交流』，其意顯矣。而自命則王喬鄧林之駕，召平青陵之瓜，鑒黄鵠之失路，寧燕雀以卑棲。其志皭，其行芳，蟬蜕泥滓之中，高揖浮雲之外，下視鍾會、賈充輩，何足一吷哉！」

蔣師爚曰：「按《三國志·魏少帝芳紀》，何晏有『放鄭聲而弗聽』之奏，司馬師廢帝，撰太后令，亦云：『不親萬機，日延倡優』，是必有閑游子導以荒淫歌舞者，故起便戒以亡國之音，又結出好吹笙之王子喬，其登仙亦何可遽信，只延年之術或有可采，荒淫則豈所以延年者！」

曾國藩曰：「陳沆謂此章譏黨附司馬者。愚謂前六句似譏鄧颺、何晏之徒，後四句則自況之語，云雖不能避世高舉，猶可全生遠害耳。」

吴淇曰：「此即屈子所謂舉世皆濁而我獨清之意。第嗣宗至慎，口不臧否人物，故微婉其辭耳。閑游子當指當路子；人生亂時，苟非當路，安得閑游？彼輕薄之輩又何足掛齒哉？……然世人之荒淫固是促生之媒，而屈子之清醒亦非保身之道，此延年之術實獲我心也。時事證之：如賈充之張水嬉以示夏統，蓋閑游而趨荒淫也。豈知夏統乃乘雲而翔鄧林之子喬哉！」

方東樹曰：「亦言爽之荒淫不可久長，卻緩言之，言除非得僊術乃可耳。」

黄節引吴汝綸曰（按見《古詩鈔》）：「後四句，倒語也。言生當亂世，獨有求僊之一法，而僊人不可見也。此謂沉鬱頓挫。」

黄侃曰：「奇舞、微音，世之所用解憂者也，而片刻暫歡，未足排終身之積慘。必有王喬之壽，鄧林之游，然後至樂不乏於身，大患不嬰其慮矣。」

黄節曰：「蔣師爚說『王喬』四句蓋從李善者。何焯曰：『「焉見」云云言輕薄閒游者不足以見之也。（今按：原尚有『注非』二字，是不從李善說。）』吴淇曰：『趨捷徑狹路者，焉見千仞之上有乘雲而翔者哉！』何焯之說與

吳淇同。」

按：解此首者，似以蔣師爚説爲近是。阮籍五言詠懷詩除此首外，凡用「王子晉」或「王子」者共四首。其四：「自非王子晉，誰能長美好。」其二十二：「王子好簫管，世世相追尋。」其五十五：「王子一何好，猗靡相攜持。」其六十五：「王子十五年，游衍伊洛濱。」似皆借王子晉以指當時之少帝。其用「喬」者皆與「松」並舉，凡四首：其五十：「乘雲招松喬，呼噏永矣哉。」其七十六：「茲年在松喬，恍惚誠未央。」其八十：「三山招松喬，萬世誰與期。」其八十一：「昔有神僊者，羨門及松喬。」則泛指神僊。獨此首似兩用其義，蓋望少帝學王子喬延年之術而毋「僶俛趨荒淫」以自戕其生也。

其十一

湛湛長江水，上有楓陳德文本、程榮校刻本、范陳本、及朴本、顧本作風。黄節注本注：「潘本作風。」樹林。皋蘭被徑路，青驪逝駸駸㊀。遠望令人悲，春氣感我心㊁。三楚多秀士，朝雲進荒淫㊂。朱《歷代詩發》二集作風。華振芬芳，高蔡相追尋。一爲黄雀哀，涕馮惟訥本、梅鼎祚本、張燮本、顧大文本、《漢魏詩乘》、《古詩類苑》、《詩雋類函》、陳沆本、《八代詩選》作淚。下誰能禁㊃！《昭明文選》第十七首。

箋注

㊀李善引《楚辭》（《招魂》）曰：「湛湛江水兮上有楓。」王逸注：「湛湛，水貌。楓，木名也。言湛湛江水，浸潤楓木，使

之茂盛；傷己不蒙君惠而身放棄，曾不若樹木得其所也。」或曰：「水旁林木中鳥獸所聚，不可居之也。」李善又引《楚辭》（《招魂》）曰：「皋蘭被徑兮斯路漸。」王逸注：「皋，澤也。被，覆也。徑，路也。」李善又引（《招魂》）曰：「青驪結駟兮齊千乘。」王逸注：「純黑爲驪。」《爾雅·釋畜》注：「周穆王八駿有盜驪。盜驪，竊驪也。竊，淺青色；驪，純黑色。」《穆天子傳》注：「盜驪，千里馬。」李善引《詩》（《小雅·鹿鳴之什·四牡》）毛傳曰：「駸駸，驟貌。」《玉篇》：「駸，馬行疾貌。」五臣張銑曰：「青驪，馬也。逝，去也。以喻去疾。」

㊁《楚辭·招魂》曰：「目極千里兮傷春心。」王逸注：「言湖澤薄平，春時草短，望見千里，令人愁思而傷心也。」五臣呂向曰：「望此則知春不留，人生非久，故感我心緒。」劉履曰：「春氣感心，言春氣發動，鳥獸孳尾之時，人心不能無感，《詩》言：『有女懷春』，亦此意也。」

㊂李善引孟康《漢書注》曰：「舊名江陵爲南楚，吴爲東楚，彭城爲西楚。」五臣李周翰曰：「三楚謂楚文王都郢、昭王都鄂、考烈王都壽春。」又曰：「秀士，謂秀茂之士，宋玉之流也。玉爲《高唐賦》云：『朝爲行雲，暮爲行雨。』」

㊃黄節曰：「『朱華振芬芳』殆猶《高唐賦》所云：『榛林鬱盛，苑華覆蓋，緑葉紫裹，丹莖白蔕』也。《神女賦》：『陳嘉辭而雲對兮，吐芬芳其若蘭。』」李善引《戰國策》（《楚策四》）曰：「莊辛對曰：『郢必危矣。王獨不見夫黄雀俯啄白粒，仰栖茂樹，鼓翅奮翼，自以爲無患，與人無争也；不知夫公子王孫，左挾彈，右攝丸，以其頸爲的，晝游乎茂樹，夕調乎酸鹹。夫黄雀其小者也，蔡聖侯因是已：南游乎高陂，北陵乎巫山，飲茹溪之流，食湘波之魚，左視幼妾，右擁嬖女，與之馳騁乎高蔡之中，而不以國家爲事；不知夫子發方受命乎宣王，繫己以朱絲而見之也。蔡聖侯之事其小者也，君王之事因是已：左州侯，右夏侯，輦從鄢陵君與壽陵君，飯封禄之粟而載方府之金，與之馳騁乎雲夢之中，

而不以天下國家爲事；而不知夫穰侯方受命乎秦王，填黽池之内，而投己黽塞之外。』襄王聞，顔色變，身體戰慄，於是乃執珪授之爲陽陵君。」李善曰：「禁，止也。」

集評

五臣李周翰曰：「諷荒淫之事進諫於君，言朝廷之士隨風從流，無能如此。」劉良曰：「朱華喻榮盛。……言魏初榮盛，後如高蔡、黄雀之危，一念至此，泣涕不能禁止。」

黄節引劉履曰：「按《通鑑》：正元元年，魏主芳幸平樂觀，大將軍司馬師以其荒淫無度，褻近倡優，乃廢爲齊王，遷之河内，群臣送者皆爲流涕。嗣宗此詩，其亦哀齊王之廢乎！蓋不敢直陳游幸平樂之事，乃借楚地而言夫江水之上，草木春榮，其乘青驪馳驟而去，使人遠望而悲念者，止以春氣之能動人心也。彼三楚固多秀士如宋玉之流，但以『朝雲』荒淫之事導而進之，無有能匡輔之者，是其目前情賞雖如春華芬芳之可悦，至於一遭禍變，則終身悔之將何及哉！故以高蔡、黄雀之説終之，可謂明切矣。」

張鳳翼纂注：「言蔡聖侯馳騁乎高蔡之中而不知其見繫，故云『相追尋』，言蹈其覆轍也。」

鄒思明曰：「『我心』以上，言感時而悲。下譏朝士隨風從流，不能如宋玉、莊辛之諷諫。」

吴淇曰：「首二句興起。皋蘭比君子，被徑路比處非其地，青驪比青春，『逝駸駸』去之甚遠，所以遠望之而悲感。當世碌碌者勿論，即賢豪之士亦不肯引君當道，趁此明時明其政刑，而反進以荒淫，曾不一鑒覆轍，故爲吟黄雀之詩，感高蔡之事，而悲傷無已時。」

黄節引何焯曰：「此篇以襄王比明帝，以蔡靈侯比曹爽。嗣宗，爽之故吏，痛府主見滅，王室將移也。」何焯又曰：「『朱

華』句謂私取先帝才人爲伎樂，『高蔡』句謂兄弟數出游也。」又曰：「此蓋追嘆明帝末路荒淫，朝無骨骾之臣，遂啟奸雄睥睨之心，馴致於亡國也。」

黄節引蔣師爚曰：「按《曹爽傳》有南陽何晏、鄧颺，沛國丁謐。晏乃進之孫，颺乃禹後。《後漢·何進傳》：『南陽宛人。』《鄧禹傳》：『南陽新野人。』是皆楚士，皆進自爽。」

陳沆曰：「楓林、皋蘭、秀士、朝雲，同爲楚産，故首以起興。楚襄王比明帝，蔡靈侯比曹爽。朱華、芬芳謂私取才人爲伎樂，高蔡追尋謂兄弟數出宴游。莊辛諫楚襄王，謂黄雀逍遥自得，而不知公子挾彈隨其後，猶爽之不知爲懿所圖也。」

張琦曰：「此傷魏主芳以淫不能自振，致有黄雀之哀也。」

黄節引陳祚明曰：「此傷國無人焉，不能爲君防害於未然，至禍已成而不可救也。」

方東樹曰：「此借楚王之荒淫無道將亡，以比今日之曹爽，不知司馬氏之同於穰侯，將以之調酸鹹也。……三、四言亂象已成，而方馳騖爲荒淫不已。……當春而悲，無時不悲矣。所悲爲何？悲彼相與荒淫耳。『朱華』正説荒淫。『高蔡』二句，借楚事爲證。……其事則如義門、薑塢所解，謂但指爽、懿，非謂明帝也。此詩全用《招魂》意，而公所處之時情事亦相準，蓋自比靈均矣。」

王闓運曰：「『湛湛長江水，上有楓樹林，皋蘭被徑路，青驪逝駸駸。』全取《離騷》詞，愈麗愈悲，使人神移。」

黄侃曰：「禍福倚伏，理若循環。以三楚之廣，秀士之多，乃以肆侈爲心，荒淫是效，則其覆敗可以預期。黄雀之哀，焉能自已耶！」

黄節曰：「何蔣二氏之説，陳沆、曾國藩從之，然未免事事附會。且解説『朱華』、『高蔡』二句尤無理。不如劉履説耳。」

按：曹爽事與莊辛對楚襄王所言蔡聖（靈）侯之事何其相類！司馬懿儼然一「子發」也。據《三國志·曹爽傳》：「南陽何晏、鄧颺、李勝（後又出爲荆州刺史）、沛國丁謐、東平畢軌咸有聲名，進趣於時，明帝以其浮華，皆抑黜之，及爽秉政，乃復進叙，任爲腹心。」又曰：「晏，何進孫也，……少以才秀知名。」何晏、鄧颺、李勝，皆所謂三楚秀士也。《爽傳》又云：「爽飲食車服，擬於乘輿，尚方珍玩，充牣其家，妻妾盈後庭，又私取先帝才人七八人，及將吏、師工、鼓吹、良家子女三十三人，皆以爲伎樂。詐作詔書，發才人五十七人送鄴臺，使先帝婕好教習爲伎。擅取太樂樂器、武庫禁兵，作窟室，綺疏四周，數與晏等會其中，飲酒作樂。」其荒淫可謂甚矣。《爽傳》又云：「十年正月，車駕朝高平陵，爽兄弟皆從，宣王（司馬懿）部勒兵馬，先據武庫，遂出屯洛水浮橋。……遂免爽兄弟，以侯還第。……於是收爽、羲、訓、晏、颺、謐、軌、勝、範、當等，皆伏誅，夷三族。」此可謂「高蔡追尋」、「黄雀哀」也。以爽事與蔡聖侯事相比，不謂此詩爲曹爽而發而不可得。此詩似當作于曹爽事敗之後，故曰「一爲黄雀哀」也。黄節謂何、蔣之説「事事附會」，若果「事事」相類，則不得謂之「附會」矣。至謂何、蔣「解説『朱華』、『高蔡』二句尤無理」，「朱華」句似謂當其盛時，「高蔡」句謂爽兄弟數俱出游，不知其何謂「無理」也？劉履説謂指齊王芳被廢事，與蔡聖侯事不類，蓋不足取。

其十二

昔日馮惟訥注本作者。繁華子，安陵與龍陽㈠。夭夭桃李花，灼灼有輝光。悅懌《藝文類聚》三十三、鄒思明本、《文選旁注》作澤。若九春，磬折似秋霜㈡。流盼從陳沆本。《玉臺新詠》作眄，他本皆作眄。按《説文》：「眄，恨視也。」「眄，目偏合也。」《史記·鄒陽傳》有「按劍相眄」句。此二字于詩意皆不合。盼，據《玉篇》：「目黑白分明也。」《詩·衛風·碩人》：「巧笑倩兮，美目盼兮。」故以盼字爲是。發姿媚，《玉臺新詠》作「媚姿」。言笑吐芬芳。攜手等歡愛，宿昔同衾從《玉臺新詠》及《藝文類聚》。他本皆作衣。裳㈢。願爲雙飛鳥，比翼共翱翔。丹青著明誓，永世《昭明文選》五臣注本作「千載」。不相忘㈣。《昭明文選》第四首。《藝文類聚》三十三無自此句起以下諸句。

箋注

㈠李善引《史記》：「華陽夫人姊説夫人曰：『不以繁華時樹本。』」五臣呂延濟曰：「繁華喻人美盛如春華之繁。」李善又引《説苑》（按見卷十三）曰：「安陵君纏得幸于楚共王，江乙謂纏曰：『吾聞以財事人者，財盡而交疏；以色事人者，華落而愛衰。子何以長幸無解于王乎？』共王獵江渚之野，野有火之起若雲霓，兕從南方來，正觸王左驂，善射者射之，兕死車下。王謂纏曰：『萬歲後，子將誰與樂乎？』纏泣下沾襟，曰：『大王萬歲後，臣將殉。』于是共王乃

封安陵纏于車下萬三百户。故江乙善謀，安陵美知時。」按：《戰國策·楚策一》：「江乙説于安陵君（鮑注：「名壇，楚之幸臣。按《魏紀》注，召陵有安陵，應屬是。而《魏策》亦有同號者，别一人也。」吴師道正曰：「按《説苑》作安陵纏，《藝文類聚》同，壇、纏字有訛。……又按《元和姓纂》：『安陵小國，后氏之。安陵纏，楚王妃』，則以爲女子。」）曰：『君無咫尺之地，骨肉之親，處尊位，受厚禄，一國之衆見君莫不斂衽而拜，撫委而服，何以也？』曰：『王過舉以色；不然，無以至此。』江乙曰：『以財交者，財盡而交絶，以色交者，華落而愛渝，是以嬖色不避席，寵臣不避軒。今君擅楚國之勢而無以自結于王，竊爲君危之。』安陵君曰：『然則奈何？』江乙曰：『願君必請從死，以身爲殉，如是必長得重于楚國。』曰：『謹受令。』三年而弗言。江乙復見曰：『臣所爲君道，至今未效，君不用臣之計，臣請不敢復見矣。』安陵君曰：『不敢忘先生之言，未得閒也。』于是楚王游于雲夢，結駟千乘，旌旗蔽天，野火之起也若雲霓，兕虎嘷之聲若雷霆。有狂兕牂車依輪而至，王親引弓而射，一發而殪。王抽旃旄而抑兕首，仰天而笑曰：『樂矣，今日之游也！寡人萬歲千秋之後，誰與樂此矣？』安陵君泣數行下而進曰：『臣入則編席，出則陪乘，大王萬歲千秋之後，願得以身試黄泉，蓐螻蟻，又何如得此樂而樂之。』王大説，乃封壇爲安陵君。君子聞之曰：『江乙可謂善謀，安陵君可謂知時矣。』」《國策·魏策四》（今按：李善注引此段未標《戰國策》，與注安陵事引《説苑》曰云云相聯而下，使人誤以爲此段亦出《説苑》。後來注家均沿善注，亦未覺察其誤。）：「龍陽君得十餘魚而涕下，王曰：『有所不安乎？』對曰：『無。』王曰：『然則何爲涕出？』對曰：『臣始得魚，甚喜。後得益多，而又欲棄前之所得也。今以臣兇惡而得爲王拂枕席，今爵至人君，走人于庭，避人于塗。四海之内，其美人甚多矣，聞臣之得幸于王，必褰裳而趨王，臣亦曩之所得魚也，亦將棄矣，安得無涕出乎？』王乃布令：『敢言美人

者族！』」

㈡李善引《毛詩·周南·桃夭》曰：「桃之夭夭，灼灼其華。」按《毛傳》：「桃，有華之盛者。夭夭，其室壯也。灼灼，華之盛也。」《詩·邶風·静女》：「説（悦）懌女美。」胡紹煐曰：「六臣本作悦澤。按此指安陵、龍陽言，謂容好潤澤如九春也。懌與澤古字通，荀子《禮論》：『悦豫婉澤。』注：『澤，顔色潤澤也。』即此義。《藝文類聚》引亦作澤，惟五臣作懌。按此可備一説。『悦懌』似仍從《詩》『悦懌女美』來。」張鳳翼纂注：「悦澤，敷榮時也。磬折，催毁時也，言榮枯不齊也。」李善引《春秋元命苞》曰：「陽氣數盛于三，故時别三月；陽數極于九，故三月一時九十日。」梁章鉅《文選旁證》：「《五行大義·釋名第一》引作：『數成于三，故合于三月；陽極于九，故一時九十日也。』與此所引小異。」李善又引宋衷曰：「四時皆象此類，不唯春也。」按言九春者，春季爲三個月，每一個月又爲三旬也。磬折，見其八注。秋霜，謂態度嚴肅也。

㈢黄節引《廣雅》曰：「發，開也。」《易·繫辭上》：「同心之言，其臭如蘭。」李善引宋玉《神女賦》曰：「陳嘉辭而云對，吐芬芳其若蘭。」李善引《廣雅》曰：「宿，夜也。」《廣韻》：「素也。」又通作夙，早也。「昔」字亦有兩義：一《詩·陳風·墓門》傳：「昔，久也。」二《博雅》：「昔，夜也。」《玉篇》：「衾，大被也。」《説文》：「裳，下裙也。」

㈣李善曰：「建安中無名詩曰：『中有雙飛鳥，自名爲鴛鴦。』」（按見無名氏《古詩爲焦仲卿妻作》。）黄節引《爾雅·釋地》曰：「南方有比翼鳥焉，不比不飛，謂之鶼鶼。」李善引《東觀漢紀》：「光武詔曰：『明設丹青之信，廣開束手之路。』」按：以朱色塗物曰丹。《漢書·揚雄傳》：「《解嘲》『朱丹其轂』。」又《後漢書·吴祐傳》：「殺青簡以寫經書。」注：「以火炙簡令汗，取其青易書，復不蠹，謂之殺青。」丹青者，謂以丹書于帛，以刀刻于

竹簡，所以示信守也。

集評

李善曰：「以財助人者，財盡則交絶；以色助人者，色盡則愛弛，是以嬖女不弊席，嬖男不弊輿：安陵君所以悲魚也。亦豈能丹青著誓，永代（世）不忘者哉！ 蓋以俗衰教薄，方直道喪；攜手笑言，代之所重者，乃足傳之永代，非止恥會一時，故託二子以見其意。 不在分桃斷袖，愛嬖之歡，丹青不渝，故以方誓。」

五臣呂延濟曰：「誓約如丹青分明，雖千載而不相忘也。 言安陵、龍陽以色事楚魏之主，尚猶盡心如此；而晉文王蒙厚恩于魏，不能竭其股肱而將行篡奪，籍恨之甚，故以刺也。」

閔齊華曰：「此借二人以色事主，終始不渝，以刺君之不擇人也。」

鄒思明曰：「此詩以私昵方道義，凡事君交友皆期于貞固，率是類也。」

黄節引何焯曰：「此蓋指賈充、鍾會輩爲賊臣用事者言之，謂爾斲喪公室，自詡佐命，不知行且自及也。」于光華《文選集評》又引何焯曰：「結交不以正，如劉放、孫資之屬是也。 此首全以反言取意。」

黄節又引蔣師爚曰：「何説本之善説，善説不如吕延濟説爲長。 『丹青著明誓』二句，以有不如二子者，故極贊二子。」

黄節又引陳沆曰：「『丹青明誓』，指司馬懿受魏文帝、明帝兩世託孤寄命之重，不應背之。」（按：並參見其五十一陳沆箋。）

張琦曰：「似爲依附司馬氏而言。 結，微寓開悟之意。」

陳祚明曰：「色衰則愛弛，財盡則交疏；國事日非，人懷異志矣。我則不然，永世不相忘也。所比愈下，使人不測。」

其十三

登高臨四野，北望青山阿。松柏翳岡岑，飛鳥鳴相過㈠。感慨懷辛酸，陳沆本、張琦本作「酸辛」。怨毒常苦多㈡。李公悲東門，蘇子狹三河㈢。求仁自得仁，豈復歎咨嗟㈣！《昭明文選》第六首。

箋注

㈠黃節引《爾雅・釋地》：「牧外謂之野。」李善引應劭《風俗通》曰：「葬于郭北，北首，求諸幽之道。」又引仲長子《昌言》曰：「古之葬，植松栢梧桐以識墳。」《古詩十九首》：「出郭門北望，但見丘與墳。」黃節引《爾雅・釋地》：「大陵曰阿。」按李善注意謂「北望青山阿」所見者爲陳死人之墳墓，因而引起感慨也。《楚辭・山鬼》：「若有人兮山之阿。」揚子《方言》：「翳，掩也。」注：「謂掩覆也。」《廣韻》：「隱也、蔽也。」黃節引《爾雅・釋山》：「山脊，岡。」注：「謂山長脊。」又：「山小而高岑。」

㈡黃節引《蒼頡篇》：「懷，抱也。」辛，《說文》：「秋時萬物成而孰，金剛味辛，辛痛即泣出。」《正字通》：「悲痛曰酸。」李善引《史記》：「太史公曰：怨毒之于人甚矣哉！」又引《廣雅》：「毒，痛也。」

㈢李公，李斯也。「悲東門」見《樂論》注。蘇子，蘇秦也。沈約曰：「河南、河東、河北，秦之三川郡。古人呼水皆爲河耳。蘇子以兩周之狹小，不足逞其志力，故去佩六國相印也。」李善引《漢書》：「東方朔曰：『漢興，去三河之地，止

灞滻以西。』」《敬齋古今注》：「阮籍詠懷云：『李公悲東門，蘇子狹三河。』張銑曰：『蘇秦本洛陽人，洛陽三川之地，則三河也。』沈約曰：『河南、河東、河北，秦之三川郡，古人舉水皆曰河耳。』既又云：『驅馬復來歸，反顧望三河。』向曰：『晉文王河内人，故語稱三河；是則河内、洛陽、河東、河南、河北皆得稱之爲三河也。取三川以釋三河，毋乃疏乎！』按《史記》：『張儀曰：「下兵三川以臨二周之郊。」又曰：「今三川周室，天下之市朝也。」』莊襄王元年初置三川郡，韋昭曰：『有河、洛、伊，故曰三川。』如史遷所記，韋昭所解，三川之與三河，大不相類。」《文選集釋》：「李氏治曰：『是則河内、洛陽、河東、河南、河北皆得稱之爲三河，而沈約乃取三川以釋三河，疏矣！』其意蓋以三郡專屬洛陽，且三川謂伊水、洛水並河爲三，不得專指河耳。余謂伊、洛本皆入河，故休文據河爲説。河内即河北，洛陽即河南，則以河南、河東、河北爲三河，本無不合，惟不必單指洛陽一郡。李氏顧渾言之，未晰其數，又將以何者爲三河乎？若五臣援及晉文王，殊覺附會。附案：《史記·貨殖傳》言三河正同。」《史記·蘇秦列傳》：「蘇秦者，東周洛陽人也。……求説周顯王，顯王左右素習知蘇秦，皆少之，弗信。乃西至秦……弗用。乃東至趙……奉陽君弗説之，去游燕……于是資蘇秦車馬金帛以至趙……乃飾車百乘、黄金千鎰、白璧百雙、錦繡千純以約諸侯……于是六國縱合而并力焉，蘇秦爲縱約長，并相六國。……蘇秦喟然歎曰：『……且使我有洛陽負郭田二頃，吾豈能佩六國相印乎？』……其後齊大夫多與蘇秦争寵者而使人刺蘇秦……蘇秦既死……」

㈣李善引《論語·述而》：「子貢曰：『伯夷、叔齊何人也？』子曰：『古之聖人也。』曰：『怨乎？』曰：『求仁而得仁，又何怨。』」曾國藩曰：「『求仁得仁』猶云求禍得禍，蘇李之誅死，自取之耳。」咨，歎聲。《玉篇》：「嗟，歎也。」《集韻》：「一曰痛惜也。」

集評

沈約曰：「云二子（李公、蘇子）豈不知進趨之近禍敗哉？常以交利貨賒禍，故冒而行之，所謂求仁得仁也。松栢岡岑，丘墓所在也。古有皆死之義，莫有免者焉。達者安小大之涯，各遂分内之樂，委天任（黄侃引作順）命，以至于俱爲一丘之土，夫何異哉！故因北望山阿而發此句，明徂謝之理雖同，夭逝之途則異也。感慨之來，誠逝者所不免；至于顛沛逆天，怨毒求生，蘇子、李斯張本也。」

五臣張銑曰：「言二子豈不知趨勢利以近禍敗也；爲而犯之者，亦猶求仁得仁，誰復爲之嗟矣。籍登高望見丘墳松柏而懷李公、蘇子，以爲世人不知止足，後必悔恨，有如此者。」

蔣師爚引何焯曰：「此言人皆有死。若苟求富貴者，其卒亦貽五刑、車裂之悔，何如求仁得仁若夷、齊者爲得其所乎！」何焯又曰：「王經之母知斯義矣。『求仁得仁』借言禍福相倚，自取之也。其爲李斯、蘇秦之續者，彼實見利忘禍，趨死之不暇，吾又何歎哉！」

黄節引陳沆曰：「三河謂周。蘇秦狹周室而不説，以比權門之士卑王室爲不足圖也。然李斯、蘇秦志圖富貴而卒貽東門之悔，車裂之殃，豈如求仁得仁者殺身無怨哉！以松栢山岡起興，見自古皆有死也。鍾會何如諸葛誕？成濟距若毌丘儉？」

張琦曰：「此承上章而自明其志。李斯叛胡蘇而阿二世，蘇子狹三河而説六國，皆爲富貴所役而終不得其死，則何如求仁得仁之無所怨咎哉？」

吴淇曰：「此詩亦爲晉將代魏而作。『登高臨野』見四野蕭條，已有天氣稜稜之意。……『青山阿』者，取『仁者樂山』

之義，預于冷灰中伏『仁』字一綫，且暗指爲夷、齊之西山也。……『求仁得仁』分明是指伯夷，然卻不明點，此亦嗣宗立言之慎也，故止用李公、蘇子虛虛夾出。然必取材于李公、蘇子者，李相秦，蘇相六國，天下富貴，均被兩人分享已極；而李之罪尤在輔暴秦，故快其末後一報，曰『悲東門』。蘇之罪尤在棄弱周，故誅其起初一念，曰『狹三河』。總之，借以刺當日之扶晉忘魏者。」

陳祚明曰：「人知蘇子之狹周以爲不足説者，圖富貴耳。而不知得志如李斯，亦有東門之嘆也。且夫求仁得仁，人各有志耳，豈以富貴！」

王闓運曰：「『求仁自得仁，豈復嘆咨嗟』即『求而得之』之意。言爽等無知，以自取禍。」

黄節曰：「『怨毒苦多』指李公、蘇子也。『求仁得仁』就夷、齊説，沈約以爲亦指李、蘇，曾國藩曰：『猶云求禍得禍』，恐非阮意。」

其十四

開秋肇從《太平御覽》卷九百四十九。他本或作兆。涼氣，蟋蟀鳴閔齊華本作出。牀帷。感物懷殷憂，悄悄《太平御覽》作「悄然」。令心《太平御覽》作先。閔齊華本、鄒思明本作人。悲(一)。多言焉范陳本作安。所閔齊華本作得。告，繁辭將訴誰(二)！微風吹羅袂，明月耀《昭明文選》五臣注本、《竹莊詩話》、顧本作曜。清暉。張鳳翼本、鄒思明本作輝。晨雞鳴范陳本作對。高樹，命駕起旋歸。

《昭明文選》第七首。

箋注

㈠李善曰：「開秋，秋初開也。」《後漢書・馮衍傳》注：「開、發，皆始也。」又《吕氏春秋》有《開春論・開春篇》。《爾雅・釋詁》：「肇，始也。」李善引《四子講德論》：「蟋蟀候秋吟。」《爾雅・釋訓》：「殷殷，憂也。」《説文》：「悄，憂也。」李善引《毛詩》曰：「憂心悄悄，愠于群小。」

㈡「多言焉所告，繁辭將訴誰」語意重複。沈約曰：「重言之，猶云：『懷哉，懷哉！』」

集評

五臣吕向曰：「《詩》（《豳風・七月》）云：『十月蟋蟀，入我牀下。』今言初秋始涼已鳴牀帷者，傷時政迫促。」李周翰曰：「感物，感時政也。」吕延濟曰：「微風，喻魏將滅，教令微也。明月，喻晉王爲專權臣也。雞，知時者；言我亦知時如此，將命駕歸于山林，隱居而避此亂代。」

閔齊華曰：「蟋蟀至十月入牀下，初秋時已鳴牀帷，傷時變之急也。」

王夫之曰：「以追光躡景之筆，寫通天盡人之懷，是詩家正法眼藏。鍾嶸『源出小雅』之評，真鑒别也。」

蔣師爚引何焯曰：「首聯言典午以臣逼君，陰盛而陽微也。」師爚曰：「此説鑿得無當。若以開秋爲陰盛之時，豈雞鳴爲日昇之頌耶？」

黄節引蔣師爚曰：「此蓋（爲景帝從事中郎時）自公休沐之作，故結以『晨』，『起旋歸』。」

黄節引吴淇曰：「古之勞人，多託興于蟋蟀，蟋蟀感時而鳴，人又感蟋蟀之鳴而悲。然蟋蟀乃無情之物，有何悲慢可告歟？（即有所慢，將訴誰人歟？）奈何叨叨然若人之多言，絮絮然若人之繁辭歟？按《月令》：『孟秋，蟋蟀在壁』，故《豳風》：『十月蟋蟀，入我牀下。』此詩『開秋兆涼氣』，乃七月也。『蟋蟀鳴牀帷』則是先時而鳴（喻世之將亂也）。雞本司晨，明月之夜多早鳴（以『晨雞』句緊承『明月』句之下），則是未晨而鳴。『起』而『命駕』，所謂見機而作也。」

王闓運曰：「『開秋兆涼氣，蟋蟀鳴牀帷。感物懷殷慢，悄悄令心悲。』此引疾告去之辭。『微風吹羅袂，明月耀清暉。晨雞鳴高樹，命駕起旋歸。』清涼悲壯，音節响亮。」

黄侃曰：「凡可以言語宣達者，非誠慢也。至于無所告訴，則其思苦矣。歸歟！歸歟！豈有淹留之意哉！」

按：吴淇之説似甚辯。然謂「晨雞」句緊承「明月」句，乃解爲先時而鳴。若了解爲此係長夜中兩段時間，先是「明月耀清暉」，繼而「晨雞鳴高樹」，則所解無所附着矣。

其十五

昔年十四五，志尚好陳沆本作在。書詩。《藝文類聚》二十六，梅鼎祚本、臧懋循本、薛本、顧本、張燮本、張溥本、《詩雋類函》、《梁氏旁證》本均作「詩書」。按作「詩書」較順，惟「書」字于本首不協韻而「詩」字協韻。胡紹煐云：「按此與下期、思韻，詩書二字宜乙轉，六臣本不誤。」被褐懷珠玉，顔閔相與期㈠。開軒《昭

明文選》五臣本作都。胡紹煐曰：「六臣本作『開軒』，校云：『五臣作都。』孫氏志祖曰：『開都誤，劉良謂「出于都外」，乃强解耳。』紹煐案：沈約注開軒四野作開軒，此後人依五臣改爲都耳。」臨四野，登高有《昭明文選》李善注本、《藝文類聚》二十六、范陳本、臧懋循本、馮惟訥本、顧本、張溥本、何焯本、陳沆本作望。所思。丘墓蔽山岡，萬代《詩雋類函》作世。《藝文類聚》二十六、馮惟訥本、《六朝詩集》注：「一作世。」曾國藩《十八家詩鈔》作「薰蕕」。同一時。千秋萬《昭明文選》五臣注本、《竹莊詩話》作百。歲後，榮名安所之㊁！《藝文類聚》二十六無以下諸句。乃悟《昭明文選》李善注本作悞。《文選旁證》：「六臣本悞作悟。按沈注亦作悞，故何、陳校本皆作悞。」今按：悞與誤同，于義不合。今本沈約注亦作悟。羨門子，噭噭注云：「別本作嗷嗷，恐誤。」按：仍當作噭噭爲是，説見注㊂。今范陳本、梅鼎祚本、馮惟訥本、臧懋循本、及朴本、張燮本、張溥本、《六朝詩集》、《詩雋類函》、顧本、陳沆本作令。自嗤㊂。《昭明文選》李善注本、馮惟訥本、劉成德本、何焯本作蚩。《昭明文選》第十一首。

箋注

㊀黄節引《論語》（爲政第二）曰：「吾十有五而志于學。」李善曰：「杜預《左氏傳注》（襄公二十七年）曰：『尚，上之耳。』」李善引《孔子家語》（三恕第九）：「子路問于孔子曰：『有人于此，被褐而懷玉，何如？』子曰：『國無道，隱之可也；國有道，則袞冕而執玉。』」注：「褐，毛布衣。」黄節又引《老子》（知難第七十）曰：「是以聖人被褐懷玉。」按河上

注：「被褐者，薄外；懷玉者，厚內。匿寶藏懷，不以示人也。」李善引《論語》（雍也第六、先進第十一）曰：「有顏回者好學，不幸短命死矣。」《史記・仲尼弟子列傳》：「顏回者，魯人也，字子淵。」《論語・雍也》第六：「子曰：『賢哉回也！一簞食，一瓢飲，在陋巷，人不堪其憂，回也不改其樂；賢哉回也！』」李善引《史記》（仲尼弟子列傳）曰：「閔損，字子騫。」黄節引《論語・先進》：「德行，顏淵、閔子騫、冉伯牛、仲弓……子曰：『回也非助我者也，于吾言無所不說。』子曰：『孝哉閔子騫！人不間于其父母兄弟之言。』」

㈡五臣劉良曰：「開都，謂出于都外。」李善引《方言》曰：「冢大者爲丘。」何焯引王逸《楚辭注》曰：「小曰邱。」黄節引蔣師爚曰：「《毛詩傳》：『山脊曰岡。』『丘墓蔽山岡』者，岡高于丘，故墓蔽于岡。」按：蔣説誤。如丘墓爲山岡所蔽，則「開軒臨四野」而望，不見丘墓，即不能引起下文。詩言山岡爲丘墓所蔽，極言丘墓之多，猶《古詩十九首》所云：「出郭門北望，但見丘與墳。」固而有「萬代（或薰蕕）同一時」之慨。李善引薛綜《西京賦注》曰：「安，焉也。」

㈢李善曰：「《史記》曰：『始皇使燕人盧生求羨門。』」按《史記・封禪書》：「于是始皇遂東游海上，行禮祠名山大川及百神，求仙人羨門之屬……而宋無忌、正伯僑、充尚、羨門子高最后皆燕人。」索隱：「羨門高者，秦始皇使盧生求羨門子高是也。」又《孝武本紀》：「（欒）大言曰：『臣嘗往來海中，見安期、羨門之屬。』」索隱：「韋昭云：『羨門，古仙人。』應劭曰：『名子高。』」黄節引蔣師爚曰：「《莊子・至樂篇》：『噭噭然隨而哭之。』劉向《九歎》：『聲噭噭以寂寥兮。』注：『噭噭，呼聲。思爲屈原訟理冤結。』」按：今本《楚辭》劉向《九嘆・惜賢》篇作「聲嗷嗷以寂寥兮。」注：「嗷嗷，呼聲也。……嗷一作噭。」補曰：「嗷嗷，衆口愁也。噭，呼也。」《楚辭》似本作嗷嗷，王逸注亦應作「嗷嗷，呼聲

也。」《説文》：「嗷，吼也。一曰：嗷，呼也。」又：「嗷，衆口愁也。」此詩以作嗷之義爲長。嗤，《玉篇》：「笑貌。」李善曰：「嗤與蚩同。」

集評

沈約曰：「自我以前，徂謝者非一，雖或税駕參差，同爲今日之一丘，夫豈異哉！故云『萬代同一時』也。若夫將被褐懷玉，託好詩書，開軒四野，升高永望，志事不同，徂没理一，追悟羨門之輕舉，方自笑耳。」

五臣劉良曰：「所思謂思古之君子。」吕向曰：「乃悟羨門輕舉而我負累，所以自嗤，安可嗤笑也。籍慢于生理，故以此詞自釋。」

孫梅《選詩叢話》引《對牀夜話》（卷五）：「阮嗣宗詠懷云：『開軒臨四野，登高望所思。丘墓蔽山岡，萬代同一時。千秋萬歲後，榮名安所之』，可謂混貴賤之殊，盡死生之變。（老杜云：『王侯與螻蟻，同盡隨邱墟』則簡而妙矣。）」

黄節引何焯曰：「此言少時敦悦書詩，期追顔閔，及見世不可爲，乃蔑禮法以自廢；志在逃死，何暇顧身後榮名哉？因悟安期、羨門亦遭暴秦之代，詭託于神仙耳。」

黄節又引蔣師爚曰：「『嗷嗷今自嗤』，劉琨《答盧諶書》所謂『破涕爲笑，排終身之積慘』者也。（蔣于引何焯説後按：『開軒臨野』以下，何蔑禮法之有。）此詩主腦，在揭出萬代一時，等無有二。勘不破者，珠玉懷于被褐，有嗷嗷而已耳；勘得破者，榮名悟于丘墓，嗷嗷者適足以自嗤耳。起昔收今，轉瞬之感，便作萬代歎。」

孫志祖《文選李注補正》：補曰：「趙云：『作二層看：嗷嗷一讀，用莊子「人自偃于大壑而我嗷嗷然隨而哭之，以爲不通乎命，故止也」意。』」

陳沆以此首與其二十八、其三十二、其六十、其三十三、其七十八共六首并列爲詠懷詩下，云：「此則遯世自修之思也。人謂嗣宗放達士耳；今尋八十餘章，曾無孟浪之言，虛無之溺，乏虛無則惟形忠憤，無孟浪則志在韜精，抑且少年顔、冉之志，終身薄冰之思，忽忽上達，悼下學之無聞，烈烈貶褒，戒方人之不暇，此豈粗豪淺露、軼蕩形骸者哉？固知泉從中涌，惟恃淵沉，溝自外侵，立形盈涸，千載之下有獲解者，猶旦暮也。」

黄節引吴淇曰：「古詩多託言游仙，唐詩兼入佛理，要之不是説仙佛，正是借仙佛以喻聖賢之道。此詩『顔閔』下着一『期』字是正意，『羨門』下着一『悟』字，衹是借羨門點醒耳。」

方東樹曰：「……此與『儒者通六藝』皆言己非不知儒術，特以遭亂世，不得已有託而逃于放達以保性命，非真慕神仙也。」

曾國藩曰：「此首自述其抗志自修，遯世無悶。『千秋』二句言榮名不足稱，『羨門』二句言長生不足慕，但求有自修之實耳。」

王闓運曰：「『開軒臨四野，登高望所思，丘墓蔽山岡，萬代同一時』，一『蔽』字使人氣索。」

吴汝綸曰：「末二句，既知後世之名不足介意，乃悟長生之可貴，衆人嗷嗷，徒自取笑耳。」

黄節曰：「『所思』，謂顔閔之徒，然已成丘墓矣，雖有千秋榮名，不如羨門之長生耳；是以今日自嗤，嗤昔年之志于顔閔也。」

按：黄節謂「所思，謂顔閔之徒」，蓋沿五臣劉良謂：「所思，謂思古之君子。」然阮籍于此登高四望，所見者既非顔閔之徒之丘墓，無緣思之。「所思」者應屬下，即萬代同爲丘墓，榮名亦無所之。昔年之所志如彼，今日之所見如此，因

「思」而「悟」，唯有羨門之徒乃能免于丘墓，固而噭噭然今始自笑昔年所志之可笑耳。

其十六《六朝詩集》下連「儔物終始殊」爲一首。

徘徊蓬《藝文類聚》卷二十六作逢。池上，還顧《文選旁證》引《述征記》作「回首」。望大梁㈠。緑《藝文類聚》二十六、及朴本作淥。水揚洪波，曠野莽《藝文類聚》二十六作漭。浦南金本作何。茫茫㈡。走獸交横馳，《藝文類聚》二十六無自此句起以下諸句。飛鳥相《昭明文選》五臣注本作自。隨。聞人倓《古詩箋》作追。翔。是時鶉火中，日月正相望㈢。協平。朔風厲嚴寒，陰氣下微霜。羈《昭明文選》作羇。旅無儔《昭明文選》作疇。匹，俯仰懷哀傷㈣。小人計其功，君子道其常。豈惜終憔悴，詠言著斯章㈤。《昭明文選》第十二首。

箋注

㈠李善曰：「《漢書·地理志》注曰：『河南開封縣東北有蓬池，或曰即宋蓬澤也。』又曰：『陳留郡有浚儀縣，故大梁也。』」梁章鉅《文選旁證》：「《太平寰宇記》一：『蓬池在尉氏縣北五里。』《述征記》：『大梁西南九十里尉氏有蓬池。阮籍詩「徘徊逢池上，回首望大梁」即此。』」朱珔曰：「『徘徊蓬池上，還顧望大梁』注引《漢書·地理志》曰……案：蓬，今《漢·志》作逢。《左傳·哀十四年》傳宋皇野語向巢：『逢澤有介麇焉。』注亦引

《漢·志》而疑之。(今按:注云:『《地理志》言逢澤在滎陽開封縣東北,遠,疑非。』)正義云:『土地名。宋都睢陽,計去開封四百餘里,非輕行可到,故杜以遠疑。非也,蓋于宋都之旁别有近地名逢澤耳。』是孔氏謂宋之逢澤與開封異處,但無所指實。《方輿紀要》則謂:『逢即遇也。澤即宋之孟諸。』然傳語明是地名,若作遇字訓,殊爲不辭。豈皇野本以誑巢,不妨舉其稍遠地歟?故《漢·志》亦不質言也。至開封之逢澤,固屬可據。《漢書》注:『臣瓚曰:「《汲郡古文》:『梁惠王發逢忌之藪以賜民。』」今浚儀有逢陂,忌澤是也。』」《水經·渠水篇注》云:『渠水東南流,逕開封縣,睢、涣二水出焉,右則新溝注之。其水出逢池,池上承役水于苑陵縣,别爲魯溝水,東南流逕開封縣故城北。……魯溝南際富城東南,入百尺陂,即古之逢澤也。徐廣《史記音義》曰「秦孝公會諸侯于澤,汲郡纂《竹書紀年》作逢澤」,斯其處也。故應德璉《西征賦》曰:「鸞衡東指,弭節逢澤。」』《紀要》又云:『蓬澤在今開封府東南二十四里。《唐·志》:蓬澤亦爲蓬池,天寶六載改爲福陂池,禁漁採。開封廢縣在府南五十里。又城西北有浚儀廢縣,漢縣治此,屬陳留郡。晉《地道記》:衛儀邑也。』蘇林曰:『故大梁城,梁惠王始都此。』又案:江氏考實云:『今開封府祥符縣南有蓬池,與尉氏縣接壤,亦去宋遠,疑非古蓬澤。蓋宋有大澤曰孟豬,在虞城縣北十里,周迴五十里,與商邱縣相接,蓬澤或孟豬旁别名。漢初,梁孝王大治宫室,築東苑方三百里,則孟豬、逢澤皆在其中。孟豬屢被黄河衝決,故迹已失,則逢澤亦不可考。求之于開封,非也。』余謂江説近是。文十年:『遂道以由孟諸』,是其地廣闊可田獵,皇野語當即指此。而阮詩于蓬池望大梁,乃浚儀之蓬池,與《左傳》所稱異矣。蓋逢者大也,逢澤猶大澤耳,與『蓬池』二字本别;後人因澤與池可通稱,而逢與蓬又音近通用,遂致混兩地而一之,不知其相去實遠也。」胡紹煐曰:

「按蓬當作逢。《漢・志》、《左・哀十四年傳》、《水經注》并作逢。後人以爲蓬萊，故改加草。」《水經》：「渠（水）出滎陽北河，東南過中牟縣之北，又東至浚儀縣。」注：「又東逕大梁城南，本春秋之陽武高陽鄉也，于戰國爲大梁。……後魏惠王自安邑徙都之，故曰梁耳。……漢文帝封孝王于梁，孝王以土地下溼，東都睢陽，又改曰梁，自是置縣，以大梁城廣，居其東城夷門之東。」

㈡《小爾雅》：「莽，大也。」李善引毛萇曰：「茫茫，廣大貌。」五臣吕延濟曰：「洪，大也。莽，草也。」

㈢李善引《左氏傳》（僖公五年）曰：「晉侯伐虢，公問卜偃曰：『吾其濟乎？』對曰：『克之。其九月、十月之交乎？鶉火中，必是時也。』」又引杜預曰：「夏之九月、十月也。」《埤雅》：「南方朱鳥七宿，曰鶉首、鶉火、鶉尾。」《吕氏春秋・孟冬紀》高注：「七星，南方宿，周之分野。」李善又引《尚書》（召誥）曰：「惟二月既望。」又引孔安國曰：「十五日，日月相望也。」

㈣李善引《爾雅》（釋訓）曰：「朔，北方也。」厲，《爾雅・釋詁》：「作也。」李善引杜預《左氏傳注》曰：「厲，猛也。」又引曾子曰：「陰氣騰則凝爲霜。」羈，馬絡也。《易・旅卦》疏：「旅者，客寄之名，羈旅之稱，失其本居而寄他方，謂之爲旅。」儔，等類也。《禮・緇衣》注：「匹謂知識朋友。」《楚辭》王逸注：「二人爲匹，四人爲儔。」俛同俯。

㈤李善引孫卿子（天論篇）曰：「天有常道，君子有常體。君子道其常，小人計其功。」注：「道，言也。君子常造次必守其道，小人則計一時之功利，因物而遷之也。」《書・舜典》：「歌永言。」傳：「謂歌詠其義以長其言也。」《說文》：「樂竟爲一章。」

集評

沈約曰：「『豈惜終憔悴』，蓋由不應憔悴而致憔悴，君子失其道也。小人計其功而通，君子道其常而塞，故至憔悴也。因乎眺望多懷，兼以羈旅無匹而發此詠。」

五臣張銑曰：「喻亂時人怖懼。」呂向曰：「『寒霜』喻奸臣之害人者。」李周翰曰：「代多邪佞，故我無儔匹而俯仰悲傷。」又曰：「小人計邪諂以爲功，君子守正直以爲常。」劉良曰：「言我守以正道，豈能憔悴及己，所以著此詩以自明也。」

鄒思明曰：「『緑水』四句，喻時事之昏亂。『朔風』二句，喻奸邪之害人。」

蔣師爚引何焯曰：「大梁，戰國時魏(所都)，借以指王室。」黄節引何焯曰：「嘉平六年二月，司馬師殺李豐、夏侯泰初等；三月，廢皇后張氏；九月甲戌，遂廢帝爲齊王，乃十九日，是月丙辰朔；十月庚寅，立高貴鄉公，乃初六日，是月乙酉朔。師既定謀而後白于太后，則正日月相望之時。末言：後之誦者考是歲月，所以詠懷者見矣。初，齊王芳正始元年改用夏正，則此詩正指司馬師廢齊王事也。」

蔣師爚曰：「嗣宗勸進箋無一語勸受禪，是甘憔悴而道其常者。」

張琦曰：「大梁者魏也。鶉火中，晉滅虞(虢)之月，亦寓禪代之意。」

吴淇曰：「鶉火中云云，則是八月也。日月相望，是十五日也。八月十五是人世所謂中秋佳節，在他人方且呼朋攜友，多少歡賞；而蓬池之上，但見朔風云云，羈旅之人又無同伴相慰，安得不俯仰傷懷哉！」

黄節引陳祚明曰：「風霜以喻式微，羈旅以喻寡黨，此計功者所必去，而君臣分義乃經常不可失也。公如僅以高曠爲懷而甘心憔悴者，何必曰『君子道其常』乎？」

方東樹曰：「……此春秋筆法。癈芳，九月事也，故用卜偃語爲切，即成必用十五日也。……大梁，借指王家也。小人計功二語用荀子……公蓋曰：君臣常道終不可改，惜小人逆節貪功，爲亂臣賊子，己豈能與彼爲匹哉！」又曰（見《昭昧詹言》卷三阮公）：「姚薑塢先生譏何（焯）不當一一舉其事以實之。夫誦其詩則必知其人，論其世，求通其詞，求通其志，于讀阮詩尤切。何（焯）所解惟『徘徊蓬池上』及『王子年十五』二篇爲實。『王子』篇未喻。『蓬池』篇何解得之，但其後半猶言之未明耳。竊謂『無儔匹』指賈充、鍾會輩諸小人助惡篡弑貪功，而懷忠良執乎綱常大義之君子無人，故己哀傷憔悴而著此詩。託言『羈旅』，延年所謂隱避也。此全從屈子『惜誦』『同極異路』，《九辯》『羈旅而無友生』等意出。大約不深解《離騷》不足以讀阮詩。」

王闓運曰：「『緑水揚洪波，曠野莽茫茫』寫平原積水，憑眺蒼茫，非幽秀山川之景。『是時鶉火中，日月正相望。朔風厲嚴寒，陰氣下微霜。』日月相望言君臣争權；朔風、寒霜伏于盛暑，見常道之立而知其不終；『朔風』二句直入盤鬱，哀外鎮之無人也，所謂『時無英雄，使竪子成名』。『小人計其功，君子道其常。豈惜終憔悴，詠言著斯章』。言己爲司馬吏獨守正自將也。」

其十七

獨坐空堂上，誰可與歡范陳本、劉成德本作親。者！出《昭明文選》五臣注本作山。門臨永路，不見行北京圖書館藏《六朝詩鈔》本作有。車馬㈠。登高望九州，悠悠分曠野㈡。孤鳥西北飛，離獸東南

下。日暮思親友，晤言用自寫㊂。《昭明文選》第十五首。

箋注

㊀永，《説文》：「水長也。」《爾雅・釋詁》：「遠也。遐也。」

㊁黄節引《爾雅・釋地》：「冀、豫、雝、荆、揚、襄、徐、幽、營，九州。」黄節曰：「《毛詩》（《鄘風・載馳》）『驅馬悠悠。』傳：『悠悠，遠貌。』」

㊂離，《玉篇》：「散也。」《廣韻》：「去也。」李善曰：「《毛詩》（《陳風・東門之池》）曰：『彼美淑姬，可與晤言。』鄭玄曰：『晤，對也。』」五臣李周翰曰：「晤，明也。」《詩・陳風・東門之池》傳：「晤，遇也。」又：「言，道也。」黄節曰：「《毛詩》（《邶風・泉水》）曰：『以寫我憂。』傳：『寫，除也。』」《詩・小雅・蓼蕭》：「既見君子，我心寫兮。」箋：「我心寫者，舒其情意無留恨也。」

集評

五臣張銑曰：「言人皆趨權臣，無與己同。」呂向曰：「孤鳥、離獸，東南、西北，喻下人值亂代皆分散而去。」李周翰曰：「言思志者與舒寫其心。」黄節引朱嘉徵曰：「傷亂世也。《詩》（《小雅・節南山之什・正月》）曰：『念我獨兮，憂心京京。』」王夫之曰：「自然憤世疾俗，人必有此感，無事句求字測也。」

于光華引何焯曰：「天地愈曠，而我心愈悲，廣武之嘆，窮途之哭，都是此意。」黄節引何焯曰：「（《詩・小雅・節南山》）『我瞻四方，蹙蹙靡所騁』，途窮能無慟也！」又：「『孤鳥（西北飛），離獸（東南下）』，喻逃死吴、蜀者。」蔣師爚

曰：「西北未可云蜀。」

黄節引吴淇曰：「『吾非斯人之徒與而誰與！』乃『獨坐空堂上』無人焉，『出門臨永路』無人焉，『登高望九州』無人焉；所見惟鳥飛、獸下耳；其寫無人處可謂盡情。」吴淇又曰：「……鳥本上，故曰西北，獸本下，故曰東南。東、南、西、北，處處皆然，竟何所逃于天地之間哉！其寫亂之意，至矣！至矣！」

陳沆曰：「悼國無人也。『我瞻四方，蹙蹙靡所騁』，途窮能無慟乎？孤鳥、離獸，士不西走蜀則南走吴耳。思親友以寫晤言，其孫楚、叔夜之倫耶？」

吴汝綸曰：「末四句，望古遥集也。」

黄侃曰：「居則忽若有亡，出則無所與適，登高遠望，憂思彌繁，所以思親友之晤言，感離群之已久也。」

其十八

懸車在西南，羲和將欲傾。流光耀《六朝詩集》、《歷代詩家》二集作曜。四海，忽忽至夕《六朝詩集》作日。冥。朝爲咸池暉，濛馮惟訥本、及朴本、張燮本作蒙。汜受其榮㊀。豈知馮惟訥本、梅鼎祚本、及朴本、《六朝詩集》、張燮本作放。張溥本注：「集作放。」黄侃謂「豈知當作豈如，字之誤也。」窮達士，一死不再浦南金本作復。生。視彼桃李花，誰能久熒熒㊁！君子在何許？歎息馮惟訥本注：「集作『曠也』。」臧懋循本注：「一作『曠世』。」未浦南金本作不。合并。瞻仰景山松，可以慰吾情㊂。

箋注

㈠黄節引《淮南子》（天文訓）曰：「日浴于咸池，是謂晨明。……至于悲泉，爰息其馬，是謂懸車。」《禮記・祭儀》「日出于東」在西南，日將入也。聞人倓引《廣雅》曰：「日御曰羲和。」黄節曰：「《山海經・大荒南經》有羲和之國，有女子名曰羲和，浴日于甘淵。」又引屈原《天問》：「出自湯谷，次于蒙汜。」王逸注：「汜，水涯也。日出東方湯谷之中，暮入西極蒙水之涯。蒙，一作濛。」《淮南子・天文訓》：「淪于蒙谷，是謂定昏。日入于虞淵之汜，曙于蒙谷之浦。」

㈡《小爾雅》：「視，比也。」《玉篇》：「看也。」聞人倓引《玉篇》曰：「熒熒，猶灼灼也。」

㈢《詩・鄭風・風雨》：「既見君子，云胡不夷。……既見君子，云胡不瘳。……既見君子，云胡不喜。」小序：「思君子也。亂世則思君子，不改其度焉。」《唐風・揚之水》：「既見君子，云何不樂。……既見君子，云何其憂。」小序：「刺晉昭公也。昭公分國以封沃，沃盛强，昭公微弱，國人將叛而歸沃焉。」《秦風・晨風》：「未見君子，憂心欽欽。如何、如何？忘我實多。……未見君子，憂心靡樂。如何、如何？忘我實多。……未見君子，憂心如醉。如何、如何？忘我實多。」小序：「刺康公也。忘穆公之業，始棄其賢臣焉。」《小雅・甫田之什・頍弁》：「未見君子，憂心弈弈；既見君子，庶幾悦懌。……未見君子，憂心怲怲；既見君子，庶幾有臧。」小序：「諸公刺幽王也。暴戾無親，不能宴樂同姓，親睦九族，孤危將亡，故作是詩也。」《魚藻之什・隰桑》：「既見君子，其樂如何。……既見君子，云何不樂。……既見君子，德音孔膠。」小序：「刺幽王也。小人在位，君子在野，思見君子，盡心以事之。」《周南・汝墳》：「未見君子，惄如調飢……。既見君子，不我遐

棄。」小序：「道化行也。文王之化行乎汝墳之國，婦人能閔其君子，猶勉之以正也。」《召南・草蟲》：「未見君子，憂心忡忡；亦既見止，亦既覯止，我心則降。」小序：「大夫妻能以禮自防也。」《秦風・車鄰》：「未見君子，寺人之令。……既見君子，並坐鼓瑟；今者不樂，逝者其耋。……既見君子，並坐鼓簧；今者不樂，逝者其亡。」小序：「美秦仲也。秦仲始大，有車馬、禮樂、侍御之好焉。」《小雅・鹿鳴之什・出車》：「未見君子，憂心忡忡；既見君子，我心則降。」小序：「勞還率也。」《南有嘉魚之什・蓼蕭》：「既見君子，我心寫兮。……既見君子，爲龍爲光。……既見君子，孔燕豈弟。……既見君子，鞗革忡忡，和鸞雝雝，萬福攸同。」小序：「澤及四海也。」《青青者莪》：「既見君子，樂且有儀。……既見君子，我心則喜。……既見君子，錫我百朋。……既見君子，我心則休。」小序：「樂育材也。君子能長育人材，則天下喜樂之矣。」并，平聲。《説文》：「相從也。」《廣韻》：「合也。」《玉篇》：「同也。」劉履曰：「景山，商所都之山。《詩》（《商頌・殷武》）云：『涉彼景山，松栢丸丸。』」《爾雅・釋詁》：「景，大也。」《詩・鄘風・定之方中》：「景山與京。」傳：「景山，大山。」

集評

劉履曰：「此篇因悼世變思以自保之詩。言魏之將亡，猶日之將傾也。何盛衰若此其速！國祚且移于晉矣。士既不幸遭此末運，雖視彼一時之富貴不能久存；然未遇賢君能撥亂而返正，徒爲嘆息。惟瞻仰高山之松得以堅貞自持，可用慰吾情耳。」

黄節引陳祚明曰：「日光西傾，大命遒盡，餘光所被，豈乏needs榮。夏侯之屬云亡，殉國之人不見，覩丸丸之松，猶幸宗社之未改耳。」（按陳祚明説并未見其如所引。）

黄節引朱嘉徵曰：「閔時之將變，而冀得楨幹之臣焉。經天之日，懸車垂曜；景山之松，經霜不凋，君子人歟！」

黄節引蔣師爚曰：「夕冥、朝暉，易代之象也。君子在何許乎？慨當世大概無人。」

曾國藩曰：「首四句言魏祚將傾；『朝爲』二句指前此被魏之恩澤者；『豈知』六句言夏侯之屬云亡，殉國之人未見，『景山松』似有所指之人，可信其勁節不改者。」

黄節引吴汝綸曰：「末四句，望古遥集。」

黄節引王闓運曰：「窮、達字并用始妙。達固不久，窮亦何失？」

黄侃曰：「日入當再旦，豈若人死不復生。春華有零落，正類含靈有殂謝。先民已往，吾誰與歸！必壽如凌雲之松，乃足以慰吾志也。窮達雖殊，終盡則一，故相挈爲言。」

按：蔣師爚解「窮達士」，以達士爲達德之士，謂達士爲此而窮，殊屬不辭，顯爲曲解。王闓運謂窮達二字并用，自屬當然。黄侃先生亦如此讀，解詩意甚明。惟認「豈知」當作「豈如」，殊無所據。其實亦不必改，「豈知」者，謂他人那知如此云云也。「君子在何許」句思君子，此君子必有所指，但不必如曾國藩所謂實指某人。兹于注中列舉《詩經》中「既見君子」與「未見君子」諸句，按小序分作兩類，第一類爲刺時政者，第二類爲美教化者，阮詩之意，似可于第一類中求之。

其十九

西陳德文本作四，王夫之本作北。方有佳人，皎若白日光㈠。《太平御覽》卷八百十六作「皎皎如日光」。被

服纖羅衣，左右佩范陳本作袚。此從《太平御覽》及俞允文本。他本作珮。雙璜㊁。《藝文類聚》十八作璫。《藝文》止引以上四句。修容耀姿美，順風振微芳。登高眺范陳本作眄。所思，舉袂當《漢魏詩紀》、《六朝詩集》、及朴本作向。張溥本注：「當，集作向。」朝陽㊂。寄顔雲霄間，揮袖凌虚翔。飄颻俞允文本作「飄飄」。恍惚中，流眄范陳本、陳德文本《詩紀》、《漢魏詩紀》、及朴本、劉成德本、劉履本作盻。黄節注本作盼，不知何據，但注引曹植《洛神賦》仍作「流眄」。顧我傍。悦懌未交接，晤言用感傷㊃。

箋注

㊀劉履引《毛詩》（《北風・簡兮》）曰：「云誰之思？西方美人。」黄節曰：「《韓詩》曰：『東方之日。』薛君章句曰：『詩人所説者，顔色美若東方之日。』」聞人倓引宋玉《神女賦》曰：「其始來也，耀乎若白日初出照屋梁。」

㊁黄節引古詩（十九首）曰：「燕趙多佳人，美者顔如玉。被服羅裳衣，當户理清曲。」曹植《閨情詩》：「有美一人，被服纖羅。」纖，《説文》：「細也。」羅，《類篇》：「帛也。」《楚辭・招魂》：「被文服纖。」注：「纖謂羅縠也。」黄節曰：「《周禮・天官・玉府》（佩玉）鄭注：『詩傳曰：「佩玉上有葱衡，下有雙璜衡牙。」』賈疏曰：『衡，横也，謂葱玉爲横梁。雙璜衡牙者，謂以組懸于衡之兩頭，兩組之末皆有半璧曰璜，故曰雙璜。』左右雙璜者，謂衡之兩頭懸于組末之璜也。」

㊂修，飾也。修容，修飾之容。黄節引宋玉《高唐賦》曰：「揚袂障日而望所思。」又引《左傳》（文公四年）：「甯武子曰：『昔諸侯朝正于王，王宴樂之，于是乎賦《湛露》，則天子當陽，諸侯用命也。』」

㈣黄節引曹植《洛神賦》曰：「動朱脣以徐言，陳交接之大綱。」「悦懌」，見其十二注。「晤言」，見其十七注。

集評

黄節引劉履曰：「『西方佳人』託言聖賢如西周之王者，猶《詩》言『云誰之思，西方美人』之意。此嗣宗思見聖賢之君而不可得，中心切至，若有其人于雲霄間恍惚顧盼而未獲際遇，故特爲之感傷焉。」

黄節又引朱嘉徵曰：「『西方有佳人』傷明王不作，世莫宗尒也。」

黄節又引蔣師爚曰：「『當陽』是何等事！佳人則臣道也。乘登高之眺，遂舉袂以當之乎！『寄顔雲霄』，『凌虚』、『恍惚』，亦終幻而已矣。是所悦于未之交接者，守己之正；及晤而以爲感傷者，慨世之變也。（當日司馬文王求婚于籍，公以醉拒之，則未交接之證矣。）」

黄節又引方東樹曰：「此亦屈子《九歌》之意。（然屈子指君，此不知其何指。若爲懷古聖賢，則爲泛言，然不可確知矣。）」

黄節又引吴汝綸曰：「此首似言司馬之于己也。末言：彼雖悦懌，吾則未與交接也；然吾終有身世之感傷。蓋興亡之感，憂生之嗟，無時可忘耳。」

黄侃曰：「西方佳人，陵雲遠上，雖相悦懌，而不復晤言。故知愛憎之情自我，離合之理自天，命之所無奈何，雖神仙竟何裨于感傷也！」

黄節曰：「朱（嘉徵）、方（東樹）之説與劉（履）合。然尋『舉袂當朝陽』及『流盼顧我傍』句意，則非無所指者。《晉書》本傳云：『曹爽輔政，召爲參軍，籍因以疾辭，屏于田里。歲餘而爽誅，時人服其遠識。』或即詩中所指歟？」

其二十

楊朱泣歧路，范陳本、陳沆本作「路歧」。墨子悲染王夫之本作素。絲㈠。揖讓長離別，飄颻難與期㈡。豈徒燕婉情，存亡誠有之。蕭索人所悲，禍釁范陳本、《詩紀》、詩所、陳沆本作興。《六朝詩集》作敗。不可辭㈢。趙女媚中山，謙柔愈見欺㈣。嗟嗟塗上士，何用自保持㈤？

箋注

㈠《列子·説符》：「楊子之鄰人亡羊，既率其黨，又請楊子之豎追之。楊子曰：『嘻！亡一羊，何追者之衆？』鄰人曰：『多歧路。』既反，問：『獲羊乎？』曰：『亡之矣。』曰：『奚亡之？』曰：『歧路之中又有歧焉，吾不知所之，所以反也。』楊子戚然變容，不言者移時，不笑者竟日。」聞人倓引《一統志》曰：「揚歧山在平鄉縣，世傳楊朱泣歧之所。」《墨子·所染第三》：「子墨子言：見染絲者而歎曰：『染于蒼則蒼，染于黄則黄，所入者變，其色亦變，五入必而已則爲五色矣；故染不可不慎也。非獨染絲然也，國亦有染。』」

㈡蔣師爚引《孔叢子》曰：「舜、禹揖讓，湯武用師，非相詭，乃時也。」黄節引《毛詩》(《豳風·鴟鴞》)曰：「予室翹翹，風雨所漂摇。」按傳：「鴟鴞，周公救亂也。成王未知周公之志，公乃爲詩以遺之，名之曰鴟鴞焉。」

㈢黄節引《毛詩》(《邶風·新臺》)曰：「燕婉之求。」毛傳曰：「燕，安。婉，順也。」聞人倓引《左傳》疏：「釁是間隙之名。」

㈣黄節據蔣師爚引《吕氏春秋》過略。《吕氏春秋·孝行覽·長攻篇》：「襄子上于夏屋，以望代俗，(注：俗，土也。)其

樂甚美。于是襄子曰：『先君必以此教之也。』及歸，慮所以取代，乃先善之。代君好色；請以其夷姊妻之，代君許諾。夷姊已往，所以善代者乃萬故。（注：善，好也。襄子所好于代者非一事，故言萬故也。）馬郡宜馬，代君以善馬奉襄子。（注：傳曰：『冀州之北土，馬之所生也。』故謂代爲馬郡也。）襄子謁于代君而請觴之，馬郡盡。（注：襄子告代君而請飲之酒，醉而殺之，盡取其國也，故曰馬郡盡也。）先令舞者置兵其羽中數百人。先具大金斗，代君至，酒酣，反斗而擊之，一成（注：一成，一下也。）腦塗地，舞者操兵以斗，盡殺其從者。」黄節又引蔣師爚曰：「按代在中山之北，嗣宗誤以代爲中山。」姚範《援鶉堂筆記》卷四十：「按趙女句用《荀子》，見《富國篇》。」按《荀子·富國篇》：「譬之是猶使處女嬰寶珠，佩寶玉，負戴黄金而遇中山之盜也，雖爲之逢蒙視，屈腰橈膕，君盧屋妾，猶將不足以免也。（注：言處女如善射者之視物，謂微眇不敢正視也；既微視，又屈腰橈膕，言俯伏畏懼之甚也；君盧屋妾，謂處女自稱是君盧屋之妾，猶言箕帚妾，卑下之辭也：雖畏懼卑辭如此，猶不免劫奪之也。）」作處女不作趙女。《戰國策》：「司馬喜謂趙王曰：『趙，佳麗之所也。』」

㊄《爾雅·釋詁》：「路旅，塗也。」「塗上士」，猶言當塗之士，亦如其八之「當路子」，參見其八注。又《三國志·魏志·文帝紀》裴松之注引《獻帝傳》載禪代衆事：「太史丞許芝條魏代漢見讖緯于魏王曰：『……故白馬令李雲上事曰：「許昌氣見于當塗高，當塗高者，當昌于許。」當塗高者，魏也。象魏者，兩觀闕是也。當道而高大者魏，魏當代漢……」用，以也。

集評

黄節引陳祚明曰：「『歧路』、『素絲』，無定者也。以比患至之無方，典午竊國深心，初似誠謹，信用之後，權在難除。

喪亡孰不悲？而禍釁已成，烏能自保？將述『趙女』之喻，先以『燕婉』比之『存亡』，旨顯然矣。尋省用意，深切如斯，辭愈曲而情愈明。」

蔣師爚曰：「揖讓已無可昌托矣；況在鴟鳥之詩所悲于飄摇者而能與之期乎？禍衅之來，雖習爲獻媚何益。在朝之臣，皆塗人自處而已。」

陳沆説參見其二及其五十一注所引。

黄節引曾國藩曰：「歧路、染絲，言變遷不定，翻覆無常，不特燕婉之情如此，即國之存亡亦不過一反覆間耳。」

方東樹曰：「此蓋專指曹馬之交危機如此，而爽不悟，權一失即滅亡也。」

黄節又引王闓運曰：「歧路、染絲，言化于不覺。」

黄侃曰：「物情萬變，故有揖讓之頃已見乖離，燕婉之情既然，存亡之理何異。人雖惡禍，而禍不可辭；人雖好榮，而榮不可恃。以謙柔而見欺，則謙柔非取媚之道也。世事紛紜，將何道以自處哉？」

黄節曰：「嗣宗詩意蓋謂：後王取天下，藉口于湯武用師，揖讓之風相離既遠，後王處此，求如《詩》所云『予室漂摇』者亦不可期矣。彼篡奪之人貌爲安順，讓王徒見其燕婉之情而已，豈知誠有關于國之存亡乎？故天下蕭然，人皆知禍衅不可免。不見趙之圖代，以謙柔而行其欺，亦猶篡奪者以燕婉而亡人國也。殺奪之機，自上啟之，可嘆如此，世途之人何以自保乎？」

其二十一

於《詩所》注：「一作放。」心懷寸陰，羲陽《詩所》注：「一作和。」將欲冥㊀。揮袂撫陳祚明、張琦選本作無。長劍，仰觀浮雲征。《詩所》注：「一作行。」雲間有玄鶴，《詩紀》等據京師曹氏所藏唐人書阮步兵詩卷作「立鵠」。抗志《詩所》注：「一作首。」揚哀聲。一飛沖青天，曠《詩所》注：「一作彊。」世不再鳴㊁。豈《詩所》注：「一作安。」與鶉鷃游，《詩所》注：「一作徒。」連《詩所》注：「一作翩。」翩戲中庭㊂。

箋注

㊀《詩紀》、《漢魏詩紀》、梅鼎祚本、《古詩類苑》、及朴本、張燮本、張溥本注：「京師曹氏家藏《阮步兵詩》一卷，唐人所書，與世所傳多異，有數十首集中所無。（此句張溥本無。）其一篇云：『放心懷寸陰……』（除「玄鶴」作「立鵠」外，其餘與《詩所》注字悉同，不再録。）」《詩紀》注：「又云：『嘉木下成蹊……』（見其三）詩語皆類此，非後人作明矣。孔宗翰亦有本與此多同。」（下注「失名」二字）黄節引《淮南子》曰：「聖人不貴尺之璧而重寸之陰，時難得而易失也。」「羲陽」見其十八注。冥，《玉篇》：「夜也。」《漢書・五行志》注：「暗也。」

㊁黄節引《詩》（《召南・小星》）毛傳：「征，行也。」又引《本草》曰：「鶴有玄有黄。玄則鶴之老者。」又引《史記・滑稽列傳》曰：「齊威王之時，淳于髡説曰：『國中有大鳥，三年不飛又不鳴，何也？』王曰：『此鳥不飛則已，一飛沖天；不鳴則已，一鳴驚人。』」

㈢鶉，鳥名。陸佃云：「俗言此鳥性淳，飛必附草，行不越草，遇草横前即旋行避之，故曰鶉。」鷃，鳥名。《廣韻》：「小雀也。」《禽經》：「雉上有丈，鷃上有尺。雉上飛能丈，故計丈，鷃上飛能尺。」《莊子·逍遥遊》：「有鳥焉，其名曰鵬，背若泰山，翼若垂天之雲，摶扶摇羊角而上者九萬里，絶雲氣，負青天，然後圖南且適南冥也。斥鷃笑之曰：『彼且奚適也？我騰躍而上，不過數仞而下，翱翔蓬蒿之間，此亦飛之至也，而彼且奚適也？』」

集評

吕陽曰：「『懷寸陰』，憂魏祚之將傾也。『揮袂』、『撫劍』蓋用虞公以劍指日使不落之意。『浮雲』所以蔽日，『觀浮雲』者，言雖欲指日而不可得。『玄鶴』，嗣宗自況。『曠世不再鳴』，以見決無仕晉之心也。」

黄節引陳祚明曰：「『曠世不再鳴』，志何決也！所謂『正緣篤感』耳。使曰不然，玄鶴之飛，何以在羲和欲冥之候？」

黄節引蔣師爚曰：「就日之誠，無奈羲陽欲冥矣。抗志揚聲，乃獨有一元伯。《三國志·陳泰傳》『字元伯』注：『干寶《晉紀》：「高貴鄉公之殺，司馬文王曰：『元伯！卿何以處我？』對曰：『誅賈充以謝天下。』文王曰：『更思其次。』泰曰：『泰言惟有進于此，不知其次。』」《魏氏春秋》：「大將軍曰：『卿更思其他。』泰曰：『豈可使泰復有後言。』遂嘔血薨。」」

黄節引沈德潛曰：「『曠世不再鳴』猶王仲淹獻策後不復再出也。」

張琦曰：「『利劍不在掌』，抗志沉冥而已。」

黄侃曰：「欲與玄鶴爲儔，遠舉雲中，不欲與凡禽同居局趣之地也。」

其二十二

夏后乘靈輿，夸父爲鄧林㈠。存亡從變化，日月有浮沉。鳳凰鳴參差，伶倫發其音㈡。王子好簫管，世世相追尋㈢。誰言《文選》江淹擬阮步兵詠懷詩、李善注引阮詩作云。不可見，《六朝詩集》作知。李善注引阮詩作知。青鳥明我心㈣。

箋注

㈠黄節引《山海經·海外西經》曰："大樂之野，夏后啟乘兩龍，雲蓋三層。"聞人倓引《括地圖》："禹平天下，會諸侯，夏德之盛，二龍降之，禹使范成光御之行域外，既周而還。"又引《抱朴子》："禹乘二龍，郭支爲御。"夸父、鄧林見其十注。又《列子·湯問》："夸父不量力，欲追日影，逐之于隅谷之際，渴欲得飲，赴飲河渭，河渭不足，將走北飲大澤，未至，遂渴而死，棄其杖，屍膏肉所浸，生鄧林。鄧林彌廣數千里焉。"

㈡聞人倓引《漢書·律曆志》："黄帝使泠倫自大夏之西、崑崙之陰，取竹之嶰谷，（生其竅厚均者，斷兩節間而吹之。）以爲黄鐘之宮，制十二筩，以聽鳳之鳴。（其雄鳴爲六，雌鳴亦六，比黄鐘之宮而皆可以生之，是爲律本。）"黄節引《楚辭·九歌》王逸注曰："參差，洞簫也。"

㈢王子見其四注。

㈣黄節引《山海經·海内北經》曰："西王母梯几而戴勝杖，其南有三青鳥，爲西王母取食。"

集評

黄節引朱嘉徵曰：「明微也。至人若存若亡，與時變化，而迹不自留焉。」

黄節引陳祚明曰：「直欲明心，可知非第神仙之慕。元亮讀《山海經》詩，輒仿此而作。」

方東樹曰：「言世人逐無涯而無成，不如學仙。然未必如此之泛淺。竟不解其指意所在。末二句語意亦未詳。」

黄侃曰：「物理變化，難以悉推，日月之明猶有沉没，是以受形變（稟）氣，必無久存。伶倫、王子往矣，後世追尋，亦疇得而見之哉？青鳥明心，徒虚想耳。」

黄節曰：「《山海經·海外北經》郭璞傳曰：『夸父者，蓋神人之名也。其能及日景而傾河渭，（豈以走飲哉？寄用于走飲耳）幾乎不疾而速，不行而至者矣。此以一體爲萬殊，存亡代謝，寄鄧林而遯形，惡得尋其靈化哉？』郭傳可通嗣宗詩意。阮意蓋謂：道無有存，無有亡，所謂存亡者，其迹之變化耳；猶日月之有浮沉也。是故以浮沉爲日月之存亡，非也；夏后靈輿、夸父鄧林，譬道之迹耳，迹往而不可見，遂謂道亡而不可見，皆非也。且道之爲道，視之不足見，聽之不足聞；而人之聞道，乃更不如樂。若伶倫之鳳音，王子之簫管，樂之能感悦人心者，老子所謂『樂與餌，過客止』也，世乃追尋不已，此非道也。道豈不可見乎？人不能見西王母而青鳥見之，人不能見道而我見之矣，故曰『青鳥明我心』。王弼注《老子》曰：『欲言存耶，則不見其形；欲言亡耶，萬物以之生。』亦可通嗣宗詩意。」

黄節又曰：「嗣宗《清思賦》云：『鄧林殪于大澤兮，欽邳悲于瑶岸。』又曰：『載雲輿之奄靄兮，乘夏后之兩龍。』又曰：『余以爲形之可見，非色之美；音之可聞，非聲之善。』《大人先生傳》云：『今吾乃飄飆于天地之外，與造化爲友，朝飡湯谷，夕飲西海，將變化遷易，與道周始。』又曰：『亡不爲夭，存不爲壽……唯兹若然，故能長久。今汝造音以亂聲，

作色以詭形，……故循滯而不振。』又曰：『日没不周方，月出丹淵中，陽精蔽不見，陰光火爲雄。』其所云云，皆以道言，可與此詩相表裏。」

其二十三

東南有射山，汾水出其陽㈠。六龍服氣輿，雲蓋切范陳本、陳德文本、劉成德本作覆。《詩紀》、《詩所》、張溥本注：「一作覆。」天綱㈡。仙者四五人，逍遥晏蘭房。寢息一純和，呼噏成露霜㈢。沐浴丹淵中，照從陳祚明本，他本作炤。耀從張琦本，他本作燿。日月光。豈安通《詩紀》、《漢魏詩紀》、梅鼎祚本、《詩所》、及朴本、張燮本、張溥本注：「集作邇。」靈臺，游瀁去高翔㈣。

箋注

㈠黄節引《莊子・逍遥遊》篇曰：「藐姑射之山有神人居焉，不食五穀，吸風飲露，乘雲氣，御飛龍而遊乎四海之外。」蔣師爚曰：「《莊子・逍遥遊》篇：『堯往見四子藐姑射之山，汾水之陽，窅然喪其天下焉。』陸氏《音義》曰：『汾水出太原。今莊生寓言也。』李云：『山在北海中。』《尚書》：『至于岳陽。』孔傳：『山南曰陽。』《穀梁傳・僖二十八年》：『水北曰陽。』汾水之陽，在水北也。『東南有射山，汾水出其陽』，言在山南也。《水經》：『汾水出太原汾陽縣北。』太原在西北，不在東南。（陸云莊生寓言，以汾水句連上讀，此詩用來亦連上讀，起説射山在東南，則無所不寓言矣。）」聞人倓曰：「《志勝》：『山西平陽府臨汾縣北有姑射山，山有姑射、蓮花二洞。』」

㊁黃節引《易》(《乾卦・上九象》)曰：「時乘六龍以御天。」又引《楚辭・九歌》王逸注曰：「服，飾也。」按《易・繫辭》：「服牛乘馬。」疏：「服用其牛。」《詩・鄭風》：「兩服上襄。」箋：「兩服，中央夾轅者。」又《管子・權修》篇注：「服，行也。」此詩中之「服」當如《易》、《詩》及《管子》之「服」字義，不當作飾字解。黃節又引《易》(《說卦》)曰「坤……爲大輿。」聞人倓曰：「氣輿，以氣爲輿，蓋寓言也。」雲蓋，見其二十二注。又曰：「切，近也。」又引《漢書・律曆志》曰：「玉衡杓建，天之綱也。」又引《晉書・天文志》：「北落西南一星曰天綱。注：『武帳。』」《莊子・天運》：「天其運乎？地其處乎？日月其爭于所乎？孰主張是？孰維綱是？」按切字不當作覆。言切，則氣輿在天綱之下而切近之；若言覆，則氣輿反在天綱之上矣。

㊂《禮記・月令》注：「晏，安也。」聞人倓引宋玉《風賦》：「乃更于蘭房芝室止臣其中。」黃節引《大戴禮》盧辯注曰：「一，皆也。」《廣韻》：「噏同吸。」《說文》：「呼，内息也。」「吸，外息也。」

㊃黃節曰：「豈誤愷。《毛詩》：『令德壽豈』，又：『豈弟君子』，皆從愷省。《說文》愷在豈部曰『康也』，在心部曰『樂也』。」《詩・小雅・魚藻》：「豈樂飲酒。」陸德明《釋文》：「豈本亦作愷。」黃節引《莊子》(《庚桑楚》)曰：「靈臺者，有持而不知其所持而不可持者也。」又引郭注曰：「靈臺者，心也。」瀁，《說文》：「古文漾字。」聞人倓曰：「蓋承『沐浴丹淵』之文而言之也。」

集評

聞人倓引陳祚明曰：「通靈臺是人間所築以奉仙真者，以比爵位，不能安之。」陳祚明又曰：「此亦讀《山海經》之流。」

蔣師爚曰：「此以仙家養生之術寓言也。『仙者四五人』，謂司馬氏及其用事之人。『呼噏成露霜』，謂威福作于頃刻。

『沐淵』、『耀光』謂司馬引病之日謀誅曹爽也。『愷安靈臺』、去而『高翔』，四五人者皆攀龍鱗矣。」

張琦曰：「以況竹林諸賢也。」

黄節引方東樹曰：「託言仙人不游人間，以比己不甘逐流俗。」

黄侃曰：「神仙之人既離塵俗，自當遨游八紘之外，雖通靈之臺彼且不以爲安，明避世之宜遠也。」

黄節曰：「嗣宗《大人先生傳》云『大人微而弗復兮，揚雲氣而上陳。召太幽之玉女兮，接上王之美人。』亦詩所謂『仙者四五人』也。蔣師爚謂指司馬氏及其用事之人，殊鑿。」

按：梁王筠亦有「東南射山」詩云：「還丹改容質，握髓駐流年。口含千里霧，掌流五色煙。瓊漿泛金鼎，瑶池溉玉田。倏息整龍駕，相遇鳳臺前。」言神仙煉丹之事，與阮詩意近。蔣師爚説無據，最謬。

其二十四

殷憂令志結，怵惕常若驚[一]。逍遥未終晏，朱暉（范陳本、陳德文本、《詩紀》、《漢魏詩紀》、梅鼎祚本、《詩所》、《詩雋類函》、《漢魏詩乘》、《古詩類苑》、張燮本、及朴本、劉成德本作華。《歷朝二十五家詩録》作陽。蔣師爚本作明。）忽（蔣師爚本作已。）西傾。蟋蟀在户牖，蟪蛄號（《詩紀》、張燮本、及朴本作鳴。）中庭[二]。心腸未相好，誰云亮我情。願爲雲間鳥，千里一哀鳴。三芝延瀛洲，遠游可長生[三]。

箋注

㈠《詩・邶風・北門》：「憂心殷殷。」殷，《爾雅・釋訓》：「憂也。」《禮記》曾子問疏：「殷，大也。」蔣師爚引《韓詩》：「耿耿不寐，如有殷憂。」按《詩・邶風・栢舟》作「隱憂」。黄節引《詩》《曹風・鳲鳩》曰：「心如結兮。」又引疏：「如物之裹結。」怵，《説文》：「恐也。」惕，《説文》：「敬也。」

㈡黄節引《楚辭・離騷》王逸注曰：「晏，晚也。」暉，《説文》：「光也。」蟋蟀，見其十四注。蟪蛄，蟲名。《本草》：「一名天螻，一名仙姑。穴土而居，有短翅，四足。雄者善鳴而飛；雌者腹大羽小，不善飛翔。吸風食土，喜就燈光。」黄節引《莊子》《逍遥遊》曰：「蟪蛄不知春秋。」並引郭注曰：「春生者夏死，夏生者秋死。（故不知春秋）」

㈢黄節引《爾雅・釋詁》曰：「亮，信也。」其二十一首云：「雲間有玄鶴，抗志揚哀聲。」芝，《説文》：「神草也。」黄節引《楚辭・九歌》云：「采三秀兮于山間，石磊磊兮葛蔓蔓。」並引王逸注：「三秀，謂芝草也。言己欲服芝草，以延年壽。」孫興公《天台山賦》：「五芝含秀而晨敷。」李善注引《神農本草經》：「赤芝，一名丹芝；黄芝，一名金芝；白芝，一名玉芝；黑芝，一名玄芝；紫芝，一名木芝。」蔣師爚引《抱朴子・仙藥》篇：「參成芝，扣之如金石之音；木渠芝如蓮花，九莖一叢；建木芝，如纓地，实如鸞鳥；此三芝，服之白日昇天。」延，《爾雅・釋詁》：「陳也。」黄節引《史記・秦始皇本紀》曰：「海中有三神山，名曰：蓬萊、方丈、瀛洲。」《漢書・郊祀志》云：「此三神山者，其傳在勃海中，去人不遠，蓋曾有至者。諸仙人及不死之藥皆在焉。」黄節引《楚辭・遠游》曰：「仍羽人於丹丘兮，留不死之舊鄉。」

集評

黄節引陳祚明曰：「非親近之臣，抱憂國之心，情深而主未知，忠切而上不諒，悲夫！」

黄節引蔣師爚曰：「朱明西傾，喻國運將終也。驚憂之情，豈可喻之蟋蟀、蟪蛄之輩；爲雲間鳥，其鳴也哀矣。哀密邇者蹈于禍，宜乎爲遠游也。」

黄侃曰：「年歲易晏，好會易離，所以令人殷憂莫解，怵惕若驚；惟有長生可無此患也。」

其二十五

拔劍臨白刃，安能相中傷。但畏工言子，稱我三江旁㊀。飛泉流玉山，懸車棲扶桑。日月徑千里，素風發微霜㊁。勢《漢魏詩紀》、《詩所》作世。張溥本注：「勢，外編作世。」路有范陳本、陳德文本、《詩紀》、梅鼎祚本、張燮本、及朴本、劉成德本作自。窮達，咨嗟安可長㊂。

箋注

㊀臨，猶及也。白刃，謂劍鋒磨至白色，言其利也。中，《周禮・冬官・考工記》注：「謂穿之也。」黄節曰：「《説文》：『工，巧飾也。』工言，猶巧言也。」稱，言也。蔣師爚引《書》(《禹貢》)：「(揚州)三江既入，震澤底定。」孔傳：「自彭蠡江分爲三，入震澤，遂爲北江而入海。」鄭云：「三江分于彭蠡爲三孔，東入海，其意言『三江既入』，入海耳，不入震澤也。」

㊁黄節引《山海經・西山經》曰：「玉山是西王母所居。」蔣師爚引《山海經》此條注：「《穆天子傳》謂之群玉之山。」懸車，見其十八注。《淮南子・天文訓》：「曰……拂于扶桑，是謂天明。」黄節引《離騷》王逸注曰：「扶桑，日所拂木

也。」蔣師爚引洪興祖補注：「東方朔《十洲記》：『扶桑在碧海中。葉似桑樹，長數千丈，大二千圍，兩兩同根，更相依倚，是名扶桑。』」

㊂黄節引《白虎通》曰：「日月徑千里。徑，直也。」《集韻》：「徑，行過也。」懸車棲于扶桑，是日由西復東，故「日月徑千里」之「徑」當作「行過」解。黄節曰：「《初學記》曰：『秋節曰素節。』素風即秋風也。」

㊃咨嗟，見其十三注。

集評

黄節引蔣師爚曰：「《阮籍傳》：『籍本有濟世志。屬魏晉之際，天下多故，由是不與世事，……鍾會數以時事問之，欲因其可否而致之罪。』《三國志·鍾會傳》：『毌丘儉作亂，大將軍司馬景王東征，會從，典知密事。』故云：『但畏工言子，稱我三江旁。』」

黄侃曰：「劍刃相傷，不如言語之憯。物理相循，榮必有悴；縱復多勢，豈能久長。所以深戒驕盈，安其恬淡者也。」

黄節曰：「《夬·上六》：『无號。終有凶。』《象》曰：『无號之凶，終不可長也。』王弼注曰：『處夬之極，小人在上，君子道長，衆所共棄，故非號咷所能延也。』此詩『咨嗟安可長』，蓋言君子處窮時，每懼小人爲害，日月易逝，非咨嗟所能延也。咨嗟，即指本詩作意。飛泉、懸車，皆喻日月運行之速。玉山在西，扶桑在東，故曰『徑千里』也。此因鍾會而作，以慨年歲之邁，咨嗟無益耳。蔣師爚謂刺鍾會而比以霜之殺物，有甚于刃，恐非。」

按：《鍾會傳》又云：「壽春之破，會謀居多，親待日隆，……遷司隸校尉，雖在外司，時政損益，當世與奪，無不綜典。嵇康等見誅，皆會謀也。」對此等人，阮籍之心懷猜懼而嗟嘆其不長，亦固其所。

其二十六

朝登洪坡顛，日夕望西山㈠。荊棘被原野，群鳥飛翩翩。鸞鷖時《詩紀》、《漢魏詩紀》、《詩所》、梅鼎祚本、張燮本、及朴本、張溥本注：「時一作特。」棲宿，性命有自然㈡。建范陳本、陳德文本、劉成德本作庭。木誰能近，射干范陳本、陳復文本、劉成德本作「秋月」。復嬋娟㈢。不見林中葛，延蔓相勾連㈣。

箋注

㈠黃節引《孟子》趙岐注曰：「洪，大也。」聞人倓引《說文》曰：「坡，阪也。」黃節並引徐鍇注曰：「謂陂陀也。」又：「顛，頂也。」西山，見其三注。

㈡荊棘見其三注。黃節引《山海經·西山經》曰：「女牀之山有鳥焉，其狀如翟而五采文，名曰鸞鳥。」又引《楚辭·九章》曰：「鸞鳥、鳳皇日以遠兮。」並引王逸注曰：「鸞鳳，俊鳥也。君有聖德則來，無德則去。」又引《楚辭·惜誓》曰：「獨不見夫鸞鳳之高翔兮，乃集太皇之野。循四極而回周兮，見聖德而後下。」又引摯虞《決疑》注曰：「凡象鳳者五：多青色者鸞。」蔣師爚引《山海經·大荒北經》：「虵山有五色之鳥曰鷖。」黃節引《離騷》：「駟玉虬而乘鷖兮。」並引王逸注：「鷖，鳳凰別名也。」又引《山海經》云：「鷖身有五采而文如鳳，鳳類也。」黃節曰：「鷖有二類，《毛詩》『鳧鷖在涇』之鷖，乃鳧之屬；此則鳳之屬。」

㈢聞人倓引《山海經》：「神人之邱有建木，百仞無枝。」黃節引《淮南子》（《地形訓》）曰：「建木在都廣，衆帝所自上下，

日中無影，呼而無響，蓋天地之中也。」注：「（建木）其狀如牛，引之有皮，若瓔黄蛇，其葉如羅。都廣，山名也。」黄節又引張衡《思玄賦》曰：「躔建木于廣都兮，摭若華而躊躇。」黄節引《荀子》（《勸學篇》）曰：「西方有木，名曰射干，莖長四寸，生于高山之上而臨百尺之淵。木莖非能長也，所立者然也。」注：「射干花内莖，長如射人之執干。」黄節又引《説文》：「嬋娟，態也。」

㊃黄節曰：「《毛詩》（《唐風·葛生》）曰：『葛生蒙楚，蘞蔓于野。』『葛生蒙棘，蘞蔓于域。』蓋荆棘、葛蔓，物以類聚者也。」聞人倓曰：「言無梧桐也。」

集評

黄節引朱嘉徵曰：「『朝登洪坡顛』，傷時之什。群小攀附，其勢成焉；至人獨立，曾不改乎其度也。」

黄節引蔣師爚曰：「此言能自樹立，亦有如鸞鷖之受命于天，不妄求匹；超然神木之枝，高山之上者，葛蔓無庸强附也。」

黄節引聞人倓曰：「荆棘喻危亂。群鳥喻群小。」

方東樹曰：「……據此諸篇，皆非因魏晉易代而發，只自詠懷耳。」

黄節引王闓運曰：「言己處亂世，委命全身。」

黄侃曰：「性命皆有自然，非能自立。鸞鷖之比飛鳥，建木之比葛藟，雖高下、榮枯不能無異；而受形大造，不能相爲。所以羡傲之情兩捐，大小之生俱適，莊生逍遥，此近之矣。」

按：詩意蓋謂：荆棘蔽于原野，群鳥翩翩而過，不敢下止；而鸞鷖則時來棲宿，不畏荆棘之爲害，蓋性命固有自然也。

又建木高可百仞，射干高臨百尺之淵而嬋娟，則由所居之地位使然，亦非可以强求；而林中之葛，則只有延蔓勾連而已。此亦玄鶴高飛，不與鶤鷄同游（其二十一）之意。

其二十七

周鄭天下交，街《藝文類聚》十八作衛。術《藝文類聚》作衢。當三河㊀。妖冶《初學記》卷十九作「妍俊」。閑都子，范陳本、劉成德本誤作世。《初學記》卷十九引自此句起。焕《藝文類聚》、《初學記》十九、《太平御覽》二百八十一作英。燿何芬蔣師爚本作紛。葩㊁。玄髮《藝文》作鬒。發范陳本、《漢魏詩紀》、梅鼎祚本、劉成德本、及朴本作照。《詩紀》、《詩所》、《詩雋類函》、張溥本注：「一作照。」朱顔，睇眄《詩紀》、《漢魏詩紀》、張燮本、及朴本、陳祚明本作盼。有光華。傾城思一顧，遺視來相誇㊂。《藝文》作過。《詩所》注：「一作過。」張溥本注：「誇，《初學記》作過。」願爲三春游，朝陽忽蹉跎。《藝文類聚》、《初學記》均引至此句止。盛衰在須臾，離别將如何㊃。范陳本、劉成德本作「何如」。

箋注

㊀《史記·周本紀》：「（武王）營周居于雒邑而後去。……成王在豐，使召公復營雒邑，如武王之意。周公復卜，申視，卒營築，居九鼎焉，曰：『此天下之中，四方入貢道里均。』」「平王立，東遷至于雒邑，避戎寇。」「考

王封其弟于河南，是爲桓公，以續周公之官職。桓公卒，子威公代立。威公卒，子惠公代立，乃封其少子于鞏，以奉王，號東周惠公。」黄節引《史記・鄭世家》：「桓公問太史伯曰：『王室多故，予安逃死乎？』太史伯對曰：『獨洛之東土，河濟之南可居。』『地近虢鄶……虢鄶之君見公方用事，輕分公地。公誠居之，虢鄶之民皆公之民也。』……（桓公）于是卒言王，東徙其民雒東，而虢鄶果獻十邑，竟國之。」《集解》：「徐廣曰：『虢在成皋，鄶在密縣。』」《正義》：「《括地志》云：『洛州汜水縣，古東虢叔之國，東虢君也。』又云：『故鄶城在鄭州新鄭縣東北三十二里。』」按綜上所云，「周」爲今河南洛陽、鞏縣一帶，「鄭」爲今鄭州、新鄭一帶。「交」謂居天下之中，四方交會于此。黄節引《説文》：「街，四通道也。」又：「術，邑中道也。」黄節又引《急就篇》曰：「涇水注謂街術曲。」「三河」與其五、其十三之「三河」有廣狹義之不同。

㊁《説文》：「妖冶，女態。」《正韻》：「裝飾也。」黄節引司馬相如《上林賦》曰：「妖冶閑都，靚粧刻飾。」又引李善注：「《字書》曰：『妖，巧也。』《説文》曰：『嫺雅也，或作閑。』《小爾雅》曰：『都，盛也。』」焕，《玉篇》：「明也。」燿，《玉篇》：「光也。」《漢書・禮樂志》顔師古注：「芬謂衆多。」《集韻》：「草初生香分布也。」葩，《説文》：「華也。」

㊂《説文長箋》：「黑而有赤色者爲纁，有黄色者爲玄。」發，見也。黄節引《説文》：「睇，目小視也。南楚謂眄曰睇。」黄節引《楚辭・招魂》王逸注曰：「遺，竊視。」

㊃《説文》：「蹉跎，失時也。」《儀禮・燕禮》注：「須臾，言不敢久。」

集評

黄節引陳祚明曰：「方知繁華本非誠厭，特非其時，頓有離別之感。」

王夫之曰：「結局悲甚亦顯甚，然而讀此者猶不知其旨，大人明闇之相去乃有如此者！」

黄節引蔣師爚曰：「此託言欲仕已不及時也。」

黄侃曰：「儇薄之子，當年盛色榮，足以致傾城之顧；而榮華不久，旋復醜衰，始于合而終于離，非人力所能與也。」

其二十八

若木《詩紀》、《漢魏詩紀》、梅鼎祚本、《詩所》、張溥本、張燮本、及朴本作花，注：「一作木。」《詩雋類函》、陳沉本作華，注同。燿西陳德文本、《六朝詩集》作四。梅鼎祚本、張溥本注：「西一作四。」海，扶桑翳瀛洲㈠。日月經天塗，明暗不相讎。范陳本、陳德文本、劉成德本作投。《詩紀》、《漢魏詩紀》、《詩所》、梅鼎祚本、張燮本、及朴本注：「一作侔。」張溥本注：「集作侔。」窮達自有常，得失又何求。豈效路上童，攜手共遨游㈡。陰陽有變化，誰云沉不浮。朱鼈躍飛泉，夜飛過吴洲㈢。俯從《十八家詩鈔》，他本皆作俛。仰運天地，再撫四海流。繫累名利場，駑駿同一輈㈣。豈若遺耳目，升遐去殷憂㈤。

箋注

㈠《淮南子·墬形訓》：「若木在建木西，末有十日，其華照下地。」黄節引《離騷》王逸注：「若木在崑崙西極，其華照下

地。」「扶桑」見其二十五注㊁。翳，蔽也，蔭也。瀛洲，見其二十四注㊂。

㊁據《爾雅·釋詁》，塗，路也。讎，《玉篇》：「對也。」窮，達，以比日月之明暗。《玉篇》：「遨，游也。」

㊂陳沆曰：「《吕氏春秋》：『醴水之魚，名曰朱鼈，六足，有珠百琲。』案此言陰陽變化，有沉必浮，朱鼈有時而飛；運往必復，無事竊竊憂悲也。」黄節引《山海經》（《東山經》）曰：「葛山之首，澧水出焉，東流注于余澤。其中多珠鼈魚，其狀如胏而有目，六足有珠。」又引《淮南子》曰：「朱鼈浮波，必有風雨。」黄節曰：「夜飛，謂劍也。《龍魚河圖》曰：『劍名飛揚。』張協《七命》曰：『或馳名傾秦，或夜飛去吴。』李善注曰：『《越絶書》曰：「闔盧無道，湛盧之劍去之入水，行楚，楚王卧而寤，得吴王湛盧之劍。」』此詩曰『夜飛過吴洲』者，謂湛盧之劍夜飛而去吴也。過，猶去也。朱鼈本沉者而能浮，夜飛本浮者而能沉。」

㊃黄節曰：「《説文》曰：『運，移徙也。』『撫，安也。』《莊子》（《在宥》）曰：『其疾俯仰之間，而再撫四海之外，其惟人心乎！天下脊脊大亂，罪在攖人心。故賢者伏處大山嵁岩之下，而萬乘之君憂慄乎廟堂之上。』又曰：『《孟子》曰：「係累其子弟。」』係同繫。累同纍。」按《孟子》趙注：「係累，猶縛結也。」《玉篇》：「駑，最下馬也。」「駿，馬之美稱。」《説文》：「輈，車轅也。」

㊄《詩·小雅·谷風》注：「遺，忘去不復存省也。」《書·太甲》：「若陟遐，必自邇。」陟，升也。遐，遠也。

集評

黄節引蔣師瀹曰：「纔燿西海，已翳瀛洲，日往則月來矣。沉者乘此而浮，亦夜飛而已矣。侈談『運天地，撫四海』，雖駿亦何異于鼈焉。結出『升遐去憂』，所以自遠于名利也。」

黄節引陳祚明曰：「運會亦是適然，此正理也。以爲適然而視之漠不關情，則世上童隨時可富貴矣。抑知陰陽變化，朱鼈尚飛，庶有日乎！心不忘所期，故不能與鶩同輈，貪名利。」《三十家詩鈔》注：「首四句，謂日往月來，月往日來互有屈伸，不相讐怨。人生有達即有窮，有得即有失，又何怨哉！『豈效』二句，言不學世上小兒營營干求。朱鼈，阮公以之自況，亦遠游遺世之志。」黄侃曰：「日月各有晦明，無庸相較；人生皆有窮達，不必多矜。必如路上之童，始可長久遨游，不嬰陰陽之患。朱鼈夜飛，不爲形氣所閾也。不能若此而溺情名利，則智愚同見困阨，豈能使殷憂之暫釋哉！」

其二十九

昔余游大梁，登于黄華顛㈠。共工宅玄冥，高臺造青《六朝詩集》作清。天㈡。幽荒邈悠悠，悽愴懷所憐。所憐者誰子？明察自照《漢魏詩紀》作炤。妍㈢。上三字，范陳本、陳德文本、劉成德本作「應自然」。《詩紀》、《詩所》、梅鼎祚本、張燮本、《詩雋類函》、及朴本注：「一作應自然。」應范成本、劉成德本作奸。龍沉冀州，妖女不得眠。肆侈《漢魏詩紀》、《詩所》、《詩雋類函》、及朴本、張溥本注：「一作佞。」陵范陳本、劉成德本作變。世俗，豈云永厥年㈣！

箋注

㈠大梁，見其十六注㈠。黄節曰：「《水經注》：『洹水出上黨泫氏縣，東過隆慮縣北（按上爲經文），縣有黄華水，出于

神囷之山黃華谷北崖上。山高十七里。』魏鄴都爲今之臨漳，黃華谷在隆慮縣北，則爲今彰德府之林縣，故遊大梁而登黃華。嗣宗蓋述其前事也。」

㊁黃節引《尚書》（《堯典》）鄭玄注曰：「共工，水官名。」黃節曰：「《爾雅》曰：『宅，居也。』言共工治水使有所歸也。」按據《尚書・康誥》注，宅，安定也。黃節引《楚辭・九歎》王逸注曰：「玄冥，太陰之神。」按玄，水神。《禮記・月令》：「孟冬之月……其帝顓頊，其神玄冥。」注：「此黑精之君，水官之臣，自古以來著德玄功者也。」黃節曰：「詩雖用共工之臺，然詩意所指殆鄴之三臺也。《水經注》：『鄴城西北有三臺，曰銅雀臺、金虎臺、冰井臺。』左思《魏都賦》所謂『三臺列峙而崢嶸』者也。」黃節引孔安國《尚書傳》曰：「造，至也。」

㊂幽，深遠也。荒，大也，空也。黃節引《說文》曰：「邈，遠也。」悽愴，悲傷也。懷，念思也。照，同炤，《荀子・儒效篇》注：「炤炤，明見貌。」劉熙《釋名》：「妍，研也。研精于事宜，則無蚩謬也。」

㊃《楚辭・天問》王逸注：「有鱗曰蛟龍，有翼曰應龍。」洪興祖補注：「《山海經》云：『應龍處南極，殺蚩尤與夸父，不得復上，故下數旱。旱而爲應龍之狀，乃得大雨。』」司馬相如《大人賦》注：「文穎曰：『有翼曰應龍，最其神妙者也。』」黃節曰：「郭璞《山海經傳》曰：『冀州，中土也。』郝懿行曰：『案古以冀州爲中州之通名。』」《古韻》：「妖，艷也，媚也。」黃節曰：「妖，疑妭字之誤。《山海經》：『黃帝女魃』，《玉篇》引《文字指歸》作『女妭』，李賢注《後漢書》引經亦作『妭』，《御覽》七十九引同。」

㊄《爾雅・釋言》：「肆，力也。」疏：「極力也。」侈，奢也，泰也。《禮記・學記》注：「陵，躐也。」疏：「躐，踰越也。」

集評

黄節引《詩話補遺》云：「阮籍詩：『昔余游大梁，登于黄華顛。』『應龍沉冀州，妖女不得眠。』按《戰國策》：『趙武靈西至河，登黄華之上，夢處女鼓琴歌詩，因納吴廣女娃嬴孟姚。其先七世而兆于簡子之夢，及入宫而奪嫡亂國，豈非妖女乎？』張平子《應閒》曰：『女魃北而應龍翔。』合而觀之，可見其微意。蓋當是時，魏明帝郭后、毛后妬寵相殺，正類武靈王事，故隱語怪説，亦《春秋》『定哀多微辭』意也。」黄節曰：「此説，朱嘉徵、蔣師爚、曾國藩、吴汝綸皆取之。」

蔣師爚曰：「明帝游北園，景初元年事，此蓋追憶之作，故以『昔余游大梁』起。《三國志·魏書·明悼毛皇后傳》：『帝之幸郭元后也，后愛寵日弛。景初元年，帝游後園，召才人以上曲宴極樂，元后曰：「宜延皇后。」帝弗許。乃禁左右，使不得宣后知之。明日，帝見后，后曰：「昨日游宴北園樂乎？」帝以左右泄之，所殺十餘人，賜后死。』」

陳祚明曰：「應哀曹爽、夏侯玄之屬。」

陳沆曰：「『大梁』寓魏。女魃處共工之臺，主旱；應龍沉冀州之野，主雨。故以『共工』『妖女』斥典午；以『應龍』比玄、爽、晏、範之儔，矜智自負，取忌權奸，而又奢侈荒宴，以取敗亡也。爽、晏敗而懿事遂成，魏祚遂移矣。阮公初應曹爽之辟，見機引疾，因以免禍；故追咎之。」

黄侃曰：「共工强霸，今已消亡，而世之愚夫矜其明察，豈知禍有先伏，智有不通，肆侈陵人，徒爲衰滅之兆，以求永年，翩其反矣。」

黄節曰：「《魏志》曰：『明帝沉毅斷識，任心而行。』詩曰『明察自照妍』，亦猶老子所云『自見者不明，自是者不彰』也。」

張衡《應閒》曰：『一介之策，各有攸建，故女魃北而應龍翔。』孫盛云：『明帝政自己出。』此詩用張衡意，謂明帝不能得人而用也。」又曰：「《魏志》：『帝崩。時年三十六。』故曰『肆侈陵世俗，豈云永厥年。』此詩蓋追述游鄴都，望臺觀，閔念明帝有君人之概，不善用其明，寄託懿、爽，并夭天年，爲可歎也。」又曰：「《詩話補遺》云（引見前），陳沆曰（引見前），二説皆未悟『應龍』『妖女』之用意，故均附會失當。平子《應閒》曰：『安危無常，要在説夫。咸以得人爲梟，失士爲尤。故樊噲披帷入見高祖，高祖踞洗以對酈生，當此之會，乃黿鳴而鼈應也，故能同心戮力，勤恤人隱，奄受區夏，遂定帝位，皆謀臣之由也。故一介之策，各有攸建，子長諜之，爛然有第。夫女魃北而應龍翔，洪鼎聲而軍容息，溽暑至而鶉火棲，寒冰沍而黿鼉蟄。』平子用『女魃』『應龍』，此嗣宗意之所本。而乃以郭后、毛后及司馬、玄、爽等人附會之，不亦誤乎！或又以《魏志·明帝紀》『青龍黃龍見』及明帝大治宮館追秦皇漢武事，以釋『應龍』、『妖女』，亦非。」

按：明帝之世，迭遭水旱，而好興土木，且廣選美女以充後宮，「録奪士女前已嫁爲吏民妻者還以配士，既聽以生口自贖，又簡選其有姿色者内之掖庭（見《魏志》裴注引《魏略》）。」此兩事最爲當時所病，關於前者城門校尉楊阜曾上疏諫曰：「方今二虜合從，謀危宗廟，十萬之軍東西奔赴，邊境無一日之娛，農夫廢業，民有飢色，陛下不以是爲憂，而營作宫室無有已時。」光禄勳高堂隆也曾上疏切諫曰：「今天下凋弊，民無儋石之儲，國無終年之富，外有强敵，六軍暴邊，内興土功，州郡騷動。」明帝崩，太子齊王芳即位，第一件事即是「諸所興作宫室之役，皆以遺詔罷免之」，可見其爲當時痛民最甚者。關於後者，太子舍人張茂曾上書諫曰：「臣伏見詔書：諸士女嫁非士者，一切録奪以配戰士，……又詔書所得以生口年紀、顔色與妻相當者自代，故富者則

傾家盡產，貧者舉假貸貰，貴買生口以贖其妻，縣官以配士爲名，而實内之掖庭，其醜惡者乃出與士，得婦者未必有歡心，而失妻者必有憂色，或窮或愁，皆不得志。」所謂「妖女不得眠」也。張茂又曰：「且軍師在外，數千萬人，一日之費，非徒千金，舉天下之賦以奉此役，猶將不給，況復有宫庭非員無録之女，椒房母后之家，賞賜横興，内外交引，其費半軍。……陛下不兢兢業業，念崇節約，思所以安天下者，而乃奢靡是務，中尚方純作玩弄之物，炫耀後園，建承露之盤，斯誠快耳目之觀，然亦足以騁寇仇之心矣。惜乎！舍堯舜之節儉，而爲漢武之侈奉，臣竊爲陛下不取。」所謂「肆侈陵世俗」也。嗣宗愴懷明帝，特舉其失政最大者而言。所謂「應龍沉冀州」，似即「共工宅玄冥」之意。黄晦聞先生據張衡《應閒》中有「得人爲梟，失士爲尤」及「女魃北而應龍翔」數語，謂詩意言明帝不能得人而用。考《應閒》通篇之意在言「天爵高懸，得之在命……求之無益」。其序中亦明言：「余應之以時有遇否，性命難求。」所舉「説夫」及樊噲、酈生皆有遇有不遇。「應龍」四句，皆一彼一此，不可得兼。「女魃北（敗）而應龍翔」，與《山海經》所言黄帝與蚩尤事不合。黄先生又疑「妖」字爲「妭」字之誤，果爾，則「女妭」倒爲「妭女」矣。黄先生所釋，似較楊升庵、陳沆二家之説附會更甚，疑不可從。

高堂隆亦曰：「外人咸云宫人之用，與興戎軍國之費所盡略齊，民不堪命，皆有怨怒。」

其三十

驅車出門去，意欲遠征行。征行安所如？背棄夸與名。夸名不在己，但願適中情㈠。單

帷蔽皎日，高樹張溥本作樹。隔微聲。讒邪使交疏，范陳本、《六朝詩集》、劉成德本作流。浮雲令陳德文本作今。晝冥㈡。嬿婉同衣裳，一顧傾人城㈢。從容在一時，繁華不再榮㈣。晨朝奄復暮，不見所歡形㈤。黄鳥東南飛，寄言謝友生㈥。

箋注

㈠征，行也。如，往也，至也。夸名，見其八注。黄節又引賈誼《鵩鳥賦》曰：「貪夫徇財兮烈士徇名，夸者死權兮品庶每生。」黄節曰：「『夸名不在己』亦猶老子所云『名與身孰親』也。」中，心也，内也。

㈡帷，幕也，帳也。皎，白也，明也。黄節引《爾雅·釋宮》曰：「闍謂之臺，有木者謂之樹。」《莊子·漁父》：「好言人之惡謂之讒。」邪，不正也。

㈢嬿婉同燕婉，見其二十注。傾城見其二注。

㈣《史記·留侯世家》：「良嘗閒從容步游下邳圯上。」《索隱》：「從容，閒暇也。從容，謂從任其容止不矜莊也。」繁華，見其十二注㈠。《爾雅·釋艸》：「木謂之華，草謂之榮。」

㈤奄，忽也，遽也。所歡，所愛也。黄節曰：「『晨朝奄復暮，不見所歡形』，用繁欽《定情詩》：『日旰兮不至，日暮兮不來』意。」

㈥黄節曰：「黄鳥蓋用《小雅》（《黄鳥》）『此邦之人，不我肯穀；言旋言歸，復我邦族』詩義。」黄節引晉灼《漢書注》曰：「以辭相告曰謝。」又引《毛詩》（《小雅·鹿鳴之什·常棣》）曰：「雖有兄弟，不如友生。」

集評

黄節引朱嘉徵曰：「『驅車出門去』，傷讒邪蔽明，思遐舉也。士以夸名進，利盡而交疏，君子恥之。」又曰：「魏明帝嘗詔盧毓曰：『選舉以名求，如畫地作餅，不可啖也。』」

陳祚明曰：「觀此又深不遇之感，豈不相乖乎？蓋魏舉則期，而晉登斯去也。」

蔣師爚曰：「易代之際，亦誇、名兩種人。誇者無論矣。嗣宗視名亦復與誇無異。嗣宗自適其適，不必適人之適者。起六句，大旨已盡。『單帷』四句，謂讒邪訾以好名；『燕婉』四句，謂已有君臣之分，從容就義，祗是義不再榮，非以爲名也；『晨朝』四句，世變已極，與友共傷之而已。……『所歡』喻高貴鄉公。當日在朝禮法之士已疾嗣宗如仇，無可與言，是所欲寄言於陳留故人者也。陳留在鄴東南。」

黄節又引蔣師爚曰：「帷單，則無甚厚也；樹高，則無甚壅也；猶復蔽、隔，孰使之耶？」

黄侃曰：「誇、名皆在身外，所以棄之若遺。世事變化，難以豫觀。皎日之明，而舉帷足以蔽之；微聲之眇，而高樹足以隔之。交親而離於讒賊，晝明而曉於浮雲；然則燕婉之情，豈足終恃！繁榮之卉，卒於凋枯；旦暮之間，所歡遽失。與言及此，故不從黄鳥以高翔得乎？」

其三十一

駕言發魏都，南向望聞人倓本作「望向」。吹臺。簫管有遺音，梁王安在哉(一)！戰士食糟糠，賢

者處蒿萊㊁。歌舞曲未終，秦兵已復《藝文類聚》二十六二字倒轉。來㊂。夾林范陳本作「林木」。又陳德文本作「林夾」。非吾聞人倓本作我。有，《藝文類聚》二十六自此句以下諸句無。朱宮生塵埃㊃。軍敗華陽下，身竟爲《歷代詩發》作無。土《看詩隨録》作死。灰㊄！

箋注

㊀聞人倓曰：「《元和郡縣圖志》：『吹臺在開封縣東南六里。』《文昌雜録》云：『《東京記》：「天清寺繁臺，梁孝王按歌吹之臺。」（今按：《文昌雜録》原作「常按歌吹臺」。）阮公詩云：「駕言發魏都，南向望吹臺，簫管有餘音，梁王安在哉！」後有繁氏居其側，里人呼爲繁臺。』玩其語意，即以孝王爲梁王，詩中『秦兵復來』句便與上不可通。後又閱王存《九域志》：『吹臺即繁臺，本師曠吹臺，梁孝王所築。』愚意以爲詩中『梁王』是指戰國時梁王，漢梁孝王特封其地復築之耳，不可混魏王爲孝王也。」聞人倓又曰：「《汲塚紀年》：『梁惠成王九年，徙都大梁。』」黄節曰：「《水經·渠水注》曰：『《陳留風俗傳》曰：「縣有倉頡、師曠城，上有列僊之吹臺，北有牧澤，澤中出蘭蒲……俗謂之蒲關澤，梁王增築以爲吹臺。城隍夷滅，略存故迹，今層臺孤立於牧澤之右矣。其臺方百許步，（即阮嗣宗《詠懷》所謂「駕言發魏都，南向望吹臺，簫管有遺音，梁王安在哉！」）世又謂之繁臺城。」』節案：《戰國·魏策》曰：『梁王魏嬰觴諸侯於範臺，酒酣，請魯君舉觴，魯君興，避席擇言曰：「今主君之尊，儀狄之酒也；主君之味，易牙之調也；左白臺而右閭須，南威之美也；前夾林而後蘭臺，强臺之樂也；有一於此，足以亡其國。」』據此，則繁臺疑即範臺，『繁』、『範』音同出『奉』母。《文昌雜録》（按見前引）是未審《魏策》範臺之所始耳。後人據《水經注》及《文昌雜録》，乃謂此詩『梁

王』即指漢梁孝王，殊誤。如以梁孝王爲梁王，則『秦兵復來』句不可通矣。蓋此詩之梁王，用《戰國策》梁王魏嬰事也。」

㈡《說文》：「糟，滓也。」《玉篇》：「糠，米皮也。」黄節引《史記・孟嘗君傳》曰：「僕妾餘粱肉，而士不厭糟糠。」《漢書・食貨志》：「貧者食糟糠。」陸佃詩疏：「蒿，草之高者。」《詩・小雅・十月之交》注：「萊，草穢。」黄節引《韓詩外傳》曰：「原憲居魯，環堵之室，茨以蒿萊。」

㈢蔣師爚曰：「《史記・魏世家》：『秦七攻魏，五入囿中。』此詩所謂『歌舞未終，秦兵復來』也。」聞人倓引《史記・魏世家》曰：「信陵君無忌卒。景湣王元年，秦拔我二十城以爲秦樂郡；二年，秦拔我朝歌，徙野王；三年，秦拔我汲；五年，秦拔我垣、蒲陽、衍。十五年，景湣王卒，子王假立，王假三年，秦灌大梁，虜王假，遂滅魏。」

㈣蔣師爚曰：「夾林，前、後《漢志》、《水經注》皆無考，或是《戰國・魏策》芒卯所謂昏林，《燕策》蘇代所謂林中。」黄節曰：「夾林，地名。見上。金正煒《國策補釋》曰：『按《史記・魏世家》索隱云：「林，地名。」蓋春秋時鄭地之棐林，在大梁之西北。」《左氏傳》「棐林」，《公羊傳》作「棐休」。「棐」、「夾」字形相近，或即其地歟？』」

㈤黄節曰：「《戰國・魏策》曰：『秦敗魏於華，魏王且入朝於秦。』節按：《尚書》曰：『華陽黑水惟梁州。』賈公彥曰：『雍、豫皆兼梁地。』《史記・魏世家》曰：『所亡於秦者山南、山北。』《正義》曰：『山，華山也。華山之東南，七國時汝州屬魏；華山之北，同、華、銀、綏並魏地。』」

集評

陳祚明曰：「借弔古以憂時，故語極哀切。」

蔣師爚曰：「此借戰國之魏喻曹氏之亡也。」

黄節引陳沆曰：「『駕言發魏都』，借古以寓今也。明帝末年歌舞荒淫而不求賢講武，爲苞桑之計，不亡於敵國，則亡於權奸，豈非百世殷鑑哉！」

方東樹曰：「……借梁王以陳殷鑑，……此言魏將亡於司馬氏耳。文義最爲明白。」

黄侃曰：「梁王築臺自樂，而輕戰士，簡賢者。豈意高臺未傾，簫音猶在，而身已死，國已亡也！」

黄節曰：「魏都，大梁也。此借戰國之魏以喻曹氏。」

其三十二

朝陽不再盛，白日忽西幽㈠。去此若俯仰，如何似九秋。人生若塵方東樹曰：「『晨露』誤『塵』，箋妄解。」露，范陳本作路。天道邈范陳本、陳德文本、劉成德本作竟。悠悠㈡。齊景升丘《八代詩選》作牛。山，涕泗紛交流㈢。孔聖臨長川，惜逝忽若浮㈣。去者余不及，來者吾陳沆本、張琦本作我。不留。願登太華山，上與松子游㈤。漁父知世患，乘流泛輕舟㈥。

箋注

㈠黄節引蔣師爚曰：「《易》曰：『日中則昃』，故云：『朝陽不再盛』。」幽，隱也。

㈡俯仰，一俯一仰之間，言迅疾也。九秋，可參閲其十二關於「九春」注。「九秋」與「俯仰」相對，言其久也。邈，渺也。

悠悠，見其二十九注。

㈢聞人倓引《晏子春秋》曰：「景公游於牛山，北臨其國而流涕曰：『若何滂滂去此而死乎！』艾孔、梁丘據皆從而泣。」《韓詩外傳》卷十：「齊景公游於牛山之上而北望齊，曰：『美哉國乎？鬱鬱泰山！使古而無死者，則寡人將去此而何之？』俯而泣沾襟。國子高子曰：『然！臣賴君之賜，疏食惡肉可得而食也，駑馬柴車可得而乘也，且猶不欲死；況君乎！』俯泣。」

㈣黄節引《論語》（《子罕第九》）曰：「子在川上曰：『逝者如斯夫！不舍晝夜。』」

㈤黄節引《楚辭・遠游》曰：「往者余弗及焉，來者吾不聞。」聞人倓引《山海經》：「太華山削成而四方，其高五千仞，其廣十里。」又引《史記・留侯世家》：「願棄人間事，從赤松子游耳。」黄節引《漢書・地理志》「京兆尹華陰縣」注：「太華山在南。」又引曹操樂府《氣出唱》曰：「華陰山，自以爲大，高百丈，浮雲爲之蓋。僊人欲來，來者爲誰？赤松、王喬，乃德旋之門。」又引《列僊傳》曰：「赤松子者，神農時雨師。」

㈥《莊子・漁父》篇：「客（指漁父）乃笑而還行，言曰：『仁則仁矣！恐不免其身，苦心勞形以危其真。……且人有八疵，事有四患，不可不察也。……所謂四患者：好經大事，變更易常，以掛功名，謂之叨。……』乃刺船而去，延緣葦間。」

集評

蔣師爚曰：「秋者愁也。俯仰從人，何愁之有。是起四句意。『人生』八句，申言朝陽不再也。『願登』四句，謂世患不得而攖之矣，視俯仰從人者相去遠矣。」

黄節引聞人倓曰：「按『去此』，去魏盛時。『九秋』喻易代。」

曾國藩曰：「此亦汲汲自修之意。」

黄節引方東樹曰：「以『朝陽』興魏。言『去此若俯仰』猶言『其亡也忽焉』。」又引王闓運曰：「言不爲魏死，恥與晉生。」

黄侃曰：「人道之促，自古所嗟，唯有從赤松，隨漁父，庶幾永脱世患也。」

其三十三

一日復一夕，一夕復一朝。顔色改平常，精神自損陳德文本作捐。消。胸中懷湯火，變化故相招㊀。萬事無窮極，《詩紀》、《詩所》、及朴本、張燮本注：「一作理。」知《詩紀》、梅鼎祚本、陳沆本作智。謀苦不饒。但恐須臾間，魂氣隨風飄㊁。終身履薄冰，誰知我心焦㊂！

箋注

㊀湯，《説文》：「熱水也。」黄節曰：「《毛詩》曰：『如沸如羹。』又曰：『如惔如焚。』故曰『胸中懷湯火』也。」按：《詩・大雅・蕩》：「文王曰咨，咨爾殷商，如蜩如螗，如沸如羹。」此言殷之亂也；又《雲漢》：「旱既大甚，滌滌山川。旱魃爲虐，如惔如焚。」此言旱之甚也，皆與「胸中懷湯火」句之意不切。「胸中懷湯火」即其六「膏火自煎熬」之意。「變化故相招」即承上「顔色改平常，精神自損消」而言。

㊁饒，多也，豐也。須臾，見其二十七注。蔣師爚引《左傳・昭七年》：「人生始化曰魄。既生魄，陽曰魂。」注：「魄，形

也。陽，神氣也。《禮記·祭義》：『氣也者，神之盛；魄也者，鬼之盛也。』注：『氣謂噓吸出入者也。耳目之聰明爲魄。』」

㊂《詩·小雅·小宛》：「『戰戰兢兢，如履薄冰。』衰亂之世，賢人君子雖無罪猶恐懼。」焦，《説文》：「火所傷也。」

集評

黄節引陳沆曰：「此遯世自修之辭也。人謂嗣宗放達士耳，然少年顔、閔之志，終身薄冰之思，此豈粗豪淺露，軼露形骸者哉！」

黄侃曰：「哀老相催，由於憂患之衆。而知謀有限，變化難虞，雖須臾之間，猶難自保。履冰之喻，心焦之談，洵非過慮也。」

黄節曰：「司馬昭曰：『阮嗣宗至愼，每與言，終日言皆玄遠，口不臧否人物。』詩曰：『終身履薄冰』，所以昭其愼歟！」

其三十四

一日復一朝，《藝文類聚》二十六作日。一昏《藝文類聚》二十六、《歷代詩發》作夕。復一晨。容色改平常，精神《藝文類聚》二十六作魂。自飄淪。臨觴多哀楚，思我故時《藝文類聚》二十六作情。人。對酒不能言，悽愴懷酸辛㊀。陳祚明本作心。願耕東皋陽，《藝文類聚》二十六無自此句起以下諸句。誰與守其真㊁？愁古在一時，高行傷微身。曲直何所爲？龍蛇爲我鄰㊂。

箋注

㈠《博雅》：「淪，没也。」《説文》：「觶，實曰觴，虚曰觶。」《禮記・學記》注：「楚，荆也。撲撻犯禮者。」引伸爲痛。悽愴，見其二十九注。酸辛，見其三注。

㈡黄節曰：《晉書》本傳：「奏記太尉蔣濟曰：『方將耕於東臯之陽，輸黍稷之餘税，（以避當塗者之路）。』潘岳《秋興賦》李善注曰：『水田曰臯。』『東』，取其『春』意。」《莊子・漁父篇》：「客（指漁父）悽然變容曰：『謹修而身，慎守其真，還以物與人，則無所累。……』孔子愀然曰：『請問：何慎真？』客曰：『真者，精誠之至也。……真在内者神動於外，是所以貴真也。』」

㈢黄節曰：「《周易》（《繫辭下》）曰：『尺蠖之屈，以求信（伸）也；龍蛇之蟄，以存身也。』曲直，猶屈伸也。」又引曾國藩曰：「《揚雄傳》云：『君子得時則大行，不得時則龍蛇。』龍蛇者，一曲一直，一伸一屈。」

集評

黄節引陳祚明曰：「『高行傷微身』，可知亦以貧賤爲傷矣。然有所不顧者，高行不可失也。」

黄節引蔣師爚曰：「此言酸辛之懷，有蟄以存身而已。亦不能俯仰從人之意。」蔣師爚又曰：「『曲直何所爲』二句，其三十一詩所謂『丹心失恩澤，重德喪所宜，善言焉可長，慈惠未易施』也。」

黄節又引曾國藩曰：「如『危行』，伸也，『言遜』即屈也。此詩畏高行之見傷，必『言遜』以自屈，龍蛇之道也。」

黄侃曰：「故人皆已徂謝，此身愧然獨存，憂生之餘，但思隱退。終日愁苦，不救於死亡；高行自修，徒苦其形體；是

非得失，何事紛紜？龍蛇屈伸，所以存身而無害也。」

其三十五

世務何繽紛，人道苦《六朝詩集》作若。不遑㊀。壯年以時逝，朝露待太陽。願攬從陳沆本。范陳本、陳德文本、劉成德本、《六朝詩集》作覽。他本皆作攬。羲和轡，白日不移光㊁。天階路殊絶，范陳本、劉成德本、及朴本、張燮本作「天路皆殊絶」。雲漢邈無梁㊂。濯髮暘谷濱，遠游崑岳傍㊃。登彼列僊岨，採此秋蘭芳。時路烏足爭，太極可翺翔㊄。

箋注

㊀《廣韻》：「務，事務也。」黄節引張衡《思玄賦》舊注曰：「繽紛，亂貌。」人道，謂人所以應世務之道。遑，暇也。

㊁攬，撮持也。羲和，見其十八注㊀。黄節引班婕妤《自悼賦》曰：「白日忽已移光兮。」

㊂黄節引《漢書・東方朔傳》注：應劭注曰：「黄帝《泰階六符經》：『泰階者，天之三階也。』」又引《毛詩》（《大雅・文王之什・棫樸》，又《蕩之什・雲漢》）「倬彼雲漢」鄭玄箋曰：「雲漢，天河也。」

㊃《楚辭・遠游》：「朝濯髮於湯谷兮」注：「《淮南》言，日出湯谷入虞淵也。」補曰：「湯音暘。」黄節引《尚書・堯典》曰：「宅嵎夷，曰暘谷。」按：孔氏傳：「東表之地稱嵎夷。暘，明也。日出於谷而天下明，故稱暘谷。」蔣師爚引《水經》「崑崙墟在西北」注：「崑崙説：崑崙山三級，下曰樊桐，一名板桐；二曰元圃，一名閬風；上曰層城，一名天庭，

是爲太帝之居。」

㊄黄節曰：「《毛詩》（《周南·卷耳》）曰：『陟彼砠矣』，《説文》引作『岨』，曰：『石戴土也。』」又引《離騷》曰：「紉秋蘭以爲佩。」黄節曰：「時路，猶世路也。」又引《周易》（《繫辭上》）曰：「（是故）易有太極。」按：河上公注：「無稱之稱，不可得而名也。」翱，《玉篇》：「布翅飛也。」翔，《説文》：「迴飛也。」

集評

黄節引陳祚明曰：「此首甚明，『利劍不在掌』也，志有必争，而委之烏足争。」

又引蔣師爚曰：「『顧攬羲和轡，白日不移光』，欲延魏祚也。天階路絶，勢所不能，託之游僊而已。」

曾國藩曰：「『顧攬』二句，有魯陽揮戈駐景之意。『白日不移光』云者，欲使魏祚不遽移於晉也。『天階』二句，言手無斧柯，無路可以迴天也。」

黄侃曰：「榮衰無定，人道可悲。思欲上友列僊，翱翔太極，而天階殊絶，雲漢無梁，則神僊終不可冀。途窮之歎，豈虛也哉！」

其三十六

誰言萬事艱，逍遥可終生。臨堂翳華樹，悠悠念無形。彷徨思親友，倏忽復至冥。寄言東飛鳥，可用慰我情㊀。

箋注

㊀逍遥，見其二十三注。翳，蔭也。悠悠，見其十七注。黄節引曾國藩曰：「無形，言無生之始也。」「翳華樹，日中時也；『至冥』，則夕矣。」《正韻》：「彷徨，猶徘徊也。」倏忽，犬走疾也。《玉篇》：「冥，夜也。」用，以也。

集評

黄節引蔣師爚曰：「嗣宗家陳留，在鄴都東南，寄言親友故倩東飛之鳥。（於翳堂之樹曰華，至冥已兩候矣，懷人情景如晤。）」

黄侃曰：「華樹垂榮，終必銷滅，自恐此身難於長保，所以寄言北鳥，思念所親也。」

黄節曰：「《莊子・逍遥遊篇》曰：『今子有大樹，患其無用，何不樹之於無何有之鄉，廣莫之野，彷徨乎無爲其側，逍遥乎寢卧其下，不夭斤斧，物無害者；無所可用，安所困苦哉！』按嗣宗此詩蓋用莊義。」

其三十七

嘉時蔣師爚本作樹。在今辰，從范陳本、陳德文本、《詩紀》、《漢魏詩紀》、《漢魏詩乘》、《歷代詩發》、《詩所》、梅鼎祚本、劉成德本、及朴本、張燮本。他本或作晨。零雨曾國藩曰：「似當作靈雨。」灑塵埃㊀。臨路望所思，日夕復不來。人情有感慨，蕩漾焉能排。李善注江淹擬阮詩引作「蕩漾焉可能」。揮涕懷哀傷，辛酸誰語范陳本作與。哉㊁！

箋注

㈠黄節曰：「《毛詩》（《豳風·東山》）曰：『我來自東，零雨其濛。』《説文》引詩作『霝雨』。《鄘風》（《定之方中》）曰：『靈雨既零。』毛傳曰：『零，落也。』鄭箋曰：『靈，善也。』」

㈡黄節曰：「蕩漾，猶養養也，憂心不知所定也。」又引《毛詩》（《邶風·二子乘舟》）「中心養養」毛傳曰：「養養然憂，不知所定。」王筠曰：「蕩漾，《説文》作『潒瀁』。養養，蓋瀁瀁也，故曰『不知所定』。」辛酸，見其十三注。

集評

黄節引朱嘉徵曰：「『嘉時在今辰』，懷人也。或曰：美人遐心，交道中棄焉。」

蔣師爚曰：「上首、此首皆無聊之思。『臨路』『所思』，寄言於鳥而情已樹焉；『臨路望所思』，則望所必來而不來矣，哀傷復誰語乎！……嘉樹，零雨，雅宜小集，作懷人發端語始此。」

黄節又引曾國藩曰：「天之道，陰求陽，陽求陰，氣也。人之道，男求女，女求男，情也。古人以不遇爲不偶，《詩》、《騷》之稱美人，皆求君、求友也。此詩之『望所思』，亦求友之意，似有所指，言天時既嘉，道路無塵，而美人不來，能無感慨！」

黄侃曰：「人事難量。得嘉期，忽逢零雨，所思終阻，感慨鬱興，辛酸之情，竟將誰愬也。」

其三十八

炎光《六朝詩集》作火。延萬里，洪川蕩湍瀨㈠。彎弓掛扶桑，長劍倚天外。泰山成砥礪，黄河

爲裳《漢魏詩紀》作常。帶㈡。視彼莊周子，榮枯何足賴。捐身棄中野，烏鳶作患害㈢。豈若雄傑士，功名從此大。

箋注

㈠聞人倓曰：「《楚辭》：『炎火千里。』按：炎火言『日』。」黄節引揚雄《劇秦美新》李善注曰：「炎光，日景也。」《説文》：「延，長行也。」《爾雅·釋詁》：「洪，大也。」又《釋水》注：「川，通流。」《禮記·月令》：「仲冬，諸生蕩。」注：「蕩謂物動萌芽也。」《漢書·溝洫志》注：「急流曰湍。」《説文》：「瀨，水流沙上也。」

㈡丁福保引宋玉《大言賦》：「彎弓掛扶桑。」扶桑，見其二十五注。黄節又引《大言賦》：「長劍耿介倚天外。」砥，磨石也。《書·費誓》孔傳：「礪，磨石也。」《禹貢》注：「砥細於礪。」黄節引《史記·高祖功臣年表·序》：「封爵之誓曰：使河如帶，泰山若礪，國以永寧，爰及苗裔。」

㈢聞人倓引《史記》曰：「莊子者，蒙人也。名周。嘗爲蒙漆園吏。著書十餘萬言，大率皆寓言也。」蔣師爚曰：「莊周，猶言魯連先生也。」《説文》：「捐，棄也。」黄節引《莊子·列禦寇篇》曰：「莊子將死，弟子欲厚葬之，莊子曰：『吾以天地爲棺槨，日月爲連璧，星辰爲珠璣，萬物爲齎送，吾葬具豈不備耶？何以加此。』弟子曰：『吾恐烏鳶之食夫子也。』莊子曰：『在上爲烏鳶食，在下爲螻蟻食，奪彼與此，何其偏也！』」

集評

黄節引蔣師爚曰：「此篇『功名』，下篇『忠義』，皆託詞耳。」

又引曾國藩曰：「此首有屈原『遠游』之志，高舉出世之想。」

方東樹曰：「聖人但惡不義之富貴耳，非樂枯槁也。觀阮公『炎光萬里』篇，詞恉『雄傑』分明。自謂非莊周言，道其本實如此，非若世士，但學古人僞爲高言誇語，而考其立身，貪汙鄙下，言與行違也。讀阮公詩，可以窺其立身行意本末表裏……」又曰：「此以高明遠大自許，狹小河嶽。言己本欲建功業，非無意於世者。今之所以望首陽、登太華，願從僊人、漁父以避世患者，不得已耳，豈莊生枯槁比哉！」

黄侃曰：「高視長生，功名復大；以視莊子雖明大道而終飼烏鳶，誠爲滿志矣。設詞自寬，以此見憂生之至也。」

黄節曰：「此詩猶《大人先生傳》所云『木根挺而枝遠，葉繁茂而華零。無窮之死，猶一朝之生。身之多少，又何足營』意也。『雄傑士』即指上掛弓倚劍、礪山帶河功名之輩。『豈若』二字，有不與爲伍意，亦猶傳所云『不與堯舜齊德，不與湯武並功』也。」

其三十九

壯士何忼從蔣師爚注本，諸本皆作慷。慨，志欲威八荒㊀。驅車遠行役，受命念自忘㊁。蔣師爚本作亡。良弓挾烏號，明甲有精光㊂。臨難不顧生，身死魂飛揚。豈爲全軀士？效命爭疆范陳本、《詩紀》、《漢魏詩紀》、梅鼎祚本、《詩所》、《六朝詩集》、劉成德本、及朴本、張燮本、顧本作戰。埸㊃。忠爲百世榮，義使令名彰。垂聲謝後世，氣節故有常㊄。

箋注

㈠黄節引《説文》曰：「慷慨，壯士不得志於心也。」按蔣師爚云：「今本《説文》無『於心』二字。鉉曰：『忼，俗作慷，非是。』」《爾雅・釋地》：「觚竹、北户、西王母、日下，謂之四荒。」注：「觚竹在北，北户在南，西王母在西，日下在東，皆四方昏荒之國。」據此，則八荒者，八方荒遠之處也。《説苑・辨物》：「八荒之内有四海，四海之内有九州。」

㈡《説文》：「役，戍邊也。」蔣師爚曰：「《孔叢子》：『天子命將出征，當階南面，授之節鉞，大將受。』『念自亡』者，《荀子・議兵篇》：『亡者之第制：將死鼓，馭死轡，百吏死職，士大夫死行列。』」聞人倓曰：「念自忘者，忘其身也。」

㈢黄節曰：「《史記》曰：『黄帝鑄鼎於荆山下，鼎既成，有龍垂胡髯下迎黄帝。黄帝上騎，群臣、後宫從上者七十餘人，龍乃上去。餘小臣不得上，乃悉持龍髯，龍髯拔墮，墮黄帝之弓。百姓仰望黄帝既上天，乃抱其弓與胡髯號，故後世因名其處曰鼎湖，其弓曰烏號。』張雲璈曰：『按《韓詩外傳》曰：「此弓者，太山之南，烏號之柘，騂牛之角，荆麋之筋，江魚之膠。四物者，天下之練材也。」據此，則烏號乃柘樹名，抱弓而號之説妄矣。』」按胡紹煐《文選箋證》：「司馬相如《子虚賦》：『左烏號之雕弓。』張揖注曰：『黄帝乘龍上天，小臣不得上，挽持龍鬚，鬚拔，墮黄帝弓，臣下抱弓而號，號烏號。』按張説出《史記》，恐涉怪誕不經。烏號者，柘名也。《淮南・原道訓》：『射者折烏號之弓，彎棊衛之箭。』烏號與棊衛對言，棊衛爲箭，而烏號爲柘之名可知。柘名烏號，因而名弓爲烏號。曹毗《箜篌賦》：『其絲則烏號之絲。』絲亦謂之烏號者，《齊民要術》：『柘，十五年任爲弓材。柘葉飼蠶，絲可作琴、瑟等弦。』是烏號爲柘名。烏號之弓，猶云烏號之絲。」按《藝文類聚》六十軍器部弓：「楚共王出游，亡其烏號之弓。」注：「烏號，良弓名也。」又《太平御覽》九百二十羽族部七，烏：「《風俗通》又曰：『烏號弓者，柘桑枝條暢茂，烏登其上，垂下着地，烏適飛去，

從後拔殺，取以爲弓，固名曰烏號。』」黄節曰：「《説文》曰：『鎧，甲也。』曹植《上先帝賜鎧表》曰：『先帝賜臣鎧，黑光、明光各一領。』明甲，即明光鎧也。」蔣師爚引王逸《楚辭・招魂叙》：「魂者，身之精也。」

㈣黄節引司馬遷《報任安書》曰：「夫人臣出萬死不顧一生之計，赴公家之難，斯以奇矣。今舉事一不當，而全軀保妻子之臣隨而媒孽其短，僕誠私心痛之。」《左傳・文公八年》注：「效，猶致也。」《説文》：「疆，界也。」《左傳・成十三年》：「晉侯使吕相絶秦曰：『……鄭人怒君之疆埸。』」

㈤蔣師爚引曹植《三良詩》李善注：「《孝經》注：『死君之難爲盡忠。』謚法：『能制命曰義。』」《孟子・離婁下》趙注：「聲聞，名譽也。」謝，見其三十注。黄節引《漢書・律曆志》曰：「銅爲物之至精，不爲燥、濕、寒暑變其節，不爲風雨暴露改其形，介然有常，有似於君子之行。」

集評

陳德文曰：「衰魏之世，安得有此壯士哉，宜無以繫嗣宗之思也。」（黄節引作潘璁語。潘璁本問題見例言。）

黄節引朱嘉徵曰：「美節義也。當時士多以浮華進者。」

又引陳祚明曰：「此豈詠公孫、毌丘之流耶？（不則忽及此甚無謂。且『忠義』、『氣節』定何所指？抑亦公願納履赴耶？）」

又引方東樹曰：「原本《九歌・國殤》辭指，雄傑壯闊，可合子建《白馬篇》同誦，皆有爲言之。此等語古人已造極至，不容更擬。杜、韓所以變體，即自直書胸臆，如前後《出塞》可見。」

又引曾國藩曰：「此首似指王淩、諸葛誕、毌丘儉之徒。」

黄侃曰：「壯士捐生，所圖者後世之名，以視全軀之士誠爲卓異矣。而身死魂飛，竟與常人何别？此非贊頌之詞也。」

按：詩中所言之壯士乃「志欲威八荒」而「受命」出征者，與毌丘儉、諸葛誕等人之事殊不類。計阮氏一生中，魏室除受兵拒敵而外，凡命將出師興伐者五：一爲明帝太和四年七月，詔曹真、司馬懿伐蜀；一爲景初二年正月，詔司馬懿討遼東，發卒四萬人；一爲齊王芳正始五年春二月，詔大將軍曹爽率衆征蜀；一爲嘉平四年冬十一月，詔征南大將軍王昶、征東將軍胡遵、鎮南將軍毌丘儉等征吴；一爲陳留王景元四年夏五月，使征西將軍鄧艾、雍州刺史諸葛緒、鎮西將軍鍾會等伐蜀。太和四年及景初二年兩役，阮氏尚未入仕，而景元四年大舉攻蜀，阮氏即卒於是年，先以在野之身，後以垂殁之際，均未必發爲此詠。唯正始五年曹爽征蜀，其時阮氏先應蔣濟之辟命，後並曾爲爽之參軍。而爽之伐蜀也，其腹心鄧颺等實欲令其「立威名於天下」，「大發卒六七萬人」（均見爽傳），可謂大舉。阮氏此詩，其爲此役而發，欲以激勵將士歟？

其四十

混范陳本及《六朝詩集》作渾。元按「渾元」字見班固《幽通賦》。生兩儀，四象運衡璣㈠。曒黄節曰：「曒當作皦。」日布炎精，素月垂景輝㈡。從《詩紀》、《詩所》、《六朝詩集》、《古詩類苑》。他本作暉。晷度有昭回，哀哉人命微㈢！飄若風塵逝，忽若慶雲晞㈣。修齡適余願，光寵非己威㈤。安期步天路，松

子與世違。焉得淩霄翼，飄颻范陳本作「飄飄」。登雲湄㈥。《六朝詩集》作眉。范陳本、陳德文本、劉成德本作巍。嗟哉尼父志，何爲居九夷㈦！

箋注

㈠老子《道德·象元第二十五》：「有物混成，先天地生。」《公羊·隱元年》何休注：「元者氣也。無形以起，有形以分，造起天地，天地之始也。」黄節曰：「班固《幽通賦》曰：『渾元運物。』曹大家注曰：『渾，大也。元氣運轉也。』渾、混古通。」黄節曰：「《周易》（《繫辭上》）曰：『易有太極，是生兩儀。兩儀生四象。』《正義》曰：『不言「天地」而言「兩儀」者，指其物體，下與「四象」相對，故曰「兩儀」。「兩儀生四象」者，謂金、木、水、火。禀天地而有，故曰「兩儀生四象」。』」按《易·繫辭》疏：「兩儀（天地）者，兩體容儀也。」黄節引《尚書》（《舜典》）曰：「在璿璣、玉衡以齊七政。」傳曰：「璿，美玉。璣，衡，王者正天文之器，可運轉者。」

㈡黄節引《毛詩》（《王風·大車》）曰：「有如皦日。」謂詩中「皦」當作「皦」。按《玉篇》：「皦，明也。」「皦，白也。」《書·洪範》：「火曰炎上。」《淮南子·天文訓》：「火氣之精者爲日。」《詩·小雅·車舝》箋：「景，明也。」黄節引《説文》曰：「景，光也。」

㈢黄節引《禮記·王制》鄭注「亦取晷同也」《陸氏音義》曰：「晷音軌。日影。《洛書甄曜度》曰：『周天三百六十五度四分度之一。一度爲千九百三十二里。』」又引《毛詩》（《大雅·蕩之什·雲漢》）「昭回於天」鄭箋曰：「昭，光也。」《毛傳》曰：「回，轉也。」

㈣飄，《韻會》：「吹也。」黄節曰：「《史記·天官書》曰：『若煙非煙，若雲非雲，郁郁芬芬，蕭索輪囷，是謂卿雲。』慶雲古作卿雲。」《詩·小雅·湛露》：「匪陽不晞。」《毛傳》：「晞，乾也。」

㈤黄節引《詩》毛傳曰：「修，長也。」又引《禮記》（《文王世子》）：「古者謂年齡，齒亦齡也。」又引王引之《經傳釋詞》曰：「適，猶是也。」又引陳沆曰：「『光寵非己威』，謂趙孟能賤之也。」按「修齡適余願，光寵非己威」二句，似即其三十「夸名不在己」之意。

㈥黄節引《列僊傳》曰：「安期先生，阜鄉人，時人皆言千歲翁。」「松子」，見其三十二注。蔣師爚引《説文》曰：「違，離也。」《史記·秦始皇本紀》「陵水經地」句注：「陵作凌，猶歷也。」《玉篇》：「飄飖，上行風也。」《釋名》：「湄，眉也，臨水如湄也。」

㈦《禮記·檀弓》：「魯哀公誄孔丘曰：『天不遺耆老，莫相予位焉。嗚呼！哀哉！尼父！』」《左傳·哀十六》及《史記·孔子世家》載哀公此誄，詞句各稍不同。《論語·子罕第九》：「子欲居九夷。」馬融曰：「九夷，東方之夷有九種也。」《漢書·地理志》：「然東夷天性柔順，異於三方之外，故孔子悼道不行，設浮於海，欲居九夷，有以也。」師古曰：「《論語》稱孔子曰：『道不行，乘桴浮於海，從我者其由歟！』言欲乘桴筏而適東夷，以其國有仁賢之化，可以行道也。」

集評

黄節引陳沆曰：「『光寵非己威』，謂趙孟能賤之也。方欲延齡世外，遺身霄路，即尼父居夷且非所慕，矧外希世寵乎？」

又引吴汝綸曰：「求僊之意，即居夷之意也。末二句詞若怪之，實所以傷之。」

黄侃曰：「天道有常，人命危淺，富貴非己所願，唯有長生可用慰心，安期、松子，惜乎從之末由耳。尼父居夷，何足慕哉！」

其四十一

天網《漢魏詩紀》作綱。彌四野，六翮掩不舒㊀。隨波范陳本、陳德文本、劉成德本作彼。紛綸客，《六朝詩集》作落。《詩所》注：「一作落。」汎汎若浮鳧㊁。范陳本、陳德文本、劉成德本作「鳧鷖」。《詩紀》、《漢魏詩紀》、梅鼎祚本、張燮本、及朴本注：「一作鳧鷖。」按「鷖」與「舒」不同韻，以作「浮鳧」爲是。生命無期度，朝夕有不虞㊂。列僊停修齡，養志在沖虚。飄飖雲日間，邈與世路殊㊃。榮名非己寶，《六朝詩集》作實。聲色焉足娱。採藥無旋返，神僊志不符㊄。逼吴汝綸校改爲通。此良可惑，令我久躊躇㊅。

箋注

㊀《老子·任爲第七十三》：「天網恢恢。」河上公注：「天所網羅……。」《玉篇》：「彌，偏也。」《爾雅·釋器》：「羽本謂之翮。」注：「鳥羽根也。」《韓詩外傳》卷六：「盍胥對曰：『夫鴻鵠一舉千里，所恃者六翮爾。背上之毛，腹下之毳，益

一把飛不爲加高，損一把飛不爲加下。』」黄節引《説文》曰：「掩，斂也。」《博雅》：「舒，卷也。」

㊁《易·巽卦》釋文：「紛，衆也，一云盛也。」《易·繫辭上》釋文：「荀云：『綸，迹也。』」汎，《説文》：「浮貌。一曰：任風波自縱也。」《爾雅·釋鳥》郭注：「鳧，鴨也。」疏：「野曰鳧，家曰鴨。」黄節曰：「《楚辭·卜居》曰：『將氾氾若水中之鳧乎？與波上下偷以全吾軀乎？』汎、氾通。」

㊂《禮記·曲禮》注：「期，猶要也。」《漢書·路温舒傳》注：「期，必也。」《漢書·律曆志》：「度者，分、寸、丈、尺、引也。」《左傳·桓十七年》注：「虞，度也。不虞，猶不意也。」

㊃黄節引《釋名》曰：「停，定也，定於所在也。」修齡，見上首注。《廣韻》：「沖，和也。」飄颻，見上首注。邈，《説文》：「遠也。」世路，與其三十五「時路烏足争」之「時路」同。

㊄黄節引古詩（十九首）：「榮名以爲寶。」又引《楚辭》：「羌聲色兮娱人。」此皆反其意。黄節引《史記·封禪書》曰：「自威、宣、燕昭使人入海求蓬萊、方丈、瀛洲。此三神山者，其傳在渤海中，去人不遠，患且至則船風引而去。蓋嘗有至者，諸僊人及不死之藥皆在焉。……及至秦始皇并天下，至海上，……使人乃齎童男女入海求之，船交海中，皆以風爲解，曰：『未能至，望見之焉。』……五年，始皇南至湘山，遂登會稽，並海上，冀遇海中三神山之奇藥，不得，還至沙丘，崩。」黄節引《説文》曰：「符，信也。」《篇海》：「符，驗也，證也，合也。」黄節曰：「『神僊志不符』，殆如魏文帝《折楊柳行》所云『王喬假虚辭，赤松垂空言』也。」聞人倓曰：「《後漢書》：『龐公居峴山之南，未嘗入城府。後攜妻子登鹿門山，因採藥不返。』」

㊅黄節引《廣韻》曰：「逼，迫也。」惑，《廣韻》：「迷也。」《増韻》：「疑也。」《楚辭·九辨》注：「躊躇，進退貌。」

集評

黄節引朱嘉徵曰：「傷亂世賢者或不免焉，前是何平叔一流，後是嵇中散一流。」

黄節引陳祚明曰：「起句言世途逼窄，無可自展，隨俗俯仰，可以苟容，然生命難期，頗欲遐舉。末言榮名、聲色既不足耽，而採藥、神僊又非實事。（不幾進退失據乎？使果好神僊，乃求出世，則揆彼不得，必且回轅。今長往之懷，別自有在，縱沖飛難冀，而志絶芬華，無復躊躇，理須獨斷，故言『可惑』，此念彌堅。）」

黄節引蔣師爚曰：「起二句詠浮鳬，第四句頂『隨波客』以點之。」

黄節引方東樹曰：「此即屈子《遠游》所謂『心煩意亂』也。『榮名』二句承『隨波』四句，『採藥』二句承『列僊』四句，收語原本《卜居》。」

曾國藩曰：「首四句謂晉氏網羅人才，庸庸者皆見録用。『生命無期度』以下，阮公自喻其游於世網之外。」

吴汝綸曰：「起二句，言天宇礙其六翮，不能奮飛，即所謂『迫中區之隘陋』也。」又曰：「『榮名』四句，言名利既不足言，求僊又不可得也。」

黄侃曰：「生命難料，朝夕不保，所以聲色不足戀，榮名非己實，唯有神僊可以悦心。而自古所傳，採藥不迫，求僊無驗，則神僊亦終不可信。言念及此，焉得不惶惑、躊躇乎！」

黄節曰：「『逼此良可惑』，謂隨波相逐則生命無常，志在神僊而採藥又不足信，二者相迫於中，躊躇不能自決，以是良可惑耳。」

其四十二

王業須良輔，建功俟英雄㈠。元凱康哉美，多士頌聲隆㈡。陰陽有舛錯，日月不常融。天時有《六朝詩集》作猶。否泰，人事多盈沖㈢。園綺遯南岳，伯陽隱西戎㈣。保身念道真，寵耀焉足崇。人誰不善始，尠俗作尟。聞人倓箋本作鮮。能克從《二十五家詩鈔》。除聞人倓箋本外他本均作尅。厥終。休哉上世《六朝詩集》誤作「世上」。士，萬載垂清風㈤！

箋注

㈠須，待也。又與需通。《廣韻》：「輔毗輔，相助也，弼也。」俟，亦待也。聞人倓引劉劭《人物志》曰：「草之精秀者爲英，獸之特群者爲雄，故人之文武茂異取名於此。」

㈡黄節引《左傳》（文十八年）曰：「昔高陽氏有才子八人，天下之民謂之八凱；高辛氏有才子八人，天下之民謂之八元。」又引《尚書》（《益稷》）曰：「庶事康哉！」傳：「衆事乃安。」《詩・大雅・文王》：「濟濟多士，文王以寧。」又《周頌・清廟之什・清廟》：「濟濟多士，秉文之德。」

㈢舛，《韻會》：「錯亂也。」《詩・大雅・既醉》：「昭明有融。」注：「融，明之盛者。」《廣韻》：「否，塞也。」《易・序卦》：「泰者通也。」《易・否卦》：「彖曰：大往小來，則是天地不交而萬物不通也。」又《泰卦》：「彖曰：泰，小往大來，吉，亨，則是天地交而萬物通。」《博雅》：「盈，滿也，充也。」《玉篇》：「沖，虚也。」

㊃見《大人先生傳》「甪里潛乎丹水」句注。　黄節引《史記・留侯世家》曰：「上不能致者四人：東園公、甪里先生、綺里季、夏黄公。」聞人倓引《高士傳》曰：「四皓見秦政虐，退入藍田山，作歌，乃共入商洛，隱地肺山，以待天下安。及秦敗，漢高聞而徵之，不至，深自匿終南山，不能屈。」聞人倓引《史記》（《老子列傳》）曰：「老子者……姓李氏，名耳，字伯陽，謚曰聃。……居周久之，見周之衰，乃遂去。至關，關令尹喜曰：『子將隱矣。强爲我著書。』於是老子乃著書上下篇，言道德之意五千餘言而去，莫知其所終。」又引《列僊傳》曰：「關令尹喜與老子俱之流沙之西。」黄節引魏文帝《折楊柳行》曰：「老聃適而戎，於今竟不還。」

㊄黄節引《莊子》曰：「道之真，以持身也。」真，見其三十四注。　蔣師爚引《史記・樂毅傳》曰：「善始者不必善終。」尟，《説文》：「少也。」黄節引《毛詩》（《大雅・蕩之什・蕩》）曰：「靡不有初，鮮克有終。」《爾雅・釋言》：「克，能也。」《集韻》：「休，美善也。」黄節引方東樹：「『上世士』即指園、綺、伯陽，能克終者耳。」

集評

陳德文曰：「時有否泰，事多盈乖，故欲思園、綺南岳，伯陽西戎，爲保哲之計，進説於上世清風之士，意遠詞悲矣。」

李光地《榕村詩選》選阮籍詠懷詩其六、其三十三、其三十四及此首共四首，末注云：「斯時人皆有憂生之嗟焉。籍以韜晦自免，情見乎詞。」

黄節引朱嘉徵曰：「昔新室改物，薛方曰：『堯舜在上，下有巢由。』晉公九錫，嗣宗詩：『元凱康哉美』、『伯陽隱西戎』，《春秋》志畏而言謹，可謂兼之矣。」

又引陳祚明曰：「使果盛世登庸，豈不甚願；然不可逢也。故知退隱誠非得已。然既時須隱遯，此念宜堅。『鮮終』之

誚，必有所指。」

蔣師爚曰：「此言世風不古，以園、綺、伯陽自處而已。結處仍眷眷元凱之美。」

曾國藩曰：「首四句言魏三祀詩多良輔賢士，『陰陽』四句指齊王芳以後之事，『園綺』八句，阮公以自喻也。『上世士』即園、綺、伯陽之倫。」

黄侃曰：「時運啟之自天。雖有聖哲，逢時則爲元凱多士，失時則爲園、綺、伯陽。而世之人矜其智力，以爲榮枯自己；豈知善始者之不必善終哉！上士清風，於斯爲美矣。」

按：此詩疑爲曹爽秉政，引用當時名士何晏等而作。據《三國志・曹爽傳》：「南陽何晏、鄧颺、李勝，沛國丁謐，東平畢軌咸有聲名，進趣於時，明帝以其浮華，皆抑黜之。及爽秉政，乃復進叙，任爲腹心。」又曰：「晏少以才秀知名。」裴注引《魏略》曰：「鄧颺少得士名於京師。」「畢軌以才能少有名聲。」又引《魏氏春秋》曰：「初，夏侯玄、何晏等名盛於時，司馬景王亦預焉。晏嘗曰：『唯深也，故能通天下之志，夏侯太初是也；唯幾也，故能成天下之務，司馬子元是也；唯神也，不疾而速，不行而至，吾聞其語，未見其人。』蓋欲以神況諸己也。」何晏等被殺後，當時且有「名士減半」之語。可見曹爽實有意網羅當世名士以爲羽翼，詩中所謂「元凱」「多士」也。唯諸人雖興高采烈而阮氏則疑其「善始者不必善終」，而以園、綺、伯陽自許。其初辭蔣濟辟命，及爲曹爽參軍，「因以疾辭，屏於田里」，行迹亦與詩意相合。

其四十三《詩紀》、《漢魏詩紀》、梅鼎祚本、及朴本、張燮本注：「從《藝文》訂正。」《詩雋類函》一百四十六引此詩，題作《鴻鵠》。

鴻《藝文類聚》九十作黄。鵠相隨飛，《藝文類聚》九十、《詩雋類函》作去。飛《藝文類聚》二十六作隨。飛適上三字范陳本、陳德文本、劉成德本作「浩渺運」。荒裔㈠。雙范陳本、陳德文本、劉成德本作揮。翮從《藝文類聚》九十、范陳本、陳德文本、劉成德本、《詩所》、梅鼎祚本、及朴本、張燮本。他本作翩。凌從《藝文》九十、范陳本、陳德文本。《六朝詩集》作陵。他本作臨。長風，須臾萬里逝㈡。朝餐琅玕實，夕宿范陳本、陳德文本、劉成德本、《六朝詩集》作栖。丹《藝文類聚》九十作爲。山際㈢。抗身青《六朝詩集》作清。雲中，網羅孰《藝文類聚》二十六作不。能制？《藝文類聚》九十、《詩雋類函》一百四十六無以下二句。豈與鄉曲士，攜手共言誓㈣。

箋注

㈠《玉篇》：「鴻，雁也。」《詩》傳云：「大曰鴻，小曰雁。」《本草》：「鵠大於雁，羽毛白澤，其翔極高而善步。一名天鵝。」「鴻鵠」，參見其八注。荒，大也，空也。《史記·五帝紀》：「乃流四兇族遷於四裔。」賈逵注：「四裔之地，去王城四千里。」

㈡翮，見其四十一注。黄節引蔣師爚曰：「翮蓋翅之骨。從骨言之曰六翮，從翅言之曰雙翮。」按：此說似以意爲之，

殊無所據，其説亦甚勉强。雙翮之翮字疑有誤。《世説新語》補：「願乘長風破萬里浪。」長，大也。須臾，見其二十七注。《説文》：「逝，往也。」

㊂黄節於下首引《爾雅》曰：「西北之美者，有崑崙之琅玕焉。」《山海經》：「崑崙山有琅玕樹。」蔣師爚曰：「《藝文類聚》引《莊子》曰：『南方有鳥，其名爲鳳。所居積石千里。天爲生樹名瓊枝，以璆、琳、琅玕爲實。天又生離朱，一人三頭，遞卧起，以伺琅玕。』」今本《莊子》逸。《尚書・禹貢傳》：「琅玕，石而似珠。」黄節引《山海經》曰：「丹穴之山有鳥焉，其狀如鵠，五采，名鳳凰。」

㊃《廣韻》：「抗，舉也。」《禮記・中庸》注：「曲，猶小小之事。」鄉曲，見《莊子・胠篋篇》及《史記・平準書》。鄉曲之士，謂所見不出鄉曲，其知不廣也。鄉曲士又見《達莊論》。《禮記・曲禮》：「約信曰誓。」疏：「用言辭共相約束以爲信也。」

集評

黄節引朱嘉徵曰：「招隱也。有《邶風》『攜手同車』之義焉。」

又引陳祚明曰：「『攜手言誓』，交託肺腑也。此『鄉曲士』殆指典午黨。」

又引蔣師爚曰：「此言唯遠逝可以避患，鄉曲之士難可與言。」

曾國藩曰：「此首亦『遠游』遺世之念。」

黄節引王闓運曰：「公之恨鄉愿甚矣，豈王祥之流耶？」

黄侃曰：「杲杲遺世之情，則網羅不復能制。鄉曲之士，窘若囚拘，又安肯與之攜手共談猥賤之事哉！」

其四十四《六朝詩集》上連其十六「徘徊蓬池上」爲一首。

儔物終始殊，修短各異方㈠。琅玕生高山，芝英耀朱堂。熒熒桃李花，成蹊將夭傷。焉敢希千術，三春范陳本、劉成德本二字作「春秋」。《六朝詩集》「三」作「春」，下缺一字。表微光㈢。自非凌風樹，憔悴烏《詩紀》、《漢魏詩紀》、《詩所》、梅鼎祚本、及朴本注：「一作要。」有常㈣。

箋注

㈠黄節曰：「《戰國策》：『淳于髡曰：「夫物各有疇。」』疇，等類也。儔、疇古通。」《楚辭》王逸注：「二人爲匹，四人爲儔。」「儔物終始殊」，謂相儔之物，終將殊異。黄節引《淮南子》曰：「月照天下，蝕於詹諸；騰蛇游霧，而殆於蝍蛆；烏力勝日，而服於鵻禮；能有修短也。」《易·恒卦》、《禮記·樂記》注：「方，猶道也。」

㈡琅玕，見上首注。黄節曰：「《漢書·武帝紀》：『元封二年夏六月，甘泉宮内中産芝，九莖連葉，作「芝房」之歌。』《漢書儀》曰：『芝，金色，緑葉，朱實。夜有光。』」《詩·鄭風·有女同車》注：「英猶華也。」

㈢熒熒，見其十八注。「桃李」、「成蹊」，見其十三注。曾國藩曰：「『焉敢』二句當有誤字。」黄節曰：「『千』疑當作『阡』。《楚辭·九懷》曰：『遠望兮千眠。』陸機《赴洛道中》詩用作阡眠。阡亦從千得聲，故二字通用。《説文》曰：『路南北爲阡。』又曰：『術，邑中道也。』謝靈運《入華子岡》詩曰：『天路非術阡。』亦阡、術並用。案《左氏傳》杜預注曰：『蹊，徑也。』詩上句言蹊，則蹊乃小徑，而阡術乃大道，故曰『焉敢希』，蓋蹊小，阡、術大，亦猶修短各異也。桃

李只能成蹊，不敢希於阡術之大道。且成蹊極盛時則衰矣，故曰『將夭傷』，不過表三春之微光耳。光即『熒熒』也。」三春，見其二十七注。

㊃黃節引劉楨《贈從弟》詩曰：「亭亭山上松，瑟瑟谷中風。風聲一何盛！松枝一何勁！冰霜正慘悽，終歲常端正。豈不罹凝寒，松柏有本性。」憔悴，見其三注。

集評

黃節引蔣師爚曰：「爲可久計，莫如自重。否則如桃李成蹊，終於夭傷而已。」

又引曾國藩曰：「『凌風樹』，亦阮公以自況者。有託根霄漢，終古不凋之意。」

又引王闓運曰：「羡憔悴之有常，亂世以得死爲幸。」按：此解係將末句「烏」字作「要」字。

黃侃曰：「物類不齊，或有千歲常榮，或有三春暫茂。既性命自然，雖相希無益也。」

其四十五

范陳本、劉成德本、顧本詠懷其二十二，均以江淹雜體詩三十首中之阮步兵詠懷「青鳥海上游，鸒斯蒿下飛。沉浮不相宜，羽翼各有歸。飄颻可終年，沆瀁安是非。朝雲乘變化，光耀世所希。精衛銜木石，誰能測幽微」一首爲阮氏自作。并有小注：「本集無此首而有『幽蘭不可佩』一首。」

幽蘭不可佩，朱草爲誰榮？修竹隱山陰，射干臨增城㊀。《藝文類聚》二十六至此句止。葛藟延幽谷，緜緜瓜瓞生㊁。樂極消靈神，哀深傷人情。竟知憂無益，豈若歸太清㊂！

箋注

㊀黄節引《離騷》曰：「户服艾以盈要兮，謂幽蘭其不可佩。」又引王逸注曰：「言楚國户服白蒿，滿其要帶，以爲芬芳；反謂幽蘭臭惡而不可佩也。以言君親愛讒佞，憎遠忠直賢良而不肯近之也。」黄節引《鶡冠子》曰：「聖王之德下及萬靈，則朱草生。」又引《吕氏春秋》曰：「昔黄帝令伶倫爲律，伶倫自大夏之西、阮隃山之陰，取竹於嶰谷，爲黄鍾之宫，律之本也。」射干，見其二十六注。黄節曰：「《淮南子》〈《地形訓》〉曰：『掘崑崙虚以下，地中有增城九重。』高誘注曰：『增，重也。』《文選》李善注引作『層』。增、層古通用。」

㊁黄節引《毛詩》〈《周南・葛覃》〉：「葛之覃兮，施於中谷。」又引《毛傳》曰：「覃，延也。」又引《王風・葛藟》：「緜緜葛藟，在河之滸。」按：《玉篇》：「葛，蔓草也。」《易・困卦》：「困於葛藟。」注：「引蔓纏繞之草。」《詩・周南・樛木》：「葛藟纍纍。」陸璣云：「藟一名巨苽，似燕薁，亦延蔓生。」《博雅》：「藟，藤也。」《詩・大雅・旱麓》：「莫莫葛藟，施於條枚。」《韓詩外傳》卷二作「延於條枚」。《詩・王風・葛藟》序：「葛藟，王族刺平王也。周室道衰，棄其九族焉。」黄節引《毛詩・大雅・緜》：「緜緜瓜瓞。民之初生，自土沮漆。」按：《毛傳》：「緜緜，不絶貌，瓜紐也。瓞，瓝也。」鄭箋：「瓜之本實繼先歲之瓜，必小，狀似瓝，故謂之瓞。緜緜然若將無長大時。」陸德明《釋文》：「瓞，小瓜也。」疏：「瓜之族類有二種，大者瓜，小者瓞。瓜蔓近本之瓜必小於先歲之大瓜，以其小如瓞，故謂之瓞。」

㊂黄節曰：「《曲禮》曰：『樂不可極。』曰『樂極消靈神』，即《淮南子》所謂『大喜墜陽』也。《楚辭・九章》曰：『愁歎苦神，靈遥思兮。』王逸注曰：『靈遥思者，神遠思也。』則『靈』即『神』也。」《淮南子・道應訓》注：「太清，元氣之清者也。」《抱朴子・雜應》：「上昇四十里名曰太清。太清之中，其氣甚剛。」

集評

黄節引陳祚明曰：「蔓草糾結，比時人攀附。曰『憂無益』者，正憂之至也。」

又引蔣師爚曰：「大概是慨『世冑躡高位，英俊沉下僚』。指出哀、樂兩種，不能不爲無益之憂。」

又引曾國藩曰：「『幽蘭』四句，喻當世之賢士。『葛藟』二句，喻當世之在勢者。」

張琦曰：「正士不用，傾邪競進。葛藟、瓜瓞，本友親臣，惟務佚樂，靈神銷爍，而不知哀已隨之；志士徒抱深憂，惟思長往而已，此譏曹爽也。」

黄侃曰：「此乃仍衍前章之意。言幽蘭未必見佩，朱草竟爲誰榮，修竹、射干産於荒僻，葛藟、瓜瓞反得繁榮。既命之所無奈何，斯憂樂皆爲無謂。『歸於太清』，齊物，逍遥之旨也。」

黄節曰：「陳、蔣、曾三氏所釋大略相同。惟以詩意求之：幽蘭爲賢人所佩，朱草爲聖王而生，二物蓋可樂矣；然至於『不可佩』，『爲誰榮』，則可哀矣。是故幽蘭之與人相近，不如修竹、射干之在山；朱草之間世一見，不如葛藟、瓜瓞之緜緜不絶；斯無與於哀樂者矣。且哀樂所至，積而成憂，終憂無益。惟泯哀樂，始歸太清。《淮南子》曰：『憂悲者，德之失也。』又曰：『故心不憂者，德之至也。』『樂極』以下，蓋同斯義。陳、蔣、曾三氏所釋，竊不敢從。」

其四十六

《詩紀》、《漢魏詩紀》、梅鼎祚本、張燮本、及朴本注：「此首《藝文類聚》所載與今本不同而義意近優。觀李善《文選》注：江文通擬詠懷詩所引，與《藝文》同，亦一證也。今從《藝文》定正。」

鷽從《詩所》、張燮本。他本作鸒。鳩李善注江淹擬阮步兵詠懷詩引阮氏此詩作斯。飛桑榆，海鳥運天池㈠。

豈不識宏大，羽翼不相宜。蔣師爚注本作儀。招搖安可翔，「豈不」至此三句，范陳本、程榮本、劉成德本作「豈不誠寥郭，扶摇安可斯。翔羽雲霄飛。」不若栖樹枝㈡。下集蓬艾《藝文類聚》二十六作蒿。間，上游園圃《藝文》二十六作囿。籬㈢。但爾亦自足，用子爲追隨㈣。

箋注

㈠黄節引《莊子》（《逍遥遊》）曰：「鵬之徙於南冥也，水擊三千里，摶扶摇而上者九萬里，去以六月息者也。」「蜩與鷽鳩笑之曰：『我決起而飛，搶榆枋而止，時則不至，而控於地而已矣。奚以之九萬里而南爲！』」「鵬之背不知其幾千里也，怒而飛，其翼若垂天之雲。是鳥也，海運則將徙於南冥。南冥者，天池也。」郭象注曰：「苟足於其性，則雖大鵬無以自貴於小鳥。小鳥無羨於天池，而榮願有餘矣。故小大雖殊，逍遥一也。」按蔣師爚注本作鸒，注云：「《毛詩》（《小雅·節南山之什·小弁》）：『弁彼鸒斯。』《傳》：『鸒，雅烏也。』《爾雅》邵疏：『鸒斯一名鵯鶋。』《水經》（《漯水》）注引孫炎云：『卑居，楚烏。犍爲舍人以爲壁居。』」

㈡黄節引蔣師爚曰：「相宜之『宜』，集作『宣』。據謝瞻《於安城答靈運》詩李善注所引改作『儀』。《詩》《毛傳》曰：『儀，匹也。』」黄節曰：「招摇疑當作扶摇，即反『摶扶摇而上』之意。《爾雅》曰：『扶摇謂之飈。』郭璞注曰：『暴風從下上也。』」

㈢黄節引《莊子》曰：「鷦鷯巢於深林不過一枝。」《莊子》又曰：「斥鴳笑之曰：『彼且奚適也？我騰躍而上，不過數仞而下，翱翔蓬蒿之間，此亦飛之至也；而彼且希適也？』此小大之辨也。」蔣師爚曰：「《爾雅》：『艾，冰臺。』《離騷》王

逸注曰：『白蒿也。』」黄節曰：「《周禮・太宰九職》：『二曰園圃，毓草木。』鄭玄注曰：『樹果蓏曰圃。園，其藩也。』《爾雅・釋言》曰：『樊，藩也。』郭璞注曰：『謂藩籬。』」

㈣黄節曰：「但爾，猶云但如此也。謂鷽鳩之棲樹枝，集蓬艾，游圃籬，如此亦自足矣。《莊子》曰：『故夫知効一官，行比一鄉，德合一君而徵一國者，其自視亦若此矣。』郭象注曰：『亦猶鳥之自得於一方也。』『但爾亦自足』即是斯義。」聞人倓引陳祚明曰：「『用』言焉用也。」「即是不隨黄鵠之意。」蔣師爚曰：「用子之『子』謂鷽子。本《易》『鳴鶴在陰，其子和之』、《詩》『鳲鳩在桑，其子七兮』之『子』。」吴汝綸曰：「子指海鳥。」黄節曰：「焉以子爲追隨，即其八詩『寧與燕雀翔，不隨黄鵠飛』意。」

集評

聞人倓引陳祚明曰：「結句乃見本懷，知自有依戀之故，非緣羽翼不宜。」

黄節引曾國藩曰：「似以鷽鳩自比，以明不慕高位，不貪遠圖之意。」

黄節引王闓運曰：「言興復不能，託之隱遁。」

黄侃曰：「鷽鳩雖小，既無大鵬之翼，不羨天地之游；然生生之理，未嘗不足。用子追隨，阮公所以自安於退屈也。」

其四十七 范陳本、陳德文本、劉成德本合其四十八「鳴鳩」爲一首，注：「本集『鳴鳩』下列爲一首。」

生命辰陳沆本二字倒置。安在，憂戚涕沾襟。高鳥翔山岡，燕雀棲下林㈠。青雲蔽前庭，素琴

悽范陳本、陳德文本、劉成德本作棲。我心。崇山有鳴鶴，豈可相追尋㈡。

箋注

㈠黃節引《毛詩》（《小雅·節南山之什·小弁》）曰：「天之生我，我辰安在。」按《毛傳》：「辰，時也。」鄭箋：「此言我生所值之辰將安在乎？謂物之吉凶。」《論語·述而》注：「戚，憂貌。」山岡，見其九又十三注。

㈡蔣師爚引《禮記·喪服四制》：「祥之日，鼓素琴。」黃節引《周易》（《繫辭上》）曰：「鳴鶴在陰，其子和之。我有好爵，吾與爾縻之。」

集評

陳沆箋並見其九。

黃侃曰：「翔高棲下，皆有命焉，雖欲追隨鳴鶴，不可得也。憂戚流涕，素琴悽心，非復常言所能解矣。」

黃節曰：「此篇解者俱失。《三國志·魏志》二十一裴松之注引《文士傳》曰：『太祖雅聞阮瑀名，辟之不應，連見逼促，乃逃入山中。太祖使人焚山得瑀，送至，召入。太祖征長安，大延賓客，怒瑀不與語，使就技人列。瑀善解音，能鼓琴，遂撫弦而歌，太祖大悅。』籍爲瑀之子。此詩悲生命之不辰，而追念其父之節操也，故用瑀詠史詩『歎氣若青雲』及《曲禮》『祥琴』、《周易》『鳴鶴』、『子和』，義均可證。」按所言「解者俱失」之解，參見下首注。

其四十八

范陳本、陳德文本、劉成德本合前爲一首。《詩紀》、《漢魏詩紀》、梅鼎祚本、及朴本注：「《漢魏詩集》合前爲一首。」吴汝綸曰：「潘璁云：『諸本皆作一首，惟《詩所》别爲一首。』汝綸按：合爲一首者是也。言『鳴鳩』、『焦明』各有匹群，爲前『追尋鳴鶴』下一轉語。末二句與『生命辰安在』相爲首尾。」

鳴鳩嬉庭樹，焦明游浮雲㈠。焉見孤翔鳥，翩翩無匹群。死生自然理，消散何繽紛㈡。

箋注

㈠黄節曰：「《楚辭·九歎》曰：『孤雌吟於高墉兮，鳴鳩棲於桑榆。』又曰：『駕鸞鳳以上游兮，從玄鶴與鷦朋。孔鳥飛而送迎兮，騰群鶴於瑶光。』王逸注曰：『鷦朋，俊鳥。一作鷦明，又作鷦鵬。』司馬相如《上林賦》張揖注曰：『焦明似鳳，西方之鳥也。』」

㈡《説文》：「翩，疾飛也。」《廣雅》：「翩翩，飛也。」《廣韻》：「匹，配也，合也。」《禮記·緇衣》注：「匹謂知識朋友。」黄節曰：「消散謂死也。」自然，見其二十六注。繽紛，《玉篇》：「盛也。」《類篇》：「亂也。」

集評

蔣師爚曰：「鳴鳩之嬉，成群者也，以喻朝士；焦明之游，出群者也，以喻匹；翔鳥之孤，必有成群從之者也，以喻司馬

氏。結出消散之多，所以歎逝。」

曾國藩曰：「《上林賦》注：『焦明似鳳，西方之鳥也。』此與鳴鳩並舉，殊覺不倫。末二句與前四句尤爲不倫，疑後人所附益也。」

黄侃曰：「焦明遠翔，不悉孤鳥無匹之苦。生死萬殊，本於天命，豈能相爲乎？」

黄節曰：「嗣宗《鳩賦》序云：『嘉平中得兩鳩子，常食以黍稷，後卒爲狗所殺，故爲作賦。』此詩蓋緣是而作歟？言鳴鳩棲於庭樹，相與群嬉；焦明之游於浮雲，一孤鳥耳，亦有玄鶴孔鳥之相從。然鳩以群而被害，不如焦明之孤而得匹矣。雖生死乃自然常理，惟鳩爲狗殺，何以變易之亂如此！此《離騷》所謂『時繽紛以變易兮，又何可以淹留』也。蓋因鳴鳩之死，思効焦明遠舉之詞。詩意甚明。而曾國藩謂（按見前），則殊未深考耳。」

其四十九

步游三衢旁，惆悵念所思㈠。豈爲今朝見，恍惚誠有之。澤中生喬松，萬世未《詩紀》、《漢魏詩紀》、《詩所》、及朴本、張燮本注：「一作要。」可期。高鳥摩天飛，凌雲共游嬉。豈有孤行士，垂涕悲故時㈡。

箋注

㈠黄節曰：「《爾雅》（《釋宫》）曰：『三達謂之劇旁，四達謂之衢。』此曰三衢，則三達而謂之衢者。」

㈡黄節又引《毛詩》(《鄭風・山有扶蘇》)曰：「山有橋松，隰有游龍。」《陸氏音義》曰：「橋亦作喬。」按《尚書・禹貢》傳：「喬，高也。」《詩・周南・漢廣》傳：「喬，上竦也。」《説文》：「喬，高而曲也。」吴汝綸曰：「喬松生於澤中，乃萬世不可得之事。」《戰國策》注：「摩，言切近過之。」

集評

蔣師爚曰：「此或過曹爽故居而有感歟？歧路易悲，則三衢恍惚矣；今朝所見，故時已足垂涕矣。澤中喬松，謂爽於事業必無所成。高鳥摩天，凌雲共游，借司馬氏勢者已張矣。結以孤行之士無所可悲，乃悲之深也。」

陳沆箋並見其九。於此首又曰：「所思恍惚，誠冀萬一可斯。然澤中喬松，何如高鳥摩雲，遺身世外。烏有曠懷之士終日癡念者乎？」

黄節引曾國藩曰：「喬松，冀有國楨扶魏祚於將傾者。高鳥，自喻其遺世外也。末二句，謂有伯夷之心而不學伯夷之迹也。」

黄節引王闓運曰：「末二句悲憤之極，託於曠達。」

黄侃曰：「人情念舊，恍惚如在，怊悵之懷，無時而釋。若夫喬松度世，高鳥陵雲，豈有如此之憂念哉？」

黄節曰：「三衢猶言歧路，喻魏晉之交。所思當指魏。『今朝』與『故時』相對。『恍惚誠有之』指所思言，猶《楚辭・九歌》『若有人兮山之阿』。『澤中生喬松』，言魏之興復無望，不如遠舉，與高鳥游嬉，奚必孤行垂涕也！」

其五十

清露爲凝霜，華草成蒿萊。誰云君子賢，明達謝榛《詩家直説》引作目。《漢魏詩紀》、《詩所》、及朴本、張燮本注：「一作目。」《詩紀》注：「集作自。」安可能㈠。范陳本、劉成德本作哀。乘雲招松喬，呼噏永矣哉㈡！

箋注

㈠蒿萊，見其三十一注。黄節曰：「『華草成蒿萊』，即《離騷》所云『何昔日之芳草兮，今直爲此蕭艾也。』」謝榛《四溟詩話》卷三：「阮籍詠懷詩：『誰云君子賢，明目安可能』，……《離騷》：『紛吾既有此内美兮，又重之以修能。』此協耐。王逸注：『熊屬。多力。絶人之才者謂之能。』然諸公皆本逸注。予謂：蒸韻『能』協用於灰韻，猶存古意，何以效其穿鑿而費講耶？」又：「能，三足鼈。」黄節又曰：「古『能』『台』同音。鄭玄《樂記注》曰：『古以能爲台字。』《漢書》曰：『三能色齊君臣和。』蘇林曰：『能音台。』又『能』『耐』同義。《漢書・趙充國傳》曰：『漢馬不能冬。』師古曰：『能讀曰耐。』」

㈡松，赤松子，見其三十二注。喬，王子喬，見其四注。《廣韻》：「噏與吸同。」呼噏，見其二十三注。永，長也。揚子《方言》：「凡施於衆長謂之永。」

集評

曾國藩曰：「『明達』似指一死生，齊彭殤者言之。」

黄侃曰：「春秋變化，榮悴轉移，縱有賢達之材，於此無能措手。招尋松喬，永其呼吸，信有之乎？請從而往矣。」

黄節曰：「《三國志》：『魏武帝詔曰：「其選明達法理者使持典刑。」』此詩用明達，謂明達首二句之理。」又曰：「詩意謂華草頓成蒿萊者，以霜露殺之也。君子比華草。草雖華而不耐冬，君子雖賢而安耐久？是以明達此理，則招松喬學神僊呼噏之術，以求永久而已。嗣宗《大人先生傳》曰：『吾乃飄颻於天地之外，與造化爲友，朝飡湯谷，夕飲西海，將變化遷易，與道周始，此之於萬物豈不厚哉！故不通於自然者，不足以言道；闇於昭昭者，不足與達明。』與此詩意略同。」

其五十一

丹心失恩澤，重德喪所宜。善言焉可長，慈惠未易施。不見南飛燕，羽翼正差池㈠。高子怨新詩，三閭悼乖離㈡。何爲混沌氏，倏忽體貌隳㈢。

箋注

㈠《康熙字典》：「赤心無僞曰丹。」蔣師爚引《説文》曰：「重，厚也。」黄節引《毛詩》（《邶風·燕燕》）曰：「燕燕于飛，差池其羽。」又引鄭玄箋曰：「差池其羽，謂張舒其尾翼。」

㊁黄節引《孟子》《告子下》：「公孫丑問曰：『高子曰：「《小弁》，小人之詩也。」』孟子曰：『何以言之？』曰：『怨。』曰：『……《小弁》之怨，親親也。親親，仁也。固矣夫！高叟之爲詩也。』」蔣師爚曰：「新詩者，蓋正雅爲故，變雅爲新。」黄節曰：「新詩當作親詩。新、親，古通用。《尚書·金縢》：『惟朕小子其新迎』，新迎乃親迎也。《大學》：『在新民』乃親民也；可證。」黄節引《楚辭》《漁父》曰：「子非三閭大夫歟？」又引王逸《離騷經章句》曰：「三閭之職，掌王族三姓，曰昭、屈、景。」按《史記·屈原賈生列傳》曰：「離騷者，離憂也。」

㊂黄節引《莊子·應帝王篇》曰：「南海之帝爲儵，北海之帝爲忽，中央之帝爲渾沌。儵與忽時相與遇於渾沌之地，渾沌待之甚善。儵與忽謀報渾沌之德，曰：『人皆有七竅以視、聽、食、息，此獨無有，嘗試鑿之。』日鑿一竅，七日而渾沌死。」《玉篇》：「隳，廢也，毁也，損也。」

集評

陳沆並其六十七箋云：「前三章（按指其二、其十二、其二十）比，此二章賦也。前章（指其五十）言世降運徂，人心不古，渾沌日鑿，機智日生，德之深而遂陷反噬，任之重而翻失太阿，宜《小弁》之哀怨，三閭之流涕也。」

黄侃曰：「人情至難預察，智力終於有窮。丹心宜於見恩而失恩，重德應無不宜而喪宜，善言宜可長而有時不長，慈惠宜施而有時不易施。宜臼之孝而見疏於父，屈原之忠而見疑於君，則世事何一足恃乎？混沌之隳，何能不歸咎於儵忽耶？」

黄節曰：「詩言魏以恩澤加於司馬氏而不能得其丹心，則恩澤失矣。齊王即位，以司馬懿爲太尉，詔曰：『太尉體道正直，盡忠三世。』此重德也，而喪所宜矣。《論語》曰：『人之將死，其言也善。』明帝疾革，執司馬懿手目太子曰：『朕

忍死待君，君其與爽輔此。』懿曰：『陛下不見先帝屬臣以陛下乎？』文帝、明帝皆託孤於司馬，此將死之言，阮詩所謂『焉可長』也。司馬昭弑高貴鄉公，皇太后令以民禮葬之，昭等奏太后曰：『伏維殿下仁慈過隆，雖存大義，猶垂哀矜。臣等之心，實有不忍，以爲可加恩以王禮葬之。』太后從之。又賈充受昭之命，使成濟弑高貴鄉公，昭乃奏太后收成濟及其家屬付廷尉治罪，太后詔曰：『吾婦人，不達大義，以謂濟不得便爲大逆也。然大將軍志意懇切，發言惻愴，故聽如所奏。當班下遠近，使知本末也。』此阮詩所謂『慈惠未易施』也。『南飛』用《燕燕》詩義，（按：黃注曾引《毛詩·邶風·燕燕》：「之子于歸，遠送于南。」）傷魏之擯棄宗室，不如燕之于飛也。《漢書》：『中山靖王奏對曰：「使夫宗室擯卻，骨肉冰釋，斯伯奇所以流離，比干所以横分也。」』《詩》云：『我心憂傷，惄焉如擣。假寐永歎，唯憂用老。心之憂矣，疢如疾首。』此《小弁》詩辭也。高子以《小弁》爲怨，孟子所謂親親也。魏明帝太和五年詔曰：『古者諸侯朝聘，所以敦睦親親也。先帝著令不欲使諸王在京師者，謂幼主在位，母后攝政，防微以漸，關諸盛衰也。朕不見諸王十有二載，其令諸王及宗室公侯各將適子一人朝明年正月。』則魏之擯卻宗室，一如漢代。阮詩用《小弁》詩義，蓋傷之也。屈原以楚之同姓而被放逐，作《離騷》。《史記》曰：『懷王以不知忠臣之分，疏屈平而信上官大夫、令尹子蘭，兵挫地削，亡其六郡，身客死於秦，爲天下笑。』此不知人之禍也。阮詩用之，亦所以傷也。收言司馬氏不知報恩而反行篡弑，亦猶儵、忽之鑿混沌竅而已矣。」

其五十二

十日出暘范陳本、陳德文本、《歷代詩家》二集作陽。谷，弭節馳萬里。經天耀四海，倐忽潛濛汜㊀。

誰言焱及朴本作炎。炎久，游没何《詩紀》、《詩所》、《歷代詩家》、張燮本作河。《漢魏詩乘》作可。蔣師爚注本作時。行王闓運《八代詩選》二字作「行可」。俟㈡。逝者豈長生，亦去荆與杞。千載《詩紀》、《漢魏詩紀》、范陳本、陳德文本、《詩所》、劉成德本、及朴本、張燮本作歲。猶崇朝，一餐聊自已㈢。三字《詩紀》、《漢魏詩紀》、《詩所》、梅鼎祚本、及朴本注：「一作百金子。」是非得失間，焉足相譏理。計利知術窮，哀情遽《詩紀》、《漢魏詩紀》、《詩所》、梅鼎祚本、及朴本注：「一作克。」能止㈣。

箋注

㈠胡紹煐曰：「宋玉《招魂》：『十日代出。』注：王逸曰：『言東方有扶桑之木，十日並在其上。』按《汲冢書》曰（見《御覽》卷四）：『本有十日，迭次而運照無窮。』」黄節曰：「《山海經·海外東經》曰：『湯谷上有扶桑，十日所浴。』案湯谷亦作暘谷。《莊子》曰：『昔者十日並出，萬物皆照，而況德之進乎日者乎！』」黄節引《離騷》曰：「吾令羲和弭節兮，望崦嵫而勿迫。」並引王逸注曰：「弭，按也。」又引《釋名》曰：「經，徑也。」又引《楚辭·天問》曰：「出自湯谷，潛於蒙汜。」濛汜，見其十八注。

㈡黄節又曰：「班固《東都賦》曰：『焱焱炎炎，揚光飛文。』李善注曰：『《説文》：「焱，火華也。」』《字林》：『炎，火光。』」按老子《道德經》：「炎炎者滅，隆隆者絶。」黄節引《淮南子》曰：「游没者不求沐浴，已自足其中矣。」「何行俟」，蔣師爚注本作「時行俟」，謂：「猶云行行且止也。」

㈢荆杞，見其三注。黄節引《毛詩》（《鄘風·蝃蝀》）：「崇朝其雨。」《毛傳》曰：「崇，終也。從旦至食時爲終朝。」黄節

引蔣師爚曰：「一餐者，《魯論》所謂『終食之間』，《天官書》所謂『如食頃』也。其五十四詩云：『一餐度萬事』，皆就死時言之。從此看破，復何荆杞之有！荆杞者，知術之所謂是非得失也。」

㊃蔣師爚曰：「《玉篇》：『理，正也。』譏理，謂刺譏以正之。」黄節引《玉篇》曰：「譏，嫌也。」《玉篇》：「遽，急也。」蔣師爚曰：「《荀子·正名篇》：『是豈鉅知見侮之爲不辱哉？』楊倞注：『鉅、遽同。』按：《戰國策》：『楚王問於范環章，臣以爲王鉅速忘矣。』吴師道注：『鉅、詎同。』」按：《説文》：「詎猶豈也。」《字林》：「未知之詞。」

集評

蔣師爚曰：「按天無二日，九日之焱炎終不久也。」

黄節引陳沆曰：「此達觀自遣也。白日經天，有時淪没；運無常隆，理有終極。漢滅魏興，不旋踵而魏蹙；則將來典午之僭替，亦行可俟也。盛衰倚伏，愚計目前，達人曠觀，今古旦暮，則亦何足深較哉！」

黄節引王闓運曰：「知晉室之不久，使奸雄喪膽。」

黄侃曰：「理無久存，人無不死，正當順時待盡，忘情毁譽。而争是非於短期之中，競得失於崇朝之内，計利雖善，未有不窮，以此思哀，哀能止乎？」

其五十三

自然有成理，生死道無常。智巧萬端出，大要不易方㊀。如何夸毗子，作色懷驕腸。乘軒

驅良馬，憑几從《二十五家詩録》及陳德文本。他本作己。向膏粱㈡。被服陳德文本作以。纖羅衣，深樹設閑《八代詩選》作蘭。房。不見日夕華，翩翩飛路旁㈢。

箋注

㈠成，《國語·吴語》注：「猶必也。」黄節曰：「《漢書·陳咸傳》師古注曰：『大要，大歸也。』《周易》（《恒卦》）曰：『雷風恒。君子以立，不易方。』孔疏曰：『方猶道也。』」

㈡黄節引《毛傳》（《大雅·板》）曰：「無爲夸毗。」並引《毛傳》曰：「夸毗，體柔人也。」色，《説文》：「顔氣也。」《汲冢周書》：「喜色油然以出，怒色厲然以侮，欲色嫗然以愉，懼色薄然以下，憂悲之色瞿然以静。」《戰國策》：「怒於室者色於市。」注：「色，作色也。」《左傳·閔二年》注：「軒，大夫車。」黄節引《孟子》（《告子上》）注曰：「膏粱，細粱如膏者也。」

㈢樹，《説文》：「臺有屋也。」黄節曰：「『深樹設閑房』者，謂設閑房深樹也。」蔣師爚曰：「『日夕』之『夕』，疑『及』之譌。『日及』，其七十一詩之木槿也。」黄節曰：「『日夕』疑『日及』之譌。《爾雅·釋草》曰：『椵，木槿。』『櫬，木槿。』郭注：『别二名也。似李樹華，朝生夕隕，可食。或呼日及。』」按：如以「夕」爲「及」之譌，則「日及」之「日」字仍無據。似可解「日夕」爲朝生夕隕之意。又其五十五亦有「日夕」字，不能解爲「日及」。

集評

黄節引朱嘉徵曰：「風時也。時人不强於道術，馳情車馬、被服之間，如《曹風》：『蜉蝣之羽，衣裳楚楚。』《檜風》：『羔

裘逍遥，狐裘以朝。』上下同譏焉。」

黄節引蔣師爚曰：「按生以成始，死以成終，自然有成之理，唯無常乃見自然也。懷驕在方華者，頃刻而落，翩翩路傍矣。生死何常之有！」

黄節引曾國藩曰：「『大要不易方』云者，謂貧富、貴賤、死生、禍福，皆有自然之理，雖智巧萬端，不能逃出範圍之外。末二句言花有榮必有落，人有盛必有衰也。」

黄侃曰：「智巧雖多，無所逃於成理。彼夸毗者動自驕矜，而不自知其行同落卉，終於枯槁也。」

其五十四

夸談快范陳本作憂。憒瀄，情范陳本、陳德文本作惰。《詩所》、梅鼎祚本作惰，注：「一作情。」《詩紀》、《漢魏詩紀》、張燮本、及朴本作情，注：「情，一作惰。」慵發煩心㊀。此二句范陳本、陳德文本、劉成德本注：「疑是『夸談憒憂瀄，惰慵發煩心。』」西北登不周，東南望鄧林㊁。曠野彌九州，崇山抗高岑㊂。一餐度范陳本、劉成德本作傲。萬世，千歲再浮沉。誰云玉石同？淚下不可禁㊃。

箋注

㊀蔣師爚引《逸周書》曰：「華言無實曰夸。」又引《國語》「陽癉憒盈」韋昭注曰：「憒，積也。」又引《一切經音義》曰：「憒，情感也。」又引《説文》曰：「慵，懶也。」

㈡黄節引《離騷》王逸注曰：「不周，山名。在崑崙山西北。」又引《山海經・西山經》：「不周之山。」並引郭璞傳曰：「此山形有缺不周匝處，因名。西北不周風自此出也。」黄節曰：「《山海經・海外北經》曰：『夸父渴，欲得飲，飲於河渭；河渭不足，北飲大澤，未至，道渴而死，棄其杖，化爲鄧林。』則鄧林在北海外。此云『東南』者，蓋嗣宗誤以《史記》所言之鄧林爲《山海經》之鄧林也。《史記・禮書》曰：『汝潁以爲險，江漢以爲池，阻之以鄧林，緣之以方城。』此近楚之鄧林，與《山海經》所言者異。」

㈢蔣師爚引《周禮・大祝》注曰：「彌，猶徧也。」九州，見其十七注。蔣師爚引張衡《西京賦》薛綜注曰：「抗，舉也。」崇，《説文》：「高也。」岑，《説文》：「山小而高。」

㈣一餐，見其五十二注。黄節曰：「《毛詩》(《小雅・南有嘉魚之什・菁菁者莪》)曰：『汎汎揚舟，載沉載浮。』載、再古通。此云『千歲再浮沉』，言千歲之長，如一浮一沉之頃耳。」蔣師爚引《楚辭・九章》曰：「同糅玉石兮，一概而相量。夫惟黨人鄙固兮，羌不知余之所藏。」又引王逸注曰：「賢愚雜廁。」禁，《集韻》：「制也。止也。」

集評

黄節引成書曰：「夸談快憤懣，嗣宗一生放言傲物，都是此意。」

黄節又引蔣師爚曰：「按『夸談』者，『西北登不周』六句；『煩心』者，玉石概量也。」蔣師爚又曰：「『一餐度萬世』，謂仙游也。『千歲再浮沉』，是本孟子『五百年必有王者興』下出再字。」

陳沆箋見其九。

黄節又引曾國藩曰：「前八句有遠游遺世之志。末二句，言己雖生于濁世，豈其玉石不分，隨衆人之混混而昧于時代

之變遷耶？」

黄侃曰：「夸談只足暫解憤情。至于情已倦憊，煩寃立興。惟有遠游長生，庶幾憂心可釋。然有生必滅，無或長存，玉石縱殊，同于灰燼，所以淚下而不可禁也。」

其五十五

人言願延年，延年欲焉之？黄鵠呼子安，千秋未可期。獨坐山嵓張燮本作巖。中，自此句起范陳本、陳德文本作「簪冕安能處，山岩在一時。置此明朝事，日夕將見欺。」注：「一本五句云『簪冕安能處，山岩在一時。置此游明朝，日夕將見欺。』」惻愴懷成書本作有。所思㈠。王子一何好！猗靡相攜持。悦懌猶今辰，計校鍾譚本作較。在一時㈡。此二句《詩紀》、《漢魏詩紀》、梅鼎祚本、及朴本注：「今本作『潛見安能處，山巖在一時。』」置此明朝事，日夕將見欺。

箋注

㈠黄節引《玉篇》曰：「之，往也。」又引《南齊書·州郡志》曰：「夏口城據黄鵠磯。世傳仙人子安乘黄鵠過此上也。」嵓，《正字通》：「同嵒。」嵒，《説文》：「山巖也。」惻，《説文》：「痛也。」愴，《説文》：「傷也。」

㈡猗靡，見其二注。悦懌，見其十二注。《三國志·孫堅傳》：「夜馳見術，畫地計校。」又《胡綜傳》：「規畫計校。」是計校即規畫之意。

集評

黄節引蔣師爚曰：「按《三國志》高貴鄉公甘露五年注：『帝見威權日去，召王沈、王經、王業，謂曰：「司馬昭之心，路人所知也。吾不能坐受廢辱。今日當與卿自出討之。」經曰：「昔魯昭不忍季氏，敗走失國，爲天下笑。今權在其門久矣，陛下何所資用？」帝曰：「行之決矣。正復死何所懼！」於是入白太后。沈、業奔告文王，文王爲之備。帝遂率僮僕數百鼓譟而出。賈充逆帝，戰於南闕下，帝自用劍，衆欲退，成濟曰：「事急矣。當云何？」充曰：「畜養汝輩，正爲今日。」濟乃抽戈犯蹕。』《晉書·文帝紀》：『天子以帝三世宰輔，政非己出，又慮廢辱，將臨軒而行放黜，夜召沈、業，出懷中詔示之，戒嚴俟旦。沈、業馳告於帝，帝召賈充爲之備。天子知事泄，率左右攻相府。』詩謂『延年焉之』者，死何所懼之説；『明朝事』者，戒嚴俟旦也；『日夕見欺』指成濟犯蹕事。」

陳沆曰：「此與上章王子皆指少帝也。此少帝謀討司馬師時所作，故其詞憂危迫切。『悦懌猶今辰』，幸未至死亡也。『計校在一時』，安危皆繫此舉也。機會之來，間不容髮，日夕不圖，難必明朝矣。」

黄節引陳祚明曰：「凡爲超舉求仙之論者，嫉世而思去之，屈原《遠游》之旨也。然不忍睠睠之思，縱使身去而心莫能已，此『高丘』返顧所以不覺泫然耳。『悦懌』句，幸猶未至死亡也；『計較』句，早宜及時籌策也，然終已無逮矣；『日夕且見欺』，即明旦亦不能待，當時魏祚之危，理勢實已如此。（疾痛呼號，哀傷迫切，五内爲之崩裂矣。使非此旨，則嵩山王子誰復欺之？）」

黄節引曾國藩曰：「按『日夕將見欺』，似用季平子日入慝作事。」黄節曰：「《左傳·昭公二十五年》：『九月戊戌伐季氏。平子登臺而請曰：「臣請待于沂上以察罪。」弗許。「請囚于費」，弗許。「請以五乘亡」，弗許。子家子曰：「君

其許之。政自之出久矣。隱民多取食焉，爲之徒者衆矣。日入慝作，弗可知也。」』杜預注曰：『慝，姦惡也。日冥，姦人將起叛君助季氏，不可知。』曾氏以爲暗用此事，亦與蔣師爚說合。」

黄節曰：「『王子』，用王子晉事，與其二十二、其六十五詩『王子』二字同，意指高貴鄉公也。」又曰：「《毛詩》曰：『説懌女美。』《釋文》曰：『説本又作悦。』鄭箋曰：『説懌，當作説釋。』正義曰：『宜爲書説而陳釋之。』此詩用悦懌，宜當從鄭箋作説釋，謂高貴鄉公與王經等討司馬昭時相説釋也。」

黄侃曰：「神仙之事，千載難期，縱復延年，終難自保。晨朝相悦，夕便見欺，方知預計明朝，猶爲圖遠而忽近也。」

按：高貴鄉公與王沈、王經、王業等密謀討昭，此何等機密事！且「夜召沈、業……戒嚴俟旦」，亦不過一夕間事，阮氏何能與知，而于當日憂危迫切，形諸吟咏，如蔣師爚、陳沆、陳祚明、黄節等之所言耶？

其五十六

貴賤在天命，窮達自有時。婉孌佞邪此二字曾國藩《十八家詩鈔》作「莫如」。子，隨利來相欺㊀。孤恩從吴汝綸《古詩鈔》及王闓運《八代詩選》。他本皆作思。損惠施，但爲讒夫嗤㊁。從及朴本。他本皆作蚩。鶺鴒鳴雲中，載飛靡所期㊂。焉知傾側士，一旦不可持㊃。

箋注

㊀婉孌，見其二注。黄節曰：「《漢書·地理志》曰：『周人之失，巧爲趨利，貴財賤義，高富下貧。』『隨利』猶『趨利』也。

又『隨』與『追』古通用。《離騷》曰：『背繩墨而追曲兮。』王逸注曰：『追，猶隨也。』《史記・禮書》曰：『追俗爲制。』皆隨、追通用之證。則『隨利』猶『追利』也。」

㊁孤，《集韻》：「負也。」黄節曰：「李陵《答蘇武書》曰：『陵雖孤恩，漢亦負德。』『孤恩損惠施』，與其五十一詩『丹心失恩澤，慈惠未易施』意同。」《莊子・漁父篇》：「好言人之惡謂之讒。」《荀子・修身篇》：「傷良曰讒。」《説苑・臣術篇》：「蔽善者國之讒也。」黄節引《荀子》曰：「讒夫多進反復言語。」《玉篇》：「嗤，笑貌。」

㊂黄節引《毛詩》(《小雅・小宛》)曰：「題彼鶺鴒(按《詩》作脊令)，載飛載鳴。」箋云：「載之言則也。」《爾雅・釋鳥》：「鶺鴒，雝渠。」注：「一名雝渠也。」《詩・小雅・常棣》：「脊令在原，兄弟急難。」傳：「脊令，雝渠也。飛則鳴，行則摇，不能自舍耳。」箋云：「雝渠，水鳥，而今在原，失其常處，則飛則鳴求其類，天性也。」黄節又引東方朔《答客難》曰：「此士之所以日夜孳孳也，修學敏行而不敢怠也。譬彼鶺鴒，飛且鳴矣。」按胡紹煐箋云：「善曰：『《毛詩》曰：「題彼鶺鴒，載飛載鳴。」』今《小宛》作脊令。按鶺令鳥之飛鳴不息，猶士之孳孳不怠，因取以譬焉。《常棣》傳：『脊令，雝渠也。飛則鳴，行則摇，不能自舍。』《小宛》傳：『脊令不能自舍，君子有取節爾。』箋云：『則飛則鳴，翼也，口也，不有止息。』皆其義矣。」黄節曰：「『靡所期』，猶言無期也。」

㊃《禮記・曲禮》：「傾則姦。」注：「視流則容側，必有不正之心存乎胸中，此君子所以慎也。」《尚書・洪範》：「無反無側。」注：「不偏邪也。」黄節曰：「持，猶保持也。」按《詩・大雅・鳧鷖》疏：「執而不釋謂之持，是手執之也。」

集評

黄節引蔣師瀹曰：「『邪佞子』、『讒夫』、『傾側士』，謂王沈、王業一流，『孤恩損惠施』，悼高貴鄉公也；『鶺鴒鳴雲中』，以況王經。《三國志》注：『《世語》曰：「王沈、王業馳告文王，尚書王經以正直不出。」』《晉諸公贊》曰：『沈、業將出，呼王經，經不從，曰：「吾子行矣。」』」

吴汝綸曰：「言自修之士固靡所歸矣；不知傾側者何以亦不可久也。」

黄侃曰：「傾側之士，孤恩損惠。窮達異狀，則離合殊情。勢交、利交，何能終持耶？」

黄節曰：「孟子曰：『萬乘之國，弑其君者必千乘之家；千乘之國，弑其君者必百乘之家。萬取千焉，千取百焉，不爲不多矣；苟爲後義而先利，不奪不饜。』此『利』字指弑君篡國言。」黄節又曰：「載飛無期，似指太后詔收經詣廷尉事，傾側士似指成濟兄弟。濟既弑高貴鄉公，司馬昭又奏太后收濟家屬付廷尉治罪。《魏氏春秋》曰：『成濟兄弟不即伏罪，袒而升屋，醜言悖慢，自下射之，方殪。』詩所謂『焉知傾側士，一旦不可持』也。」

其五十七

驚風振四野，迴雲蔭堂隅。此三字范陳本作「集一隅」。牀帷爲誰設？几杖爲誰扶㈠？雖非明君子，豈闇桑與榆？世有此聾聵，芒芒將焉如㈡？翩翩從風《一十五家詩録》作此。飛，悠悠去故居。離靡《八代詩選》作靡。玉山下，遺棄毁與譽㈢。

箋注

㈠振，《廣韻》：「動也。」又同震。四野，見其十三注。迴，同回。黃節引《釋名》曰：「牀前帷四襜。」又引《禮記》（《曲禮上》）曰：「大夫七十而致仕，若不得謝，必賜之几杖。」

㈡《莊子·齊物論》注：「黮闇，不明貌。」蔣師爚引《淮南子》曰：「日西垂景在於樹端，謂之桑榆。」桑榆，以喻人之晚年，猶曰景之西垂也。黃節引《說文》曰：「聾，無聞也。」《類編》：「瞶，目無精也。」黃節引《毛詩》（《商頌·玄鳥》）毛傳：「芒芒，大貌。」按《孟子·公孫丑上》注：「芒芒，罷倦之貌。」如，往也。

㈢翩翩，見其四十八注。「翩翩從風飛」謂奉策。黃節引《毛詩》（《鄘風·載馳》）毛傳曰：「悠悠，遠貌。」「悠悠去故居」，魏故而晉新也。蔣師爚曰：「《禮記·曲禮》注：『離，兩也。』《周禮·巾車》：『建大麾以田。』注：『大麾，色黑。』」黃節曰：「『離麾』當作『離靡』。『摩』爲『麾』之本字，傳寫去『非』，又反『手』爲『毛』，遂誤作『麾』。司馬相如《上林賦》曰：『布獲閎澤，延曼太原，離靡廣衍。』李善注曰：『離靡，離而邪靡，不絕之貌也。離，力爾切。』蔣師爚以麾爲大麾，離麾蓋官騎排執之以爲前導者，恐非是。」玉山，見其二十五注。《孟子·離婁上》：「有不虞之譽，有求全之毁。」《莊子·盜跖篇》：「好面譽人者，亦好背而毁之。」《韻會》：「毛氏曰：『忌其人而毁之，媚其人而譽之。』」

集評

曾國藩曰：「首四句有時移勢異、舉目山河之感。『翩翩』二句，言時移勢殊，我亦遺世遠舉，不效世之聾瞶貪戀禄位，茫然不知玉步之已改也。」按阮氏卒年，晉尚未受魏禪。

黄節引王闓運曰：「言魏之將亡，路人皆知，追怨爽、晏之聾聵也。」

黄侃曰：「常人亦知有死，非唯明達能知。而溺情名利者，則忽如聾聵，忘其身之易消。唯明達者乃能決棄毁譽，長往不返也。」

黄節曰：「此詩蓋責當時之大臣受魏帝恩禮者，不知國之將亡，故憤而爲屈子之遠游也。蔣師爚曰：『按此有所不足於鄭沖也。《晉書·鄭沖傳》：「沖，開封人。位登台輔，不預世事。魏帝告禪，使奉策；武帝踐阼，拜太傅，抗表致仕，賜几杖、牀帷，官騎二十人。」』《山海經·中山經》曰：『堯山東南一百五十里曰玉山，蓋近開封。』蔣氏之言，求之牀帷、几杖云云，辭頗有據。然考之《晉書·阮籍傳》，籍以景元四年冬卒，而魏禪於晉乃在咸熙二年，是籍死後閲二年魏祚始亡。又《鄭沖傳》以泰始九年抗表致仕，賜几杖、牀帷，則更在籍死後十年矣，詩中何由及之？蔣氏之言，未之深考耳。」

按：《晉書·山濤傳》：「帝以濤清儉無以供養，特給日契，加賜牀帳、茵褥，禮秩崇重，時莫爲比。」又《晉書·王祥傳》：「賜几杖、牀帷、簟褥。」

其五十八

危冠切浮雲，長劍出天外。細故何足慮，高度跨一世㊀。非子爲我御，逍遥遊荒裔。顧從《詩紀》、《漢魏詩紀》、范陳本、《詩所》、《漢魏詩乘》、劉成德本、梅鼎祚本、張燮本、及朴本、《古詩類苑》。他本作願。謝

西王母，吾將從此逝。豈與蓬户士，彈琴誦言誓㊁。

箋注

㊀危，高則危也。見《禮記·喪大記》注。黄節引《楚辭·涉江》曰：「帶長鋏之陸離兮，冠切雲之崔巍。」並引王逸注曰：「言己内修忠信之志，外帶長利之劍，戴崔巍之冠，其高切青雲也。」「長劍出天外」，又見其三十八注。廣，謂人之度量。《左傳·昭十三年》注：「跨，過其上。」

㊁蔣師爚引《史記·秦本紀》曰：「非子居犬丘，好馬及畜，善養息之。周孝王召使主馬於汧渭之間，馬大蕃息。」曾國藩曰：「非子，秦之先世。」荒裔，見其四十三注，《玉篇》：「迴首曰顧。」謝，見其三十注。西王母，見其二十二注。黄節引《尚書·大傳》曰：「子夏曰：『窮居河濟之間，深山之中，作壞室，編蓬户，彈琴瑟其中，以歌先王之風。』」言誓，見其四十三注。

集評

黄節引陳祚明曰：「此與『鴻鵠相隨飛』一章略同。彼云『網羅孰能制』，故知鄉曲士，言彼徒也；此云『彈琴誦言誓』，似蓬户士亦有志而無權者；志異辭同，隱士也。思之計之而不得，復欲置之，直以爲細故矣。」

黄節引蔣師爚曰：「此即嗣宗所謂大人先生也。謝西王母，仙亦不足學矣。」

曾國藩曰：「此首亦有高舉遺世之意。」黄節又引曾國藩曰：「末二句似譏拘守禮法之士。」

黄侃曰：「遠游負俗，阮公所以見嫉於禮法之士，殆以此歟？」

其五十九

河上有丈人，緯蕭棄明珠㊀。甘彼藜藿食，樂是蓬蒿廬㊁。豈效繽紛子，良馬騁輕從《藝文》、范陳本、陳德文本、《詩紀》、《漢魏詩紀》、劉成德本、《漢魏詩乘》、《詩所》、《古詩類苑》、梅鼎祚本、及朴本、張燮本。他本作龍。輿。朝生衢路旁，夕瘞橫術隅㊂。歡笑不終晏，《藝文》二十六作宴。俯仰復欷歔。鑒茲二三者，憤懣從此舒㊃。

箋注

㊀《説文》：「緯，織横絲也。」《釋名》：「緯，織也，反復圍繞以爲經也。」《集韻》：「蕭艾，蒿也。」黄節引《莊子·列禦寇篇》曰：「河上有家貧恃緯蕭而食者，其子没於淵得千金之珠，其父謂其子曰：『取石來鍛之。夫千金之珠必在九重之淵而驪龍頷下，子能得珠者，必遭其睡也。使驪龍而寤，子尚奚微之有哉？』」又引陸氏《釋文》曰：「緯，織也。蕭，荻蒿也。織蕭以爲畚而賣之。」

㊁《漢書·司馬遷傳》注：「藜草似蓬。」《儀禮·公官大夫禮》注：「藿，豆葉。」黄節引曹植《七啟》曰：「予甘藜藿，未暇此食也。」《博雅》：「是，此也。」《禮記·内則》注：「蓬，禦亂之草。」《禮記·月令》注：「蒿亦蓬、蕭之屬。」《詩·小雅·鹿鳴》傳：「蒿，菣也。」

㊂黄節引張衡《南都賦》李善注曰：「駱驛、繽紛，往來衆多貌。」黄節引《爾雅》曰：「四達謂之衢。」《爾雅·釋言》：「瘞，

幽也。」疏：「謂埋藏。」《釋文》：「瘞，埋也。」聞人倓引《説文》曰：「術，邑中道也。」又引《管子》：「里十爲術。」黄節曰：「本集《東平賦》曰：『則有横術之場。』又其七十三詩曰：『横術有奇士。』」術，又見其三十七注。

㈣不終晏，見其二十四注。黄節引《毛詩》（《衛風・氓》）曰：「女也不爽，士貳其行；士也罔極，二三其德。」憤懣，見其五十四注。舒，《韻會》：「散也，開也。」

集評

黄節引陳祚明曰：「趨炎之人，亦有不終者，以是聊快所憤。」

又引蔣師爚曰：「此有快於成濟兄弟之見殺也。（按《三國志》：「敕侍御收濟家屬付廷尉。」注：「濟兄弟不即服罪，袒而升屋，醜言悖慢，自下射之，方殪。」「繽紛子」指成濟兄弟言之。朝生路旁，夕瘞術隅，未下獄而射死也。「二三者」誚自賈充令之，即自賈充殺之也。）」

又引曾國藩曰：「『二三者』似亦刺魏臣而二心於晉，旋盛旋敗者。」

黄侃曰：「枯者，對榮之名，不榮何枯？窮者，對達之名，不達何窮？此所以甘爲河上丈人，而不樂爲衢路之客也。二三者，謂繽紛子也。」

其六十

儒者通六藝，范陳本、劉成德本作義。《詩紀》、《漢魏詩紀》、《詩所》、梅鼎祚本、及朴本、張燮本注：「一作義。」《看詩

隨録》作經。立志不可干㊀。違禮不爲動，非法不肯言。渴飲清泉流，飢食并范陳本、陳德文本、劉成德本作甘。《詩紀》、《漢魏詩紀》、《詩所》、梅鼎祚本、及朴本、張燮本注：「一作甘。」一簞㊁。歲時無以祀，衣服常苦寒。屣履詠《南風》，緼袍笑范陳本、劉成德本作不。華軒。信道守詩書，義不受一餐㊂。烈烈褒貶辭，老氏用長歎！

箋注

㊀丁福保引《周禮·地官》：「六藝：禮、樂、射、御、書、數。」《莊子·天運篇》曰：「孔子謂老聃曰：『丘治詩、書、禮、樂、易、春秋六經，自以爲久矣，孰知其故矣。』」黃節引《史記·孔子世家》曰：「孔子以詩、書、禮、樂教弟子，蓋三千焉，身通六藝者七十有二人。」又引《漢書》顔師古注曰：「六藝，六經也。」黃節引《説文》曰：「干，犯也。」

㊁蔣師爚引《論語》（《顔淵章》）曰：「非禮勿動。」又引《孝經》曰：「非先王之法言不敢言。」聞人倓引《禮記》注：「并，猶專也。」黃節引《禮記·儒行》曰：「并日而食。」又引鄭玄注曰：「并日而食，二日用一日食也。」黃節引《論語》（《雍也章》）曰：「一簞食，一瓢飲。」《篇海》：「簞，竹葦器。」鄭康成曰：「盛飯者：圓曰簞，方曰笥。」《爾雅·釋詁》：「祀，祭也。」又《釋天》：「春祭曰祠，夏祭曰礿，秋祭曰嘗，冬祭曰蒸。」

㊂黃節引《後漢書·崔駰傳》李賢注曰：「屣履，謂納履曳之而行，言匆遽也。」又引《禮記·樂記》曰：「舜作五弦之琴以歌《南風》。」聞人倓引《禮記》疏：「南風，詩名。孝子之詩。南風長養萬物而孝子歌之。舜有孝行，故歌以教孝。」黃節曰：「『屣履詠南風』，蓋用《孟子》（《滕文公上》）『顔淵曰：「舜何人也！予何人也！」』意。《論衡》曰：『五

帝二王，顔淵獨慕舜，知己步驟有同也。』」《禮・玉藻》注：「緼，赤黄之間色，所謂韍也。」黄節引《論語》（《子罕章》）曰：「衣敝緼袍與衣狐貉者立而不耻者，其由也歟！」聞人倓曰：「軒，大夫車。」黄節引謝承《後漢書》曰：「聞人統家貧無馬，行則負担，卧則無被，連麕皮以自覆，不受人一餐之饋。」

集評

黄節引朱嘉徵曰：「刺小儒也。諷收調音旨，實尊儒於老氏之上。」

又引沈德潛曰：「儒者守義，老氏守雌，道既不同，宜聞言而長歎。魏、晉人崇尚老、莊，然此詩言各從其志，無進退兩家意。」

聞人倓引陳祚明曰：「懷方執高之士，褒貶斷然，而不知犯老氏之誡，公故歎之。」

陳沆曰：「此歎漢黨錮諸儒危行而不言遜，守正而不達權，故章末以老規儒也。烏用月旦之許，清流之目哉！」

黄節引方東樹曰：「十三句説儒者，一句結收，章法絶奇。言外見己非不知儒術，但己之道不同耳。」

黄侃曰：「儒者自修如此，自苦如彼，守詩書而不變，待褒貶而無慚。以老氏之道觀之，徒堪歎息耳。」

黄節曰：「『烈烈褒貶辭，老氏用長歎。』蔣師爚以爲即老子『天下皆知美之爲美，斯惡已；皆知善之爲善，斯不善已』之義。節案《莊子・天運》曰：『孔子謂老聃曰：「丘治詩、書、禮、樂、易、春秋六經，自以爲久矣，孰知其故矣。以奸者七十二君，論先王之道而明周召之迹，一君無所鉤用。甚矣夫！人之難説也？道之難明邪？」老子曰：「夫六經者，先王之陳迹也，豈其所以迹哉？今子之所言猶迹也。夫迹，履之所出，而迹豈履哉？」』又《莊子》曰：『老聃曰：「下有桀、跖，上有曾、史，而儒、墨畢起，於是乎喜怒相疑，愚智相欺，善否相非，誕信相譏，而天下衰矣。」』以證

本詩所言，似較蔣説爲近。」

其六十一

少年學擊刺，《漢魏詩紀》、《六朝詩集》、梅鼎祚本、及朴本、張燮本作劍。《詩紀》注：「集作劍。」《詩所》注：「一作劍。」妙伎過曲成㈠。蔣師爚注本作成，注：「一作城。」英風截雲霓，超世發奇聲。揮劍臨沙漠，飲馬九野坰㈡。旗幟何翩翩，但聞金鼓鳴。軍旅令人悲，烈烈有哀情。念我平常時，悔恨從此生㈢。

箋注

㈠黄節曰：「《史記・日者傳》：『褚先生曰：「齊張仲、曲成侯，以善擊刺，學用劍立名天下。」』節按：《漢書・地理志》東萊郡有曲成縣，又王子侯表有曲成侯萬歲，而表稱涿郡。惟《漢・志》涿郡有成縣而無曲成縣。且涿郡非齊地。則是《史記》所稱齊張仲曲成侯當指東萊之曲成。此詩諸本皆作曲城。《史記・建元已來王子侯者年表》有曲成侯，與《漢書》同。而《高祖功臣侯年表》又有曲成侯，錢大昕云：『《漢・志》曲成縣屬東萊，即此曲成也，與《王子侯表》之曲成異。』則此詩依《功臣年表》作曲城，亦與《日者傳》之曲成爲一矣。」

㈡《説文》：「霓，屈虹。青、赤或白色，陰氣也。」黄節引《莊子・説劍篇》曰：「上決浮雲，下絶地紀。」黄節曰：「聲，譽也。」又引李陵《别歌》曰：「徑萬里兮度沙漠，爲君將兮奮匈奴。」飲，《玉篇》：「咽水也。」《孟子・告子》：「夏日則飲

水。」黄節曰：「古樂府有《飲馬長城窟行》。」又引《吕氏春秋》曰：「天有九野，地有九州。」又引馮衍《自論》李賢注曰：「『九野，謂九州之野。』」又引《爾雅》曰：「牧外謂之野，野外謂之林，林外謂之坰。」又引《毛詩》《魯頌・駉之什・駉》毛傳曰：「坰，遠野。」

㊂《説文》：「幟，旌旗之屬。」翩翩，謂乘風飛揚也。黄節引吴子曰：「凡戰之法，晝以旌旗幡麾爲節，夜以金鼓笳笛爲節。」黄節引《毛詩》《小雅・鹿鳴之什・采薇》鄭箋曰：「烈烈，憂貌。」黄節曰：「『少年』乃追溯之詞。『平常時』謂少年時也。『平常』猶『平生』，其五詩曰：『平生少年時。』」

集評

黄節引蔣師爚曰：「按：旗幟翩翩，但聞金鼓，則是兵終不交，仗終不接也；擊刺無所用之矣，其能不有哀情而生悔恨乎？此寓言於擊刺之少年也。」

陳沆箋並見其九。黄節又引陳沆曰：「悔所學之無用，其志欲何爲哉？與『炎光延萬里』篇曠激不倫，壯情則一。」

黄節又引曾國藩曰：「少年欲從軍立功而晚節悔恨者，念仇敵不在吴蜀而在堂簾之間也。」

黄侃曰：「少年任俠，有輕死之心，及至臨軍旅，聞金鼓，而悔恨立生。則知懷生惡死，有生之所大期。客氣虚憍，焉足恃乎！」

其六十二

平晝整衣冠，思見客與賓㊀。賓客者誰子？倏忽若飛塵。裳衣佩雲氣，言語究靈神。須

臾相背棄，何時見斯人㈡！

箋注

㈠晝，《説文》：「日之出入，與夜爲界。」平晝，猶《孟子・告子》之言「平旦」，謂天平明之時也。蔣師爚曰：「承賓引客用一『與』字者何？《周禮・大行人》：『掌大賓之禮及大客之儀。』注：『大賓，要服以内諸侯；大客，謂其卿孤。』」黄節曰：「此詩不必强分賓、客，詩言思見賓客耳。『與』字乃助辭。《國語》韋注曰：『與，辭也。』」

㈡倏忽，見其三十六注。「倏忽若飛塵」，謂如飛塵之絶迹不見也。佩，佩帶。《爾雅・釋言》：「究，窮也。」《集韻》：「極也。」須臾，見其三十三注。

集評

黄節引蔣師爚曰：「裳衣、言語，都涉神幻，豈伊楚騷人物耶？覿面失之，是所不能已已。」

又引曾國藩曰：「此首或指孫登、嵇康之流。」

又引王闓運曰：「言舉朝無人。」

黄侃曰：「眼中之人，忽爲塵土。雖復裳衣華美，言語通神，而重見之因意失。阮公其有悲於叔夜、泰初之事乎？」

其六十三

多慮令志散，寂寞使心憂。翱翔歡范陳本、陳德文本、劉成德本、《六朝詩集》、張燮本作觀。《詩紀》、《漢魏

詩紀》、《漢魏詩乘》、《詩所》、《古詩類苑》、梅鼎祚本注：「一作觀。」陂范陳本、陳德文本、劉成德本、《六朝詩集》作彼。《詩紀》、《漢魏詩紀》、梅鼎祚本、及朴本、張燮本注：「一作彼。」澤，撫劍登輕舟㈠。但願長閑暇，後歲復來游㈡。

箋注

㈠蔣師爚引子華子曰：「意之所存謂之志，志之所造謂之思，思而有所顧慕謂之慮。」《說文》：「慮，謀思也。……思有所圖曰慮。」又曰：「志者，心之所之也。」又曰：「寂，無人聲也。」又曰：「寂寞，無聲也。」《禮記·月令》注：「蓄水曰陂。」《說文》：「陂，阪也，一曰池也。」黄節曰：「揚雄《解嘲》曰：『惟寂惟漠，守德之宅。』此詩首二句意謂：多欲慮者不能寂寞則令志散，其好言寂寞者又類揚雄之美新而自使心憂。離去此輩則惟有翱翔彼澤，撫劍登舟而已。」

㈡黄節引《毛詩》（《陳風·澤陂》）曰：「彼澤之陂，有蒲與荷。有美一人，傷如之何。」《詩》序曰：「刺時也。」詩言撫劍登舟，往觀彼澤以尋傷心之人，更期之後歲來游也。

集評

曾國藩曰：「此首自述其韜精退志，歡物自怡之景。」黄節引吴汝綸曰：「此正憂生之嗟，恐後不能復游也。」

黄侃曰：「此詩有山樞之意。」按：《詩·唐風·山有樞》序：「山有樞，刺晉昭公也。不能修道以正其國，有財不能用，有鐘鼓不能以自樂，有朝廷不能灑掃，政荒民散，將以危亡，四鄰謀取其國家而不知，國人作詩以刺之也。」

其六十四

朝出上東門，遥望首陽基。松柏鬱森沉，鸝黄范陳本、劉成德本作「黄鸝」，注：「一作鸝黄。」相與嬉㊀。逍遥《水經》引作「遥遥」。九曲間，徘徊欲何之㊁。念我平居《六朝詩集》誤作君。時，鬱然思妖姬㊂。

箋注

㊀上東門，見其九注。首陽，見其九注。揚子《方言》：「基，據也。在下，物所依據也。」松柏，見其十三注。《詩·秦風·晨風》傳：「鬱，積也。」森，《説文》：「木多貌。」《集韻》：「沉沉，宫室深邃貌。」陸璣云：「黄鸝留，關西謂之鸝黄。」《廣韻》：「黄鸝，倉庚也。一名黄鶯。」黄節引張衡《東京賦》李善注曰：「《爾雅》曰：『鶬鶊，鵹黄也。』郭璞曰：『鸝，黄黑也。』」

㊁黄節曰：「《水經》曰：『穀水又東過河南縣北，東南入於洛，又自樂里道屈而東，出陽渠，亦謂之九曲瀆。』《河南十二縣境簿》云：『九曲瀆在河内鞏縣西，西至洛陽。』又按傅暢《晉書》云：『都水使者陳狼鑿運渠，從洛口入，注九曲，至東陽門。』酈注云：『是以阮嗣宗詠懷詩所謂「朝出上東門，遥望首陽岑」，又云「遥遥九曲間，徘徊欲何之」者也。』逍遥，《水經注》作遥遥。」

㊂平居時，猶言平素閒居之時。黄節引《廣韻》曰：「鬱，幽也。悠，思也。」《書·五子之歌》：「鬱陶乎吾心。」疏：「鬱陶，憤結積聚之意。」宋玉《神女賦》：「近之既妖。」梁章鉅云：「妖當作姣，方與上姣麗晝一。」曹植《七啟》：「然後姣

人。」胡紹煐云：「善曰：『《毛詩》曰：「佼人僚兮。」』按：依注，則正文當作佼。」

集評

黃節引潘璁（按：潘璁其人無考。范陳本、陳德文本題下注與此所引文正同）曰：「嗣宗反覆首陽之嘆而有『徘徊何之』之悲，且『鬱然思妖姬』，蓋罪禍胎厲階之心，中若切齒而意則婉揚。嗟乎！」

曾國藩曰：「首二句與第九首相似，而『基』字不如『岑』字之穩。末句『思妖姬』語尤不倫，疑非阮公詩，後人附益之耳。」

黃侃曰：「妃匹之情，理無隔絶。世人或疑末句不類嗣宗之言。嗣宗豈忘情者哉？」

黃節曰：「妖姬，蓋指妲己也。望首陽而思夷齊，因及紂之所以亡也。以妖姬指妲己，猶箕子《麥秀》歌以狡童指紂。嗣宗《詠懷》四言詩曰：『容華豔色，曠世特彰。妖冶殊麗，婉若清揚。鬒髮蛾眉，緜邈流光。藻采綺靡，從風遺芳。泯泯亂昏，在昔二王。瑶臺璇室，長夜金梁。殷氏放夏，周翦紂商。於戲後昆，可爲悲傷。』證以此詩，蓋悲魏明帝也。」

按：陳德文以「妖姬」句，爲罪禍胎厲階，黃節先生亦以爲係指妲己。但如此解，與上句「念我平居時」似不相屬。阮氏《清思賦》末云：「既不以萬物累心兮，豈一女子之足思。」似可參看。

其六十五

王子十五年，游衍伊洛濱。朱顔茂春華，辯何焯評本作辨。《六朝詩集》誤作辨。慧《六朝詩集》

作惠。懷清真。焉見浮丘公，舉手謝時人㊀。輕蕩何焯評本、《看詩隨録》作薄。易恍惚，飄颻陳沆注本作「飄飄」。棄其《看詩隨録》作此。身。飛飛鳴且翔，此句《六朝詩集》作「飛鳴且翱翔」。揮翼且酸辛㊁。姚範《援鶉堂筆記》卷三十八云：「此篇似有闕文，而末二句爲以他篇濫入；或『飛飛』之上有跨鶴事，而傳者脱失。」

箋注

㊀黄節引《毛詩》（《大雅·生民之什·板》）曰：「及爾游衍。」傳：「游，行。衍，溢也。」游衍，蓋如今言漫游之意。《易·無妄卦》注：「茂，盛也。《詩·大雅·生民》注：「茂，美也。」黄節引《逸周書》曰：「晉平公使叔譽於周，見太子晉而與之言，五稱而五窮，逡巡而退，其言不遂，叔譽曰：『太子晉行年十五，而臣弗能與言。』」黄節又曰：「辯慧，蓋指《逸周書》太子晉與叔譽、師曠相答問之辭。」太子晉游伊洛間，見浮丘公；舉手謝時人，見其四注。

㊁黄節曰：「輕蕩四句，用《列仙傳》王子晉事，並見其四詩注。鳴翔、揮翼，謂作鳳鳴，乘白鶴事。」

集評

黄節引朱嘉徵曰：「弔嵇康也。康好鍛以亡其身，如舞曲『淮南王』自言尊痛惜之也。」

黄節引何焯曰：「阮公詠懷，所選止十七篇，作者之要指已具矣。惟其間尚有『王子十五年』一篇言明帝不能辨宣王之奸，輕以愛子付託，最爲深永。」

黄節引蔣師爚曰：「此傷常道鄉公也。《三國志》紀，禪位司馬，公年二十，即位之年，年方十五。『焉見浮丘公』，以況

司馬昭之詭幻也。『輕蕩棄身』，已有高貴鄉公前鑒，徒酸辛而已矣。」

陳沆曰：「此言明帝不能辨司馬懿之奸，輕以愛子付託也。不然，子晉得仙，何謂有棄身之嘆？無亦有不遇浮丘而與世長謝者乎？哀哀王子，何爲遇此乎！」

黄節引陳祚明曰：「子晉得仙，何爲有棄身之嘆？千載而上，曷用傷之？復有不遇浮丘而與世長謝者。哀哀王子，何黨之乎！」

張琦曰：「此傷高貴鄉公。」

黄侃曰：「神仙竟無可信。子晉緱嶺之游，人傳仙去；然飄飄恍忽，竟與死去何殊！觀於此詩，而阮公憂生之情，大可見矣。」

黄節曰：「《逸周書》：『王子曰：「吾後三年上賓于帝所。」』孔晁注曰：『王子年十七而卒。』則是十五時未遇浮丘也。詩言王子十五，未即上賓，以喻高貴初年不期遽折。」又曰：「嗣宗之死，在常道鄉公景元四年，又二年而魏始禪於晉，嗣宗不及覩魏禪，則『棄身』之辭豈得謂指常道鄉公？蔣（師爚）説實誤。蓋此詩傷高貴鄉公而作也。《魏志》：高貴鄉公卒年二十，在位凡六年。則即位之時年當十五。詩中稱其辯慧，如《志》載帝幸太學問諸儒事可證。陳壽評曰：『高貴公才慧夙成，好問尚辭，然輕躁忿肆，自蹈大禍。』則詩言輕蕩棄身，匪高貴其何指？至何焯謂此詩言明帝輕以愛子付託奸臣，其所謂愛子者指齊王芳，亦誤。考芳即位之年九歲，在位十五年，無辯慧可稱；後雖被廢，遷居别宫，晉泰始十年始卒，無棄身之事。何氏未之深考耳。」又於引朱嘉徵説後曰：「此又一説，亦可採。」

其六十六

寒從《六朝詩集》。《詩紀》、《漢魏詩紀》、《詩所》、梅鼎祚本、及朴本、張燮本作塞，注：「一作寒。」他本作塞。門不可出，海水焉可浮㈠。朱明不相見，奄昧獨無俟㈡。此二句從范陳本、陳德文本、劉成德本、《詩紀》、《漢魏詩紀》、《詩所》、《六朝詩集》、《古詩類苑》、張燮本。他本作「朱明奄昧獨，無不相見俟」。持瓜思東陵，黄雀誠獨羞。失勢在須臾，帶劍上吾丘㈢。悼彼桑林子，涕下自交流㈣。假乘汧渭間，鞍陳德文本、程榮校刻范陳本作安。馬去行游㈤。

箋注

㈠黄節引《楚辭·遠游》曰：「舒并節以馳騖兮，逴絶垠乎寒門。」并引王逸注：「寒門，北極之門。」按司馬相如《大人賦》：「軼先驅於寒門。」應劭曰：「寒門，北極之門也。《史記·孝武本紀》：『齊人公孫卿曰：「申功，齊人也。與安期生通。受黄帝言，無書。……其後黄帝接萬靈明廷。明廷者，甘泉也。所謂寒門者，谷口也。」』《集解》：『徐廣曰：「寒，一作塞。」』《漢書音義》曰：『黄帝仙於寒門也。』《索隱》：『服虔云：「寒門，黄帝所仙之處。」小顔云：「谷，中山之谷口。漢時爲縣，今呼爲治谷。去甘泉八十里。盛夏凛然，故曰寒門。」』」阮氏《清思賦》：「臨寒門而長辭。」汪師韓《文選理學權輿》卷八塞門條：「顔延之《赭白馬賦》云：『簡偉塞門。』注曰：『塞，紫塞也。有關，故曰門。塞

或爲寒，非也。』按馬生北地，即作寒門亦可。《楚辭》曰：『逴絶垠於寒門。』張衡《思玄賦》曰：『望寒門之絶垠兮。』」聞人倓亦主此説。黄節引《論語》（《公冶長》）曰：「道不行，乘桴浮於海。」

㊁蔣師爚曰：「『朱明不相見』，謂日暮。《漢書・藝文志》：『今其技術晻昧。』師古曰：『晻與暗同。』」黄節曰：「《爾雅》曰：『夏爲朱明。』郭璞曰：『氣赤而光明。』」聞人倓曰：「奄昧猶言玄冥。侯，語辭。無侯，猶不相見。」黄節曰：「奄昧，晻昧也。奄從省文。《説文》曰：『晻，日不明也。』《春秋繁露》曰：『號爲諸侯者，宜謹視所候，奉之天子也。』《王制正義》引《春秋元命苞》曰：『侯者候也。候王順逆也。』」

㊂東陵瓜，見其六注。黄雀，見其十一注。《詩紀》（梅鼎祚本同）引《丹鉛餘録》云：「《漢武故事》：『漢武帝崩後，忽見形，謂陵令薛平曰：「我雖失勢，猶爲汝君，奈何令吏卒上吾陵磨劍乎？」（平頓首謝）因不見。推問陵旁，果有方石，可以爲礪，吏卒嘗資磨刀劍。霍光欲斬之，張安世曰：「神道茫昧，不宜爲法。」』故阮公詠懷詩曰：『失勢在須臾，帶劍上吾丘。』」（黄節據《水經・渭水注》引此段。）

㊃聞人倓引《左傳》（宣二年）曰：「初，宣子田於首山，舍於翳桑，見靈輒餓，問其病，曰：『不食三日矣。』食之，舍其半，問之，曰：『宦三年矣，未知母之存否？今近焉，請以遺之。』使盡之，而爲之簞食與肉，置諸橐以與之。既而與爲公介，倒戟以禦公徒，而免之。問何故？曰：『翳桑之餓人也。』問其名居，不告而退。遂自亡也。」按：翳桑之桑，未必爲桑林。如以詩中所指爲翳桑之餓人，則涕下字亦無所據。阮詩未必係用此事。《莊子・山木篇》：「孔子問子桑雽曰：『吾再逐於魯，伐樹於宋，削迹於衛，窮於商周，圍於陳蔡之間。吾犯此數患，親交益疏，徒友益散，何與？』子桑雽曰：『子獨不聞假人之亡與？林回棄千金之璧，負赤子而趨。

或曰：「爲其布與？赤子之布寡矣；爲其累與？赤子之累多矣。棄千金之璧，負赤子而趨，何也？」林回曰：「彼以利合，此以天屬也。」夫以利合者，迫窮禍患害相棄也；以天屬者，迫窮禍患害相收也；夫相收之與相棄亦遠矣。』」又《莊子·大宗師篇》：「子桑户、孟子反、子琴張三人相與友，口：『孰能相與於無相與，相爲於無相爲，孰能登天游霧，撓挑無極，相忘以生，無所終窮？』三人相視而笑，莫逆於心，遂相與友。莫然有閒，而子桑户死，未葬。孔子聞之，使子貢往侍事焉。或編曲，或鼓琴，相和而歌曰：『嗟來桑户乎？嗟來桑户乎！而已反其真，而我猶爲人猗！』」附此以供參考。

㊄《左傳·桓六年》：「申儒曰：『取於物爲假。』」黄節曰：「假，借也。乘，車也。」汧，《説文》：「水出扶風汧縣，西北入渭。」《水經注》：「汧水出汧縣蒲谷鄉弦中谷。」渭，《説文》：「水出隴西首陽渭首亭南谷。」聞人倓引《史記》：「非子居犬丘。孝王召使主馬於汧渭之間，馬大蕃息。」

集評

聞人倓引陳祚明曰：「豈傷故大將軍耶？一、二言勢不可棄，險不可冒，罹禍之後欲爲東陵布衣不可，事息亦人不畏之矣。桑林之悼，慚無靈輒也，宛曲深隱。」

蔣師爚曰：「青門故侯，黄雀公子，事不足怪也。獨不計魏武魏文尚有在天之靈乎？寓言茂陵，不是浪徵幻事，隸以桑林涕下，聊張疑陣耳。」

陳沆箋并見其十。

黄節又引陳沆曰：「東陵之種瓜可爲，黄雀之貪利可恥；而乃徒以勢利之故，帶劍上丘，頓背故主，曾不念昔者曾受桑

林一飯之恩乎？此刺背魏附賊之輩。」

吴汝綸曰：「失勢二句，就魏主之見凌侮，以刺譏司馬氏，言轉瞬又將爲人凌侮也。」

黄侃曰：「亦言神仙難信，富貴無常；一旦失勢，則雖以漢武之雄主，吏卒得上其丘冢而磨劍。物情若此，何爲而不放游終生乎？」

黄節曰：「《周易》曰：『離也者，明也。萬物皆相見，南方之卦也。聖人南面而聽天下，向明而治，蓋取諸此也。』此詩用此義，以喻君也。」黄節於引《漢武故事》後曰：「此言司馬氏之目無魏武魏文也。」又於引《左傳》文後曰：「此言求如靈輒之報趙宣者以報魏猶無其人焉，所以涕下也。」

其六十七

洪蔣師爚注本作鴻，生資《六朝詩集》作姿。制度，被服正從范陳本、《詩紀》、《漢魏詩紀》、劉成德本、《漢魏詩乘》、《六朝詩集》、《詩所》、《古詩類苑》、梅鼎祚本、及朴本、張燮本。陳德文本注：「或作止。」有常㈠。尊卑設次序，事物齊紀綱。容飾整顔色，磬折執圭璋㈡。堂上置玄酒，室中盛稻粱。外厲貞素談，户内滅芬芳㈢。放口從衷范陳本、《漢魏詩紀》、劉成德本、《六朝詩集》作裏。出，復説道義方。委曲周旋儀，姿態愁我腸㈣。

箋注

㈠黄節曰：「揚雄《羽獵賦》曰：『於茲乎洪生鉅儒，俄軒冕，雜衣裳，修唐典，匡雅頌，揖讓於前。』鴻、洪古通，《尚書》『洪水』，《史記·河渠書》作『鴻水』可證。」《易·乾卦》釋文：「資，取也。」

㈡蔣師爚引《毛詩·大雅·假樂》：「之綱之紀。」按鄭箋云：「成王能爲天下之綱紀，謂立法度以理治之也。」磬折，見其八注。《説文》：「圭，瑞玉也，上圜下方。」《周禮·春官·典瑞》：「王執鎮圭，公執桓圭，侯執信圭，伯執躬圭。」《詩·大雅·棫樸》：「濟濟辟王，左右奉璋。」《毛傳》曰：「半圭曰璋。」

㈢黄節引《禮記·禮運》曰：「玄酒在室。」又引鄭注曰：「玄酒，謂水也。」又引《爾雅》（《釋詁》）曰：「厲，作也。」芬芳，參見其四十五注引《離騷》王逸注。

㈣黄節曰：「《論語》（《微子》）曰：『隱居放言。』放口猶放言也。《左氏傳》（隱三年）曰：『信不由衷（中）。』『從衷』猶『由衷』也。」又曰：「方猶術也，法也。」又曰：「《毛詩》（《召南·羔羊》）：『委蛇委蛇。』鄭箋曰：『委蛇，委曲自得之貌。』」

集評

黄節引陳祚明曰：「禮固人生所資，豈可廢乎？自有託禮以文其僞，售其奸者，而禮乃爲天下患。觀此詩，知嗣宗之蕩軼繩檢，有激使然，非其本意也。」陳祚明又曰：「起四句本言禮教之重。『容飾』以下即詠作僞者，一氣直下，不作轉掉，使人不覺。」又曰：「末四句意曲而語有致。放口，則不由衷而似從衷出也。委曲周旋，妄態可悦而其情叵

測，爰使人愁。」又曰：「典午城府深阻，飾貌愚人，此蓋嫉之。與趙女謙柔同旨。」

黄節引蔣師爚曰：「『洪生資制度』，非制度則不成其爲洪生矣。『滅芬芳』，『説道義』，嬉笑何啻怒駡。籍本傳所以云：『禮法之士疾之若讐』也。」

曾國藩曰：「此首似誠司馬懿厚貌深情，善自厲飾。」

黄節引王闓運曰：「晏、玄清談，以風度自許，『外厲』以下數句似指之。」

黄侃曰：「此與《大人先生傳》同旨。言禮法之士深爲可憎，委曲周旋令人愁損。蓋不待世士嫉阮公，阮公已先惡世士矣。」

黄節曰：「嗣宗《大人先生傳》：『或遺大人先生書曰：「天下之貴莫貴於君子：服有常色，貌有常則，言有常度，行有常式，立則磬折，拱若抱鼓，動静有節，趨步商羽，進退周旋，咸有規矩。」「誦周孔之遺訓，嘆唐虞之道德，唯法是修，唯禮是克，手執圭璧，足履繩墨。」「此誠士君子之高致，古今不易之美行也。今先生乃被髮而居巨海之中，與若君子者遠，吾恐世之嘆先生而非之也。」於是大人先生乃逌然而嘆曰：「若之云尚何通哉！夫大人者，乃與造物同體，天地並生，逍遥浮世，與道俱成，變化聚散，不常其形。天地制域於内，而浮明開達於外，天地之永固，非世俗之所及也。」』與此詩用意正同。」

其六十八

北臨乾昧溪，蔣師爚注本作谷。西行游少任㈠。遥顧望天津，駘范陳本、劉成德本作怡。蕩樂我心㈡。

綺靡存亡門，黄節注本注：「潘刻作間。」一游不再尋㊂。儻遇晨風鳥，飛駕出南《詩紀》、《漢魏詩紀》、《詩所》、梅鼎祚本、及朴本注：「一作東。」林。漭瀁瑶光中，忽忽肆荒淫㊃。休息晏清都，超世又三字范陳本、劉成德本作「起坐復」。誰禁㊄。《詩紀》、《漢魏詩紀》、《詩所》、梅鼎祚本、及朴本、張燮本注：「一作『起坐復誰禁』。」

箋注

㊀黄節引《山海經·東山經》曰：「嫩螽之山，北臨乾昧，食水出焉，而東北流注於海。」黄節又引《説文》曰：「少，不多也。」又引李善注王粲《登樓賦》引杜預《左氏傳》注曰：「任，當也。」黄節曰：「少任，言不任也。」

㊁蔣師爚引《水經·渭水注》曰：「秦始皇作離宫於渭水南北，以象天宫。故《三輔黄圖》：『渭水貫都以象天漢，橋横南北以法牽牛。』」黄節引《爾雅·釋天》曰：「析木之津，箕斗之間，漢津也。」黄節引《莊子·天下篇》陸氏《釋文》曰：「駘，放也。」蕩，動蕩之意。《禮記·月令》：「仲冬，諸生蕩。」注：「蕩，謂物動萌芽也。」

㊂黄節曰：「綺靡，疑作猗靡，見其二詩注。」按：《説文》：「綺，文繒也。」《周禮·地官·司市》注：「靡，謂侈靡也。」《玉篇》：「侈靡，奢侈也。」司馬相如《上林賦》：「靡曼美色於後。」紂使師延作靡靡之樂。綺靡，聲色之意，故曰「存亡門」。黄注其二詩解「猗靡」爲「委蛇」，於此未必是。

㊃蔣師爚引《毛詩》（《秦風·晨風》）曰：「鴥彼晨風，鬱彼北林。」《毛傳》曰：「晨風，鸇也。」黄節曰：「漭瀁、罔象，音同。《楚辭·遠游》曰：『覽方外之荒忽兮，沛罔象而自浮。』王逸注曰：『水與天合，物漂流也。』又《大人先生傳》曰：『徜

徉回翔兮漭瀁之外。』」黄節引《淮南子》曰：「取焉而不損，酌焉而不竭，莫知其所由出，是謂瑶光。」黄節曰：「荒淫，言荒忽，淫放也。荒忽見上。《楚辭·遠游》曰：『質銷鑠以汋約兮，神要眇以淫放。』」

㊄黄節又引《遠游》曰：「集重陽入帝宫兮，造旬始而觀清都。」洪興祖補注引《列子》（《周穆王第三》）曰：「（王實以爲）清都，紫微，鈞天廣樂，帝之所居。」黄節曰：「禁，止也。『漭瀁』以下，蓋仿屈原《遠游》。」

集評

黄節引蔣師爚曰：「此嗣宗拜東平相後所作也。（遥望秦墟，想其綺麗，慨然於入之者爲亡門，出之者爲存門，一時游興，頓已衰颯矣。何似飛駕瑶光游仙爲得乎！）『西行』者，自東平歸也。『游少任』，謂不勝其游。」蔣師爚又曰：「此云『遇晨風』、『飛駕出南林』者，『晨風』即其一詩所謂『翔鳥鳴北林』也。駕出南林，斯不與同途矣。」

黄侃曰：「此亦遠游肆志之語。」

黄節曰：「此詩用『天津』，蓋指秦墟言之，以喻魏都也。」又曰：「嗣宗《大人先生傳》曰：『秦破六國，并兼其地。』『姱盛色，崇靡麗。鑿南山以爲闕，表東海以爲門。闢萬室而不絶，圖無窮而永存。美宫室而盛帷帟，擊鐘鼓而揚其章，廣苑囿而深池沼，興渭北而建咸陽。𣠽木曾未及成林，而荆棘已蘩夫阿房。時代存而迭處，故先得而後亡。』詩言『綺靡存亡門，一游不再尋』，言無意於君門也。秦墟者，存亡所自出；門者，萬物所自出也。莊子曰：『有乎生，有乎死，有乎出，有乎入。入出而無所見其形，是爲天門。』郭注曰：『重天門者，萬物之都門也。』存亡，猶生死也。」又曰：「詩言『儻遇晨風鳥，飛駕出南林』，以晨風喻從晉諸臣，彼出北林而我出南林，不與之同途也。」

其六十九

人知結交易，交友誠獨難。險路多疑惑，明珠未可干㊀。彼求饗太牢，我欲并范陳本、劉成德本作足。一餐㊁。損益生吴汝綸《古詩鈔》作在，注：「潘璁本作生。」怨毒，咄咄從范陳本、陳德文本、劉成德本、《詩紀》、《漢魏詩乘》、《六朝詩集》、梅鼎祚本。他本作嗟。復何言㊂。

箋注

㊀曾國藩曰：「『明珠』句似用鄒陽『明珠闇投』之意。干，即投也。」《史記·鄒陽傳》：「乃從獄中上書曰：『…… 臣聞明月之珠，夜光之璧，以闇投人於道路，人無不按劍相眄者，何則？無因而至前也。』」黄節曰：「張衡《四愁詩》曰：『美人贈我貂襜褕，何以報之明月珠。』其自序曰：『屈原以美人爲君子，以珍寶爲仁義。』曾國藩曰『似用鄒陽明珠闇投之意』，恐非。」按：黄解太曲，仍以曾説爲當。

㊁黄節引《老子》曰：「衆人熙熙，如饗太牢。」《詩·小雅·彤弓》箋：「大飲賓曰饗。」《儀禮·士昏禮》注：「以酒食勞人曰饗。」《公羊傳·莊四年》注：「牛酒曰犒，加羹飯曰饗。」《説文》：「牢，閑養牛馬圈也。」《禮·王制》：「天子社稷皆太牢，諸侯社稷皆少牢。」太牢謂牛，少牢謂羊。并一餐，見其六十注。

㊂《論語·季氏章》：「孔子曰：『益者三友，損者三友。友直、友諒、友多聞，益矣。友便僻、友善柔、友便佞，損矣。』」《韻會》：「咄咄，驚怪聲也。」黄節曰：「《春秋·襄公三十年·左氏傳》曰：『或呼於宋大夫廟曰：「譆！出出！」』杜

預注曰：『出出，誡伯姬。』鄭注《周禮》引作『詘詘』。『咄咄』當即『出出』，告誡之意。」

集評

黄節引朱嘉徵曰：「太牢，一餐，人易知耳。損益一乖其度，恩怨遂去如萬里，蓋可忽乎哉！嗣宗有言：『世之好異者，不顧其本，各言我而已矣。』語堪百思。」

黄節引陳祚明曰：「言己與典午兩情不合如此。（徒欲以太牢饗，雜聲也。損益之理，志固相妨。）」

又引蔣師爚曰：「此戒利交也。」

又引曾國藩曰：「（并一餐即并日而食也。）將損彼之有餘益我之不足，而怨毒已生，言公道不可持也。」

又引王闓運曰：「明帝託孤於懿，故云交難。」

黄侃曰：「朋友交親，亦難終恃，愛憎一異，善惡隨殊。故有投明珠而見疑，求一餐而獲戾，怨毒之興，非人所及察也。」

黄節曰：「（陳祚明、王闓運）均以此詩對司馬氏言，恐非阮旨。」

其七十

有悲則有情，無悲亦無思。此句《六朝詩集》作「無情亦無悲」。《詩紀》、《漢魏詩紀》、《詩所》、梅鼎祚本、及朴本、張燮本注：「集（一）作『無情亦無悲』。」苟非嬰《六朝詩集》作纓，《八代詩選》作攖。網罟，何必萬里畿㈠。

翔風拂重霄，慶雲招《六朝詩集》作曲。《詩紀》、《漢魏詩紀》、《詩所》、梅鼎祚本、及朴本、張燮本注：「一作曲。」所晞。灰心寄枯宅，曷顧人間姿㈡。始得忘我難，焉知嘿《六朝詩集》作灰。自遺㈢。

箋注

㈠黄節引《説文》曰：「嬰，繞也。」《易・繫辭下》：「作結繩而爲網罟，以佃以漁。」《玉篇》：「罟，魚網也。」《詩・商頌・玄鳥》傳：「畿，疆也。」黄節曰：「曹植《蟬賦》曰：『冀飄翔而遠託兮，毒蜘蛛之網罟。』萬里畿，猶遠託之意。」

㈡《説文》：「翔，回飛也。」又：「拂，過擊也。」徐鍇曰：「擊而過之也。」《玉篇》：「霄，雲氣也。」慶雲晞，見其四十注。蔣師爚曰：「招，音翹。韋昭《國語》注：『舉也。』」黄節曰：「《尚書》（《康誥》）曰：『宅心知訓。』《孟子》（《告子上》）曰：『仁，人心也。』又（《離婁上》）曰：『仁，人之安宅也。』《爾雅》曰：『宅，居也。』」《説文》：「姿，態也。」

㈢黄節曰：「王引之《經傳釋詞》曰：『「焉」猶「於是」也。《禮記・月令》曰：「天子焉始乘舟」，言天子於是始乘舟也。《晉語》曰：「焉始爲令」，言於是始爲令也。《墨子・魯問篇》曰：「焉始爲舟戰之器」，言於是始爲舟戰之器也。此皆古人以「焉」「始」連文之證。』節按：嗣宗此詩收二句乃焉、始倒文，言於是知嘿以自遺者，始得忘我難也。嘿與默同（按本《玉篇》）。《説文》曰：『遺，亡也。』」

集評

蔣師爚曰：「以情與悲爲緣，鍾情之輩可以悟矣。藹藹風雲之會，豈默於自遺者所顧而自悲乎？灰心所以無情，忘我所以無悲也。」

黄侃曰：「既已忘情世事，糞土形骸，則不屑爲人間恣態。叔夜常一月十五日不梳頭，意同於此。」

黄節曰：「翔風猶飄風。王逸《離騷注》曰：『飄風，無常之風，以興邪惡之衆也。』又曰：『拂，擊也，蔽也。重霄喻君也。』」「《楚辭·九懷》王逸注曰：『慶雲，喻尊顯也。以言佞曲之臣陞於顯朝也。』」「招，申動貌。『所』如『日月所照』之所。《毛詩》曰：『東方未晞。』《毛傳》曰：『晞，明之始昇。』此言邪惡蔽君，如雲氣招摇於日之始昇時也。」

其七十一

木槿榮丘墓，煌煌有光色㊀。白日頹林中，翩翩零路范陳本、陳德文本作落。側。蟋蟀吟户牖，蟪蛄鳴荆棘㊁。蜉蝣玩三朝，采采修《藝文》二十六作循。羽翼㊂。《藝文》引至此句止，無以下諸句。衣裳爲誰施？俛仰自收拭。生命幾何時？慷慨各努力㊃。

箋注

㊀木槿，見其五十三「日夕華」注。聞人倓引潘尼曰：「朝菌者，蔓朝榮而暮落，世謂之木槿，或謂之日及，詩人以爲舜華，宣尼以爲朝菌。其物向晨而結，逮明而布，見陽而盛，終日而隕。不以其異乎，何名之多也！」黄節引《禮記》（《月令》）曰：「仲夏之月，木槿榮。」煌，《玉篇》：「光明也。」

㊁頹，墜也。《詩·鄘風·定之方中》傳：「零，落也。」《廣雅》：「翩翩，飛也。」蟋蟀，見其十四注。聞人倓引《古今注》：

「蟋蟀一名吟蛩。秋初生，得寒則鳴。」蟪蛄，見其二十四注。荆棘，見其三注。

㈢黄節曰：「《毛詩》(《曹風·蜉蝣》)曰：『蜉蝣之羽，衣裳楚楚。蜉蝣之翼，采采衣服。』《毛傳》曰：『蜉蝣，渠略也。朝生夕死，猶有羽翼以自修飾。采采，衆多也。』蜉蝣，亦作浮游，《淮南子》曰：『浮游不過三日。』高誘注曰：『生三日死也。』」

㈣黄節引《詩》毛傳曰：「施，移也。」又引陸氏《釋文》曰：「施，以豉反。《儀禮注》曰：『在旁而及曰施。』」黄節曰：「『收拭』疑『修飾』之誤。」按：收，收斂之意，見《禮·玉藻》疏及《儀禮·士冠禮》注。拭，《爾雅·釋詁》：「清也。」《禮·雜記》注：「静也。」《六書故》：「以巾拭垢濡也。」《增韻》：「收拭，揩也。」慷慨，見其三十九注。

集評

黄節引陳祚明曰：「譏富貴之不常也。」

曾國藩曰：「此首有冉冉將老，修名不立之感。」

吴汝綸曰：「『生命』二句指上木槿、蜉蝣等不知生命之短而孳孳爲利也。慷慨努力，如上篇求仁得仁耳，皆非美辭。」

黄節引王闓運曰：「言亡國之臣與國俱亡，木槿共白日俱頽也。國猶未亡，臣各戀禄，蜉蝣於三朝修翼也。」

黄侃曰：「少年盛自修飾，不悟於老之易乘。末二句猶《詩》言：『子有衣裳，弗曳弗婁。』慷慨努力，非勸其立修名也。」

黄節曰：「末二句指上木槿、蜉蝣等不知生命之短；慷慨努力，謂木槿之榮，蟋蟀之吟，蟪蛄之鳴，蜉蝣之修也，非美之之辭。」

其七十二

修塗馳軒車，長川載輕舟。性命豈自然，勢路有所由㈠。高名令志惑，重利使心憂。親昵懷反側，骨肉還相讎。更希毁珠玉，可用登遨游㈡。

箋注

㈠黄節曰：「《説文》曰：『軒，曲輈藩車也。』《周禮・藩蔽》注：『藩謂車旁禦風塵者。』」性命、自然，見其二十六注。《禮記・中庸》：「天命之謂性。」注：「性是賦命自然。」《易・乾卦》：「各正性命。」疏：「命者，人所稟愛。」《説卦》：「窮理盡性以至於命。」注：「命者，生之極。」《左傳・成十三年》：「民愛天地之中以生，所謂命也。」《淮南子・原道》：「因天地之自然。」

㈡《書・説命》傳：「昵，近也。」《書・洪範》：「無反無側。」注：「不偏邪也。」《後漢書・光武紀》：「使反側子自安。」黄節曰：「《一切經音義》引《倉頡篇》曰：『用，以也。』《春秋・隱五年・公羊傳》：『何休曰：「登」讀言「得」，齊人語也。』節按：『可用登遨游』如《毛詩・邶風》毛傳所謂『可以遨游忘憂也。』」

集評

周海樵編《詩雋腴》引孫不庵云：「鍾、鄧爲司馬氏用而皆不令終，由高名、重利爲之禍也，嗣宗其知之矣。」

黄節引陳祚明曰：「世路、人情，知之早矣。珠玉之毁，蓋言勿顧令名。」

又引蔣師爚曰：「勢路有二：曰名、曰利。趨之則性命不顧，安知骨肉！」

又引曾國藩曰：「首四句，刺馳騖於名利之途者。『勢路有所由』，謂趙孟能賤之也。『更希』句即『毁方瓦合，儉德避難』之意。（末句疑有誤字。）」

又引吴汝綸曰：「『性命』二句，言人之僕僕舟車，非性命如此，乃名利使然。」

黄侃曰：「修塗所以容軒車，長川所以從輕舟。物有相召，事有相因，故高名致惑，重利致憂，親戚致讐，珠玉致盜。惟超然於世表者，乃可以無累也。」

黄節曰：「詩謂修塗宜馳軒車，以其可蔽風雨；長川宜載輕舟，以其可利溯游也。」又曰：「此詩則謂舟車之險，當從人事，不能委之自然也。」

其七十三

橫術有奇士，黄駿服其箱㊀。朝起瀛洲野，日夕宿明光㊁。再撫四海外，此句范陳本作「再騁撫四外」。羽翼自飛揚。去置曾國藩曰：「去置疑當作棄置。」世上事，豈足愁我腸㊂。一去長離絶，千載復相望。

箋注

㊀橫術，見其五十九注。黄節引《毛詩》（《魯頌・駉》）曰：「有驪有黄。」並引《毛傳》曰：「黄騂曰黄。」按《淮南子・覽

冥訓》：「青龍迎駕，飛黄伏皁。」飛黄蓋馬名。《玉篇》：「黄馬病色也。」《爾雅·釋詁》：「虺隤，黄病也。」黄節引《説文》曰：「駿，馬之良材者。」又引《毛詩》（《小雅·谷風之什·大東》）曰：「睆彼牽牛，不以服箱。」並引鄭司農注曰：「服讀爲負。」又引毛傳曰：「箱，大車之箱也。」

㈡瀛洲，見其二十四注。《楚辭·九懷》：「夕宿乎明光。」《北堂書鈔》卷一百五十七「丹丘」注：「阮籍詩云：『日夕宿明光。』注：『明光，丹丘也。』」黄節曰：「明光，謂丹丘。《楚辭》『仍羽人於丹丘兮』王逸注：『（因就衆僊於明光也。）丹丘晝夜常明。』蔣師爚以爲漢之明光宫，恐非。」

㈢黄節曰：「《莊子》曰：『其熱焦火，其寒凝冰，其疾俛仰之間而再撫四海之外者，其唯人心乎！』再，語辭。撫，臨也。《毛詩》（《小雅·鴻雁之什·沔水》）曰：『鴥彼飛隼，載飛載揚。』『再撫四海外，羽翼自飛揚』，言其去之疾速也。」黄節曰：「《周禮·大司徒》：『以世事教能，則民不失職。』注曰：『世事，謂士、農、工、商之事。』《晉書·阮籍傳》曰：『求爲步兵校尉，遺落世事。』」

集評

曾國藩曰：「前六句擬刺賈充、鍾會之徒。」

黄節曰：「此詩蓋有慕奇士，如《大人先生傳》所云：『安期逃乎蓬山，角里潛乎丹水』，『棄世務之衆爲，何細事之足賴』者。又云：『先生從此去矣，天下莫知其所終極』，與此詩意正同。蔣師爚未悟『再撫四海』兩句意，以爲指功名一流；曾國藩且以前六句爲刺賈充、鍾會之徒，則大誤矣。」

其七十四

猗歟上世《六朝詩集》作「世上」。士，恬淡志《八代詩選》作自。安貧。季葉道陵遲，馳騖紛垢塵㈠。甯子豈不類？楊范陳本、陳德文本、劉成德本、《詩所》、及朴本、張燮本作揚。歌誰肯殉㈡？《詩紀》、《漢魏詩紀》、《六朝詩集》、《詩所》、梅鼎祚本、及朴本注：「一作詢。」栖栖非我偶，徨徨及朴本作「遑遑」。《十八家詩鈔》作「皇皇」。非己倫㈢。咄嗟榮辱事，去來味范陳本、陳德文本、劉成德本、《古詩類苑》作未。道真。道真信可娱，清潔存張燮本作好。精神㈣。巢由抗高節，從此適河濱㈤。

箋注

㈠黄節引《毛詩》「猗與漆沮」（《周頌·臣工之什·潛》）鄭箋曰：「猗與，歎美之言也。」恬，《説文》：「安也。」黄節又引《毛詩》（《商頌·長發》）毛傳曰：「葉，世也。」黄節又曰：「《荀子》（《宥坐篇》）曰：『三尺之岸而虚車不能登也；百仞之山，任負車登焉。何則？陵遲故也。數仞之牆而民不踰也，百仞之山而豎子馮而游焉，陵遲故也。今夫世之陵遲亦久矣，而能使民勿踰乎？』注：王肅云：『陵遲，陂陁。言禮義毀壞之意。』」《漢書音義》：「直騁曰馳，亂馳曰騖。」《玉篇》：「馳，走奔也。」「騖，奔也，疾也。」

㈡黄節引《淮南子》曰：「甯戚欲干齊桓公，困窮無以自達，於是爲商旅任車以商於齊，暮宿於郭門外。桓公郊迎客，

夜開門，辟任車，爝火甚衆。戚飯牛車下，擊牛角而疾商歌；桓公聞之，曰：『異哉！非常人也。』命後車載之，因授以政。」又引《春秋・襄公十六年・左氏傳》曰：「晉侯與諸侯宴於溫，使諸大夫舞，曰：『歌詩必類。』齊高厚之詩不類。」並引杜預注曰：「歌古詩當使各從其義類。」黄節引《列子》曰：「楊朱之友曰季梁。季梁得疾，七日大漸，其子環而泣之，請醫。季梁謂楊朱曰：『吾子不肖如此之甚，汝奚不爲我歌以曉之。』楊朱歌曰：『天其弗識，人胡能覺。匪祐自天，弗孽由人。我乎！汝乎！其弗知乎？醫乎！巫乎！其知之乎？』其子弗曉，終謁三醫。」又引《莊子》曰：「聖人則以身殉天下。」並引陸氏《釋文》曰：「崔云：『殺身從之曰殉。』」

㊂黄節引《論語・憲問章》曰：「丘何爲是栖栖者歟？」又引班固《漢書・叙傳》曰：「是以聖哲之治，棲棲皇皇。」並引師古注曰：「不安之意也。」《詩・大雅》：「穆穆皇皇。」美盛貌。《禮・檀弓》：「皇皇如有望而弗至。」皇皇猶栖栖也。

㊃咄嗟，易度也，猶言呼吸之間。字本作咄唶，古有咄唶歌。《世説》：「石崇作豆粥，咄嗟立辦。」黄節曰：「曹植《贈白馬王彪》詩曰：『咄唶令心悲。』唶，子夜切；嗟，咨邪切。咄嗟即咄唶，謂呼吸之間。詩言榮辱無常，咄嗟頓異也。」黄節又曰：「去來，猶往來也。《易》曰：『日往則月來，月往則日來，日月相推而明生焉。寒往則暑來，暑往則寒來，寒暑相推而歲成焉。往者屈也，來者信也。尺蠖之屈，以求信也；龍蛇之蟄，以存身也；精義入神，以致用也；利用安身，以崇德也。』」黄節又曰：「《老子》曰：『味無味。』王弼注曰：『以恬淡爲味。』」黄節又曰：「《莊子》曰：『故若顔闔者，真惡富貴也。故曰：道之真以治身，其緒傳以爲國家，其土苴以治天下。』」按：道真見《老子贊》注。黄節又引《史記・龜策傳》曰：「聖王設稽神求問之道者，以爲後世衰微，愚不師智，人各自安，化分爲百室，道散而無垠，故推歸之至微，要潔於精神也。」

㈤黄節引《莊子》曰：「許由娱於潁陽。」又引《高士傳》曰：「許由字武仲。陽城槐里人。爲人據義履方，邪席不坐，邪饍不食。後隱於沛澤之中。堯讓天下於許由，許由不受而逃去，於是遁耕於中岳潁水之陽，箕山之下，終身無經天下之色。堯又召爲九州長，由不欲聞之，洗耳於潁水濱。時其友巢父牽犢欲飲之，見由洗耳，問其故，對曰：『堯欲召我爲九州長，惡聞其聲，是故洗耳。』巢父曰：『子若處高岸深谷，人道不通，誰能見子。子故浮游，欲聞求其名譽，汙吾犢口。』牽犢上流飲之。」黄節曰「『清潔』句與『垢塵』相應，蓋指洗耳事。」

集評

曾國藩曰：「『甯子』二句，謂甯戚非全不知道者，而飯牛之歌果爲何事而肯以身殉之也。薄甯戚而慕巢、由，阮公之志事著矣。咄嗟猶須臾也。言榮來辱去，辱來榮去，不過須臾間事，吾但味吾道真而已。」

黄侃曰：「不能合於道真而馳騖於塵俗者，雖如甯戚之謳歌求用於世，棲棲皇皇，猶羞與偶。必若巢、由抗節，乃獲我也。」

黄節曰：「『楊歌』之『楊』字，他本作『揚』，唯潘璁本作『楊』。曾國藩曰：『甯子二句……阮公之志事著矣。』（見前引）則是以楊歌屬甯子，説未嘗不通。但楊朱之歌蓋説死生者，與殉字義洽，非甯戚歌所能假也。『殉』一本作『詢』。《爾雅·釋詁》曰：『詢，信也。』亦與季梁『歌以曉之』及『其子弗曉』之義洽。余以爲『甯子』二句，一言貴賤，一言死生。『榮辱』句應貴賤，『精神』句應死生。若全就甯子言，則詩義薄矣。」

其七十五

梁東有芳草，一朝再三榮。色容艷姿美，光華耀傾城㈠。豈爲明哲士，妖蠱諂媚生㈡。輕薄在一時，安知百世名。路端便娟子，但恐日月傾。焉見冥靈木，悠悠竟無形㈢。

箋注

㈠《爾雅·釋地》：「隄謂之梁。」《説文》：「梁，水橋也。」黄節引《爾雅》曰：「木謂之華，草謂之榮。」傾城，見其二注。

㈡黄節又引《毛詩》（《大雅·蕩之什·烝民》）曰：「既明且哲，以保其身。」《爾雅·釋言》：「哲，智也。」楊子《方言》：「哲，知也。」黄節曰：「《左氏傳》曰：『子産曰：「在周易，女惑男，謂之蠱。」』張衡《西京賦》曰：『妖蠱艷夫夏姬。』李善曰：『蠱音古。』蔣師爚曰：『五臣「蠱」讀冶。馬融《廣成頌》：「田開古蠱。」章懷注：「用《晏子春秋》田開疆、古冶子事。」《太平廣記》引《易》「冶容誨淫」之冶作蠱。』」

㈢輕薄，見其十。黄節引《楚辭·大招》王逸注曰：「便娟，好貌也。」又引《莊子·逍遥遊篇》曰：「楚之南有冥靈者，以五百歲爲春，五百歲爲秋。」並引《釋文》曰：「李頤云：『冥靈，木名也。江南生。以葉生爲春，葉落爲秋。此木以二千歲爲一年。』」又引《淮南子》曰：「夫無形者，物之大祖也。」

集評

黄侃曰：「妖蠱，笑明哲之圖名而自甘佚樂，於生理誠得矣，其若終於灰滅何！必若冥靈長壽，乃後爲得也。」

黃節曰：「《易林》曰：『文山紫芝，雍、梁朱草。』阮詩用『梁』字皆借言魏，屢見上文。《離騷》曰：『何昔日之芳草兮，今直爲此蕭艾也！』王逸注曰：『言往昔芬芳之草，今皆直爲蕭艾而已。以言往日明智之士，今皆佯愚狂惑不顧也。』節案：《晉書・王祥傳》：『琅玡臨沂人。』即今山東沂州，在魏之東，故曰梁東。」又曰：「此詩前人無釋之者。起六句即用《離騷》『芳草』、『蕭艾』意。『一朝三榮』必有所指，或即王祥之流歟？《晉書・王祥傳》曰：『漢末遭亂，祥避地廬江，隱居三十餘年，不應州郡之命。後舉秀才，除温令，累遷大司農。高貴鄉公即位，封關内侯，拜光禄勳，轉司隸校尉，遷太常，封萬歲亭侯。天子幸太學，命祥爲三老，祥南面几杖，以師道自居。高貴鄉公既被弑，頃之，拜司空，轉太尉，加侍中。』祥有清達之名，不能忠魏而委曲於時，嗣宗疾之，此詩所由作歟？『便娟子』，阮以自況，而歎輕薄者之見不及此也。王闓運以爲指賈充諸人汲汲禪代，不知己之獨有千秋，則是以芳草比賈充等，恐非阮旨。」

其七十六

秋范陳本、陳德文本、劉成德本作税。駕安可學，東野窮路旁㈠。綸范陳本誤作輪。深魚淵潛，《看詩隨録》二字倒置。矰設鳥高翔。汎汎乘輕舟，演漾靡所望㈡。吹噓誰以益？江湖相捐《漢魏詩紀》誤作損。忘㈢。都治難爲顔，修容是我常。兹年在松喬，恍惚誠未央㈣。

箋注

〔一〕《淮南子・道應訓》：「尹需學御三年而無得焉，私自苦痛，常寢想之，中夜夢受秋駕於師。明日往朝，師望之，謂之曰：『吾非愛道於子也，恐子不可與也。今日將教子以秋駕。』尹需反走北面再拜曰：『臣有天幸！今夕固夢受之。』故老子曰：『致虛極，守静篤，万物並作，吾以觀其復也。』」注：「秋駕，善御之術。」梅鼎祚本注：「秋駕作稅駕者誤。」《詩紀》、《漢魏詩紀》、及朴本注引《莊子》逸篇，文較《淮南》爲簡。《漢魏詩紀》並引司馬彪曰：「秋駕，法駕也。」蔣師爚引《文選・魏都賦》：「備法駕，理秋術。」蔣師爚曰：「今本《莊子》逸。《漢書・禮樂志》曰：『飛龍秋，遊上天。』《蘇林》曰：『秋，飛貌也。』師古曰：『莊子有秋駕之法者，亦言駕馬騰驤秋秋然也。』」黄節引《韓詩外傳》曰：「顔淵侍坐魯定公於臺，東野畢御馬於臺下，定公曰：『善哉！東野畢之御也。』顔淵曰：『善則善矣。其馬將佚。』定公不悦。顔淵退。俄而廄人以東野畢馬敗聞矣。公趨駕召顔淵，顔淵至，定公曰：『不識吾子以何知之？』顔淵曰：『臣以政知之。昔者舜工於使人，造父工於使馬。舜不窮其民，造父不極其馬，是以舜無佚民，造父無佚馬。今東野畢之御，歷險致遠，馬力殫矣，然猶策之不已；所以知佚也。獸窮則齧，鳥窮則啄，人窮則詐。自古及今，窮其下能不危者，未之有也。』」

〔二〕黄節引《毛詩》（《小雅・魚藻之什・采緑》）毛傳曰：「綸，釣繳也。」又引《周禮・夏官》（《司弓矢》）曰：「矰矢用諸弋射。」並引注曰：「矰，高也，可以弋飛鳥。」又引《毛詩》（《邶風・柏舟》）毛傳曰：「汎汎，流貌。」蔣師爚引《説文》曰：「演，長流也。」「漾，水貌。」聞人倓曰：「演漾，水流而動貌。」黄節曰：「『演』疑『潢』之誤。司馬相如《上林賦》曰：『灝溔潢漾。』《楚辭・九辯》曰：『然潢洋而不可帶。』《論衡》曰：『瀇洋無涯。』潢漾、瀇洋皆與潢漾同義，亦同爲疊韻字。

『靡所望』猶『無涯』也。若作演漾，則雙聲字。」

㊂蔣師爚引《玉篇》聲類：「出氣急曰吹，緩曰噓。」黄節曰：「吹噓疑吹呴。《老子》：『或噓或吹。』河上公『噓』作『呴』，《玉篇》引《老子》亦作呴。」黄節引《説文》曰：「誰，何也。」又引《漢書·劉向傳》注曰：「以，由也。」《説文》：「捐，棄也。」黄節引《莊子·大宗師篇》曰：「泉涸，魚相處於陸，相呴以濕，相濡以沫，不如相忘於江湖。」並引注曰：「與其不足而相愛，豈若有餘而相忘。」

㊃都、冶見其二十七注。黄節引《大戴禮》曰：「火滅修容，慎戒必恭，恭則壽。」黄節曰：「《漢書·揚雄解嘲》曰：『歷覽者兹年矣，而殊不寤。』師古曰：『兹，益也。兹年，言其久也。』宋祁曰：『兹字當從水旁。』」蔣師爚曰：「『兹年在松喬』，『在』謂置之也。」松喬，見其五十注。黄節引《淮南·原道訓》注曰：「怳惚，無形貌也。」蔣師爚曰：「《毛詩》（《小雅·鴻雁之什·庭燎》）曰：『夜未央。』《釋文》曰：『央，《説文》云：「久也，已也。」』今《説文》失載。」

集評

黄節引朱嘉徵曰：「歎道喪也。夫道生象，象生而法以立矣。若道之既亡，法安所附而立？老、莊故以禮爲僞首，法爲盜竽，不如兩相忘而化於道。」

方東樹曰：「……言東野不解御之深理而妄言能學秋駕，故以致敗。以喻人不知道術而游於世，遂妄致殃悔。……能不以身輕入，則可以保生而年比松喬也。……叔夜贈二郭意亦同。中散以龍性被誅，阮公爲司馬所保，其迹不同而人品無異。以詩論之，似嵇不如阮耳。」黄節又引方東樹曰：「起二句往復開合作一段，『綸深』二句，橫空盤

硬，先言不輕以身入世，『汎汎』四句衍承之，正喻夾行。『都冶』以下乃入正意。……此詩意接而語不接。」

黄節引曾國藩曰：「『秋駕』二句，言有才者終致蹉跌。」

黄侃曰：「智計不能終用，唯有循常。江海之魚，不羨呴沫。慎戒容止，不在都妍。所異於常理而恍惚難知者，獨松喬耳。自此以往，亦疇能出於恒理之外哉？」

黄節曰：「案『魚鳥』二句，蓋用《莊子・大宗師篇》『且汝夢爲鳥而厲乎天，夢爲魚而没於淵』意。郭注曰：『言無往而不自得也。』」

其七十七

咄嗟行至老，二字成書本作「將至」。僶俛常苦憂㈠。臨川羨洪波，同始異支《六朝詩集》作枝。流。百年何足言，曾國藩《十八家詩鈔》、吴汝綸《古詩選》作憂。但苦曾、吴作恐。怨與讎。讎怨者誰子？耳目還相羞。聲色爲胡越，人情自逼遒㈡。招彼玄通士，去來歸羨游㈢。

箋注

㈠咄嗟，見其七十四注。黄節曰：「《毛詩》（《邶風・谷風》）曰：『黽勉同心。』《釋文》曰：『黽本亦作僶。（黽勉猶勉勉也。）』《爾雅》作蠠没，《釋文》曰：『蠠没，勉也。』」

㈡臨川，參見其三十二注。羞，《廣韻》：「進也。」又「恥也。」黄節引《淮南子》曰：「夫目察秋毫之末而耳不聞雷霆之

音，耳調金石之聲而目不見泰山之高。」又引《淮南子》曰：「自其異者視之，肝胆胡越。」黃節曰：「《楚辭・招魂》曰：『分曹並進，遒相迫些。』王逸注曰：『遒亦迫也。』迫、逼義通。《廣韻》曰：『逼，迫也。』」

㈢黃節引《老子》曰：「古之善爲士者，微妙玄通，深不可識。」曾國藩曰：「末句疑有誤字。」吴汝綸曰：「『羨』與『衍』通借，羨游猶云游衍。」黃節曰：「『去來歸羨游』，謂往來游衍也。劉淇曰：『歸，終竟之辭也。』羨與衍通。《毛詩》《大雅・生民之什・板》曰：『及爾游衍。』《毛傳》曰：『游，行。衍，溢也。』鄭箋曰：『往來游溢相從。』陸氏《釋文》曰：『羨，餘戰反。溢也。一音延善反。本或作衍。』則陸氏所見本爲游羨。」

集評

蔣師爚曰：「《晉書・石崇傳》：趙王倫專權，崇甥歐陽建與倫有隙。崇有伎曰緑珠，孫秀求之，崇不許。秀勸倫誅崇、建，遂矯詔收崇、建等赴東市，被害死。詩蓋刺其事。……崇死年五十二。『咄嗟至老』，誚其死於安樂，祇如頃刻間事。『僶俛』『苦憂』謂秀自小吏仕至顯宦。」

黃節引曾國藩曰：「此首謂死不足憂，但恐有平生親好迫之，死於非命。『同始異支流』，謂少年相好之人中道異趣也。讐怨非他，乃平生親暱，朝夕聞見之人，一旦異趣，談笑之際，睇睞之間，已成胡越。此有憂生之歎矣。」

黃侃曰：「死生非所慮，而怨讐難預防。親若耳目，尚成胡越，其體亦何足賴哉！」

黃節曰：「蔣師爚以此詩爲刺趙王倫殺石崇事，無論附會無理，即以年月考之，亦相去太遠。嗣宗卒於魏元帝景元四年，而石崇事在晉惠帝永康元年，中間相距凡三十九年，安得有此？蔣氏可謂失考之甚矣。此與其五十七詩謂有所不足於鄭沖，同一謬誤，失於附會而不自知。讀阮詩者所宜以之爲戒也。」

其七十八

昔有神僊士，乃處射山阿。乘雲御飛龍，嘘噏嘰瓊華㊀。可聞不可見，慷慨歎咨嗟㊁。自傷非疇《詩紀》及張燮本作壽。類，愁苦來相加。下學而上達，《六朝詩集》作進。忽忽將如何㊂！此句范陳本、劉成德本作「忽將如何誇」。

箋注

㊀射山、乘雲、御龍，均見其二十三注。《楚辭·山鬼》：「若有人兮山之阿。」注：「阿，曲隅也。」蔣師爚引《説文》曰：「嘘，吹也。」黄節引《莊子》曰：「風起北方，一西一東，有上彷徨。孰嘘吸是，孰居無事而披拂是。」噏同吸。蔣師爚引《説文》曰：「嘰，小食也。」黄節引司馬相如《大人賦》曰：「呼吸沆瀣兮餐朝霞，咀噍芝英兮嘰瓊華。」並引張揖注曰：「嘰，食也。瓊樹生崑崙西流沙濱，大三百圍，高萬仞。華，蘂也。食之長生。」

㊁慷慨，見其三十九注。黄節曰：「『歎咨嗟』與其十三詩同。此用字法蓋本《爾雅》，如：蠱、謟、貳，皆疑也，鬱、陶、繇，皆喜也。《釋詁》曰：『嗟，咨嗟也。』邢昺疏曰：『皆歎也。』此詩『歎』即咨嗟也，『咨嗟』即歎也。合三字言之，猶《毛詩·邶風·終風》『謔浪笑傲』，皆戲謔也，而合四字言之，同一例。」

㊂《尚書·洪範》傳：「疇，類也。」《戰國策》：「今髠，賢者之疇也。」注：「疇，類也。」黄節引《論語》（《憲問章》）曰：「下學而上達，知我者其天乎！」

集評

黄節引蔣師爚曰：「按嗣宗於蘇門山遇孫登，與商略終古及棲神導氣之術，登皆不應。歸著《大人先生傳》。其五十八詩及此詩所由作也。（此蓋追憶之。）」

黄節引曾國藩曰：「『終身履冰』，『下學上達』，皆嗣宗吃緊爲人處。」

黄節引王闓運曰：「『下學而上達』是歇後語，言知我其天也。」（黄節附記：凡予所采王闓運之説，皆得之湘潭周大烈氏所藏王氏手批原本。）

黄侃曰：「『下學而上達』，言學神僊之事。『忽忽將如何』者，本命不相待，所以愁苦難禁，自傷非類也。」

其七十九

林中有奇鳥，自言是鳳凰。清朝飲醴泉，日夕栖山岡㊀。高鳴徹九州，延頸望八荒。適逢商風起，羽翼自摧藏㊁。一去崑崙西，何時復迴翔！但恨處非位，從范陳本、陳德文本、劉成德本、《詩紀》、《漢魏詩紀》、《漢魏詩乘》、《詩所》、《六朝詩集》、梅鼎祚本、及朴本、張燮本。他本作立。曾國藩曰：「『處非立』三字疑有誤。」黄侃曰：「『處非立』當作『處非位』，字之誤也。」愴悢《看詩隨録》、《八代詩選》作恨。使心傷㊂。

箋注

㊀鳳凰，見其四十三注。《爾雅·釋四時》：「甘雨時降，萬物多嘉，謂之醴泉。」《廣韻》：「醴泉，美泉也。狀如醴酒，可

養老。」黄節引《毛詩》(《大雅・生民之什・卷阿》)曰：「鳳凰鳴矣，于彼高岡。」

㈡九州，見其十七注。八荒，見其三十九注。黄節曰：「商風，秋風也。」見其九注。摧，《增韻》：「挫也，抑也。」

㈢黄節引《山海經》曰：「海内崑崙之虚在西北，帝之下都。」又引《楚辭・九辯》曰：「愴怳懭悢兮去故而就新。」

集評

黄節引陳祚明曰：「可知遠引之懷，特爲處非其位，度無所濟，惟可潔身。」

又引沈德潛曰：「鳳凰本以鳴國家之盛，今九州、八荒無可展翅，而遠之崑崙之西，於潔身之道得矣，其如處非其位何！所以愴然心傷也。」

蔣師爚曰：「此蓋爲山濤作。《晉書》濤傳：『少有器重，介然不群。遇阮籍，著忘年之契。鍾會作亂於蜀，文帝西征，謂濤曰：「西偏吾自了之。後事深以委卿。」及武帝受禪，失權臣意，出爲冀州刺史。』」

黄節引曾國藩曰：「鳳凰，本阮公自況也。」

張琦曰：「似係叔夜之辭。」

黄侃曰：「奇若鳳凰，亦有摧藏之歎。」

黄節曰：「『但恨處非位』句，陳祚明以爲：阮公自明因處非其位，所以遠引。沈德潛以爲：雖可遠引，但崑崙之西非鳳凰所處，所以心傷。兩説不同。陳説非位就未遠引時言，沈説非位就已遠引後言。陳説與其四十五詩『幽蘭不可佩，朱草爲誰榮』意有合，沈説則與其三十五詩『天階路殊絶，雲漢邈無梁』意有合，故並存之。至蔣師爚謂《晉書・山濤傳》『武帝受禪，濤失權臣意，出爲冀州刺史』，此詩蓋爲濤作。考濤事在阮公卒後，安得有此？蔣氏之

失，與所論五十七、七十七兩詩同。」

其八十

出門望佳人，佳人豈在兹？三山招松喬，萬世誰與期㈠？存亡范陳本、陳德文本、劉成德本作日。《詩紀》、《漢魏詩紀》、《詩所》、梅鼎祚本、及朴本注：「一作日。」有長短，慷慨將焉知？忽忽朝日隤，行行將何之？不見季《漢魏六朝百三家集》作入。秋草，摧折在今時㈡。

箋注

㈠三山，見其二十四注。松喬，見其五十注。《書・大禹謨》注：「期猶要也。」《莊子・寓言篇》注：「期，待也。」《玉篇》：「期，契約也。」

㈡慷慨，見其三十九注。隤，《説文》：「下墜也。」揚雄《河東賦》注：「隤，降也。」摧，見上首注。

集評

黄節引陳祚明曰：「『摧折在今兹』亦同『日夕見欺』之慮。」

蔣師爚曰：「『存亡有長短』本屈原《卜居》『尺有所短，寸有所長』之義，謂存者未必長，亡者未必短。……此『有』字從深心人看出，忼慨便涉淺。」黄節又引蔣師爚曰：「『忽忽朝日隤』喻曹氏享國不永也。」《三國志・曹爽傳》注：「《魏氏春秋》：『桓範曰：「曹子丹佳人。」』」

黄節引曾國藩曰：「望佳人而不見，招松喬而不來，將抱孤芳而長逝耳。」

黄侃曰：「佳人既不可見，松喬復不可期，唯有伊鬱以殁；悲傷之至也。」

黄節曰：《三國志·曹爽傳》裴松之注引《魏氏春秋》曰：『爽既罷兵，曰：「我不失作富家翁。」桓範哭曰：「曹子丹佳人，生汝兄弟，犢耳！何圖今日坐汝等族滅矣！」子丹，曹真字也。』《晉書》阮籍本傳曰：『曹爽輔政，召爲參軍，籍因以疾辭，屏於田里。歲餘而爽誅。』此詩蓋悲曹爽之見誅，己雖屏居而不能與松喬逃世也。『存亡有長短，慷慨將焉知』，長短，謂長短術也。《漢書·張湯傳》注：師古曰：『短長術興於六國時，長短其語隱謬，用相激怒也。』張晏曰：『蘇秦、張儀之謀，趣彼爲短，歸此爲長。《戰國策》名長短術也。』《曹爽傳》曰：『範説爽使車駕幸許昌，招外兵，爽兄弟猶豫未決，範重謂羲曰：「當今日，卿門户求貧賤復可得乎？且匹夫持質一人，尚欲望活，今卿與天子相隨，令於天下，誰敢不應者？」羲猶不能納。』此詩所謂長短也，言圖存於亡，自有策在，惜範之慷慨陳辭，而爽不足以知之耳。」

其八十一

昔有神僊者，羨門及松喬。噏習九陽間，升遐范陳本、劉成德本注：「一作選。」《漢魏百三名家集》作近。嘰雲霄㊀。人生樂長久，百年《十八家詩鈔》作世。自言遼㊁。白日隕隅谷，一夕不再朝。豈張燮本作今。若遺世物，登明蔣師爚注：「當作時。」遂飄颻㊂。

箋注

㊀羨門，見其十五注。松喬，見其五十注。黄節曰：「噏同吸，賈誼《旱雲賦》曰：『陽風吸習而熇熇。』又本作翕，王延壽《魯靈光殿賦》曰：『祥風翕習以颯灑。』李善注曰：『翕習，盛貌。』」黄節引《説文》：「遐，遠也。」黄節引《楚辭·遠游》曰：「朝濯髮於湯谷兮，夕晞余身兮九陽。」並引王逸注：「九陽謂天地之涯也。」《楚辭·遠游》：「集重陽，入帝宫。」注：「積陽爲天，天有九重，故曰重陽。」《書·太甲》：「若陟遐必自邇。」《爾雅·釋詁》：「陟，陞也。」嘰，見其七十八注。

㊁黄節引王引之《經傳釋詞》曰：「言，語辭。」又引《説文》曰：「遼，遠也。」此處之「言」字當非語辭，蓋謂人生不過百年而自云長久而樂之。

㊂黄節引《列子》曰：「夸父不量力，欲追日影，逐之於隅谷之際。」蔣師爚曰：「『登明』之『明』當是『時』之誤。《三國志·管輅傳》注：『登時之驗。』王嘉《拾遺記》：『使者令猛獸發聲，帝登時顛蹶掩耳。』」黄節引《淮南子》曰：「日出於暘谷，浴於咸池，拂於扶桑，是謂晨明。登於扶桑之上，爰始將行，是謂朏明。」又引張衡《思玄賦》曰：「超踰騰躍絶世俗，飄飄神舉逞所欲。」

集評

黄節引蔣師爚曰：「『白日』一韻，即上首所謂『忽忽朝日隤』也（故以游僊作結）。」

其八十二陳德文本以「幽蘭不可佩」一首作其八十二

墓前范陳本、陳德文本、劉成德本作在。熒熒者，木槿耀《六朝詩集》作濯。朱華。榮好未終朝，連從范陣本、陳德文本、劉成德本、《詩紀》、《漢魏詩紀》、《漢魏詩乘》、《詩所》、《六朝詩集》、《二十五家詩録》、梅鼎祚本、及朴本、張燮本。他本誤作車。飇隕其葩㈠。豈若西范陳本、陳德文本作栖。山草，琅玕與丹禾。垂影臨增范陳本、陳德文本、劉成德本作層。城，餘光照九阿㈡。寧微《八代詩選》作惟。少年子，日夕劉成德本、《漢魏詩紀》、《詩所》、《六朝詩集》、《古詩類苑》、及朴本、張燮本作久。難黄節曰：「難，疑歎之譌。『歎咨嗟』見其七十八詩注。」咨嗟㈢。

箋注

㈠熒熒，見其十八注。墓前、木槿，見其七十一「木槿榮丘墓」，並參見其五十三注。黄節引《禮記·月令》曰：「仲夏木槿榮。」《淮南子·時則訓》：「仲夏之月……木槿榮。」注：「木槿朝榮暮落。樹高五六尺，其葉與安石榴相似也。」黄節曰：「《爾雅》曰：『扶搖謂之猋。』郭璞注曰：『暴風從下上。』連飇猶《毛詩》所云：『終風且曀，不日有曀』也。」葩，《説文》：「華也。」

㈡黄節引《山海經·西山經》曰：「槐江之山，其上多青雄黄，多藏琅玕，其陽多丹粟。」增城，見其四十五注。蔣師爚

曰：「《爾雅》：『大陵曰阿。』九阿，謂光所照者非一處，猶《禮記・檀弓》所謂『九京』也。」黃節曰：「《穆天子傳》曰：『天子西征，升九阿。』郭璞注曰：『疑今西安縣十里九阪也。』」

㊂黃節曰：「寧（通甯），猶豈也。」蔣師爚引《禮記・檀弓》注：「微猶無也。」歎咨嗟，見其七十八注。

集評

曾國藩曰：「此與四十四首、七十一首語意重複，別無精義，疑亦後人附益之也。」

黃侃曰：「豈無年少之人，而日久終可嗟歎。自非琅玕、丹禾，亦焉能與天地齊壽乎？」

黃節曰：「此首與其四十四、其七十一辭意略同。」

採薪者歌

《太平御覽》卷五百七十一樂部九歌二：《魏氏春秋》曰：「（阮）籍少時嘗游蘇門山，有隱者，籍對之長嘯，蘇門生逌爾而笑。籍既降，蘇門先生亦嘯，若鸞鳳之音。乃假蘇門先生之論以寄所懷，歌曰（云云）。又歌曰（云云）。」《詩紀》、《漢魏詩紀》、梅鼎祚本並下《大人先生歌》題作「歌二首」，注：「見《大人先生傳》。拾遺作『寄懷歌』。」朱嘉徵《樂府廣序》卷二十八魏歌詩引袁淑真隱傳：「蘇門先生嘗行，見采薪於阜者，先生歎曰：『汝將以是終乎？哀哉！』薪者曰：『以是終者我也，不以是終者我也。』因歌二章，莫知所往。」

日没不周西，《大人先生傳》作方。月出丹淵中㊀。陽精蔽不見，陰光代《大人先生傳》作大。爲

雄。亭亭在須臾，自此句起至「往來如飄風」《御覽》無。奄奄《漢魏詩乘》作「厭厭」。將復隆。《大人先生傳》作東。離合雲霧兮，往來如飄風。富貴俯仰間，貧賤何必終。《御覽》引至此句止。留侯起亡虜，威武赫荒夷。《大人先生傳》作「夷荒」。邵《大人先生傳》作召。平封東陵，丁輯本下有兮字，注：「或無兮字。」一旦爲布衣。枝葉托根柢，死生同盛衰。得志從命升，失勢與時隤。寒暑代征邁，丁輯本下有兮字，注：「或無兮字。」變化更相摧。禍福無常朱嘉徵引作嘗。主，何憂身無歸。推兹由斯道，《漢魏詩紀》、《漢魏詩乘》此字闕。梅鼎祚本、《詩雋類函》作理。丁輯本注：「《樂苑》無理字，但云：『斯下有闕。』」負薪又何哀。

箋注

〔一〕《淮南子·墬形訓》：「八紘之外乃有八極，……西北方曰不周之山，曰幽都之門。」又曰：「丹水出高褚。」許注：「高褚一名冢領山，在京兆上雒，丹水所出，東至均入沔也。」屈原《離騷》：「路不周以左轉兮。」《白虎通》：「西北曰不周風。不周者，不交也，言陰未合化也。」《淮南子·天文訓》：「帝怒而觸不周之山。」許注：「不周山在西北也。」《山海經·西山經》：「西次三經之首曰崇吾之山……西北三百里曰長沙之山……又西北三百七十里曰不周之山。」注：「此山形有缺不周匝處，固名云。西北不周風自此山出。」

集評

朱嘉徵曰：「《採薪者歌》，步兵達觀時變也。與大曲滿歌行同調。」又曰：「嗣宗發言玄遠，不及世務，類此。」

《詩雋腹腴》載孫克依（不庵）評云：「魏未滅，而一時事魏之臣皆惟知有司馬氏，雖賢如羊祜、王祥猶且不免，人亦習而不之責，蓋明於『枝葉托根柢，死生同盛衰』之義者希矣。」

大人先生歌

天地解兮六合開，星辰隕兮日月頽，我騰而上將何懷！

集評

鍾惺云：「尊稱中藏嘲謔。」

朱嘉徵《樂府廣序》卷二十八魏歌詩：「右載《古樂苑》。」又序曰：「余誦《大人先生歌》，爲之歎曰：憂時君子履時悼道，豈不殆哉！其有河清、美人之思乎！」

陳祚明曰：「是知放志沉冥，本戚世亂。曰『將何懷』，正有不能已於懷者也。」

附録

一、阮籍集主要版本序跋

刻阮嗣宗詩序

〔明〕李夢陽

夫《三百篇》雖逖絶，然作者猶取諸漢魏。予觀魏詩，嗣宗冠焉。何則？混淪之音，視諸鏤雕奉心者倫也。顧知者稀寡，效亦鮮焉。鍾參軍曰：「嗣宗《詠懷》之作，洋洋乎會於風雅，使人忘其鄙近。」斯爲不佞矣。顔延年注，今莫可考見，然予觀陳子昂《感遇》詩，差爲近之，唐音渢渢乎開源矣。及李白爲古風，咸祖籍詞。宋人究原作者，顧陳、李焉極？豈其未睹籍作邪？孰謂天下有鍾期哉！今以故所抄籍《詠懷》詩八十篇刊諸此，譌缺姑仍之，俟知者校焉。

阮嗣宗文集序

〔明〕靳於中

英雄適弗逢世，而寄興娱心，垂空文以自見，庸衆駭焉，弔古者所深契賞也。尉雖無腆，抑諺曰蕞爾國，當魏晉之際，有命世大賢阮嗣宗先生。先生玄室在邑東南隅五十里，余每過未嘗不撫乘躊躇。及與先生裔孫太冲游，見其高曠拔俗有祖風，則心益嚮慕先生之著述，而實未寓目全書。天啟壬戌，河間及侯

涖尉，首揆文教，越明年政成，梓先生遺文四卷。余受而卒業，愾然嘆曰：「邑有至人至文在邇，奚必別求聖哲乎？」至人者，不侔於人而師友造化；至文者，無心於文而抒寫胸懷，乃足述也。耳食者不解，輒以洒狂目之，烏知先生！孔子論詩至「正月」之六章，懼然曰：「不逢時之君子，豈不殆哉！從上依世則廢道，違上離俗則危身。」嗚呼！先生處毋妄之世，值毋妄之人，卒遠害全軀，如鍾山崑崙之玉，炊鑪炭三日夜而色渾不變，此豈無所挾持能然乎？余嘗横覽古今，評先生其逍遥似蒙叟，其韜晦似子房，其詠達似方朔，其真率似淵明，而生平出處心迹尤肖楚靈均。唯是靈均憤世之皆醉己獨醒，先生憤世之不醒己獨醉。醒者愁愁，故以上官爲怪鳥而湛魚腹，醉者忘忘，故以司馬爲海鷗而遂鴻冥，要其憂君爲國之心則一爾。且靈均以憂思發之《離騷》，先生以天籟鳴之詩賦，其皭然並揭日月而行也，又奚以異！故至人至文誠非耳食者所解也。然侯置高文典册弗録，乃獨梓先生之集何也？蓋先生非文士可概也。登武牢，望京邑而嘆，登廣武，笑竪子成名，其英雄猶略可睹矣。間者東夷内訌，暴骨如莽，竟無人窺龍足而廓清者。令起先生秉鉞薄伐，何渠不能焚老上略之龍庭哉！此或侯梓先生之集之意也。天啟三年秋七月，邑子靳於中題。

叙

〔明〕及　朴

尉氏故稱三賢里，有七賢祠。三賢者，尉繚、蔡伯喈邕、阮嗣宗籍也。雍丘每與尉氏爭：「吾邑伯

喈，汝安得攘而有之？」考漢、晉往牒，如諸阮書陳留尉氏，伯喈書陳留圉，漢尉氏令而圉長也，不可設也。尉氏之蔡相鄉蔡相公墓無確據，亦爭之雍丘：「以邑東圉村，村去邑二十餘里，不應設長，太邇。」而故圉城實在，昔雍丘今杞，當伯喈坳時，東郡陳留家繪像以祀，何必篤生斯乃光？竊謂直還之杞可。鄉先生及庠士言敝邑屢欲梓三賢集備文獻，而卒莫之舉也。於是不佞姑舍中郎，先梓尉繚子、阮嗣宗集。向不佞最嗜嗣宗《詠懷》詩，因取賦、論、雜文，購諸本參訂之，而必不可意訂者亦不尠，故嗣宗集又先梓。梓成，識其端曰：

古今人知嗣宗酒十九，知嗣宗詩十三，俗翁孺喜傳酒，非學士輩不傳詩也，乃未有深知其文者。滄桑湮其集，帝虎謬其辭，讀不數行欲思卧已。不佞字櫛句耨，甚則逆志略詞，再三諷味，然後知其論《易》深《易》，論《莊》深《莊》，論《樂》深《樂》，至賦稟於《騷》，詩又《騷》之餘爾。夫人豈有淹邃於《老》、《易》、《莊》、《騷》而泄爲聲歌，猶不夷曠要渺，惚恍蹥蹙，復可方物此度者乎？大都際蹇之君子，非盡不學殖，而殖不盡如之，故迮會舞才，憑憤奮舌，曾不諦否泰之遘，衷元儉之義，詟羌遜之宜，以身貽戮，爲人所憐，而適足喪英雄之氣，堅鋤滁之謀，毫無補於人國。蓋《易》尊時義，《老》忌居先，《騷》惋蘭菉同稟，嗣宗圖迴所處，不啻三折肱矣。昔元瑜避操，操焚林出山，迨記謝蔣濟，逢怒乃就。斯其家庭事，安知父子不嘗恨此？且慎稱己可逃死，所思事任見及，步兵校尉，東平相，皆是念也。禮法士不希嘗而佐饔乎。惟胸有《老》、《易》、《莊》、《騷》而後能澆以酒，並使人意消。綜博之用而概之乎茗艼無能

爲，始軒然曰：大人先生不必穴居蘇門山矣，然猶不廢論著，豈慮終蒙酒人之目，而留微言待玄賞邪？故達不足盡嗣宗。嗣宗墓巋然東偏五十里而遥，并祠芳樽之友稱七賢祠云。唐正字李京碑，其變化莫究，救護多門，嘻！斯正《老》、《易》、《莊》、《騷》流爲肹蠻，豈啻泯肅將，精志自取者也。惟是諸君吾子，伉爽通倪，饒林下風，幸生明盛，不必有迴撓匿遠之慮。請學其學，詩其詩，文其文，而不必酒其酒。必酒其酒，嗣宗固勑仲容預此，則知初不以酒訓也。天啟癸亥孟秋既望，尉氏令交河及朴譔。

阮嗣宗集叙

〔明〕許可徵

友人阮太沖氏嘗謂余：漢末名士如孔文舉、禰正平，徒以口舌殺身而無實益於人家國，可謂枉卻一死；徐元直爲母留操，然終身不發一謀，非不能死，知死亦無濟漢事。余即謂太沖：君家嗣宗亦然。史言籍本有濟世志，屬天下多故，名士少全，由是不與世事，酣飲爲常。及登廣武，何復嘆世無英雄也？倏東平，倏校尉，壚側可眠，求婚不得，若直若詘，若遠若近，醉中智數，不可卜度如此，斯豈文舉、正平一流人耶？目覩蹶生，隻手難障，故兵誅而死，舌誅而死，皆有所不用也。勸箋云：「大魏之德，光於唐虞；明公盛勳，超於桓文。然後臨滄洲而謝支伯，登箕山以揖許由。」不亦巧於諷乎？信如斯言，豈非伊尹之寵利不居，姬公之東山避謗，正恨奸雄之不蟬蛻耳。操嘗下令，明無異志，但兵權不能遞釋，夫亦知必不見容天下，所患不獨功名。無所不至之情，師、昭亦猶是也。《易》：「開國承家，小人

勿用。」用卓、操者誰哉？漢無宦寺、黄巾之亂，卓一涼州牧，操一城門校尉，何能爲？而俾睥睨社稷，殄滅忠賢，必有分任其咎者。若奸雄方自愛其死，而忠賢輩或勢位才術不能杜其萌，或疏庸輕誕不能遏其隄，即云嚴氣正性，覆折而已。故桓擢肥遯，識幹居先，意氣居後。處亢而潛，知白而黑，非嗣宗吾誰與歸！邑大夫滏陽及公，最嗜嗣宗文詞，爲刻置邑齋，遂補吾邑千餘年缺事。太沖則嗣宗裔孫，衣冠南渡後，爲蓬池一抔土，自都門徙來。頃後卜隱太䰀，絶勢利如羶脂，覺嗣宗猶多一青白眼及騎驢詣郡等事，因並論之。天啟甲子春仲。

增定阮步兵集序

〔明〕張　燮

阮嗣宗疏狂絶俗，而顔延年目之曰「識密鑒亦洞」，此深知嗣宗者。《大人先生傳》陋蝨幝中，是其有託以自放焉，未便本趣所都也。愛土風而賦東平，不過求出户限外耳。《詠懷》八十二章，拉首陽，拍湘纍，悲繁華，憐夭折，深心轆轤而故作求價語雜之，蓋身不能維世，故逃爲驚世。廣武之嘆，蘇門之嘯，窮途之慟，綜憂樂而横歌哭，夫亦大不得已者乎！論《易》論《樂》，箇中自有爻象，全具音容，初何至與儒林作鯁；獨見夫禮法之士都以勸進爲忠，禪讓爲禮，攀鱗附翼爲智，即何曾、王休徵之屬莫不皆然，故迫而之達庄通老，曰：「禮非我設也。」晉世効顰，無端作達，以爲遠希嵇、阮；彼守其驪黄，遺其駿逸，是惡知天馬哉！余曾作《七賢贊》詳言之，兹因增訂步兵集而更摘餘論以示世人，幸無多仇步兵

也！閩漳張燮識於碩人之園。

二、阮籍傳記資料

晉書阮籍傳

阮籍字嗣宗，陳留尉氏人也㊀。父瑀，魏丞相掾，知名於世㊁。

箋注

㊀陳留尉氏，今河南省尉氏縣。

㊁《三國志·王粲傳》：「始文帝（曹丕）爲五官將，及平原侯植皆好文學。粲與北海徐幹字偉長、廣陵陳琳字孔璋、陳留阮瑀字元瑜、汝南應瑒字德璉、東平劉楨字公幹並見友善。……瑀少受學於蔡邕。建安中，都護曹洪欲使掌書記，瑀終不爲屈。太祖（曹操）並以琳、瑀爲司空軍謀祭酒，管記室。軍國書檄，多琳、瑀所作也。琳徙門下督，瑀爲倉曹掾屬。……瑀以十七年卒。……文帝書與元城令吴質曰：『……元瑜書記翩翩，致足樂也。』」

籍容貌瓌傑，志氣宏放，傲然獨得，任性不羈，而喜怒不形於色。或閉户視書，累月不出；或登臨山水，經日忘歸。博覽群籍，尤好莊、老㊀。嗜酒，能嘯，善彈琴。當其得意，忽忘形骸。時人多謂之癡；惟族兄文業每歎服之，以爲勝己，由是咸共稱異㊁。

箋注

㊀《太平御覽》卷六百十一：「《七賢傳》曰：『阮籍有奇才異質。或閉户讀書，連月不出；或游行丘陵，經日不返。』」《三國志・王粲傳》：「瑀子籍，才藻艷逸而倜儻放蕩，行己寡欲，以莊周爲模則。官至步兵校尉。」

㊁《世説新語・任誕篇》：「王孝伯問王大：『阮籍何如司馬相如？』王大曰：『阮籍胸中壘塊，故須酒澆之。』」劉孝標注：「言阮皆同相如，而飲酒異耳。」《太平御覽》卷四百九十八引王隱《晉書》曰：「魏末，阮籍有才而嗜酒荒放，露頭散髮，裸袒箕踞。作二千石，不治官事，日與伶（劉伶）等共飲酒歌呼。時人或以籍生在魏晉之交，欲佯狂避時，不知籍本性自然也。」《世説新語・賞譽篇》：「王戎目阮文業清倫有鑒識，漢元以來未有此人。」注引《陳留志》曰：「武（阮武字文業），魏末河清太守。族子籍，年總角，未知名，武見而偉之，以爲勝己。知人多此類。」

籍嘗隨叔父至東郡，兖州刺史王昶請與相見，終日不開（一作關，《晉書》作開，當以《晉書》爲正。）一言，自以不能測㊀。太尉蔣濟聞其有儁才而辟之，籍詣都亭奏記曰……。（文見集中，此處不録。）初，濟恐籍不至，得記欣然，遣卒迎之，而籍已去，濟大怒。於是鄉親共喻之，乃就吏。後謝病歸㊁。復爲尚書郎，少時，又以病免。及曹爽輔政，召爲參軍，籍因以疾辭，屏於田里。歲餘而爽誅，時人服其遠識。宣帝爲太傅，命籍爲從事中郎。及帝崩，復爲景帝大司馬從事中郎㊂。高貴鄉公（曹髦）即位，封關内侯，徙散騎常侍㊃。

箋注

㈠《三國志・王粲傳》裴松之注引《魏氏春秋》曰：「兖州刺史王昶請與相見，終日不得與言。昶歎賞之，自以不能測也。」

㈡《昭明文選》李善注引臧榮緒《晉書》曰：「太尉蔣濟聞籍有才儁而淑儻，爲志高，問掾王默，然後辟之。籍詣都亭奏記。初，濟恐籍不至，得記欣然，遣吏卒迎之，而籍已去，濟大怒王默。默懼，與籍書勸説之。於是鄉親共喻，籍乃就吏。後謝病歸。」

㈢《三國志・王粲傳》注引《魏氏春秋》曰：「太尉蔣濟聞而辟之。後爲尚書郎、曹爽參軍，以疾歸田里。歲餘爽誅，太傅及大將軍乃以爲從事中郎。後朝論以其名高，欲顯崇之，籍以世多故，禄仕而已。」《太平御覽》卷二百三十八引《竹林七賢傳》曰：「阮籍字嗣宗，爲太傅司馬宣王參軍，遷景王大將軍從事中郎。」又引《通典》曰：「從事中郎，漢末官也。……在主簿上。所掌與長史同。」

㈣《北堂書鈔》卷五十八引《七賢傳》云：「高貴鄉公以阮籍爲散騎常侍，非其好也。」

籍本有濟世志，屬魏晉之際，天下多故，名士少有全者，籍由是不與世事，遂酣飲爲常㈠。文帝初欲爲武帝求婚於籍，籍醉六十日，不得言而止。鍾會數以時事問之，欲因其可否而致之罪，皆以酣醉獲免。

箋注

㈠《三國志・王粲傳》注引《魏氏春秋》曰：「聞步兵校尉缺，厨多美酒，營人善釀酒，求爲校尉，遂縱酒昏酣，遺落

世事。」

及文帝輔政，籍常從容言於帝曰：「籍平生曾遊東平，樂其風土。」帝大悦，即拜東平相。籍乘驢到郡，壞府舍屏障，使内外相望。法令清簡，旬日而還。帝引爲大將軍從事中郎㈠。

箋注

㈠《世説新語・任誕》注引《文士傳》曰：「籍放誕有傲世情，不樂仕宦。晉文帝親愛籍，恒與談戲，任其所欲，不道以職事。籍常從容曰：『平生曾游東平，樂其土風，願得爲東平太守。』文帝説，從其意。籍便騎驢逕到郡，皆壞府舍諸壁障，使内外相望，然後教令清寧。十餘日便復騎驢去。」《太平御覽》卷九百一引《晉陽秋》曰：「晉文帝恒與阮籍譚戲，任其所欲，不迫以職事。籍從容嘗言曰：『平生曾游東平，樂其土風，願得爲東平太守。』文帝大悦，即從其意。籍便騎驢逕到郡。至皆壞府舍諸壁障，使内外相望。然籍教令清整。常留十餘日，便乘驢去。」漢置東平國，在今山東省東平縣。《太平御覽》卷二百四十八引《漢舊儀》曰：「帝子爲王，王國置太傅、相、中尉各一人，秩二千石，以輔王。」又據《漢書・百官公卿表》：「諸侯王，高帝初置，金璽盭綬，掌治其國。有太傅輔王、内史治國民，中尉掌武職，丞相統衆官。……景帝中五年，令諸侯王不得復治國，天子爲置吏，改丞相曰相。……成帝綏和元年，省内史，更令相治民如郡太守。……」故籍雖爲東平相而實同於郡太守。前引《文上傳》及《晉陽秋》即逕稱爲太守。又李白《贈閭丘宿松》詩云：「阮籍爲太守，乘驢上東平。剖竹十日間，一朝風化清。偶來拂衣去，誰測主人情？」

按：今阮籍集中有《東平賦》一首，極道其風土之惡，則此所言「樂其風土」云云，殆係當時託詞求去。然僅旬日而還，又爲大將軍府從事中郎矣。

有司言有子殺母者，籍曰：「嘻！殺父乃可，至殺母乎？」坐者怪其失言，帝曰：「殺父，天下之極惡，而以爲可乎？」籍曰：「禽獸知母而不知父。殺父，禽獸之類也；殺母，禽獸之不若。」衆乃悦服。

籍聞步兵厨營人善釀，有貯酒三百斛，乃求爲步兵校尉。遺落世事㈠。雖去佐職，恒游府内，朝宴必與焉㈡。會帝讓九錫，公卿將勸進，使籍爲其辭，籍沉醉忘作；臨詣府，使取之，見籍方據案醉眠，使者以告，籍便書案，使寫之，無所改竄。辭甚清壯，爲時所重㈢。

箋注

㈠《世説新語·任誕篇》注引《文士傳》曰：「後聞步兵厨中有酒三百石，忻然求爲校尉，於是入府舍與劉伶酣飲。」又引《七賢論》云：「『籍與伶共飲步兵厨中，並醉而死』，此好事者爲之言。籍景元中卒，而劉伶太始中猶在。」《漢書·百官公卿表》：「步兵校尉掌上林苑門屯兵。……凡八校尉，皆武帝初置。……秩皆二千石。」

㈡《世説新語·簡傲篇》：「晉文王功德盛大，坐席嚴敬，擬於王者。唯阮籍在座，箕踞嘯歌，酣放自若。」

㈢《北堂書鈔》卷一百陳禹謨補注引《東觀漢紀》云：「魏封晉文王爲晉公，加九錫，文王讓不受，公卿將勸進，使阮籍爲其辭，籍沉醉忘作；臨詣府，使取之，見籍方據案醉眠，使者以告，籍便書案，使寫之，無所改竄，辭甚清壯，時人以爲神筆。」《北堂書鈔》卷百三十三補注引《竹林七賢論》曰：「魏封晉文王，王辭，公卿皆當喻旨，司空鄭沖馳使從

阮籍求其文，立待之。籍時在袁孝尼家宿醉，扶而起，書几板爲文，無所治定，乃寫付信。」

籍雖不拘禮教，然發言玄遠，口不臧否人物㈠。性至孝。母終，正與人圍棊，對者求止，籍留與決賭。既而飲酒二斗，舉聲一號，吐血數升。及將葬，食一蒸肫，飲二斗酒，然後臨訣，直言：「窮矣！」舉聲一號，因又吐血數升。毁瘠骨立，殆致滅性㈡。裴楷往弔之，籍散髮箕踞，醉而直視，楷弔唁畢便去。或問楷：「凡弔者，主哭，客乃爲禮。籍既不哭，君何爲哭？」楷曰：「阮籍既方外之士，故不崇禮典。我俗中之士，故以軌儀自居。」時人歎爲兩得㈢。

籍又能爲青白眼，見禮俗之士，以白眼對之。及嵇喜來弔，籍作白眼，喜不懌而退。喜弟康聞之，乃齎酒挾琴造焉，籍大悦，乃見青眼㈣。由是禮法之士疾之若仇，而帝每保護之㈤。

箋注

㈠嵇康《與山巨源絶交書》：「阮嗣宗口不論人過，吾每師之而未能及。至性過人，與物無傷，唯飲酒過差耳。至爲禮法之士所繩，疾之如讎，幸賴大將軍保持之耳。吾以不如嗣宗之賢，而有慢弛之闕……。」《世説新語・德行篇》：「晉文王稱阮嗣宗至慎，每與之言，言皆玄遠，未嘗臧否人物。」注引李康《家誡》曰：「昔嘗侍坐於先帝，時有三長史俱見臨，辭出。上曰：『爲官長當清，當慎，當勤，修此三者，何患不治乎？』並受詔。上顧謂吾等曰：『必不得已而去，於斯三者何先？』或對曰：『清固爲本。』復問吾，吾對曰：『清慎之道，相須而成，必不得已，慎乃爲大。』上曰：『卿言得之矣。可舉近世能慎者誰乎？』吾乃舉故太尉荀景倩，尚書董仲達、僕射王公仲。上曰：『此諸人者，温恭

朝夕，執事有恪，亦各其慎也。然天下之至慎者，其唯阮嗣宗乎！每與之言，言及玄遠，而未嘗評論時事，臧否人物，可謂至慎乎！』」

㈡《三國志・王粲傳》注引《魏氏春秋》曰：「籍曠達不羈，不拘禮俗。性至孝，居喪雖不率常檢，而毀幾至滅性。」《世説新語・任誕篇》：「阮籍當葬母，蒸一肥豚，飲酒二斗，然後臨訣，直言：『窮矣！』都得一號，因吐血，廢頓良久。」注引鄧粲《晉紀》曰：「籍母將死，與人圍棋如故，對者求止，籍不肯，留與決賭。既而飲酒三斗，舉聲一號，嘔血數升，廢頓久之。」

㈢《世説新語・任誕篇》：「阮步兵喪母，裴令公往弔之。阮方醉，散髮坐牀箕踞，不哭。裴至，下席於地哭，弔唁畢便去。或問裴：『凡弔，主人哭，客乃爲禮。阮既不哭，君何爲哭？』裴曰：『阮方外之人，故不崇禮制；我輩俗中人，故以儀軌自居。』時人嘆爲兩得。」注引《名士傳》曰：「阮籍喪親，不率常禮。裴楷往弔之，遇籍方醉，散髮箕踞，旁若無人。楷哭泣盡哀而退，了無異色。其安同異如此。」又引戴逵論之曰：「若裴公之制弔，欲冥外以護内，有達意也，有弘防也。」《太平御覽》卷五六一引《裴楷别傳》曰：「裴楷少知名而風情朗悟。初，陳留阮籍遭母喪，楷弱冠往弔，籍乃離喪位，神志晏然，至乃縱情嘯詠，傍若無人。楷不爲改容，行止自若，遂便率情獨哭，哭畢而退，威容舉動無異。」

㈣《太平御覽》卷五六一引鄧粲《晉紀》曰：「阮籍能爲青白眼，禮俗之士，輒以白眼對之。宗正嵇喜，康之兄也，聞籍喪母，弔焉，籍不哭，見其白眼，喜不懌退。」

㈤《三國志・王粲傳》注引《魏氏春秋》曰：「籍口不論人過，而自然高邁，故爲禮法之士何曾等深所仇疾，大將軍司馬文王常保持之，卒以壽終。」《世説新語・任誕篇》：「阮籍遭母喪，在晉文王坐進酒肉，司隸何曾亦在坐，曰：『明公

方以孝治天下，而阮籍以重喪顯於公坐飲酒食肉，宜流之海外，以正風教。』文王曰：『嗣宗毁頓如此，君不能共憂之，何謂？且有疾而飲酒食肉，固喪禮也。』籍飲噉不輟，神色自若。」注引干寶《晉紀》曰：「何曾嘗謂阮籍曰：『卿恣情任性，敗俗之人也！……』復言之於太祖。籍飲噉不輟。故魏晉之間，有被髪夷傲之事，背死忘生之人，反謂行禮者，籍爲之也。」又引《魏氏春秋》曰：「籍性至孝，居喪雖不率常禮，而毁幾滅性。然爲文俗之士何曾等深所仇疾，大將軍司馬昭愛其通偉而不加害也。」《晉書·何曾傳》：「時步兵校尉阮籍負才放誕，居喪無禮，曾面質籍於文帝座曰：『卿縱情背禮，敗俗之人，今忠賢執政，綜核名實，若卿之曹，不可長也。』因言於帝曰：『公方以孝治天下，而聽阮籍以重哀飲酒食肉於公座，宜擯四裔，無令污染華夏。』帝曰：『此子羸病若此，君不能爲吾忍耶？』曾重引據，辭理甚切。帝雖不從，時人敬憚之。」《晉書·裴頠傳》：「頠深患時俗放蕩，不尊儒術，何晏、阮籍素有高名於世，口談浮虚，不遵禮法，尸禄耽寵，仕不事事；至王衍之徒，聲譽太盛，位高勢重，不以物務自嬰，遂相放效，風教陵遲，乃著崇有之論以釋其蔽曰：……。」

籍嫂嘗歸寧，籍相見與别，或譏之，籍曰：「禮豈爲我設耶㊀？」隣家少婦有美色，當壚沽酒，籍嘗詣飲，醉便卧其側，籍既不自嫌，其夫察之亦不疑也㊁。兵家女有才色，未嫁而死，籍不識其父兄，徑往哭之，盡哀而還㊂。其外坦蕩而内淳至，皆此類也。

箋注

㊀《世説新語·任誕篇》：「阮籍嫂嘗還家，籍見與别，或譏之（原注：「《曲禮》：『嫂叔不通問。』故譏之。」），籍曰：『禮

豈爲我輩設也？」』」

㈡《世説新語·任誕篇》：「阮公隣家婦有美色，當壚沽酒，阮與王安豐常從婦飲酒，阮醉，便眠其婦側，夫始殊疑之，伺察，終無他意。」

㈢《世説新語·任誕篇》注引王隱《晉書》曰：「籍隣家處子有才色，未嫁而卒，籍與無親，生不相識，往哭，盡哀而去。其達而無檢，皆此類也。」

時率意獨駕，不由徑路，車迹所窮，輒慟哭而反㈠。

箋注

㈠《三國志·王粲傳》注引《魏氏春秋》與此同。《太平御覽》卷一九五引《魏氏春秋》，文字小異。

嘗登廣武，觀楚漢戰處㈠，歎曰：「時無英雄，使豎子成名！」登武牢山，望京邑而歎，於是賦《豪傑》詩㈡。

箋注

㈠《三國志·王粲傳》注引《魏氏春秋》，文字小異。廣武，《太平御覽》卷一五八注：「其地在滎陽。」《史記·項羽本紀》：「漢王則引兵渡河，復取成皋，軍廣武，就敖倉食。項王已定東海，來西，與漢俱臨廣武而軍。」孟康曰：「於滎陽築兩城相對，爲廣武，在敖倉西三皇山上。」

㈡武牢，當即虎牢，在今河南氾水縣西北。今《阮籍集》中無《豪傑》詩。

景元四年冬卒，時年五十四㈠。籍能屬文，初不留思。作《詠懷》詩八十餘篇，爲世所重㈡。著《達莊論》，叙無爲之貴。文多不録。

箋注

㈠景元，爲魏陳留王年號。景元四年，爲公元二六三年。

㈡《昭明文選》卷二十三《詠懷》詩李善注引臧榮緒《晉書》曰：「籍屬文，初不苦思，率爾便作。成陳留八十餘篇。」《太平御覽》卷六百二引《魏氏春秋》曰：「阮籍幼有奇才異質，八歲能屬文。性恬静，兀然長嘯，以此終日。」

籍嘗於蘇門山遇孫登，與商略終古及棲神導氣之術，登皆不應，籍因長嘯而退。至半嶺，聞有聲若鸞鳳之音，響乎巖谷，乃登之嘯也。遂歸著《大人先生傳》，其略曰……。文見集中，省略甚多，不録。此亦籍之胸懷本趣也㈠。

箋注

㈠《三國志·王粲傳》注引《魏氏春秋》曰：「籍少時嘗游蘇門山。蘇門山有隱者，莫知名姓，有竹實數斛，臼杵而已。籍從之，與談太古無爲之道，及論五帝三王之義，蘇門生蕭然曾不經聽，籍乃對之長嘯，清韻響亮，蘇門生逌爾而笑。籍既降，蘇門生亦嘯，若鸞鳳之音焉。至是，籍乃假蘇門先生之論以寄所懷，其歌曰……（兩歌均見集中《大人先生傳》，此處不録）。」《晉書·孫登傳》：「孫登字公和，汲郡共人也。無家屬，於郡北山爲土窟居之。……好讀《易》，撫一弦琴，見者皆親樂之。性無恚怒，人或投諸水中，欲觀其怒，登既出，便大笑。……嘗往宜陽山，有作炭人見之，知非常

人，與語，登亦不應。文帝聞之，使阮籍往觀，既見，與語，亦不應。……或謂登以魏、晉去就，易生嫌疑，故或默者也。竟不知所終。」《世説新語·棲逸篇》：「阮步兵嘯聞數百步。蘇門山中忽有真人，樵伐者咸共傳説。阮籍往觀，見其人擁膝岩側，籍登嶺就之，箕踞相對。籍商略終古，上陳黄農玄寂之道，下考三代盛德之美，以問之，仡然不應。復叙有爲之教，棲神導氣之術，以觀之，彼猶如前，凝矚不轉。籍因對之長嘯，良久，乃笑曰：『可更作。』籍復嘯。意盡，退還半嶺許，聞上唒然有聲，如數部鼓吹，林谷傳響；顧看，乃向人嘯也。」注引《竹林七賢論》曰：「籍歸，遂著《大人先生論》，所言皆胸懷間本趣，大意謂先生與己不異也。觀其長嘯相和，亦近乎目擊道存矣。」《太平御覽》卷三九二引《竹林七賢論》較詳。《太平御覽》卷三九二引《文士傳》曰：「嘉平中，汲縣民共入山中，見一人，所居懸岩百仞，叢林鬱茂。」而王隱《晉書》曰：「孫登即阮籍所見者也。嵇康執弟子禮而師焉。魏晉去就易生嫌疑，貴賤並没，故登或默也。」《太平御覽》卷三九二引《孫登别傳》云：「孫登字公和，汲郡共縣人也。清净無爲，其情志悄如也。好讀書彈琴，頹然自得，觀其風神，若游六合之外。當魏末，共處北山中，以石室爲宇，編草自覆。阮嗣宗聞登而往焉，適見公和苫蓋，被髮端坐岩下鼓琴，嗣宗自下趨進。既坐，莫得與言，嗣宗乃嘹嘈長嘯，與琴音諧會雍雍然。登乃逌然而笑，因嘯和之，妙響動林壑，風氣清太玄。」《文海披沙》卷三《嘯旨》：「《嘯旨》一書，不言何人所作。或云永泰中，大理評事孫廣著。其言嘯法甚備，然不可得而傳也。其言西王母以授南極真人，授廣成子，尤爲誕妄不經。既云舜禹之後其法廢矣，乃《流雲篇》又謂聽韓娥之聲而寫之。韓娥，戰國時人，寫者何人也？既云阮籍之後湮滅不聞矣，又云籍傳寫其音，謂之蘇門，今所傳者即是，不知籍後傳之者又何人也？且古人以嘯爲常，非絶藝也。《召南》謂『其嘯也歌』，漆室之女倚柱而嘯，漢成瑨坐嘯，劉越石登樓長嘯，胡賊凄然；劉真（當作劉道真）長嘯，老嫗樂聞，豈可謂舜禹之後直至

孫、阮乎？劉宋時，釋智一善嘯，聲入雲際，謂之哀松之梵；唐時，峨眉陳道士及廬江有重囚皆以善嘯名，陳聲如霹靂，囚上徹雲漢；海外有因霄國善嘯，丈夫聞百里，婦女聞五十里：亦未可謂阮籍之後無其人也。」

子渾，字長成。有父風。少慕通達，不飾小節；籍謂曰：「仲容已豫吾此流，汝不得復爾！」太康中，爲太子庶子㊀。

箋注

㊀《三國志·王粲傳》注引《世語》曰：「渾以閒澹寡欲，知名京邑。爲太子庶子。早卒。」《世説新語·任誕篇》：「阮渾，長成，風氣韻度似父，亦欲作達，步兵曰：『仲容已預之，卿不得復爾。』」注引《竹林七賢論》曰：「籍之抑渾，蓋以渾未識己之所以爲達也。後咸兄子簡亦以曠達自居，父喪，行遇大雪，寒凍，遂詣浚儀令，令爲他賓設黍臛，簡食之，以致清議，廢頓幾三十年。是時竹林諸賢之風雖高，而禮教尚峻。迨元康中，遂至放蕩越禮，樂廣譏之曰：『名教中自有樂地，何至於此！』樂令之言有旨哉！謂彼非玄心，徒利其縱恣而已。」《尉氏縣志》（清道光十一年重修本）卷九人物志：「阮籍……兄熙，武都太守。……子渾，字長城。」

魏散騎常侍步兵校尉東平太守碑

先生諱籍，字嗣宗，陳留尉氏人也。厥遠祖陶化於上世，而先生弘美於後代，詩所載阮國則是族之本也。先生承命世之美，希達節之度。得意忘言，尋妙於萬物之始；窮理盡性，研几於幽明之極。和光同□，疑當作塵。張燮本作略。群生莫能屬也；確乎不可拔，當涂莫能貴也。或出或處，與時升降；或默

或語，與世推移。望其形者如登嶽涉海，蕩然無以充其高、測其深，覽其神者，猶旁璞親珪，肅然無不欽其寶而偉其奇也。不屑夷齊之潔，故其清不可尚也；不履惠連之污，故其道不可屈也。蘧瑗升降于卷舒，寧武去就于愚智，顧眄二子，不亦泰如？危宗廟之犧，安不靈之龜，故無孤犢之逼而有塗中之廣。觀屈穀鳴雁，是以處不才之間；察臣瓠緯帶，是以游有用之際。夸大辨而御之以訥，資大白而洿之以辱。爲無爲而名不能累也，事無事而世不能役也。紆垂天之翼於寂寞之域，投芒刃之穎於有解之會，固恢恢必有餘地，豈若接輿被髮以養生，於陵灌園以求實，齷齪進步，循軌轍而已哉！尼父議老氏於游龍，衛賜譬重仞於日月，揆之先生，其殆庶幾乎！方將攀逸駕於洪涯，邈遐軌於巢州，跨宇宙以高揖，凌雲霄以優游。享年如干，遘疾而卒。於是遠鑒之士，有識之徒，先生之殁，夫豈不慨然！臨濠梁而存惠子之問，運斧斲而思郢人之力，乃探頤索引以叙雅操，使將來君子知先生之迹，略舉其志。系之曰：

峨峨先生，天挺無欲。玄虛恬淡，混齊榮辱。盪滌穢累，婆娑山足。胎胞造化，韜蘊光燭。鼓棹滄浪，彈冠嶠岳。頤神太素，簡返世局。澄之不清，溷之不濁。翱翔區外，遺物庚俗。隱處巨室，反真歸樸。汪汪淵源，邁迹圖録。

張燮注：「《廣文選》載此碑爲嵇叔夜作。按叔夜先嗣宗死，安得嗣宗没後爲作碑？楊用修以爲嵇叔良作，蓋叔良爲東平守云。然碑之言曰『臨濠濮而存惠子之問，運斧鑿而思郢人之斤』，則又似交游契洽者，不宜出後人手。姑闕其名以俟博雅者定焉。」

重建阮嗣宗廟碑

〔唐〕李　京

自二儀既闢，三才肇分，選賢之道既彰，旌善之門必著。爰有賢公，姓阮諱籍，字號嗣宗，晉代陳留尉氏人也。性惟高尚，道本淳和，杯觴□□，嘯傲風月。眼能青白，當賢愚而迥分；口善雌黄，品人倫而克中。竹林樂志，蓬池養神，振百代之風騷，作七賢之領袖。雖則幽稱阮巷，可以慶大於門，小阮則牧守始平，大阮則步兵校尉，官資有别，氣概攸同。流俗不能染其真，越禮無所拘其節，仙方有術，孝道無虧，告親亡而博局尚□，雖心喪而目先垂血。識達希夷之理，道包巢許之先。情高而鶴立崑峰，性静而松標雲嶺。悲興窮路，嘯入蘇門。放曠天空，襟懷地窄。一朝榮達，四序推移。蝶夢之理難窮，蟬蜕之門詎測？青鳥啟卜，白馬來並，在縣東南隅計數五十里，擇其善地，以葬賢人焉。其墳也，勢壓龍頭，形高馬鬣。萬家耆老，共建靈祠。房廊四十間，儀仗左右足，堂殿峻矗。廟貌嚴明，威生九月之霜；階庭凜凜，照并三春之日。覆育温温，鑪中争爇於寶香，砌下竟傾於竹葉。千門仰德，萬户霑恩。敬之奉之，必助其福；傲之慢之，必降其禍。變化莫究，救護多門。白額歸山，庶絶牛羊之患；黄巾出境，免懷歛敚之憂。凡有禱祠，悉皆響應，固可致瞻依於四遠，薦牲幣於一方。次有都維那、李温等，堅持敬信，至奉神明，經營不憚於辛勤，教化罔辭於寒暑。躬親跋涉，遠歷關河，自入名山，選其美石，冀顯殊功之成就，須求哲匠以磨礱。用紀芳馨，將傳億載。京詞非黄絹，學乏絳紗，冀承衆請之知，難免

寡聞之誚，慚無健筆，難述仙方，固勒貞珉，用彰不朽。莊敬直書。其爲頌曰：

放曠拔俗，徽猷尚傳。芳馨百代，領袖諸賢。廊排寶鼎，架滿金錢。降敘善惡，威靈儼然。清風應響，廟貌如新。左右儀仗，次第品倫。杯傾九醞，饌列八珍。威容除害，福祐鄉人。猗歟達士，譽美蘭蓀。晉朝已没，阮巷猶存。光輝一邑，衛護千門。無高無下，求恩信恩。前當石柱，後倚墳林。新碑闇闇，古樹森森。瑩絶窟獸，杖無宿禽。千秋萬歲，薦奠同春。

三、阮籍年表

公元二一〇年

漢獻帝建安十五年庚寅。阮籍生。《晉書》本傳載：「（籍）景元四年冬卒。時年五十四。」景元四年爲公元二六三年，上推五十四年，當生於是年。

公元二一二年

建安十七年。阮籍三歲。父阮瑀卒。

公元二一三年

建安十八年。阮籍四歲。五月，漢獻帝策命曹操爲魏公，加九錫。七月，魏始建社稷宗廟。十一

月，初置尚書，侍中，六卿。

公元二一四年

建安十九年。阮籍五歲。《資治通鑑》卷六十七：「（漢獻）帝自都許以來，守位而已。左右侍衛，莫非曹氏之人者。……操後以事入見殿中，帝不任其懼，因曰：『君若能相輔，則厚；不爾，幸垂恩相捨。』」

公元二一六年

建安二十一年。阮籍七歲。《資治通鑑》卷六十七：「夏五月，（漢）進魏公操爵爲王。」

公元二一七年

建安二十二年。阮籍八歲。能屬文。《太平御覽》卷六百二引《魏氏春秋》曰：「阮籍幼有奇才異質，八歲能屬文。」

公元二一九年

建安二十四年。阮籍十歲。孫權上書曹操，陳説天命，操曰：「若天命在吾，吾爲周文王矣。」

公元二二〇年

建安二十五年，改元延康元年，魏文帝黄初元年。阮籍十一歲。春正月，曹操卒。漢帝策曹丕即魏王位，授丞相印綬。冬十月，漢帝禪位於魏王。

公元二二一年

黄初二年。阮籍十二歲。魏文帝築陵雲臺。

公元二二三年

黄初四年。阮籍十四歲。魏文帝築南巡台於宛。六月大雨，伊、洛溢流，殺人民，壞廬宅。（《魏志·文帝紀》）

公元二二四年

黄初五年。阮籍十五歲。時霖雨百餘日。（《三國志·魏書·文德郭皇后傳》）

公元二二六年

黄初七年。阮籍十七歲。三月，魏築九華臺於洛陽。五月，曹丕疾篤，召中軍大將軍曹真，鎮軍大將軍陳群，征東大將軍曹休，撫軍大將軍司馬懿並受遺詔輔政。曹丕死，太子即皇帝位，是爲明帝。

公元二二八年

魏明帝太和二年。阮籍十九歲。五月，大旱。

公元二三〇年

太和四年。阮籍二十一歲。自上年十月不雨，至於今年三月。九月，大雨，伊、洛、河、漢水溢。以

曹真爲大司馬，司馬懿爲大將軍。（按：同受遺詔輔政之曹休已先於太和二年九月卒，陳群卒於青龍四年十二月，此時尚在。）尚書諸葛誕、中書郎鄧颺等相與結爲黨友，更相題表：以散騎常侍夏侯玄等四人爲四聰，誕、備八人爲八達，中書監劉放之子熙、中書令孫資之子密、吏部尚書衛臻之子烈爲三豫。行司徒事董昭上疏詆之，帝善其言，於是免誕、颺等官。

公元二三五年

青龍三年（太和七年二月改元）。阮籍二十六歲。正月，魏以大將軍司馬懿爲太尉。是時大治洛陽宫。帝好土功，既作許昌宫，又治洛陽宫，起昭陽、太極殿，築總章觀高十餘丈，力役不已，農桑失業。帝性嚴急，其督修宫室，有稽限者，帝親召問，言猶在口，身首已分。散騎常侍領秘書監王肅上疏曰：「今宫室未就，見作者三、四萬人。九龍可以安聖體，其内足以列六宫。唯泰極以前，功夫尚大，願擇留丁壯萬人，當一歲成者，聽且三年。」青龍中營治宫室，百姓失農時，陳群上疏曰：「禹承唐虞之盛，猶卑宫室而惡衣服。況今喪亂之後，人民至少，比漢文景之時，不過漢一大郡；加邊境有事，將士勞苦，若有水旱之患，國家之深憂也。且吴蜀未滅，社稷不安，宜及其未動，講武勸農，有以待之。今舍此急而先宫室，臣懼百姓遂困，將何以應敵？」帝答曰：「王者宫室，亦宜並立。」帝於是有所減省。帝耽於内寵，婦官秩而擬百官之數，自貴人以下至掖庭洒掃者凡數千人。選女子知書

可付信者六人以爲女尚書，使典省外奏事，處當畫可。時有詔録奪士女前已嫁爲吏民妻者還以配士，既聽以生口自贖；又簡選其有姿色者内（納）之掖庭。太子舍人張茂上書諫曰：「詔書聽得以生口年紀、顔色與妻相當者自代，故富者則傾家盡産、貧者舉假貸貰，貴買生口以贖其妻；縣官以配士爲名而實内之掖庭，其醜惡者乃出與士。得婦者未必懽心，而失妻者必有憂色，或窮或愁，皆不得志。……且軍師在外，數十萬人，一日之費非徒千金，舉天下之賦以奉此役，猶將不給，況復有宫庭非員無録之女，椒房母后之家，賞賜横興，内外交引，其費半軍……」帝使人以馬易珠璣、翡翠、玳瑁於吴，吴主曰：「此皆孤所不用而可以得馬，孤何愛焉。」皆以與之。（先是，太和六年，吴主遣將軍周賀，校尉裴潛乘海之遼東，從公孫淵求馬。）

公元二三六年

青龍四年。阮籍二十七歲。侍中領太史令高堂隆上疏曰：「今圜丘、方澤、南北郊、明堂，社稷神位未定，宗廟之制又未如禮，而崇飾居室，士民失業。外人咸云：宫人之用與興戎軍國之費所盡略齊，民不堪命，皆有怨怒。」

公元二三七年

景初元年（青龍五年三月改元）。阮籍二十八歲。九月，冀、兖、徐、豫大水。是歲徙長安諸鐘簴、槖

駝、銅人、承露盤於洛陽。盤折，聲聞數十里；銅人重不可致，留於霸城。大發銅鑄作銅人二，號曰翁仲，列坐於司馬門外；又鑄黄龍、鳳凰各一，龍高四丈，鳳高三丈餘，置内殿前。起土山於芳林園西北陬，使公卿群僚皆負土成山；樹松、竹、雜木、善草於其上，捕山禽雜獸置其中。司徒軍議掾董尋上疏諫曰：「黄龍、鳳凰、九龍、承露盤、土山、淵池，此皆聖明之所不興也，其功三倍於殿舍」云云。

公元二三九年

景初三年。阮籍三十歲。正月，(司馬)懿至，入見，帝執其手曰：「吾以後事囑君，君與曹爽輔少子。」帝尋殂。太子齊王芳即位，年八歲。加曹爽、司馬懿侍中，假節鉞，都督中外諸軍事，録尚書事。爽、懿各領兵三千人更宿殿内。諸所興作宫室之役皆以遺詔罷之。初，并州刺史東平畢軌及鄧颺、李勝、何晏、丁謐皆有才名……曹爽素與親善，及輔政，驟加引擢以爲腹心。丁謐爲爽畫策，使爽白天子，發詔轉司馬懿爲太傅，外以名號尊之，内欲令尚書奏事，先來由己，得制其輕重也。

公元二四〇年

魏齊王芳正始元年。阮籍三十一歲。自上年十二月至二月不雨。

公元二四二年

正始三年。阮籍三十三歲。魏太尉蔣濟辟之，詣都亭奏記(文載集中)而去。於是鄉親共喻之，乃

就吏。復爲尚書郎，少時，又以病免。

公元二四七年

正始八年。阮籍三十八歲。曹爽輔政，召爲參軍，因以疾辭，屏於田里。大將軍爽用何晏、鄧颺、丁謐之謀，遷太后於永寧宫，專擅朝政，多樹親黨，屢改制度。太傅懿不能禁，與爽有隙。五月，懿始稱疾不與政事。帝好褻近群小，游宴後園。大將軍爽驕奢無度，飲食車服擬於乘輿，上方珍玩充牣其家。爽兄弟數俱出游。太傅懿陰與其子中護軍師、散騎常侍昭謀誅曹爽。

公元二四九年

嘉平元年（正始十年四月改元）。阮籍四十歲。前年辭曹爽參軍後而爽誅，時人服其遠識。爲魏太傅司馬懿從事中郎。何晏等方用事，自以爲一時才傑，人莫能及。晏嘗爲名士品目曰：「唯深也故能通天下之志，夏侯泰初是也；唯幾也故能成天下之務，司馬子元是也；唯神也不疾而速，不行而至，吾聞其語，未見其人。」蓋欲以神況諸己也。選部郎劉陶，曄之子也，少有口辯，鄧颺之徒稱之，以爲伊吕。何晏尤好老莊之書，與夏侯玄、荀粲及王弼之徒競爲清談，祖尚虚無，謂六經爲聖人糟粕；由是天下士大夫争慕效，遂成風流，不可復制。正月，收曹爽及其弟中領軍羲，武衛將軍訓，尚書何晏、鄧颺、丁謐，司隸校尉畢軌，荆州刺史李勝并司農桓範，皆下獄，劾以大逆不道，與黄門張當俱夷三族。王淩之子廣

曰：「何平叔虚而不治，丁、畢、桓、鄧雖並有宿望，皆專競於世；加變易朝典，政令數改，所存雖高而事不下接，民習於舊，衆莫之從，故雖勢傾四海，聲震天下，同日斬戮，名士減半，而百姓安之，莫或之哀，失民故也。」

公元二五一年

嘉平三年。阮籍四十二歲。八月，司馬懿卒。詔以其子衛將軍師爲撫軍大將軍，録尚書事。十二月，以光禄勳鄭冲爲司空。

公元二五二年

嘉平四年。阮籍四十三歲。復爲魏大將軍司馬師（死後追加大司馬之號）從事中郎。

公元二五四年

魏高貴鄉公正元元年（齊王芳被廢，嘉平六年十月改元）。阮籍四十五歲。封關内侯。徙散騎常侍。作《首陽山賦》。序「正元元年秋，余尚爲中郎，在大將軍府，獨往南牆下，北望首陽山，作賦曰」云云，是此文成（或構思）於未徙官之時，而序（或並文）則徙官後補作也。作《鳩賦》，序「嘉平中得兩鳩子，常食以黍稷之旨，後卒爲狗所殺，故爲作賦」云云，不言嘉平之某年，依《資治通鑑》例繫於嘉平之末。春二月，誅中書令李豐、太常夏侯玄、后父張緝、黄門監蘇鑠、永寧署令樂敦、冗從僕射劉賢，皆夷

三族。

公元二五五年

正元二年。阮籍四十六歲。拜東平相，旬日而還。司馬昭引爲大將軍從事中郎。正月，鎮東將軍毌丘儉、揚州刺史文欽起兵於壽春，移檄州郡以討司馬師，司馬師率中外諸軍以討儉、欽。中書侍郎鍾會從師典知密事。儉敗，走死，文欽奔吴。壽春城中十餘萬口懼誅，或流迸山澤，或散走入吴。司馬師死，二月，詔以司馬昭爲大將軍，録尚書事。

公元二五六年

甘露元年（正元三年六月改元）。阮籍四十七歲。二月，帝宴群臣於太極東堂，與諸儒論夏少康、漢高祖優劣，以少康爲優。八月，詔司馬昭加號大都督。十月，以司空鄭冲爲司徒。

公元二五七年

甘露二年。阮籍四十八歲。五月，司空諸葛誕在淮南斂兵自守，司馬昭討之。用黄門侍郎鍾會策，詐使吴遣救，諸葛誕之將全懌等開壽春城出降。

公元二五八年

甘露三年。阮籍四十九歲。二月，司馬昭破斬諸葛誕。五月，詔以司馬昭爲相國，封晉公，食邑八

郡，加九錫。昭前後九讓乃止。以關内侯王祥爲三老。

公元二六〇年

魏陳留王景元元年（高貴鄉公甘露五年卒。是年六月改元）。阮籍五十一歲。六月，復進大將軍昭位相國，封晉公，加九錫。昭固讓，太后許之。高貴鄉公率殿中宿衛、蒼頭、官僮討司馬昭，太子舍人成濟抽刀刺殺之，時年二十。常道鄉公即皇帝位，年十五。

公元二六一年

景元二年。阮籍五十二歲。樂浪外夷韓、濊貊各率其屬來朝貢。

公元二六二年

景元三年。阮籍五十三歲。求爲步兵校尉。雖去佐職，恒游府（大將軍府）内，朝宴必與焉。司馬昭殺吕安、嵇康（康時年四十，少阮籍十三歲）。

公元二六三年

景元四年。春二月，復命司馬昭進爵位如前，又辭不受。司徒鄭冲率群官勸進，乃爲鄭冲作《勸晉王牋》（文存集中）。冬卒，時年五十四。冬十月，詔以征蜀諸將獻捷交至，復命大將軍昭進爵位如前詔，昭乃受命。

四、阮籍四言詩十首

陽精炎赫，卉木蕭森。谷風扇暑，密雲重陰。激電震光，迅雷遺音。零雨降集，飄溢北林。汎汎輕舟，載浮載沉。感往悼來，懷古傷今。生年有命，時過慮深。何用寫思，嘯歌長吟。誰能秉志，如玉如金。處哀不傷，在樂不淫。恭承明訓，以慰我心。

立象昭回，陰陽攸經。秋風夙厲，白露宵零。脩林彫殞，茂草收榮。良時忽邁，朝日西傾。有始有終，誰能久盈。太微開塗，三辰垂精。峨峨群龍，躍奮紫庭。鱗分委瘁，時高路清。爰潛爰默，韜影隱形。願保今日，永符脩齡。

璣衡運速，四節佚宣。冬日悽悕，玄雲蔽天。素冰彌澤，白雪依山。□□逝往，譬波流川。人誰不設，案當作没。貴使名全。大道夷敞，蹊徑争先。玄黄塵垢，紅紫光鮮。嗟我孔父，聖懿原注：一作意。通玄。非義之榮，忽若塵煙。雖無靈德，願潛于淵。

朝雲四集，日夕布散。素景垂光，明星有爛。肅肅翔鸞，雍雍鳴雁。今我不樂，歲月其晏。姜叟毗周，子房翼漢。應期佐命，庸勳静亂。身用功顯，德以名讚。世無曩事，器非時幹。委命有□，承天無怨。原注：一作委命承天，無尤無怨。嗟爾君子，胡爲永歎。

日月隆光，克鑒天聰。三后臨朝，原注：一作軒。二八登庸。升我俊髦，黜彼頑凶。太上立德，其次立功。仁風廣被，玄化潛通。幸遭盛明，覩此時雍。棲遲衡門，唯志所從。出處殊塗，俯仰異容。瞻歎古烈，思邁高蹤。嘉此箕山，忽彼虞龍。

登高望遠，周覽八隅。山川悠邈，長路乖殊。感彼墨子，懷此楊朱。抱影鵠立，企首踟躕。仰瞻翔鳥，俯視游魚。丹林雲霏，緑葉風舒。造化絪緼，萬物紛敷。大則不足，約則有餘。何用養志，守以沖虚。猶願異世，萬載同符。

微微我徒，秩秩大猷。研精典素，思心淹留。迺命僕夫，興言出游。浩浩洪川，汎汎楊舟。仰瞻景曜，俯視波流。日月東遷，景曜西幽。寒往暑來，四節代周。繁華茂春，密葉殞秋。盛年衰邁，忽焉若浮。逍遥逸豫，與世無尤。

我徂北林，游彼河濱。仰攀瑶幹，俯視素綸。隱鳳棲翼，潛龍躍鱗。幽光韜影，體化應神。君子邁德，處約思純。貨殖招譏，簞瓢稱仁。夷叔採薇，清高遠震。齊景千駟，爲此埃塵。嗟爾後進，茂兹人倫。蓽門圭竇，謂之道真。

華容艶色，曠世特彰。妖冶殊麗，婉若清揚。鬒髮娥眉，綿邈流光。藻采綺靡，從風遺芳。回首悟精，魂射飛揚。君子克己，心絜冰霜。泯泯亂昏，在昔二王。瑶臺璇室，長夜金梁。

殷氏放夏，周翦紂商。於戲後昆，可爲悲傷。晨風掃塵，朝雨灑路。飛駟龍騰，哀鳴外顧。攬轡按策，進退有原注：一作止應。度。樂往哀來，悵然心悟。念彼恭人，眷眷懷顧。日月運往，歲聿云暮。嗟余幼人，既頑且固。豈不志遠，才難企慕。命非金石，身輕朝露。焉知《御覽》作得。松喬，頤神太素。逍遥區外，登我年祚。